mtb

FAM SCHAPER

CATCHING UP WITH THE CARTERS

In your words

Roman

mtb

1. Auflage 2022
Originalausgabe

Gesetzt aus der Stempel Garamond
von GGP Media GmbH, Pößneck
Druck und Bindung von GGP Media GmbH, Pößneck
Printed in Germany
ISBN 978-3-7457-0302-3
www.harpercollins.de

Klimaneutral
Druckprodukt
ClimatePartner.com/15109-2009-1001

MIX
Papier
FSC FSC® C014496

Für Fiene, Tom, Mats und Bram,
ich hab euch lieb!

PLAYLIST

Bowie on the Radio – Ryan McMullan
Sunroof – Nicky Youre, dazy
Unpack Your Bags – Radio Edit – Lemony Rug
Mountain – Harry Marshall
Way Out West – REUNIØN
A Place We Knew – Dean Lewis
Mad Men – Westward the Tide
The Best Part – Young Mister
First Time – Plested
Starlight – Jai Wolf, Mr Gabriel
No Good Alone – Corey Harper
The World Is Ours – Volunteer
Free but Hollow – Hidinin
The One Moment – OK Go
Caution – The Killers
T-Shirt Weather – Circa Waves
Everything Changes in the End – Vistas
If You Ever Leave, I'm Coming with You – The Wombats
Until I Found You – Who's Molly?
Who You Are – One – The Genius Buddha Band
Autumn – Matthew Mole

1. KAPITEL

Hadrian

Ich dachte immer, Freiheit würde nach Regen, salziger Meeresluft und frisch gemähtem Gras riechen. Stattdessen stinkt sie nach Bleichmittel. Warum manche Leute sich ausgerechnet die Haare färben, um einen Neuanfang zu starten, werde ich nie verstehen. Ich fühle mich nicht wie ein neuer Mensch, und meine Kopfhaut brennt höllisch.

Die nackte Glühbirne, die über mir baumelt, flackert schon wieder. Vielleicht ist es sogar ein Vorteil, dass die Beleuchtung in diesem Badezimmer so mies ist. Dann kann ich wenigstens nicht deutlich erkennen, was ich mit meinen Haaren angestellt habe, nachdem ich sie mit einer normalen Schere kurzerhand abgeschnitten habe. Doch meine Haarfarbe hat mich immer noch an meine Familie erinnert. Also habe ich so viel Bleichmittel und Farbe auf meinen Kopf gekippt, bis meine Haare tatsächlich irgendwann blond waren.

Mein Bart musste auch dran glauben, und jetzt blickt mir im Spiegel ein Mann entgegen, der nicht länger Hadrian Carter ist. Gut so. Das war das Ziel. Niemand darf mich erkennen. Nicht einmal ich selbst.

Vorsichtig streiche ich mir über den Kopf. Ich berühre meine Haare kaum, als wären sie genauso zerbrechlich wie meine neu gewonnene Freiheit. Ich bilde mir ein, dass die Strähnen bei der Berührung mit meinen Fingerspitzen knistern. Sie fühlen sich an wie Stroh. Ein Friseur hätte definitiv einen besseren Job gemacht. Aber Friseure in L.A. wissen alles und spionieren besser als die NSA. Fünf Minuten, nachdem ich einen Laden betreten hätte, hätten die Paparazzi mit ihren Kameras vermutlich schon an der Scheibe geklebt.

Nein, das Risiko konnte ich nicht eingehen. Meine Tarnung funktioniert nur, wenn kein Reporter in diesem Land weiß, wie ich jetzt aussehe.

Ich schalte das Licht im Bad aus, weil mich das Flackern nervös macht, und betrete erneut mein heruntergekommenes Motelzimmer. Auch hier hängt der Gestank von Bleichmittel in der Luft. Wird die Reinigungskraft, die morgen dieses Zimmer aufräumen wird, sich fragen, ob ich hier einen Mord begangen und meine Spuren verwischt habe?

Erneut vibriert mein Handy in meiner Hosentasche. Ich habe es schon den ganzen Tag nicht über mich bringen können, meine Nachrichten zu checken, was ich nun nachhole. Denn ich will nicht länger ein jämmerlicher Feigling ohne eine eigene Meinung sein.

Ich bin es gewohnt, viele Nachrichten auf meinem Startbildschirm stehen zu haben. Aber diese Flut ist neu.

Jedes Mitglied meiner viel zu großen Familie hat sich bei mir gemeldet.

Meine Schwester Athena hat geschrieben: Wo steckst du? Mom rastet aus.

Mein älteste Schwester Demeter findet schon drastischere Worte: Wo zur Hölle bist du? Wir warten auf dich.

Ich kann nur die Augen verdrehen. Seitdem Aphrodite unserer Familie den Rücken zugekehrt hat, war der Platz von Moms Liebling wieder offen und Demeter hat diesen, ohne zu zögern, an sich gerissen. Manchmal klingt sie sogar wie unsere Mutter. Ich bin mir ziemlich sicher, dass sie jeden Tag Stunden vor dem Spiegel verbringt, um ihre Mimik und Gestik nachzuahmen. Eine naturgetreue Kopie von Mom ist wohl das Letzte, was die Welt gebraucht hat.

Neben den Nachrichten meiner Geschwister wären da auch noch die obligatorischen Memes und Gifs im Familienchat, die vor allem von meinen Brüdern Octavian und Caesar stammen. Sie verwenden nur Memes und Gifs, die unsere Familie zeigen, wovon es eine Menge gibt. Über zehn Jahre Reality-TV mit der Familie Carter haben viel Material geliefert.

Ich schließe den Chat, weil ich wirklich keinen Bock habe, mich mit meiner Vergangenheit auseinanderzusetzen.

Mein Vater hat es mit ein bisschen Diplomatie probiert: Du bist spät dran. Wir warten alle auf dich. Bitte beeil dich.

Dieses *Bitte* zu tippen, muss ihm viel abverlangt haben. Bei uns Carters wird es eigentlich nie verwendet. Ich bin fast schon gerührt.

Doch meine Mutter hat es wohl am besten auf den Punkt gebracht. Ich habe gefühlt hundert Anrufe und Nachrichten nur von ihr erhalten. Zuerst sind sie noch harmlos, doch mit der Zeit hat sie die Geduld verloren, und die Anzahl der Ausrufe- und Fragezeichen steigert sich beständig. Mein persönlicher Favorit: Du bist so undankbar!!!!!! Hast du eine Ahnung, wie viel so ein Tag am Set kostet????? Hier hängen sehr viele Arbeitsplätze dran!!!!! Leute verlassen sich auf dich!!!!!!

Hinter jedem Buchstaben und jedem Satzzeichen kann ich die Panik erahnen, die sie schon seit Monaten nicht mehr loslässt. Aphrodite ist gegangen und ist nicht zurückgekehrt. Sie hat ihr Leben ohne die Hilfe unserer Familie auf die Reihe bekommen. Nun spürt Mom ihre Macht schwinden und ist noch perfektionistischer, noch manipulativer und noch verbissener geworden.

Ich lese weiter. Es folgen Drohungen, was ich mir anzuhören habe, sobald ich es wieder wage, ihr unter die Augen zu treten. Es sind wütende Nachrichten. Aber sie wären wesentlich wütender, wenn sie wüsste, dass ich nicht einfach einen Drehtag geschwänzt habe. Sie denkt vermutlich, ich hätte mich betrunken, würde irgendwo meinen Rausch ausschlafen und morgen wieder auftauchen.

Doch das werde ich nicht.

Ich habe nicht vor zurückzukehren.

Als ich schon glaube, diese Textnachrichtenflut gut verkraftet zu haben, fällt mein Blick auf einen anderen Namen. Meine Hand zittert.

Lass uns reden. Bitte erzähl ihm nichts davon.

Ein bitterer Geschmack legt sich auf meine Zunge. Ich erinnere mich an unsere letzte Begegnung und wie übel mir danach gewesen ist. Mein ganzes Leben habe ich mit meiner Familie in dieser Villa in Beverly Hills gelebt. Ich war von so vielen Seiten von Falschheit umgeben, dass ich sie gar nicht mehr erkennen konnte. Bis ich gesehen habe, wie sich ein Mensch verändert, sobald er einen Fuß über unsere Schwelle setzt …

Nein, ich werde jetzt nicht daran denken. Das ist einer der tausend Gründe, warum ich dieses Leben nicht länger leben kann.

Ich bin das Ergebnis, wenn die Sängerin einer One-Hit-Wonder-Girlgroup aus den 90er-Jahren und ein gescheiterter Schauspieler den fatalen Fehler begehen, eine Familie zu gründen. Ich bin das Kind zweier Menschen, die sich so verzweifelt an den Rest ihrer Berühmtheit geklammert haben, dass sie ihre Seelen und die Privatsphäre ihrer Kinder ans Reality-TV verkauft haben, nur um im Gespräch zu bleiben.

Doch das wird mich nicht länger definieren.

Ich bin nicht länger Hadrian Carter. Ich bin einfach nur Adrian. Und es gibt keinen Weg zurück.

Noch habe ich keine Ahnung, wer Adrian ist, aber ich werde es herausfinden. Ich will endlich wissen, wie mein Leben aussieht, wenn es nicht von meiner Mutter fremdbestimmt wird. Ich will wissen, was ich wirklich mag und was ich hasse.

Doch all das werde ich nur herausfinden, wenn ich so viel Abstand wie möglich zwischen meine Familie und mich bringe.

Als ob ich mir noch einmal beweisen müsste, dass ich es wirklich ernst meine, lasse ich mein Handy zu Boden fallen. Der Bildschirm splittert. Ich trete nach, bis das Display für immer erlischt. Die Verbindung ist gekappt. Die wütenden Nachrichten meiner Familie werden mich nie wieder einholen können. Ich gehe zur Tür, werfe mir meine Reisetasche, in der sich alles befindet, was mir wichtig ist, über die Schulter und lasse das schmuddelige Motelzimmer und mein altes Leben zurück.

Okay, meine Freiheit mag nach Bleichmittel und Verzweiflung riechen, doch es ist ein Anfang.

Noch einmal atme ich tief durch. Dann schließe ich die Tür endgültig hinter mir.

Bye-bye L. A. Ich werde dich nicht vermissen.

2. KAPITEL

Alice

»Was soll das heißen, ich bin gefeuert?«

»Da du Journalistin bist, hatte ich eigentlich gehofft, dass du diesen einfachen Satz verstehen würdest.«

»Findest du das auch noch witzig?«, frage ich schrill. Meine Stimme klingt immer schrill, wenn ich mich aufrege. Deswegen klinge ich auch immer wie eine Hundepfeife, wenn ich in diesem Büro auf diesem Stuhl sitze. Ich räuspere mich, bevor ich weiterspreche. Dieser Mann hat mich noch nie ernst genommen. Wenn ich mich auch noch anhöre wie ein hysterischer Fan auf einem Konzert seiner Lieblingsband, wird mich das nicht professioneller rüberkommen lassen. »Ein bisschen mehr Mitgefühl hätte ich selbst dir zugetraut.«

»Dein wohl größter und fatalster Fehler.«

Darauf erwidere ich nichts. Ich habe das Gefühl, dass alles, was ich jetzt sagen könnte, die Situation nur verschlimmern würde. Also nehme ich mir ein paar Sekunden, um mich zu sammeln.

Ich kann mich kaum noch an den Menschen erinnern, der ich vor einem Jahr gewesen bin. Damals kam ich mit großen Augen und hoffnungsvollem Herzen in L. A. an, um eine erfolgreiche Journalistin zu werden. Ich war eine Idealistin.

Tja, meine Ideale sind allesamt im Ozean ertrunken. Und der Mann, der vor mir steht, ist derjenige, der sie so lange unter Wasser gehalten hat, bis sie nicht mehr zappeln konnten.

Okay, das war düster. Doch das sollte man mir in dieser Situation verzeihen können. Ich sitze hier schließlich im Büro meines Chefs – bald Ex-Chef, wie es aussieht – und stehe vor den Trümmern meiner Träume. Da können einem schon mal dunkle Gedanken kommen – oder auch Fantasien, wie man einen Mord begeht. Vorzugshalber an dem Typen vor mir, der nun auch noch die Dreistigkeit besitzt, mich breit anzugrinsen.

Ich wollte die Welt verändern. Doch nun trauere ich einem Job nach, der von mir verlangt hat, über die Cellulite-Hintern und die Smoothie-Diäten von irgendwelchen Stars zu schreiben. Ich bin eine Heuchlerin – und zu allem Überfluss auch noch eine schlechte Feministin.

»Warum bin ich gefeuert?«, frage ich, nachdem ich ein paar Mal tief durchgeamtet habe.

Sein Grinsen wird breiter. Wie ich diesen Mann hasse.

Elijah Bishop, Chefredakteur der Promiwebsite *Day-to-Day-Gossip*, sitzt nicht auf seinem Bürostuhl auf der anderen Seite des Schreibtischs, wie jeder andere Chef es tun würde, wenn er einen Angestellten feuern muss. Nein, er lehnt lässig mit dem Hintern an seinem Schreibtisch und stützt sich mit beiden Armen an der Kante ab, als würde er für ein Fotoshooting posen. Und vor allem kann er so auch auf mich herabblicken.

Er lässt sich Zeit mit seiner Antwort. Er genießt diesen Moment wirklich viel zu sehr. Aber das sollte mich nicht überraschen. Immerhin arbeitet niemand zwanzig Jahre als Klatschreporter, wenn man anderen Menschen nicht gern eins reinwürgt. Für diesen Mann gibt es nichts Schöneres, als eine Schauspielerin öffentlich für jedes Kilo, das sie zunimmt, bloßzustellen und den letzten Alkoholskandal eines Sängers breitzutreten, egal, ob dieser Kinder hat oder nicht.

»Deine Artikel passen nicht zu unserer Marke. Die Leute lesen uns wegen unserer Ehrlichkeit.«

Er will wohl Aasgeier-Mentalität sagen, schießt es mir sofort durch den Kopf.

»Weil wir Journalisten sind«, redet er weiter.

Darüber lässt sich diskutieren.

»Die nicht vor den schwierigen Themen zurückschrecken.«

Wer sich in Hollywood gerade von wem scheiden lässt? Das sind die Themen, die die Welt bewegen, denke ich sarkastisch.

»Du willst einen Ton reinbringen, der unserer Leserschaft zu zensiert ist.« Damit spielt er wohl auf meine journalistische Integrität an. Er hat recht. Die sollte ich mir schleunigst abgewöhnen.

»Also setzt du mich auf die Straße«, stelle ich nüchtern fest.

»Aaaaalice«, beginnt er. Ich hasse es, wenn er meinen Namen so in die Länge zieht, als würde er sich dessen Klang auf der Zunge zergehen lassen. Es hat etwas Übergriffiges. Sofort rinnt mir ein kalter Schauer über den Rücken. »Sei ehrlich, du willst doch gar nicht hier sein.«

Das stimmt. Aber zu diesem Verlagshaus gehören auch Magazine und Zeitungen, hinter denen ich stehen kann. Diese Promiwebsite sollte nur mein Einstieg sein. Sie sollte mir andere Türen öffnen. Sie sollte mein erster Schritt sein auf dem Weg zur investigativen Journalistin, zu meiner ersten großen Enthüllungsstory, zu meinem Pulitzer-Preis. Doch die Realität sieht natürlich mal wieder anders aus.

Und wenn ich diese Stelle verliere, werden sich alle diese Türen nicht für mich öffnen, sondern sich noch fester verschließen. Und ohne Job habe ich bald kein Dach mehr über dem Kopf. Ich brauche das Geld. Dringend.

Also werde ich jetzt wohl meine Selbstachtung vergessen müssen und um meine Anstellung betteln, obwohl ich sie verabscheue.

»Gib mir noch eine Chance, mich zu beweisen.« Schon wieder ist meine Stimme schrill. Furchtbar.

Elijah reagiert nicht sofort auf diese Aussage. Er beobachtet mich nur. Kritisch zieht er die Augenbrauen zusammen. Das heißt, dass ich noch nicht genug gebettelt habe.

Ich wünschte sehr, dass ich es nicht nötig hätte, vor einem Arschloch im unvorteilhaften Anzug im Staub zu kriechen. Allerdings habe ich niemanden, der mich auffängt, wenn ich auf meinem Weg hinauf zu meinem Traum auf den rutschigen Treppen stolpere und falle. Wenn ich falle, dann lande ich auf dem Boden – und der Aufprall wird hart sein.

Also schlucke ich, schiebe mir eine Strähne aus dem Gesicht und setze mich ein bisschen gerader hin. Er will, dass ich bettle, also werde ich das wohl oder übel tun.

»Bitte. Noch eine Chance. Du weißt, dass ich gut und gründlich arbeite. Ich arbeite mehr als alle anderen in diesem Laden. Gib mir noch eine Chance. Und wenn ich sie verpatze, gehe ich ohne Murren.« Diese Worte scheinen sich wie heiße Kohlen durch meine Zunge zu brennen.

Langsam stößt sich Elijah von der Kante ab und läuft mit langen, aber sehr bedächtigen Schritten um seinen Schreibtisch herum. Sein Blick schweift über mich und über die protzige Einrichtung seines Büros, dessen Wände mit Bildern tapeziert sind, die ihn mit dem Arm um die wichtigsten Hollywood-Stars unserer Zeit zeigen. Doch inzwischen habe ich die Vermutung, dass die Bilder nicht wegen der Schauspieler, Regisseure, Sänger und It-Girls hier hängen, sondern damit ihn sein eigenes Gesicht aus hundert verschiedenen Bilderrahmen entgegenlacht.

Schnell schaue ich woanders hin, da es mir vollkommen ausreicht, sein schmieriges Grinsen nur einmal zu sehen.

Elijah lässt sich auf seinen Stuhl fallen. Endlich trennt uns der Schreibtisch voneinander, doch das kann meine überspannten Nerven auch nicht beruhigen. Denn er hat den Kopf leicht zur Seite geneigt, seine Augenbrauen so weit zusammengezogen, dass sie sich fast High five geben, und fixiert mich. Unruhig rutsche ich auf dem Stuhl herum, der so viel unbequemer aussieht als der Ohrensessel, in dem er sitzt. Dieser Blick verheißt nie etwas Gutes. Er bedeutet, dass Elijah eine Chance sieht, noch einmal nachzutreten. Dann legt sich ein Lächeln auf seine Lippen. Was für ein gruseliger Anblick. Doch er erklärt mir nicht sofort, welcher diabolische Plan ihm so eine große Freude bereitet, weil er diesen Moment genießen will. Er wird meine Nervosität in sich aufsaugen und aufbewahren für die schlechten Tage, an denen er niemanden zum Weinen bringen konnte.

Wieder bewegt er sich nur mit seinen für ihn typischen langsamen und sehr bedachten Gesten. Er greift sich eine der tausend Zeitschriften, die immer auf seinem Schreibtisch liegen, und wirft sie mir schwungvoll in den Schoß. Unkommentiert natürlich. Abwartend sieht er mich an. Mir bleibt nichts anderes übrig, als bei seinem komischen Theaterstück mitzuspielen. Also nehme ich das Magazin in die Hand. Auf der Titelseite prangt die gleiche Schlagzeile, die auch bei *Day-to-Day-Gossip* seit über einer Woche jeden Tag auf der Website steht, weil dieses Land besessen von dieser Geschichte ist.

WO IST HADRIAN CARTER?

Unter dieser Headline grinst einem der jüngste Sohn des Carter-Clans entgegen. Wie alle Mitglieder seiner Familie hat er schwarzes volles Haar. Sein Bart ist gepflegt. Seine Zähne sind unnatürlich weiß. Sein Lächeln künstlich. Alles, wie es sich für einen Reality-TV-Star eben gehört.

Neben seinem Kopf wird die große Story, die diese Zeitschrift erzählen wird, angepriesen. Doch ich muss sie nicht aufschlagen, um zu wissen, dass sie auch keine neuen Informationen haben. Dort werden die gleichen Theorien und tausend Fragezeichen hinter jeder Spekulation stehen, die auch auf unserer Website zu finden sind.

Seit über einer Woche fragt sich jeder Celebrity-Experte, was mit Hadrian Carter passiert ist. Es hat alles mit der Meldung begonnen, dass es Probleme beim Dreh der neuesten Staffel *Catching up with the Carters* gab. Irgendein Assistent von einem Assistenten hatte an die Presse durchsickern lassen, dass Hadrian Carter unauffindbar war. Diese Nachricht hat sich in Rekordgeschwindigkeit auf allen sozialen Medien ausgebreitet. Seine Fanclubs hatten schnell die wildesten Theorien parat. Hat seine Abwesenheit mit den Gerüchten um seine Trennung von der Schauspielerin Rachel Hanson zu tun? Sind es Drogen? Alkohol? Familienquerelen? Hat er gesundheitliche Probleme, die der Öffentlichkeit vorenthalten werden? Und auf einmal wurde eine Familie, die ihr Privatleben sonst so bereitwillig mit der ganzen Welt teilt, auffällig still. Das hat die Spekulationen nur noch wilder werden lassen, denn das letzte Mal, als es in der berüchtigten Villa in Beverly Hills so ruhig wurde, ist ein anderes Mitglied des Clans einfach verschwunden. Vor einigen Monaten ist seine Schwester Aphrodite ausgezogen, und es wurde bekannt, dass sie nicht an das Set ihrer Familie zurückkehren würde. Die Gerüchteküche brodelte. Als dann auch noch herauskam, dass sie mit Garett Edwards zusammen ist, der doch eigentlich eine Beziehung mit Katherine O'Connell führt, haben sich die Schlagzeilen überschlagen. Nicht zum ersten Mal waren Promiredakteure für die Existenz von Aphrodite Carter, die ihnen so zuverlässig Geschichten liefert, dankbar.

Mehrere anonyme Quellen, die behauptet haben, am Set der Show zu arbeiten, sprachen von Bildmaterial der Cross-over-Folge der beiden Reality-TV-Familien, das unter Verschluss gehalten wird, da es die Familienoberhäupter nicht gut dastehen ließe. Doch niemand hat es gesehen. Obwohl Elijah wirklich alles versucht hat, um es in seine gierigen Finger zu bekommen. Aber nach vielen Wochen voller recycelter Schlagzeilen und Artikeln, die doch nichts Neues zu berichten hatten, mussten alle einsehen, dass die Familien sich nicht äußern würden und dass Aphrodite Carter und Garett Edwards ein neues Leben begonnen hatten, das Klatschreporter einfach nicht mehr glücklich machen kann.

Dass ich all das weiß, steigert den Frust auf meinen sinnlosen Job nur noch mehr.

Während Elijah seine Unwissenheit über Aphrodite schon richtig geärgert hat, ist er von Hadrians Geschichte regelrecht besessen. Noch so eine Story kann er sich nicht entgehen lassen. Das widerspricht vermutlich seinen Prinzipien, sollte er denn welche haben.

Deswegen haben die meisten Redakteure von *Day-to-Day-Gossip*, mich eingeschlossen, die letzte Woche damit verbracht, die Instagram-Storys und Twitteraccounts von allen Carter-Geschwistern zu sichten. Und zu meinem Leidwesen sind es verdammt viele Geschwister. Hera, Demeter, Aphrodite, Athena, Caesar und Octavian. Ich werde nie verstehen, warum ausgerechnet Mike und Evelyn Carter, Menschen, die im Fernsehen über die sexuellen Abenteuer ihrer wilden Jugendjahre, ihr letztes Bikiniwaxing und ihre Lieblingssextoys reden, ihre Töchter nach Göttinnen der griechischen Mythologie und ihre Söhne nach römischen Kaisern benannt haben.

»Was soll ich damit?«, frage ich und werfe die Zeitschrift zurück auf den Schreibtisch. »Die Geschichte ist doch inzwischen schon uralt. Alle Artikel drehen sich nur im Kreis und immer um die gleichen Fragen.«

Elijah grinst mindestens so breit wie ein kleines Kind am Weihnachtsmorgen. »Ich will, dass du mir die Antworten auf diese Fragen besorgst. Ich will, dass du Hadrian Carter findest.«

Mein Herz rast. »Das soll wohl ein Witz sein. Wie soll ich das denn bitte anstellen? Selbst die widerwärtigsten Paparazzi, die diese Stadt zu bieten hat, haben nicht ein Foto von ihm kriegen können.« Meine Stimme hat schon wieder eine Frequenz erreicht, die Glas zerspringen lassen kann.

Dieser überhebliche Gesichtsausdruck, mit dem Elijah mich nun bedenkt, ist der schmierigste, den ich bisher von ihm gesehen habe. Was wirklich etwas heißen will.

»Du willst doch investigative Journalistin werden. Hier ist deine Chance zu beweisen, dass du es wirklich draufhast.«

Ich starre ihn immer noch völlig entsetzt an. Ich bin mir nicht sicher, ob ich jemals wieder damit aufhören kann. »Du willst mich verarschen.«

»Nein, ich möchte diese Story.« Entschieden deutet er auf das Bild von Hadrian Carter. »Diese Familie hat einige Leichen im Keller, und ich habe es so satt, dass ich an manche davon nicht herankomme. Diese Leiche werde ich ausgraben und zu Tage befördern. Und du bist diejenige, die ich mit der Schaufel losschicke und die sich für mich die Hände schmutzig machen darf.« Er sieht mir direkt in die Augen, und das Funkeln in seinen lässt mich noch unwohler in meiner Haut fühlen. »Ich möchte diese Geschichte noch ein bisschen mehr, als ich dich loswerden will. Und verzweifelte Menschen bringen die besten Resultate. Verzweiflung macht kreativ. Also gebe ich dir hiermit die Chance, um die du so würdevoll gebettelt hast.«

Ich bin sprachlos.

»Und um es noch ein bisschen interessanter zu machen: Wenn du es schaffst, werde ich dich jeder Zeitung und jedem Medienunternehmen empfehlen, wo du hinwillst.«

Elijah Bishop mag ein verabscheuungswürdiger Mensch sein, doch in dieser Branche haben seine Worte Gewicht. Wenn er mich empfiehlt, ist mir ein Job sicher.

Ich schlucke schwer, dann blicke ich auf die Zeitschrift und meine unmögliche Aufgabe. Warum muss mich meine letzte Chance eigentlich so angrinsen? Warum muss ich einen Kerl suchen, der so viel Substanz hat wie die Zeitschriften, in denen er abgebildet ist? Warum nur befinde ich mich in dieser Situation?

»Ich habe jetzt einen Termin.« Mit seiner ungeduldigen Stimme reißt mich mein Noch-Chef aus meinen Gedanken. Ich frage mich, ob es nicht humaner von ihm gewesen wäre, mich einfach hier und jetzt zu entlassen. Mich von meinem Leid zu erlösen. Denn mit dieser Aufgabe hat er mir etwas ganz Gefährliches gegeben: Hoffnung.

Hoffnung, dass es doch noch einen Weg gibt. Hoffnung, dass ich meinen Traum doch noch erreichen kann.

Doch wenn Hoffnung zerbricht, wünscht man sich, man hätte sie niemals kennengelernt.

Wie in Trance erhebe ich mich und laufe zur Tür. Ich sage nicht, dass ich die Aufgabe annehme. Denn das ist überflüssig. Wir wissen beide, dass ich das tue. Daran ist das Miststück namens Hoffnung schuld.

Mein Blick fällt auf meine Hände. Ich habe schon wieder die Haut um meine Daumennägel abgeknibbelt. Das zeigt wohl sehr bildlich, wie groß mein Stresslevel in diesem Moment ist.

Als ich nach der Türklinke greife, hält mich Elijahs Stimme noch einmal zurück.

»Finde Hadrian Carter. Und wenn du keine Story mitbringst, brauchst du erst gar nicht wiederzukommen.«

Mit diesen aufmunternden Worten im Rücken verlasse ich sein Büro.

3. KAPITEL

Hadrian

Ich hatte damit gerechnet, dass mein Verschwinden in den Medien thematisiert werden würde. Aber ich hatte gehofft, dass sich der Rummel um mich nach einer Woche wieder beruhigt haben würde. Dass inzwischen wieder etwas Spannenderes geschehen wäre. Unserer Gesellschaft wird doch immer vorgeworfen, nur noch eine Aufmerksamkeitsspanne von ein paar Sekunden zu haben. Auf diese hatte ich eigentlich gesetzt – und habe mich damit offensichtlich verrechnet.

Denn mein Verschwinden ist immer noch das größte Thema in jeder Zeitschrift. Egal, an welchem Kiosk ich auch vorbeigehe, überall blickt mir mein Gesicht entgegen.

Inzwischen habe ich zwar ein neues Handy, doch ich habe mir noch keine neuen Accounts für Instagram und Twitter gemacht. Vermutlich, weil ich Angst davor habe, auch da überall dem Gesicht zu begegnen, das ich eigentlich ablegen wollte.

Schon seit Jahren träume ich von diesem Augenblick. Ich habe mir immer wieder ausgemalt, wie es sein würde, wenn ich endlich genug Mut zusammen haben würde, um abzuhauen. Ich musste meinen Mut genauso sammeln wie das Geld, das ich auf einem Konto liegen habe, von dem meine Eltern und Geschwister nichts wissen.

Ich habe aus Aphrodites Erfahrung gelernt. Nachdem unsere Mutter ihr Konto gesperrt hatte, über das sie genauso eine Vollmacht besitzt wie über meines, habe ich immer wieder kleinere Beträge von meinem auf ein neues überwiesen. Also muss ich mir wenigstens keine Gedanken um Geld machen. Aber um alles andere.

Wenn ich mir meinen Neuanfang vorgestellt habe, habe ich auf jeden Fall nicht so viele hässliche Tapeten gesehen wie in den letzten beiden Wochen. Ich habe die meiste Zeit in heruntergekommenen Motelzimmern verbracht, aus Angst, doch entdeckt zu werden.

Mein Plan war ziemlich simpel: Verstecken und Serien gucken, bis die erste Aufregung verflogen ist. Aber die flaut nicht ab, sondern scheint sich mit jedem Tag zu steigern.

Ich bin mir ziemlich sicher, dass ich das Aphrodite zu verdanken habe. Vermutlich hätten sich die Medien inzwischen wieder beruhigt, wenn sie nicht eine riesige Verschwörung wittern würden. Zwei Carter-Geschwister verlassen die Familie innerhalb eines halben Jahres – da muss doch mehr dahinterstecken. Wenn ich länger gewartet hätte, bis man auch Aphrodite wieder vergessen hätte, wäre der Trubel vielleicht nicht so schlimm gewesen. Aber ich konnte nicht warten. Nicht eine Sekunde länger habe ich es in diesem Haus ausgehalten.

Und obwohl mich das Motel, in dem ich untergekommen bin, nicht so sehr an ein Gefängnis erinnert wie die Villa, in der ich aufgewachsen bin, habe ich es in diesem Zimmer irgendwann auch nicht mehr ausgehalten. Hätte ich noch einmal die Snacks aus Süßigkeitenautomaten als Mahlzeit essen müssen, hätte ich geschrien.

Also habe ich mich das erste Mal seit meiner Flucht todesmutig vor die Tür gewagt. Auf die Straße. Die voll mit Menschen ist. Menschen, die mich erkennen könnten. Ich trage eine schwarze Sonnenbrille, einen schwarzen Hoodie und eine schwarze Baseballkappe. Ich sehe entweder aus wie ein Kerl, der gleich die nächste Bank ausraubt, oder … wie ein Promi, der nicht erkannt werden will. Fuck. Ich sollte meine Pläne wirklich besser durchdenken.

Meine Hände schwitzen. Ich spüre jeden noch so beiläufigen Blick, den mir ein Passant zuwirft. Schon läuft vor meinem inneren Auge ein Horrorszenario ab. Jemand deutet auf mich. Ruft meinen Namen. Alle sehen sich zu mir um. Handys werden gezückt. Fotos gemacht. Paparazzi fahren vor. Sie verfolgen mich. Ich muss mich in meinem Zimmer verschanzen. Auf die Hilfe meiner Eltern warten. Mich von ihnen aus dieser misslichen Lage retten lassen.

»Was darf's denn sein?«

Irritiert hebe ich den Blick. Ich sitze in einem Diner. Und die Bedienung sieht mich abwartend an. Ich sehe auf die Karte hinab, die vor mir auf dem Tisch liegt. Dieses Horrorszenario hatte mich so fest gepackt, dass ich meine Umgebung kaum noch wahrgenommen habe. Nun höre ich wieder das Ächzen der Kaffeemaschine, die Gespräche der Menschen an den Nachbartischen, die Glocke über der Eingangstür. Ich rieche Frittiertes, frisch gebackenen Kuchen, das aufdringliche blumige Parfum der Kellnerin.

Niemand hat mich erkannt.

Ich seufze. »Tut mir leid«, sage ich verspätet. »Ich war in Gedanken. Ich muss mir die Karte erst ansehen.«

»Durchzechte Nacht?«, fragt die Kellnerin freundlich. Sie ist vielleicht Ende zwanzig und trägt eines dieser lächerlichen Fake-50er-Jahre-Outfits, die so bunt sind, dass sie meine Netzhaut überfordern. Aber ich bin wirklich der Letzte, der sich über lächerliche Outfits lustig machen darf. In welche Kostüme ich mich in meinem Leben schon zwängen musste …

»Mh?«, mache ich.

»Die Sonnenbrille«, sagt sie und lacht. Man merkt ihr an, dass ihre Freundlichkeit nicht aufgesetzt ist. Sie scheint ihren Job wirklich zu mögen. Gut für sie. »Wenn ich am Tag vorher getrunken habe, kann ich Licht auch nicht gut ertragen. Dann kriege ich sofort Kopfschmerzen.«

Schnell nicke ich. Sie hat mir eben die perfekte Ausrede geboten, um die Sonnenbrille auch im Diner aufzubehalten.

»Und im *Motel Smith* bekommst du vermutlich kein richtiges Katerfrühstück. Da holt man sich eine Lebensmittelvergiftung.« Sie deutet auf den Schlüssel meines Motelzimmers, den ich auf dem Tisch abgelegt habe. Am Schlüssel hängt eine große Plakette mit dem Logo des Motels. Obwohl die Kellnerin keine Reporterin ist, macht es mich sofort nervös, dass ihr das aufgefallen ist und sie nun weiß, wo ich zu finden bin. Doch ich zwinge mich, meine Paranoia in den Griff zu bekommen. Sie hat mich nicht erkannt. Und sie plappert einfach weiter, also hat sie das Motel vermutlich schon längst wieder vergessen. »Als Katerfrühstück kann ich unser Omelett mit Bratkartoffeln empfehlen. Viel Fett tut gut. Und dazu noch einen starken Kaffee?«

»Klingt gut«, antworte ich, gebe ihr die Speisekarte zurück und stecke den Schlüssel wieder ein. Sicher ist sicher. Er muss ja nicht noch einer weiteren Person auffallen.

»Kommt sofort.« Sie rauscht davon und lässt mich leider mit dem Gedankenkarussell in meinem Kopf allein. Es dreht sich so schnell, dass es mich fast herunterschleudert.

Ich blicke auf mein nagelneues Handy, auf dem zwar schon Apps installiert, aber noch keine eingerichtet sind. Es gibt nichts, was ich mir darauf anschauen könnte. Ich bekomme keine Nachrichten, weil niemand meine Nummer hat. Außer der Netzanbieter, der mich schon seit Tagen mit seinen neuesten Angeboten nervt. Aber ich kann ihm nicht ganz böse sein. Wenigstens bekomme ich so überhaupt Nachrichten.

Schon traurig, wenn man seinen Netzanbieter braucht, um sich nicht so einsam fühlen zu müssen.

Um mich abzulenken und damit mein Sperrbildschirm nicht mehr einfach nur schwarz ist, lade ich mir ein Foto von einem Van-Gogh-Gemälde runter, das einen Fluss in der Nacht zeigt. Das Bild habe ich schon immer gern betrachtet. Die Stimmung gefällt mir. Sobald ich es sehe, muss ich an entspannte Spaziergänge und Gelächter im Schutz der Dunkelheit denken. Es zeigt, wie ich mir meine Flucht vorgestellt habe.

Doch sobald das Hintergrundbild eingerichtet ist, kann es mich nicht mehr ablenken. Sofort fällt mir meine Browser-App ins Auge. Ich will der Versuchung widerstehen. Die letzten zwei Wochen habe ich es geschafft. Doch gerade bin ich zu schwach. Ich öffne den Browser und gebe meinen eigenen Namen in die Suche ein. Das ist in den meisten Situationen eine schlechte Idee. Aber für solche Gedanken ist es jetzt zu spät. Die 191 000 Suchergebnisse sind bereits auf meinem Handy eingetrudelt.

WO IST HADRIAN CARTER?

Dass die Antwort ein altes, heruntergekommenes Diner am Rande von Santa Clarita ist, wird bestimmt viele überraschen.

Ich nehme die Sonnenbrille ab, weil die Gläser fast so gut verdunkelt sind wie die Scheiben der Autos meiner Eltern. So kann ich die wilden Spekulationen nicht lesen, die sich die Menschen über mein Verschwinden zusammengereimt haben.

Sehr viele Leute fragen sich, ob mein Verschwinden mit Aphrodites Ausstieg zu tun hat und ob hinter verschlossenen Türen mehr bei Familie Carter abläuft, als der Öffentlichkeit gezeigt wird. Gute Frage.

Allerdings hören an diesem Punkt die Spekulationen natürlich nicht auf, einige stellen sogar eine Verbindung zu einer möglichen Trennung von Rachel her.

Mein Magen verkrampft sich zu einem Klumpen, sodass ich mir nicht mehr sicher bin, ob ich mein »Katerfrühstück« überhaupt herunterbekommen werde

Ich klicke auf den nächsten Artikel. Ich will nicht, dass mir ihr lächelndes Gesicht entgegensieht.

Schnell habe ich mich auf den neuesten Stand gebracht und lasse langsam mein Handy sinken. Womit ich nicht gerechnet hätte, ist, dass meine Familie so still bleibt. Ganze Meldungen drehen sich um die Social-Media-Aktivität meiner Geschwister – beziehungsweise die Inaktivität.

Nachdem Aphrodite gegangen war, hat unsere Mom uns gezwungen, nichts Verdächtiges zu posten. Ich erinnere mich noch daran, dass sie alles überwacht hat, was wir veröffentlicht haben. Jeder Re-Tweet musste von ihr abgesegnet werden.

Dass die Posts meiner Geschwister nichts über mich verraten, überrascht mich also nicht. Was mich erstaunt, ist, dass sie so wenig posten. Mom scheint die gleiche Strategie wie damals zu fahren, nur noch viel extremer. Als hätte sie Angst davor, dass doch ein Tropfen Wahrheit an die Öffentlichkeit durchsickert, wenn sie ihren Kindern zu viel Freiheit gibt.

Selbst meine Schwester Demeter, die auf Instagram mit allen, die es interessiert oder auch nicht interessiert, ihr Leben als Mutter teilt, ist erstaunlich inaktiv. Um damit aufzuhören, täglich andere Mütter zu belehren, muss ihr Mom das Handy schon weggenommen haben. Was gar nicht so unwahrscheinlich ist. Diese Familie ist für sie wie die Crew eines Schiffs, und sie ist der unangefochtene Captain. Und ich habe gemeutert. Wenn man mich findet, wird es keine Gnade geben.

Die nette Kellnerin, auf deren Namensschild ich den Namen Rebecca lesen kann, bringt mir mein Frühstück, schenkt mir ein aufmunterndes Lächeln und verschwindet wieder.

Mein Magen hatte sich beim Anblick von Rachel verkrampft, doch der Gedanke an Demeter, die auf eiskaltem Handyentzug ist, hat meinen Appetit zurückgebracht. Vielleicht riecht meine Freiheit nicht nur nach Bleichmittel, sondern auch nach frittiertem Essen.

Ich schaufle mir die Bratkartoffeln viel zu schnell hinein. Im Vergleich zu mir haben Höhlenmenschen so schick gegessen wie englische Aristokraten. Aber das ist mir egal. Nach Jahren mit strikten Ernährungsplänen und Trainingsregimenten sind meine Geschmacksnerven ausgehungert und verlangen nach allem, was ungesund, fettig und zuckrig ist. Und sie werden es bekommen. Ich weiß nicht, ob mir eine Mahlzeit jemals besser geschmeckt hat als diese.

Nur die heimlichen Mitternachtssnacks mit Athena kommen da ran. Nachts haben wir uns auf dem Dach vor ihrem Fenster getroffen, wenn alle anderen geschlafen haben. Sie hat immer mit irgendeinem neuen unerfahrenen Produktionsassistenten geflirtet, bis dieser ihr Süßigkeiten an das Set geschmuggelt hat. Die gute Schwester, die sie nun mal ist, hat sie immer bereitwillig mit mir geteilt. Sie hat sich schon immer so verhalten, als wäre sie die Ältere von uns beiden, obwohl es eigentlich andersherum ist.

Wenn ich an sie denke, werde ich wehmütig. Sie ist der einzige Mensch aus dieser Villa, den ich wirklich vermisse. Und wenn ich an sie denke, bekomme ich sofort ein schlechtes Gewissen. Ich weiß, dass sie sich Sorgen macht.

Energisch vertreibe ich Athena aus meinem Kopf. Ich kann mir ein schlechtes Gewissen nicht leisten. Es wird mich zurück zu meiner Familie führen.

»Hat's geschmeckt?« Rebecca taucht wieder auf.

»Ja, vielen Dank. Gute Empfehlung.«

Sie räumt den Teller ab. Ich lasse kurz den Blick durchs Diner schweifen. Zwei Tische weiter sitzt eine Gruppe Jugendlicher. Einer sieht zu mir herüber. Seine Augen ruhen auf mir, und er neigt den Kopf zur Seite, als würde er nachdenken. Panik erfasst mich.

»Könnte ich zahlen?«, frage ich vielleicht ein bisschen zu schnell.

Rebecca nickt nur, kassiert mich ab und wünscht mir lächelnd noch einen wunderschönen Tag.

Ich zwinge mich zurückzulächeln, weil sie der erste Mensch ist, mit dem ich ein nettes, wenn auch kurzes Gespräch geführt habe, seitdem ich abgehauen bin. Rasch stehe ich auf, schnappe meine Sonnenbrille und gehe zur Tür. Eine Handykamera klickt. Ich wende mich um. Zum Tisch, an dem die Teenager sitzen. Einer von ihnen hält das Handy erhoben. Doch er richtet es auf seine Freunde. Ich ermahne mich, nicht so paranoid zu sein, setze meine Sonnenbrille wieder auf und verlasse das Diner. Mein viel zu schnell schlagendes Herz ignoriere ich einfach.

4. KAPITEL

Alice

Ich spüre deutlich, wie meine Gehirnzellen jämmerlich krepieren. Sie verabschieden sich. Eine nach der anderen. Noch einmal winken sie mir fröhlich, und dann sind sie auch schon verschwunden. Für immer.

Okay, vielleicht übertreibe ich ein bisschen. Aber nachdem ich innerhalb einer Woche fast alle Staffeln von *Catching up with the Carters* geguckt habe, nur im Bett gelegen und kein Tageslicht abbekommen habe, fühlt sich mein Kopf tatsächlich sehr seltsam an.

Ich hatte einen logischen Grund, mir das alles reinzuziehen: Wenn ich Hadrian Carter finden will, brauche ich Anhaltspunkte. Ich muss herausfinden, wie er tickt. Ich muss wissen, was er mag, was er hasst. Welche Orte ihm gefallen. Welche Motivation er haben könnte, von zu Hause abzuhauen.

Doch auch nach Stunden über Stunden mit Familie Carter in meinem kleinen WG-Zimmer bin ich nicht schlauer. Mein einziger Trost ist, dass ich mich in all meinen Vermutungen bestätigt fühle. Hadrian Carter ist ein oberflächlicher Promi, der vom wahren Leben keine Ahnung hat. Er macht unlustige Witze und hat eine Frauengeschichte nach der anderen am Laufen. Diese ganze Romantik, die Rachel Hanson und er vor der Kamera abgezogen haben, halte ich nicht für echt. Sie ist schließlich Schauspielerin – und keine schlechte, muss ich zugeben. Und er hat es quasi mit der Muttermilch eingeflößt bekommen, vor der Kamera gut lügen zu können.

Ich glaube sowieso, dass das meiste nicht real ist, was ich mir angesehen habe. Aber das hilft mir leider nicht weiter. Ich habe keine Ahnung, wo ich mit meiner Suche beginnen soll.

Ein bisschen zu grob reibe ich mir über die Augen. Ich habe viel zu lange auf den Bildschirm meines Laptops gestarrt. Energisch klappe ich ihn zu. Man muss sich Niederlagen eingestehen können. Elijah Bishop sitzt gerade bestimmt in seinem Büro und grinst übers ganze Gesicht, weil er meine Verzweiflung körperlich spüren kann. Deswegen findet er die meisten Skandale zuerst. Vermutlich funktioniert es über seinen Geruchssinn. Er kann Verzweiflung riechen, schließlich hat er auch äußerlich genug Ähnlichkeiten mit einem Trüffelschwein.

Ich hole mein Handy hervor und öffne Twitter. Das ist die einzige Plattform, auf der ich ab und an mal was poste. Wenn mir danach ist. Und heute ist mir danach.

Ich muss Hadrian Carter finden, sonst verliere ich meinen Job. Hinweise gerne an mich #catchhadriancarter

So langsam, als wäre ich in der letzten Woche um fünf Jahrzehnte gealtert, erhebe ich mich endlich von meinem Bett und schlurfe in die Küche. Hien sitzt an unserem winzigen Tisch, hat eine Tasse Kaffee in der einen und ein neues Skript in der anderen Hand. Im Gegensatz zu mir sieht sie richtig schick aus. Sie trägt einen engen Bleistiftrock und eine helle Bluse. Ihre schwarzen Haare, die ich ihr vor ein paar Wochen zu einem modischen Bob geschnitten habe, sind perfekt in Form geföhnt und glänzen richtig.

Hien ist das typische L. A.-Klischee. Sie kommt aus einer Kleinstadt in Neuengland, wo ihr an ihrer Highschool mit zweihundert Schülern jeder gesagt hat, dass sie die beste Schauspielerin ist, die sie jemals gesehen haben. Und dann ist sie nach ihrem Abschluss voller Hoffnung nach L. A. gekommen und dachte, sie würde nach zwei Wochen schon entdeckt werden und in ihrem ersten Film an der Seite von Leonardo DiCaprio mitspielen. Das ist nun auch schon vier Jahre her, und sie hält sich mit kleinen Werbespots und Jobs als Barkeeperin über Wasser.

Doch obwohl sie auch manchmal den Mut verliert, gibt sie nicht auf. Wir sind beide naiv in dieser Stadt angekommen und sind mit der Zeit zu Zynikerinnen geworden. Ja, genau das macht L. A. mit einem.

»Sie lebt noch«, sagt Hien grinsend, sobald ich die Küche betrete. Sie guckt kurz von ihrem Skript auf und mustert kritisch meinen Aufzug. Meine Haare habe ich mir unordentlich zusammengebunden. Aber es hängen mehr Strähnen heraus, als von dem Haargummi noch zusammengehalten werden, weil meine Haare zu kurz für einen stabilen Pferdeschwanz sind. Ich trage schon den fünften Tag in Folge die gleiche Jogginghose mit den weißen Farbsprenkeln, die daran erinnern, dass wir beim Einzug die Wände gestrichen haben, und auf meinem *Stranger-Things*-T-Shirt prangt ein Fleck, dessen Farbe ich nicht eindeutig einem Lebensmittel zuordnen kann. Ich sah schon mal besser aus. Allerdings habe ich noch nie viel davon gehalten, mein Elend zu verstecken. Eine ordentliche Schicht Make-up im Gesicht und ein Cocktailkleid am Körper wird auch nicht verdecken können, in was für einer misslichen Lage ich mich befinde.

»Die Betonung liegt auf *noch*«, erwidere ich, schütte mir Kaffee in eine Tasse und setze mich Hien gegenüber an den Tisch.

»Hat es dir irgendwas gebracht, die Show zu gucken?« Ihr aufmunternder Tonfall kann mir in den meisten Lagen helfen. Jetzt gerade leider nicht.

»Nö.«

Hien seufzt und klappt ihr Skript zu. Dass sie das macht, bedeutet, dass ich wirklich noch erbärmlicher aussehe, als ich mich fühle.

»Es muss doch eine Möglichkeit geben. Du kannst mich nicht verlassen. Was mache ich denn ohne dich?«

Ich greife nach ihren Händen. »Es wird schon.« Diese Worte auszusprechen, fällt mir auf einmal leichter, da ich nicht mich selbst, sondern jemand anderen aufmuntern soll.

»Sag das noch mal und diesmal mit mehr Überzeugung, dann glaube ich dir vielleicht sogar.«

Ein kleines Lächeln kann ich mir nicht verkneifen, aber dann muss ich schwer seufzen. »Ich kann nicht zurück nach Hause.« Allein bei dem Gedanken daran wird mir übel. Ich habe keine Ersparnisse, weil mein Gehalt nur knapp für die Miete dieser Bruchbude und Essen reicht. Egal, wie sparsam ich auch bin, am Ende des Monats habe ich immer nur wenige Cents übrig. Sobald mein Lohn nicht mehr überwiesen wird, habe ich ein riesiges Problem. »In Seattle regnet es die ganze Zeit.« Ich versuche mich an einem Scherz, obwohl wir beide wissen, dass das Wetter nicht der Grund ist, warum ich nicht zurückkehren will.

»Das wird schon«, sagt Hien, und da sie eine Schauspielerin ist, bin ich mir nicht sicher, ob die Zuversicht in ihrer Stimme aufrichtig ist. »Irgendein Reporter wird einen Hinweis finden, und der wird dir genügen, um den ganzen Fall zu lösen.«

Hien nennt es schon die ganze Zeit den Fall Hadrian Carter, als wäre er umgebracht worden und ich müsste seinen Mörder finden. Das liegt vermutlich daran, dass sie so oft für Nebenrollen in all diesen Shows vorspricht, deren Namen nur aus wenigen Buchstaben bestehen. Navy CIS. FBI. SWAT. Und was es sonst noch gibt. Ein paarmal war sie sogar schon ein Mordopfer oder die hysterische Freundin des Toten. Und ich finde, sie hat alles aus diesen Rollen herausgeholt. Selbst, wenn sie nur still in einem Leichensack gelegen hat. Wir haben bei jeder Sekunde, die sie im Fernsehen zu sehen war, laut gejubelt und Popcorn gegessen. Auch jeden meiner noch so unbedeutenden Artikel haben wir gefeiert. Ich glaube, dass diese Freundschaft der einzige Grund ist, warum wir beide noch nicht aufgegeben haben. Deswegen hat Hien vermutlich auch so große Angst. Ich könnte es auch nicht ertragen, auf einmal auf mich allein gestellt zu sein, sollte sie jemals in ihr Heimatnest zurückkehren.

»Hör auf, deine Hände zu quälen«, ermahnt sie mich auf einmal und schlägt auf meine Finger, wie sie es schon so oft getan hat. Erst jetzt fällt mir auf, dass ich schon wieder mit dem Nagel Haut von meinen Fingern kratze. Ich tue das so unbewusst, dass ich es meistens erst spüre, wenn ich mir damit genug wehtue, dass ich ein bisschen blute.

»Hast du wenigstens ein paar Folgen *The Newsroom* geguckt?«, fragt Hien. »Das heitert dich immer auf.«

Sie kennt mich wirklich viel zu gut. Ständig zieht sie mich damit auf, dass ich diese Serie viel zu oft gucke. Natürlich ist es Ansichtssache, was »zu oft« bedeutet. Aber wenn ich ehrlich bin, ist meine Liebe zu dieser Serie wirklich ein bisschen besorgniserregend. Wenn ich einen schlechten Tag hatte, schaue ich sie mir an, und sofort geht es mir besser.

Doch gerade zweifle ich stark daran, dass das funktionieren würde. Diese Serie hat mich vor Jahren inspiriert, Journalistin werden zu wollen. Aber sie jetzt zu gucken, während alle meine Träume vor meinen Augen verpuffen wie die Fata Morgana, die sie nun einmal immer waren, wäre zu schmerzhaft.

»Gerade kann ich nichts mehr gucken. Ich habe viel zu lange auf einen Bildschirm gestarrt«, sage ich also und hoffe, dass Hien nicht hört, wie belegt meine Stimme ist. »Aber ich gehe mal raus. Ich war schon viel zu lange nicht mehr an der frischen Luft.«

»Gute Idee«, meint Hien. »Du bist schon leichenblass.«

Ich funkle sie gespielt wütend an, drücke aber noch einmal ihre Hand, bevor ich sie mit ihrem Skript in der Küche allein lasse.

☆

Mein Spaziergang hat meinen Kopf leider nicht klar gemacht. Auch die zündende Idee, die die Lösung all meiner Probleme bedeutet, habe ich nicht gefunden. Die Wirkung von frischer Luft wird definitiv überschätzt.

Ich habe nur wieder festgestellt, dass in Los Angeles immer alle zu fröhlich aussehen, obwohl ich aus eigener Erfahrung weiß, dass es den meisten Menschen in dieser Stadt beschissen geht. Hier ist alles Show.

Auch der Sonnenschein nervt mich. Das schlechte Wetter in Seattle war ehrlicher. Echter. Glaubhafter.

Ich setze mich auf eine Bank in der Nähe des Strandes. Das Rauschen des Meeres kann meine Gedanken nicht beruhigen, sondern bewirkt nur das Gegenteil. Es macht mich wütender.

Zögerlich hole ich mein Handy hervor. Und noch zögerlicher öffne ich mein Adressbuch und starre auf die Namen meiner Familie. Wenn mein Leben hier implodiert, wird mir nichts anderes übrig bleiben als zurückzukriechen.

Mein Daumen schwebt drohend über dem Anrufbutton. Ich kann es genauso gut jetzt hinter mich bringen. Vielleicht ist die Realität gar nicht so schlimm wie das, was ich mir gerade in den buntesten Farben ausmale, versuche ich mir einzureden, obwohl ich genau weiß, dass es nicht so ist. Trotzdem muss ich das Pflaster jetzt abreißen.

Aber bevor ich auf den grünen Hörer drücken kann, trudeln Benachrichtigungen von Twitter ein.

Ich bin dankbar für die Ablenkung. Das wird zwar nichts an der Tatsache ändern, dass ich früher oder später werde anrufen müssen, aber ein paar Minuten Schonfrist sind mir noch vergönnt.

Ich öffne Twitter. Und mein Atem stockt.

Das muss ich mir einbilden. Es ist unmöglich, dass ich in der letzten Stunde über tausend neue Follower bekommen habe. Ich hatte immer nur ein paar Hundert, die meisten ehemalige Kommilitonen. Plötzlich sind es fast zweitausend, und die Zahl steigt immer weiter. Alle paar Sekunden wird mir eine neue Benachrichtigung von Twitter angezeigt. Neue Follower. Neue Re-Tweets. Neue Nachrichtenanfragen im Chat.

Bevor ich endlich verstehe, was hier abgeht, vergehen noch einige Minuten. Mein Hashtag catchhadriancarter geht durch die Decke. Auf einmal ist er überall. Wildfremde Menschen markieren mich in ihren Tweets, in denen sie ihre Theorien über Hadrian Carters Verschwinden teilen. Die meisten Theorien sind natürlich völliger Unsinn. Er wurde entführt. Er hat sich einer Sekte angeschlossen. Er ist ins Kloster gegangen. Die einzige Verschwörungstheorie, die fehlt, ist, dass er von Aliens entführt wurde, weil sie auf dem Mars eine Reality-TV-Show starten wollen. Oh. Ich nehme das zurück. Auch die habe ich gefunden.

Es ist eine wahre Flut an Informationen, und jede ist überflüssiger als die davor.

Meine Hoffnung hatte schon wieder gewagt, sich in mir zu rekeln. Doch ich zwinge sie, sich wieder tief in meinem Inneren zu verkriechen. Ich habe die Twitter-Community um Hinweise gebeten, doch natürlich überhäuft sie mich nur mit Meinungen, die niemand hören wollte und die nur den Verfasser der Nachricht interessieren.

Die steigende Zahl meiner Follower wird mir auch nicht helfen. Elijah Bishop wird mich trotzdem feuern. Ich schinde nur Zeit. Ich muss der Wahrheit endlich ins Auge blicken und meine Familie um eine zweite Chance anbetteln. Nach meinem letzten Gespräch mit Elijah müsste man meinen, dass ich in dieser Art von Erniedrigung inzwischen Übung habe. Das macht es leider nicht weniger schmerzhaft.

Ich will die App schon wieder schließen, da fällt mein Blick auf ein Foto.

Meine Finger beginnen zu zittern und machen es mir schwer, den Tweet zu öffnen, in dem ich markiert wurde.

Dort steht unter dem Hashtag catchhadriancarter die Frage: Ist er das?

Ich traue mich kaum zu blinzeln, während ich das Bild vergrößere. Er sieht anders aus. Der Bart fehlt. Seine Haare werden von einem schwarzen Basecap verdeckt. Er blickt zu Boden. Aber ich habe auch die älteren Staffeln von *Catching up with the Carters* gesehen. Bevor Hadrian Carter Bartwuchs bekommen hat. Also weiß ich, wie sein Gesicht rasiert aussieht. Und dieses Gesicht starre ich gerade an. Das ist er. Ich weiß es einfach.

Hoffnung steigt in mir auf. Ich habe meinen ersten Hinweis. Ich sehe Hadrian Carter auf dem Foto so intensiv an, als wollte ich, dass er meinen Blick auf seiner Haut spüren kann. Und dann flüstere ich ganz leise mein Versprechen: »Ich werde dich finden.«

5. KAPITEL

Hadrian

Ich würde dieses öffentliche Telefon vermutlich auch nicht irritierter ansehen, wenn es eine Schaltfläche der NASA wäre. Solche Dinger gibt es noch? Ich dachte, die wären inzwischen genauso ausgestorben wie MP3-Player und Videotheken. Vermutlich ist das Exemplar vor mir das letzte seiner Art. Ganz langsam nähere ich mich ihm, als hätte ich Angst, es zu verschrecken.

Isolation tut mir nicht gut. Ich verhalte mich wirklich seltsam.

Die Kappe ziehe ich mir noch tiefer in die Stirn, krame aus meiner Hosentasche ein paar Münzen hervor und wähle die einzige Nummer, die ich auswendig weiß.

Das, was ich hier tue, ist nicht die beste Idee, die ich seit meiner Flucht hatte, aber mein schlechtes Gewissen fühlt sich jeden Morgen schwerer an als am Vortag. Und wenn ich es nicht loswerde, werde ich mich in ein paar Tagen gar nicht mehr bewegen können, weil es mich mit seinen Gewichten an der Stelle fixieren wird.

Ich hätte auch einfach mein neues Handy benutzen können, um sie anzurufen. Aber ich hatte mir vorgenommen, mit meiner neuen Nummer keinen Kontakt zu meiner Vergangenheit herzustellen. Zumindest nicht sofort. Außerdem habe ich die berechtigte Angst, dass unsere Mutter es irgendwie hinkriegt, alle Handys in der Villa zu hacken. So haben wir es uns, als wir noch Teenager waren, erklärt, dass sie es immer geschafft hat, alles über uns zu wissen, was wir versucht haben, vor ihr zu verstecken.

Ich drücke mir den Hörer ein bisschen zu fest ans Ohr. Jeder Klingelton scheint lauter zu sein als der davor.

»Hallo?« Athena zieht das Wort in die Länge. Unbekannte Nummern auf ihrem Handy-Display machen sie misstrauisch.

Verständlich. Wenn man bedenkt, dass sie ständig irgendwelche Fans blockieren muss, weil sie irgendwie ihre Nummer herausgefunden haben und sie nicht mehr in Ruhe lassen.

»Ich bin es.«

»Adrian?«, schreit sie viel zu laut ins Telefon.

»Sprich leiser oder willst du, dass Mom dich hört?«, fahre ich sie mit gesenkter Stimme an, obwohl ich derjenige von uns beiden bin, dessen Lautstärke keine Rolle spielt.

»Sorry«, murmelt sie. Sie bewegt sich zügig durchs Haus. Ich höre deutlich das laute Klacken, das ihre High Heels auf dem Marmorboden hervorrufen. Dieses Geräusch würde ich überall wiedererkennen. Und die Tatsache, dass sie hohe Schuhe trägt, heißt, dass vermutlich gleich wieder ein Dreh oder eine Veranstaltung ansteht, auf die sie keine Lust hat. Wenn es etwas gibt, das meine Schwester noch mehr hasst als Paparazzi und zuckerfreies Essen, dann sind es High Heels.

Das Klacken verstummt, dafür vernehme ich ein Quietschen. Sie muss das Fenster in ihrem Zimmer aufdrücken, denn es gibt nur eines in unserer ganzen Villa, das beim Öffnen dieses Geräusch macht. Ich spüre einen kleinen Stich in meiner Brust, als mir klar wird, dass Athena gerade auf den Dachvorsprung vor ihrem Fenster klettert, auf dem wir uns immer treffen, wenn uns der Trubel im Haus zu viel wird. Nun ist sie allein dort. Und ich bin nicht mehr da, um sie zurückzuziehen, wenn sie sich mal wieder zu nah an die Kante setzt.

»So, ich bin außer Hörweite«, sagt sie und atmet laut ein und aus, bevor sie weiterspricht. »Du bist einfach abgehauen.« Es sollte wie ein Vorwurf klingen, aber ihre Anerkennung und ihr Lächeln sind nicht zu überhören. Innerlich seufze ich erleichtert. Ich hatte Angst, dass sie mir das nicht vergeben würde. »Ich bin einfach abgehauen«, wiederhole ich, weil mir einfach nichts Besseres einfällt. Ich habe tagelang darüber nachgedacht, ob ich sie tatsächlich anrufen sollte und nun, da es so weit ist, kriege ich keinen sinnvollen Satz heraus. Typisch.

»Adrian?«, fragt sie vorsichtig und benutzt den Namen, den sie mir vor Jahren gegeben hat und den ich ab jetzt immer tragen werde.

»Ja?«

»Geht's dir gut?«

Es ist wohl die banalste Frage auf der Welt. Wir benutzen sie jeden Tag so oft, dass sie schon vor Jahrzehnten jede Bedeutung verloren hat. Außer, wenn meine Schwester sie ausspricht.

»Ganz gut«, antworte ich. »Ich hatte gehofft, dass sich die Sache schneller erledigen würde.«

»Ja, die Medien haben sich ziemlich festgebissen.« Ich kann mir genau vorstellen, wie breit ihr Grinsen sein muss. »Mom ist am Ausrasten. Aber nicht die täglichen Ausraster, wenn man mal zu spät am Set ist oder sich weigert, ihren Unsinn mitzumachen. Nein, ich meine ein richtiger Evelyn-Carter-meine-Girlgroup-ist-gescheitert-nun-bin-ich-mit-undankbaren-Kindern-gestraft-Ausraster vom Feinsten. Und zwar mindestens alle zwanzig Minuten.«

»Tut mir leid, dass sie ihre Launen an euch auslässt.«

»Mach dir keinen Kopf«, wiegelt Athena ab. »Endlich passiert hier mal was.« Sie klingt locker, doch ich kaufe ihr diesen Tonfall nicht ab.

»Sei ehrlich«, sage ich.

Athena reagiert so lange nicht, dass ich schon glaube, sie hätte einfach aufgelegt.

»Ich bin neidisch.«

»Neidisch? Auf mich?«

»Nein, auf Demeter. Natürlich auf dich!« Ich spüre förmlich, dass sie noch weiter über den Vorsprung nach vorn krabbelt und ihre Beine über den Abgrund hängen lässt. »Aphrodite ist weg. Jetzt du auch noch. Ihr hattet den Mut, das zu tun, was ich mir schon vor Jahren vorgenommen habe. Du bist gegangen. Und ich bin noch hier.«

Mein Rachen wird staubtrocken. »Athena …«

»Nein, vergiss es«, unterbricht sie mich schnell. »Ich gönne es dir. Wirklich.« Das weiß ich, aber das heißt nicht, dass sie nicht auch ein bisschen sauer auf mich ist. »Und um den Medienrummel beneide ich dich nun wirklich nicht. Traust du dich überhaupt auf die Straße?«

»Nicht so oft, wie ich eigentlich wollen würde.«

»Das ist der Preis, den du zahlen musst«, erwidert sie pragmatisch. »Aber diese Twitteraktion ist echt übertrieben.«

»Welche Twitteraktion?«, hake ich nach.

»Du weißt nichts davon?«

Mir ist klar, dass meine Schwester gerade eins dieser Dinge anspricht, von denen man sich im Nachhinein immer wünscht, man hätte nie davon erfahren. Doch meine Neugier ist stärker.

»Offensichtlich nicht, sonst würde ich nicht fragen«, sage ich trocken. »Es ist was Schlimmes, oder?«

»Mh, weiß nicht, ob *schlimm* das richtige Wort ist. Viele würden es wohl als kreativ oder innovativ bezeichnen. Caesar, Octavian und ich finden es einfach nur unterhaltsam.« Sie macht eine kurze Pause. »Sorry für die Schadenfreude. Die sollte ich wohl eher auf Demeter umleiten, die seit einer Woche ihren Instagram-Account nicht mehr ohne Babysitter verwalten darf und deswegen täglich in die Villa fahren muss, um alles vorher von Mom gegenlesen zu lassen, weil sie fast eine Story über dein Verschwinden gepostet hätte. Ich sage dir, Mom war kurz davor, ihr geliebtes Smartphone im Pool zu versenken.«

»Athena, du kommst vom Thema ab«, sage ich ungeduldig, weil ich wissen muss, wovon sie spricht.

»Sorry«, meint sie. »Ganz Amerika sucht nach dir.«

»Das habe ich mitbekommen.«

»Nein, nicht einfach nur suchen, sondern so *richtig* suchen. Du bist quasi das Ziel einer Schnitzeljagd auf Twitter.«

»Kannst du dich auch klarer ausdrücken?« Ich bin mir ziemlich sicher, dass meine Schwester das inzwischen mit Absicht macht. Sie hat es schon immer genossen, meine Geduld überzustrapazieren.

Ich warte auf ihre Antwort, doch statt ihrer Stimme höre ich eine andere. Hektisch blicke ich über meine Schulter. So paranoid bin ich also schon – dass ich befürchte, dass meine Mutter gleichzeitig in L. A. und neben mir auf der Straße stehen kann.

»Ich komme schon, Mom«, ruft Athena. »Ich telefoniere nur mit einer Freundin.« Obwohl ich eigentlich wusste, dass meine Schwester mich nicht verraten würde, erleichtert es mich, diese Worte zu hören.

»Ich muss auflegen«, richtet sich Athena flüsternd an mich. »Ruf immer an, wenn du willst.« Wieder wendet sie sich an unsere Mutter. »Ich komme ja schon.« Dann wieder an mich. »Such einfach den Hashtag catchhadriancarter. Der erklärt sich von selbst.« Kurz stockt sie. »Und versprich mir eins.«

»Was?«

»Versteck dich nicht die ganze Zeit in Hotelzimmern. Du bist frei. Das musst du nutzen. Das schuldest du mir. Also mach das, was du schon seit Jahren tun willst. Schieb es nicht weiter auf.« Sie wartet meine Antwort nicht ab. Sie legt auf. Die Leitung ist tot, und ich bin wieder allein.

Ganz langsam und bedächtig lege ich den Hörer auf, als würde ein Teil von mir dieses Telefon tatsächlich für ein vom Aussterben bedrohtes Tier halten. Nur schwer kann ich ihm den Rücken zukehren und weitergehen, weil es sich ein bisschen so anfühlt, als würde ich das auch mit Athena tun.

Es war gleichzeitig schön und traurig, ihre Stimme zu hören. Weil diese Flucht nicht nur mein Traum war, sondern auch ihrer. Ich habe sie zurückgelassen, und uns beiden ist klar, dass sie nie das Gleiche getan hätte. Daran können auch ihre aufmunternden Worte nichts ändern.

Ich reiße mich endlich los und trete den Rückweg zum Motel an. An einem Kiosk stocke ich. Diesmal nicht, weil ich mir selbst mit einem aufgesetzten Lächeln entgegenblicke, sondern weil ich Landkarten entdeckt habe.

Athenas letzte Worte lassen mich nicht los.

Ich soll das tun, was ich schon seit Jahren tun will.

Sie hat recht. Wie so oft.

Also kaufe ich eine Landkarte, stecke sie mir in die hintere Hosentasche und setze mich in den nächsten Bus. Doch anstatt die Fahrt zu nutzen, um mir eine Route zurechtzulegen, hole ich mein Handy hervor. Denn es gibt noch eine weitere Aussage, die mich nicht loslässt.

Endlich bringe ich es über mich, einen neuen, anonymen Twitteraccount anzulegen. PeterParker321. Die Zahlen müssen leider sein, weil ich natürlich nicht der erste Kerl bin, der auf die bahnbrechende Idee gekommen ist, sich nach seinem Lieblingssuperhelden zu benennen.

Ich will den Hashtag, den Athena mir genannt hat, in die Suche eingeben. Doch das muss ich gar nicht. Er wird mir vorgeschlagen. So beliebt ist er.

Mein Herz hämmert viel zu schnell in meiner Brust. Ich scrolle durch die Beiträge. Mir wird nicht sofort klar, was das Besondere daran ist – bis ich das Foto entdecke.

Es zeigt mich, wie ich das Diner verlasse. Meine Kehle ist auf einmal zu eng, um zu schlucken oder zu atmen. Die Teenager haben doch ein Foto von mir gemacht. Und sie haben mich erkannt, obwohl ich alles getan habe, um mein Aussehen zu verändern.

Wut steigt in mir auf. Wer hat ihnen das Recht gegeben, mich zu verfolgen wie einen Verbrecher? Ich bin ein freier Mensch. Wie jeder andere auch. Ich gehöre nicht der Öffentlichkeit. Ich gehöre nur mir selbst.

Die Hand um mein Handy verkrampft sich so stark, dass ich spüre, wie sich die Kanten des Geräts schmerzhaft in meine Haut bohren, dennoch kann ich den Griff nicht lockern. Ich habe das unstillbare Bedürfnis, etwas kaputt zu machen.

Obwohl es mich vermutlich nicht besänftigen wird, schaue ich mir noch weitere Beiträge an. Bis ich auf den ersten stoße.

Ich muss Hadrian Carter finden, sonst verliere ich meinen Job. Hinweise gerne an mich #catchhadriancarter

Wütend starre ich auf das kleine Bildchen neben diesen Worten, die mir meinen Plan gehörig versauen.

Wer zur Hölle ist Alice Gold?

6. KAPITEL

Hadrian

Meine Sachen sind schon gepackt. Das heißt, ich habe die drei T-Shirts und zwei Jeans wieder in meinen Wanderrucksack gestopft. Das Packen hat mich genau zwanzig Sekunden gekostet. Dennoch sitze ich immer noch in diesem Motelzimmer, einem Ort, an dem niemand länger verweilen will als nötig, und komme nicht von der Stelle. Schon wieder.

Anstatt mich aufzuraffen, starre ich mein Handy an. Das mache ich schon viel zu lange. Obwohl ich das weiß, schaffe ich es doch nicht, es wegzulegen.

Alice Gold. So heißt die Frau, die mich verfolgt und mir mit ihrem Hashtag jeden Twitternutzer im ganzen Land auf den Hals gehetzt hat. Vielen Dank dafür. Nur weil sie für eine Gossipwebsite arbeitet, nennt man das nicht Stalking.

Da ich mir eingebildet habe, dass ich mich weniger ausgeliefert fühlen würde, wenn ich auch etwas über sie erfahre, habe ich sie gegoogelt – und erstaunlich wenig über sie herausgefunden. Nur Artikel, die sie im Laufe der Jahre geschrieben hat, wurden mir angezeigt. Aber die verraten ja nichts über sie, also habe ich mir nicht die Mühe gemacht, sie zu lesen. Auf ihren Social-Media-Seiten gibt sie nur wenig über sich preis. Das sollte mich nicht überraschen. Denn es ist ja klar, dass jemand, der seinen Lebensunterhalt damit verdient, in die Privatsphäre anderer Menschen einzudringen, viel Wert auf seine eigene legt.

Wenn ich schon an diese verabscheuungswürdige *Day-to-Day-Gossip*-Seite denke, spüre ich, wie Wut in mir hochkocht. Ich kann mich gut daran erinnern, wie vor allem meine Schwestern unter den Artikeln gelitten haben, die auf solchen Seiten über sie veröffentlicht wurden. Aphrodites Beziehung zu Garett wurde zerfleischt, sobald die Presse Wind davon bekommen hat, und *Day-to-Day-Gossip* hat sich rege an den bösartigen Headlines beteiligt. Ohne zu wissen, was dahintersteckt, haben die Aasgeier, die bei solchen Websites und anderen Klatschzeitschriften arbeiten, über sie geurteilt, ihr vorgeworfen, Garetts Beziehung zu Katherine O'Connell zerstört zu haben, und sich mit ihren feindseligen Aussagen auf sie gestürzt.

Doch Garett und sie haben den Sturm ausgesessen und weil die Paparazzi keine Reaktionen von ihnen bekommen haben, egal, wie sehr sie sie provoziert haben, haben sie irgendwann auch von ihnen abgelassen.

Aber solche Skandale, die ihre Opfer wie ein Tsunami überrollen und drohen fortzuspülen, sind nicht der einzige Weg, den solche sogenannten Boulevardjournalisten nehmen, um das Selbstwertgefühl anderer Menschen zu untergraben, bis davon nichts mehr übrig bleibt. Vielleicht sind nicht einmal diese riesigen Unwetter das Schlimmste, sondern eher die Wellen, die kontinuierlich angespült werden. Die Artikel, die fast jeden Tag zu lesen sind. Die nicht so laut sind, aber trotzdem nicht überhörbar.

Ich musste Athena immer ihr Handy wegnehmen, wenn mal wieder irgendein Praktikant auf die beschissene Idee kam, eine Geschichte über die zwei Kilos zu schreiben, die sie zugenommen hat, oder die Cellulite, die sie – angeblich! – am Hintern hat. Den Schaden, den diese Menschen mit ihren Worten anrichten, bekommen sie in ihren Büros gar nicht mit. Sie wissen nicht, wie oft meine sonst so starke Schwester sich in den Schlaf geweint hat, weil sie schon wieder für ihr Aussehen kritisiert wurde. Sie wissen nicht, wie viele Stunden sie vorm Spiegel gestanden hat und sich für das gehasst hat, was sie gesehen hat.

Ich spüre wieder, wie ich mein Handy eine Spur zu fest drücke. Meine Hand schmerzt. Also zwinge ich mich, diese Gedanken zu vertreiben.

Wieder starre ich Alice Gold an, deren Foto ich auf meinem Handy geöffnet habe. Es hat mich überrascht, dass sie so jung aussieht, weil ich mir Klatschreporter komischerweise immer älter vorgestellt habe. Ihr Gesicht ist schmal, ihre Wangenknochen kantig, ihre Nase markant. Sie hat dunkelblonde Haare, die knapp nicht ihre Schultern berühren. Ihre Augen sind blau oder grün, je nachdem, ob ich ihr Twitter-Profilbild oder das Bild auf der Webseite von *Day-to-Day-Gossip* betrachte. Doch es sind nicht ihre Augen, die mich ihre Fotos mehrmals betrachten lassen. Es ist ihr Lächeln. Obwohl sie die Mundwinkel nach oben zieht, wirkt es nicht wie eins. Es ist irgendwie distanziert. Schwierig zu beschreiben.

Da sie auf Social Media so still ist, finde ich eigentlich nur auf der Website von *Day-to-Day-Gossip* Informationen über sie. Dort steht in einem kleinen Lebenslauf, dass sie in Seattle geboren wurde, nach ihrem Highschool-Abschluss ein Stipendium für Stanford bekommen hat – okay, ich gebe zu, ich bin ein bisschen beeindruckt, obwohl ich es definitiv nicht sein will – und nach ihrem Studium direkt bei *Day-to-Day-Gossip* angefangen hat. Von einer Standford-Absolventin hatte ich mehr erwartet.

Ich stöhne auf und sperre mein Handy. Ich habe mir ihr Bild und ihren Lebenslauf nun wirklich schon oft genug angeguckt. Es reicht jetzt. Ich schinde nur Zeit. Denn solange ich über Alice Gold nachdenke, muss ich mich nicht mit mir selbst und meiner Lage befassen. Aber wenn ich das noch länger vermeide, werde ich früher oder später mit der durchgesessenen Matratze, auf der ich sitze, zusammenwachsen.

Es steht also fest: Ich muss ganz dringend dieses deprimierende Zimmer verlassen. Aber bevor ich in den olivgrünen Jeep springen kann, den ich vor einer Woche bei einem mehr als windigen Autoverkäufer erstanden habe, brauche ich ein Ziel.

Wenn ich nicht einmal weiß, in welche Himmelsrichtung ich fahren will, brauche ich den Motor gar nicht anzulassen.

Selbst die Frage, ob ich nach der Ausfahrt nach rechts oder links abbiegen soll, überfordert mich.

Wer hätte gedacht, dass Freiheit so kompliziert und anstrengend sein könnte?Das sind so simple Fragen und doch sind sie zu viel für mich. Süden oder Norden? Snickers oder Mars zum Abendessen? So viele Möglichkeiten. Und ich habe nie gelernt, sie selbst auszuwählen.

Dass mein Leben fremdbestimmt war, wusste ich. Aber was das aus mir gemacht hat, wird mir erst jetzt klar. Wo ich in einem schmuddeligen Zimmer sitze und mich nicht fortbewegen kann, weil ich einfach keine Ahnung habe, was ich will.

Ich hole die Karte, die ich am Kiosk gekauft habe, aus meiner Hosentasche und breite sie vor mir aus. Ohne Athenas Hilfe wäre ich nicht einmal bis zu diesem Punkt gekommen.

Es ist erst wenige Stunden her, dass ich mit ihr gesprochen habe und doch würde ich sie am liebsten direkt wieder anrufen. Obwohl auch sie ohne freien Willen aufgewachsen ist, konnte sie mich in eine Richtung schubsen. Ich frage mich bestimmt schon zum hundertsten Mal in meinem Leben, warum sie, obwohl sie dreihundertneunundachtzig Tage weniger auf dieser Welt verbracht hat, so viel reifer ist.

Mit einem roten Stift markiere ich die Orte, von denen ich Athena schon erzähle, seit wir kleine Kinder waren. Ich wollte immer die Nationalparks sehen. Den Grand Canyon. Das Monument Valley. Es mag albern klingen, doch ich wollte mir immer das anschauen, was ich als das Gegenteil meines eigenen Lebens empfunden habe. Und eine Millionen Jahre alte Schlucht hat nun mal nichts mit Beverly Hills gemeinsam.

Obwohl ich über diese Orte schon seit Jahren nachdenke, habe ich erst einen Arschtritt von Athena gebraucht, um sie nun auch mit einem roten Marker auf einer Landkarte zu umkreisen. Da hätten wir ihn wieder – den lähmenden Nebeneffekt der Freiheit.

Doch Athena hat recht. Ich bin gegangen. Jetzt bin ich es ihr auch schuldig, meine Freiheit auszukosten und mich nicht länger von ihr einschüchtern zu lassen.

Also fahre ich mir durch meine Haare, die von meiner letzten Dusche noch feucht sind, setze mein Baseballcap auf und stehe endlich auf. Auch die Matratze, mit der ich zum Glück noch nicht zusammengewachsen bin, hindert mich nicht daran. Dann schnappe ich mir meinen Rucksack vom Boden und stecke mein Handy in meine hintere Hosentasche. Noch einen Moment halte ich inne und betrachte die Karte. Sie erinnert mich an das öffentliche Telefon. Beide stammen definitiv aus einer anderen Zeit.

Ich falte sie wieder zusammen und werfe sie in den Mülleimer. Wem mache ich hier was vor? Ich kann keine Karten lesen. Ich werde sowieso mein Handynavi benutzen. Mit einer Karte würde ich nicht einmal den Weg von hier zum Highway finden, geschweige denn den fünfhundert Meilen entfernten Grand Canyon. Die Punkte zu umkreisen hatte eher eine symbolische Funktion. Ich fühle mich, als hätte ich mein Ziel nun klarer umrissen. Die Karte hat ihren Dienst getan.

Diesmal werfe ich keinen Blick zurück, als ich das Zimmer verlasse. Ich schließe einfach die Tür und laufe schnell die Treppe hinunter, die zum Parkplatz führt. Mein olivgrüner Jeep wartet schon auf mich. Er ist alt und rostig, aber genau das gefällt mir so gut an ihm. Ich habe in meinem Leben genug glänzende, teure Autos besessen. Sie haben keine Seele. Dieser Wagen trägt nicht nur mich und mein Gepäck mit sich herum, sondern auch die vielen Anekdoten und Geschichten, die seine vorherigen Besitzer mit ihm erlebt haben. Ich steige ein, werfe meinen Rucksack auf den Beifahrersitz und hole mein Smartphone hervor. Schnell gebe ich die Adresse ein, stecke das Handy an der Halterung an der Innenseite der Frontscheibe fest und parke aus. Mal wieder fühle ich mich, als stünde ich unter Strom. Doch diesmal fühlt es sich gut an. Ein neuer Abschnitt meiner Reise beginnt. Der bessere. Der so ist, wie ich mir meine Freiheit vorgestellt habe.

Grinsend steure ich auf die Ausfahrt des Parkplatzes zu. Ich kann meine Freiheit schon in den Fingerspitzen spüren. Riecht sie vielleicht nach Benzin und alten Ledersitzen?

Doch bevor ich mir diese Frage beantworten kann, läuft mir jemand vors Auto. Ich drücke gleichzeitig auf die Hupe und weiche aus. Es geht so schnell, dass ich die Person nicht richtig erkennen kann. Da bin ich auch schon an ihr vorbei. Nichts ist passiert. Trotzdem pocht mir mein Herz bis zum Hals. Vielleicht weiß ich nicht, wie meine Freiheit riecht. Aber sie fühlt sich auf jeden Fall an wie Adrenalin, das viel zu schnell durch meine Adern rauscht.

7. KAPITEL

Alice

»Du ziehst das wirklich durch.«

»Sieht ganz danach aus«, sage ich und nicke, obwohl mich Hien schwer durch die Telefonleitung sehen kann.

Ich sitze in meinem alten, blauen VW-Käfer, der schon längst nicht mehr für die Fahrt auf öffentlichen Straßen zugelassen sein sollte, und folge den Beschreibungen meines Handys durch Santa Clarita. Natürlich hat diese Schrottkarre keine Freisprechanlage, deswegen habe ich Hien einfach auf Lautsprecher gestellt, als sie mich während der Fahrt angerufen hat. Der Motor meines Autos dröhnt manchmal so laut, als wollte er sich über die Unverschämtheiten der jungen Fahrzeuge beschweren, die gar nicht mehr wissen, wie schwer das Leben sein kann mit ihren Sitzheizungen, Rückfahrkameras und Einparkhilfen. Deswegen verstehe ich Hien nur schwer.

»Wie hast du ihn jetzt eigentlich aufgespürt?«, fragt Hien.

»Ich habe ja den Tipp auf Twitter bekommen«, antworte ich und halte an einer roten Ampel. »Und der Kerl meinte, er hat Hadrian Carter in einem Diner in Santa Clarita fotografiert, und mir die Adresse genannt.«

»Das weiß ich. Als das passiert ist, warst du ja noch in L. A.«, sagt Hien und klingt ein bisschen ungeduldig. »Aber wie bist du auf dieses Motel gekommen, zu dem du gerade fährst?«

»Ich habe mich mit der Kellnerin im Diner unterhalten, die Hadrian Carter bedient hat«, setze ich an und trommle mit den Fingern auf das Lenkrad. Wie lange kann eine Ampel auf Rot stehen? Weiß sie denn nicht, dass ich dringend weiter muss, weil mir sonst ein Star durch die Finger geht, zusammen mit meiner Karriere? »Sie hat sich an den Namen des Motels erinnert, der auf seinem Zimmerschlüssel stand.«

»Die hat aber ein krasses Gedächtnis«, stößt Hien aus. »Ich habe nach fünf Minuten Fußmarsch zum nächsten Supermarkt schon vergessen, was ich da eigentlich wollte, und erinnere mich erst dann wieder daran, wenn ich mit meinem leeren Magen vor einem leeren Kühlschrank stehe.«

Endlich springt die Ampel auf Grün, und ich kann weiterfahren. Ich atme einmal tief durch, um die Anspannung loszuwerden. Natürlich funktioniert es nicht. Ich bin mir ziemlich sicher, dass mein vollständiges Blutvolumen durch Adrenalin ersetzt wurde. Meine Finger zittern schon leicht. »Hast du andere Tipps auf Twitter erhalten, die dir weiterhelfen?«

»Nein, nur dieser eine Hinweis war brauchbar. Der Rest ist Mist. Dieses Motel muss also ein Treffer sein.«

Ich schlucke die Panik herunter, die bei diesen Worten Besitz von mir ergreifen will, und versuche, positiv zu denken. Obwohl mir das gar nicht liegt und ich auch nicht wirklich Übung in diesem Gebiet habe.

Aber zumindest hatte *Day-to-Day-Gossip* in den vergangenen vierundzwanzig Stunden dank meines Twitter-Posts so viele Website-Aufrufe, dass Elijah mir für die nächsten zwei Monate mein Gehalt schon zugesichert und mir einen Zuschuss überwiesen hat, damit ich genug Geld habe, um Hadrian Carter durchs Land zu verfolgen. Ich habe jetzt eine eigene Kolumne, in der ich meine Reise schriftlich festhalten soll. Den ersten Beitrag habe ich schon geschrieben. Ich soll unsere Leser sehr stark mit einbeziehen, hat Elijah mehrmals betont. Sie sollen das Gefühl haben, dass sie auf dem Beifahrersitz meines Autos sitzen und alles hautnah miterleben. Das soll ich aber schaffen, ohne zu viele Informationen über meine genaue Route preiszugeben. Denn Elijah hat Angst, dass wir damit Konkurrenten die Arbeit erleichtern, und er hasst nichts mehr auf der Welt, als eine große Story an eine andere Website zu verlieren. Also habe ich meine erste Geschichte geschrieben, ohne zu verraten, in welcher Stadt ich bin. Elijah hat mich für den Text sogar gelobt. Natürlich folgte auf seine ersten netten Worte, die er jemals an mich gerichtet hat, gleich wieder eine Drohung, dass er trotz dieser Aktion keine Reue hätte, mich auf die Straße zu setzen, wenn ich die Bedingungen unseres Deals nicht einhalte. Nicht, dass ich daran jemals gezweifelt hätte.

Noch immer wird mein Hashtag viel genutzt. Aber nur von Twitter-Nutzern, die ihre Meinung zur Aktion kundtun und nicht mir helfen wollen. Ich muss mich also mit dem Gedanken anfreunden, dass es bei diesem einen Tipp bleiben könnte.

Obwohl es ein erstaunlich warmer Oktober ist und durch die Fenster meines Autos die Sonne direkt auf mich scheint, wird mir kalt, wenn ich daran denke, wie mein Leben zusammenfallen wird, wenn meine Reise bereits in Santa Clarita endet. Dann hätte ich es eben mal dreiunddreißig Meilen weit geschafft. Das wäre wirklich erbärmlich, und ich will investigative Journalistin werden.

Okay, das mit dem positiven Denken hat wirklich überhaupt nicht funktioniert.

»Was machst du, wenn du ihn gefunden hast?«, fragt Hien und reißt mich damit zum Glück aus meinen düsteren Gedanken.

»Wieso klingt die Frage so anzüglich? Ich werde ihn interviewen«, antworte ich.

»Ihn interviewen? Das ist langweilig«, nörgelt Hien.

»Nicht für mich«, widerspreche ich.

»Dann bist du langweilig.«

Ich lache auf. Nur Hien kann in einem normalen Gespräch übers Telefon so klingen, als würde sie sich dabei theatralisch in Ohnmacht fallen lassen und von einem Mann mit starken Oberarmen aufgefangen werden.

»Aber mal ehrlich«, fährt sie unbeirrt fort und wartet gar nicht ab, dass ich auf ihre nicht ganz ernst gemeinte Beleidigung reagiere. »Weil ich Reality-TV-Shows hasse, ist mir all die Jahre entgangen, wie attraktiv Hadrian Carter ist.«

»Findest du echt, dass er so attraktiv ist?« Hiens Männergeschmack sollte man immer kritisch hinterfragen. Letztes Jahr war sie mit einem Typen zusammen, der so aussah, als könnte er sich nicht entscheiden, ob er Gangster-Rapper oder Priester sein wollte. Mit den Frauen, die sie gedatet hat, habe ich mir hingegen am Morgen wesentlich lieber den Küchentisch geteilt.

»Natürlich! Breite Schultern, volles schwarzes Haar und ein dichter Bart. Was gibt es daran auszusetzen?«

»Ich steh nicht auf Bärte«, wiegle ich ab und biege erneut ab. Wie weit muss ich denn noch fahren? Ich habe das Gefühl, Santa Clarita längst hinter mir gelassen zu haben.

»Dann ist es doch gut, dass er ihn abrasiert hat. Extra für dich.«

Ich verdrehe die Augen so stark, dass ich mir sicher bin, dass Hien es am anderen Ende der Leitung hören kann.

»Und jetzt ist mir außerdem noch aufgefallen, wie gleich alle Mitglieder dieser Familie aussehen. Dieses Interview ist gruselig.«

Sofort werde ich hellhörig. »Interview?«

»Ja, das Interview mit Evelyn Carter. Sie redet über Hadrians Verschwinden. Du hast es noch nicht gesehen? Bist du dir sicher, dass Journalistin der richtige Job für dich ist?«

»Haha, sehr witzig«, sage ich und greife sofort nach meinem Handy, das ich an der Frontscheibe mit einer Halterung fixiert habe.

»Du guckst jetzt nicht nach!«, ruft Hien sofort. Sie kennt mich einfach zu gut. »Bau keinen Unfall, hörst du? Du wartest, bis der Motor aus ist.«

»Ja, Mom«, sage ich genervt, lasse meine Hand jedoch sinken. Hien hat recht. Außerdem weiß ich nicht, was mit meinem Smartphone passiert, wenn ich gleichzeitig das Navi anhabe, mit Hien telefoniere und dann auch noch ein YouTube-Video gucke. Ist es dann überfordert, oder ist das ein Level an Multitasking, das ihm noch zuzutrauen ist?

Endlich kann ich das Motel sehen. Ich steuere direkt darauf zu. Mein Herz schlägt viel zu schnell. »Hien, ich bin gleich da. Ich muss jetzt auflegen. Ich halte dich auf dem Laufenden.«

»Das will ich aber auch schwer hoffen«, meint sie und klingt schon mal provisorisch beleidigt, als wollte sie mir klarmachen, welche Vorwürfe ich mir werde anhören müssen, wenn sie nicht stündliche Updates von mir erhält. Doch dann wird ihre Stimme wieder sanfter. »Pass gut auf dich auf und meld dich wirklich regelmäßig. Ich will wissen, dass es dir gut geht.«

Ein Kloß bildet sich in meinem Hals. Mit Scherzen und gespielter Dramatik kann ich umgehen, doch sobald eine Stimme ernster und die Worte aufrichtiger werden, kann ich kaum noch atmen. Wenn jemals ein Zweifel daran bestanden hat, dass mich meine Kindheit nachhaltig verkorkst hat, wäre er in diesem Moment auch ausgeräumt. Meine beste Freundin sagt etwas Nettes zu mir, etwas Banales, was Freundinnen vermutlich ständig zueinander sagen, und ich könnte schon anfangen zu weinen wie ein kleines Kind, das von seiner Familie an einer Tankstelle vergessen wurde, was mir natürlich nie passiert ist.

»Ich werde mich melden. Danke, dass du dich sorgst. Du bist eine sehr gute Freundin«, sage ich und schaffe es irgendwie, die Worte an dem riesigen Kloß vorbei zu quetschen. Mein ganzes Leben lang ist es mir schwergefallen, freundliche Worte zu finden, obwohl es doch bei den meisten anderen Menschen so verdammt leicht wirkt. Und noch schlimmer ist es für mich, wenn die freundlichen Worte auch noch wahr sind. Ehrlichkeit hatte für mich schon immer ein Gewicht, das ich kaum tragen konnte. Und nun scheint mir genau dieses Gewicht die Luft zum Atmen zu rauben.

»Ich nehme dich beim Wort. Ich will alles wissen«, sagt Hien streng. »Du schaffst das. Ich glaube an dich!«

Sie will mich doch zum Weinen bringen, oder?

»Danke.« Meine Stimme klingt dünn.

»Hol ihn dir! Bye.«

»Bye.«

Dann legt Hien auf, und ich höre nur noch das Röcheln meines VW-Käfers, während ich auf den Parkplatz des Motels einbiege. Mein Herz hüpft so hektisch in meinem Brustkorb herum, als wäre es eine Flipperkugel. Meine Hände schwitzen.

Ich lenke das Auto in eine Lücke, stelle den Motor ab und greife, weil ich nicht anders kann, sofort nach meinem Handy. Ich muss wissen, von welchem Interview Hien gesprochen hat. Schon während ich meinen Gurt löse und aus dem Wagen klettere, öffne ich die App und suche nach dem Video. Ich finde es sofort.

Die ganze Familie Carter sitzt im Wohnzimmer ihrer Villa in Beverly Hills, Evelyn Carter natürlich in der Mitte, und alle sehen der Matriarchin der Familie dabei zu, wie sie über ihren jüngsten Sohn spricht.

»Es fragen sich ja viele, wo Hadrian ist.«

»Was du nicht sagst«, murmele ich und schlage die Autotür zu, ohne von meinem Handy aufzusehen.

»Wir alle sind gerührt von diesem Interesse für sein Wohlbefinden.« Ob sich das Interesse wirklich auf sein Wohlbefinden bezieht, wage ich jetzt einfach mal zu bezweifeln. »Hadrian hat eine Pause gebraucht. Er ist einundzwanzig Jahre alt und möchte sich

Zeit nehmen, um sich selbst zu finden. Und wir bitten euch, ihm diese auch zu geben.«

Also, wenn mich das Bingewatching von mehr als ein Dutzend Staffeln *Catching up with the Carters* eines gelehrt hat, dann, dass Evelyn Carter ein berechnendes Miststück ist. Sie tut zwar immer so, als wäre sie eine tolle und liebe Mutter, doch irgendwas in ihrem Blick bringt mich dazu, ihr zu misstrauen. Mal ganz zu schweigen von der Tatsache, dass inzwischen schon zwei Familienmitglieder aus der Villa in Beverly Hills geflohen sind. Während Evelyn Carter noch weiter darüber redet, wie sehr sie ihren Sohn beim Ausleben seiner Träume unterstützt und wie oft sie abends telefonieren, damit er ihr erzählen kann, was er alles Tolles erlebt hat, mustere ich ihre Kinder. Als Evelyn von ihrer engen Beziehung zu Hadrian berichtet, bin ich mir ziemlich sicher zu sehen, dass Athena die Augen verdreht. Sie könnte natürlich auch einfach kurz an die Decke schauen. Aber sie sieht genervt aus. Genervter als der Rest ihrer Familie.

Ich spule das Video noch mal zurück, um die Stelle erneut anzuschauen. Wenn es Spannungen in der Familie Carter gibt, dann muss ich es herausfinden. Das ist genau das, was ich für meine Enthüllungsstory brauche, die ich Elijah Bishop hoffentlich in wenigen Wochen mit voller Wucht und mit einem breiten und überhaupt nicht bescheidenen Grinsen im Gesicht auf den Schreibtisch knallen kann.

Den Blick auf mein Smartphone geheftet, überquere ich den Parkplatz und steuere die Rezeption an. Als mich eine Hupe grob aus meinen Gedanken reißt. Ich erschrecke mich so sehr, dass mir mein Handy fast aus der Hand fällt. Wie festgefroren bleibe ich stehen, aber schaffe es erst verspätet aufzublicken. Meine Haare hatten sich wie Scheuklappen um mein Gesicht gelegt, und ich muss sie hinter meine Ohren schieben, um zu sehen, was los ist. Ein alter Jeep, der vermutlich mal olivgrün war, inzwischen aber mehr rostrot ist, hat mich fast überfahren. Der Fahrer oder die Fahrerin scheint es nicht für nötig zu halten, anzuhalten, um nachzusehen, ob was passiert ist. Der Jeep fährt bereits weiter, und ich kann leider nur noch der Stoßstange den Mittelfinger zeigen. Ich weiß natürlich, dass ich auch daran schuld bin, doch meinen Mittelfinger hoch in die Luft zu recken, scheint den Schock zu lindern. Wenn ich noch unfreundlich sein kann, kann ich nun wirklich nicht verletzt sein.

Ich schaue dem Wagen nach, bis er vom Parkplatz nach links abgebogen und verschwunden ist. Arschloch!

Noch immer leicht zittrig atme ich aus und stecke mein Handy vorsichtshalber weg, als würde es mich sonst gleich wieder in eine gefährliche Situation bringen.

Konzentration, ermahne ich mich. In diesem Motel könnte in diesem Moment Hadrian Carter sitzen und damit im übertragenen Sinne die Erfüllung all meiner Träume. Also zusammenreißen, fokussieren und die seriöse Journalistin sein, die ich schon immer sein wollte.

Ich fahre mit meinen Händen über meine Bluse, die von der Fahrt leider zerknittert ist. Natürlich macht es gar keinen Unterschied, dass ich versuche, sie zu glätten. Doch den Stoff unter meinen Fingern zu spüren, beruhigt mich wenigstens ein bisschen. Bevor ich nach L. A. gezogen bin, hatte ich alle meine Klamotten aus dem Walmart. Aber Hien hat mir gezeigt, dass man sich auch mit wenig Geld schön kleiden kann und mich in all ihre Lieblingssecondhandläden mitgenommen. Und ich habe erkannt, dass Shoppen mit einer engen Freundin viel Spaß machen kann.

Die Bluse, die ich jetzt trage, ist vielleicht zerknittert, eine Nummer zu groß und hat ein Muster, das ein bisschen wie eine Tapete aus den 1960ern aussieht, aber ich verbinde sie mit einem wunderschönen Tag, den ich mit Hien verbracht habe.

Ich laufe auf die Rezeption zu – diesmal gucke ich mehrmals nach rechts und links, um sicherzugehen, dass ich nicht draufgehe, weil ich mir wirklich einen wesentlich schöneren Ort zum Sterben vorstellen kann. Der Putz der Fassade war vermutlich mal weiß. Aber ich kann es nur noch vermuten, weil die Farbe nun eher an abgestandenes Bier erinnert. Die Treppe zu den Zimmern befindet sich außen am Gebäude, und im ersten Stock kann ich die Türen sehen, von denen die Farbe abplatzt.

Die Rezeption ist ein kleines Häuschen am Rande des Parkplatzes, und ein gelangweilter junger Mann sitzt darin und spielt auf seinem Handy herum. Er hat mich nicht entdeckt. Aber er hätte mich vermutlich auch nicht entdeckt, wenn ich tatsächlich überfahren worden wäre.

»Hallo«, sage ich extrem freundlich und mache mit einem kleinen Winken auf mich aufmerksam, als ich vor seiner Box zum Stehen komme. Er lässt sich Zeit aufzusehen. Das Spiel auf seinem Handy scheint ihm wichtiger zu sein als eine potenzielle Kundin.

»Wie kann ich Ihnen helfen?«, fragt er mit so einer monotonen Stimme, dass ich mir sicher bin, dass er diese Floskeln auswendig lernen musste. »Eine Nacht kostet …«

»Deswegen bin ich nicht hier«, unterbreche ich ihn, bevor er mir den ganzen Preiskatalog vorbeten kann.

»Nicht?«, fragt er irritiert. Ich habe etwas gesagt, auf das ihn sein Fragenkatalog nicht vorbereitet hat.

»Nein«, wiederhole ich und lächle immer noch übertrieben. Kurz überlege ich, wie ich diese Situation angehen soll. Innerhalb von Sekunden entscheide ich mich, direkt auf den Punkt zu kommen. »Sagt dir der Name Hadrian Carter was?«

»Ob mir der Name was sagt? Das soll wohl ein Witz sein. Jeder kennt Hadrian Carter.«

Jackpot! »Du hast mitbekommen, dass er abgehauen ist, oder?« Ich senke verschwörerisch die Stimme und lehne mich näher an seinen Tisch heran.

»Natürlich«, antwortet er und legt sein Handy tatsächlich weg. »Jeder hat davon gehört. Es ist die interessanteste Nachricht, die ich seit Wochen gehört habe.«

»Ich bin Reporterin und weiß aus sehr sicherer Quelle, dass Hadrian Carter sich in diesem Motel aufhält«, flüstere ich verschwörerisch.

Die Augen des Mannes werden groß. Er kommt mir gerade so viel jünger vor als ich, obwohl ich mir ziemlich sicher bin, dass er sogar älter ist.

»Du verarschst mich«, stößt er hervor.

»Tue ich nicht. Ich habe einen Tipp erhalten.« Das klingt so viel besser, als wenn man sagt, dass irgendein Sechszehnjähriger mir ein Foto über Twitter geschickt hat. Ich hole mein Handy hervor. »Er hat sich den Bart abrasiert und will nicht erkannt werden. Aber ich habe ein Foto. Vielleicht erkennst du ihn. Du könntest dazu beitragen, dass ich herausfinde, warum er wirklich abgehauen ist.« Seine Augen werden noch größer. Inzwischen erinnert er mich an einen Cartooncharakter. Wäre er tatsächlich einer, würden seine Augen jetzt auch noch rausfallen. Ich hoffe sehr, dass mir das erspart bleibt.

»Hast du ihn gesehen?« Ich halte ihm das Foto, das im Diner entstanden ist, unter die Nase.

Lange bleibt mein Gegenüber still und betrachtet das Bild konzentriert. Ich werde immer nervöser. Ich habe den Impuls, hektisch mit dem Fuß zu wippen, unterdrücke ihn aber, damit mein Handybildschirm nicht wackelt.

Meine Anspannung nicht zu zeigen, fällt mir in diesem Moment nicht leicht. Ich will nicht, dass er spürt, wie viel für mich von seiner Antwort abhängt. Wenn ich rüberkomme wie eine Stalkerin, glaubt er mir vielleicht nicht mehr, dass ich Reporterin bin und hält mich für einen besessenen Fan, der sein Idol durchs halbe Land verfolgt. Nicht, dass die Wahrheit so viel schmeichelhafter wäre.

»Ja, den habe ich gesehen«, sagt er endlich.

Ich muss mich zusammenreißen, um keinen Freudentanz aufzuführen. »Weißt du in welchem Zimmer?«

»Ja«, antwortet er. Nun ist auch er voller Elan. Ich muss ihn gar nicht fragen, ob er mir das Zimmer zeigt und aufschließt. Er steht einfach auf, schnappt sich seinen Generalschlüssel und verlässt die Rezeptionsbox. Er läuft so schnell, dass ich fast rennen muss, damit ich mit ihm Schritt halten kann. Permanent muss ich an Hiens Frage denken, was ich mache, wenn ich Hadrian Carter tatsächlich gefunden habe. So einfach mit dem Interview wird es sicher nicht. Was tue ich, wenn er nicht mit mir reden will? Er ist nicht aus Spaß untergetaucht. Er wird nicht in so einem heruntergekommenen Motel wohnen, weil ihm die schicke Villa, in der er aufgewachsen ist, zu langweilig geworden ist. Ich muss meine Hände tief in meinen Hosentaschen vergraben, weil ich schon wieder damit angefangen habe, die Haut von meinen Fingern zu knibbeln. Panik breitet sich in mir aus. Ich bin noch nicht bereit.

Abrupt bleibt der Rezeptionist stehen und steckt bereits seinen Schlüssel in ein Schloss. Er zögert nicht. Er klopft nicht einmal. Und bevor ich ihn davon abhalten kann, hat er die Tür auch schon aufgestoßen. Das hilft nicht gerade, meine Nerven zu beruhigen. Hadrian Carter wird vermutlich nicht eher dazu aufgelegt sein, mit mir zu sprechen, wenn ich ungefragt in sein Motelzimmer platze.

Doch für solche Gedanken ist es nun wirklich zu spät. Die Zimmertür ist bereits offen – ich finde, das sollte ein neues Sprichwort werden. Viel besser als das Kind, das in den Brunnen fällt.

Ich trete an die Seite des Motelangestellten und schaue in das Zimmer. Es ist leer. Ich weiß auch nicht, ob mich das erleichtert oder enttäuscht. Beides vermutlich.

»Mist«, sagt der junge Mann. Er läuft einfach hinein ins Zimmer und steuert auf das Bett zu. Dem sollte man wirklich mal einen Vortrag über Privatsphäre halten …

… sagt die Reporterin, die einen Reality-TV-Star quer durchs Land verfolgt.

»Er ist schon gegangen«, meint der Kerl und dreht sich mit einem Zimmerschlüssel in der Hand zu mir um.

Verdammt, ich habe ihn verpasst. Aber vielleicht ist es besser so. Mir ist in diesen wenigen Paniksekunden, als die Tür geöffnet wurde, klar geworden, dass ich viel zu schlecht auf diesen Moment vorbereitet war. Das muss ich ändern.

Doch werde ich es tatsächlich wieder schaffen ihn aufzuspüren? Viele glückliche Zufälle haben dazu geführt, dass ich nun in seinem Motelzimmer stehe. Mein Mut sinkt. Er ist fort. Und ich habe keine Anhaltspunkte mehr.

»Aber er kann noch nicht lange weg sein«, erklärt der Rezeptionist. »Noch hat niemand aufgeräumt.«

Ich hatte meinen Kopf und meine Schultern sinken lassen, doch bei diesen Worten wird meine Haltung wieder aufrecht.

»Dann hat er vielleicht etwas vergessen«, erwidere ich hoffnungsvoll. »Und das müssen wir finden, …« Ich weiß immer noch nicht, wie er heißt, und versuche sein Namensschild zu entziffern, kann es aus der Entfernung allerdings nicht erkennen.

»Stan.«

»Stan«, wiederhole ich. »Hilfst du mir?«

»Was ist das denn für eine Frage?«, sagt er nur und lässt sich ohne Umschweife auf alle viere fallen, um unters Bett zu gucken.

Während er die Matratze inspiziert, gehe ich ins Bad. Nur ein benutztes Handtuch liegt auf dem Boden. Von Hadrian Carter benutzt. Seltsam irgendwie. Der Spiegel ist von seiner letzten

Dusche sogar noch beschlagen. Ich habe ihn tatsächlich nur knapp verpasst.

Ich sollte dieses Handtuch mitnehmen und im Internet verkaufen, davon könnte ich bestimmt einen Monat lang die Miete zahlen. Aber so tief bin ich noch nicht bereit zu sinken. Also verlasse ich das Bad wieder.

Die Schränke sind leer. Stan entdeckt auch nichts, obwohl er das Bett so gründlich durchwühlt, als würde er Geld unterm Kopfkissen erwarten. Das Zimmer ist leer. Nichts Persönliches liegt herum. Keine Brotkrumen, die mir den Weg weisen. Hadrian Carter war gründlich. Ob absichtlich oder unabsichtlich weiß ich nicht.

Stan sieht genauso enttäuscht aus, wie ich mich fühle. Man könnte fast meinen, dass auch sein Job vom Gelingen dieser Mission abhängt. In seinen Augen allerdings kann ich lesen, dass diese Story wirklich die Brisanz hat, die Elijah dazu veranlasst hat, mich auf diese Jagd zu schicken, obwohl er mich so gern gefeuert hätte. Diese Geschichte interessiert alle. Warum auch immer.

»Danke für deine Hilfe«, sage ich und versuche ein aufmunterndes Lächeln aufzusetzen. »Das weiß ich sehr zu schätzen.«

»Kein Problem. Ich habe mich kurz ein bisschen wie Sherlock Holmes gefühlt«, meint er und trottet langsam auf die Tür zu. »Wäre auch zu cool gewesen.« Draußen vor dem Zimmer wartet er darauf, dass ich ihm folge und er abschließen kann. Ich drehe mich noch einmal um, weil ich es einfach nicht schaffe, meinen Blick abzuwenden. Noch ein letztes Mal lasse ich ihn schweifen, damit mich nachher nicht die Frage quält, ob ich irgendwas Wichtiges übersehen habe.

Ich will schon aufgeben, als ich den Mülleimer entdecke, den wir noch nicht durchsucht haben. Sofort gehe ich in die Hocke und schaue hinein. Neben tausend Verpackungen von Schokoladenriegeln liegt eine Landkarte. Ich fische sie heraus, falte sie auseinander, und als ich die roten Kringel entdecke, würde ich vor Freude am liebsten weinen. Triumphierend recke ich die Karte in die Höhe und grinse Stan breit an. »Sherlock Holmes und Watson sind nichts gegen uns!«

8. KAPITEL

Hadrian

Meine Mutter schaut direkt in die Kamera, weiß, dass ihr Millionen Menschen zusehen werden – und lügt. Sie schafft es tatsächlich, ohne mit der Wimper zu zucken, zu erzählen, dass ich sie jeden Abend anrufe, um ihr von meinen aufregenden Erlebnissen zu berichten.

Ich habe keinen Schimmer, ob mich das wütend machen oder ich doch besser darüber lachen sollte. Auch beeindruckt sollte ich vermutlich sein. So viel Bullshit mit so viel Souveränität rüberzubringen kann auch nicht jeder. Evelyn Carter ist eine außergewöhnliche Frau. Und ich meine das definitiv nicht als Kompliment.

Meine Geschwister sitzen alle brav hinter ihr. Aufgereiht. Wie Hühner auf der Stange. So fällt besonders stark auf, wie ähnlich wir alle unserer Mom sehen und wie wenig wir unserem Vater ähneln. Es ist, als wäre er an unserer Zeugung kaum beteiligt gewesen. Auch da hat sich Evelyn Carter vermutlich gedacht, dass sie besser alles selbst macht, damit auch ein gutes Resultat rauskommt.

Aber nicht nur ihr Auftritt ist beeindruckend. Auch meine Geschwister hätten für ihre neutralen Gesichtsausdrücke einen Oscar verdient. Niemandem kann man anmerken, dass unsere Mutter eine Lüge nach der anderen raushaut. Nur Athena vielleicht. Doch nur, wenn man sie so gut kennt wie ich. Sie hat die Hände auf ihren Beinen abgelegt. Für alle anderen wird es ganz normal aussehen, allerdings nicht für mich. Denn sie macht unser Zeichen. Sie hat die Finger so miteinander verschränkt, dass sie ein großes A formen. Es steht für Athena und Adrian. Dieses Zeichen geben wir uns schon seit Jahren, wenn ein Dreh uns mal wieder alles abverlangt. Unsere Nerven. Unsere Würde. Unsere Identität. Wenn wir dieses Zeichen sehen, schaffen wir es besser, tief durchzuatmen, weiterzumachen und es endlich hinter uns zu bringen.

Ich schließe das Video, weil ich von der Stimme meiner Mutter Kopfschmerzen bekomme. Ich lasse meine Arme kreisen und knacke mit dem Nacken. Mein Rücken hat sich verspannt, und meine Augen schmerzen. Meine Lider sind während der Fahrt so schwer geworden, dass ich anhalten musste, um keinen Unfall zu bauen. Ich hätte heute schon einmal fast jemanden überfahren, das Erlebnis muss ich nicht wiederholen. Ich stehe an einer Tankstelle irgendwo auf dem Highway 40 und muss nun doch einsehen, dass ich die knapp fünfhundert Meilen nicht am Stück durchfahren kann. Ein klarer Fall von Selbstüberschätzung hat mich zu dieser Idee gebracht.

Ich gähne und kippe den Kaffee herunter, obwohl man deutlich schmeckt, dass er von einer Tankstelle irgendwo im Nirgendwo stammt. Trotzdem trinke ich ihn aus. Denn ich muss noch mindestens eine Stunde fahren, um im nächsten Ort ein Zimmer zu finden, in dem ich die Nacht verbringen kann.

Ich setze mich auf den Fahrersitz, lasse aber die Tür auf, damit die frische Luft mich zusammen mit dem Koffein aufwecken kann.

Bevor ich den Motor wieder anlasse, muss ich meine Müdigkeit in den Griff bekommen, sonst werde ich mein Ziel nicht erreichen. Wie ironisch wäre es, wenn ich auf dem Weg zum Grand Canyon sterben würde? Meine Mutter könnte das medial bestimmt hervorragend ausschlachten. Das ist auch nicht gerade ein Trost.

Ich hole wieder mein Handy hervor, dabei sticht mir das grelle Licht des Displays in den Augen. Aber ich muss herausfinden, was die Medien über mein Verschwinden wissen. Hat mich jemand an einer der Tankstellen erkannt, an denen ich heute gehalten habe? Hat vielleicht sogar jemand mein Auto fotografiert?

Als meine Internetsuche mir nichts Neues anzeigt, öffne ich die Twitter-App. Entsetzt muss ich erkennen, dass dieser Hashtag immer noch im Trend ist. Dabei müsste er schon längst wieder in den unendlichen Tiefen des Internets verschwunden, von einem neuen kurzweiligen Phänomen abgelöst und in Vergessenheit geraten sein. Doch das Bild, das mich im Diner zeigt, hat den Hype um die Aktion sogar noch gesteigert. Es hat nur einen Jugendlichen mit Smartphone und ein paar Klicks gebraucht – und auf einmal wusste ganz Amerika, wo ich bin – und vor allem wie ich jetzt aussehe. Meine Kopfhaut mit Chemikalien zu malträtieren, war somit ganz offiziell umsonst. Vielen Dank, Alice Gold.

Auch über sie wollte ich noch weitere Nachforschungen anstellen. Irgendwie kann ich meine Situation leichter ertragen, weil ich einen klaren Sündenbock habe. Jeder Mensch, der sich an dieser Twitteraktion beteiligt, ist mit dafür verantwortlich, dass mein Neuanfang überhaupt nicht so aussieht, wie ich ihn mir vorgestellt habe. Aber Alice Gold ist die Hauptschuldige. In meinem Kopf formt sich ein sehr klares Bild von ihr. Ich stelle mir sogar ihre Stimme vor. Die sehr schrill ist, natürlich.

Weil sie es nicht einmal für ihr Twitter-Profilbild schafft zu lächeln, muss sie ein sehr unglücklicher Mensch sein. Ein Mensch, der seine eigene Unzufriedenheit an anderen auslässt. Sonst würde sie nicht für so eine furchtbare Website wie *Day-to-Day-Gossip* arbeiten.

Als sie in Standford war, hatte sie keine Freunde. Wer will schon mit jemandem befreundet sein, der nicht aufrichtig lächeln kann? Okay, an dieser Tatsache hänge ich mich vielleicht ein bisschen auf. Aber ich habe nicht viele Anhaltspunkte, um mir ihre Persönlichkeit zusammenzureimen.

Doch ich gebe mich noch nicht geschlagen.

Auf der Webseite von *Day-to-Day-Gossip* klicke ich diesmal ihre Artikel an und überfliege sie. Ein ganzes Jahr über hat sie Schund in Schriftform gesammelt. Nur weil man das, was dort veröffentlicht wird, als »Artikel« bezeichnet, heißt es noch lange nicht, dass sie irgendwas mit Journalismus zu tun haben. Dafür studiert man mehrere Jahre Politikwissenschaften und Journalistik? Vergeudete Zeit.

Ich suche weiter und stoße auf eine Kolumne. Inzwischen kribbelt meine Wut in meinem Nacken. Die Kolumne hat einen sehr kreativen Namen: #catchhadriancarter.

Ich versuche das Positive zu sehen, obwohl es mir schwerfällt. Das Positive in jeder noch so beschissenen Situation zu finden, war quasi ein Spiel, das Athena und ich uns ausgedacht haben, als wir noch kleine Kinder waren. Wenn unsere Mutter uns mal wieder zu einer erniedrigenden Aktion gezwungen hat, haben wir uns gefragt, welche guten Seiten das Ganze haben könnte. Selbst die kleinste Kleinigkeit konnte helfen durchzuhalten.

Also spiele ich das eben jetzt allein.

Wenn Alice Gold ihre Suche nach mir schriftlich festhält, weiß ich wenigstens immer, ob sie mir auf die Schliche gekommen ist. Sie tut mir quasi einen Gefallen.

Doch dann bringe ich es über mich, ihren ersten Kolumnenbeitrag zu lesen, und erkenne, dass das leider nicht der Fall ist. Sie verrät nichts. Sie spricht über Hinweise, ein Foto. Doch sie nennt keinen konkreten Ort.

Okay, also habe ich wohl doch nichts Positives gefunden. Ich war in diesem Spiel sowieso immer schlechter als Athena.

Die Kolumne von Alice Golddigger – wie ich sie getauft habe – enthält auch ein Twitter Thread. Die »lustigsten« Kommentare unter dem Hashtag sind hier zu lesen. Manche wären vermutlich wirklich lustig, wenn ich nicht die Pointe jedes Witzes wäre.

Meine Laune verschlechtert sich. Viele Tweets enthalten den Namen einer Person, die ich eigentlich hinter mir lassen wollte. Rachel Hanson. Mein Hals schnürt sich zu. Ich will nicht an das letzte Mal denken, als ich sie gesehen habe.

Aber wie soll man etwas aus seinen Gedanken vertreiben, wenn es die ganze Welt nicht zulässt?

Ein Tweet ist sogar von ihr. Sie beteiligt sich an dieser Aktion.

Coole Aktion @alicegold. Sag mir Bescheid, wenn du ihn gefunden hast. Ich wüsste auch gern, wo er steckt. #catchhadriancarter

Es ist schwer zu sagen, auf wen ich in diesem Moment wütender bin. Meine Mutter, Rachel oder Alice Golddigger. Sie liefern sich ein erbittertes Kopf-an-Kopf-Rennen, das diejenige für sich entscheiden wird, die am meisten Gift in den sozialen Medien verteilen kann.

Endlich schaffe ich es, alle Apps zu schließen, die mich mit der Außenwelt verbinden, und atme tief durch, was aber nicht gegen die Wut hilft, die sich in meinem Inneren eingenistet hat. Wenigstens finde ich jetzt einen positiven Punkt: Ich bin nicht mehr müde und kann endlich weiterfahren.

Ich öffne die Navigationsapp, stecke mein Handy in die Halterung und starte den Motor, der so laut ist, dass ich das Radio hochdrehen muss, um die Lieder zu verstehen. Die Straßen sind dunkel und leer. Ich fahre noch länger als eine Stunde, bis ich endlich ein kleines Hotel entdecke. Doch auch als ich schon in meinem Zimmer für die Nacht auf meinem Bett liege und an die Decke starre, ist meine Wut noch bei mir. Ich werde sie nicht los. Wie von selbst greife ich nach meinem Handy und öffne Alice Golddiggers Twitter-Profil. Und dann einen Chat mit ihr. Obwohl ich weiß, dass ich es lassen sollte, tippe ich eine Nachricht und drücke dann auch noch auf »Senden«.

9. KAPITEL

Alice

Ich liege im Dunkeln, meine Augen sind offen, und ich schaffe es nicht, zur Ruhe zu kommen.

Schon gestern Nacht habe ich beschissen geschlafen, weil ich so aufgeregt war. Nun habe ich den ersten Tag meiner Reise hinter mir und kann wieder nicht einschlafen. Ich bin so aufgekratzt und gleichzeitig so müde. Ich wusste nicht, dass sich ein Körper so fühlen kann. Ich brauche dringend Schlaf, so viel steht fest. Doch die anderen Hostelbewohner haben ganz offensichtlich andere Pläne für diese Nacht.

Weil ich mein Geld sparen muss, da ich keine Ahnung habe, wie lange diese Reise dauern wird, habe ich mir die günstigste Unterkunft in einem Umkreis von fünfzig Meilen ausgesucht. Ein Hostel mit Mehrbettzimmern also. Doch was ich bei meiner Überlegung leider vergessen habe einzuberechnen, ist die Tatsache, dass nur junge Menschen, die überhaupt nicht vorhaben zu schlafen, sich ein Hostelzimmer nehmen.

Die Musik aus dem Erdgeschoss dröhnt laut und deutlich zu mir hoch. Und nicht nur das. Mein Bett vibriert wegen des Basses. Aber das könnte auch vom Schnarchen des Mannes, der im Hochbett über mir schläft, hervorgerufen werden. Er muss der einzige Mensch im gesamten Gebäude sein, der nicht wach ist. Schon zum tausendsten Mal drehe ich mich von einer Seite auf die andere. Doch auch ich muss langsam einsehen, dass meine Schlaflosigkeit absolut nichts mit meiner Position zu tun hat.

Ich seufze und krame mein Handy hervor. Wenn ich schon keinen erholsamen Schlaf finden werde, dann kann ich die Zeit wenigstens nutzen.

Als ich vor zwei Stunden hier angekommen bin, habe ich gleich den Twitter Thread meiner Kolumne aktualisiert und schon den nächsten Artikel geschrieben. Er dreht sich fast ausschließlich um den Tweet von Rachel Hanson. Ich habe jedes ihrer Worte analysiert und über eine Botschaft aus drei Sätzen einen Artikel mit tausend Wörtern geschrieben. Auf Elijah Bishops Befehl hin. Seine Anweisungen kriege ich dank der örtlichen Distanz nicht mehr mündlich, sondern nur noch schriftlich. Wenigstens muss ich ihn dabei weder sehen noch hören. Doch seine bedrohliche Art kann er auch per Mail rüberbringen. Das muss man dem Arsch lassen.

Ich öffne Twitter und gehe die neuesten Beiträge unter dem Hashtag catchhadriancarter durch. Vielleicht sind ja schon neue Tipps eingegangen. Ich darf nichts verpassen. Ich scrolle mich durch. Nichts Brauchbares. Schon wieder nicht. Es gab keine weitere Sichtung. Kein Foto. Hadrian Carter scheint wieder untergetaucht zu sein. Ich schaffe es nur, ruhig zu bleiben, weil seine Landkarte in meinem Rucksack steckt und mir eine grobe Route vorgibt.

Ich gehe auf mein Profil. Meine Follower-Zahl wächst immer noch. Und es will einfach nicht aufhören. Seit gestern hat sie sich mehr als verdoppelt. Heute habe ich einfach mal die fünftausend Marke geknackt. Unfassbar.

Als Nächstes nehme ich mir meine Nachrichten vor. Diese Funktion habe ich gestern das erste Mal in meinem Leben benutzt, als ich dem Jugendlichen, der das Foto von Hadrian Carter gepostet hat, geschrieben habe. Und auf einmal scheinen viele das Bedürfnis zu haben, sich mit mir auszutauschen. So viele Menschen haben mir geschrieben? Innerhalb von vierundzwanzig Stunden?

Ich lese in die ersten Nachrichten rein und stelle schnell etwas ganz Entscheidendes fest: Sie sind absoluter Mist und überhaupt nicht hilfreich. Entweder wollen mir die Leute mitteilen, dass sie meine Aktion absolut oberhammergeil finden oder dass ich die Finger von Hadrian Carter lassen soll, wenn ich sie nicht verlieren will. Mehrere Fremde mit anonymen Accounts machen mir klar, dass sie ihn schon viel länger lieben und ich eine Schlampe bin, wenn ich versuche, ihn ihnen auszuspannen.

Hach, sind fanatische Fans nicht etwas ganz Tolles?

Ich mache kurzen Prozess mit den Nachrichten. Eine Anfrage nach der anderen lehne ich ab, und sie verschwinden für immer unbeantwortet in den Tiefen des Internets.

Die meisten überfliege ich nur noch, lese sie kaum, da habe ich sie auch schon gelöscht.

Doch dann stocke ich.

An einer Nachricht bleibt mein Blick hängen.

Peter Parker: Weißt du, was der Unterschied zwischen einem Reporter und einem Stalker ist? Den scheint dir nämlich niemand erklärt zu haben. Wer gibt dir das Recht, einen Menschen quer durchs Land zu jagen?

Ich weiß nicht, warum ausgerechnet diese Message meine Aufmerksamkeit erregt. Sie ist nicht gerade freundlich. Sie bringt mich definitiv nicht weiter. Sie unterscheidet sich kaum von dem anderen Mist, der in meinem Postfach gelandet ist. Aber ich kann sie nicht einfach ablehnen. Vielleicht liegt es daran, dass ich mir dieselben Fragen schon stelle, seit ich aufgebrochen bin, oder weil es die einzige Nachricht ohne tausend Rechtschreibfehler und mit richtiger Kommasetzung ist.

Doch egal, was es ist, es bringt mich dazu, zu antworten.

Alice Gold: Ich dachte, dass die erste Frage der Einstieg in einen Witz ist. Aber die Pointe hat mich dann doch ein bisschen enttäuscht.

Obwohl ich mich für die Arbeit, die ich mache, ein bisschen hasse, kann ich mir diese Kritik schwer von einem anderen Menschen anhören. Schon gar nicht von einem Fremden, der den unkreativsten Usernamen der Welt gewählt hat. PeterParker321, also mal ehrlich. Wenn man eine Zahlenkombination an einen Namen setzen muss, sollte einem das doch aufzeigen, wie unoriginell dieser ist und sich einen anderen ausdenken. Und wenn man sich schon nach einem Superhelden benennen will, sollte man doch wenigstens den Anstand besitzen, sich nicht den beliebtesten auszusuchen. Ich wette, seine Lieblingseissorte ist Vanille, sein Lieblingsgetränk ist Wasser und sein Lieblingsfilm ist *The Dark Knight*.

Peter Parker: Und mich enttäuscht es, dass es eine Journalistin nicht schafft, eine klare Antwort auf meine Fragen zu formulieren. Verlernt man das, wenn man immer diejenige ist, die in die Privatsphäre anderer eindringt?

Ich richte mich auf und lehne mich mit dem Rücken gegen den Pfahl des Hochbetts.

Er hat es ja nicht anders gewollt. Hiermit hat er meine volle Aufmerksamkeit. Und sie wird ihm sicherlich nicht gefallen.

Alice Gold: Ich wüsste nicht, warum ich mich einer Person gegenüber rechtfertigen müsste, die nicht einmal genug Eier hat, um ihren realen Namen zu verwenden. Ist es nicht viel leichter, seine toxischen Meinungen im Internet zu verbreiten, wenn man sich hinter seiner Anonymität verstecken kann?

Er scheint genauso wütend zu sein wie ich, denn auch er tippt schnell. **Peter Parker:** Ich denke, du bist besser qualifiziert, um diese Frage zu beantworten. Toxische Meinungen im Internet zu verbreiten, ist schließlich Teil der Berufsbeschreibung für Redakteure von *Day-to-Day-Gossip*.

Ich kann nicht fassen, dass ich mich tatsächlich darauf einlasse. Ich bin in einer Internetdiskussion mit einem Troll gefangen und kann es trotz dieser Einsicht nicht lassen zu antworten.

Alice Gold: Meinen Job gibt es nur, weil es Aasgeier wie dich gibt, die alles über das Privatleben anderer wissen wollen, obwohl es sie eigentlich nichts angeht. Es ist immer leichter, die Schuld auf andere zu schieben, als sich mit seiner eigenen Verantwortung auseinanderzusetzen.

Peter Parker: Ich finde es echt unterhaltsam, dass dir deine eigene Doppelmoral überhaupt nicht auffällt.

Alice Gold: Für dich sind also die Reporter die Bösen, und sie sind allein schuld? Das ist eine sehr beschränkte Weltsicht, findest du nicht?

Peter Parker: Das habe ich nicht gesagt.

Alice Gold: Doch hast du.

Peter Parker: Vielleicht hast du meine Nachricht nur nicht richtig verstanden.

Alice Gold: Oder du hast dich schlecht ausgedrückt.

Kurz legt sich die Hektik in unserem Chat. Es hat sich schon angefühlt, als stecke ich in einem hitzigen Tennismatch. Der Ball wurde mit rasender Geschwindigkeit von einer Seite auf die andere geschleudert.

Nun lässt sich PeterParker321 ein bisschen mehr Zeit mit seiner Antwort. Aber ich weiß, dass dieses Spiel noch nicht beendet ist. Das ist gar nicht möglich. Denn der Gewinner wurde noch nicht verkündet.

Peter Parker: Ich leugne nicht, dass die Gesellschaft an vielem schuld ist. Ich weiß, dass es Reporter wie dich nur gibt, weil Leute den Mist lesen, den du schreibst. Aber das befreit dich nicht von der Schuld, die du trägst, weil du dich dazu entschieden hast, diesen Job auszuüben und den Massen zu geben, was sie wollen. Ohne Rücksicht darauf zu nehmen, welche Menschen dabei verletzt werden.

Ich muss schlucken. Ich habe es wesentlich besser ertragen, mit gehässigen Aussagen angegriffen zu werden. Dann konnte ich mich verteidigen und mich als zu Unrecht verurteilt sehen. Doch jetzt hält er mir mit ruhigen und bedacht gewählten Worten den Spiegel vor. Ich weiß nicht, wie ich damit umgehen soll.

Die einfachste Lösung wäre, den Chat zu schließen, den Kerl zu sperren und niemals wieder einen Gedanken an seine Worte zu verschwenden.

Doch so funktioniert das leider nicht. Worte verschwinden nicht einfach, nur weil ein Bildschirm erloschen ist. Ich kann sie zwar auf meinem Handy löschen, aber dieselbe Funktion gibt es in meinem Kopf bedauerlicherweise nicht. Manche Worte sind wie Samen. Sie setzen sich im Kopf fest und wachsen dort zu etwas Größerem heran, wenn man sie wässert, indem man ständig an sie denkt.

Alice Gold: Wenn ich den Job nicht mache, macht ihn jemand anderes.

Peter Parker: Die schlechteste Ausrede, die es gibt.

Mir fällt keine gute Antwort darauf ein. Obwohl ich es nicht wahrhaben will, weiß ich doch, dass ich, wenn ich nicht in dieser Situation stecken würde, seiner Meinung wäre. Ich habe Menschen verabscheut, die den gleichen Job machen wie ich. Ich habe auf Klatschwebsites wie *Day-to-Day-Gossip* herabgesehen. Auf diese Art von Berichterstattung. Und doch tue ich alles, um meinen Job zu retten. Was sagt das über mich aus? Die Antwort hat mir PeterParker321 gegeben. Ungefragt. Aber das macht seine Worte nicht weniger wahr.

Sie haben sich festgesetzt. Der Samen ist gepflanzt. Dafür hasse ich diesen Superhelden-Fan.

Obwohl mir klar ist, dass ich jetzt erst recht nicht schlafen kann, schalte ich das Smartphone aus. Damit erkläre ich mich offiziell zur Verliererin in diesem Match. Da ich bereits meine Würde und meine Träume verloren habe, macht das jetzt auch keinen Unterschied mehr.

10. KAPITEL

Hadrian

Es ist still.

Ich wusste nicht, dass so eine Art der Stille existiert. Sie ist vollkommen. Es ist so still, wie es nur sein kann, wenn keine Menschen in der Nähe sind.

Stille war mir fremd. Ich war in meinem ganzen Leben noch nie so allein wie in diesem Moment. Unsere Villa in Beverly Hills ist immer laut. Ich habe eine viel zu große Familie. Und nicht nur mit ihr habe ich mir das Haus geteilt, sondern auch noch mit einer ganzen Filmcrew. Selbst wenn ich in meinem Zimmer war, war ich nie wirklich allein. Der nächste Mensch war nur wenige Meter von mir entfernt. Nur durch eine dünne Mauer oder eine Tür von mir getrennt.

Hier draußen jedoch umgibt mich nur Natur. Es war noch dunkel, als ich mein Auto auf dem Parkplatz in der Nähe der Aussichtsplattform abgestellt habe. Gerade dämmert es. Während ich bergauf laufe, klettert auch die Sonne über den Himmel. Ich bilde mir ein, dass wir im gleichen Takt laufen. Wir wollen gleichzeitig am Gipfel ankommen. Gemeinsam.

Später wird dieser Weg nicht mehr leer sein. Die Fußspuren auf dem sandigen Boden berichten von den vielen Menschen, die vor mir hier entlanggewandert sind. Meine Abdrücke vermischen sich mit ihnen. Ich hinterlasse keine Hinweise, dass ich tatsächlich hier gewesen bin. Und irgendwie beruhigt mich dieser Gedanke. In einer Masse unterzugehen. Unerkannt. Das klingt traumhaft.

Ich nehme meine Umgebung genau wahr. Ich achte auf alles. Auf das Knirschen des sandigen Untergrunds unter den Gummisohlen meiner Wanderschuhe. Das Flattern von Flügeln, wenn ein Vogel vorbeifliegt. Das Rascheln im Gebüsch neben dem Trampelpfad.

Ich lächle, und weil niemand hier ist, der es sehen könnte, weiß ich, dass es wirklich ehrlich ist. Keine Kamera kann es stehlen. Keine Zeitung kann es für sich beanspruchen. Es gehört nur mir. Genauso wie dieser Augenblick.

Den Gipfel habe ich fast erreicht. Ich kann es spüren. Mein Schritt beschleunigt sich wie von selbst. Als ich stehen bleibe, schaue ich hinab. Vor mir liegt er. Ich rede mir ein, dass meine Augen nur feucht sind, weil die Sonne, die inzwischen aufgegangen ist, direkt hineinscheint und mich blendet.

Der Grand Canyon. Ich bin tatsächlich angekommen.

Wenn man seit Jahren von einem ganz bestimmten Moment träumt, nagt immer die Furcht an einem, dass die Realität nicht mit den eigenen Vorstellungen mithalten kann. Das kann sie nämlich selten. Die Wirklichkeit kann eine so schwere Enttäuschung sein. Die größte von allen. Das habe ich auch auf dieser Reise lernen müssen.

Doch nicht jetzt. Nicht hier. Das Gefühl, das mich durchströmt, während ich in diesen tiefen Abgrund vor mir blicke, ist allumfassender, als ich mir jemals hätte ausmalen können. Vor mir liegt nur Weite, deren Ausmaß kein Maler jemals wirklich festhalten, nie wirklich greifbar machen könnte. Das ist wahre Grenzenlosigkeit. Und sie löst etwas in mir. Eine Blockade, die mich in den letzten Wochen noch an mein altes Leben gekettet hat. Meine Angst vor Freiheit verschwindet. Ich bin mir sicher, dass sie zurückkehren wird. Die Zweifel werden mich wiederfinden. Doch gerade spielt das keine Rolle. Gerade spielt nichts eine Rolle, außer der Tatsache, dass ich frei und unbeschwert atmen kann, auch wenn ich immer noch nicht genau sagen kann, welchen Geruch meine Freiheit hat.

Ich realisiere, dass ich in meinem ganzen Leben niemals wirklich geatmet habe. Nicht so, wie man es tun sollte. Doch das ist in Ordnung. Deswegen bin ich aufgebrochen. Um zu lernen, wirklich frei zu sein.

Und nun, da ich den Grand Canyon sehe, genauso grenzenlos wie meine Möglichkeiten, weiß ich, dass es kein Zurück mehr gibt.

☆

Ich stehe ewig auf der Plattform und starre einfach nur nach unten, ohne über meine Probleme nachzudenken. Doch irgendwann bin ich nicht mehr allein. Schon von Weitem vernehme ich die ersten Touristen. Der Wind trägt ihre Stimmen zu mir hinauf. Die Stille hat mein Gehör sensibilisiert. Wenn man den ganzen Tag nur von sinnlosen Geräuschen umgeben ist, verlernt man es, richtig zuzuhören. Doch in dieser seelenruhigen Umgebung kann man es wieder lernen.

Sobald die drei Personen, die, wenn ich mich nicht irre, Französisch sprechen, zu mir stoßen, verspanne ich mich automatisch. Sie sehen mich nicht mal richtig an, dennoch ist meine innere Stille gemeinsam mit der äußeren verschwunden. Sie unterhalten sich in normaler Lautstärke, doch es fühlt sich an, als würden sie schreien.

Also trete ich den Rückweg an. Je weiter ich mich von meinem Ziel entferne, desto mehr Gedanken finden ihren Weg zurück in meinen Kopf. Und vor allem eine Person setzt sich dort fest. Der Gedanke an sie ist fast genauso hartnäckig wie ihre Suche nach mir.

Es war leichtsinnig, ihr zu schreiben. Das weiß ich. Man muss kein Nobelpreisträger sein, damit einem klar ist, dass es eine Schnapsidee ist, der Klatschreporterin, die einen quer durchs Land verfolgt, eine Nachricht zu schicken. Ich sollte die ganze Sache auf sich beruhen lassen. Ich habe ihr meine Meinung gesagt. Mir meinen Frust vom Herzen geschrieben, damit ich endlich schlafen konnte. Das war alles, was ich mit dieser unüberlegten Tat erreichen wollte. Doch es hat nicht funktioniert. Ewig habe ich wach im Bett gelegen, meinen Handybildschirm angestarrt und auf ihre Antwort gewartet. Ich habe richtig auf die nächste schnippische Bemerkung hingefiebert. Aber es kam keine mehr. Und obwohl ich mir verbiete, den Chat mit ihr zu öffnen, erwische ich mich immer wieder dabei, dass ich mein Display aufleuchten lasse, um nachzusehen, ob ich eine neue Nachricht erhalten habe.

Ich verhalte mich wie ein kleines Kind, das darauf wartet, dass sein Schwarm ihm antwortet, den es gefragt hat, ob er mit ihm ein Eis essen gehen will.

Warum sie mich so beschäftigt, kann ich nicht sagen. Gesund ist mein Verhalten auf jeden Fall nicht. Ich schiebe es auf die dauerhafte Isolation. Das letzte richtige Gespräch, das ich geführt habe, war mit Rebecca in Santa Clarita. Seitdem habe ich nur langweilige Phrasen mit Angestellten in Hotels, Diners und Tankstellen ausgetauscht. Wie viel kostet das? Kann ich auch bar zahlen? Wissen Sie, wo der nächste Supermarkt ist?

Das war's. Und dass ich das letzte Mal ein Wort gesagt habe, ist schon fast zwei Tage her. Seltsam.

»Seltsam«, sage ich laut, als müsste ich mich vergewissern, dass meine Stimmbänder noch funktionieren. Sie könnten schließlich einrosten, wenn ich sie nicht oft genug benutze.

Ich schüttle den Kopf über mich selbst und schließe mein Auto auf. Ich mache mich lächerlich. Schon wieder. Gut, dass niemand hier ist, der mir beim Zerfallen zusehen könnte.

Noch bin ich nicht bereit, zurück zum Hotel zu fahren, also hole ich mein Handy hervor. Wieder keine Antwort von Alice Golddigger. Und sie hat mir immer noch nicht die Frage beantwortet, die mich quält, seitdem ich von ihrer Twitteraktion erfahren habe. Warum tut sie das?

Sie hat die Leserschaft von *Day-to-Day-Gossip* als Aasgeier bezeichnet. Sie scheint ihren Job selbst nicht leiden zu können. Niemand, der an das, was er tut, glaubt, würde solche Antworten geben. Sie hat sich gerechtfertigt, allerdings nicht abgestritten, dass das, was sie tut, im Grunde falsch ist.

Ihr erster Tweet hat davon gesprochen, dass sie mich finden muss, um ihren Job nicht zu verlieren. Doch wozu dieser ganze Aufwand, wenn sie ihre Arbeit eigentlich gar nicht mag? Ich habe das Gefühl, dass mehr dahintersteckt. Jeder Mensch hat eine Geschichte. Warum ich ihre kennen will, weiß ich selbst nicht. Sie ist schließlich mein Sündenbock. Es würde mir guttun, sie zu hassen. Aber das tue ich nicht. Nicht mehr. Über ihre erste Antwort habe ich sogar gelacht, obwohl ich eigentlich wütend war.

»Scheiß drauf.« Ich sage es laut, damit meine Stimmbänder beschäftigt bleiben. Ich entsperre mein Handy, öffne Twitter und schreibe ihr. Ich bin mir ziemlich sicher, dass ich diesen Moment eines Tages bereuen werde. Doch da dieser Tag noch nicht heute ist, schicke ich meine Frage ab.

11. KAPITEL

Alice

»Ich schwöre, ich habe Hadrian Carter gesehen.«

»Wenn ich jedes Mal einen Dollar bekommen würde, wenn ich diesen Satz höre …«

»Was hast du gesagt?«

»Ach nichts«, meine ich und schlucke meine restlichen spitzen Bemerkungen herunter, bevor sie mir entweichen können. Sie werden mir sicherlich nicht weiterhelfen.

Ich stehe unter der unerbittlichen Sonne Arizonas und rede mit zwei Frauen, die darauf bestehen, Hadrian Carter in ihrem Friseursalon gesehen zu haben. Doch schon nach wenigen Sätzen, die ich mit ihnen gewechselt habe, ist mir klar geworden, dass ich umsonst zwei Stunden mit meinem Auto durch die Pampa gefahren bin.

Ich dachte, dass mir die Landkarte einen Vorteil verschaffen würde. Wegen der roten Kreise auf der Landkarte weiß ich, dass Hadrian Carters Ziele die Nationalparks sind. Und da die Strecke von Santa Clarita zum Grand Canyon die kürzeste ist, bin ich davon ausgegangen, dass er diesen als Erstes ansteuern würde. Somit hatte ich einen Anhaltspunkt und konnte die vielen Hinweise, die ich täglich erhalte, filtern. Wenn jemand aus New York geschrieben hat, er hätte ihn gesehen, habe ich das einfach ignoriert. Aber die Hinweise von Menschen, die in Arizona leben, habe ich ernst genommen.

Ein Fehler, wie ich nun leider erkennen muss. Ich bin schon den ganzen Tag unterwegs. Ich habe eine ganze Tankfüllung vergeudet, nur um fürchterlich gesprächigen Leuten hinterherzufahren, die doch nichts zu sagen haben.

»Wir haben ihn bedient. Ich schwöre es«, sagt die jüngere der beiden Frauen. Sie haben sich als Schwestern vorgestellt, die hier, in einem Kaff, dessen Namen ich aus Wut vergessen habe, ihren Traum verwirklicht und einen Friseursalon eröffnet haben. Auch ihre Namen habe ich wieder verdrängt. Besser wenn ich nicht weiß, welche Enttäuschungen ich mit welchem Twitter-Nutzername verbinden muss, damit ich nicht noch unüberlegte wütende Nachrichten schreibe. Dazu habe ich mich schon einmal hinreißen lassen. Manche Fehler sollte man nicht wiederholen.

»*Ich* habe ihn bedient«, betont die ältere Schwester. »Ich habe ihm den Bart rasiert. Eine Schande. Der Bart war ja sein Markenzeichen.«

»Das ist nicht möglich«, rutscht es mir heraus.

»Was meinst du?« Die Ältere schaut mich so überfordert an, als hätte ich sie dazu aufgefordert, eine unlösbare mathematische Gleichung auszurechnen.

»Hatte er einen Vollbart?«, frage ich genervt. »Als er gestern hier war?«

»Ja, hatte er. Wie immer.«

»Also wie hier auf dem Foto?« Ich halte mein Handy hoch. Es zeigt ein Bild von Hadrian Carters Instagram-Account, das einen Monat alt ist.

»Ja, genau. Und er wollte ihn abrasiert haben, damit er nicht erkannt wird«, erklärt die Ältere, woraufhin die Jüngere nickt.

Diese Frauen vergeuden meine Zeit.

»Dieses Foto ist nicht einmal eine Woche alt«, sage ich und zeige meinen ersten Twitter-Hinweis. »Ich bezweifle, dass Hadrian Carter in nur wenigen Tagen wieder einen Vollbart bekommen hat und ihn sich bei euch abrasieren lassen musste.«

Stille.

Die Schwestern wechseln verwirrte Blicke.

»Dachte ich's mir«, sage ich nur, stecke mein Handy ein und schließe mein Auto wieder auf. Wenn ich noch eine Sekunde länger in der brütenden Hitze auf dem Bordstein vor einem Friseursalon stehen muss, werde ich noch ausrasten. Ich würde ja gern schreien, aber mein Rachen ist zu ausgetrocknet. So bekomme ich vermutlich eher ein jämmerliches Krächzen als lautes Schreien hin, was nicht gegen meinen Frust helfen würde. Ich lege meine Hand an die Fahrertür, bleibe aber noch mal stehen. Diese Frauen können nichts für meine schlechte Laune. Also sollte ich mir wenigstens noch eine Abschiedsfloskel abringen.

»Trotzdem vielen Dank für euren Hinweis. Vermutlich sah euer Kunde ihm einfach nur sehr ähnlich«, meine ich und versuche einen versöhnlichen Ton anzuschlagen. Es gelingt mir nicht so ganz.

»Vermutlich«, sagt die ältere Schwester und zieht eine enttäuschte Schnute. Die beiden haben bestimmt jedem Kunden von Hadrian Carters Besuch berichtet.

»Habt noch einen schönen Tag«, verabschiede ich mich. Zu lächeln versuche ich erst gar nicht. Ich bin mir ziemlich sicher, dass ich gerade nur eine gruselige Grimasse zustande bringen würde. Und die will nun wirklich niemand sehen.

»Du auch«, sagen sie unisono.

Wieder lege ich meine Hand auf den Griff der Fahrertür, halte aber erneut inne.

»Wo kann man hier was essen?«

Sie erklären mir den Weg zum nächsten Diner. Ich bedanke mich und steige endlich in meinen VW-Käfer. Wenn ich schon keine Fortschritte im Fall Hadrian Carter mache, kann ich wenigstens etwas gegen meinen leeren Magen unternehmen.

☆

Ich habe Milkshakes noch nie gemocht. Nicht, weil sie mir nicht schmecken, sondern wegen der Bedeutung, die sie für mich haben. Ich verbinde sie mit Enttäuschungen, denn ich habe als Kind immer ein Milkshake vorgesetzt bekommen, wenn meine Familie nicht für mich da war, mich nicht unterstützt hat, ich mal wieder meine Probleme allein regeln musste.

Trotzdem sitze ich jetzt vor einem Schokomilkshake, der mich mit seiner glänzenden Kirsche, die auf dem riesigen Sahnehäubchen thront, verhöhnt. Die alte Dame, die dieses kleine Diner führt, ließ es sich nicht ausreden, mir dieses Getränk vorzusetzen. Ich habe mein Essen schon bezahlt, aber sie hat darauf bestanden, dass alle neuen Kunden ihren berühmten Schokomilkshake kostenlos bekommen. Das ist ihre Tradition. Und wer wäre ich, ihr diese Freude zu verwehren?

Sie hat mich erweicht, indem sie mir ein schlechtes Gewissen gemacht hat. Und natürlich lässt es mein schlechtes Gewissen auch nicht zu, dass ich einfach aufstehe und gehe, ohne den Shake restlos ausgetrunken zu haben. Also starre ich diesen Schokoalbtraum nun so energisch an, als könnte ich ihn auf diese Weise verschwinden lassen.

Ich seufze. Dieser Tag kann ohnehin nicht beschissener werden. Also trinke ich. Es schmeckt gut. Sehr gut sogar. Doch egal, wie viel Zucker man auch verwendet, negative Erinnerungen hinterlassen immer einen bitteren Nachgeschmack auf der Zunge.

Ich hole mein Smartphone aus meiner Hosentasche und lege es vor mir auf den Tisch. Während ich am Strohhalm sauge, scrolle ich durch meine Mails und meinen Twitterraccount. Meine Finger zittern leicht. Und das liegt nicht daran, dass ich jetzt schon zu viel Zucker im Körper habe.

Seit ich mich dazu habe bringen lassen, mit einem Internet-Troll zu streiten, warte ich nur darauf, dass ich einen Screenshot der Unterhaltung auf den sozialen Medien und eine wütende Nachricht von Elijah Bishop in meinem Mail-Postfach finde.

Ich habe die Leserinnen und Leser von *Day-to-Day-Gossip* als *Aasgeier* bezeichnet. Falls das veröffentlicht wird, würden das viele Menschen nicht gut aufnehmen. Ein Shitstorm wäre dann mein geringstes Problem. Elijah Bishop hätte einen weiteren Vorwand, um mich zu feuern. Und ich bin mir sicher, dass er ihn sehr gern nutzen würde.

Doch noch ist es nicht dazu gekommen. Vermutlich mache ich mir zu viele Gedanken. Mein Job, der nur noch am seidenen Faden hängt, macht mich einfach paranoid. Ich denke, dass hinter allem ein größerer Plan stecken muss. PeterParker321 hat mir bestimmt nicht geschrieben, nur um mich aus der Reserve zu locken und mich mit meiner wütenden Reaktion öffentlich bloßzustellen. Oder? Verdammt, ich muss aufhören, mich in jede Kleinigkeit reinzusteigern. Das wird mir auch nicht helfen.

Also scrolle ich durch Twitter und suche weiter nach Hinweisen. Die letzten fünf haben alle in Sackgassen geführt. Aber der sechste könnte mein ganzes Leben verändern. Das muss ich mir zumindest einreden.

Eine kleine Eins erscheint über dem Briefumschlag-Symbol. Ich drücke darauf. PeterParker321 hat mir geschrieben. Das Zittern meiner Finger wird stärker, dennoch öffne ich den Chat.

Die Nachricht überrascht mich. Aber womit habe ich gerechnet? Mit einer Geldforderung, damit er unseren Verlauf nicht veröffentlicht? Ich glaube, meine vielen neuen Follower sind mir zu Kopf gestiegen.

Ich dachte, dass PeterParker321 nicht wieder Kontakt zu mir aufnehmen würde. Unser wenig freundlicher Austausch war ziemlich schnell beendet, und ich hatte nicht das Gefühl, dass er das Bedürfnis verspürt, mich näher kennenzulernen. Dieses Gefühl beruhte schließlich auf Gegenseitigkeit. Trotzdem hat er mir wieder geschrieben. Und schlägt dieses Mal einen versöhnlicheren Ton an.

Peter Parker: Warum hat es eine Stanford-Absolventin überhaupt nötig, einen Reality-TV-Star durchs Land zu jagen?

Es wäre schlauer, nicht zu antworten. Ich vergeude nur meine Zeit und meine Nerven, wenn ich mich auf Diskussionen mit Fremden einlasse.

Ich werfe einen Blick auf das hohe Glas vor mir. Nicht einmal die Hälfte des Milkshakes habe ich getrunken und der Blick, den mir die Diner-Besitzerin quer durch den Raum zuwirft, zeigt mir, dass es mehr als unhöflich wäre, jetzt zu gehen.

Okay, mir bleibt also nichts anderes übrig, als mir auch den Rest des Getränks reinzuquälen. Da ich mir ohnehin die Zeit vertreiben muss, kann ich auch antworten.

Alice Gold: Das wüsste ich selbst gern.

Er schreibt schnell zurück. **Peter Parker:** Es gibt doch bestimmt eine bessere Erklärung als diese Floskel, oder?

Ich kneife die Augen zusammen. Wer auch immer dieser Kerl sein mag, er ist nicht auf den Mund gefallen. Oder auf die Finger? Gibt es schon ein Sprichwort, das sich auf das schlagfertige Ausdrücken beim Schreiben von Nachrichten bezieht?

Alice Gold: Und warum sollte ich sie dir verraten, Fremder auf Twitter?

Peter Parker: Du hast keinen Grund, es mir zu verraten. Ich würde es trotzdem gern wissen.

Alice Gold: Warum interessiert dich das überhaupt? Du hast ja nicht gerade die beste Meinung von mir.

Peter Parker: Das habe ich nie gesagt.

Alice Gold: Nicht? Bist du dir sicher? Vielleicht liest du unsere Unterhaltung noch mal durch und erklärst mir, an welcher Stelle ich dich falsch verstanden habe.

Er braucht ein bisschen länger, um zurückzuschreiben. Eine Minute fühlt sich wie eine Ewigkeit an, weil er sonst immer nach nur wenigen Sekunden geantwortet hat.

Peter Parker: Ich halte nicht viel von deinem Job. Das heißt nicht, dass das Gleiche für dich gilt.

Alice Gold: Warum nicht?

Peter Parker: Ich würde auch nicht gern nach meinem Job beurteilt werden.

Alice Gold: Warum? Bist du ein Auftragskiller?

Peter Parker: Vielleicht. Und vielleicht bist du mein nächstes Opfer, und ich stehe bereits hinter dir.

Reflexartig werfe ich einen Blick über meine Schulter.

Peter Parker: Gib es zu. Du hast dich umgesehen.

Obwohl er keine Emojis verwendet, sehe ich ein breites Grinsen vor mir, sobald ich seine Nachricht lese.

Alice Gold: Kann sein. Ich tippe weiter, ohne auf seine nächste Nachricht zu warten. **Alice Gold:** Also hast du dir kein Urteil über mich gebildet?

Kurzes Zögern. Man sagt zwar, dass beim Schreiben von Nachrichten vieles fehlt, was eine richtige, persönliche Unterhaltung ausmacht – Mimik, Gestik, Tonfall –, doch allein anhand der Geschwindigkeit, mit der er manche Messages abschickt, kann ich vieles über ihn herausfinden. Er ist schlagfertig. Er muss nicht lange über seine nächste Nachricht nachdenken. Ein schneller Wortwechsel fällt ihm leicht. Solange man sich herausfordert und scherzt. Aber sobald meine Fragen ernster werden, braucht er länger. Diese Antworten fallen ihm nicht so leicht wie ein sarkastischer Kommentar.

Peter Parker: Doch habe ich. Diesmal antwortet er erst nach mehreren Minuten. So lange habe ich noch nie auf eine Antwort von ihm warten müssen. Diese drei Worte scheinen ihm besonders schwer gefallen zu sein. **Peter Parker:** Aber deswegen habe ich dir auch noch mal geschrieben. Ich wüsste gern, warum du Hadrian Carter verfolgst. Aus unserer letzten Unterhaltung konnte ich schließen, dass du keine *Day-to-Day-Gossip*-Reporterin aus Überzeugung bist.

Ich lese diese Sätze zweimal. PeterParker321 hat auf jeden Fall mehr im Kopf, als ich ihm zunächst wegen seines unkreativen Usernamens zugetraut habe. **Alice Gold:** Weil ich sonst meinen Job verliere.

Peter Parker: Warum suchst du keinen anderen?

Ich schnaube, schüttle den Kopf und verdrehe gleichzeitig die Augen. Obwohl ich eigentlich nie Emojis benutze, finde ich es doch immer noch schade, dass es keins für genau diese Geste gibt. Im wahren Leben benutze ich sie nämlich ziemlich oft. **Alice Gold:** Aus dieser Nachricht kann ich schließen, dass du dir in deinem Leben vermutlich noch nie Sorgen um Geld machen musstest.

Diesmal braucht er sogar noch länger, um zu antworten. Ich denke schon, dass damit unsere Kommunikation vorbei ist, da kriege ich eine neue Nachricht.

Peter Parker: Du hast also keine andere Wahl?

Alice Gold: Kann man so sagen.

Peter Parker: Das musst du schon genauer erklären.

Alice Gold: Ich muss gar nichts. Das war schon immer meine Reaktion auf diese Aussage. Sie löst einfach etwas in mir aus. Doch nachdem ich meine Nachricht auch im Chat sehe, fühlt sie sich nicht mehr richtig an. Ich bin zwar niemandem eine Antwort schuldig und muss niemandem mein Handeln erklären. Also könnte ich mir sehr viel Überwindung ersparen, in dem ich den Chat einfach wieder schließe. Aber vielleicht will ich mich sogar überwinden. Ich verurteile mich selbst für das, was ich hier tue. Dass es auch andere Menschen machen, fühlt sich furchtbar an. Obwohl es nur Fremde sind, die ich vermutlich niemals kennenlernen werde, schmeckt der Milkshake immer bitterer.
Ich will mein Verhalten erklären.

Alice Gold: Mein Boss will mich feuern. Ich habe ihn aber um eine letzte Chance gebeten. Und die hat er mir gegeben. Ich soll Hadrian Carter finden und eine Story über ihn schreiben. Sonst verliere ich meinen Job und noch dazu die Möglichkeit, im Verlagshaus aufzusteigen. Ohne eine Empfehlung von meinem Boss war all meine harte Arbeit umsonst.

Ich kaue auf meiner Unterlippe herum, während ich auf eine Antwort warte. Die Nachricht ist wirklich lang, wenn man mal bedenkt, dass sie an einen völlig fremden Menschen adressiert ist, von dem ich nicht einmal weiß, ob er an der Ost- oder Westküste lebt, wie alt er ist und ob er überhaupt ein Kerl ist. Es können schließlich auch Frauen Fans von Peter Parker sein.

Ich fühle mich, als hätte ich sehr viel über mich preisgegeben.

Peter Parker: Keine wirklich gerechte Chance.

Alice Gold: Du sagst es.

Peter Parker: Das ganze Land sucht nach Hadrian Carter. Warum solltest ausgerechnet du die Reporterin sein, der es gelingt, ihn zu finden?

Über diese Frage muss ich eine Weile nachdenken. Ich starre so lange auf das Display, bis es schwarz wird. Um zu antworten, muss ich mein Handy wieder entsperren. Doch die Mühe mache ich mir, weil ich meine Antwort gefunden habe.
Alice Gold: Weil für niemanden so viel davon abhängt wie für mich.

12. KAPITEL

Hadrian

Ich laufe. Ich laufe einfach. Seit Tagen mache ich nichts anderes. Ich stehe früh auf, ziehe mir meine Wanderstiefel an und laufe durch den Nationalpark. Einmal oben auf der Plattform zu stehen, hat nicht gereicht. Es wird vermutlich niemals reichen.

Inzwischen habe ich auch meine Paranoia unter Kontrolle und trete nicht immer gleich die Flucht an, wenn andere Menschen in meine Nähe kommen. Sie besuchen diesen Ort vermutlich aus ähnlichen Gründen wie ich. Sie sind nicht hier, weil sie mich suchen. Sie wollen den Grand Canyon fotografieren und nicht mich.

Wenn ich in den Abgrund schaue, der Fluss weit entfernt, und die Vertiefungen mustere, die das Wasser über Jahrmillionen im Gestein hinterlassen hat, fühlen sich meine Probleme extrem klein an.

Meist kann ich meinen Blick erst losreißen, wenn ich so hungrig bin, dass ich es nicht länger ignorieren kann. Wenn mein Magenknurren lauter wird als meine Gedanken, gehe ich zum Parkplatz zurück, setze mich in mein Auto und fahre zum nächsten Drive Through. Wenn man nie essen durfte, was man will, schmecken Cheeseburger von McDonalds besser als ein Menü im Fünf-Sterne-Restaurant. Deswegen esse ich auch jeden Tag mehrere. Ich ernähre mich wie es vermutlich auch ein kleines Kind tun würde, wenn Erwachsene es nicht zwingen würden, sein Gemüse aufzuessen. Aber weil ich meine ganze Kindheit nachzuholen habe, ist mir das egal.

Auch heute bestelle ich mir wieder drei Cheeseburger, eine große Portion Pommes und eine Cola. Ich mache mir nicht die Mühe, auszusteigen und mir einen schöneren Ort zum Essen zu suchen, sondern esse gleich im Auto auf dem Parkplatz. Nur die

Tür mache ich auf, damit sich der Geruch von Fast Food nicht in meinem Auto festsetzt – obwohl es dafür vermutlich schon längst zu spät ist. Der kleine Geruchbaum, der am Innenspiegel baumelt, kommt nicht dagegen an. Ach, egal.

Genüsslich schlinge ich meine Burger herunter und scrolle währenddessen durch meinen Twitter-Feed. Es ist kein neues Bild aufgetaucht. Oder ich habe es übersehen. Bei der Flut an Tweets unter dem Hashtag catchhadriancarter wäre das gar nicht so unwahrscheinlich. Trotzdem erlaube ich mir, entspannt zu essen, während ich Alice Golddiggers Profil öffne.

Sie geht mir einfach nicht aus dem Kopf. Dass wir ständig schreiben, macht es vermutlich auch nicht leichter, sie zu vergessen. Nicht die beste Taktik, das gebe ich zu.

Doch das scheint mir noch nicht zu reichen. Denn ich erwische mich ständig dabei, wie ich ihr Foto betrachte. Es wäre definitiv einfacher, sie zu hassen, wenn sie nicht so attraktiv wäre und in Stanford studiert hätte. Mit Stipendium.

Ja, ich weiß. Ihr Aussehen sollte mit der ganzen Sache nichts zu tun haben. Gerade ich sollte wissen, dass gutes Aussehen keinen guten Charakter voraussetzt. Ich habe in meinem Leben mit sehr vielen hübschen Menschen zu tun gehabt, die ich verabscheut habe. Aber sie kann ich irgendwie nicht verabscheuen.

Es ist ihr Blick.

Erst habe ich versucht, mir einzureden, dass sie ein schlechter Mensch sein muss, weil sie so unglücklich aussieht. Allerdings macht der Ausdruck in ihren Augen etwas mit mir. Irgendwie verfolgt er mich. Weil ich das Gefühl habe, dass hinter diesem gequälten Lächeln etwas steckt. Albern, ich weiß. Nicht ihr Blick verfolgt mich, sondern sie. Das ist alles, was ich über sie wissen muss, und trotzdem will ich mehr über sie erfahren.

Dass ich so viel allein bin, scheint mir nicht gutzutun.

Schon zum gefühlt hundertsten Mal googele ich sie.

Und finde wieder einige Artikel, die sie geschrieben hat. Die meisten wurden bei *Day-to-Day-Gossip* veröffentlicht. Von ein paar hatte ich schon die Headlines gelesen. Wieder fühle ich mich in meinem Urteil bestätigt, dass sie über genau den Mist schreibt, den ich von so einem Medienhaus erwartet habe. Bis ich die Artikel nicht mehr nur überfliege wie bisher, sondern richtig lese.

Sie versteckt manche Informationen so gründlich in ihren Texten, als wollte sie nicht, dass sie jemand findet. Sie fügt kurze Nebensätze hinzu, die allerdings eine große Wirkung auf den Text haben. Sie schreibt zwar einen Artikel über den Rosenkrieg einer Schauspielerin, fügt aber hinzu, dass sie sich ehrenamtlich für Kinder aus armen Familien engagiert. Sie schreibt über die zusätzlichen Kilos einer Sängerin, erwähnt jedoch wie beiläufig, dass sie gerade große musikalische Erfolge feiert.

Ich suche weiter und finde mehr. Bevor sie für *Day-to-Day-Gossip* gearbeitet hat, hat sie während ihres Studiums für die Studentenzeitung geschrieben. Diese Artikel sind etwas vollkommen anderes. Sobald ich die ersten Zeilen lese, weiß ich, dass die Nebensätze in ihren *Day-to-Day-Gossip*-Texten nicht zufällig dort stehen.

In einem Artikel stellt sie eine junge Professorin und die Herausforderungen, die sie als Frau in ihrem Beruf erlebt, vor. Sie hat eine ganze Reihe von Artikeln über Studierende und ihre Ziele geschrieben. Die Porträts sind intim, machen die Menschen greifbar und sind doch respektvoll. Ich kann nicht aufhören zu lesen, obwohl ich längst aufgegessen habe und weiterfahren könnte.

An einem Satz bleibe ich hängen. Es ist, als hätten diese Worte Widerhaken. Ich kann förmlich spüren, wie sie sich in meinem Kopf festsetzen.

> Freiheit bedeutet nicht, endlose Möglichkeiten zu haben. Freiheit bedeutet, den Mut aufzubringen, einen Weg einzuschlagen und ihn zu gehen, ohne zurückzublicken.

Die Haare auf meinen Armen stellen sich auf. Ich kann das Gefühl, das mich durchströmt, nicht beschreiben.

Ich schüttle den Kopf, starte den Motor und fahre zurück zu meinem Hotel. Doch auch als ich nach meiner Dusche wieder auf meinem Bett hocke und einen Film gucken will, sind diese zwei Sätze noch immer bei mir. Ich werde sie nicht los.

Genauso wenig wie Alice Gold.

Es ist schwer zu sagen, wer sie wirklich ist. Die engagierte studentische Journalistin oder die Klatschwebsite-Reporterin, die mir landesweit alle Twitter-Nutzer auf den Hals gejagt hat. Mit ihr zu schreiben, hat mir auch nicht geholfen, es herauszufinden. Ganz im Gegenteil. Es hat mich nur noch mehr verwirrt.

Inzwischen ist mir klar, dass es eine schlechte Idee ist, die Person, die man zu seinem persönlichen Erzfeind erklärt hat, näher kennenzulernen. Es ist gefährlich. Das weiß ich. Aber vermutlich macht es genau deswegen so viel Spaß, mit ihr zu schreiben.

Ich verhalte mich wie Leonardo DiCaprios Charakter in *Catch me if you can*, der immer wieder den Ermittler, der ihm auf den Fersen ist, anruft, obwohl er davon nichts zu gewinnen hat. Aber weil dieser Mann ihn verfolgt, fühlt er sich mit ihm verbunden. Auf einmal kann ich sein unlogisches Verhalten nachvollziehen.

Peter Parker: Was bedeutet Freiheit für dich? Ich schicke die Message ab, und anstatt einen Film anzumachen, liege ich einfach auf meinem Bett und warte auf eine Antwort. Sie kommt ziemlich schnell. Als hätte sie auf eine Nachricht von mir gewartet.

Alice Gold: Finanzielle Stabilität.

Ich lache laut auf und schreibe zurück. **Peter Parker:** Ich hatte auf eine romantischere Antwort gehofft.

Alice Gold: Nicht mein Ding.

Das überrascht mich nun wirklich nicht. **Peter Parker:** Du bist Journalistin. Du schreibst. Du müsstest doch zu einer kreativeren Antwort in der Lage sein.

Alice Gold: Ach, du gibst also endlich zu, dass ich eine richtige Journalistin bin.

Peter Parker: Ich nehme es hiermit offiziell zurück.

Alice Gold: Das kannst du nicht. Die Worte sind abgeschickt. Sie stehen hier schwarz auf grau.

Peter Parker: Und man weiß ja, dass das, was auf Twitter steht, immer der Wahrheit entspricht.

Alice Gold: Natürlich. Oder willst du mir etwa erzählen, dass du nicht nachts in einem roten Einteiler von Dach zu Dach springst, Spinnweben aus deinen Händen schießt und Verbrecher jagst?

Peter Parker: Okay, da gibt es etwas, was ich dir gestehen muss ... Ich grinse noch breiter.

Alice Gold: WAS? Du bist gar nicht der echte Spider-Man? Warum schreibe ich dann überhaupt noch mit dir?

Peter Parker: Ja, leider. Ich bin nicht der echte Spider-Man und du keine echte Journalistin.

Alice Gold: Also man kann mich ja eine unechte Journalistin nennen, aber wenn man mir vorgaukelt, Spider-Man zu sein – da ziehe ich die Grenze.

Peter Parker: Ich weiß, es ist unverzeihlich.

Ich bin in diesem Szenario definitiv Leonardo DiCaprio. Ich genieße dieses Gespräch viel zu sehr. Vermutlich sollte ich wieder mehr unter Menschen gehen. Wenn ich mehr Kontakte hätte, würde ich jetzt auch nicht grinsend auf meinem Bett hocken, während ich mit einer Frau schreibe, die ich eigentlich hassen sollte. **Peter Parker:** Wie läuft deine Suche? Ich schicke noch eine Nachricht hinterher, weil sie auf meine letzte nicht reagiert hat und ich, obwohl ich weiß, dass ich mich leichtsinnig verhalte, nicht will, dass diese Unterhaltung schon beendet ist.

Alice Gold: Mh. Jetzt bin ich misstrauisch. Bist du ein Reporter einer anderen Zeitung, der an meine Informationen herankommen möchte?

Wenn sie wüsste … **Peter Parker:** Nein, bin ich nicht. Das kann ich ohne Skrupel antworten.

Alice Gold: Das würde auch ein Reporter einer anderen Zeitung schreiben.

Peter Parker: Aber auch jemand, der es nicht ist und sich einfach für Hadrian Carter interessiert. Es fühlt sich nicht an, als würde ich meinen eigenen Namen tippen. Sie sucht einen Menschen, der gar nicht mehr existiert. Eigentlich niemals existiert hat. Den meine Mutter vor Jahren erfunden hat.

Alice Gold: Wer hat es denn jetzt hier mit der Doppelmoral? Erst machst du mich dafür fertig, dass ich ihn suche, und jetzt interessiert es dich doch.

Peter Parker: Was soll ich sagen? Ich bin auch nur ein schwacher Mensch. Wieder schicke ich direkt eine zweite Nachricht hinterher, weil sie nicht sofort antwortet. Ich bin echt ungeduldig. Es könnte schließlich auch sein, dass sie einfach länger über ihre Worte nachdenkt. **Peter Parker:** Wo bist du gerade?

Alice Gold: Das wüsstest du wohl gern. Das ist genau die Frage, die auch ein Reporter stellen würde. Sie schickt direkt noch eine Nachricht hinterher. **Alice Gold:** Ich verrate so viel …

Meine Nervosität steigt. Als würde ich darauf warten, dass sie schreibt, dass sie im Nachbarzimmer hockt.

Alice Gold: Ich sitze in einem Hotelzimmer irgendwo in Amerika.

Peter Parker: Danke. Ich hoffe, dass man auch an diesen wenigen Buchstaben meinen Sarkasmus ablesen kann. **Peter Parker:** Das hilft mir jetzt natürlich sehr weiter.

Alice Gold: Immer gern geschehen.

Wieder ist sie es, die gleich eine Nachricht hinterherschickt, ohne auf meine Antwort zu warten. Und das sollte mich vermutlich nicht so stark zum Grinsen bringen.

Alice Gold: Was machst du denn, wenn du keine Verbrecher jagst?

Peter Parker: Willst du so herausfinden, ob ich doch ein Reporter bin?

Alice Gold: Das hast du jetzt gesagt.

Peter Parker: Ich hocke vor einem Fernseher und kann mich nicht entscheiden, welchen Film ich gucken will.

Alice Gold: Also für mich ist die Wahl ziemlich klar.

Peter Parker: Ach, echt? Versuchst du gerade auch, dir einen Film auszusuchen?

Alice Gold: Ja, ich hocke schließlich allein in einem Hotelzimmer. Und nach unserem Gespräch kommt für mich nur ein Spider-Man-Film infrage.

Peter Parker: Dann ist die Auswahl aber immer noch ziemlich groß.

Alice Gold: Diese Entscheidung werden wir ja wohl noch treffen können. Wir gucken einfach den, den es auf Netflix gibt.

Peter Parker: Okay, das ist eine gute Idee. Warte. Gucken wir den Film jetzt etwa zusammen?

Alice Gold: Sieht ganz danach aus.

Peter Parker: Uh, jetzt bin ich aber aufgeregt. Ist ja wie ein virtuelles Date.

Alice Gold: Träum weiter. Ich gucke jetzt diesen Film. Du kannst gern dasselbe tun.

Und das tue ich. Während wir den Film ansehen, schreiben wir uns Nachrichten, kommentieren die Szenen und doch konzentriere ich mich eigentlich mehr auf Alice Gold als auf Peter Parker. Kurz fühlt es sich sogar so an, als wäre sie hier. Was ich davon halten soll, weiß ich nicht so genau.

13. KAPITEL

Alice

»Ja, ist halt eine Schlucht.«

»Du stehst vorm Grand Canyon und das ist alles, was du dazu zu sagen hast?«

»Eine *sehr große* Schlucht?«

»Du hast einfach keinen Sinn für die kleinen Freuden des Lebens.«

Ich widerspreche Hien nicht, weil ich das tatsächlich nicht habe. Ich stehe vor dem Grand Canyon und schaue hinunter. Es gibt Menschen, die Tausende Meilen zurücklegen, um an den Punkt zu gelangen, an dem ich gerade stehe. Und trotzdem fühle ich mich nicht, wie ich mich fühlen sollte. Ich bin einfach nur aufgekratzt. Wie jede Sekunde jedes Tages. Und diese große Schlucht ändert auch nichts daran.

»Was ich hier tue, ist die größte Zeitverschwendung überhaupt«, zische ich in mein Handy. Hien meldet sich täglich bei mir. Als hätte sie Angst, dass ich mich sonst in eine heikle Situation bringe. Vermutlich ist diese Angst begründet.

»Die Hinweise haben dich nicht weitergebracht. Aber du weißt, dass er sich die Nationalparks ansehen will. Also ist es doch nur logisch, dass du bei der Aussichtsplattform wartest«, versucht sie mich aufzumuntern. Es erstaunt mich jedes Mal aufs Neue, dass sie damit nicht schon vor Monaten aufgehört hat. Selbst ihr müsste doch inzwischen klar geworden sein, dass ihre Bemühungen vollkommen umsonst sind. Mir Optimismus einzuflößen, ist genauso aussichtslos, wie Hien und mir die Kaffeesucht abzugewöhnen.

»Hien, wir reden hier vom Grand Canyon. Der hat nicht nur eine Aussichtsplattform.« Und als würde Hadrian Carter gleich direkt neben mir auftauchen, nur, weil ich es mir ganz doll wünsche. So funktioniert die Welt leider nicht. Sonst wäre Hien bereits eine Oscar- und ich eine Pulitzer-Preisträgerin.

»Kein Grund, diesen Ton anzuschlagen. Dass der Nationalpark so groß ist, ist schließlich nicht meine Schuld.«

Ich seufze. »Sorry. Ich bin nur frustriert.« Mit der freien Hand reibe ich mir über die Augen. Ich bin erschöpft von den langen Autofahrten, und dass ich die Nächte damit verbringe, mit Spider-Man zu schreiben, statt zu schlafen, trägt auch nicht dazu bei, dass ich tagsüber energiegeladen bin.

»Das verstehe ich. Wirklich. Aber du wirst das hinkriegen. Guck doch mal, wie weit du es schon geschafft hast«, sagt Hien mit dem Enthusiasmus, den ich von ihr gewohnt bin und den sie nie zu verlieren scheint.

»Nicht weit genug«, sage ich nur und bin mir ziemlich sicher an dem theatralischen Seufzer, mit dem Hien antwortet, heraushören zu können, dass sie exakt mit dieser Antwort gerechnet hat.

»Du hast eine schlechte Einstellung. Weißt du das?«, fragt mich meine beste Freundin, halb vorwurfsvoll und halb belustigt. Ich kann sie deutlich vor mir sehen, wie sie versucht, ein Grinsen zu unterdrücken.

»Ja«, antworte ich nur knapp und schiebe mir meine Sonnenbrille vor die Augen, damit ich aufhöre, sie zu reiben. Das macht das müde Jucken nur noch schlimmer.

»Einsicht ist der erste Schritt zur Besserung.«

»Ich will mich nicht bessern. Meine schlechte Einstellung ist eine meiner besten Eigenschaften.«

»Dazu sage ich jetzt mal nichts«, entgegnet Hien.

Ich lächle und merke, wie gut es mir tut, mit ihr zu reden. Erst jetzt wird mir klar, wie sehr ich es vermisse, eine nette und vertraute Stimme zu hören. Dass Hiens breites Grinsen das Erste ist, was ich morgens sehe, wenn ich aufgestanden bin, fehlt mir.

»Okay. Ich bleibe noch eine Stunde hier. Aber dann verschwinde ich.« Es wird ohnehin nichts bringen, setze ich nur in Gedanken hinzu, weil ich meine beste Freundin schon genug mit meiner miserablen Laune belastet habe. Das mache ich wirklich zu oft. Das hat dieser Sonnenschein nicht verdient.

»Das klingt doch nach einem Plan. Und entspann dich in dieser Stunde mal. Das hast du bitter nötig.«

»Das sagst du ständig.«

»Weil du Entspannung ständig nötig hast«, erwidert sie energisch.

Ich grinse noch breiter. Aber das hat immer noch nichts mit dieser Schlucht zu tun. Es ist halt eine Schlucht. Es geht tief runter. Toll. Wenn das der ganze Reiz ist, könnten Leute auch Plattformen auf Hochhäusern installieren.

Hien und ich verabschieden uns voneinander. Ich versichere ihr, sie weiterhin auf dem Laufenden zu halten und nicht aufzugeben. Erst dann ist sie bereit aufzulegen.

Ich lasse mein Handy sinken und blicke noch einmal hinab. Als müsste ich mich noch ein letztes Mal versichern, dass ich auch ja nichts übersehen habe. Als könnte ich erst nach diesem besonders scharfen Blick sichergehen, dass ich die ganze Magie des Grand Canyon nicht einfach missverstanden habe. Ich schüttle energisch den Kopf. Es liegt nicht an mir. Es liegt an den hohen Erwartungen, die mir die Gesellschaft aufgedrängt hat. Jeder schwärmt von diesem Ort. Und wenn man so viele begeisterte Worte gehört hat, kann die Realität nur enttäuschen.

Sobald ich nicht mehr mit Hien telefoniere, gefällt mir dieser Ort noch weniger. Die Stille, die nun herrscht, ist seltsam. Als hätte Hien meine negativen Gedanken gespürt, vibriert mein Handy in meiner Hosentasche. Was denkt sie denn, was ich in zehn Minuten herausgefunden habe?

Erneut grinse ich. Bis ich den Namen entdecke, der tatsächlich auf dem Display erscheint. Es ist nicht Hiens. Als ich ihn lese, verschlucke ich mich fast an der Luft, die ich versuche zu atmen.

Ich habe seinen Namen schon seit Jahren nicht mehr laut ausgesprochen. Wir haben nicht geschrieben. Meine Familie hat sich nicht bei mir gemeldet und ich mich nicht bei ihnen. Wir haben uns ignoriert. Und jetzt auf einmal … das.

Mein Smartphone klingelt weiter. Das Geräusch wird immer penetranter. Doch ich schaffe es einfach nicht, den Anruf anzunehmen oder ihn wegzudrücken. Ich kann nur bewegungslos dabei zusehen, wie mein Handy klingelt und dann endlich verstummt. Schnell stecke ich es weg. Als könnte ich es so daran hindern, erneut zu klingeln. Meine Gedanken rasen. Was ist, wenn was Schlimmes passiert ist?

Vermutlich sollte ich zurückrufen, aber ich weiß, dass ich die Kraft dazu nicht aufbringen werde. Wenn ich es in den letzten Jahren nicht konnte, werde ich es auch jetzt nicht können.

Und wenn wirklich was Schlimmes passiert ist, dann wird er noch mal anrufen, und ich kann mich immer noch entscheiden, ob ich rangehe oder nicht. Ich muss länger darüber nachdenken, ob ich schon bereit bin, wieder Kontakt zu meinem alten Leben aufzunehmen.

Wie erstarrt bleibe ich an der Stelle stehen. Angespannt. Weil ich jede Sekunde damit rechne, dass mein Smartphone wieder vibriert. Doch es bleibt still.

Jetzt kann ich die Aussicht wirklich nicht mehr genießen. Meine Knie zittern. Mehr hat es nicht gebraucht. Einen Namen auf meinem Handydisplay.

Also gehe ich zurück zum Parkplatz und setze mich ins Auto, die Beine lasse ich aus der geöffneten Tür baumeln. Jetzt da ich sitze, zittern nicht länger meine Knie, sondern meine Hände. Ich lege sie zwischen meine Oberschenkel und drücke diese so fest zusammen, bis ich mir sicher bin, dass ich die Blutzufuhr zu meinen Fingern erfolgreich abgeklemmt habe. Jetzt können sie wenigstens nicht mehr zittern. Das ist die Hauptsache. In diesem Zustand kann ich nicht fahren. Also entschließe ich mich, noch eine Weile hierzubleiben. Um diese Zeitverschwendung mit mir selbst vereinbaren zu können, rede ich mir ein, dass ich auch hier darauf warten kann, dass Hadrian Carter in mich hineinstolpert. Aber ich weiß, dass hier rumzuhocken genauso irrsinnig ist, wie auf einer der vielen Aussichtsplattformen zu stehen. So werde ich ihn nicht finden. Allerdings habe ich auch sonst keine Idee, wie ich ihn aufspüren soll. Die roten Kreise auf seiner Landkarte haben mir zwar eine grobe Richtung vorgegeben, aber das reicht nicht. Die Fläche ist immer noch zu groß. Das wird mir gerade ziemlich schmerzhaft bewusst.

Mein Handy vibriert, jedoch nur einmal. Das bedeutet, dass ich eine Nachricht bekommen habe und keinen Anruf. Mein Herz beruhigt sich langsam wieder. Ich entsperre das Display und fühle mich gleich ein bisschen leichter. Ob es daran liegt, dass mir eine bestimmte Person nicht geschrieben hat oder daran, dass mir eine andere bestimmte Person geschrieben hat, will ich lieber nicht hinterfragen.

Peter Parker: Wie läuft deine Hexenjagd?

Immer noch verzichtet er auf Emojis – was ich sehr zu schätzen weiß, weil ich sie selbst nicht nutze –, trotzdem bin ich mir sicher, ein Zwinkern aus diesen Worten herauszuhören.
Alice Gold: Beschissen, danke der Nachfrage.

Peter Parker: Noch keine neuen brauchbaren Hinweise?

Alice Gold: Nein. Definitiv nicht. Eher das Gegenteil. Diese Hinweise vereiteln meine Suche sogar. Mehrere Tankfüllungen vergeudet, und zwar für nichts. Ich seufze frustriert, obwohl er es nicht hören kann.

Peter Parker: Ich sehe schon, ich treffe da einen wunden Punkt.

Während ich tippe, lächle ich wieder leicht. Das Zittern meiner Hände lässt nach. **Alice Gold:** Tu nicht so überrascht. Meinen wunden Punkt zu treffen, war doch schon dein Ziel, als du mir das erste Mal geschrieben hast.

Peter Parker: So schlecht denkst du von mir? Das trifft mich jetzt schwer.

Alice Gold: Jaja, Drama Queen. Sitzt du jetzt vollbekleidet in der Dusche und weinst?

Peter Parker: Woher weißt du das?

Alice Gold: Du musst aber aufpassen, dass dein Handy nicht nass wird. Sonst kannst du mir nicht zurückschreiben.

Peter Parker: Und das würde dich ärgern?

Darauf reagiere ich nicht sofort. Ich weiß einfach nicht, was ich antworten soll. Aber Spider-Man schickt direkt noch eine Message hinterher, weil er nicht darauf warten zu wollen scheint, dass ich mir eine schlagfertige Antwort ausdenke.

Peter Parker: Gib es zu. Du würdest meine Nachrichten vermissen.

Ich gebe es nicht zu. Obwohl er nicht unrecht hat. **Alice Gold:** Das hättest du wohl gern.

Peter Parker: Ja, das hätte ich.

Erneut stocke ich. Die meisten unserer Nachrichten sind sarkastisch, ein bisschen gemein und in den meisten Fällen nicht ernst gemeint. Doch diese Nachricht … Mal wieder merke ich, dass ich mit ehrlichen Worten nicht gut klarkomme. Sitzt er auch vor seinem Smartphone und grinst, wenn er mit mir schreibt? Das würde ich mir zumindest gern einreden.

Peter Parker: Habe ich dich jetzt vergrault? Weil ich es nicht schaffe zu antworten, schickt er die Frage direkt hinterher.

Alice Gold: Nein, keine Sorge.

Peter Parker: Dann habe ich dich wohl sprachlos gemacht.

Alice Gold: Niemals. Ich bin Journalistin, schon vergessen?

Peter Parker: Ja, das vergesse ich jedes Mal, wenn ich einen deiner neuen Beiträge lese.

Das tut mehr weh, als es sollte. Wir machen uns die ganze Zeit übereinander lustig, aber diese Message trifft tatsächlich einen wunden Punkt. Den niemand außer mir kennen sollte. Mehrere Minuten starre ich nur tatenlos auf mein Handy.

Dann schreibt er mir noch mal. **Peter Parker:** Jetzt habe ich dich aber vergrault.

Alice Gold: Nein, keine Sorge. Ich recycle einfach meine eigenen Worte, um mir keine neuen einfallen lassen zu müssen. Er schickt mir weitere Nachrichten, doch ich lese sie nicht. Denn etwas anderes hat meine Aufmerksamkeit erregt. Genauer gesagt jemand. Hien bombardiert mich mit Messages. Ständig taucht eine Benachrichtigung in einem Balken am oberen Rand meines Displays auf.

HAST DU SCHON DEN NEUSTEN BEITRAG UNTER DEM HASHTAG GESEHEN!

DAS IST ER!

ALICE, SAG MIR, DASS DU SCHON IN DEINEM AUTO SITZT!

Mein Herz schlägt viel zu schnell. Rasch schließe ich den Chat. Spider-Man wird warten müssen. Ich scrolle durch meinen Twitter-Feed.

Und da ist er. Ich springe aus meinem Wagen und wirble den staubigen Untergrund auf.

»O mein Gott«, rufe ich laut aus. Mir ist egal, ob mich jemand hört und sich über mein Verhalten wundert. Alles ist egal.

Denn da ist Hadrian Carter. Diesmal hat ihn die Kamera so frontal erwischt, als hätte er freiwillig hineingesehen. Er trägt zwar sein Basecap, und es wirft einen Schatten auf seine Züge, doch sein Gesicht erkenne ich dennoch ohne Probleme wieder. Er ist tatsächlich hier. Am Grand Canyon. Ich kann die überbewertete Schlucht hinter ihm deutlich erkennen. Ich recke meine geballte Faust in die Luft. Dieser Ort scheint doch zu etwas gut zu sein.

Fix schreibe ich dem User, der das Foto hochgeladen hat. Und erhalte auch sofort eine Antwort. Ich gestatte es mir, noch einen kurzen Freudentanz einmal um mein Auto zu vollführen, dann steige ich ein, knalle die Tür mit ein bisschen zu viel Schwung zu und starte den Motor.

Endlich geht es weiter. Solange ich in Bewegung bleibe, können mich meine Zweifel nicht einholen. Hoffen wir mal, dass sie weniger Benzingeld zur Verfügung stehen haben als ich.

14. KAPITEL

Hadrian

Die Sonne geht nur langsam auf. Noch kann man sie nicht sehen. Nur ihr Licht kriecht bereits den Himmel hinauf. Ich stehe auf einer Erhöhung. Die Ebene vor mir liegt noch im Dunkeln. Die riesigen Steine, die das Monument Valley so berühmt gemacht haben, sind noch nicht mehr als schwarze Silhouetten. Es sieht aus, als würde jemand Umrisse, die er aus dunklem Karton ausgeschnitten hat, vor den Himmel halten, der in Brand gesteckt wurde. Am Horizont scheint ein Feuer zu flackern. Und die orangene Farbe greift immer weiter um sich, breitet sich aus und verbrennt die Dunkelheit.

Nicht zum ersten Mal in meinem Leben bedauere ich es, dass ich nicht zeichnen kann. Ich würde alles, was ich gerade sehe, gern mit Farbe festhalten. Aber da ich das nicht kann, sauge ich diesen Anblick einfach in mich auf. Ich darf ihn niemals vergessen. Dafür lohnt es sich, früh aufzustehen. Ich bin müde. Mein Rücken schmerzt und zeugt von den weit mehr als hundert Meilen, die ich fahren musste, um hierherzugelangen. Doch das war es wert.

Ich bleibe genau an diesem Punkt stehen, bis die Sonne vollkommen aufgegangen ist. Nun sind die riesigen Felsbrocken nicht mehr schwarz, sondern haben die gleiche Farbe wie der rötliche Sand, der den Boden bedeckt. Ich fühle mich, als wäre ich in der Zeit gereist und mitten in einem Western gelandet. Wenn John Wayne gleich um die Ecke kommen würde, würde es mich nicht wirklich überraschen. In diesem Moment scheint alles möglich zu sein.

Meine Freiheit liegt wieder vor mir. Und jetzt atmet mir auch Alice Gold nicht mehr in den Nacken. Sie wird irgendwo beim

Grand Canyon nach mir suchen. Viele Meilen von mir entfernt. Wo sie den Hinweis gefunden hat, den ich dort für sie hinterlassen habe. Das wird sie vermutlich eine Weile beschäftigen. Eigentlich sollte ich mich wie ein Sieger fühlen. Schließlich hatte ich die geniale Idee, Touristen aus Europa, die kein Interesse an der Show meiner Familie haben, zu bitten, ein Bild von mir vorm Grand Canyon zu machen und das Foto erst auf Twitter zu posten, wenn ich schon längst weitergefahren bin. Ich habe Alice überlistet. Aber wieso fühle ich mich dann so, als hätte ich verloren?

☆

Ich verstehe mich selbst nicht mehr. Den ganzen Tag und auch die halbe Nacht schreibe ich mit der Frau, die mich quer durchs Land verfolgt. Ich habe sie auf eine falsche Fährte gelockt, damit sie mich nicht findet. Und trotzdem halte ich den Kontakt zu ihr. Gibt es vielleicht so was wie das Stockholm-Syndrom, nur eben nicht mit seinem Entführer, sondern Verfolger? Bestimmt. Und wenn nicht, wird es nach mir benannt. Hadrian-Carter-Syndrom. Dann wäre ich endlich mal für etwas anderes als meine dysfunktionale Familie berühmt.

Ich kann nicht damit aufhören, es ist wie eine Sucht. Manchmal denke ich mehrere Stunden, dass ich endlich darüber hinweg bin. Doch dann läutet mein Handy wieder und meine Finger fangen schon fast an zu zittern, wenn ich nicht sofort nachschaue, ob sie sich gemeldet hat. Und wenn mein Handy ein Geräusch macht, ist es immer Alice. Ich schreibe sonst mit niemandem.

Ich liege auf meinem Hotelzimmerbett, dem hundertsten in den letzten Wochen, und starre an die Decke. Gerade sind wir in einen Streit verwickelt, welchen anderen Superhelden-Namen ich mir für mein Twitter-Profil hätte aussuchen sollen. Es ist überflüssig zu sagen, dass es eine der sinnlosesten und gleichzeitig lustigsten Unterhaltungen ist, die ich in meinem Leben geführt habe.

Ein lauter Seufzer entfährt mir. Eigentlich nur, um mir selbst zu beweisen, dass ich noch lebe. Schon wieder habe ich seit Tagen kaum ein Wort gesprochen. Nur beim Tanken und Einchecken. Meine Stimme wird mir immer fremder.

Und ich … ich werde immer einsamer.

Es fällt mir schwer, das einzugestehen. Ich habe mich schließlich danach gesehnt, endlich allein zu sein. Aber zwischen allein und einsam sein liegt eine tiefe Schlucht, gegen die der Grand Canyon nichts ist.

Deswegen habe ich eine Idee. Aber ich weiß nicht, ob es eine gute ist. Es gibt nur einen Ort, an den ich gehen könnte. Zumindest nur einen Ort, an dem mich niemand vermutet. Damit, dass ich bei Aphrodite und Garett auftauche, rechnet jeder. Das Filmset, wo sie arbeiten, haben die Paparazzi direkt nach meinem Verschwinden belagert. Aber vermutlich sind sie inzwischen – nach so vielen Wochen – nicht mehr dort. Allerdings bin ich noch nicht bereit, ein Mitglied meiner Familie zu treffen.

Und es gibt noch einen anderen Menschen, bei dem ich mich verstecken könnte. Obwohl ich gar nicht mehr weiß, ob das noch stimmt, da wir uns so lange nicht gesehen haben. Man kann eigentlich nicht unangekündigt vor der Tür stehen und erwarten, dass die Person dahinter einen mit offenen Armen empfängt.

Aber ich kann diese Idee nicht mehr aus meinem Kopf verjagen. Weil es so schön wäre, vor dieser Tür aufzutauchen. Es gibt nur wenige Leute auf dieser Welt, die mein wahres Ich kennen. Nicht Hadrian Carter, sondern Adrian. Die wissen, dass fast alles, was ich vor der Kamera vorgebe zu sein, nicht real ist. Und diese Menschen sind der Grund, dass ich niemals vergessen konnte, wer ich tatsächlich bin. Und da ich meine Schwestern gerade nicht sehen kann …

Das Schlimmste, was passieren kann, ist, dass mir die Tür vor der Nase zugeknallt wird. Ein Versuch kostet nichts.

Ich setze mich auf, als bräuchte mein Körper eine aufrechte Position, um diesen Plan zu bestätigen. Gleich morgen werde ich aufbrechen. Vermutlich sollte ich schlafen gehen. Mir steht eine lange Fahrt bevor. Eine sehr lange Fahrt. Mein Rücken schmerzt noch von den letzten hundert Meilen. Wie wird es mir erst nach fast tausendfünfhundert Meilen ergehen? Meine Flucht hat mich um zehn Jahre altern lassen. Und diese Fahrt wird mich noch mal mindestens drei Jahre kosten. Doch das ist es wert. Ich muss raus aus meinen eigenen Gedanken, bevor ich den Rückweg in die reale Welt nicht mehr finde.

Da Alice' Argumente, mit denen sie versucht, mich zu überzeugen, dass Doctor Strange der beste Comic-Held aller Zeiten ist, so fadenscheinig sind, dass sie nicht einmal eine Reaktion von mir verdient haben, wechsle ich das Thema. **Peter Parker:** Bist du am Grand Canyon unterwegs? Habe den Tipp gesehen. Ich weiß, dass ich mein eigenes Glück herausfordere. Aber es macht einfach zu viel Spaß.

Alice Gold: Ich rede nicht mit dir über die Fortschritte meiner Recherche.

Peter Parker: Weil du immer noch befürchtest, dass ich ein Reporter bin?

Alice Gold: Genau.

Ich stocke. Der Tipp stand doch öffentlich auf Twitter. Der Beitrag hat über zehntausend Likes. Wieso gibt sie nicht einfach zu, dass sie am Grand Canyon ist? Ihre Reaktion macht mich stutzig. Also hake ich nach. **Peter Parker:** Aber jeder hat dieses Bild gesehen. Warum kannst du meine Frage dann nicht einfach beantworten?

Alice Gold: Das wüsstest du wohl gern.

Auf einmal verspüre ich den unerklärlichen Drang, nervös über meine Schulter zu sehen. **Peter Parker:** Du bist also nicht am Grand Canyon?

Alice Gold: Dass du so hartnäckig nachfragst, bestätigt mich nur in meiner Theorie, dass du ein Reporter bist.

Peter Parker: Bin ich nicht. Ich schwöre es. Ich kann nicht länger entspannt auf meinem Bett herumsitzen. An Schlafengehen ist nicht mehr zu denken, bevor ich nicht herausgefunden habe, was Alice weiß.

Alice Gold: Zählen Schwüre überhaupt, wenn man sie über Twitter abschließt?

Sie lenkt vom Thema ab. Wieso lenkt sie vom Thema ab? Aufgescheucht laufe ich in meinem Hotelzimmer auf und ab. Dabei starre ich so gebannt auf mein Handy, dass ich über meine Wanderschuhe, die ich einfach mitten im Zimmer habe liegen lassen, stolpere. Nur knapp kann ich mich am Stuhl festhalten und entgehe einem Sturz. Ich kicke meine Schuhe unters Bett, damit ich weiter ungestört auf und ab rennen kann. Denn damit aufzuhören, ist definitiv keine Option. **Peter Parker:** Ich bin nur neugierig. Versprochen.

Alice Gold: Ich werde dir trotzdem nicht verraten, wo ich bin.

Peter Parker: Womit du eingestehst, dass du nicht am Grand Canyon bist. Der Impuls, über die Schulter zu sehen, verstärkt sich weiter. Ich kann ihn nicht länger unterdrücken. Doch ich entdecke nicht Alice Gold, die auf einmal in meinem Hotelzimmer hinter mir steht, sondern nur die hässliche Tapete, deren Farbe ich nicht genau definieren kann – aber auch nicht will.

Alice Gold: Du musst ein Reporter sein. Nur die sind so nervig.

Peter Parker: Das musst du ja wissen. Nur der Autokorrektur habe ich es zu verdanken, dass der Satz zu verstehen ist. Ich zwinge mich, stehen zu bleiben, und denke über meine nächsten Worte sehr genau nach. Mit einer Hand umklammere ich mein Smartphone, mit der anderen streiche ich mir über die Wangen, die inzwischen von Bartstoppeln bedeckt sind, und dann durch mein Haar, dessen Spitzen zwar noch blond sind, deren Ansatz aber inzwischen wieder schwarz ist. Diese hektischen Gesten beruhigen mich allerdings auch nicht. Ich seufze. Schließlich tippe ich. **Peter Parker:** Okay, du kannst mir nicht verraten, wo du bist. Aber kannst du mir verraten, warum du dort bist?

Alice Gold: Was meinst du damit?

Peter Parker: Welchem Hinweis folgst du?

Sie antwortet eine ganze Weile nicht und mir bleibt nichts anderes übrig, als erneut hin und her zu tigern. Wenn sie nicht bald zurückschreibt, werde ich einen Trampelpfad auf diesem Teppich hinterlassen.

Alice Gold: Mh, okay. Das könnte ich dir verraten, weil du nicht wissen kannst, wohin mich das geführt hat.

Meine Hände schwitzen. **Peter Parker:** Dann erzähl es mir. Ich hindere mich nur knapp daran, zehn Ausrufezeichen an meine Nachricht zu hängen. Das würde Alice dazu bringen, nicht zu antworten.

Alice Gold: Du bist ja ungeduldig. Aber in Ordnung, Spider-Man. Ich habe in Hadrian Carters Motelzimmer eine Landkarte gefunden. Darauf waren Orte markiert, zu denen reise ich.

Wieder blicke ich über meine Schulter. Aber diesmal ist der Impuls gar nicht mal so unbegründet. Mein Herz setzt einen Schlag aus und holpert dann weiter. Sie könnte in diesem Augenblick in diesem Hotel sein. Sehr nah. Vielleicht nur ein Zimmer weiter. Dieser Gedanke sollte mich stören, doch ich starre die Tür so erwartungsvoll an, als wollte ich, dass sie gleich daran klopft. »Reiß dich zusammen«, ermahne ich mich mit fester Stimme und drehe der Tür den Rücken zu. Ich muss jetzt ruhig bleiben. Also setze ich mich wieder auf mein Bett und starre auf unseren Chat. Wenn ich zu lange nicht antworte, wird sie vielleicht misstrauisch.

Peter Parker: Und den Grand Canyon hatte er nicht markiert?

Alice Gold: Doch. Aber das Foto sollte mich auf eine falsche Fährte führen. Also bin ich zum nächsten Punkt gefahren.

Peter Parker: Wie bist du darauf gekommen?

Alice Gold: Er hat einen Touristen gebeten, ein Bild zu machen und es erst vier Tage später, wenn er schon wieder weg war, zu posten. Ich habe den Typ ausfindig gemacht und ihn getroffen. Schon nach zwei Sätzen habe ich gemerkt, dass er sich ständig selbst widerspricht. Irgendwann ist er eingeknickt und hat mir die Wahrheit gesagt.

Sie ist gut. Mein Grinsen kann ich mir nicht verkneifen. Doch sobald es sich auf meinem Gesicht ausgebreitet hat, dränge ich es sogleich wieder zurück. Was mache ich hier eigentlich? Sie hat mein Ablenkungsmanöver durchschaut. Ich sollte sie deswegen nicht bewundern, sondern Panik bekommen. Sie durchkreuzt meine Pläne. Das macht sie schon seit Wochen. Alles, was ich mir für diese Reise ausgemalt habe, ist wegen ihr anders verlaufen. Und doch kann ich nichts gegen meine Mundwinkel ausrichten. Sie sind stärker als ich. Diesmal allerdings gilt mein Grinsen nicht nur Alice, sondern auch mir selbst. Sie ist nicht auf meine erste falsche Fährte hereingefallen. Sie war schlauer. Aber das ist noch lange kein Grund, aufzugeben.

Bevor ich einsehen kann, dass das, was ich vorhabe, das riskanteste ist, was ich getan habe, seitdem ich mir einen alten Jeep gekauft und mich hinter dessen Lenkrad gesetzt habe, schreibe ich auch schon meine nächste Nachricht.

Peter Parker: Hadrian Carter ist nicht mehr im Monument Valley.

Oh, ich werde das so sehr bereuen. Aber nicht heute. Heute wünschte ich einfach nur, ich könnte Alice Golds Gesicht sehen, wenn sie diese Nachricht liest. Es ist wirklich schade, dass mir das entgehen muss.

Sie reagiert ewig nicht, allerdings lasse ich mich davon nicht verunsichern. Sie wird mir antworten. Weil sie nicht anders kann.

Als Reporterin wird sie ihre Neugier nicht zähmen können. Schließlich schreibt sie mir und gibt meiner Theorie recht.

Alice Gold: Wer bist du?

Peter Parker: Du willst wohl eher wissen, woher ich das weiß.

Alice Gold: In dieser Situation ist das quasi dasselbe.

Ich lasse sie ein bisschen schmoren und warte ab, was sie tut, wenn ich nicht direkt antworte. Nach ein paar Minuten schickt sie eine weitere Nachricht hinterher. **Alice Gold:** Woher weißt du das?

Peter Parker: Ist das wichtig?

Alice Gold: Ja!

Ich bilde mir ein, sie das Wort laut schreien zu hören, egal, wie weit sie gerade von mir entfernt sein mag. **Peter Parker:** Ich bin so was wie ein Insider.

Alice Gold: Definiere Insider.

Peter Parker: Jemand, der weiß, wo Hadrian Carter ist. Und der es dir verraten wird. Okay, ich gebe es zu, ich grinse wieder. Das hier macht definitiv mehr Spaß, als es sollte.

Alice Gold: Woher soll ich wissen, dass du die Wahrheit sagst?

Peter Parker: Das kannst du nicht wissen.

Alice Gold: Das reicht mir nicht. Ich werde nicht in die falsche Richtung fahren, nur weil das ein anonymer Kerl (oder Frau) über Twitter schreibt.

Peter Parker: Ich habe schon von Monument Valley gewusst. Reicht das nicht als Beweis? Kurze Pause.

Alice Gold: Nein

Peter Parker: Wieso nicht? Es ist eine ziemlich gute Info.

Alice Gold: Du könntest auch einen Tipp über Twitter bekommen haben. Außerdem ist es nicht weit hergeholt, dass jemand, der den Grand Canyon sehen wollte, auch einen anderen Nationalpark aufsuchen würde. Das hättest du auch erraten können.

Dass sie es mir so schwer macht, überrascht mich nicht. Ich denke nach. Eigentlich sollte ich aufhören, bevor ich mir noch die Finger verbrenne. Aber ich kann nicht. Ich habe diesen Weg schon eingeschlagen. Ich werde ihn bis zum Ende gehen. **Peter Parker:** Und was ist, wenn ich es beweisen kann?

Alice Gold: Ich höre.

Peter Parker: Ich könnte dir eine Info geben, die nur ein Insider haben könnte.

Alice Gold: Und woher sollte ich wissen, dass die nicht erfunden ist?

Sie ist wirklich gut. Und hartnäckig. Wenn sie mich finden will, wird sie es früher oder später tun. Das wird mir gerade klar. Aber ich muss es ihr ja nicht zu leicht machen. Außerdem brauche ich diesmal einen gewissen Vorsprung, damit sie mich nicht sofort aufspürt. Ich bin noch nicht bereit, gefunden zu werden. Also muss ich sichergehen, dass sie es nicht tut.

Peter Parker: Weil du es selbst nachprüfen kannst.

Noch einen Moment zögere ich. Es tut mir echt leid, Athena. Bitte sei mir nicht böse. Es muss leider sein, entschuldige ich mich stumm bei meiner Schwester.

Obwohl ich weiß, dass mich Athena dafür töten wird, sollte sie mich jemals in die Finger bekommen, schicke ich meine nächste Nachricht ab.

Peter Parker: Das ist Athena Carters Handynummer.

15. KAPITEL

Alice

Vergessen ist meine Müdigkeit, mein schmerzender Rücken, die Beweise dafür, dass ich die Strecke bis zum Monument Valley fast ohne Pause gefahren bin. Meine Aufregung bringt mich fast um. Doch ich unterdrücke sie. Denn es ist wesentlich wahrscheinlicher, dass das alles ein schlechter Scherz ist, als dass ich gerade tatsächlich auf Athena Carters Handynummer starre.

Alice Gold: Du verarschst mich! PeterParker321 kann unmöglich die Wahrheit sagen. Oder?

Peter Parker: Es gibt nur einen Weg, das herauszufinden.

Meine Finger zittern. Das liegt vermutlich an der Überdosis Kaffee, die ich mir in den letzten Stunden verpasst habe. Ich sollte diese Nummer so bald wie möglich wählen, sonst bleibt mein Herz noch stehen oder platzt, weil ihm die Kombi aus Adrenalin und Koffein nicht bekommt.

Alice Gold: Wehe, das ist die Nummer deiner Mutter.

Peter Parker: Keine Sorge, so grausam bin ich nicht.

Langsam lasse ich mich aufs Bett sinken. Weil mein Schlafmangel mit jedem Tag unerträglicher wurde, habe ich mir heute mal ein Motelzimmer gegönnt, statt wieder in einem Mehrbettzimmer in einem Hostel zu schlafen. Aber hier riecht es so, als wäre ein Tier unterm Bett gestorben. Ich habe schon nachgesehen. Es liegt kein Kadaver auf dem Boden. Doch der Geruch legt nahe, dass hier nichts Schönes passiert ist. Die Spuren wurden entsorgt. Aber dieser Gestank – der hat sich festgesetzt.

Ich starre mein Smartphone noch kurz an und atme ein paarmal tief durch, obwohl ich dabei das Gesicht verziehe. Ich muss mein Herz beruhigen, damit meine Stimme nicht schrill ist, wenn ich gleich telefoniere. Einen professionellen Tonfall kann ich nur anschlagen, wenn ich nicht hysterisch bin. Irgendwann gebe ich auf. Langsamer wird mein Herz heute nicht mehr schlagen. Und wenn ich noch einmal durch die Nase atme, wird mir übel.

Also wähle ich die Nummer und halte mir das Handy ans Ohr.

Wenn das hier ein Streich ist, wird sich Spider-Man was anhören müssen. Ich werde …

»Hallo?« Die Stimme zieht das Wort kritisch in die Länge, und ein Stromschlag rauscht durch meinen Körper. Sie hat noch nicht viel gesagt, aber das braucht sie auch nicht, damit ich sie erkenne. Ich habe so viele Folgen *Catching up with the Carters* geguckt und mehrere Talkshowinterviews. Das ist Athena Carter.

»Hallo«, setze ich an, muss mich dann aber noch mal räuspern, weil meine Stimme so furchtbar dünn ist. »Hier spricht Alice Gold von *Day-to-Day-Gossip*. Ich wollte nur wissen, ob Sie einen Kommentar …«

»Oh, ich weiß genau, wer du bist«, schneidet sie mir das Wort ab. »Du bist diese Reporterin, die meinen Bruder verfolgt wie ein Stalker! Was gibt dir das Recht dazu? Wegen Leuten wie dir haben Leute wie ich schlaflose Nächte. Und das könnte ich ja noch verzeihen. Aber wenn mein Bruder darunter leidet, da hört der Spaß auf.«

»Ich wollte nur …«

»Mir ist scheißegal, was du wolltest. Was du willst, interessiert mich nicht. Dich interessiert es ja anscheinend auch nicht, was mein Bruder möchte. Meine Geschwister und ich haben uns erst noch über die Aktion lustig gemacht. Aber jetzt ist es nicht mehr witzig. Ihr sollt ihn einfach in Ruhe lassen.«

»Ist das Ihr offizieller Kommentar?«, kriege ich irgendwie dazwischen.

»Mein offizieller Kommentar? Du hast mir anscheinend nicht zugehört. Ich will nichts von dieser Aktion wissen. Ich habe keinen Schimmer, wie du an meine Nummer gekommen bist. Aber das wird dir auch nicht helfen. Ich werde dich blockieren. Also brauchst du erst gar nicht zu versuchen, mich noch einmal anzurufen. Fahr zur Hölle.«

Und mit diesen Worten legt sie auf. Mein Ohr dröhnt, weil ich das Handy viel zu fest dagegen gepresst habe, obwohl Athena mich angeschrien hat. Ich hätte das Smartphone weghalten sollen, doch ich konnte nicht. Und jetzt spüre ich, dass mein Trommelfell vibriert.

Wie gelähmt sitze ich auf meinem Bett und starre auf den Boden. Der Teppich hat seltsame Flecken, über die ich besser nicht zu viel nachdenke. Eine Spinne krabbelt seelenruhig durch den Raum. Im Nachbarzimmer streiten sich zwei Menschen lautstark.

O mein Gott. Zu mehr Gedanken bin ich gerade kaum in der Lage. Eine Endlosschleife an fassungslosen *O mein Gotts* rast durch meinen Kopf.

Und als mir klar wird, was gerade passiert ist und was es wirklich bedeutet, kommen noch weitere panische Gedanken hinzu.

PeterParker321 ist tatsächlich ein Insider. Er weiß etwas. Und er hat bewiesen, dass er eine verlässliche Quelle ist. Mein nächster Hinweis wartet auf mich. Schnell tippe ich meine Antwort an ihn.

Alice Gold: Okay, du hast meine volle Aufmerksamkeit.

☆

Natürlich konnte ich, nachdem ich Spider-Mans Tipp erhalten hatte, nicht schlafen gehen. Ich habe direkt das müffelnde Zimmer verlassen, in dem ich ohnehin nur wenig erholsamen Schlaf gefunden hätte, habe meine hundertste Tasse Kaffee an diesem Tag in mich hineingekippt und bin direkt weitergefahren. Erst als ich fast eingeschlafen bin, habe ich mir ein Motelzimmer genommen. Sobald ich wach geworden bin, bin ich weitergefahren. Und so ging das immer weiter. Bis ich die siebenhundert Meilen nach San Diego hinter mir hatte.

Als ich mein Auto endlich abstelle, keucht es genauso erschöpft wie ich. Diese Mission wird meinem armen, alten VW noch den Todesstoß verpassen. Ich steige aus. Mein Hintern tut weh, und mein Rücken schmerzt. Es ergibt keinen Sinn, jedes Körperteil, das gerade rumzickt, aufzuzählen. Sagen wir einfach: Es tut alles weh. Ich strecke mich und schüttle die Beine aus. Schnell werfe ich noch einen Blick in den Seitenspiegel. Ich sehe leider genauso aus, wie ich mich fühle. Mit den Fingern kämme ich mir notdürftig meine Haare, streiche mein verknittertes T-Shirt, auf dem das Batman-Logo prangt, glatt, was natürlich überhaupt keine Wirkung zeigt, und reibe mir den Schlaf aus den Augenwinkeln.

Besser wird es nicht. Bevor ich es mir also anders überlegen kann, schnappe ich mir meinen Notizblock und schließe meinen Wagen ab. Diesmal stehe ich nicht vor einem heruntergekommenen Motel. Nein, diesmal scheint sich Hadrian Carter richtig was gegönnt zu haben. Das *Fairmont Grand Del Mar*, ein Fünf-Sterne-Luxushotel.

Ich muss schlucken. Dort wird es nicht so leicht sein, an Informationen zu gelangen. Die Angestellten sind die Anwesenheit von Stars vermutlich gewohnt und werden mir nicht gleich den Universalschlüssel übergeben. Aber PeterParker321 hat mir vor wenigen Stunden auch noch die Zimmernummer verraten. Also kann ich einfach vor der Tür warten. Oder klopfen, wenn ich mich besonders mutig fühle.

Ich muss nur durch die Lobby kommen, ohne dass mich jemand aufhält und mich nach einem Schlüssel fragt. Noch einmal dehne ich meine müden Glieder. Dann stelle ich mich aufrecht hin, schiebe mir meine Sonnenbrille ins Gesicht und laufe zielstrebig auf den Eingang zu. Wenn ich mich so verhalte, als würde ich hierhergehören, dann wird es hoffentlich auch niemand infrage stellen. Die Hotelfassade hat einen Rotstich. Säulen säumen den Eingang. Ich laufe an einem weißen Brunnen vorbei, an dem Palmen Spalier stehen.

Ich habe so einen schicken Ort noch nie aus der Nähe gesehen und sofort fühle ich mich unwohl in meiner Haut. Jeder Mensch, an dem ich vorbeikomme, scheint mich missbilligend zu mustern. Ich bin mir sicher, dass ich mir das meiste einbilde. Doch es fühlt sich real an. Ich betrete die Lobby. Der Boden glänzt so stark, dass ich ihn fast als Spiegel benutzen könnte. Die Angestellten sind schicker angezogen als ich. Mein Glück ist, dass das hier eher ein Hotel ist, wo reiche Leute für ihren Urlaub und nicht für Geschäftsreisen hinfahren. Die Gäste tragen keine schicken Anzüge, sondern legere Freizeitkleidung. Dann falle ich wenigstens nicht so auf. Obwohl ich mir sicher bin, dass manche von ihnen die billigen Materialien, aus denen meine Kleidung besteht, riechen können. Zügig steuere ich die Aufzüge an, schlüpfe in den nächsten und drücke die Nummer drei. Eine Familie fährt mit mir nach oben. Mann und Frau mit ihren beiden Kleinkindern. Sie scheinen vom Pool zu kommen. Die Kinder tragen Badeanzüge, und die Haare der Frau sind noch nass.

Sie steigen ein Stockwerk vor mir aus. Dann bin ich allein.

Die Fahrt vom zweiten zum dritten Stock scheint ewig zu dauern und ist doch viel zu schnell vorbei. Die Türen öffnen sich mit einem hellen Pling. Ich schaffe es, erst auszusteigen, als die Türen sich schon wieder beginnen zu schließen. Schnell springe ich heraus. Die Gänge sind leer.

Das letzte Mal, als ich kurz davor war, ein Zimmer zu betreten, in dem ich Hadrian Carter vermutet habe, wurde ich panisch. Diesmal atme ich tief durch, um das zu verhindern. Da dies kein heruntergekommenes Motel ist, kann man hier tatsächlich tief durchatmen, ohne zu riskieren, dass sich ein ekelhafter Geruch tagelang in der Naseninnenwand festsetzt. Damals hatte ich Angst, nicht gut genug vorbereitet zu sein. Doch inzwischen weiß ich, dass ich niemals wirklich auf diesen Augenblick vorbereitet sein werde. Wenn Hadrian Carter nicht mit mir reden will, dann hilft Vorbereitung sowieso nicht. Es besteht sogar das Risiko, dass er mich von den Hotelangestellten rausschmeißen lassen wird, sobald er mich sieht. Würden sie vielleicht sogar die Polizei rufen? Der Nagel meines Zeigefingers kratzt schon über meinen Daumen, doch ich zwinge mich, beide Hände in meinen Hosentaschen zu vergraben, bevor ich eine Hautschicht abknibbeln kann.

Tief durchatmen, ermahne ich mich. *Konzentriere dich auf den leichten Rosenduft, der in der Luft hängt.*

Es bringt nichts, sich Horrorszenarien auszumalen. Es bringt auch nichts, in dem Korridor herumzustehen. Ich werde erst wissen, wie er reagiert, wenn ich vor ihm stehe.

Mit schnellen Schritten, damit ich es mir nicht mehr anders überlegen kann, folge ich der Beschilderung. Ein paarmal gehe ich um die Ecke, bis ich sein Zimmer gefunden habe. Jetzt gibt es kein

Zurück mehr. Meine Hand schwebt noch eine Sekunde vor der Tür, dann klopfe ich. Einmal. Zweimal. Keine Reaktion. Ich höre nicht einmal Bewegungen hinter der Tür. Es bleibt vollkommen still. Das sollte mich nicht überraschen. Es ist elf Uhr. Um diese Uhrzeit liegt man nicht in seinem Hotelzimmer, sondern vermutlich auf einer Liege an einem der zwei Pools.

Sollte ich auf dem Gelände nach ihm suchen oder besser hier auf ihn warten? Wenn mich jemand findet, während ich vor einer Tür rumlungere, könnte man mich rausschmeißen. Aber man könnte mich auch rausschmeißen, wenn ich am Pool rumschleiche. Verdammt. Ich habe keine Ahnung, welche Herangehensweise die richtige ist.

»Kann ich Ihnen helfen?«

Ich springe zur Seite wie ein aufgeschrecktes Huhn.

»Tut mir leid. Ich wollte Sie nicht erschrecken.« Ein Mann hat mich angesprochen. Er trägt einen schicken schwarzen Anzug wie alle Angestellten.

»Alles gut. Ich war nur in Gedanken«, beeile ich mich zu sagen.

Er sieht freundlich aus und nicht gerade wie jemand, der vorhat, mich sofort hinauszubegleiten. Aber das kann sich vermutlich schnell ändern. Noch hält er mich für einen Gast.

»Haben Sie Ihren Schlüssel vergessen?«

»Ja«, antworte ich ganz automatisch. Dass mir lügen so leichtfällt, sagt mehr über meinen Charakter aus, als ich möchte.

»Sie müssen Miss Gold sein.«

Ich habe keine Zeit zu hinterfragen, woher er meinen Namen kennt. Bevor ich mich darüber wundern kann, hat er auch schon Hadrian Carters Zimmer für mich aufgeschlossen.

»Das Zimmer ist bis morgen für Sie bezahlt worden.« Er drückt mir eine Schlüsselkarte in die Hand, wirft mir ein freundliches Lächeln zu, dreht sich um und geht. Er lässt mich mit meinen rasenden Gedanken allein im Gang stehen. Ich starre ihm hinterher, bis er um die nächste Ecke verschwunden ist. Dann wende ich mich der offenen Tür zu.

Irgendwas stimmt hier überhaupt nicht.

Ich betrete das Zimmer. Durch das riesige Fenster kann ich direkt auf den Pool schauen, der die gleiche türkisblaue Färbung hat wie das Meer in der Karibik.

Das Zimmer ist dekadent groß. Alle Stühle und Tische sind aus dunklem Holz. Die Wände haben einen Farbton, den ich nicht genau definieren kann. Nicht weiß. Aber auch nicht gelb. Es ist der schicke Farbton, der dazwischenliegt.

Das Bett ist riesig und mit weißen Laken bezogen, die mich geradezu anflehen, mich mit Schwung auf sie zu schmeißen.

Doch ein Gegenstand, der so perfekt auf dem Bett drapiert wurde wie die kleinen Schokoladentafeln auf den Kopfkissen, hält mich davon ab.

Langsam trete ich näher. Und als ich erkenne, was dort liegt, kann ich nicht anders, als zu lachen. Ich lache so herzlich, als hätte ich den besten Witz meines Lebens gehört. Ich kann nicht mehr aufhören. Mein Lachen verwandelt sich von herzlich zu schrill. Tränen treten mir in die Augen, als reiche es nicht länger, wenn ich meine Emotionen nur mit Lauten ausdrücke. Mein Körper muss noch zu drastischeren Maßnahmen greifen. Ich lache ewig, bis mein Bauch schmerzt und ich mich fast krümme. Dann verstumme ich schlagartig. Die Stille, die ich nach meinem Ausbruch hinterlasse, hört sich hohl an. Nicht ganz echt. Nicht die normale Stille, die zulässt, dass man in der Ferne einen Automotor vernimmt oder das Streichen eines Windhauchs über die Vorhänge. Diese Stille fühlt sich unecht an. Als hätte jemand die ganze Welt auf stumm gestellt. Ich mache noch einen Schritt auf das Bett zu und greife nach der DVD-Hülle. Der Filmtitel verhöhnt mich.

Catch me if you can.

Ich kann diese Worte nur anstarren, während mein Kopf zusammensetzt, was sie bedeuten. Ich wurde verarscht. Von niemand Geringerem als Hadrian Carter.

Ich breche zum Glück nicht noch mal in hysterisches Lachen aus. Das kann ich unterdrücken. Doch ein kleines Lächeln schleicht sich auf meine Züge.

Das ist definitiv eine Provokation. Und wenn er mich herausfordern will, nehme ich diese Challenge gern an.

16. KAPITEL

Hadrian

Ich hatte recht. Diese Reise hat mir all meine Kräfte geraubt. Mehr als tausend Meilen habe ich zurückgelegt. Die letzten Tage verschwimmen ineinander zu einem Nebel aus kleinen Tankstellen am Straßenrand, schlechtem Kaffee und unbequemen Betten. Ich kann nicht einmal mehr sagen, wann ich losgefahren bin. Wie viele Tage war ich unterwegs? Keine Ahnung.

Es wäre sinnvoller gewesen zu fliegen. Aber das habe ich mich nicht getraut. In einem Flughafen und Flugzeug wäre ich zu leicht erkannt worden. Außerdem wollte ich meinen Jeep nicht zurücklassen, da ich ihn liebgewonnen habe. Auch wenn ich ihn jetzt erst mal eine Weile nicht von innen sehen will.

Der Motor geht aus, als ich den Autoschlüssel abziehe. Erst jetzt merke ich, wie sehr mich das Röcheln des Wagens eingelullt hat. Es war meine Hintergrundmusik. Am Anfang hat es mich noch genervt, weil es so laut ist, dass nicht mal das Autoradio es übertönen kann. Doch ohne scheint der Welt etwas zu fehlen. Das passiert mit einem Menschen, wenn er wochenlang kein richtiges Gespräch mehr geführt hat. Man hat schon das Gefühl, dass sich der eigene Wagen mit einem unterhält, nur weil der Motor laut ist.

Ich schnappe mir meinen Rucksack, steige aus und schlage die Wagentür zu. Nach den kleinen Orten und den Nationalparks ist mir diese Straße mitten in der Großstadt viel zu voll. Automatisch ziehe ich meine Kappe tiefer in mein Gesicht. Hier muss ich ständig damit rechnen, dass jemand sein Handy zückt und mich verpfeift. Aber das darf nicht passieren. Nicht, wenn ich nicht einmal richtig angekommen bin.

Kurz traue ich mich, meinen Kopf in den Nacken zu legen und

das Wohnhaus vor mir bis zu dessen Dach zu mustern. Mein Gesicht verlässt den Schatten meines Basecaps, dessen Sicherheit.

Sobald ich die Eingangstür sich öffnen höre, senke ich den Blick wieder. Eine mittelalte Frau verlässt das Gebäude. Schnell schlüpfe ich hinein, bevor die Tür wieder zufallen kann.

Ich bin hier. Und hoffen wir mal, auch wirklich angekommen.

Im Treppenhaus ist es noch kühler als draußen. In Seattle spürt man, dass es Oktober ist. In Los Angeles und in den Nationalparks hat man das vergessen können.

Noch immer stehe ich unten im Hausflur, anstatt endlich die Treppen, die vor mir liegen, zu erklimmen. Ich schinde Zeit, denn ich bin nervös. Schließlich tauche ich hier ungefragt auf. Da ich mein altes Handy und mit ihm alle eingespeicherten Nummern schon vor Wochen zerstört habe, hatte ich keine Möglichkeit, mich vorher zu melden und mich anzukündigen. Und vielleicht hätte ich auch nicht angerufen, selbst wenn ich die Nummer auswendig wüsste, weil es so viel schwerer ist, eine Person abzuweisen, wenn sie bereits auf der Fußmatte steht.

Aber ich werde niemals herausfinden, ob ich wieder gehen muss, wenn ich nicht diese Treppe hochsteige. Fünf Stockwerke ohne Aufzug. Zügig laufe ich hinauf. Ich erreiche die Haustür. Der Name *Nyberg* steht auf dem Klingelschild.

Ich seufze erleichtert. Es wäre ziemlich enttäuschend, die ganze Strecke zu fahren, nur um bei der Ankunft zu erfahren, dass die Person, die man besuchen möchte, inzwischen umgezogen ist.

Ich klingle und warte. Dann höre ich Geräusche hinter der Tür. Schritte nähern sich. Ich überlege, meine Kappe abzusetzen, damit man mein Gesicht besser erkennen kann. Da meine Frisur aber mit jedem Tag, an dem mehr schwarzer Ansatz rauswachsen kann, schlimmer aussieht, drehe ich sie einfach um. So wirft sie keinen Schatten mehr über meine Züge. Sofort fühle ich mich seltsam. Das erste Mal, seitdem ich aufgebrochen bin, will ich tatsächlich, dass mich jemand erkennt.

Die Tür öffnet sich, und Levi steht vor mir. Er sieht noch genauso aus wie vor einem Jahr. Seine hellen Augen blitzen immer noch, seine dunklen Haare hängen ihm immer noch so unordentlich ins Gesicht, als hätte er sie sich eben erst gerauft. An seinem Aufzug kann ich erkennen, dass ich ihn beim Zocken gestört habe.

Die Jogginghose und das ausgewaschene *Vikings*-Shirt verraten es mir.

Einige Sekunden starrt er mich fragend an. Dann erkennt er mich – und grinst so breit, wie ich es von ihm gewohnt bin.

»Das gibt es doch nicht«, ruft er aus und zieht mich in eine seiner typischen viel zu festen, Rippen gefährdenden Umarmungen. Früher habe ich mich immer darüber beschwert. Doch heute erwidere ich einfach die Geste. Ihm entfahren ein paar Worte, die ich nicht verstehen kann. Er murmelt in zwei verschiedenen Sprachen vor sich hin. Das macht er öfter, meist unbewusst. Sein Vater ist Schwede und seine Mutter Kubanerin, und er spielt gern mit den Klischees, die mit seiner Abstammung einhergehen. Er sagt, sein größtes Talent sei, dass er im gleichen Satz deftig auf Spanisch fluchen und ein Lied von ABBA singen kann. Und das ist nicht nur eine leere Behauptung. Wenn er einen sitzen hat, beweist er es gern.

»Hey, Levi«, sage ich, sobald er mich losgelassen hat und wieder Luft in meine Lunge gelangen kann.

»Ich fass es nicht«, bringt er hervor, dirigiert mich zügig in seine Wohnung und schließt die Tür hinter uns. »Komm rein, Adrian. Wir wollen ja nicht, dass die Paparazzi gleich bei mir klopfen.« Er kennt den Zirkus noch viel zu gut.

Ich stelle meinen Rucksack im Flur ab, obwohl dieser so schmal ist, dass ich mir so fast den Weg versperre. Doch auch woanders kann ich ihn schlecht hinstellen. Levis Apartment ist klein und eng, was mich zum Grinsen bringt. So sollte eine Wohnung aussehen.

An den Wänden hängen viele Film- und noch mehr Serienposter. Seine Schuhe stehen im Flur und sind die perfekten Stolperfallen. Vom Flur gehen vier Türen ab. Das Bad ist hinter der ersten und so winzig, dass man sich die Hände schon waschen kann, während man noch auf der Toilette sitzt. Die Küche besteht aus einem Kühlschrank und zwei Herdplatten. Levi scheint etwas zu suchen, bückt sich und stößt sich beim Aufrichten prompt den Hinterkopf an einem der Einbauschränke. Da er nur mit den Schultern zuckt, scheint ihm das schon so oft passiert zu sein, dass er den Schmerz an dieser bestimmten Stelle an seinem Hinterkopf nicht mehr wahrnimmt. Gegenüber von der Küche liegt das Wohnzimmer. Der Fernseher ist noch eingeschaltet, der Controller der Playstation liegt auf dem kleinen Beistelltisch vor dem durchgesessenen schwarzen Ledersofa. Meine Vermutung stimmt. Ich habe Levi beim Zocken gestört.

»Setz dich schon mal. Ich werde dich gleich ausfragen. Aber dafür brauche ich definitiv was zu trinken«, ruft Levi aus der Küche zu mir herüber. Rufen ist vollkommen überflüssig, weil uns nur ein halber Meter voneinander trennt. Aber vermutlich ist es ein Automatismus, denn technisch gesehen stehe ich in einem anderen Zimmer.

»Bring mir auch was mit«, rufe ich zurück, weil ich auch nicht anders kann, und setze mich auf das Ledersofa, das bei jeder Bewegung nervtötend laut quietscht. Ich trete aus Versehen mit dem Fuß gegen einen Bücherstapel, der neben der Couch gestanden hat. Mehrere historische Romane verteilen sich auf dem Boden. »Aber bitte nicht so was Ausgefallenes. Einfach nur ein Bier«, füge ich noch hinzu, während ich die Bücher aufhebe. Levi hat eine Schwäche für historische Serien, historische Romane und auch Getränke, die Menschen schon vor hundert Jahren getrunken haben. Allerdings würde ich einen Absinth gerade nicht vertragen.

»Ich bin dir schon einen Schritt voraus«, erwidert Levi, als er mit zwei Bierflaschen in der Hand das Wohnzimmer betritt. Er gibt mir eine, schaltet den Fernseher aus und lässt sich auf einen Sessel mir gegenüber fallen. Wir stoßen an und trinken einen Schluck. Dann ist es kurz still. Levi mustert mich und kaut auf seiner Unterlippe herum. Diese Geste lässt mich grinsen. Das hat er schon immer gemacht, und auch heute bemerkt er es nicht.

»Ich kann es nicht fassen«, sagt Levi schließlich und schüttelt den Kopf. »Du sitzt tatsächlich in meinem Wohnzimmer.«

»Ich kann es auch nicht fassen«, sage ich und lehne mich auf der quietschenden Couch zurück.

»Was hast du in den letzten Wochen getrieben? Außer ganz Amerika in Atem zu halten, natürlich.«

»Ich saß vor allem in meinem Auto.«

»Ein Bentley?«

»Nein, ein alter Jeep.«

Levi grinst. »Ich wusste, dass du mich nicht enttäuschen würdest«, meint er und schüttelt wieder den Kopf. Ich habe so das Gefühl, dass er das noch ein paarmal machen wird. »Ich hatte schon Kontakt zu Athena. Sie hat mich mehrmals angerufen und mich gefragt, ob ich weiß, wo du bist.«

»Bitte erzähl ihr nicht, dass ich hier bin«, sage ich.

»Natürlich nicht«, gibt Levi ohne Umschweife zurück. Ich bin ihm dankbar, dass er mir diese Bitte nicht abschlägt. Er ist genauso gut mit Athena befreundet wie mit mir. Ihr etwas vorzuenthalten, wird ihm nicht leichtfallen. »Sonst steht Athena in zwei Tagen auch vor meiner Tür. Und diese Wohnung ist definitiv nicht in der Lage, zwei Carters zu beherbergen.«

»Das stimmt. Dafür ist sie zu klein.«

»Definitiv! Athena würde mich nur kritisieren und mir klarmachen, dass ich nicht genug putze und zu viel Videospiele spiele.«

»Und wie ich sehe, hast du den Besuch einer kritischen Schwester schon hinter dir«, stelle ich fest und deute auf seine Fingernägel, auf denen noch die Reste von einem dunkelroten Nagellack zu erkennen sind.

Levi mustert seine Nägel. Er hat drei Schwestern und immer, wenn sie ihn besuchen, lackieren sie ihm die Fingernägel. Das ist eine unumstößliche Kindheitstradition. Und daran, ob er Nagellack trägt und wie viel davon noch übrig ist, kann man erkennen, wann ihm eine seiner Schwestern zuletzt einen Besuch abgestattet hat.

Wir grinsen uns kurz wissend an. Doch dann schwindet mein Lächeln wieder.

»Ist es in Ordnung für dich, dass ich jetzt hier bin?«, frage ich vorsichtig.

»Natürlich. Wieso denn nicht?« Levi sieht mich an, als hätte ich eine völlig überflüssige Frage gestellt.

»Weil ich unangekündigt vor deiner Tür stehe und auf deiner Couch schlafen will.«

»Sie gehört ganz dir«, meint Levi und macht eine wegwerfende Handbewegung. Eigentlich will ich noch mal nachhaken, ob es wirklich kein Problem für ihn ist, dass ich bei ihm unterkommen möchte. Doch ich kenne Levi. Wenn er sagt, dass etwas in Ordnung ist, dann ist es das auch. Er ist so ehrlich, als wäre Lügen für ihn ein Fremdwort. Vielleicht lernt man es einfach nicht, wenn man in einer normalen Familie aufwächst.

Also frage ich nicht noch mal nach, sondern sage schlicht und einfach: »Danke.«

»Nichts zu danken.« Nicht einmal das will Levi hören. Erneut folgt auf meine Worte eine wegwerfende Handbewegung.

»O doch«, bestehe ich diesmal. »Du rettest mich vor mir selbst.«

»Was hast du denn in den letzten Wochen getrieben, wenn du nicht in deinem alten Jeep herumgefahren bist?«

»War viel unterwegs, wandern, Serien geguckt und war eigentlich die ganze Zeit allein. Und du kannst mir glauben, das tut auf Dauer nicht gut.« Ich sage es ganz locker, aber meine Stimme hört sich ein bisschen heißer an, deswegen trinke ich gleich mehrere Schlucke.

»Das glaube ich dir sofort.«

Wir schweigen kurz. Und Levi nutzt die Stille, um mich abwartend anzuschauen. Er hat den Kopf leicht schief gelegt und die Augen zusammengekniffen, als könnte er alle Antworten auf seine Fragen finden, ohne mich ansprechen zu müssen, wenn er mich nur intensiv genug mustert.

»Sag, was du sagen willst«, unterbreche ich schließlich die Stille, weil ich Angst habe, dass Levi sich noch den Hals zerrt, wenn er ihn weiter verrenkt.

»Ich will nichts sagen.«

»Du willst immer etwas sagen.«

Breit grinsend lehnt sich Levi in seinem Sessel zurück. »Auch wieder wahr.« Doch er kann seinen bohrenden Blick immer noch nicht ablegen. »Du und Athena habt schon damals immer gesagt, dass ihr alles hinter euch lassen wollt, doch ihr habt es nie getan. Warum ausgerechnet jetzt?«

Mein ganzer Körper verspannt sich. »Das ist die einzige Frage, die ich dir nicht beantworten werde«, erwidere ich mit fester Stimme.

Levi sieht aus, als überlege er, ob er noch mal nachhaken sollte. Doch er entscheidet sich dagegen. »Okay«, meint er nur und zuckt mit den Schultern. Er steht auf und kommt ein paar Sekunden später mit zwei Sixpack Bier zurück. Feierlich stellt er sie zwischen uns auf dem Couchtisch ab und öffnet die nächsten beiden Flaschen für uns.

»Dann trinken wir«, verkündet er.

»Dann trinken wir.«

☆

Ich dachte ja schon, dass man in Motelbetten schlecht schläft, allerdings kannte ich da Levis Couch noch nicht. Jede noch so kleine Bewegung wird von einem ohrenbetäubenden Quietschen beantwortet. Es ist, als würde mich das Sofa anschreien, endlich still liegen zu bleiben. Wer kam eigentlich auf die beschissene Idee, Sofas aus Leder herzustellen? Es klebt an der Haut, macht Geräusche und wird auch noch so seltsam warm. Dass ich leicht angetrunken bin, sich die Welt ein bisschen dreht und mich ein *Peaky Blinders*-Poster von der anderen Seite des Raumes anstarrt, was man sehr deutlich erkennen kann, obwohl alle Lichter aus sind, sorgt auch nicht für einen erholsamen Schlaf.

Aber ich werde mich nicht beschweren. Obwohl ich wach liege, bin ich froh, auf dieser unbequemen Couch zu sein. Levis Schnarchen dringt von seinem Schlafzimmer zu mir herüber. Doch das stört mich nicht. Wenigstens kann ich nicht mehr nur mich selbst atmen hören.

Mein Handy gibt ein Pling von sich. Als ich es mir schnappe, stelle ich es auf lautlos, bevor ich mir die Nachricht ansehe, die eingegangen ist.

Alice Gold: Du weißt schon, wie der Film ausgeht, oder?

Ich grinse. Eine DVD von *Catch me if you can* im Hotelzimmer zu hinterlassen, war vermutlich auch für einen Reality-TV-Star wie mich exzentrisch, aber ich bereue es nicht.

Peter Parker: Du darfst nicht alles glauben, was du im Fernsehen siehst.

Alice Gold: Hast du einer DVD tatsächlich eine Nacht in einem Fünf-Sterne-Hotel spendiert, nur um mich zu verarschen?

Peter Parker: Es hat sich definitiv gelohnt. Und die DVD war schließlich nicht allein. Du hast ihr Gesellschaft geleistet. Ich hoffe, ihr habt nachts gekuschelt.

Alice Gold: Wenn du jetzt denkst, dass ich mich für die eine Übernachtung bedanke, kannst du lange warten. Das war quasi der Schadenersatz für die fast tausend Meilen, die ich in die falsche Richtung gefahren bin.

Ich grinse. **Peter Parker:** Mit einem Danke von Alice Gold hätte ich niemals gerechnet.

Alice Gold: Du spielst ein gefährliches Spiel, Hadrian Carter.

Sie diesen Namen schreiben zu sehen, bringt mich dazu, mich aufrecht hinzusetzen. Sie schickt direkt eine Frage hinterher.

Alice Gold: Warum hast du dich verraten? Das war ziemlich leichtsinnig.

Peter Parker: Das weiß ich.

Alice Gold: Warum hast du es dann getan?

Peter Parker: Weil es zwar Spaß gemacht hat, mit dir zu spielen. Aber jedes Spiel wird langweilig, wenn man es allein spielt.

Alice Gold: Flirtest du etwa mit mir?

Kurz starre ich ihren Text an, ohne zu antworten. Tue ich das? Flirte ich mit ihr? Wenn man nur Nachrichten schickt und die Person, die sie erhält, nicht sehen kann, kann man sich einreden, dass sie harmlos sind. Aber sind Worte jemals wirklich harmlos? Und beantwortet mein Grinsen, das ich immer aufsetze, wenn ich mit ihr schreibe, diese Fragen vielleicht sogar für mich?

Doch bevor ich mir überlegen kann, was ich auf Alice' Nachricht antworten soll, hat sie mir schon wieder geschrieben.

Alice Gold: Du wirst noch merken, dass du mich unterschätzt hast.

Peter Parker: Ich unterschätze dich nicht. Aber ich glaube, du mich.

Alice Gold: Nicht mehr.

Erneut schickt sie gleich die nächste Nachricht, bevor ich antworten kann. Und schon wieder ist da dieses hartnäckige Grinsen.

Alice Gold: Dir ist hoffentlich klar, dass ich nicht so leicht aufgebe, Hadrian Carter.

Peter Parker: Ich habe gehofft, dass du das sagen würdest, Alice Gold.

Erst als das Display wieder schwarz wird, erkenne ich, dass ich mein Handy noch immer in der Hand halte, und lasse es langsam, fast schon bedächtig, sinken. Ich lege mich wieder hin und starre im Dunkeln an die Decke. Mein Herz schlägt ein bisschen zu schnell. Ich kann jeden Schlag überdeutlich in meiner Brust spüren.

Was mache ich hier eigentlich? Eine sehr energische Stimme in meinem Kopf will mir klarmachen, dass ich gerade dabei bin, mich in mein Verderben zu stürzen. Ich muss dieser Stimme recht geben. Aber wieso kann ich denn dann trotzdem nicht aufhören zu grinsen?

17. KAPITEL

Alice

Die Stufen zu meiner Wohnung zu erklimmen, fühlt sich an, als würde ich mir meine Niederlage eingestehen. Zu schreiben, dass ich nicht aufgeben würde, war leichter, als es auch zu meinen.

»Hallo?«, höre ich Hiens kritische Stimme aus der Küche, sobald ich die Tür öffne. Eine Sekunde später tritt sie in den Flur. Sie sieht mich so verwirrt an, als hätte sie einen Einbrecher erwartet – mit Haustürschlüssel.

»Alice!«, ruft sie und springt mir in die Arme. Sie hat so viel Schwung, dass wir beide gegen die geschlossene Haustür stolpern.

»Ganz ruhig«, bringe ich hervor, klammere mich aber ebenfalls an ihr fest. Tränen wollen in meine Augen schießen, doch ich blinzle sie schnell weg. Ich will jetzt nicht weinen. Dann kriegt sich Hien nie wieder ein. Wenn sie erst mal in ihrem Mama-Bär-Modus ist, bekommt man sie da nicht mehr so schnell heraus.

»Was machst du denn hier?«, fragt sie und löst sich nur langsam von mir. Sie hält mich an beiden Schultern fest und mustert mich eindringlich. Erwartet sie, dass ich nach ein paar Wochen auf einmal anders aussehe als vorher?

»Ich habe keinen Anhaltspunkt mehr«, erkläre ich und schlurfe in die Küche, wo ich mich auf einen Stuhl fallen lasse. Hien gießt mir frisch aufgebrühten Kaffee ein und setzt sich auf den anderen Stuhl mir gegenüber. »Ich war zuletzt in San Diego. Aber das war eine Sackgasse. Und ich habe gedacht, hier kann ich mich besser sortieren als in irgendwelchen Motel- oder Hostelzimmern.«

»Richtig. Außerdem bin ich hier, und das macht sowieso alles besser«, meint Hien und stupst meine Kaffeetasse an, damit ich endlich einen Schluck trinke. Die Mutterinstinkte sind also schon da. Es hat keinen Zweck, sich gegen sie zu wehren.

»Das stimmt«, gebe ich ihr ohne Umschweife recht und trinke einen großen Schluck. Nach Wochen voller billiger Kaffeebohnen, die in lauwarmem Wasser geschwommen sind, habe ich fast vergessen, wie Kaffee wirklich schmecken soll. »Doch ich habe keine Hinweise mehr. Er könnte inzwischen überall sein. Ich habe ihn entwischen lassen.«

Ich lege meinen Kopf auf der Tischplatte ab.

»Mach dich doch nicht so fertig«, sagt Hien und streichelt meine Haare, als wäre ich ihr Haustier. Weil es aber sehr angenehm ist, beschwere ich mich nicht.

»O doch, das tue ich. Ich habe es nicht anders verdient. Mich hat ein Reality-TV-Star überlistet.« Ich erzähle Hien alles, was in den letzten Wochen passiert ist. Vom ersten Hinweis bis zum Hotelzimmer in San Diego. Währenddessen lasse ich meinen Kopf einfach auf der Tischplatte liegen. Er ist in den letzten Tagen einfach zu schwer für meine müden Schultern geworden.

»Du verarschst mich«, stößt Hien hervor.

In dieser Position kann ich ihren Gesichtsausdruck nicht sehen, allerdings kann ich mir vorstellen, wie ungläubig sie mich gerade anstarrt.

»Ich wünschte, ich würde dich verarschen. Aber das ist mir alles wirklich passiert. Ich habe jeden Tag mit einem Kerl geschrieben und dann war es einfach Hadrian Carter. Als er mir die Nummer seiner Schwester gegeben hat, hätte ich es mir eigentlich denken können.«

»Darauf kommt man doch nicht«, widerspricht Hien mir energisch. Ich hatte nichts anderes von ihr erwartet. »Wie hättest du damit rechnen sollen?«

Ich gebe nur ein undeutliches Brummen von mir. Ein Reality-TV-Star hat mich tatsächlich überlistet. Ich glaube, das werde ich niemals verkraften.

»Jetzt setz dich endlich wieder richtig hin. So kann man sich gar nicht richtig mit dir unterhalten«, sagt Hien streng, also komme ich ihrem Befehl nach und löse meinen Kopf von der Tischplatte. »So, schon viel besser.«

»Ja, Mom«, meine ich genervt, lächle aber schwach. »Ich habe keine Ahnung, was ich jetzt tun soll.«

»Dann brainstormen wir.« Hien steht auf, verlässt das Zimmer und kommt mit einem Block und Stiften zurück. »Hadrian Carter hat in Los Angeles gelebt. Seine ganze Familie ist hier. Da muss man doch an Anhaltspunkte kommen können.«

Sie kritzelt tatsächlich eine Mindmap auf einen Zettel. In die Mitte schreibt sie »Hadrian Carter« und umkreist seinen Namen. Dann zieht sie Striche und hinter einen schreibt sie »Familie?«.

»Aber Athena hat mich angeschrien und mir gesagt, dass sie meine Nummer blockiert. Die Familie wird mir nichts verraten.«

»Dann vergiss die Familie.« Den Punkt, den sie erst vor einer Sekunde ihrer Mindmap hinzugefügt hat, streicht sie schon wieder durch. Das steigert nicht gerade mein Vertrauen in diese Methode. »Wer könnte noch etwas wissen? An so einem Set arbeiten extrem viele Menschen. Manche sogar über Jahre. Da könnte er jemanden gut genug kennen«, schlägt Hien vor.

»Doch die unterschreiben bestimmt richtig wasserdichte Verträge mit Geheimhaltungsklauseln und dürfen gar nichts verraten. Außerdem habe ich keinen Schimmer, wie ich sie finden sollte«, werfe ich ein.

»Ich könnte bei Freunden rumfragen, wer wen kennt, der wen kennt.« Hien lässt sich von meinem Pessimismus nicht anstecken.

»Kann nicht schaden«, murmle ich und scrolle auf meinem Handy durch meine Kolumne. Der letzte Beitrag dreht sich um die falsche Fährte, die mich zum Grand Canyon führen sollte. Im nächsten Artikel könnte von einer DVD in einem Hotelzimmer die Rede sein. Allerdings ist mir inzwischen klar, dass ich diesen Text nicht schreibe werde. Ich habe eine Nacht in San Diego verbracht. Das war so ziemlich die einzige Chance in meinem Leben, in so einem schicken Hotel zu schlafen. Also habe ich sie ergriffen. Bevor ich eingeschlafen bin, habe ich noch an einem neuen Artikel gearbeitet. Aber dass Hadrian Carter und ich uns geschrieben haben, kam mir zu persönlich vor, um es mit der *Day-to-Day-Gossip*-Leserschaft zu teilen. So ein Text würde bestimmt hohe Klickzahlen erreichen, und Elijah Bishop wäre sehr glücklich. Aber er würde vermutlich verlangen, dass ich unseren Verlauf veröffentliche. Die Nachrichten, die wir uns nachts geschrieben haben. Und das kann ich nicht. Das ist mein Geheimnis. Von dem niemand außer Hien jemals erfahren wird.

Mein Blick fällt auf einen meiner ersten Beiträge. Über Rachel Hansons Tweet.

»Seine Familie wird nichts erzählen. Aber vielleicht seine Freundin beziehungsweise Ex-Freundin«, sage ich, hebe den Blick und sehe wieder Hien an.

»Ja, das ist eine gute Idee«, stimmt Hien mir zu. »Ex-Freundinnen wollen immer auspacken.«

»Außerdem hat sie sich schon an meiner Aktion beteiligt.« Ich stehe auf, weil es mich hibbelig macht, dass mein Pessimismus gerade von meinem Optimismus verdrängt wird. »Aber wie komme ich an sie heran? Kennst du jemanden, der sie kennt?«

Kurz überlegt Hien. »Ich glaube, schon«, murmelt sie. »Sie war mal beim gleichen Casting wie ich, bevor sie einen Reality-TV-Star gedatet hat und Massencastings noch nötig hatte. Vielleicht hat jemand aus meinem Freundeskreis ihre Nummer.«

Ich muss Hien nicht bitten, sofort ihre Leute anzurufen. Bevor ich etwas sagen kann, hat sie auch schon ihr Handy gezückt und geht ihre gesamte Kontaktliste durch. Zumindest fühlt es sich so an, weil sie die nächste Stunde damit verbringt, eine Person nach der anderen abzutelefonieren. Wenn sie mit anderen Schauspielern oder Schauspielerinnen spricht, nimmt ihre Stimme einen Tonfall an, den ich noch nie gehört habe. Sie redet auf einmal höher und setzt, obwohl sie niemand außer mir sehen kann, ein so breites Lächeln auf, dass es gekünstelt wirkt.

Doch auch das schwindet mit der Zeit. Nach über einer Stunde lässt sie schließlich geschlagen ihr Smartphone sinken.

»Ein paar meiner Bekannten hatten mal ihre Nummer, aber seitdem sie eine Rolle in einer Netflix-Serie ergattert hat, hat sie sie geändert.«

Ich zwinge mich zu lächeln, weil ich Hiens geschlagenen Gesichtsausdruck kaum ertragen kann. »Danke, dass du es versucht hast.«

Sobald mein Pessimismus wieder die Überhand über meinen Optimismus gewinnt, spüre ich, wie Müdigkeit in meine Glieder kriecht. Im Luxushotel in San Diego habe ich bereits zehn Stunden am Stück geschlafen. Aber das scheint meinem Körper noch lange nicht zu reichen, um die Entbehrungen der letzten Wochen auszugleichen. Ich will mich nur noch in mein Bett legen und niemals wieder aufstehen. Ich hätte meine Jogginghose niemals ausziehen sollen. Wenn man eine Jogginghose trägt, kann man gar nicht mehr enttäuscht werden, weil man jede Hoffnung längst aufgegeben hat. Zumindest für meine völlig ausgetragene, fleckige, traurig aussehende Hose gilt diese Regel.

»Noch nicht aufgeben«, ruft Hien, als ich Anstalten mache, mich in meinem Zimmer zu verkriechen. »Wir haben nur noch nicht an alles gedacht.«

Laut und schwer seufze ich. Eigentlich hatte ich mich schon an den Gedanken gewöhnt, in meinem Bett zu liegen und so lange *The Newsroom* zu gucken, bis ich mich nicht mehr so miserabel fühle. Aber als ich Hiens hoffnungsvollen Blick bemerke, bleibe ich in der Küche sitzen und ziehe fragend die Augenbrauen hoch.

Hien ignoriert meinen bemitleidenswerten Gesichtsausdruck und zückt erneut ihr Handy. »Wir wissen vielleicht nicht ihre Telefonnummer. Aber sie hat schließlich einen Instagram-Account.«

»Du weißt schon, wie viele Follower sie hat, oder? Wenn wir ihr auf Instagram schreiben, wird sie uns niemals antworten. Die Nachricht geht in einer Flut aus Fan-Mail unter.«

»Das habe ich auch gar nicht vor, Spielverderber«, meint Hien, ohne von ihrem Handy aufzuschauen. »Rachel Hanson ist wie die meisten jungen Schauspielerinnen in dieser Stadt süchtig nach Instagram. Sie teilt jeden Kaffee, den sie trinkt, mit ihren Followern.«

»Ich weiß nicht, wie mich das weiterbringen soll. Ich suche gerade nicht nach einer Café-Empfehlung.« Ich klinge ein bisschen wie ein quengelndes Kleinkind, das keinen Bock auf sein Gemüse hat und viel lieber einen Lolli essen will.

»Geduld, Geduld«, meint Hien nur und hält mir dann breit grinsend ihr Handy unter die Nase. »Guck mal, wo Rachel Hanson heute Abend hingeht.«

Das neueste Foto auf ihrem Instagram-Account zeigt sie vor einem Stapel Klamotten. Darunter steht, dass sie sich nicht entscheiden kann, was sie heute Abend anziehen soll.

»Es ist gerade mal kurz nach eins, und sie überlegt jetzt schon, was sie später anziehen will. Sie wird ja allerfrühestens in sieben Stunden aufbrechen. Hat sie nichts Besseres zu tun?«

»Lies weiter«, drängt Hien mich und geht gar nicht erst auf mein Genörgel ein.

Ich lese die Bildunterschrift. Sie hat keine Ahnung, welche Klamotten sie anziehen soll, blablabla. Und dann der entscheidende Satz.

»Sie hat geschrieben, in welchen Club sie gehen wird«, stelle ich fest und hebe den Blick. Ich kann unser Glück kaum fassen.

»Genau. Und weil ich einen Türsteher kenne, der da arbeitet, kriege ich uns heute Abend auch reingeschmuggelt.«

»Ich war noch nie in meinem Leben so glücklich darüber, dass du als Barkeeperin arbeitest«, stoße ich hervor und drücke Hien einen Schmatzer auf die Wange.

»Beruhig dich mal«, sagt sie lachend. »Das heißt noch lange nicht, dass sie auch mit dir reden will. Aber wir werden wenigstens reinkommen und nicht wie ihre kreischenden Fans am Eingang abgewiesen. Also die erste Hürde hätten wir damit schon mal genommen.«

»Du kommst mit?«, frage ich.

»Natürlich!«, sagt Hien und lächelt. »Unter normalen Umständen kriegt man dich ja in keinen Club. Diese Chance muss ich nutzen.« Sie steht voller Elan auf und hält mir auffordernd die Hand hin. »Komm, wir haben nur noch sieben Stunden Zeit, um die passenden Outfits zu finden.«

18. KAPITEL

Alice

»Du schuldest mir was, Hien.«

»Ach, Porter«, entgegnet Hien und klimpert gekonnt mir ihren Wimpern. »Hilfst du mir nicht aus der Güte deines Herzens?«

»Komm mir nicht so«, gibt er zurück, und ein schiefes Grinsen legt sich auf das sehr markante Gesicht, das zwei Meter über mir zu schweben scheint. Mir ist schon klar, dass Türsteher groß und breit sein sollten, um allein mit ihrer Erscheinung Eindruck zu machen und Gäste in die Schranken zu weisen, bevor sie überhaupt auf die Idee kommen zu pöbeln. Aber mit dem Kerl haben sie es doch wirklich übertrieben. Was haben sie ihm ins Wasser getan, als er im Wachstum war? Ich muss meinen Kopf in den Nacken legen, nur um zu erkennen, woher die tiefe Stimme kommt, die mit Hien und mir spricht. Dabei trage ich hohe Schuhe.

Okay, vielleicht übertreibe ich ein bisschen. Aber mein Gehirn feuert nun mal tausend unnötige Gedanken ab, wenn ich nervös bin. Und wenn mich ein Schrank von einem Mann in eine dunkle Gasse führt und ich auch noch so verzweifelt bin, ihm zu folgen, dann schlägt mein Herz eben nicht in einem gemütlichen Tempo.

Hien lacht so entspannt, als würde ihr gar nicht auffallen, dass wir hinter den großen Mülleimern von der Straße nicht mehr einsehbar sind und dass Porters Hände so groß sind, dass er nur eine bräuchte, um uns beide gleichzeitig zu packen. Sie scheint generell in einem ganz anderen Film zu sein als ich. Während ich mich in einem Horrorfilm bewege, in dem jede leichtsinnige Entscheidung in einem blutrünstigen Mord enden kann, hat sie sich in einem Indie-Film, in dem sich alles um Selbstfindung, blinkende Lichter, Jugend und wilde Nächte dreht und Fehler keine Konsequenzen haben, verlaufen. Ich wünschte, wir könnten auch mal

Genres tauschen, doch so sind wir beide nicht gecastet worden. Jeder hat nun mal eine Rolle, die ihm besonders gut steht. Das lockere Partygirl kauft mir keiner ab. Das verängstigte Opfer eines Serienkillers schon eher.

»Ich kann mir vorstellen, was du als Gegenleistung für diesen Gefallen willst«, meint Hien und nimmt Porters Arm an, als er ihr seinen anbietet, um ihr über eine Pfütze zu helfen. Mir wird natürlich kein Arm angeboten. Ich kann in der Pfütze ersaufen. Okay, ich muss endlich meine Gedanken zum Schweigen bringen. Ich gehe mir ja schon selbst auf die nicht vorhandenen Eier. Oder auf die Eierstöcke, wie Hien zu sagen pflegt.

»Du kennst mich«, gibt Porter zurück, und selbst ich muss zugeben, dass sein spitzbübisches Grinsen ihn definitiv ungefährlicher aussehen lässt. Obwohl diese Gasse nur von einer flackernden Straßenlaterne beleuchtet wird, erkenne ich, dass seine Augen strahlen, wenn er Hien anschaut. Jetzt verstehe ich auch, warum er so schnell bereit war, seinen Job zu riskieren, in dem er uns heimlich durch den Hintereingang in den Club schmuggelt, den er doch eigentlich vor unerwünschten Gästen beschützen soll. Er steht wirklich auf Hien. Sie hat mir mal von ihm erzählt. Hien hat vor einiger Zeit im gleichen Club als Barkeeperin gearbeitet, wo er als Türsteher tätig war. Er hat sie ständig nach einem Date gefragt, angefleht, wenn man ihren Geschichten Glauben schenken darf. Und als sie ihn heute gefragt hat, ob er uns in diese super exklusive Party schleust, war er vermutlich einfach so froh, endlich von ihr gehört zu haben, dass er sich für jede Missetat bereit erklärt hätte.

»Okay, wenn wir durch diese Hintertür in den Club kommen und wir nicht nach fünf Minuten wieder rausgeworfen werden, werde ich mit dir ausgehen«, sagt Hien, und Porters Grinsen wird, wenn überhaupt möglich, noch breiter.

»Ich stelle einen Timer. Wenn ihr nach sechs Minuten rausfliegt, steht die Verabredung immer noch«, erwidert er.

Lachend nickt Hien. »Aber erst mal müssen wir rein.«

Wir erreichen eine Metalltür, durch die ich das Wummern des Innenlebens des Clubs erahnen kann. Porter zieht einen Schlüssel aus seiner Jackentasche, schiebt ihn ins Schloss, und die Tür geht tatsächlich auf.

Ich traue mich, erleichtert aufzuatmen. Zumindest vorsichtig. Ich bin meinem Ziel zwar einen Schritt näher gekommen, aber leider noch nicht nah genug.

»Du bist der Beste«, sagt Hien und schafft es irgendwie, auch ohne die Hilfe einer Leiter, Porter einen Kuss auf die Wange zu geben. Der sieht danach so selig aus, dass es mich nicht gewundert hätte, wenn er vor lauter Freude in Ohnmacht gefallen wäre. Die beiden unterhalten sich noch weiter, ohne mir Beachtung zu schenken. Deswegen hole ich kurz mein Handy, das vibriert hat, aus meiner Hosentasche.

Mein Herz macht einen unangebrachten Hüpfer, sobald ich auf das Display gucke. Natürlich ist die Nachricht von *ihm*. Und ich kann natürlich nicht der Versuchung widerstehen, ihm direkt zu antworten.

Peter Parker: Schon aufgegeben?

Wieso grinse ich? Ich ziehe es vor, diese Frage unbeantwortet zu lassen und tippe einfach eine Antwort.

Alice Gold: Niemals.

Peter Parker: Alles andere hätte mich auch ein bisschen enttäuscht.

Alice Gold: Man könnte meinen, dass du willst, dass ich dich finde. Warum sonst hättest du mir auf Twitter schreiben sollen?

Er braucht länger zum Antworten, und inzwischen weiß ich, dass das bedeutet, dass ich ihn wenigstens ein bisschen aus der Reserve gelockt habe. Darüber will ich wieder grinsen, aber ich verkneife es mir.

Peter Parker: Ich bin eben ein exzentrischer Reality-TV-Star. Meine Entscheidungen müssen nicht logisch sein.

Alice Gold: Das ist eine Ausrede. Das wissen wir beide.

Peter Parker: Wissen wir das?

Alice Gold: Das wissen wir.

Peter Parker: Nur weil wir nachts schreiben, heißt das nicht, dass wir uns kennen.

Ich schaue mein Handy böse an und hoffe, dass er meinen Blick auch durch seinen Twitteraccount hindurch auf sich spüren kann.

Alice Gold: Da hast du wohl recht. Ich kenne dich nicht und du mich nicht.

Wieder eine lange Pause. **Peter Parker:** So war das nicht gemeint.

Alice Gold: War es nicht?

Peter Parker: Ich bilde mir ein, dich wenigstens ein bisschen zu kennen.

Scheiße, wieso schlägt mein Herz so schnell, wenn ich diese Worte lese? Will ich denn, dass er mich kennt? Wieder eine Frage, auf die ich mir vorsichtshalber keine Antwort gebe.

Alice Gold: Die Betonung liegt auf einbilden.

Peter Parker: Das mag sein. Aber man wird ja wohl noch träumen dürfen.

Alice Gold: Gibst du gerade zu, dass du von mir träumst?

Ich schreibe diese Frage, ohne vorher darüber nachzudenken. Sobald ich sie abgeschickt habe, bereue ich es. Damit lenke ich die Unterhaltung in eine Richtung, die ich doch eigentlich gar nicht einschlagen wollte.

Peter Parker: Willst du denn, dass ich es zugebe?

Fuck, meine Hände schwitzen.

»Alice, kommst du?«, fragt Hien, und ich bin ihr unendlich dankbar, dass sie mich aus meinen Gedanken und dieser Unterhaltung reißt.

»Ja, sofort«, rufe ich zurück. Porter ist inzwischen wieder verschwunden. Keine Ahnung, wann das passiert ist. Ich habe es gar nicht mitbekommen.

Alice Gold: Ich muss los. Meinen nächsten diabolischen Plan durchziehen.

Damit schiebe ich dieser Unterhaltung einen Riegel vor, bevor sie zu sehr außer Kontrolle gerät.

Peter Parker: Dann wünsche ich dir keinen Erfolg.

Ich stecke mein Smartphone in meine Tasche und nehme mir vor, es nicht mehr hervorzuholen. Niemals wieder. Energisch verdränge ich ihn aus meinem Kopf. Mit so viel Schwung, dass ich hoffe, dass er seinen Weg dorthin nicht wiederfinden wird. Ich muss mich auf das konzentrieren, was vor mir liegt.

»Danke«, sage ich zu Hien, während wir durch den Hintereingang den Club betreten.

»Du schuldest mir was«, meint sie. Die Tür fällt mit einem Knall hinter uns wieder ins Schloss.

»Läuft das heute so? Du schuldest Porter was, ich dir und wer schuldet mir was? An wen kann ich diese Schuld weitergeben?«

»An niemanden«, antwortet Hien grinsend, nimmt meine Hand und zieht mich hinter sich her. Wir betreten einen dunklen Gang, der sich von der Gasse nur insofern unterscheidet, dass das Licht, das hier an den Wänden flackert, rot ist. Wir kommen an mehreren Türen vorbei, an denen *Nur für Personal* steht, und schließlich an den Waschräumen, natürlich mit einer Schlange vor der Damentoilette, wie es sich gehört. Die Musik wird lauter, wir müssen uns an immer mehr Menschen vorbeidrängen. Gleichzeitig wird mein Bedürfnis, noch einmal in einen Spiegel zu schauen, um sicherzugehen, dass noch alles da sitzt, wo es hingehört, immer größer.

Hien durfte mich stylen, und ich muss zugeben, dass ich gut aussah, als wir die Wohnung verlassen haben. Ich genieße es, mich hübsch zu fühlen, wenn ich ein schickes Kleid und hohe Schuhe trage und ein gezielt gesetzter Eyeliner-Strich meine Augen hervorhebt. Aber es fühlt sich auch ungewohnt an. Ich habe mir nie viel Zeit dafür genommen, etwas einfach nur zu tun, weil es mir guttut. Manchmal habe ich das Gefühl, das gar nicht richtig gelernt zu haben. Und wie bei so vielen Dingen scheint auch da zu gelten, dass, wenn man es nicht als Kind gelernt hat, es einem als Erwachsener viel schwerer fällt.

Unermüdlich zieht Hien mich weiter. Mir war gar nicht aufgefallen, dass ich langsamer geworden bin. Noch zwei lange Schritte, und dann brechen wir durch die letzte Wand aus verschwitzten, aber doch sehr schönen Körpern, die uns noch von der Tanzfläche getrennt hat. Hier blinken noch mehr Lichter, und es drängen sich noch mehr Leute aneinander. Sofort kommt es mir so vor, als würde ich weniger Luft bekommen. Ich werde von Eindrücken überschwemmt. Die Tanzfläche, deren dunkler, krass polierter Boden die Lichter reflektiert, ist riesig, ebenso wie das Areal drum herum. Überall sitzen Menschen auf schicken Loungemöbeln mit gigantischen Champagnerflaschen in ihrer Mitte zusammen. Und oben auf der Galerie geht es weiter. In diesem Club sind locker tausend Menschen, und einer davon ist Rachel Hanson. Wie zur Hölle soll ich sie hier nur finden?

»Kein Grund zur Panik«, schreit Hien neben mir. »Wir finden sie.« Sie muss meine Gedanken an meinem panischen Gesichtsausdruck abgelesen haben. »Keine Sorge.«

Sie drückt meine Hand, was mich wirklich beruhigt. Ich muss Rachel Hanson nicht allein aufspüren. Das erste Mal seit Wochen bin ich nicht auf mich allein gestellt, während ich Hadrian Carter suche.

Ich wollte eigentlich nicht mehr an ihn denken. Doch sobald ich es tue, zieht sich etwas in meinem Inneren zusammen. Und da ich nicht genau ausmachen kann, woher dieses Gefühl kommt, kann ich auch nicht einschätzen, was es mir sagen will.

Noch immer habe ich nicht ganz verarbeitet, dass es Hadrian Carter war, mit dem ich geschrieben habe, während ich nachts in dunklen Motelzimmern lag. Es waren seine Nachrichten, über die ich gelacht und gegrinst habe. Ich habe keine Ahnung, was das bedeutet, will mich aber auch nicht weiter damit auseinandersetzen. Immerhin bin ich nicht auf der Suche nach PeterParker321, sondern nach Hadrian Carter. Und irgendwas sagt mir, dass zwischen diesen beiden ein nicht unerheblicher Unterschied besteht.

Ich zwinge mich, im Hier und Jetzt zu bleiben und mich nicht von meinem Ziel ablenken zu lassen. Das ist nämlich genau das, was er mit dieser DVD-Aktion erreichen wollte, und ich werde ihm ganz sicher nicht in die Hände spielen.

Hien steuert auf die Bar zu, und ich folge ihr. Obwohl hier sehr viele ungeduldige Leute am Tresen stehen und darauf warten, endlich die Aufmerksamkeit der Barkeeper auf sich zu lenken – mit wenig Erfolg, was ich an ihren genervten Blicken ablese –, gelingt es Hien innerhalb von Sekunden, eine Bekannte auszumachen, die auch sofort auf uns zukommt und Hien über den Tresen hinweg umarmt. Wenn Hien es einmal alle Schaltjahre schafft, mich dazu zu bringen, mit ihr feiern zu gehen, denke ich immer, dass sie das gesamte Barpersonal von L. A. kennt. Inzwischen erscheint mir das gar nicht mehr so unwahrscheinlich zu sein.

Hien und die Barkeeperin tauschen sich kurz aus und ignorieren dabei gekonnt die genervten Blicke, die ihnen von allen Seiten zugeworfen werden. Ich kann sie nicht hören, weil ich zwei Schritte hinter Hien stehe und es zu laut ist, um Worte zu verstehen, die einem nicht direkt ins Trommelfell gebrüllt werden. Doch nach einigen Momenten verabschiedet Hien sich wieder, hakt sich bei mir unter und führt mich zielstrebig weiter.

»Ich habe sie gefragt, ob sie Rachel Hanson gesehen hat«, sagt Hien direkt an meinem Ohr. »Und sie meinte, sie wäre da oben auf der Galerie.« Hien deutet auf eine gläserne Treppe, die hinaufführt. Schon aus dieser Entfernung erkenne ich, dass der Bereich dort oben exklusiver ist als der hier unten. Dort pressen sich nicht mehr so viele Körper aneinander. Und zwei Türsteher stehen oben auf der Treppe, einer vor und einer hinter dem Absperrungsseil, und schauen mit bösen Blicken auf die anderen Feiernden herab, die es nicht wert sind, die Treppen zu erklimmen.

Unwillkürlich schlucke ich. »Bitte sag mir, dass diese Türsteher auch unsterblich in dich verliebt sind«, meine ich zu Hien, die mich erneut hinter sich herziehen muss, weil ich schon wieder langsamer geworden bin, ohne es zu bemerken.

»Leider nicht«, gibt sie zurück. »Die kenne ich gar nicht.«

Erneut schlucke ich. Der stoische Blick des Türstehers, der sich vor der Absperrung aufgebaut hat, ist definitiv nicht mit dem süßen Grinsen von Porter zu vergleichen, seine breite Statur schon eher.

»An dem kommen wir niemals vorbei«, presse ich hervor. Doch auch das bringt Hien nicht dazu, stehen zu bleiben.

»Das werden wir erst wissen, wenn wir es versucht haben.«

Ich zwinge mich dazu, meine Schritte wieder bestimmter werden zu lassen. Wenn ich eines Tages wirklich investigative Journalistin sein will, muss ich lernen, mit Situationen, in denen ich mich unwohl fühle, umzugehen.

Hien und ich erklimmen gemeinsam die Stufen und stoppen direkt vor dem Türsteher, der genauso stabil wirkt wie eine Mauer.

»Stehen eure Namen auf der Gästeliste?«, fragt er barsch. Wir sind vermutlich bei Weitem nicht die ersten, die versuchen, sich unter die Reichen und Schönen von L. A. zu mischen. »Oder kennt ihr jemanden, der auf der Gästeliste steht?«

Meine Gedanken rasen. Überlege ich mir eine Geschichte, die er durchschauen könnte, um an ihm vorbeizukommen, oder sage ich einfach die Wahrheit?

Mein Instinkt bringt mich zur Wahrheit. »Nein«, gebe ich zu. »Aber eine Person, die auf der Liste steht, könnte sich dafür interessieren, dass ich hier bin.« Meine Stimme will schon wieder schrill werden vor lauter Aufregung, doch Gott sei Dank ist es so laut, dass man kaum ein Wort versteht, geschweige denn einen Tonfall.

»Ist das so?«, erwidert der Mann und hebt kritisch die Augenbraue.

»Ja, ist es. Könnten Sie Rachel Hanson mitteilen, dass Alice Gold hier ist?«

Ich bilde mir ein, dass ich wesentlich selbstsicherer wirke, als ich mich tatsächlich fühle. Ich setze jetzt alles auf eine Karte, in der Hoffnung, dass Rachel Hanson inzwischen nicht schon wieder vergessen hat, dass sie sich an meiner Twitteraktion beteiligt hat. Und dass sie sie interessant genug findet, um mich sehen zu wollen. Meine Chancen stehen nicht gut. Aber meine Chancen, mich an diesem unbeweglichen Türsteher vorbeizuschleichen, sind noch schlechter. Und bei meiner Herangehensweise laufe ich wenigstens nicht Gefahr, grob aus dem Club geworfen zu werden.

Der Kerl mustert mich noch einen Moment skeptisch, dann dreht er sich um und redet mit dem Typen, der hinter dem Absperrungsband steht. Der nickt und läuft los.

Hien drückt meine Hand, während wir warten, und wirft mir zuversichtliche Blicke zu, die jetzt allerdings auch nicht mehr gegen meine Nervosität ankommen, die mich fest im Griff hat. Mit jeder Sekunde, die ich länger warten muss, scheint sich ein weiterer Muskel in meinem Körper anzuspannen, bis auch mein Hals so verkrampft ist, dass ich vermutlich nie wieder schlucken kann.

Der zweite Kerl kehrt zurück und flüstert dem anderen was zu. Ich starre den Typen an, dem man an seinen zu einem Strich zusammengepressten Lippen ansehen kann, wie unbestechlich er ist. Doch seine Miene kann ich natürlich wieder nicht lesen. Er zögert noch kurz, dann greift er tatsächlich nach dem Absperrungsseil und zieht es zur Seite.

»Sie dürfen eintreten, Alice Gold«, meint er, und ich muss mich zwingen weiter zu atmen, weil ich mein Glück einfach nicht fassen kann. Ich laufe voraus, Hien will folgen, ihr jedoch schneidet er den Weg ab.

»Nur Alice Gold«, sagt er gebieterisch, und sein Blick ist schon wieder so streng, dass keine von uns sich traut zu widersprechen.

»Du schaffst das«, spricht Hien mir Mut zu, drückt noch mal meine Hand und tritt dann eine Stufe nach unten. Ich lächle sie unsicher an, dann lasse ich sie stehen und trete über die Absperrung, die für mich gerade tatsächlich keine mehr ist.

Der zweite Türsteher bedeutet mir, ihm zu folgen, was ich mit steifen Schritten tue. Hier oben ist die Musik nicht so laut wie unten. Die Leute können sich tatsächlich miteinander unterhalten und müssen dabei nur schreien und nicht kreischen. Er führt mich an mehreren gemütlichen Loungesesseln vorbei, die zu Sitzecken zusammengestellt wurden. Hier sind die Alkoholflaschen noch größer und definitiv auch teurer als unten. Doch mir bleibt kaum Zeit, all die mir vage bekannten Gesichter zu mustern, die mir hier ins Auge springen. Denn der Typ bleibt auch schon stehen, und ich sehe wirklich Rachel Hanson entgegen. Sie sitzt mit ein paar Freunden in einer Loungeecke, ein Champagnerglas in der Hand und grinst mir breit entgegen. Sie ist betrunken, das erkenne ich auf den ersten Blick. Ihre glasigen Augen und deren fehlender Fokus verraten sie. Das dürfte auch erklären, warum sie tatsächlich bereit war, mich hier reinzulassen.

»Alice Gold«, sagt sie, und nicht einmal der wummernde Bass kann ihr Lallen übertönen. »Ich fasse es nicht.« Das Grinsen verrutscht nicht, aber es wirkt irgendwie zu ziellos, um aufrichtig zu sein. Ihre Mundwinkel zucken ähnlich unruhig wie ihre Augen, als würde sie nach einem anderen Moment suchen als dem, in dem sie gerade steckt. Sie hat ihre langen Beine überschlagen, ein enges Kleid schmiegt sich an ihren schlanken Körper, dennoch wirkt sie nicht entspannt. Eine Unruhe geht von ihr aus, die ich nicht ganz greifen kann.

»Und ich kann es nicht fassen, dass du mich hier reingelassen hast«, entgegne ich. Sie lacht und klopft auffordernd auf den freien Platz neben ihr. Ich rutsche umständlich auf den Sessel. Die anderen Leute, mit denen sie hier ist, würdigen mich keines Blickes. Aber das ist mir herzlich egal. Mir ist es sogar lieber, wenn ich nicht noch Small Talk mit Fremden führen muss, auch wenn diese Fremden Schauspieler sind, die ich schon in Netflix-Serien oder im Kino gesehen habe.

»Mir war gerade danach«, erklärt Rachel Hanson und zuckt mit den Schultern. Ein bisschen Champagner schwappt über und landet auf ihren nackten Beinen, aber das scheint sie nicht einmal zu bemerken. Sie greift sich irgendein Glas vom Tisch und füllt es auf. Es sprudelt mehr über, als im Glas bleibt, aber auch das kümmert sie nicht. Sie reicht es mir einfach, und ich nehme es an.

»Deine Twitteraktion ist wirklich unterhaltsam.« Sie trinkt ihr Glas auf ex und schenkt sich selbst nach. Nicht viel geschickter als bei mir. Sofort trinkt sie weiter. Sobald sie das Glas wieder absetzt, ist das Grinsen zurück. Aber mir entgeht nicht, wie sich ihre Züge verändern, wenn sie das Glas an ihre Lippen hebt und ihren Kopf in den Nacken legt. Kurz verschwindet die gespielte Freude und macht einer anderen Emotion Platz. Doch es ist zu dämmrig hier und der Moment viel zu schnell wieder vorbei, als dass ich benennen könnte, was ihr Gesicht mir für ein paar wenige Sekunden gestattet hat zu sehen.

Ich nippe vorsichtig an meinem Getränk. »Es hat mich sehr gefreut, dass du dich mit einem Tweet beteiligt hast. Das hat der Aktion noch mal mehr Aufmerksamkeit verschafft.«

»Und mir hat deine Twitteraktion ebenfalls mehr Aufmerksamkeit gebracht. Also haben wir uns gegenseitig geholfen«, entgegnet sie. Ist das Bitterkeit, die da in ihrer Stimme mitschwingt? Oder hat nur die Kohlensäure ihren Hals rau gemacht? Ich zwinge mich, sie nicht zu offensichtlich anzustarren. Ich will nicht, dass sie merkt, dass ich jede noch so kleine Bewegung verfolge und jedes Wort, das sie unvorsichtig mit mir teilt, sofort in meinem Kopf abspeichere.

»Deswegen bin ich auch hier«, setze ich zögerlich an. Ich will sie nicht verschrecken, aber ich bin mir ziemlich sicher, dass sie sich ohnehin schon denken kann, warum ich hier bin. Sie ist vielleicht betrunken, allerdings auch nicht *so* betrunken, dass sie auf diese Lösung nicht mehr kommen würde.

Bevor sie mir antwortet, lehnt sie sich seitlich zurück und legt ihren Arm auf der Lehne des Loungesessels ab. Wenn ich jetzt ein Foto von ihr machen würde, könnte man es direkt auf das Titelblatt einer Modezeitschrift drucken. So perfekt setzt sie ihren Körper mit ihrer Haltung und ihr Gesicht mit der leichten Neigung ihres Kopfes in Szene. Ist das gelernt oder ist das alles Intuition?

»Wegen deiner Suche nach Hadrian?«, fragt sie schließlich, das Grinsen verschwindet, und ihr Blick wird kurz sehr ernst. Was ihre hohen Wangenknochen nur noch besser zur Geltung bringt.

Hadrian. Wie vertraut sie seinen Namen ausspricht. Wenn ich an ihn denke, denke ich nicht an Hadrian. Ich denke an Hadrian Carter. Und das ist ein verdammt großer Unterschied. Sein berühmter Nachname schafft eine Distanz zwischen ihm und mir. Alice Gold lebt in einer ganz anderen Sphäre als Hadrian Carter. Sie ist chronisch pleite und hat kaum Menschen, auf die sie sich wirklich verlassen kann. Sie trägt ihre Kleidung, bis sie auseinanderfällt, und überzieht am Ende des Monats immer ihr Konto. All diese Realitäten könnten nicht weiter von seinem glamourösen Leben entfernt sein. Für Alice Gold ist Hadrian Carter unerreichbar, weil er in einer anderen Welt lebt. Einer Welt, die auf besser ausgeleuchteten Emporen und hinter einem Absperrband, das von Türstehern vor Eindringlingen beschützt wird, liegt.

Das alles gilt für Hadrian Carter. Aber nicht für PeterParker321. Mit ihm hat es diese Distanz nicht gegeben. Und mein Gehirn hat sich bisher geweigert, ihn und Hadrian Carter wirklich gleichzusetzen.

Aber wenn ich Rachel Hanson so seinen Namen sagen höre, dann kann ich nicht anders, als mich zu fragen, ob die beiden auch nachts immer über Nichtigkeiten diskutiert, Filme geguckt und sich aufgezogen haben. Und wenn ich mir das vorstelle, zieht sich etwas in mir ziemlich fest zu einem Knoten zusammen. Zu einem Seemannsknoten, den nur ein Mensch zustande bringt, der mit enttäuschten Gefühlen Erfahrung hat.

Sofort hasse ich mich für diese Gedanken und schiebe sie fort. Sie ergeben keinen Sinn, und ich habe keine Zeit für Dinge, die keinen Sinn ergeben.

»Genau«, antworte ich viel zu spät und habe schon fast wieder vergessen, was Rachel Hanson mich überhaupt gefragt hat.

»Du brauchst einen neuen Hinweis und hoffst, dass ich ihn dir liefern kann?«, hakt sie nach, und ich nicke nur. Sie nickt ebenfalls und mustert kurz das Glas in ihrer Hand. Ich bilde mir ein, dass sie die einzelnen Blasen, die aufsteigen, mit den Augen verfolgt.

»Ich weiß nicht, wo Hadrian ist«, sagt sie schließlich und schaut wieder auf in mein Gesicht. »Er hat niemandem gesagt, wohin er will. Höchstens Athena vielleicht, aber die wird dieses Geheimnis mit ins Grab nehmen. Was gar nicht mal so unwahrscheinlich ist, weil eine wütende Evelyn Carter wirklich gefährlich ist.« Ihr Grinsen wirkt diesmal ein bisschen weniger gespielt, und ich muss es erwidern. Irgendwie hatte ich nicht erwartet, dass sie einen guten Humor hat. Aber das liegt vermutlich an meinen eigenen Unsicherheiten. Ich fühle mich besser, wenn ich mir einrede, dass jemand, der so makellos aussieht, ein schlechter Mensch sein muss. Doch so funktioniert das natürlich nicht.

»Aber könntest du ahnen, wohin er will?«, hake ich nach. »Hat er jemals von Orten gesprochen, die er unbedingt sehen will?«

»Ich habe das eine Foto von ihm beim Grand Canyon gesehen. Da bist du vermutlich auch hingefahren.«

Ich nicke.

»Mehr fällt mir da jetzt auch nicht ein, ehrlich gesagt«, erwidert sie und trinkt weiter. Ich nippe immer noch an meinem ersten

Glas. Sie hat, seitdem ich hier sitze, schon drei getrunken. Auch jetzt schenkt sie sich wieder nach. Macht ihr Hadrians Abwesenheit zu schaffen, und sie versucht so, ihn zu vergessen?

Sie scheint meinen Blick zu bemerken, denn sie stellt die Flasche besonders schwungvoll zurück auf den Tisch und blickt mich herausfordernd an, bevor sie den nächsten großen Schluck trinkt. »Ich werde keine Aussage dazu machen, was zwischen mir und Hadrian war oder ist. Nur damit das klar ist.«

»Das habe ich mir schon gedacht«, gebe ich zurück. »Ich bin nur hier, weil ich gehofft hatte, dass du einen Hinweis für mich haben könntest.«

Sie zieht kurz kritisch die Augenbrauen zusammen, als würde sie mir nicht ganz glauben. Dann entspannen sich ihre Gesichtszüge wieder. »Ich muss dich leider enttäuschen. Ich weiß auch nichts.«

Panik will mich schon wieder erfassen und fortspülen, doch ich zwinge mich, tief durchzuatmen und sie nicht die Überhand gewinnen zu lassen. Noch ist nicht alles verloren. Noch sitze ich nicht mit leeren Händen in Elijah Bishops Büro und werde gefeuert. Noch gibt es Hoffnung.

»Wenn es keinen Ort gibt, von dem er erzählt hat, gibt es vielleicht eine Person?«

»Eine Person?«, fragt Rachel irritiert zurück. Die drei Champagnergläser, die sie in kürzester Zeit getrunken hat, scheinen sie langsam einzuholen. Das Lallen wird stärker.

»Ja, eine Person, zu der er fahren könnte.«

»Bei Aphrodite ist er, soweit ich weiß, nicht.«

»Ja, beim Filmset, wo sie arbeitet, sind schon alle Klatschreporter dieses Landes aufgetaucht. Dort ist er nicht«, stimme ich ihr zu. »Aber hat er keine Freunde, die er besuchen könnte?«

Rachel runzelt die Stirn und schaut in die Ferne, während sie überlegt. Die Lichter scheinen einen Tango auf ihren Gesichtszügen zu tanzen. Ich beobachte sie, während ich gespannt auf ihre nächste Antwort warte.

»Hadrian hat eigentlich keine Freunde, nur seine Familie«, setzt Rachel an, und ich will schon wieder den Mut verlieren, da redet sie weiter. »Doch er hat mal von einem Typen erzählt, der als Produktionsassistent am Set gearbeitet hat. Er ist wohl der einzige richtige Freund, den er hat.«

Unwillkürlich richte ich mich auf. »Das klingt doch nach einer Person, zu der er fahren könnte«, sage ich. »Weißt du, wie der Freund heißt?«

»Nein, beim besten Willen nicht«, gibt sie ohne Zögern zurück. Dann schüttelt sie auch noch vehement den Kopf. »Aber ich weiß, in welcher Stadt er irgendwas mit Film studiert.«

»Das wäre super hilfreich«, meine ich, und meine Finger zucken, vermutlich, weil sie sich gerade danach sehnen, ein Notizbuch und einen Stift in den Händen zu halten.

»Seattle«, sagt Rachel, und die gute Laune, die sich gerade in mir aufbauen wollte, fällt sofort wieder in sich zusammen.

Ich habe einen neuen Hinweis. Ich sollte froh darüber sein. Aber beim Gedanken an meine Heimatstadt fällt es mir schwer, ein unbekümmertes Lächeln aufrechtzuerhalten.

Er hätte überall wohnen können. Es gibt genug Städte in den USA, wo man irgendwas mit Film studieren kann. Aber nein. Natürlich konnte es nicht so leicht sein.

Ich widerstehe dem Drang, mein Gesicht in meinen Händen zu vergraben. Ich werde ein Versprechen, das ich mir selbst vor Jahren gegeben habe, nun wohl doch brechen müssen.

Ein Seufzen entkommt meinem Mund.

Ich werde in die Stadt zurückkehren müssen, die ich eigentlich für immer hinter mir lassen wollte.

19. KAPITEL

Alice

Mein Hals ist zu eng, um zu schlucken. Mein Herz schlägt so vehement von innen gegen meine Rippen, dass es mich nicht wundern würde, wenn ich sie mir prellen würde.

So fühle ich mich den ganzen Flug von L. A. nach Seattle, der dank Elijahs Reiseetat drin war. Ich sitze steif auf meinem Sitz und nehme die zwei schreienden Babys direkt hinter mir kaum wahr. Auch der Streit meiner Sitznachbarn ist mir egal, genauso wie die Tatsache, dass der Kerl vor mir den ganzen Flug über seinen Sitz zurückgelehnt hat und mich einklemmt. So viele Dinge, über die ich mich sonst fürchterlich aufregen würde, haben in diesem Moment keine Bedeutung für mich. Denn ich sitze in einem Flieger zurück in die Stadt, in der ich geboren und aufgewachsen bin, die aber schon vor sehr langer Zeit aufgehört hat, meine Heimat zu sein.

Wir landen. Wie in Trance steige ich aus dem Flugzeug, hole meinen Koffer und stolpere aus dem Gebäude. Sobald ich nach draußen trete, trifft es mich wie ein Schlag. Unwillkürlich muss ich stehen bleiben. Meine Beine zittern leicht, als wäre mein Körper einfach zu schwer geworden, um getragen zu werden.

Ich bin hier. Als ich das so richtig realisiere, löst sich die Trance, und ich erkenne, dass mich dieser Zustand beschützt hat. Bisher hat nur mein Körper darauf reagiert, dass ich zurückkehre. Nun tut es auch mein Kopf, jetzt, da es nicht mehr zu leugnen ist, dass ich wirklich in Seattle stehe. Ich schlucke schwer, während tausend Gedanken auf einmal auf mich einprasseln.

Erinnerungen, die ich eigentlich bis ans Ende meines Lebens verdrängen wollte, kommen an die Oberfläche.

Ich kann das nicht.

Am liebsten würde ich einfach wieder umdrehen und von hier verschwinden.

Ich kann das nicht.

Hinter mir fluchen mehrere Menschen, weil ich ihnen den Weg versperre. Langsam setze ich mich wieder in Bewegung, obwohl es das Letzte ist, was ich in diesem Moment tun will.

Ich kann das nicht.

Doch ich muss. Ich habe keine Wahl. Hadrian Carter könnte hier sein. Irgendwo in dieser Stadt. Vermutlich ist es auf mein Karma-Konto, das erheblich im Minus ist, zurückzuführen, dass sein einziger Freund ausgerechnet in dieser verfluchten Stadt wohnt, die mich auch jetzt wieder mit dem altbekannten Regen begrüßt. Allerdings ändert das nichts an den Tatsachen. Also zwinge ich mich, weiterzugehen, egal, wie sehr jeder Schritt auf dem Boden Seattles schmerzt.

Außerdem, rede ich mir selbst gut zu, ist die Stadt groß. Ich werde meine Familie nicht sehen müssen. Egal, wer Hadrian Carters Freund ist, er wird ganz sicher nicht in der Nachbarschaft wohnen, in der ich aufgewachsen bin. So viel ist sicher. Also kein Grund zu Panik.

Kurz bleibe ich stehen und ziehe meine Jacke aus meinem Rucksack. Die knallige smaragdgrüne Cordjacke ist das erste Kleidungsstück, was ich zusammen mit Hien in L. A. gekauft habe. Eigentlich gehört sie nicht hierher. Sie steht für meinen Neuanfang, und trotzdem bringe ich sie nun mit zu dem Ort, der für all das steht, das ich hinter mir lassen wollte. Von düsteren Gedanken gequält laufe ich weiter über den großen Parkplatz, zerre meinen Koffer mit der einen defekten Rolle hinter mir her und schaue mich um. Sie wird hier irgendwo auf mich warten. Ich werfe noch einen Blick auf mein Handy. Sie hat mir ihren Live-Standort geschickt. Gleich müsste ich sie erreichen.

»Alice!«

Ich drehe meinen Kopf und entdecke die Person, die mich mit beeindruckender Lautstärke gerufen hat. Mein Name scheint noch immer über den ganzen Parkplatz zu hallen. Ein kleines Lächeln legt sich auf meine Lippen, kaum dass ich Stacy entdecke, die an ihrem silberfarbenen Volvo lehnt.

Sie sieht aus wie früher und doch vollkommen anders.

Ihre Haare sind noch immer feuerrot, aber sie hat inzwischen genug Geld, um es in teure Haarpflegeprodukte zu investieren, die ihre Strähnen strahlen lassen, als hätte jemand sie mit Blattgold bestäubt. Ihr Lächeln ist noch immer breit und herzlich, aber ihre Zähne sind weißer. Und noch immer steckt sie in enger Kleidung. Nur hat sie diese nicht länger aus dem Supermarkt, wie die dezenten und doch auffälligen Markenlogos offenbaren.

»Alice! Ich fass es nicht!«, stößt sie aus, nachdem ich sie erreicht habe, und fällt mir um den Hals. Ich erwidere die Umarmung sofort. Ein Reflex. Komischerweise brennt meine Nase sogleich, und Tränen wollen mir in die Augen steigen. Fünf Jahre lang habe ich sie nicht gesehen.

Wenn man einer Sache den Rücken zukehrt, kann es sein, dass man auch noch eine andere, die man gar nicht vergessen wollte, aus dem Blick verliert.

»Du bist tatsächlich hier«, kommentiert Stacy, schiebt mich eine Armeslänge von sich, um mich betrachten zu können, und schüttelt vehement den Kopf. »Dass ich dich mal wiedersehen würde, damit hätte ich ehrlich gesagt nicht gerechnet.«

Mein Lächeln fühlt sich gequält an. »Ich hätte auch nicht damit gerechnet, so schnell wieder nach Seattle zurückzukehren.«

Stacys Blick wird weicher, und sie streicht mir eine Strähne hinters Ohr. »Ich weiß«, meint sie verständnisvoll. »Ich habe es dir nie übelgenommen, dass du gegangen bist. Ich verstehe, dass du das tun musstest.«

O verdammt. Wenn sie mich noch eine Sekunde länger so mit ihren Bambiaugen anschaut, fange ich an zu heulen, da bin ich nicht einmal eine Stunde in Seattle. So früh hätte ich nicht mit dem ersten Gefühlsausbruch gerechnet. Ich hatte auf fünf Stunden gewettet.

»Okay, ich werde sentimental«, sagt Stacy und lässt meine Schultern los. »Lass uns fahren. Ich habe so viele Fragen. Erzähl mir alles.«

Ich lade mein Gepäck in ihren Kofferraum, der voll mit Kinderspielzeug ist. Dann steige ich auf den Beifahrersitz. Als ich mich umdrehe, sehe ich in die Kulleraugen eines Kleinkindes, das in seinem Kindersitz auf der Rückbank hockt.

»Du kennst Madison ja noch gar nicht«, sagt Stacy und drückt kurz die kleine Hand ihrer Tochter, bevor sie den Motor startet.

»Wie alt ist sie denn schon?«, frage ich und kann nicht anders, als das Kind irritiert anzustarren. Es erwidert meinen Blick ähnlich verwirrt.

»Vier«, antwortet Stacy. »Manche von uns sind nach dem Highschoolabschluss nach Stanford zum Studieren. Andere sind direkt schwanger geworden.«

»Du wolltest immer Mutter werden. Du warst genauso zielstrebig wie ich.«

Stacy lacht laut auf und grinst mich kurz an, bevor sie ihren Blick wieder auf die Straße richtet. »So kann man es auch sehen.«

»Wie geht es Derek?«, frage ich, während sie ihren Kombi gekonnt durch den Feierabendverkehr lenkt.

»Sehr gut«, antwortet sie. Ihr Grinsen sitzt immer noch unzerstörbar in ihrem Gesicht. Egal, wie viel Scheiße wir in unserer Schule oder in der Wohnwagensiedlung, in der wir aufgewachsen sind, durchgemacht haben, Stacy hat ihr aufrichtiges Lächeln und ihre Leichtigkeit nie verloren. Ganz im Gegensatz zu mir. Dafür habe ich sie immer bewundert und auch beneidet.

»Er studiert fleißig und wird in ein paar Jahren, direkt nach seinem Abschluss, bei seinem Vater in die Anwaltskanzlei einsteigen.« Stacys Ehering reflektiert das Licht, das durch die Fenster ins Auto fällt. Ich betrachte ihn vielleicht einen Moment zu lange. Stacy und ich haben immer darüber gesprochen, dass wir unser Leben in der Siedlung hinter uns lassen wollten. Das war unser Ziel. Wir wollten dort nicht bleiben. Und wir haben unterschiedliche Wege gefunden, das zu erreichen.

Ich habe die besten Noten geschrieben, ein Stipendium bekommen und am anderen Ende des Landes studiert.

Stacy hat direkt nach der Schule einen Jungen aus gutem Hause geheiratet, ein Kind mit ihm bekommen und ist in eine schicke Wohnung gezogen, die seine Eltern bezahlen. Während er studiert, um das Erbe seiner Familie anzutreten, kümmert sie sich um ihr Kind.

Ich kenne Derek nicht besonders gut, aber ich weiß, dass er sie immer gut behandelt hat. Die beiden haben sich im letzten Highschooljahr kennengelernt. Er hat sie zu seinem Abschlussball auf seiner schicken Privatschule am anderen Ende der Stadt mitgenommen. Und auch die Vorurteile seiner Eltern einem Mädchen aus der Wohnwagensiedlung gegenüber haben ihn nicht davon abgehalten, ihr direkt nach ihrem Schulabschluss einen Antrag zu machen.

Er ist wirklich kein schlechter Kerl, allerdings habe ich mich nie getraut, Stacy zu fragen, ob sie nicht vielleicht noch eine andere Motivation als seinen Charakter hatte, ihn zu heiraten. Er war ihr Ticket raus aus unserer verkorksten Kindheit. Aber ich bin die letzte Person, die diese Entscheidung verurteilen würde. Ich bin auch bereit, alles zu tun, um meine Vergangenheit endlich hinter mir zu lassen. Und auch Stacy sollte sich niemals für das schlecht fühlen, was sie tun musste, um sich ein anderes, besseres Leben zu ermöglichen. Vielleicht hätte ich einen ähnlichen Weg gewählt wie sie, wenn mich die Vorstellung, mich wieder von anderen Menschen abhängig zu machen, die mein Vertrauen vermutlich gar nicht verdient haben, nicht in Panik versetzen würde.

Seit fünf Jahren haben Stacy und ich uns nicht mehr gesehen, doch wir sind in Kontakt geblieben. Als ich sie gefragt habe, ob ich für ein paar Tage bei ihr unterkommen kann, hat sie nicht eine Sekunde gezögert, um zuzusagen, denn die Erfahrungen, die wir gemeinsam gemacht haben, haben uns geprägt und für immer miteinander verbunden. Deswegen werde ich immer bei ihr und sie immer bei mir auftauchen können. Egal, wie viel Zeit auch vergangen sein mag.

Ich schrecke aus meinen Gedanken hoch, da Stacy ihre Hand auf meine legt und drückt. Ich sehe auf. Kurz ist das Grinsen fort und ein ernsterer Blick an seinen Platz getreten.

»Ich bin sehr froh, dich zu sehen, A«, sagt sie, und in ihren Augen kann ich so viel mehr sehen als nur ihre braunen Iriden und die dunklen Pupillen. Ich sehe den Wohnwagen ihrer Familie, in dem ich die Nächte verbracht habe, wenn ich das Geschrei in meinem eigenen nicht mehr ertragen habe. Ich sehe ihren Mittelfinger, den sie immer in die Luft gestreckt hat, wenn uns sexistische Kommentare hinterhergerufen wurden. Ich sehe uns beide in einer engen Kabine im Mädchenklo unserer Schule hocken, weil wir nur dort Ruhe von unserer viel zu lauten Welt gefunden haben, in die wir nie richtig gepasst haben, wie Puzzlestücke, die falsch zugeschnitten worden sind und deswegen nicht eingesetzt werden können, egal, wie oft man es auch versucht.

Ich schlucke schwer, erst dann kann ich antworten. »Ich bin auch sehr froh, S.«

Stacy lässt mich los, richtet ihren Blick wieder auf den Verkehr und wischt sich eine einzelne Träne aus dem Gesicht. Da weiß ich, dass sie beim Blick in meine Augen das Gleiche gesehen hat wie ich in ihren. Eine Vergangenheit, die wir hinter uns gelassen haben, die ihre langen Schatten aber immer noch in unser Leben wirft. Und es vermutlich immer tun wird.

20. KAPITEL

Hadrian

»Also lass mich das alles noch mal zusammenfassen, damit ich das auch richtig verstehe«, setzt Levi an und schüttelt schon wieder den Kopf über das, was ich ihm erzählt habe. Ihm entfahren ein paar Worte, die ich für schwedische oder spanische Flüche halte. »Eine Reporterin jagt dich quer durchs Land, sorgt dafür, dass alle Menschen mit Twitteraccount Ausschau nach dir halten, und deine erste Idee ist, ihr zu schreiben. Und damit deine Identität zu verraten?«

»Es war nicht meine erste Idee«, sage ich und höre selbst, wie lahm diese Rechtfertigung klingt. Ich starre auf den Fernsehbildschirm, obwohl dieser schwarz ist, um Levi nicht anschauen zu müssen. Die letzten Tage haben wir jede Sekunde, die Levi nicht in der Uni war, damit zugebracht, Videospiele zu zocken. Das haben wir auch eben wieder gemacht, bis ich Alice erwähnt habe. Seitdem löchert mich Levi mit Fragen und tadelnden Blicken. Er ist nicht bereit, seinen Controller erneut in die Hand zu nehmen, bevor er mir nicht unmissverständlich klargemacht hat, dass ich mich leichtsinnig verhalte.

»Du hast mit dieser DVD-Aktion deine Identität verraten. Wieso?«, fragt er.

Wenn ich das wüsste.

»Es sollte witzig sein.«

»Reality-TV-Stars und ihre Allüren«, meint Levi belustigt. Ohne ihn ansehen zu müssen, weiß ich, dass er immer noch den Kopf schüttelt.

»Weißt du überhaupt, wie das Wort geschrieben wird?«, ziehe ich ihn auf und wende mich ihm wieder zu, weil mir der dunkle Fernsehbildschirm inzwischen wie ein schwarzes Loch vorkommt, das meine Gedanken schlucken wird, wenn ich noch länger hineinstarre.

»Weißt du es?«, gibt Levi zurück.

»Ich muss es nicht wissen. Wie du ja angedeutet hast, bin ich ein Reality-TV-Star. Ich brauche kein funktionierendes Gehirn, solange ich ein Sixpack habe.«

»Auch wahr.« Levi grinst breit und stößt mit seiner Bierflasche gegen meine, die ich auf den Couchtisch gestellt hatte. Ich nehme sie und trinke ebenfalls.

»Aber wenn du auf dein Sixpack angewiesen bist, dann solltest du vielleicht weniger Bier trinken und weniger Burger essen.«

Ich zeige Levi den Mittelfinger und stelle die Tüte Cheeseburger, die neben der Couch stand, auf dem Tisch ab. Wir hatten uns einen Vorrat gekauft, bevor wir angefangen haben zu zocken, um für den Tag versorgt zu sein. Demonstrativ beiße ich in einen Burger, und Levi lacht auf. Doch er wird viel zu schnell wieder ernst. Mist. Ich dachte, ich hätte erfolgreich das Thema gewechselt. Anscheinend nicht.

»Aber mal Spaß beiseite. Was ist in dich gefahren?«, fragt Levi mich.

Ich verdrehe nur die Augen und beiße erneut in den Burger, damit ich nicht antworten kann.

»Du weichst mir aus«, kommentiert Levi trocken.

»Und ich war schon erleichtert, dass Athena von alldem nichts weiß«, entgegne ich, sobald ich den Burger aufgegessen habe. »Doch du bist, glaube ich, schlimmer.«

»Das ist ein Kompliment.«

»Dann habe ich mich falsch ausgedrückt.«

»Deine Ausweichtaktiken werden alt.« Levi lässt mich nicht aus den Augen. Sein bohrender Blick soll mir wohl klarmachen, dass er nicht locker lassen wird.

»Du bist genervt. Ziel erreicht«, sage ich nur.

»Adrian, was ist da zwischen dir und Alice Gold?«, hakt Levi erneut nach.

»Du bist der gesprächigste Mensch, den ich kenne.«

»Ich weiß, aber das ist nicht der Punkt.«

Ich seufze und trinke einen großen Schluck Bier. Levi starrt mich noch immer nieder. Er wird nicht lockerlassen, und da mein

Wohnsitz gerade seine Couch ist, kann ich ihm und seinen unangenehmen Fragen auch nicht entgehen.

»Ich kenne sie doch gar nicht persönlich«, entfährt es mir.

Levi zieht die Augenbrauen zusammen. »Das beantwortet meine Frage nicht.«

Erneut seufze ich. Sehr tief. »Ich weiß nicht. Sie … sie …«

»Fasziniert dich?«, schlägt Levi vor.

»Ja«, meine ich schlicht, weil ich keine Ahnung habe, wie ich mich sonst ausdrücken soll.

Es zuzugeben, fühlt sich seltsam an. Aber auch ein bisschen befreiend. Ich konnte schon immer offen mit Levi reden, ohne fürchten zu müssen, irgendeine meiner Aussagen am nächsten Tag in einer Klatschzeitschrift oder im Internet nachlesen zu müssen. Und weil mir klar ist, wie besonders das in meiner Welt ist, habe ich seine Verschwiegenheit und seine Ehrlichkeit immer sehr geschätzt. Obwohl er mir mit seiner Direktheit auch mal auf die Nerven gehen kann.

»War das jetzt so schwer? Diese zehn Minuten unnötiges Hin und Her hätten wir uns auch sparen können«, sagt er und boxt mir scherzhaft gegen die Schulter.

»So viel vergeudete Lebenszeit«, murmle ich.

»Exakt«, bestätigt er. Sein Blick wird wieder ernster, und inzwischen habe ich erkannt, dass das nichts Gutes heißt. »Aber, Adrian …«, setzt er an.

»Was?«, frage ich zögerlich.

»Ich will noch eine Sache dazu sagen, dann lasse ich das Thema fallen, versprochen.«

»Dann mal los.«

Levi räuspert sich und schaut mir direkt in die Augen. »Vergiss nicht, wer sie ist und welche Ziele sie verfolgt. Sie mag faszinierend sein, doch sie könnte dir auch echt gefährlich werden. Überleg mal, was du ihr schon alles anvertraut hast.«

Ich schlucke schwer. Ich weiß, dass er recht hat. Aber ich weiß auch, dass das nichts an meinem Verhalten ändern wird. Ich werde weiterhin auf ihre Nachrichten antworten. Einfach, weil ich nicht anders kann. Und es wird mir auch noch Freude machen.

Warum nur stürzen wir Menschen uns ins Verderben und tragen dabei auch noch ein breites Grinsen im Gesicht?

»Okay«, stößt Levi auf einmal aus und steht schwungvoll auf. Ich habe keine Ahnung, wann einer von uns zuletzt von diesem Sofa aufgestanden ist. Es ist definitiv ein paar Stunden her, und wir waren dabei ganz sicher nicht so enthusiastisch wie Levi gerade.

»Okay was?«, frage ich irritiert.

»Du musst endlich mal hier raus und unter Menschen. Die Isolation tut dir nicht gut«, stellt er fest. »Heute Abend findet eine Party in einem Verbindungshaus statt. Ein Kumpel hat mich eingeladen. Wir werden dorthin gehen.«

Jetzt bin ich derjenige, der kritisch die Augenbrauen zusammenzieht. »Wie stellst du dir das vor? Ich kann nicht auf eine Party gehen, wo mich Menschen erkennen und ein Bild von mir machen können, was sie später an die Klatschpresse verkaufen oder direkt auf ihrem Social-Media-Account posten.«

Komischerweise sage ich das nur halb so entschlossen, wie ich sein sollte. Ein Teil von mir will leichtsinnig sein, aber mir ist bewusst, dass das nichts damit zu tun hat, dass ich auf eine Party gehen will. Wieso fühlt sich der Gedanke, entdeckt zu werden, auf einmal so beängstigend und aufregend zugleich an? Ich kenne die Antwort, erlaube mir allerdings nicht mal, sie zu denken.

»Mir ist klar, dass du nicht erkannt werden darfst.« Levi grinst breit. »Aber du scheinst vergessen zu haben, welcher Tag heute ist.«

Ich sehe ihn nur fragend an.

»Halloween«, ruft er triumphierend aus. »Und wenn ich mit dir fertig bin, wird dich niemand mehr erkennen.«

»Wenn du das so sagst, klingt es, als wolltest du mich umbringen und meine Leiche danach verstümmeln«, meine ich und kann meinen kritischen Blick nicht ganz ablegen.

»Sorry, ich arbeite gerade an einem Thriller-Skript für einen Drehbuchkurs. Ich habe es mir natürlich nicht nehmen lassen, *Jack the Ripper* einzubauen«, sagt Levi. »Aber Schreiben liegt mir echt nicht. Da merke ich immer wieder, dass Kameramann der richtige Berufswunsch für mich ist. Ich liebe die Filmbranche, doch nur die Einstellungen einer Kamera ergeben für mich richtig Sinn.« Er schüttelt seinen Kopf, und diesmal ausnahmsweise nicht meinetwegen.

Ich kann mir ein Grinsen nicht ganz verkneifen. Levi ist Filmstudent und hat immer wieder am Set von *Catching up with the Carters* gearbeitet, um Erfahrungen zu sammeln. Erst nur als Produktionsassistent, doch er hofft, dass er irgendwann auch mal als Kameramann am Dreh teilhaben kann.

Wenn er erst mal anfängt über seinen Berufswunsch zu reden, kann er nicht mehr aufhören. Dann bombardiert er jeden, den es interessiert – oder auch nicht – mit Fachwissen, das nur er versteht. Ich warte auch jetzt auf einen Vortrag, wie es allerdings scheint, konnte er sich diesmal selbst stoppen, bevor er sich in Rage redet.

»Du wirst heute Abend mit mir feiern.« Kurz verschwindet er aus dem Zimmer und kommt dann mit einem Beutel zurück, dessen Inhalt ich nicht ausmachen kann, was mich noch ein bisschen nervöser werden lässt. »Und keine Sorge. Ich garantiere dir, dass dich niemand erkennen wird. Auf der Party gilt Verkleidungspflicht, und du kriegst einfach das Kostüm, das ich mir für mich überlegt hatte.«

»Und welches Kostüm ist das?« Die Skepsis in meiner Stimme ist nicht zu überhören.

Levi grinst noch breiter. »Das wirst du schon noch sehen.« Er setzt sich wieder neben mich, kippt den Inhalt des Beutels auf der Couch aus und reibt sich freudig die Hände. »Und jetzt sitz still und lass mich arbeiten.«

Ich seufze noch einmal theatralisch, wie es sich für einen Carter gehört, dann ergebe ich mich und lasse Levi tonnenweise Farbe in meinem Gesicht verteilen.

21. KAPITEL

Alice

Stacy zieht kritisch die Augenbrauen hoch, als ich erneut versuche, sie von ihrer »genialen Idee«, wie sie es nennt, abzubringen. Ich bin noch nicht bereit aufzugeben. Dabei stehe ich schon in einem knallroten Kleid und meiner Jacke in der geöffneten Haustür, durch die sie mich schubsen will, damit wir endlich aufbrechen können.

»Komm schon«, fleht sie. »Derek ist schon dort. Ich habe versprochen, dass ich hingehen werde. Und du hast mich ja überraschend besucht. Da kann ich nicht alle meine Pläne ändern.«

Ich kneife die Augen zusammen, und Stacy blinzelt unschuldig. Sie will mir ein schlechtes Gewissen machen. Aber ich kenne sie schon zu lange, um auf diese Masche reinzufallen. Das war immer ihre Taktik, um ihren Willen zu bekommen, und wenn man eine Taktik zu oft benutzt, verliert sie irgendwann ihre Wirksamkeit.

»Netter Versuch. Ich habe nie verlangt, dass du deine Pläne änderst. Ich kann sehr gern hierbleiben und weiter arbeiten. Du brauchst meine Gesellschaft nicht, um mit deinem Mann eine Party zu besuchen.«

Stacy verdreht die Augen. Der Anblick ist mir so vertraut und erinnert mich an so viele Situationen gleichzeitig, dass er mir einen kleinen Stich versetzt.

»Was willst du denn noch arbeiten? Du bist den ganzen Tag auf dem Campus rumgelaufen und hast die Filmstudenten gefragt, wer von ihnen bei *Catching up with the Carters* gearbeitet hat. Der eine wollte sich doch erst morgen bei dir melden und nicht mehr heute Abend, oder?«

»Er wollte mir morgen Bescheid geben, ob sein Kumpel Levi wirklich dort gearbeitet hat, wie er vermutet, und mir dessen

Nummer geben. Aber falls dieser Levi wirklich der Kerl ist, den ich suche, könnte ich mir heute schon mal ein paar Fragen aufschreiben, die ich ihm stellen kann, wenn ich ihn gefunden habe. Man muss sich auf so was vorbereiten. Er wird mir ja vermutlich nicht einfach alles verraten, was ich wissen will, nur weil ich ganz oft Bitte sage. Wenn ich von ihm erfahren will, ob Hadrian Carter in der Stadt ist, war oder sein wird, muss ich bedacht vorgehen. Und das kann ich am besten, wenn ich mich vorbereitet habe.«

Stacy unterdrückt ein Schmunzeln. »Alice, ich habe dich schon für eine Halloween-Party geschminkt. Du hast deine Jacke an. Wir sind quasi aus der Tür. Willst du dich jetzt wirklich noch querstellen?« Sie will mich streng ansehen, doch es gelingt ihr nicht so ganz. Wie auch? Denn sie hat nicht nur mich, sondern auch sich geschminkt, weil auf dieser Party zu allem Überfluss auch noch Verkleidungspflicht gilt. Sie hat uns beiden so viel weiße und schwarze Schminke ins Gesicht gemalt, bis wir wie Totenschädel aussahen. Mit eingefallenen Wangen und schwarzen Höhlen um die Augen. Eben allem, was dazugehört. Sie hat es wirklich gut gemacht, allerdings ändert das auch nichts an der Tatsache, dass ich keine Lust auf Feiern habe. Aber Stacy übt schon wieder leichten Druck auf meine Schulter aus, um mich aus der Tür zu kriegen.

»Ist deine Mom nicht einsam, wenn sie allein auf Madison aufpasst?«, starte ich verzweifelt meinen letzten Versuch.

»Unsinn!«, antwortet mir diesmal Stacys Mutter, die mit ihrem Enkelkind auf dem Arm in den Flur tritt. Sie lächelt breit und scheint uns loswerden zu wollen, damit sie endlich Zeit mit ihrem kleinen Engel verbringen kann, wie sie Madison immer nennt.

»Sicher, Kristen?«, frage ich die Frau, die für mich so was wie die Mom war, die ich nicht hatte. Sie schenkt mir ein nachsichtiges Lächeln. Das gleiche, was sie auch immer aufgesetzt hat, wenn ich mal wieder mitten in der Nacht an die Tür ihres Wohnwagens geklopft habe, weil ich eine Zuflucht brauchte. Dieser Blick tut richtig weh. Kurz bin ich wieder fünfzehn Jahre alt, verloren und einsam. Ich schüttle den Kopf und bin wieder dreiundzwanzig, erwachsen und nicht mehr abhängig von den Launen unzuverlässiger Menschen. Doch es ist beängstigend, wie schnell ich wieder zu der alten Alice werden kann. Sie steckt noch in mir, ob mir das gefällt oder nicht.

»Ganz sicher, Alice. Habt Spaß, ihr zwei.« Sie nimmt kurz meine Hand in ihre. »Ich bin so froh, dich zu sehen. Aus dir ist eine tolle junge Frau geworden.«

Tränen brennen in meinen Augen, und ich bin mir ziemlich sicher, dass weder Stacy, die sich mit meinem Make-up so viel Mühe gegeben hat, noch ich herausfinden wollen, was Tränen mit meinem Totenschädel anstellen würden.

»Danke dir«, kriege ich hervor und mache tatsächlich den letzten Schritt vor die Tür. Stacy jubelt kurz auf, gibt erst ihrer Tochter einen Kuss auf die Wange, dann ihrer Mom, und zieht die Tür hinter sich zu, bevor ich es mir anders überlegen kann.

»Auf geht's«, sagt sie breit lächelnd. »Wir gehen zusammen feiern. Wie in den guten alten Zeiten.«

Ich nicke, obwohl wir beide wissen, dass an unseren alten Zeiten nichts Gutes war. Aber manchmal tut es eben gut, so zu tun, als wäre es anders gewesen.

☆

Ich verschränke die Arme vor der Brust, als wir uns dem Verbindungshaus nähern, das schon aus allen Nähten zu platzen scheint. Menschen stehen im Vorgarten, auf der Veranda und lehnen sich gefährlich weit aus Fenstern. Werden sie etwa nach draußen gedrückt, weil es drin zu voll ist? Eigentlich will ich es nicht herausfinden, aber Stacy ist unerbittlich und schleift mich hinter sich her.

Ich fand Verbindungspartys schon scheiße, als ich noch studiert habe. Eigentlich hatte ich nicht vorgehabt, mich diesen Feiern mit grölenden Betrunkenen und sexistischen Arschlöchern nach dem Studium noch einmal auszusetzen. Doch Stacy hat mir ihr Gästezimmer zur Verfügung gestellt, also bleibt mir wohl nichts anderes mehr übrig, als nachzugeben.

Mein Handy vibriert, und ich muss es natürlich aus meiner Hosentasche ziehen. Es könnte eine Nachricht von *ihm* sein. Dass ich so sehnsüchtig auf sie warte, sollte mir zu denken geben, aber ich ignoriere es lieber.

Doch es ist keine Nachricht von ihm. Ein verpasster Anruf von meinem Bruder blinkt mir entgegen, und mein Herz stürzt in meinem Körper herab. Es scheint keinen Halt mehr zu haben, genauso wenig wie ich. Sein letzter Anruf hat mich schon aus dem Konzept gebracht. Aber nun, da uns nicht mehr Hunderte Meilen, sondern nur noch ein paar Dutzend voneinander trennen, ist die Wirkung schlimmer.

Fuck, was will er von mir? Nach fünf Jahren Funkstille.

Ich schließe die Benachrichtigung, als könnte ich so auch vergessen, dass sie jemals da gewesen ist.

»Alles okay?«, fragt Stacy und sieht mich kurz besorgt von der Seite an. Vielleicht hat sie die Nachricht auch gesehen, allerdings spricht sie es nicht an. Das war schon immer so. Sie wusste, wie schlimm es bei mir zu Hause war. Aber sie hat mich nie dazu gedrängt, darüber zu reden, weil sie genau wusste, dass ich von allein auf das Thema kommen würde, wenn ich es wollte. Das habe ich immer sehr an ihr geschätzt.

»Alles in Ordnung«, sage ich und stecke das Handy entschlossen wieder weg. »Wir wollten heute Abend doch Spaß haben.«

»Das ist die richtige Einstellung.« Sie hakt sich bei mir unter und dirigiert mich auf den Eingang zu. Wir haben nur einen Fuß auf das Grundstück der Studentenverbindung gesetzt und schon wird uns nachgepfiffen. Ich verdrehe die Augen. Wieso sind diese Verbindungsbrüder alle gleich, egal in welcher Ecke dieses Landes man studiert?

»Greif dir nicht ins Gesicht«, ermahnt mich Stacy und hält meine Hand fest, bevor ich mir die Augen reiben kann. »Du verschmierst das Make-up sonst.«

»Alles klar«, meine ich und grinse tatsächlich. Stacy ist die Hien meiner Highschoolzeit gewesen, und in beiden meiner engsten Freundinnen scheine ich mütterliche Gefühle auszulösen.

Ich greife mir nicht ins Gesicht, aber sobald ich es verziehe, habe ich das Gefühl, dass die Schminke bröckelt. Ich spüre förmlich, wie sich die Farbe gemeinsam mit meinen Gesichtsmuskeln bewegt.

Wir treten durch die Tür. Die Lautstärke verschluckt uns. Sofort dringt mir dieser ganz bestimmte Duft in die Nase, den es nur auf Studentenpartys gibt. Es riecht nach Schweiß, abgestandenem Bier sowie der Mischung aus tausend Parfums, billig und teuer. In diesem Raum befinden sich nur Menschen, die sich auf einen Beruf vorbereiten, aber noch keinen ergriffen haben. Sie kennen die

Realität noch nicht, und darum beneide ich sie ein bisschen. Vor einem Jahr bin ich noch eine von ihnen gewesen. Aber in einem Jahr kann sich extrem viel verändern.

Obwohl ich nicht mehr daran denken will, hängt mir der Anruf meines Bruders noch immer nach. Er schwebt über mir. Ich kann seine Präsenz deutlich auf meiner Haut spüren, was ich dringend ändern muss. Wenn dunkle Gedanken über einem hängen, dann sind enge Räume bedrückend, Lärm unerträglich und zu viele Leute eine Belastung. Ich will Spaß haben. Wirklich. Aber das kann ich nicht, solange ich nüchtern bin.

Ich weiß nicht, wann ich das letzte Mal mehr als wenige Schlucke Alkohol getrunken habe. Es ist ewig her. Und das hat seine Gründe. Doch die sind gerade alle egal. Ich brauche Alkohol. Jetzt. Sonst werde ich meine Anwesenheit in Seattle nicht ertragen.

»Derek!«, kreischt Stacy auf einmal und lässt mich los. Ich drehe meinen Kopf und sehe noch, wie sie ihrem Mann in die Arme springt. Er fängt sie auf, und die beiden knutschen sofort wild im Eingangsbereich herum, der gleichzeitig auch die Tanzfläche ist. Irgendwann lösen sich die beiden wieder schwer atmend voneinander, und Stacy deutet auf mich.

»Guck mal, ich habe dir doch gesagt, sie ist wirklich hier«, sagt sie.

Derek lässt kurz seine Frau los, um mich zu umarmen. »Hallo, Alice, freut mich, dich zu sehen«, sagt er, und ich weiß, dass er es aufrichtig meint. Ich bin vermutlich noch nie einem aufrichtigeren Menschen begegnet. Deswegen frage ich mich immer wieder, wie er überhaupt als Anwalt arbeiten will. Aber das ist nicht mein Problem.

»Mich auch«, gebe ich ein bisschen lahm zurück. »Kannst du uns sagen, wo man hier was zu trinken kriegt? Ich brauche dringend was.«

»Das ist die richtige Einstellung«, ruft Stacy erneut freudig aus.

»Folgt mir«, meint Derek, nimmt Stacy bei der Hand und läuft voraus in die Küche. Ich folge den beiden und muss zugeben, dass sie schon ganz süß miteinander sind, obwohl mir das ein bisschen schwerfällt. Ich bin eigentlich zu zynisch, um öffentlichen Zurschaustellungen von Zuneigung etwas abgewinnen zu können. Doch für Stacy mache ich mal eine Ausnahme.

Die beiden drängeln sich durch die Menge, und ich falle ein bisschen zurück. Als ich den Kücheneingang erreiche, stoße ich heftig mit einem Kerl zusammen. Ich will ihn eigentlich anfahren, allerdings habe ich keine Lust, mich mit ihm auseinanderzusetzen, solange ich noch nüchtern bin, also laufe ich einfach weiter, lasse mir von Derek einen Pappbecher reichen und trinke ihn auf ex. Mit genug Alkohol wird dieser Abend vielleicht doch nicht so scheiße, wie ich befürchtet hatte.

22. KAPITEL

Hadrian

»Pass doch auf!«, rufe ich der Frau hinterher, die mich angerempelt hat, doch sie läuft einfach weiter, als wäre nichts gewesen. Ich schaue ihr nach. Ihr rotes Kleid macht es mir leicht, sie auch im Gedränge nicht aus den Augen zu verlieren. Aber dann ist sie auch schon in der Küche verschwunden, ohne sich noch mal zu mir umzudrehen.

»Siehst du, das ist der Beweis, dass deine Verkleidung perfekt ist«, sagt Levi und grinst mich siegessicher an.

»Wieso?«, frage ich irritiert.

»Weil das Hadrian Carter ganz sicher niemals passiert wäre.« Sein Grinsen ist ein bisschen zu selbstgerecht für meinen Geschmack, aber er hat nicht unrecht.

Seitdem ich dieses Verbindungshaus betreten habe, habe ich Angst, jede Sekunde erkannt zu werden. Allerdings schenkt mir niemand einen Blick mehr als nötig.

Ich fasse mir an die albernen Ohren, die Levi mir an die Schläfen geklebt hat. »Okay, du hast mich gut verkleidet. Aber musste es unbedingt Shrek sein? Ich sehe nicht nur albern aus, sondern lächerlich.«

Schon wieder grinst Levi. Eigentlich kann ich es ihm nicht übelnehmen. Wenn sein Gesicht komplett grün angemalt wäre und ihm Röhrchenohren aus dem Kopf wachsen würden, würde ich ihn vermutlich auch so ansehen.

»Ich feiere es«, erwidert er. »*Shrek – Der tollkühne Held* ist mein absoluter Lieblingsfilm. Als Kind habe ich ihn so oft gesehen, bis ich Wort für Wort mitsprechen konnte. Ich hatte die Farbe ja nur deshalb zu Hause, weil ich mich ursprünglich so verkleiden wollte.«

»Ja, und jetzt bist du der lässige Pirat. Mal überlegen, welches Kostüm besser ist.«

»Dein Kostüm tut genau das, was es tun soll. Niemand erkennt dich. Also hör auf zu nörgeln.«

Ich seufze schwer, aber er hat wirklich ganze Arbeit geleistet. Als ich in seinem Bad in den Spiegel geschaut habe, habe ich mich selbst nicht wiedererkannt. Und auch Levi konnte nicht fassen, wie unähnlich ich mir selbst sehe. Er hat spaßeshalber ein Foto von mir gemacht, für den Fall, dass er vergessen sollte, in was er mich verwandelt hat.

Ich seufze noch mal, lasse mir aber von Levi einen Pappbecher mit Bier reichen. Ich betrachte diesen kurz und muss nun auch grinsen. Diese Pappbecher gefallen mir wesentlich besser als die Gläser aus Kristall, die es bei schicken Poolpartys in Beverly Hills immer gibt.

Dieses Verbindungshaus sieht von innen und außen genauso aus, wie man es aus Filmen kennt. Die Fassade ist weiß, die Fensterläden grün, und an der Seite des Gebäudes gibt es einen Erker. Es wirkt geradezu idyllisch, wenn man sich die ganzen lautstark feiernden Leute wegdenken kann. Aber ohne die wäre es eben kein richtiges Verbindungshaus.

Als wir ankamen, standen sogar mehrere Kerle nur in Unterwäsche auf dem Dach. Die gehören vermutlich genauso zur Ausstattung des Hauses wie der Schornstein.

Auch hier drin ist die Einrichtung traditionell, geradezu konservativ. Und zwischen den alten Uhren und den Sofas mit altmodischen Bezügen stehen junge Menschen, trinken, tanzen und machen rum. Dieser Widerspruch macht vermutlich auch den Reiz aus.

Mein Grinsen wird noch ein bisschen breiter. Das hier ist meine erste Studentenparty, wird mir in diesem Moment so richtig bewusst. Ich habe mich angestellt, als Levi mich hierherbringen wollte. Aber eigentlich sollte ich ihm dankbar sein. Wieder kann ich eine Erfahrung sammeln, die mir mein altes Leben verwehrt hat. Das muss ich genießen – in vollen Zügen.

»Okay, dann trinken wir jetzt auf Shrek und den Piraten«, erkläre ich und stoße mit ihm an. Schnell leeren wir die Becher und holen uns neue.

»Wir müssen uns übrigens nicht zurückhalten«, sagt Levi, nachdem er einen Becher pinkfarbener Bowle ausgetrunken hat. »Ein Kumpel von mir ist ein Verbindungsbruder, und er meinte, ein paar Zimmer im zweiten Stock sind frei. Wir können hier also pennen. Es gibt somit keinen Grund, nüchtern zu bleiben. Wir müssen es nämlich nicht mehr zu mir nach Hause schaffen.«

»Darauf trinke ich auch«, gebe ich zurück.

Levi lacht auf. »So gefällst du mir, Adrian. Diese gelassene Stimmung steht dir erstaunlich gut.«

Ich verdrehe die Augen. Wir trinken weiter. Irgendwann finden wir die Musik gar nicht mehr so schlecht, Levi geht auf die Tanzfläche und fängt an, sich zu bewegen. Tanzen kann man das gar nicht nennen, aber er scheint dabei so viel Spaß zu haben, dass ich nicht anders kann, als mich zu ihm auf den Dancefloor zu gesellen. Wir zappeln rum, lachen laut und fallen zwischen den feiernden Studenten nicht einmal negativ auf. Hier muss ich mir keine Sorgen um Kameras machen, die eine unbedachte Geste von mir einfangen könnten. Solange ich so aussehe, wird mich niemand erkennen, und das gibt mir eine Gelassenheit, von der ich nicht einmal wusste, dass ich sie haben kann.

Ich muss nicht über das nachdenken, was ich tue. Es gibt keine Konsequenzen. Ich kann mich zum Affen machen, Freude daran haben, und niemanden interessiert es. Am wenigsten mich selbst.

Ein Lächeln legt sich auf meine Lippen. Kurz fühlt es sich so endgültig an, als könnte ich es nie wieder verlieren. Ich habe es gefunden, es gehört jetzt mir, niemand kann es mir wieder wegnehmen. Zumindest für diesen Moment.

Mir ist klar, dass mich die Leichtigkeit, die mich durchströmt, wieder verlassen wird. Vermutlich spätestens, wenn ich morgen verkatert aufwache und die Schminke wieder von meinem Gesicht waschen muss. Sobald ich mich nicht mehr dahinter verstecken kann, wird mich auch alles andere, vor dem ich seit Wochen fliehe, wieder einholen. Aber nicht jetzt. Nicht hier. Dieser Moment gehört nur mir, und er ist unzerstörbar.

Während ich tanze, beobachte ich die anderen Menschen um mich herum. Sie lachen, grinsen, tanzen, grölen, singen. Die Verkleidungen sind so unterschiedlich wie die Menschen.

Ich entdecke wieder die Frau, die mich auf dem Weg in die Küche angerempelt hat. Ich erkenne sie an ihrem knallroten Kleid. Jetzt erst sehe ich, dass ihr Gesicht geschminkt ist und aussieht wie ein Totenschädel. Sie tanzt neben einer Freundin, und trotzdem erkenne ich, dass sie ganz für sich allein ist. Sie hat die Augen geschlossen, bewegt sich unabhängig von allen anderen Leuten, die um sie herum tanzen, und scheint ganz vergessen zu haben, wo sie ist. Ich weiß auch nicht, warum ihr Anblick mich beruhigt. Vielleicht zeigt er mir, dass ich nicht der Einzige in diesem Raum bin, der sich von allem und jedem losgelöst fühlt und dieses Gefühl genießt. Doch dann wende ich mich wieder ab, weil sie in einem genauso intimen Moment steckt, wie ich es gerade tue, und ich kein Recht habe, sie dabei zu stören.

Levi klopft mir freundschaftlich auf die Schulter und lacht auf, während er versucht den Text des Liedes mitzusingen, das so laut aus den Boxen dröhnt, dass meine Ohren pochen. Ich grinse ihn an, und dann mache ich es wie die Frau. Ich schließe die Augen und genieße es, jemand anderes als ich selbst zu sein.

23. KAPITEL

Alice

Ich tanze. Der Alkohol betäubt mich. Kurz schließe ich die Augen. Trotzdem fühle ich die Anwesenheit anderer Menschen. Manchmal spüre ich nur ihre Hitze, manchmal berührt mich jemand direkt. Haut an Haut. Ich will mich in diesen Moment fallen lassen. Alles vergessen, was mich treibt und was mir Angst einjagt. Einfach nur hier sein.

Aber ich schaffe es nicht.

Das Licht ist dämmrig, die Musik ist laut. Mein Geist benebelt. Mein Körper in Bewegung. Und dennoch kann ich meinen eigenen Gedanken nicht entkommen. Mein Kopf steht nicht still, und wenn er das nicht einmal hier kann, dann wird er es nirgendwo können.

Tanzen hilft mir. Sich nicht darum zu scheren, wie man dabei aussieht, tut gut. Aber ich kann nicht vergessen, dass ich in Seattle bin. Ich kann nicht vergessen, was am Stadtrand auf mich lauert. Und ich kann nicht vergessen, warum ich gezwungen war, zurückzukehren, obwohl sich jede Faser meines Körpers dagegen gesträubt hat.

Egal, wie laut man Musik auch drehen mag, sie ist immer leiser als meine Gedanken. Ich bin angetrunken und das Karussell, das in meinem Kopf niemals still steht, scheint die Wirkung des Alkohols noch zu verstärken. Ich drehe mich, aber die Welt um mich herum dreht sich noch viel schneller. Mir wird schwindelig. Ich will endlich aussteigen, doch ich kann nicht, weil sich das Karussell immer weiterdreht.

Ich sehe mich um. Stacy und Derek sind schon vor einer Weile verschwunden. Die Menschenmenge um mich hat sich immer mehr gelichtet. Die ersten Partygänger haben aufgegeben.

Es muss schon extrem spät sein. Vielleicht eher Morgen als Nacht.

Ich wollte niemals herkommen. Wieso bin ich dann so lange geblieben?

Mir ist ein kleines bisschen übel. Es war ein Getränk zu viel, und ich will mich hinlegen. Denn nur wenn ich schlafe, kann ich die Gedanken, die mich quälen, wenigstens kurz vergessen. Ich ziehe mein Handy aus meiner Tasche und will Stacy anrufen. Doch mein Display bleibt dunkel.

Ganz toll. Der Akku ist tot. Ich werde sie nicht erreichen können. Allerdings habe ich auch keine Ahnung, wo ich nach ihr suchen soll. Ohne die Hilfe meines Smartphones werde ich nicht herausfinden, mit welchen öffentlichen Verkehrsmitteln ich fahren muss, um Stacys Wohnung zu erreichen. Und ich habe mein Portemonnaie nicht mitgenommen, weil ich während der Studienzeit mal eins bei einer Party verloren hatte. Ich habe ein bisschen Geld eingesteckt, aber nicht genug dabei, damit ich ein Taxi nehmen kann – und ohne funktionierendes Handy kann ich auch nicht über eine App zahlen.

Ich stöhne. Es hilft nichts. Der Boden schwankt leicht unter meinen Füßen, als ich mir einen Weg durch die übrig gebliebenen Partygäste bahne. Ist die Musik leiser als vorher oder meine Ohren einfach von Stunden zu viel Lärm betäubt? Keine Ahnung. Ist eigentlich auch egal.

Ich muss mich echt dringend hinlegen, und ich befinde mich in einem Haus voller Betten. Also werde ich bestimmt einen Platz finden, wo ich schlafen kann.

Ich stolpere mehr, als dass ich gehe. Trotzdem schaffe ich es irgendwie in den ersten Stock. Mein Kopf pocht im Takt des Beats, der mich bis hier oben verfolgt.

Ich erklimme auch die nächste Treppe. Ich muss mich am Geländer festhalten, kriege es allerdings hin, einen Fuß vor den nächsten zu setzen. Im zweiten Stock ist es noch ein bisschen leiser. Die Musik dringt nur noch gedämpft an meine Ohren. Damit kann ich leben.

Ich laufe einen Gang entlang. Auf beiden Seiten gehen mehrere Türen ab. Irgendein Verbindungsbruder wird doch übers Wochenende weggefahren sein und mir sein Zimmer zur Verfügung stellen. Ich öffne wahllos irgendeine Tür. Lautes Stöhnen begrüßt mich. Das Zimmer liegt im Dunkeln, trotzdem kann ich mir vorstellen, was da gerade passiert. Die Geräusche sind eindeutig. Schnell schließe ich die Tür wieder. Damit hätte ich wohl rechnen müssen. Ich bin schließlich in einem Verbindungshaus auf einer Party. Wenn nicht mindestens zwei Menschen eines der Zimmer nutzen würden, um zu vögeln, wäre die Feier nicht gut gewesen.

Ich mache die nächste Tür auf. Gleiches Spiel. Okay, auch das überrascht mich nicht. Die nächste Tür ist abgeschlossen. Wenigstens ein paar Menschen achten noch auf ihre Privatsphäre. Sehr gut. Die nächste Tür. Ich schließe sie wieder, da hatte ich sie gerade mal einen Spaltbreit geöffnet. Definitiv Sex. Aber nicht im Bett. Sondern an der Wand sehr nah an der Tür.

Ich seufze. Ich will mich doch nur hinlegen und schlafen. Allein. Ist das denn zu viel verlangt? Anscheinend schon.

Obwohl ich inzwischen ahnen kann, was mich hinter der nächsten Tür erwarten wird, mache ich sie dennoch auf.

Die mir inzwischen bekannte Geräuschkulisse bleibt aus. Das Zimmer liegt wie die anderen im Dunkeln, aber hier ist es still.

»Hallo?«, rufe ich vorsichtig in den Raum hinein. Meine Stimme klingt seltsam. Belegt und irgendwie weit weg. Das liegt vermutlich an meinen Ohren, die sich anfühlen, als hätte jemand Wattebäusche ganz tief in den Gehörgang gestopft.

»Hallo?«, kommt es zurück, und ich zucke zusammen, obwohl ich basierend auf meinen bisherigen Erfahrungen damit hätte rechnen sollen, dass dieser Raum nicht leer ist.

Ich starre hinein. Meine Augen gewöhnen sich langsam an die Dunkelheit. An mir vorbei fällt ein bisschen Licht vom Flur in das Zimmer. Ich kann die Umrisse der Möbel ausmachen, auch die des Bettes, das mir gegenüber an der Wand steht. Ich erkenne eine Decke. Und anscheinend liegt ein Mensch darunter, aber mehr kann ich nicht sehen.

»Bist du allein?«, frage ich. Noch immer stehe ich in der geöffneten Tür und traue mich nicht, den Raum zu betreten. Doch ich schließe die Tür auch nicht wieder.

»Ja?«, gibt die Person, die im Bett liegt, zurück. Die Stimme ist tief. Es ist ein Kerl.

»Warum klingt das wie eine Frage?«, entgegne ich.

»Weil ich mir nicht sicher bin, ob es so schlau ist, auf so eine Frage direkt mit Ja zu antworten. Wer weiß, was mir dann zustößt.«

Ich lache auf. Auch das klingt seltsam hohl in meinen Ohren. Es wird wohl einige Stunden dauern, bis sie wieder richtig einwandfrei funktionieren.

»Keine Sorge. Ich frage nur, weil ich in den letzten Zimmern, die ich betreten habe, mehr nackte Körperteile gesehen habe, als ich wollte. Ich glaube, in einem gehörten sie zu mehr als zwei Menschen. Niemand hat so viele Arme. Allerdings bin ich nicht lange genug geblieben, um es herauszufinden.«

Nun lacht auch er. Ich glaube, ich mag den Klang. Dunkel und ein bisschen rau.

»Klingt nach einem interessanten Abend«, kommentiert er. Die Bettdecke raschelt, als er sich ein bisschen bewegt. Inzwischen sehe ich genug, um sicher zu sein, dass er nicht gelogen hat. Er ist allein.

»So kann man es auch nennen«, entgegne ich und mache einen Schritt in das Zimmer hinein. Langsam schließe ich die Tür hinter mir und lehne mich dann von innen dagegen. Jetzt ist es wieder dunkler hier, weil kein Licht mehr aus dem Flur hereinfallen kann. Die Umrisse erkenne ich trotzdem nach wie vor. Durch ein Fenster über dem Bett dringen schwache Lichtstrahlen. Vermutlich von einer Straßenlaterne. »Ich suche einen Schlafplatz.«

»Okay.«

»Kann ich hier schlafen? Ich möchte nur ungern vorher an einer Orgie teilnehmen müssen.«

Erneut lacht er. »Schade eigentlich.«

»Wirst du noch auf meine Frage antworten oder weiter nur schlaue Sprüche von dir geben? Ich will eigentlich nicht die ganze Nacht gegen diese Tür gelehnt stehen bleiben.«

Die Bettdecke raschelt wieder. Diesmal etwas länger. Ich erkenne, dass er zur Seite rückt, um mir Platz zu machen.

»Du kannst hier schlafen, aber das heißt nicht, dass ich mit meinen schlauen Sprüchen aufhören werde.«

»Irgendwelche Opfer muss man immer bringen«, erwidere ich und nähere mich mit langsamen und vorsichtigen Schritten. Obwohl ich das Bett nicht deutlich erkennen kann, wirkt es sehr verlockend. Ich bin schrecklich müde, und meine Füße schmerzen, weil ich so lange getanzt und gestanden habe.

Als ich das Bett erreiche, verharre ich noch mal kurz bewegungslos an der Stelle. Der Typ liegt auf der anderen Seite der Matratze. Er hat mir genug Platz gemacht. Ich stelle fest, dass sein Gesicht geschminkt ist. Aber ich habe keine Ahnung, als was er verkleidet ist. Dafür ist das Licht der Straßenlaterne zu schwach.

Er kommentiert mein Zögern nicht. Er bewegt sich auch nicht. Ich glaube, er schaut mich an. Ich kann seine Augen aufblitzen sehen.

Ich seufze noch einmal, dann lege ich mich hin und ziehe die Decke über meinen Körper.

»Deine Hände behältst du schön bei dir. Ich schlafe nur neben dir, nicht mit dir. Nur damit das klar ist«, sage ich und drehe meinen Kopf zur Seite, um ihn anblicken zu können. Uns trennt nur eine Armlänge, aber noch immer habe ich keine Ahnung, wie er aussieht.

»Habe ich dir einen Anlass für diese Ansage gegeben?«, fragt er. Auch wenn er redet, klingt seine Stimme ein bisschen rauchig. Aber das lässt sich vielleicht auch auf die durchzechte Nacht, die er hinter sich hat, zurückführen.

»Das musst du gar nicht. Ich sage es trotzdem. Genauso wie ich dich darauf hinweise, dass es hier oben viele Zimmer gibt. Wenn ich schreie, hört man mich.«

»Keine Sorge«, meint er. Sein Tonfall ist nicht belustigt, sondern ernst. Er versucht nicht, sich über meine Bedenken lustig zu machen. Das beruhigt mich komischerweise.

»Okay«, murmle ich in mich hinein, lege mich auf den Rücken und starre an die Decke, die ich so undeutlich ausmache wie alles andere in diesem Zimmer.

»Gute Nacht«, flüstert der Fremde.

»Gute Nacht«, gebe ich genauso leise zurück.

Ich höre noch, wie er sich umdreht und es sich gemütlich macht. Dann ist er still, und das Einzige, was noch an meine Ohren dringt, ist sein Atem. Ich lausche. Ich konzentriere mich auf seine Atemzüge, zähle sie, vergleiche jeden mit dem, der ihm vorangegangen ist. Sie werden langsamer, tiefer, entspannter. Und irgendwann bin ich mir sicher, dass er eingeschlafen ist.

Meine Augenlider sind immer schwerer geworden und fallen schließlich zu. Ich zähle weiter seine Atemzüge, bis ich es irgendwann schaffe, meinen unruhigen Geist zur Ruhe zu bringen. Und endlich … endlich schlafe ich ein.

☆

Ich wache auf, weil mir die Sonne direkt ins Gesicht scheint. Sie dringt durch meine geschlossenen Lider. Als ich sie öffne, entfährt mir ein gequältes Stöhnen. Während ich geschlafen habe, habe ich nicht gespürt, wie verkatert ich bin. Jetzt schon.

Mein Kopf pocht, mein Mund fühlt sich trocken an, und dennoch habe ich einen ekligen Geschmack auf der Zunge. Ich reibe mir die Augen, und auch das brennt. Ich hebe meine Fingerspitzen und betrachte sie. Schwarze und weiße Farbe klebt an ihnen. Mist. Ich habe mir mein Make-up ins Auge gerieben. Ich drehe mich um, und mein Blick landet auf einem Hinterkopf. Erst in dem Moment kommt der letzte Abend zu mir zurück. Ich war so müde, dass ich mich tatsächlich zu einem fremden Kerl ins Bett gelegt habe. Ich muss betrunkener gewesen sein, als ich dachte, wenn ich so leichtsinnig war.

Sein Gesicht ist mir abgewandt. Ich sehe nur seinen Rücken, der in einem dunklen Shirt steckt. Und seine Haare. Sie sind ziemlich kurz. Die Spitzen sind blond, aber der Ansatz pechschwarz. Sein Haarschnitt lässt mich an Boybands aus den späten 90ern, frühen 2000ern denken. Wer hat denn heutzutage noch so eine Frisur? Ich habe nicht vor, so lange hier zu bleiben, bis dieser Kerl aufwacht und mir diese Frage beantworten kann. Ein Verbindungshaus ist nachts bei einer Party schon kein Ort, an dem ich sein will. Am Morgen danach, verkatert, im blendenden Sonnenlicht gefällt er mir noch weniger. Vor allem, wenn ich aussehe, als würde ich nach einem One-Night-Stand nach Hause trotten. Und das, ohne Sex gehabt zu haben.

Irgendwie schaffe ich es aufzustehen, und ich stolpere über den Flur ins Bad. Ich trinke aus dem Wasserhahn und klatsche mir Hände voll Wasser ins Gesicht, um endlich diese Schminke loszuwerden, die sich inzwischen anfühlt wie bröckelnder Mörtel. Ich muss ein bisschen reiben, aber dann löst sich die Farbe tatsächlich.

Danach trockne ich mich notdürftig mit Papiertüchern ab. Der verschmierte Totenschädel war nicht gerade schön, aber ohne Schminke sehe ich noch fertiger aus. Man kann die durchzechte Nacht an meinen dunklen Augenringen, den trockenen Lippen und roten Augen ablesen. Obwohl mir mein Anblick nicht gefällt, blicke ich eine Weile in den Spiegel. Alkohol bringt wirklich nie das Beste in den Menschen hervor. Weder innerlich noch äußerlich.

Ich reiße mich los und stolpere zurück in das Zimmer, in dem ich geschlafen habe. Ich muss noch meine Schuhe und Jacke anziehen, bevor ich verschwinden kann. Doch sobald die Tür hinter mir zufällt, bleibe ich stehen.

Der Fremde schläft nicht mehr. Er sitzt auf seiner Seite des Bettes, hat sich vornübergebeugt und das Gesicht in seine Hände gestützt. Ich weiß nicht, warum er mich auf einmal so aus dem Konzept bringt, nun da er wach ist. Gestern Nacht kam ich mit ihm klar. Aber sich am nächsten Morgen zu unterhalten, selbst wenn man nur ein Bett und keine Körperflüssigkeiten geteilt hat, ist mir unangenehm.

»Guten Morgen«, kriege ich hervor, weil gar nichts zu sagen mir noch komischer erscheint als eine harmlose Begrüßungsformel.

Mein Blick fällt kurz auf sein Kissen. Grüne Flecken kleben daran. An meinem hängt schwarze und weiße Farbe. Anscheinend haben wir beide heute Nacht unsere Schminke großflächig in dem Bett eines Fremden verteilt.

Der Typ steht langsam auf und dreht sich noch langsamer zu mir um. Seine wackeligen Bewegungen zeigen, wie verschlafen und verkatert er ist. Nur noch Reste der grünen Farbe hängen ihm im Gesicht. Ein paar Farbkleckse an der Nase und Stirn. Seine rechte Wange ist noch grün. Doch sonst kann ich sein Gesicht erkennen, das mir komischerweise bekannt vorkommt.

Kurz ist es extrem still in diesem Zimmer. Wir stehen mehrere Meter voneinander entfernt und starren uns einfach nur an. Bilde ich es mir ein, oder sieht er mich auch so an, als hätte er das Gefühl, er kenne mich, wisse aber nicht genau woher? Mein Gehirn braucht erstaunlich lange. Der billige Alkohol scheint meine Synapsen miteinander verklebt zu haben. Nur so kann ich mir erklären, dass es mich so viele Sekunden kostet, zu realisieren, wer vor mir steht.

Doch dann tue ich es.

»O fuck«, entfährt es mir unwillkürlich, und ich unterdrücke nur knapp den Impuls, meine Hände vor meinen Mund zu schlagen. Diese Geste ist viel zu klischeehaft. Und ich will mir nicht vorwerfen lassen, dass ich mich im surrealsten Moment meines Lebens klischeehaft benommen habe.

Ich sehe ihn ungläubig an, traue mich kaum zu blinzeln. Gibt es eine logische Erklärung für das, was hier gerade passiert, und ich habe noch zu viel Restalkohol in meinen Blutbahnen, um sie zu erkennen, oder ist es wirklich so unfassbar, wie es mir vorkommt?

Hadrian Carter steht vor mir. Seine Haarspitzen mögen blond sein, Teile seines Gesichtes grün, aber ich erkenne ihn trotzdem.

Er braucht einen Moment länger als ich, um eine Reaktion zu zeigen. Doch dann verändert sich auch sein Gesichtsausdruck. Er weiß, wer ich bin. Das lese ich deutlich in seinen Augen.

»Ich … du …« Er hält inne und fährt sich einmal mit der Hand durch die Haare. Wir scheinen beide nicht in der Lage zu sein, einen ganzen Satz zu formulieren. Einzelne Schimpfwörter kann ich ausstoßen. Mehr ist nicht drin.

Ich mustere ihn noch ein bisschen genauer. Er war wohl gestern Abend als Shrek verkleidet. An seiner rechten Wange klebt noch ein grünes Gummiteil, das wohl ein Ohr des Ogers darstellen soll. Doch es hängt schon so schief, dass ich jede Sekunde damit rechne, dass es runterfällt. Das andere Ohr befindet sich vermutlich zusammen mit dem Großteil der grünen Schminke auf dem Kopfkissen eines fremden Verbindungsbruders, der viele Fragen haben wird, wenn er die Farbreste in seinem Bett entdeckt.

»Alice?«, stößt er aus, während sein Blick über meinen ganzen Körper wandert. Die Art, wie er meinen Namen ausspricht, lässt mich erschauern. Er hat mich nicht Alice Gold genannt, sondern Alice. Die Distanz, die ein Nachname schafft, hat gefehlt. Und die Nähe, die ein Vorname auf sich allein gestellt suggeriert, überfordert mich. Ich kann ihn nicht Hadrian nennen. Das fühlt sich auf so vielen Ebenen falsch an. Gleichzeitig kann ich nicht eine dieser Ebenen benennen.

Unwillkürlich muss ich an Hien denken und das Gespräch, das wir geführt haben, als ich auf meinem Weg zum Motel in Santa Clarita war. Sie hat mich gefragt, was ich tun würde, wenn ich Hadrian Carter endlich gefunden habe. Ich habe darüber nachgedacht. Doch nun, da es so weit ist, realisiere ich, dass mich nichts, aber wirklich nichts auf diesen Moment hätte vorbereiten können.

Ich suche ihn seit Wochen, ich bin Tausende Meilen gefahren und geflogen, ich habe seine Ex-Freundin aufgespürt, eine seiner falschen Fährten durchschaut und bin auf eine andere hereingefallen. Wir haben fast täglich geschrieben. Und jetzt lande ich zufällig nachts angetrunken in seinem Bett, ohne zu bemerken, wer neben mir liegt. Ab welchem Punkt genau hat mein Leben aufgehört, Sinn zu ergeben? Habe ich mich unweigerlich auf diese Begegnung zubewegt, weil in meinem Leben die Dinge nie so passieren, wie ich sie plane? Lockt meine Versessenheit auf Ordnung das Chaos an wie Licht die Insekten?

Ein zittriger Atemzug ruckt einmal durch meinen Körper. Ich starre ihn immer noch an und er mich, während er nun auf eine Reaktion von mir zu warten scheint. Aber ich kann seinen Vornamen nicht so vertraut aussprechen wie er meinen.

»Spider-Man?«, sage ich also, weil ich mich seinem Alter Ego näher fühle als seiner wahren Identität. Sein rechter Mundwinkel zuckt, als wollte er ein Grinsen unterdrücken. Aber sein Blick bleibt neutral, und die Unleserlichkeit seiner Miene bringt meine Finger zum Zittern.

Kurz gestatte ich mir zu denken, dass ich einfach das erste Mal dem Mann gegenüberstehe, mit dem ich wochenlang geschrieben habe, und dass nicht mehr dahintersteckt. Das hilft mir tatsächlich für einen kurzen Augenblick, mir nicht mehr so verloren in der Zufälligkeit meines Lebens vorzukommen. Das Zittern nimmt kurz ab. Doch dann kehrt es zurück, bis ich mit meinen Händen den Saum meines Kleides umklammere.

»Was machst du hier?«, fragt er mich. Er ist der Erste von uns beiden, der sich einigermaßen aus seiner Schockstarre lösen kann. Sobald er das tut, wird sein Gesichtsausdruck härter und sein Tonfall barscher. Gerade, als er meinen Namen gesagt hat, klang er fast sanft. Der rauchige, dunkle Klang seiner Stimme hat mir eine Gänsehaut beschert. Nun wird mir kalt, sobald ich seine Worte höre.

Die Frage ist aufgeladen. Er fragt mich nicht, weil er wissen will, welcher Verbindungsbruder mich eingeladen hat. Er wartet auf eine bestimmte Antwort, die ihm, basierend auf seinem bohrenden Blick, nicht gefällt.

»Eine Freundin von mir hat mich auf die Feier geschleift«, antworte ich unsicher, weil ich keine Ahnung habe, was ich sonst sagen soll.

Er schnaubt. »Das soll ich dir glauben?«

Ich ziehe die Augenbrauen zusammen. »Ich habe keinen Schimmer, worauf du hinauswillst.«

Wieder schnaubt er. »Du willst mir weismachen, dass du mich wochenlang quer durchs Land verfolgst und es dann Zufall ist, dass du in meinem Bett landest.«

Ich sollte wirklich nie wieder Alkohol trinken. Was er mir mit dieser Aussage vorwirft, wird mir viel zu spät klar. Als ich allerdings endlich verstehe, worauf er mit seiner ersten Frage angespielt hat, verschränke ich die Arme vor der Brust und starre ihn ungläubig an. »Du denkst, ich bin extra in das gleiche Bett wie du gestiegen?«, entfährt es mir. »Was genau denkst du, habe ich mir davon erhofft?« Ausgerechnet in diesem Moment wird mein Gesicht heiß. Kochend heiß. Und das Gefühl wandert von meinen Wangen ausgehend weiter meinen Körper hinunter. Wenn ich rot anlaufe, sieht man es nicht nur in meinem Gesicht, sondern es bilden sich auch rote Flecken auf meinem Hals, meinen Schultern und dem Dekolleté, die aussehen, als hätte sich meine Haut vorgenommen, eine Weltkarte zu imitieren.

»Keine Ahnung, aber sicherlich irgendwelche Vorteile.«

»Vorteile?«, stoße ich aus und fahre mir über den Hals, als könnte ich mir die roten Flecken von der Haut reiben. »Erstens ist das nicht *dein* Bett. Das gehört irgendeinem Verbindungskerl, der übers Wochenende irgendwo anders war oder gestern Nacht zu betrunken, um bis in den zweiten Stock zu kommen. Zweitens habe ich gestern Nacht zufällig dieses Zimmer betreten. Wie zur Hölle hätte ich wissen sollen, dass du hier schlafen würdest? Ich war angetrunken, es war dunkel und du verkleidet.«

Er funkelt mich an. »Klatschreporter finden Wege, die sich andere Menschen nicht einmal ausmalen können.«

Sein Tonfall ist schrecklich kalt. Komischerweise klingt er gar nicht so, wie er es in der Serie seiner Familie tut. In der Show hört sich seine Stimme tiefer an.

Mein Herz schlägt viel zu schnell. Es erinnert mich an Donner. Meine Kopfschmerzen sind die Blitze, die den Himmel in meinen Gedanken immer wieder durchzucken. Beides schwillt an. Immer weiter. Bis ich nichts anderes mehr wahrnehmen kann.

»Ich muss dich leider enttäuschen«, redet er weiter. Jedes Wort scheint abwertender zu klingen als das zuvor. »Du hast mich vielleicht gefunden, doch das wird dir nichts bringen. Ich werde ganz sicher nicht mit dir reden. Also verschwindest du besser.«

Die Abstände zwischen Blitz und Donner werden kleiner. Das Unwetter ist ganz nah. Und mir bleibt nichts anderes übrig, als davor zu fliehen. Ich erwidere nichts mehr. Ohne ein weiteres Wort zu verlieren, schnappe ich mir meine Sachen vom Boden, reiße die Tür auf und stürme hinaus. Ich sprinte die Treppen herunter und stolpere fast über meine eigenen Füße. Im Erdgeschoss ist es noch still, doch ich mache mir nicht die Mühe, mich umzusehen. Ich renne weiter. Erst nachdem ich den Häuserblock hinter mir gelassen habe und das Verbindungshaus nicht mehr sehen kann, wenn ich gehetzt über meine Schulter blicke, bleibe ich stehen, um meine Schuhe und meine Jacke anzuziehen. Mit zittrigen Beinen laufe ich weiter. Ich fühle mich wie betäubt, und zugleich erinnert mich mein Körper mit Nachdruck daran, dass ich verkatert bin. Ich habe Durst, meine Glieder sind unendlich schwer, und meine Schläfen pochen. Aber seltsamerweise ist mir nicht kalt, obwohl ich weiß, dass es Ende Oktober in Seattle immer kalt ist. Trotz des Windes, der meine Haare durcheinanderbringt, spüre ich immer noch die heißen Flecken in meinem Gesicht und an meinem Hals. Sie wollen nicht verschwinden. Mein Herz schlägt immer noch viel zu schnell. Es tut schon fast weh, dennoch kann ich nicht langsamer gehen. Ich muss noch mehr Abstand zwischen mich und die Ereignisse dieses Morgens bringen.

Meine Gedanken rasen, und gleichzeitig scheine ich nicht einmal zu realisieren, was mir passiert ist. Gerade bestehe ich nur noch aus Gegensätzen, die sich abstoßen wie Magnete und drohen, mich zu zerreißen.

Ich erreiche eine Bushaltestelle, schaffe es, mir ein Ticket zu kaufen und einzusteigen. Der Fahrer erklärt mir sogar, wie ich nach Hause komme. Mich bei ihm zu bedanken, kostet mich schon mehr Energie, als ich eigentlich habe. Kraftlos lasse ich mich auf einen Sitz fallen und starre aus dem Fenster. Ich renne nicht mehr. Mein Herz beruhigt sich trotzdem nicht. Aber meine Gedanken drehen sich wenigstens nicht mehr endlos im Kreis und schreien wild durcheinander. In dem Chaos kann ich wieder etwas erkennen, obwohl ich mich dadurch nur noch schlimmer fühle statt besser.

Immer wieder dröhnt die gleiche Erkenntnis in meinen Ohren: Ich habe Hadrian Carter gefunden. Und direkt wieder verloren.

24. KAPITEL

Alice

Ich liege in dem Gästezimmer in Stacys und Dereks Wohnung, auf den teuren Bettbezügen, und starre an die Decke. Ich weiß nicht, wie lange ich das schon tue. Definitiv eine Weile. Es würde mich nicht wundern, wenn mir jemand sagen würde, dass ich mich schon seit zwei Tagen nicht mehr bewegt habe. Da Stacy und Derek heute auch ziemlich verkatert waren, musste ich mir wenigstens keine lahme Ausrede ausdenken, als ich mich zurückgezogen habe, oder erklären, wo ich die Nacht verbracht habe. Stacy hat mir auch nicht angemerkt, dass ich unter Schock stehe. Zum Glück. Ich hätte beim besten Willen nicht gewusst, wie ich ihr erklären sollte, was heute passiert ist. Mir fehlen noch immer die Worte.

Hadrian Carter. Ich habe ihn gesehen. Ich habe mit ihm gesprochen. Schwer seufze ich in den Raum hinein, der mit jeder verstreichenden Minute dunkler wird. Vorm Fenster dämmert es bereits, und ich bin zu faul, um aufzustehen und das Licht anzumachen. Ich seufze erneut, weil einmal für diese Situation nicht genug war. Was soll ich jetzt nur tun?

Sobald ich meinen leeren Handyakku wieder aufgeladen hatte, habe ich eine Nachricht erhalten. Einer der Filmstudenten, mit denen ich am Vortag geredet habe, hat herausgefunden, dass sein Kumpel tatsächlich am Set von *Catching up with the Carters* gearbeitet hat und hat mir seine Nummer und seine Adresse geschickt.

Levi Nyberg.

Vielleicht ist er Hadrian Carters Freund. Vielleicht schläft Hadrian Carter bei ihm. Doch das spielt keine Rolle. Die Handynummer und Adresse werden mir auch nicht helfen, wenn er mich sofort wieder wegschickt. Dass er nicht mit mir reden will, hat er heute Morgen unmissverständlich klargestellt.

Womit habe ich eigentlich gerechnet? Dass ich ihn finde und er sich mir sofort mit einem breiten Lächeln im Gesicht gegenübersetzt und mir jede meiner Fragen beantwortet, ohne zu zögern? Wenn ich ehrlich bin, muss ich zugeben, dass ein Teil von mir das wirklich geglaubt hat. Wie naiv bin ich eigentlich?

Laut stöhne ich auf. Diesmal in einem vollkommen dunklen Zimmer, das nicht nur das Licht, sondern auch jedes Geräusch zu schlucken scheint. Auch meine Atemzüge. Meine Hand will zu meinem Smartphone zucken, das auf dem Nachttisch liegt. Wenn ich in den letzten Wochen nachts in einem dunklen Zimmer lag, habe ich mit ihm geschrieben. Doch nun kann ich auch das nicht mehr tun.

Er hat mit mir geschrieben. Stundenlang. Wir haben einander kennengelernt, wir haben manchmal sogar miteinander geflirtet. Manche Nachrichten haben mein Herz schneller schlagen lassen.

Es mag nur irgendein Chat irgendwelcher Twitteraccounts gewesen sein. Aber sobald ich seine Worte gelesen habe, kam es mir so vor, als wäre es irgendwie mehr als das. Auch ein Handybildschirm kann wie hochwertiges Briefpapier wirken. Auch die schlichten Buchstaben darauf können aussehen wie mit Tinte geschrieben. Das Öffnen einer App kann so viel Bedeutung haben wie das Brechen eines Briefsiegels. Nachrichten auf Twitter können sich anfühlen wie heimlich geflüsterte Worte in der Nacht.

Deswegen dachte ich, dass unser erstes Treffen anders sein würde, als es letztlich war.

Meine Gedanken klingen selbst in meinem Kopf lächerlich. Deswegen nehme ich mir vor, sie niemals laut auszusprechen. Ich will nicht, dass mich irgendjemand für so einfältig hält wie ich mich selbst in diesem Augenblick.

Mein Smartphone klingelt, und ich zucke heftig zusammen. Mein Herz schlägt schneller, bis ich den Namen auf dem Display sehe. Dann wird sein Pochen leiser, als könnte es sich einfach totstellen. Obwohl mein Zeigefinger zittert, nehme ich den Anruf an.

»Hallo, Boss«, sage ich und versuche so sarkastisch zu klingen, wie ich es immer tue. Es gelingt mir nicht. »Was verschafft mir an einem Samstagabend die Ehre?«

Seit ich aufgebrochen bin, hat Elijah mir nur E-Mails geschrieben und mich nicht angerufen. Dass er das ausgerechnet in diesem Moment ändert, lässt mich wieder an meine Theorie denken, dass er menschliches Elend riechen, hören oder spüren kann. Er wusste, wann mich sein Anruf besonders quälen würde, und hat diese Chance natürlich nicht verstreichen lassen.

»Du weißt, dass ein richtiger Reporter niemals schläft, geschweige denn Wochenende macht«, entgegnet Elijah. Und da ich ein Jahr für ihn gearbeitet und viele Wochenenden im Büro verbracht habe, ist mir durchaus klar, dass er die freie Zeit anderer Menschen nicht respektiert, da er sich selbst keine nimmt. »Und ich rufe an, weil dein letzter Kolumneneintrag schon ein paar Tage alt ist. Welche Entwicklungen haben sich seitdem ergeben?«

Ich kann nicht sofort antworten, weil ein riesiger Kloß in meinem Hals allen Worten den Weg versperrt. Was soll ich dazu sagen? Die Wahrheit?

Auf keinen Fall. Diese Antwort gebe ich mir in Gedanken so heftig, dass ich fast wieder zusammenzucke. Ich kann Elijah nicht die Wahrheit verraten. Wenn ich keine Ergebnisse bringe, dann wird er mich feuern. Aber die Nachrichten, die ich mit Hadrian Carter geschrieben habe, kann ich trotzdem genauso wenig mit Elijah teilen wie meine Begegnung mit ihm heute Morgen. Es fühlt sich zu … intim an.

Ich setze mich aufrechter hin, als ein plötzlicher Schmerz meinen Daumen durchzuckt. Langsam führe ich meine Hand vor mein Gesicht. Blut kommt aus einer kleinen Wunde neben meinem Daumennagel, die ich mir selbst zugefügt habe. Ich schiebe meine freie Hand unter meinen Oberschenkel, damit ich mich selbst vom Knibbeln abhalten kann. Die kleine Wunde pocht allerdings immer noch.

Elijah wartet auf meine Antwort, und ich höre ihn ungeduldig schnauben. Umständlich räuspere ich mich, bis ich wieder sprechen kann. »Ich habe neue Hinweise«, setze ich an, weil ich irgendwas sagen muss, wenn ich meinen Job nicht sofort verlieren will.

»Ja?«, hakt Elijah nach.

»Ich habe mit Studierenden geredet und einer meinte, einer seiner Kommilitonen hat am Set der Carters gearbeitet. Er will sich in den nächsten Tagen mit dessen Kontaktdaten bei mir melden.«

Ich halte unwillkürlich die Luft an. Ich brauche nur ein paar Tage Aufschub. Noch weiß ich zwar nicht, was sie mir bringen sollen, aber dafür sind sie ja da. Damit ich mich sammeln und mir meine nächsten Schritte zurechtlegen kann. Nun muss Elijah sie mir nur gewähren. Er lässt sich viel Zeit mit seiner Antwort. Doch schließlich höre ich ihn genervt stöhnen, bevor er weiterspricht. »Also schön, ein paar Tage. Der Hinweis klingt vielversprechend. Aber halt mich auf jeden Fall auf dem Laufenden.«

Bevor ich ihm das versichern kann, hat er auch schon aufgelegt, und ich liege wieder allein in dem dunklen und stillen Zimmer.

Werde ich in ein paar Tagen klarer sehen, wie ich mit dieser Situation umgehen soll? Höchstwahrscheinlich nicht, aber schaden tut ein Aufschub auch nicht.

Ich presse beide Hände vor meine Augen. Nur kurz will ich die Welt aussperren. Dem Anblick der Realität entfliehen. Doch natürlich geht das nicht.

Mein Handy vibriert erneut. Diesmal kündigt es eine eingegangene Nachricht an. Langsam löse ich meine Hände von meinem Gesicht und halte mir das Handy vor die Nase. Mein Atem stockt.

Eine neue Nachricht von PeterParker321. Meine Hände zittern so stark, dass mir das Smartphone fast ins Gesicht fällt, als ich es entsperre. Ich drehe mich zur Seite, um zu verhindern, dass das passiert, weil ich auf ein blaues Auge definitiv verzichten kann.

Er hat mir ein Foto geschickt. Es ist wieder eine DVD auf einem Bettlaken. *Sleepless in Seattle.*

Mir entfährt ein kleines Lachen. Mein Herz pocht schon wieder viel zu energisch, dass es meine Finger, die eine Antwort tippen wollen, aus dem Takt bringt.

Alice Gold: Ist das ein Friedensangebot?

Obwohl er mich schon nervös macht, wenn er nur virtuell anwesend ist, zwinge ich mich, die Nachricht abzuschicken. Dann starre ich mein Handy viel zu intensiv an, während ich auf eine Antwort warte.

Peter Parker: So was in der Art.

Als ich diese Worte lese, habe ich nicht seinen barschen Tonfall im Kopf, den er benutzt hat, um mich rauszuschmeißen. Es klingt so sanft wie mein Name in seinem Mund. Ich schreibe schnell zurück, damit ich mich nicht mit meinen unpassenden Gedanken auseinandersetzen muss.

Alice Gold: Was bedeutet das?

Peter Parker: Ich hätte dich nicht rausschmeißen dürfen.

Meine Kehle wird trocken.

Alice Gold: Schon gar nicht, wenn man bedenkt, dass es nicht mal dein Zimmer war, aus dem du mich geschmissen hast.

Ich warte lange auf seine Antwort und werde mit jeder Sekunde, die ohne ein Aufblinken meines Handys verstreicht, nervöser. Ich verspüre sogar das erste Mal seit Stunden das Bedürfnis, aus dem Bett aufzustehen, um die Nervosität durch hektisches Auf- und Ablaufen zu entladen. Doch das tue ich nicht. Ich bin zu sehr damit beschäftigt, mein Handy anzustarren.

Schließlich antwortet er, und mein Herz schlägt, wenn das überhaupt möglich ist, noch schneller.

Peter Parker: Können wir uns morgen treffen?

Meine Finger zittern so stark, dass ich mehrere Anläufe brauche, um einen zusammenhängenden Satz zu tippen. Doch schließlich kann ich meine Worte abschicken.

Alice Gold: Ja. Wo und wann?

25. KAPITEL

Hadrian

Ich komme mir ziemlich albern vor, während ich mit zwei Kaffeebechern die Straße entlanglaufe. Ich umklammere sie so fest, dass ich den Kaffee wohl bald oben rausdrücke, wenn ich nicht aufpasse. Gleichzeitig habe ich meinen Blick stur auf meine Füße gerichtet, damit niemand unter meine Kappe und in mein Gesicht blicken kann. Ich habe Angst davor, auf meinem Weg erkannt zu werden. Doch noch mehr fürchte ich mich vor dem, was mich am Ende dieses Weges erwartet.

Levi hat versucht mir auszureden, Alice um dieses Treffen zu bitten. Auch als ich ihm erzählt habe, wie schlecht ich sie behandelt habe und dass ich mich persönlich bei ihr entschuldigen sollte, war er nicht von seinem Standpunkt, dass das eine schreckliche Idee ist, abzubringen. Und ein Teil von mir weiß, dass er recht hat.

Doch ich war gestern so unruhig, dass irgendwann selbst Levi meine Anwesenheit nicht mehr ertragen konnte und sich in sein Schlafzimmer zurückgezogen hat. Ich habe Alice' Blick, kurz bevor sie sich umgedreht hat, um davonzustürmen, einfach nicht mehr aus meinem Kopf gekriegt, und er verfolgt mich noch immer.

Ich habe ihr vorgeworfen, etwas im Schilde zu führen und gesagt, dass sie verschwinden soll. Nur wenige Augenblicke, nachdem sie fort war, habe ich realisiert, dass ich falsch lag. Sie konnte nicht wissen, dass ich in diesem Zimmer sein würde. Sie konnte nicht einmal ahnen, dass ich bei dieser Party sein würde, weil es eine spontane Aktion war, an der nur Levi und ich beteiligt waren. Es war wirklich ein Zufall, so unwahrscheinlich das auch klingen mag.

Das begreife ich jetzt. Aber als ich sie an diesem Morgen vor mir habe stehen sehen, hat sich unwillkürlich eine Erinnerung über den Moment geschoben und Emotionen mit sich gebracht, die mir den Blick vernebelt haben. Und ich schulde es ihr, das zu erklären.

Obwohl Levi gegen diese Verabredung war, hat er mir einen Ort genannt, an dem wir uns relativ ungestört unterhalten können, ohne dass ich ständig meine Umgebung mit den Blicken absuchen muss, um sicherzugehen, dass niemand ein Handy auf mich richtet.

Sobald ich an einem Gebäudekomplex vorbeigelaufen bin, wird die Straße tatsächlich leerer. An einem Sonntagmittag laufen hier nur wenige Menschen auf den Bürgersteigen herum, die an Bürogebäuden entlangführen. Als ich am nächsten Komplex vorbeikomme, höre ich keine Schritte oder Stimmen mehr, also traue ich mich das erste Mal, seitdem ich losgelaufen bin, den Blick zu heben. Und halte sofort inne. Alice steht bei einer Bank unter einem Baum. Sie hat mich noch nicht entdeckt und schaut auf ihr Smartphone. Noch trennen uns rund dreißig Meter voneinander. Ich sollte weitergehen, bevor sie mich bemerkt. Ich bin mir nämlich ziemlich sicher, dass ich sie gerade nicht unbedingt unauffällig anstarre. Aber ich kann auch nicht anders.

Sie trägt nicht mehr das rote Kleid, sondern eine grüne Jacke, eine ausgewaschene, weite Jeans mit Löchern und ein T-Shirt mit einem Aufdruck, den ich aus dieser Entfernung nicht ausmachen kann. Ihre Haare sind offen, und der Wind wiegt einzelne Strähnen leicht hin und her. Ich atme einmal tief durch, dann setze ich mich wieder in Bewegung, immer noch nicht fähig, den Blick von ihr zu lösen. Schließlich erkenne ich es. Auf ihr T-Shirt ist der Schriftzug von *Friends* gedruckt.

Als uns nur noch wenige Meter voneinander trennen, sieht Alice auf, und ich muss dem Impuls widerstehen, wieder wie festgefroren stehen zu bleiben.

Am Morgen nach der Party waren ihre Augen noch grün. Daran erinnere ich mich sehr deutlich. Jetzt sehen sie bläulich aus. Sie haben aber immer noch einen leichten Grünstich. Wie Meerwasser, unter dessen Oberfläche die Algen wachsen.

Liegt es am Licht? Gestern war es noch sehr früh, und die Sonnenstrahlen sind schräg durch ein kleines Fenster gefallen. Heute steht die Sonne hoch über uns und scheint direkt auf uns herab.

Ich räuspere mich, vor allem, um diese albernen Gedanken zum Schweigen zu bringen. Denke ich gerade wirklich über ihre Augenfarbe und über den Lichteinfall nach? Wenn ich gern fotografieren würde, hätte ich eine Ausrede dafür. Da ich eigentlich nie von irgendwas Bilder mache, habe ich keine. Allerdings weigere ich mich, zu hinterfragen, was diese Gedanken bedeuten könnten. Gewisse Dinge muss man nicht über sich selbst wissen, wenn man jemals wieder schlafen will.

Alice sagt auch nichts, sondern starrt einfach schweigend zurück. Vielleicht sollte es mir ein Trost sein, dass sie genauso sprachlos ist wie ich. Aber das bedeutet, dass ich weiter ungestört in ihre grünblauen Augen schauen kann. Und anhand meines viel zu hektischen Herzschlages erkenne ich, dass das nicht gut für mich sein kann.

Also räuspere ich mich noch mal und suche hektisch nach einem Satz, mit dem ich diese Stille durchbrechen kann.

»*Friends*-Fan?« Noch nie klang ein Wort, das ich ausgesprochen habe, seltsamer als dieses.

»Was?«, fragt sie irritiert. Ihre Augen lassen mich immer noch nicht los.

Ich deute auf ihr Shirt. Diese Geste sieht vermutlich genauso seltsam aus, wie meine Frage geklungen hat, weil ich noch immer zwei Becher in den Händen halte.

Langsam löst Alice ihren Blick von meinem Gesicht und schaut an sich herab. Sie mustert ihr eigenes T-Shirt so kritisch, als hätte sie es noch nie zuvor gesehen. Dann hebt sie ihren Kopf wieder. »Nein«, setzt sie zögerlich an. »In einem Secondhandladen gab es mal eine Preisaktion mit bedruckten T-Shirts. Seitdem besitze ich ganz viele, auch von Serien oder Filmen, die ich nie geguckt habe.«

Auf ihre Worte folgt wieder Stille, und diese scheint noch befangener zu sein als zuvor. Ich habe die Situation mit meiner komischen Frage sogar noch schlimmer gemacht.

Doch bevor wir erneut in Schweigen verfallen oder ich in weiteren Gedanken über ihre Augen versinken kann, halte ich ihr einen Becher entgegen. »Ich wusste nicht, wie du deinen Kaffee trinkst. Ich hoffe, mit Milch und ohne Zucker ist okay.«

Nun starrt Alice den Becher ein bisschen zu lange an, als wüsste sie nicht, was sie damit tun soll. Doch dann streckt sie schließlich ihre Hand danach aus und nimmt ihn entgegen. Bilde ich es mir nur ein, oder achtet sie genau darauf, meine Hand auf keinen Fall zu berühren?

»Danke«, sagt sie, und ihre Stimme klingt ein bisschen rau. »Mit Milch und ohne Zucker ist super.«

»Das freut mich.« Dann herrscht wieder Stille. Sehr unangenehme Stille. »Wollen wir uns hinsetzen?«, schlage ich vor und deute auf die Bank. Alice zögert, dann setzt sie sich an das eine Ende und ich an das andere. Wieder ist da dieses angespannte Schweigen, das mit jeder Sekunde, die ohne ein Wort verstreicht, lauter in meinen Ohren dröhnt. Wir scheinen es einfach nicht dauerhaft vertreiben zu können. »Danke, dass du gekommen bist«, setze ich an und erkenne selbst, dass ich so förmlich klinge, als würde ich mit einem Geschäftspartner sprechen. Warum fällt es mir so schwer, in ihrer Nähe zu sein? Ich weiß, was Hadrian Carter jetzt sagen würde. Die Rolle zu spielen, die meine Mutter sehen wollte, war immer erstaunlich leicht. Ich selbst zu sein hingegen, fühlt sich unmöglich an. Dabei wollte ich doch eigentlich nichts mehr, als einfach Adrian sein zu dürfen. Nun da ich die Chance dazu habe, schaffe ich es nicht.

»Ich war neugierig«, nimmt mir Alice überraschenderweise das Sprechen ab. Erst als ich wieder aufschaue, fällt mir auf, dass ich die ganze Zeit auf meine Schuhe gestarrt habe. Inzwischen bin ich es wohl so gewohnt, mein Gesicht im Schatten meiner Kappe zu verstecken, dass ich verlernt habe, wie man aufrecht geht und sitzt. Deswegen nehme ich die Kappe kurz ab und setze sie andersherum wieder auf. So habe ich keinen Schatten mehr, hinter dem ich mich verbergen kann.

»Wieso neugierig?«, frage ich und lehne mich seitlich gegen die Bank, um Alice direkt anzuschauen.

»Ich wollte wissen, was du mir zu erzählen hast«, entgegnet sie. »Ich habe nicht damit gerechnet, dass du mir jemals wieder schreiben würdest. Gestern Morgen hast du mir gesagt, ich solle verschwinden. Gestern Abend hast du mich um ein Treffen gebeten. Ich möchte erfahren, was zwischen diesen beiden Ereignissen passiert ist, was deine Meinung geändert hat.«

Ihr Blick ist so durchdringend, dass es mir extrem schwerfällt, ihm standzuhalten.

»Es ist nichts passiert, das meine Meinung geändert hat.«

»Nicht?«, fragt sie und runzelt die Stirn. Eine kleine Falte bildet sich zwischen ihren Augenbrauen. Diesen Gesichtsausdruck scheint sie oft zu machen. Denn die Falte ist schon tief und auch, als sich ihre Züge wieder glätten, bleibt ein feiner Strich zwischen ihren Brauen sichtbar.

»Es ist nichts passiert. Aber mir ist klar geworden, dass ich falschlag.«

Da ist sie wieder. Die Falte, die sich in ihr Gesicht furcht wie ein Canyon, der die Augenbrauen voneinander trennt. »Du lagst falsch?«, hakt sie nach und spricht die Worte sehr langsam, aber auch sehr bedacht aus.

Ihren Kaffee hat sie noch immer nicht angerührt. Ob es daran liegt, dass sie ihren Kaffee eigentlich ganz anders trinkt und zu höflich war, mir das zu sagen, oder weil sie ihn einfach vergessen hat, kann ich nicht einschätzen. Dafür kenne ich sie nicht gut genug.

Warum will ich auf einmal unbedingt wissen, wie sie ihren Kaffee trinkt? Und warum kommt mir diese Frage auf einmal so intim vor, dass ich mich nicht traue, sie auszusprechen?

»Es hat einen Grund, warum ich gestern Morgen so reagiert habe, wie ich es getan habe, und den würde ich dir gern erklären.«

Sie nickt langsam und trinkt den ersten Schluck Kaffee. Vielleicht trinkt sie ihn doch mit Milch und ohne Zucker.

»Bleibt, was ich dir erzähle, unter uns?«

Sie antwortet nicht sofort und beobachtet mich schon wieder eindringlich. Ich bin mir ziemlich sicher, dass ich noch nie einem Menschen mit so aufmerksamen Augen begegnet bin.

»Mein Chef Elijah Bishop glaubt nicht daran, dass irgendjemand Recht auf seine Privatsphäre hat«, meint sie und hält den Kaffeebecher nun mit beiden Händen. »Aber eigentlich ist es üblich, dass Journalisten keine Informationen verwenden, die ihnen eine Quelle *off the record* gibt. Und lieber halte ich mich an die Regeln, die unter Journalisten allgemeine Gültigkeit haben, als an die von Elijah Bishop.«

»Dann sind wir *off the record*«, sage ich.

»Okay«, erwidert Alice schlicht. Komischerweise glaube ich ihr sofort, obwohl ich das auf keinen Fall tun sollte und eigentlich auch keinen Grund habe, ihr zu vertrauen. Aber ich bin hergekommen, weil ich ihr mein Verhalten erklären wollte, also werde ich das auch machen.

Ich nehme mir einen Moment, um mich zu sammeln. Ich trinke mehrere Schlucke Kaffee, obwohl er schon kalt ist, und sortiere meine Gedanken. Dann schaue ich wieder Alice an und atme tief durch. »Ich bin gestern Morgen so wütend geworden, als ich dich erkannt habe, weil mich die Situation an Rachel erinnert hat.«

Erneut zieht Alice die Augenbrauen zusammen, doch sie schweigt und wartet nur darauf, dass ich weiterspreche.

»Unsere Beziehung war inszeniert«, verkünde ich und versuche Alice' Gesichtsausdruck nicht zu deuten, um mich nicht aus dem Konzept bringen zu lassen. Wenn ich jetzt aufhöre zu reden, fange ich vermutlich nie wieder damit an.

»Meine Mutter wollte neue Inhalte für die Show, nachdem Aphrodite gegangen war, und wollte deswegen, dass ich eine Freundin habe, mit der ich vor der Kamera agiere. Eine aufstrebende Schauspielerin war natürlich gut geeignet, da sie sich von einem Auftritt in der Show auch was erhofft hat. Und wie man sieht, hat das ihrer Karriere tatsächlich geholfen. Sie hat eine Rolle in einer berühmten Netflix-Serie erhalten und wird, sobald die neue Staffel gedreht wurde, auf der ganzen Welt zu sehen sein.« Ich halte kurz inne, weil ich drohe vom Thema abzuschweifen. »Ich habe mich einfach auf den Plan eingelassen, wie ich allem zustimme, was meine Mutter will. Es war nicht meine erste Fake-Beziehung für die Show. Meine Geschwister und ich machen das häufiger. Es kam mir nicht wie eine große Sache vor. Und Rachel war bereit, alles für ihre Berühmtheit zu tun. Angeblich war unsere Chemie aber nicht gut genug, das hat zumindest meine Mom gesagt.«

Mein nächster Atemzug fühlt sich an, als würde er Widerstand gegen meine Lunge leisten. Ich zwinge mich trotzdem, weiterzuatmen, weil ich nicht will, dass Alice bemerkt, wie schwer es mir fällt, diese Worte auszusprechen.

»Rachel hat eigentlich eine Beziehung. Ein paar Küsse vor der Kamera waren für sie in Ordnung und anscheinend auch für ihren Freund. Als Schauspielerin würde sie ja sowieso immer mal wieder jemand anderen küssen müssen. Aber dann hat meine Mutter uns wegen der fehlenden Chemie unter Druck gesetzt.«

Ich schüttle den Kopf, als ich daran denke, wie absurd mein ganzes Leben ist. Wenn man darin steckt, ist es leicht, zu übersehen, wie seltsam manche Situationen sind, die mir schon fast alltäglich erschienen sind. Aber mit ein bisschen Abstand – tausendeinhundertachtundvierzig Meilen, um genau zu sein – habe ich einen anderen Blick darauf. Meine Mutter wollte, dass ich mit einer Frau, die ich kaum kannte, eine Beziehung inszeniere, um damit Geld zu verdienen. Ich glaube, dass nicht viele Mütter so was von ihren Kindern verlangen. Und dass nicht so viele Kinder es mit einem unbeteiligten Schulterzucken annehmen, wie ich es getan habe. Zumindest hoffe ich das. Sonst weiß ich nicht, warum ich überhaupt in meinen Jeep gestiegen und davongefahren bin.

»An einem Abend kam Rachel in mein Zimmer«, fahre ich fort und starre wieder auf meine ausgelatschten Sneakers. »Sie hat sich auf einmal vor mir ausgezogen. Und als ich sie gefragt habe, ob sie überhaupt mit mir schlafen will, hat sie nur geantwortet: wenn es hilft.« Ich trinke noch einen Schluck Kaffee, obwohl er mir kalt gar nicht mehr schmeckt. Aber sein Geschmack ist immer noch besser als der von abgestandenen Erinnerungen. »Damit kam ich irgendwie gar nicht klar. Sie hat immer davon gesprochen, wie sehr sie ihren Freund liebt, und mir auch von ihm erzählt, und dass sie sich eine Zukunft mit ihm ausmalt. Und dennoch war sie bereit, ihn zu betrügen. Sie hätte alles getan, nur damit meine Mutter zufrieden ist. Das ist die Macht von Evelyn Carter. Und zu sehen, in was für eine Person Rachel sich unter ihrer Fuchtel in so kurzer Zeit verwandelt hat, hat mich so fertiggemacht. Ich wusste nur noch, dass ich fort musste. Für mehr war kein Platz mehr in meinem Kopf.«

Ich blicke auf und traue mich endlich wieder, Alice ins Gesicht zu schauen. Ihre Züge sind neutral. Es ist unmöglich, zu deuten, was sie über das denkt, was ich ihr eben erzählt habe. Aber ich sehe ihr deutlich an, dass sie mir aufmerksam zuhört. Ihr Blick ist auf mein Gesicht gerichtet, sie scheint kaum zu blinzeln, als fürchte sie, sonst etwas zu verpassen. Wenn sie mir alle meine Sätze Wort für Wort wiedergeben könnte, würde es mich nicht überraschen.

»Das macht diese Welt aus Menschen«, sage ich und erwidere ihren stechenden Blick, obwohl ich das Gefühl habe, dass er zu viel für meine Netzhaut ist. »Auf einmal denken sie, sie müssten Dinge tun, obwohl sie es gar nicht wollen. Wozu überhaupt? Für ein bisschen Ruhm?« Ich will mir die Haare raufen, doch das Baseballcap ist mir im Weg, und ich will es auch nicht abnehmen. Obwohl ich gerade keinen Schatten über meinen Gesichtszügen brauche, gibt mir der leichte, vertraute Druck, den es auf meinen Kopf ausübt, doch Sicherheit. »Rachel ist das Gleiche passiert wie meiner ganzen Familie. Sie wurde von dieser toxischen Welt einfach geschluckt und hatte keine Chance. Man kann ertrinken oder fliehen. Es gibt keine andere Möglichkeit.« Die Bitterkeit in meiner Stimme überrascht mich. Allerdings würde ich die Worte nicht zurücknehmen, selbst wenn ich könnte. Wir schweigen eine Weile. Alice wartet einen Moment ab, beobachtet mich, und als sie sicher ist, dass ich nichts mehr sagen werde, räuspert sie sich.

»Bist du dir sicher?«, fragt sie mich ernst. »Denkst du, dass deine Mutter ertrinkt?«

»Nein, sie ist die Strömung, die alles mit sich in die Tiefe reißt.« Unwillkürlich muss ich an Athena denken, sehe sie vor mir, wie sie hilflos in einem Fluss treibt. Sie versucht zu schwimmen, irgendwie ans Ufer zu kommen. Doch es gelingt ihr nicht.

Habe ich mich gerettet, aber sie ohne Rettungsring zurückgelassen? Ich schüttle den Kopf, um das Bild loszuwerden, obwohl ich weiß, dass es nicht so leicht sein wird. »Die Situation mit dir hat mich an Rachel erinnert, und deswegen habe ich die Fassung verloren«, erkläre ich.

»Weil du dachtest, ich hätte gewusst, wer du bist, und mich in dein Zimmer geschlichen, um an Informationen zu gelangen.« Nicht nur ihren Gesichtszügen, sondern auch ihrem Tonfall fehlt jegliche Wertung. Sie macht diese Feststellung rein sachlich. Wenn sie spricht, wirkt es so leicht. Sie scheint nicht wie ich erst mit den Worten kämpfen zu müssen, bevor sie sie aussprechen kann. Darum beneide ich sie.

»Ja«, entgegne ich. »Aber inzwischen ist mir klar, dass es nicht so ist. Ich habe gestern auch noch Twitter durchforstet. Es gab keinen Tipp, der dich zur Party hätte führen können. Du wusstest es nicht.«

»Ich wusste es nicht«, sagt sie mit einem fast schon emotionslosen Tonfall. Und dann verändert sich ihre Miene das erste Mal, seitdem ich angefangen habe zu sprechen. Sie lächelt. Doch obwohl nur ungefähr ein Meter zwischen uns liegt, fühlt es sich, sobald ich sie anschaue, an, als wären es Meilen. Auf ihren Lippen liegt dieses distanzierte Lächeln, das mir schon auf den Bildern, die ich im Internet von ihr gefunden habe, aufgefallen ist. In echt wirkt es noch so viel stärker als auf einem Foto. Es scheint riesige Distanzen aufzubauen und Mauern zu errichten. Ihr Gesicht wirkt auf einmal so weit entfernt, unerreichbar. Ich habe noch nie ein so abwesendes Lächeln gesehen. Dieser Gesichtsausdruck soll in den meisten Fällen Freude ausdrücken, doch in der Biegung ihrer Lippen kann ich nur Trauer erkennen. »Außerdem würde ich mich nicht in dein Bett schleichen, um an Informationen zu kommen. Ich bin eine seriöse Journalistin.«

Der Gegensatz zwischen ihrem Gesichtsausdruck und ihren locker dahergesagten Worten bringt mich einen Moment aus dem Konzept. Beides will einfach nicht zusammenpassen.

Doch ich fange mich und setze selbst ein Lächeln auf, von dem ich weiß, dass es nicht so eine Wirkung haben kann wie ihres. »Darüber lässt sich jetzt diskutieren.«

»Soll das deine Entschuldigung dafür sein, dass du mich rausgeschmissen hast?«, entgegnet sie und lehnt sich noch ein bisschen weiter zurück. Sie zieht eine Augenbraue hoch und neigt den Kopf zur Seite. Ich konzentriere mich auf jede noch so kleine Regung, jede Veränderung in ihrer Miene. Nur damit ich mich von ihrem Lächeln nicht weiter verunsichern lassen kann. Langsam verstehe ich, warum so viele Menschen über den halben Planeten reisen, um die Mona Lisa im Louvre zu sehen. Ein Halblächeln ist so viel interessanter als ein richtiges. Es verbirgt mehr Geheimnisse und hat mehr Geschichten zu erzählen.

»Ja«, meine ich schlicht.

»Ziemlich lausig, findest du nicht?« Sie lacht auf, und der Klang löst eine Anspannung in meinem Körper, von der ich keine Ahnung hatte, dass sie dort war. »Aber da ich dich wochenlang verfolgt habe, bin ich mal so großzügig und lasse es dir durchgehen.«

Ich grinse. »Wirklich sehr großzügig.«

»So bin ich eben.« Das Lächeln verschwindet, und obwohl ich dann wieder leichter atmen kann, vermisse ich es doch auch ein bisschen. Vermutlich trauern wir den Dingen, die nicht gut für uns sind, am stärksten nach.

»Apropos Verfolgung«, setze ich an. Obwohl ich meinen Kaffee nicht weiter trinken will, stelle ich den Becher auch nicht zur Seite. An ihm kann ich mich festhalten. Dank ihm weiß ich, was ich mit meinen Händen machen soll. Und ich habe so die Vermutung, dass Alice ihren immer noch mit beiden Händen umklammert, weil es ihr genauso geht. »Was wolltest du tun, sobald du mich gefunden hast?«

Alice wirkt ein bisschen peinlich berührt und weicht meinem Blick kurz aus, bevor sie ihm wieder begegnet. Ist das eine leichte Röte, die sich auf ihren Wangen sammelt und dann ihren Hals hinabwandert? Die geröteten Flächen erinnern mich an die Flecken eines Dalmatiners. Vermutlich ist das meine erste Assoziation, weil ich als Kind immer einen haben wollte, aber nie einen bekommen habe. »So weit habe ich nie gedacht, wenn ich ehrlich bin«, gesteht sie. »Ein Teil von mir hatte, glaube ich, Angst vor dem Moment. Und ein anderer dachte, dass ich es nie so weit schaffen würde. Aber mit dir in einem Bett schlafen, wäre sicher nicht mein Plan gewesen, wenn ich mir einen überlegt hätte.«

Erneut grinse ich. »Das trifft mich sehr.« Ich greife mir an die Brust und lehne mich weiter zurück.

»Ja, die Trauer, die dich erfüllt, kann ich an deinem breiten Grinsen ablesen.«

Alice schüttelt den Kopf, und es wirkt auch ohne ein Lächeln belustigt. Dann wird sie noch einmal ernst. »Aber wenn ich dich unter normaleren Umständen getroffen hätte, hätte ich dich wohl einfach um ein Interview gebeten, wie es sich für die professionelle Journalistin, die ich gern wäre, gehört.«

Der Konjunktiv in ihrem Satz wirkt nach. Er enthält eine gewisse Schwere, die man auch nach einigen Momenten noch in der Luft wahrnehmen kann. Wenn sie mich unter normaleren Umständen getroffen hätte. Sie hätte mich gefragt. Wenn sie die Journalistin wäre, die sie sein will. Vor allem diesem Nebensatz hängt etwas an, dessen Bedeutung ich nicht ganz entschlüsseln kann, auch wenn ich es sehr gern würde.

Schweigend schauen wir uns wieder an. Wie am Anfang dieser Begegnung, die zwar schwierig ist, deren Ende ich trotzdem nicht erleben will. Aber nun ist die Stille leichtfüßiger. Der Blick in ihre Augen kostet immer noch Überwindung, Mut, und doch fühlt er sich schon vertrauter an.

Ein Geräusch, das ich nicht sofort identifizieren kann, stört die Stille, in der ich langsam angefangen hatte, mich wohlzufühlen. Alice hat sie auch bemerkt. Sie tastet ihre Hose ab, bis sie ihr Handy aus der richtigen Tasche zieht. Es vibriert. Das war es, was uns gestört hat.

Alice nimmt den Anruf an und öffnet den Mund. Sie scheint etwas sagen zu wollen, doch die Worte sterben ungesagt auf ihren Lippen, und von einer Sekunde auf die andere weicht alle Farbe aus ihrem Gesicht. Auch alle Emotionen folgen mit der Farbe. Sie sagt kaum etwas. Sie hört zu. Sie nickt. Und dann legt sie auf. Als sie ihre Hand sinken lässt, erkenne ich, wie stark sie zittert. Ihre Augen sind so weit aufgerissen, dass es schmerzhaft aussieht.

»Ich muss los«, ist alles, was sie hervorbringt. Dann steht sie auf, wendet mir den Rücken zu und geht.

26. KAPITEL

Alice

Unverständliche Sätze rasen immer wieder durch meinen Kopf. Ich breche sie ständig ab. Einzelne Wörter, und dann ist da wieder Leere und dann gleich darauf wieder Chaos.

Ich kann nicht mehr denken. Ich kann kaum noch atmen. Dass das Fenster offen ist und der Fahrtwind mir entgegenweht, macht es auch kaum besser. Ich bin mir nicht ganz sicher, wie ich hier gelandet bin. Auf dem Beifahrersitz von Hadrian Carters Auto. Alles, was in den letzten Minuten geschehen ist, versinkt hinter einem Nebel aus Panik.

Ein Anruf einer mir unbekannten Nummer. Dann die aufgebrachte Stimme meines Bruders Liam, die ich seit Jahren nicht mehr gehört und doch sofort erkannt habe. Ein kalter Schauer ist meinen Rücken hinuntergejagt, während er mir schilderte, dass unser Vater im Sterben liegt.

Diese Fragmente sind noch da, aber sie scheinen nicht zueinander zu passen, sich aneinander zu reiben. Das könnte die Erklärung für den kreischenden Ton sein, der in meinem Ohr festhängt und Denken noch schwerer macht. Eigentlich unmöglich. Ich bin blind losgerannt, ohne zu wissen, wie ich die Wohnwagensiedlung erreichen soll. Aber Hadrian Carter ist mir hinterhergelaufen und hat mir angeboten, mich zu fahren. Und weil ich in meiner Verzweiflung keine andere Möglichkeit gesehen habe und zu geschockt war, um einen klaren Gedanken zu fassen – es noch immer bin –, habe ich seine Hilfe nicht abgelehnt.

Was ich hätte tun sollen.

Das ist der erste Gedanke, den ich festhalten kann, bevor er wieder davongerissen wird. Ich hätte niemals in sein Auto steigen sollen. Ich kehre das erste Mal nach fünf Jahren dorthin zurück, wo ich aufgewachsen bin. Da brauche ich ganz sicher keine Zuschauer. Und am wenigstens ihn.

Er wird sehen, woher ich komme. Meine Finger zittern, wenn überhaupt möglich, noch stärker.

»Wohin jetzt?«, fragt er und blickt besorgt zu mir herüber.

»Rechts«, murmle ich, und dann sehe ich es schon. Die Wohnwagensiedlung taucht vor uns auf, und mein Herz fängt an, schmerzhaft fest in meiner Brust zu schlagen. Ich wollte nie zurückkehren. Aber war diese Entscheidung ein Fehler? Was ist, wenn mein Vater tatsächlich im Sterben liegt? Werde ich es mir jemals verzeihen, ihn zurückgelassen zu haben?

Meine Unterlippe zittert, während sich Tränen in meinen Augen sammeln wollen. Was ist, wenn ich zu spät komme?

Ich bin kurz davor, in Tränen auszubrechen, als ich zwei Gestalten vor dem Wohnwagen entdecke, in dem ich aufgewachsen bin. Zuerst spüre ich Verwirrung. Dann verstehe ich etwas, was meine Finger nun aus einem ganz anderen Grund zittern lässt.

»Halt hier an«, sage ich, kaum dass wir den Parkplatz erreichen. »Und bitte bleib im Auto. Du willst hier sicherlich nicht erkannt werden. Und ich will nicht …« … dass du siehst, woher ich komme. Zumindest nicht noch deutlicher, als du es aus dieser Entfernung ohnehin kannst. Er nickt, ohne zu zögern. Vielleicht waren meine Gedanken laut genug, dass er sie hören konnte.

Er nimmt eine Sonnenbrille von der Mittelkonsole, setzt sie auf, dreht seine Kappe wieder richtig rum, und von seinem Gesicht ist auf einmal kaum noch was zu sehen. Die Stellen, die der Schatten der Kappe nicht erreicht, sind inzwischen wieder von einem Bartschatten bedeckt.

Ich nicke ebenfalls und steige aus. Die Beifahrertür schlage ich ein bisschen zu fest zu, drehe mich allerdings nicht noch einmal um. Ich bin in diesem Wagen gefahren, und doch habe ich keine Ahnung, wie er aussieht. Auch diese Information hat meine Panik aus meinem Kopf geschwemmt.

Auf zittrigen Beinen überquere ich den Parkplatz. Als ich den ersten Schritt auf die Rasenfläche mache, auf der die Wohnwagen in endlos erscheinenden Reihen zu stehen scheinen, läuft ein Schock durch meinen ganzen Körper. Ich bin tatsächlich zurück.

Ich kann diese Erkenntnis bis ganz tief in meine Knochen spüren, und es fühlt sich an, als würden sie an dieser Erkenntnis zerbrechen.

Da stehen sie. Mein Bruder lehnt neben der Tür unseres Wohnwagens, wie er es immer getan hat. Die Arme vor der Brust verschränkt, den Kopf schräg, das eine Bein angewinkelt. Ich bin geschockt, wie gleich und doch anders er aussieht. Er scheint genau die gleiche Kleidung zu tragen, die er auch am Leib hatte, als ich ihm das letzte Mal den Rücken zugewandt habe. Ausgewaschene Jeans, Hemd mit kurzen Ärmeln, obwohl es dafür eigentlich schon viel zu kalt ist, und darüber eine Weste. Die Haltung und der abwartende Ausdruck in seinem Gesicht sind auch noch da. Aber er scheint in fünf Jahren um das Doppelte gealtert zu sein. Er hat wesentlich mehr Falten im Gesicht, als ich in Erinnerung hatte. Und der Zug um seine Lippen ist noch strenger, noch unnachgiebiger geworden.

Sowie ich meinen Dad anschaue, muss ich dem Impuls widerstehen, direkt wieder umzudrehen. Er scheint sich gar nicht verändert zu haben. Und irgendwie ist das beunruhigender als die Tatsache, dass Liam um eine Dekade gealtert ist. Mein Vater liegt nicht im Sterben, das erkenne ich auf den ersten Blick.

»Hallo, Pumpkin«, begrüßt mich Dad, sobald ich nur noch wenige Schritte von den beiden entfernt bin. Als uns noch zwei voneinander trennen, bleibe ich stehen. Dieser Kosename lässt eine unangenehme Kälte in meinen Körper kriechen.

Dieser Name war mal als niedlicher Kosename gemeint. Aber wenn er oft genug voller Wut geschrien wurde, verliert er seine ursprüngliche Bedeutung irgendwann.

»Hallo«, erwidere ich und verschränke die Arme vor der Brust, weil ich mir ansonsten ausgeliefert vorkomme. Den beiden. Dieser Situation. Meiner Vergangenheit. Ich dachte, ich hätte all das hinter mir gelassen, aber in diesem Moment merke ich, dass gewisse Dinge einen wohl nie ganz loslassen. »Du siehst aber gesund aus.« Für seine Verhältnisse. Ich kann mich nicht daran erinnern, dass mein Dad jemals wirklich gesund aussah. Seine Haut war schon immer eingefallen, gräulich und seine Wangen dauerhaft rot. Der Alkohol dringt auch jetzt aus jeder seiner Poren. Obwohl ich noch immer einige Meter von ihm entfernt stehe, kann ich ihn riechen. Und mir dreht sich sofort der Magen um. Ich erinnere mich an diesen Geruch. Viel zu gut.

»Das freut mich zu hören«, sagt er, und es schwingt diese unbekümmerte Tonlage mit, die er auch früher immer angeschlagen hat, wenn er angetrunken genug war, um betäubt zu sein, aber gleichzeitig nicht zu betrunken, um schon wieder ungehalten zu werden.

»Du hast gesagt, er liegt im Sterben«, meine ich und wende mich an Liam. Mein Bruder ist ein paar Jahre älter als ich, nicht, dass man das jemals an seinem Verhalten hätte feststellen können. Ich war immer die Erwachsene in dieser Familie, schon als kleines Mädchen. Ich kenne es gar nicht anders. Meine Mom ist gestorben, da war ich noch so jung, dass ich mich nicht einmal an ihr Gesicht oder den Klang ihres Lachens erinnern kann. Ich habe mir beides früher immer ausgemalt, vorgestellt, mir ein Traumbild erschaffen. Und auch jetzt, wenn ich an sie denke, sehe ich ein warmes Lächeln und höre eine melodische Stimme. Doch beides ist erfunden. Und auch nach Jahren tut es immer noch weh, sich das klarzumachen.

»Wenn man es genau nimmt, liegen wir alle im Sterben«, entgegnet Liam, wobei er nur unbeteiligt mit den Schultern zuckt. Hinter seinen Augen kann ich den Witz und die Intelligenz sehen, von denen ich weiß, dass er sie hat. Doch er hat sich beides von den Umständen kaputt machen lassen, in die wir hineingeboren wurden und für die wir – im Gegensatz zu unserem Dad – nichts können.

Wenn man hier aufwächst, gibt es nicht viele Möglichkeiten, diesen Ort wieder zu verlassen. Das System, in dem wir leben, ist nicht darauf ausgerichtet, Menschen aus Armut zu befreien. Haben die Eltern kein Geld, einem eine gute Ausbildung zu finanzieren, kriegt man auch keinen guten Job, verdient nicht genug Geld, um es zu sparen. Dann bleibt man hier, weil man sich mehr nicht leisten kann. Ich habe hart dafür gearbeitet, um diesem Leben zu entfliehen. Aber ich weiß selbst, dass auch viel Glück dazu gehört hat. Ich will gar nicht wissen, wie viele Mädchen in diesem Land die gleichen Träume haben, genauso viel arbeiten, wie ich es getan habe, und dennoch nicht weiterkommen, weil sie das Stipendium aus irgendeinem Grund, den sie nie erfahren werden, nicht erhalten haben. Und zerstörte Träume verwandeln sich irgendwann in Frust. Ich habe gesehen, was dieser aus meinem Vater und dann schließlich auch aus meinem Bruder gemacht hat. Liam ist so geworden, wie er vermutlich niemals sein wollte. Und ich hatte nicht genug Kraft, um auch noch ihn zu retten. Er hätte mich in die Tiefe gerissen, aus der mich auch mein Ehrgeiz nicht mehr hätte ziehen können. Das weiß ich. Trotzdem spüre ich diese bleischwere Wehmut, sobald ich in seine dumpfen, glanzlosen Augen schaue. Er ist für viele meiner schlechten Erinnerungen verantwortlich, und doch fühle ich in diesem Moment die Schuld, die ich auf mich geladen habe, als ich mich umgedreht habe und geflohen bin.

»Also hast du gelogen«, stelle ich sachlich fest. Meine Stimme zittert leicht. Ich hoffe, die beiden hören es nicht.

»So würde ich es nicht nennen«, will sich Liam rausreden, und aus einem Grund, den ich selbst nicht kenne, wollen mir auf einmal Tränen in die Augen steigen. Er hat mich reingelegt.

»Mir ist egal, wie du es nennen willst«, entgegne ich. »Wieso sollte ich kommen?«

Ich kenne die Antwort bereits. Aber ich kann nicht anders, als zu fragen. Ich sollte mich einfach umdrehen und gehen, doch auch das kann ich nicht. Irgendwas hält mich hier. Vielleicht die Aussicht darauf, dass ich falschliege? Die unerklärliche Hoffnung, dass es doch ein Szenario gibt, in dem ich eine Familie habe, die mich mehr liebt als ihre eigene Misere?

»Also …«, setzt Liam an, und schon sein Tonfall reicht, um mir klarzumachen, dass meine Hoffnungen unangebracht waren. Wie sie es immer sind.

In den ersten Monaten, nachdem ich zum Studium weggezogen war, hat er mich noch ständig angerufen, um mich um Geld zu bitten. Er wollte, dass ich ihm und Dad einen Teil meines Stipendiums gebe. Dass das so nicht funktioniert, war ihm egal. Er hat trotzdem ständig angerufen. Bis ich wochenlang nicht mehr rangegangen bin. Irgendwann hat er aufgegeben. Ich wusste, dass ich alle Brücken abbrechen muss, um wirklich frei sein zu können. Ich konnte keinen Kontakt zu meinem alten Leben mehr haben, wenn ich weitermachen wollte, und bis jetzt habe ich mich an dieses Vorhaben auch gehalten.

»Woher wusstest du, dass ich in Seattle bin?«, hake ich nach, weil keiner der beiden Anstalten macht, mir meine andere Frage richtig zu beantworten.

»Kristen, Stacys Mom, hat erwähnt, dass sie dich gesehen hat«, erklärt Liam.

Ich seufze und lege den Kopf in den Nacken. Ich wusste, dass es ein Fehler war, die Stadtgrenze zu überschreiten. »Und ihr dachtet, wenn ihr mich mit einer Nummer anruft, die ich nicht kenne, und erfindet, dass es Dad nicht gut geht, komme ich vorbei. Persönlich lässt es sich schließlich so viel besser um Geld fragen als am Telefon«, fasse ich zusammen.

»Du gehst ja nicht ran, wenn ich dich anrufe«, wirft Liam mir vor. Widersprechen tut er mir nicht.

»Ich gehe nicht ran, weil ich den Grund kenne, warum du dich bei mir meldest«, gebe ich zurück.

»Tust du nicht«, entgegnet Liam patzig.

»Nein?«, frage ich und ziehe die Augenbrauen hoch. »Also bin ich nicht hier, weil ihr Geld von mir haben wollt? Was wollt ihr dann? Erleuchtet mich.«

Die beiden wechseln einen ratlosen Blick. Dann räuspert sich Liam umständlich, während er eine Kippenpackung aus seiner Jeanstasche zieht und sich eine Zigarette anzündet.

»Kein Grund, gleich so aus der Haut zu fahren«, sagt er.

Ich kann ihn nur fassungslos anstarren. Das hat er früher auch schon zu mir gesagt, wenn ich mich aufgeregt habe. Zum Beispiel, wenn er mal wieder mein Geld gefunden hatte, das ich eigentlich sparen wollte, und es für Kippen oder Alkohol ausgegeben hat. Oder wenn sich irgendeiner seiner Freunde einen Spaß daraus gemacht hat, meine Schulsachen durcheinanderzubringen und meine Hausaufgaben zu zerknüllen. Dann hat er mich auch so tadelnd angesehen, wie er es jetzt tut, und mir erklärt, dass ich völlig überreagiere und mich nicht so anstellen soll. Er hat über mich gelacht, wenn mein Gesicht heiß wurde und die ersten wütenden Tränen über meine Wangen gelaufen sind. Ich war seine nervige kleine Schwester, die sich immer zu wichtig genommen hat. Was war schon dabei, wenn er das Geld ausgibt, das ich mit meinen Nebenjobs verdient hatte, während er Schule schwänzend mit seinen Freunden den Tag genossen hat? Was war schon dabei, wenn ich nicht lernen konnte, wenn er zu laut Fernsehen geguckt oder Party gemacht hat? Was war schon dabei, wenn er über meinen Wunsch, Journalistin zu werden, Witze gerissen hat und mir erklärt hat, dass mich das zu einer jämmerlichen Petze machen würde? Was war schon dabei, wenn mein Vater mich nicht verteidigt hat, sondern bewegungslos auf seinem Stuhl saß, eine Flasche in der Hand und auf den Fernseher starrte? Was war schon dabei?

Ich spüre, wie sich mir wieder die Kehle zuschnürt, genau wie damals, mein Gesicht und mein Hals heiß werden und Tränen hinter meinen Augen brennen. Alles ist wie früher, und kurz erfasst mich Panik, krallt sich wie eine eisige Faust um mein Herz, als ich für einen Bruchteil einer Sekunde denke, dass ich vielleicht nie gegangen bin. Dass die letzten fünf Jahre nur ein Traum waren und das hier meine Realität ist. Doch ich atme zittrig ein und aus und schiebe den Gedanken fort. Das ist nicht mehr meine Realität. Ich habe alles dafür getan. Und ich werde meinen Job nicht verlieren und nicht zurückkehren müssen. Auch dafür werde ich sorgen.

»Habt ihr mich angerufen, weil ihr Geld wollt?«, frage ich geradeheraus. »Ja oder nein? Es ist eine sehr simple Frage.«

»Nur weil du jetzt in L. A. lebst und ein paar Jahre auf einer schicken Uni warst, musst du dich jetzt nicht benehmen, als wärst du was Besseres«, spuckt mir Liam entgegen. Seine Stimme ist lauter geworden. Auch das findet ein Echo tief in meinem Inneren. Ich stand schon mal hier. Hatte schon mal diesen Streit. Ich stecke in einer Endlosschleife aus den immer gleichen Enttäuschungen fest.

»Gib mir doch einfach eine Antwort, Liam«, erwidere ich ebenfalls lauter. Denn ich bin nicht mehr das kleine verschreckte, hilflose Mädchen, das ich früher war, das sich seine Gemeinheiten gefallen lassen musste, weil es auf engstem Raum mit ihm gelebt hat und ihm nicht entgehen konnte.

»Ja, wir hatten gehofft, dass du uns Geld geben könntest«, sagt mein Vater. Seine Stimme ist im Gegensatz zu Liams ganz leise und bedacht. Aber ich weiß, dass das eine Fassade ist. Er glaubt, dass er mich mit lieben Worten eher dazu bringen wird, mein Portemonnaie zu öffnen. Wenn er nicht kriegt, was er will, wird auch seine Stimme anschwellen.

»Kann ich nicht«, entgegne ich und klinge auf einmal furchtbar müde. »Ich habe am Ende des Monats kaum genug Geld übrig, um mir was zu essen zu kaufen.«

Liam schnauft und schüttelt den Kopf. Auch das sieht tadelnd aus. Immer sieht er tadelnd aus. Ich glaube, das erste Mal hat er mich so angeschaut, als er erkannt hat, dass ich mich nicht mit diesem Leben zufriedengeben wollte. Ich war zwölf Jahre alt. Ich habe eine gute Note auf eine Klausur bekommen und mich gefreut. Er hat mich tadelnd angeblickt, damals war er selbst nicht älter als sechzehn, und mir gesagt, dass ich mich gar nicht zu freuen bräuchte, denn es würde keinen Unterschied machen. Ich könnte so viele gute Noten nach Hause bringen, wie ich wollte, es würde nichts an einer Tatsache ändern: Ich war genauso wie er und Dad.

Und mit jedem Versuch, ihm das Gegenteil zu beweisen, wurde er bitterer, distanzierter, gemeiner. Der Junge, mit dem ich als kleines Mädchen gespielt habe, existiert schon so lange nicht mehr, dass er nur noch eine verblasste Erinnerung ist, wie der verbleichende Moment auf einem alten Foto.

»Du lebst in L. A. und willst uns tatsächlich weismachen, dass du kein Geld hast.« Liam richtet sich auf und wirkt auf einmal bedrohlich. Weder er noch Dad haben mich jemals geschlagen. Trotzdem muss ich jetzt den Impuls unterdrücken zurückzuweichen.

»In L. A. zu leben, ist extrem teuer. Und ich verdiene nicht viel. Ich habe kaum genug, um mich selbst über Wasser zu halten.«

»Vermutlich lebst du aber deutlich besser als wir«, sagt mein Dad. Seine Gesichtszüge sind schon weniger freundlich, doch noch lässt er seine nette Maske nicht fallen.

»Ich wohne in einem kleinen WG-Zimmer. Das ist das, was ich mir leisten kann.« Ich würde sehr gern noch so viel mehr sagen, allerdings tue ich es nicht. Was würde es bringen, wenn ich ihnen erklärte, dass ich mir das selbst erarbeitet habe? Sie würden es gar nicht hören.

Liam fixiert mich. »Du bist doch jetzt auf der Suche nach diesem Reality-TV-Star. Du kannst mir nicht sagen, dass du wenig Geld verdienst. Du lügst uns an.«

»Ich lüge nicht. Aber ich kann dir das vermutlich sagen, bis mein Gesicht blau wird. Du wirst es mir nicht glauben.«

Sehe ich da etwas anderes als Verbitterung in den Augen meines Bruders aufflackern? Ist da vielleicht Reue?

Ich muss es mir eingebildet haben. Denn er blinzelt, und es ist fort. »Gibt es einen anderen Grund außer Geld, warum ich hier bin? Wollt ihr mich fragen, wie es mir geht?«

Stille. Unendliche, tiefe, zerstörerische Stille.

»Gut, dann kann ich ja wieder gehen.« Ich wende mich ab. Seit ich angekommen bin, will ich nichts mehr, als wieder zu gehen. Aber den Blick von dem abzuwenden, was ich als Familie bezeichne, schmerzt dennoch. Als wäre ein Teil von mir immer noch mit ihnen verbunden und würde reißen, sobald ich ihnen den Rücken zukehre.

»Das kannst du schließlich am besten«, ruft Liam mir hinterher. Ich drehe mich nicht um und setze einen Fuß vor den anderen, obwohl es mir schwerfällt.

»Du hast uns zurückgelassen! Du bist einfach gegangen! Du bist der egoistischste Mensch, den ich kenne, Alice!«

Ich erstarre mitten in der Bewegung, mein Körper zittert vor Anspannung. Ich sollte mich nicht umdrehen. Egal, was ich sage, es wird nichts ändern. Nichts, was ich jemals tun könnte, würde jemals etwas ändern.

Aber seine Worte reißen eine Wunde wieder auf, die ich beim Umzug notdürftig mit Paketband wieder zusammengeklebt hatte.

Also fahre ich doch zu ihm herum und stemme meine Hände in meine Hüften. Dann zittere ich weniger heftig. »Ich bin egoistisch?«, stoße ich aus. »Ich bin egoistisch?«

»Das bist du«, ruft Liam zurück. »Du bist abgehauen, und ich musste bleiben, um mich um Dad zu kümmern.«

Mir entfährt ein abschätziges Schnauben. »Du kannst dir diese Geschichte gern einreden, wenn du dann nachts besser schlafen kannst. Aber wir wissen beide, dass du nicht aus der Güte deines Herzens hier bist. Du bist nicht der hingebungsvolle Sohn, der alles aufgibt, nur um für seinen Vater zu sorgen. Du bist hier, weil du keinen anderen Ort hast, an den du gehen könntest.« Ich weiß, dass es nicht ganz so simpel ist. Ich weiß, dass es nicht nur Liams Schuld ist, sondern vor allem der unserer Gesellschaft, dass er nicht von der Stelle gekommen ist. Aber was seine Schuld ist und was ich ihm niemals vergeben kann, ist, dass er all seine Frustration über sein unfaires Leben an mir ausgelassen hat, seitdem ich denken kann.

Jetzt ballt er die Hände zu Fäusten. Die Wut, die er empfindet, kann ich auf meiner Haut brennen spüren. Doch ich zucke nicht zurück. Auch nicht, als er einen Schritt auf mich zumacht.

»Was hast du gesagt?«, fragt er gefährlich leise. Doch ich höre seiner Stimme deutlich an, dass er gleich schreien wird. So richtig. Wie nur mein Bruder schreien kann. Markerschütternd. So laut, dass es den Boden zum Vibrieren zu bringen scheint. Aber ich bin kein verschrecktes Kind mehr, das sich dann weinend in einer Ecke verkriecht.

»Du hast mich genau verstanden«, antworte ich ungerührt. »Du hast mir mein Leben zur Hölle gemacht, als ich noch hier war, weil du es nicht ertragen konntest, dass ich gehen wollte und dir gezeigt habe, dass es möglich gewesen wäre.«

»Halt den Mund!« Da ist das Brüllen, mit dem ich gerechnet habe, das mich aber trotzdem instinktiv einen Schritt zurückweichen lässt. »Du hältst dich für was Besseres, obwohl du als jämmerlicher Blutsauger arbeitest, und wir sind dir egal. Das ist die Wahrheit!«

»Und bin ich euch so wichtig?«, schreie ich zurück. Kurz sieht Liam mich verwirrt an. Ich habe noch nie zurückgeschrien. »Willst du wirklich behaupten, dass ich euch was bedeute? Das Einzige, wonach ihr mich fragt, ist, ob ich Geld für euch habe. Aber habt ihr mich jemals gefragt, wie es mir geht? Was ich mache? Ob ich glücklich bin? Ich kann mich nicht erinnern. Und das war schon so, als ich noch hier gelebt habe.« Mit jedem Wort ist meine Stimme wieder leiser geworden. Ich fühle mich so ausgelaugt, als würde ich schon seit Tagen hier stehen und meinen Bruder anschreien. Er hat mir schon früher all meine Energie aus dem Körper gezogen.

»Werde nicht unfair, Alice«, ermahnt mich mein Dad, und seine Stimme wird bereits lauter. »Dein Bruder …« Den Satz kenne ich auch schon. Wenn er mal bemerkt hat, dass Liam mich zum Weinen gebracht hat, hat er immer nur gesagt: *Dein Bruder meint es nicht so. Dein Bruder ist gestresst. Nimm es nicht so schwer.* Aber ich werde es mir nicht noch einmal anhören. Niemals wieder.

»Ich werde jetzt gehen«, unterbreche ich ihn. »Mir ist egal, was mein Bruder ist.« Ich schaue beiden in die Augen, während hinter meinen Tränen brennen, die nicht einmal wirklich ihnen gelten, sondern dem, was sie niemals für mich sein konnten und wonach ich mich doch so sehr gesehnt habe. »Bitte ruft mich nicht mehr an.« Und damit drehe ich mich um. Beide schreien mich an, aber auf meinen Ohren liegt ein lautes Dröhnen, das alle Geräusche übertönt. Bestimmt brüllt Dad mir sowieso nur Dinge hinterher, die ich längst mitsprechen kann. Früher wollte er mir immer klarmachen, dass investigative Journalisten nur Aasgeier sind, die seiner Meinung nach die Arbeit großer Männer zerstören. Er war nie wirklich für mich da, aber manchmal frage ich mich, ob er endgültig aufgegeben hat, mein Vater zu sein, als ich ihm von meinem Berufswunsch erzählt habe.

Seine herablassenden Worte über meinen Traum durfte ich mir früher oft anhören. Und all das nur, weil er es nicht geschafft hat, sich einzugestehen, dass er der einzige Mensch ist, den er dafür verantwortlich machen konnte, dass er sein ganzes Geld verloren hat, und nicht den Angestellten, der seine Steuerhinterziehung damals gemeldet hat.

Liam und ich kannten nur diese Siedlung. Aber er weiß, was es bedeutet, wirklich Geld zu haben. Vielleicht war deswegen sein Frust noch so viel potenter. Er hat ihn über Jahre destilliert, bis er so hochprozentig war wie der Alkohol, an den er sich immer geklammert hat. Und die wichtigste Zutat war die Tatsache, dass ihm ganz genau bewusst war, was er verloren hatte.

Wie in Trance laufe ich zum Parkplatz zurück und steige wieder in das Auto von Hadrian Carter. Ich habe keine Energie, ihn anzusehen. Ich starre nur geradeaus durch die Frontscheibe. Ich glaube, er sagt etwas zu mir, aber ich reagiere nicht. Irgendwann spüre ich, dass sich der Wagen bewegt. Ich weiß, dass es mir später etwas ausmachen wird, dass er mich in diesem Zustand sieht. Aber im Moment habe ich auch dafür keine Kraft. Ich starre einfach geradeaus, ohne etwas zu sehen.

Dann fühle ich es. Auf meiner Hand. Langsam sehe ich auf. Er hat seine Hand auf meine gelegt und drückt sie sanft. Ich atme zittrig ein. Und dann ist es endgültig zu viel. Ich weine. Es bricht alles aus mir heraus. Doch er spricht mich nicht an, er lässt mich einfach weinen, seine Hand ruht weiterhin auf meiner.

Ich sehe ihn immer noch nicht an. Ich kann einfach nicht. Ich habe Angst vor dem, was ich entdecken könnte, wenn ich in seine Augen blicken würde.

Und ich muss mich an etwas festhalten, um mich nicht selbst zu verlieren. Und das ist die Wohnwagensiedlung, die im Rückspiegel immer kleiner wird, bis sie ganz verschwunden ist.

Ich habe den Ort erneut hinter mir gelassen.

Ich sollte erleichtert sein. Doch wieso fühle ich mich, als hätte dieser Besuch wieder einen Teil von mir eingefordert, den ich nun unwiederbringlich verloren habe?

27. KAPITEL

Hadrian

Langsam versiegen ihre Tränen, doch Alice starrt immer noch stur geradeaus und schafft es nicht, in meine Richtung zu blicken. Ich glaube, es ist ihr unangenehm, dass ich sie so gesehen habe. Dennoch lasse ich ihre Hand nicht los. Dafür hält sie meine zu fest. Einem kann die eigene Schwäche unangenehm sein, und doch kann man im selben Moment Halt brauchen. Und ich werde ihn ihr nicht wegnehmen. Ich werde ihre Hand erst loslassen, wenn sie sie zurückzieht.

Da ich keine Ahnung habe, wo ich sie hinfahren soll, und mich auch nicht traue, die Stille zu durchbrechen, steuere ich einfach auf den leeren Parkplatz vor einem geschlossenen Supermarkt zu. Sie erhebt keinen Einspruch, als ich mein Auto parke und dann den Motor abstelle. Wir bleiben einfach schweigend und bewegungslos in meinem Jeep sitzen.

»Ich …«, meint sie, bricht dann aber abrupt ab.

Ich betrachte sie von der Seite. Die Tränen sind getrocknet. Doch die verwischte und nun an manchen Stellen festgetrocknete Wimperntusche beweist, dass die Tränen einst da gewesen sind. Ihre Züge sind extrem ernst, quasi verbissen. Sie atmet ein bisschen zu schnell, aber trotzdem wieder beherrscht. Ihre Haltung ist so gerade, als wollte sie mit dieser ausdrücken, dass sie nichts brechen kann. Auch nicht verletzende Worte, die quer über eine Wohnwagensiedlung geschrien werden.

Ich habe nicht viel mitbekommen, dazu stand ich zu weit weg. Aber ich konnte sie und die zwei Männer, mit denen sie gesprochen hat, sehen. Und ich konnte teilweise die Sätze hören, die sie gebrüllt haben. Und das reicht eigentlich, um erahnen zu können, worum es ging.

Das erste Mal, seit sie in meinen Wagen gestiegen ist, löst sie den Blick von der Frontscheibe und dreht den Kopf langsam in meine Richtung. Erst schaut sie mir ins Gesicht. Nach dem Weinen und im sanfteren Licht des Nachmittags sind ihre Augen blau. Als hätten die Tränen die grüne Farbe, die in den Iriden noch übrig war, weggespült. Ich hoffe, dass es nicht so ist. Es wäre irgendwie schade, wenn ihre Augen ihre Farbe nicht mehr wechseln würden.

Ihr Blick wandert weiter, bis er unsere ineinander verschlungenen Finger entdeckt hat. Alice' Augen weiten sich. Wird ihr erst jetzt wirklich bewusst, dass sie meine Hand gehalten hat? Schockiert sie das?

Ich warte darauf, dass sie mich loslässt, die Hand meiner entreißt und sie schnell in ihrer Hosentasche verschwinden lässt, damit ich nie wieder auf die anmaßende Idee kommen kann, sie zu ergreifen. Doch sie tut es nicht. Sie schluckt nur schwer und sieht wieder auf.

»Ich wollte eigentlich nicht, dass du das mitbekommst«, presst sie schwerlich hervor. »Das war meine …«

»Deine Familie?«, frage ich.

Sie nickt.

»Habe ich mir schon gedacht.«

Sie schnaubt. »Technisch gesehen ist es meine Familie. Auf dem Papier. Aber nicht bezogen auf die Aspekte einer Familie, die wirklich zählen.«

Ich will ihr eigentlich sagen, dass ich dieses Gefühl nachvollziehen kann. Aber es kommt mir nicht richtig vor, wenn ich die Orte vergleiche, in denen wir aufgewachsen sind. Die Villa in Beverly Hills und eine Wohnwagensiedlung haben wohl nicht viel gemeinsam. Deswegen bin ich mir sicher, dass ihre Aussage viele Nuancen enthält, die ich nicht verstehen kann.

»Willst du darüber reden?«, frage ich vorsichtig.

»Eigentlich nicht«, gibt sie zurück und schaut wieder durch die Frontscheibe, obwohl vor uns nur Beton und ein hässliches Einkaufszentrum liegen. »Darüber zu reden, wird nichts an meiner Situation ändern.«

Ihre Worte sind extrem bitter. Selbst ich kann sie quasi auf meiner Zunge schmecken. Auf einmal verstehe ich so viele Nachrichten, die sie mir geschickt hat, besser. Vor Wochen, als sie noch nicht wusste, dass sie mit mir schreibt, habe ich sie gefragt, warum sie es nötig hat, mich zu suchen. Sie hat mir geschrieben, dass sie keine andere Wahl hat. Als sie diese Worte getippt hat, muss sie ihre Familie im Hinterkopf gehabt haben.

Ich mustere sie genauer. Sie hat die Lippen zu einer schmalen Linie zusammengepresst und starrt immer noch nach draußen. Sie scheint Gedanken nachzuhängen, an denen sie mich nicht teilhaben lassen will.

Mein Blick fällt auf ihre Hand, die ich nicht in meiner halte. Sie kratzt mit einem Nagel über ihren Daumen und auf ihrer Haut sammelt sich schon der erste Tropfen Blut. Bevor ich es mir anders überlegen kann, greife ich nach ihrem Daumen und umfange ihn mit meinen Fingern.

Erst jetzt sieht sie mich wieder an, mit so einem verklärten Ausdruck im Gesicht, als hätte sie meine Anwesenheit ganz vergessen.

»Du hast dir wehgetan«, erkläre ich überflüssigerweise. Das wird ihr auch ohne diesen unnötigen Satz klar sein.

»Das mache ich manchmal«, murmelt sie. Langsam löst sie ihre beiden Hände aus meinen und zieht sie noch langsamer zurück. Ich wusste, dass sie mir nicht ewig gestatten würde, sie festzuhalten, aber ich vermisse es schon jetzt, ihre Haut auf meiner zu spüren. Sobald ihre Wärme verschwunden ist, bleibt nur ein Kribbeln zurück, das mich daran erinnert, dass ich mir diese Berührung nicht nur eingebildet habe.

»Du hast mich immer noch nicht um dein professionelles Interview gebeten«, meine ich unvermittelt, ohne vorher darüber nachzudenken, was ich eigentlich sagen will.

Wieder weiten sich ihre Augen, und eine Furche bildet sich zwischen ihren Augenbrauen. »Würdest du denn Ja sagen?«

»Das wirst du nie erfahren, wenn du nicht fragst«, gebe ich zurück.

»Willst du mir ein Interview geben?«

»Nein.«

Sie schlägt mir gegen den Oberarm. Ich lache auf und reibe mir die Stelle, obwohl der Schlag überhaupt nicht wehgetan hat. »Das war ein Scherz.«

Alice kneift die Augen zusammen. »Ich will dein Mitleid nicht.« Ihre Stimme ist auf einmal sehr hart. Sie gibt mir deutlich zu verstehen, dass schon viele Vorschläge einfach an ihr abgeprallt und zerbrochen sind.

»Auch nicht, wenn du dann das Interview kriegst, für das du so viele Meilen gefahren bist?«, hake ich nach.

Sie kneift die Augen noch weiter zusammen, die von ihren Tränen noch ein bisschen geschwollen sind.

»Ich habe ein Angebot für dich«, beginne ich und merke erst jetzt, da ich es ausspreche, dass ich diesen Entschluss schon längst gefasst habe, ohne mir dessen bewusst gewesen zu sein. »Du darfst mich begleiten und Fragen stellen. Ob ich sie beantworte, ist meine Sache. Und dann darfst du darüber schreiben. Aber ich lese den Artikel noch mal, bevor du ihn deinem Boss schickst, und kann alles streichen, was ich nicht über mich im Internet lesen will. Das ist meine Bedingung. Sonst mache ich nicht mit.«

Alice' Blick bleibt noch einen Moment verwirrt und fassungslos. Dann legt sich ein Lächeln auf ihre Lippen, das wesentlich weniger distanziert ist als das, was ich vor einigen Stunden sehen durfte. Auf einmal habe ich das Gefühl, freier atmen zu können. Warum habe ich diesen Deal überhaupt vorgeschlagen? Weil ich ein guter Mensch bin? Weil ich gesehen habe, wohin sie zurückkehren muss, wenn sie scheitert? Weil ich ihren Wunsch, ihre Familie hinter sich zu lassen, verstehen kann?

Ich wünschte, ich könnte meine Entscheidung auf mein gutes Herz schieben. Doch wenn ich mich für einen kurzen Moment mal traue, ehrlich mit mir selbst zu sein, muss ich zugeben, dass meine Beweggründe nicht selbstlos, sondern egoistisch sind.

Der Grund, warum ich ihr gestatte, einen Artikel über mich zu schreiben, ist simpel und könnte doch fatale Folgen für mich haben: Ich will nicht, dass sie geht.

28. KAPITEL

Alice

»Ich muss zugeben, Alice, ich bin beeindruckt.«

Hätte mir jemand vor einigen Wochen gesagt, dass ich diese Worte jemals aus dem Mund von Elijah Bishop hören würde, hätte ich denjenigen ausgelacht. Aber nun sind wir tatsächlich an diesem Punkt angelangt. Und ich spüre vor allem eins: sehr tiefe Erleichterung.

»Das freut mich, Elijah«, gebe ich zurück und drücke mein Handy noch ein bisschen fester gegen mein Ohr.

Nachdem ich mich auf den Deal eingelassen hatte, habe ich ein Selfie von Hadrian Carter und mir gemacht und es gepostet. Mein Twitteraccount ist explodiert und Elijah zufolge auch die Website von *Day-to-Day-Gossip*. Das dürfte seinen sehr zufriedenen Tonfall erklären.

»Du bist jetzt auf dem Weg zum ersten Interview?«, hakt er nach, obwohl ich ihm das eben erst erklärt habe.

»Ja, bin ich«, sage ich einfach, ohne ihn darauf hinzuweisen, dass er das ja eigentlich schon wusste.

»Wird es mehrere geben?«

»Die Details sind noch offen«, antworte ich ausweichend. »Aber ich denke, es wird mehrere geben. Wenn ich ein gutes Porträt schreiben will, wird ein Gespräch nicht reichen.«

»Wohl war«, stimmt Elijah mir zu. Auch etwas, von dem ich nicht geahnt hätte, dass es so bald passieren würde. Aber anscheinend geschehen doch noch Wunder.

»Da du jetzt den Artikel recherchierst, brauche ich nicht ständig ein Update für die Kolumne, aber wenn du ab und an mal was anteasern könntest, wäre das super.«

»Kann ich machen.«

»Und du bist die einzige Person, mit der er redet?«

»Bin ich«, antworte ich, und kurz spüre ich, wie mein Herz den Rhythmus ändert. Es wird ungleichmäßiger, hektischer, wie ein Schlagzeuger, der kurz aus dem Takt gekommen ist und ihn erst wiederfinden muss.

Er erzählt nur mir seine Geschichte. Doch ich weiß, dass mein Herz nicht auf die Tatsache reagiert, dass ich meine erste exklusive Story schreiben werde. Es reagiert auf *ihn*. Und auf die Tatsache, dass ich keinen Schimmer habe, warum er das überhaupt angeboten hat.

Sofort muss ich wieder daran denken, wie er meine Hand in seine genommen hat, als ich weinend in seinem Auto saß. Oder wie er meinen Daumen umfangen hat, um mich am Knibbeln zu hindern, was mir seltsam intim vorgekommen ist.

Ich zwinge mich, diese Gedanken aus meinem Kopf zu schieben. Dieses Telefonat ist wichtig. Ich darf mich nicht ablenken lassen.

»Wenn er nur mit dir redet, dann müssen wir uns auch nicht hetzen«, sagt Elijah. »Dann kannst du dir die Zeit nehmen, die du brauchst, um einen umfangreichen Artikel zu schreiben. Du kannst ihn begleiten und dir einen Eindruck davon machen, wie sein neues Leben aussieht. Mir ist klar, dass man das nicht in zwei Tagen schafft.«

»Elijah, habe ich mich gerade verhört, oder sagst du tatsächlich, dass ich mir Zeit für einen Artikel lassen soll?«, scherze ich.

Er lacht auf, und das erste Mal, seitdem ich ihn kenne, scheint er mit mir und nicht über mich zu lachen. »Ja, das habe ich gesagt. Wir arbeiten zwar in einer schnelllebigen Branche. Er wird dir die wirklich brisanten Details allerdings nicht beim ersten Gespräch verraten. Und diese Details hätte ich gern. Also ein paar Wochen gebe ich dir, wenn das Ergebnis dann auch diese Zeit wert ist. Solange du mit ihm reist, kannst du ja auch sichergehen, dass er wirklich nur mit dir redet und mit keinem anderen Reporter.«

Mit ihm reisen? Schon wieder verlernt mein Herz, wie man schlagen soll.

»Aber eins muss dir klar sein«, setzt Elijah an, und an seinem Tonfall erkenne ich, dass er sein ganzes Pensum, was ihm an netten und bestärkenden Worten zur Verfügung steht, bereits aufgebraucht hat. »Ich will keinen braven Artikel, sondern eine saftige

Story. Ich werde dich nur nicht feuern, wenn du mir auch das Ergebnis bringst, das ich haben will.«

Ich schlucke schwer, obwohl ich mit so einer Ansage gerechnet habe. »Aber die Abmachung war, dass er den Artikel noch mal lesen darf, bevor ich ihn dir schicke«, sage ich kleinlaut.

»Alice«, Elijah sagt meinen Namen auf eine sehr oberlehrerhafte Weise, »denkst du, die Stars, von denen wir Nacktfotos drucken, geben uns vorher ihre Erlaubnis? Ich habe schon mit der Rechtsabteilung gesprochen. Wir würden mit so einer Story mehr Geld machen, als wir durch eine Klage von ihm verlieren könnten.«

Mein Magen zieht sich viel zu fest zusammen.

»Also will ich diese saftige Story. Haben wir uns verstanden?«

Ich brauche einen Moment, um zu antworten. »Haben wir«, kriege ich schließlich hervor.

»Gut«, meint Elijah. »Viel Erfolg beim ersten Interview.« Dann ist die Leitung wieder tot. Ich atme schleppend ein und aus, und meine Hände zittern leicht, als ich das Smartphone sinken lasse. Ich soll eine »saftige Story« – wie Elijah die brutalen Eingriffe in die Privatsphäre berühmter Menschen gern nennt – mit allen Mitteln beschaffen. Damit hätte ich rechnen sollen. Trotzdem legt sich ein ekliges, quasi klebriges Gefühl auf meine Haut, dabei habe ich noch nicht einmal begonnen, diesem Befehl nachzukommen.

Wie soll ich dazu fähig sein, mich über unseren Deal hinwegzusetzen, wenn mir warm wird, sobald ich daran denke, dass *er* mich getröstet hat?

Wir überqueren die Brücke, wenn wir sie erreichen, höre ich Hiens Stimme in meinem Kopf. Sie gibt mir inzwischen also auch schon Ratschläge, ohne dass ich sie anrufen muss. Das wird ihr gefallen.

Ich versuche, mich zu beruhigen. Jetzt muss ich mich konzentrieren und nicht von einem potenziellen Problem, das erst in meiner Zukunft auf mich wartet, ablenken lassen. Genau. Ich nicke, um mir selbst zuzustimmen, und werfe einen Blick auf die Navigationsapp meines Handys. Noch zweimal gehe ich um die Ecke, dann habe ich die Adresse gefunden, die Hadrian Carter mir genannt hat. Ich klingle beim Namensschild *Nyberg*.

»Hallo?« Das ist seine Stimme. Dass sie rauchig ist, hört man sogar durch die Gegensprechanlage. Was dieser Klang in meinem Körper auslöst, ignoriere ich einfach.

»Hier ist Alice.« Im nächsten Moment kann ich die Haustür aufdrücken und betrete einen kühlen Hausflur. Ich laufe hinauf. Es nimmt kein Ende. Wie viele Stockwerke hat dieses Haus bitte?

Als ich genervt schnaufen will, erkenne ich auf dem nächsten Treppenabsatz eine offen stehende Tür. Auf einmal fällt mir das Schlucken schwer. Mein Rachen ist staubtrocken. Ich erreiche das Stockwerk. Hadrian Carter lehnt schräg im Türrahmen und lächelt mich an, sobald ich vor ihm stehen bleibe.

»Hey«, sagt er, und sein rechter Mundwinkel zuckt.

»Hey«, gebe ich zurück, weil ich keine Ahnung habe, was ich sonst tun soll. Obwohl er in diesem verlassenen Hausflur sein Gesicht nicht verstecken muss, trägt er wieder die dunkle Kappe, die ihm besser steht, als ich zugeben will. Seine braunen Augen scheinen zu blitzen. Das schlichte schwarze Shirt spannt ein bisschen über seinen breiten Schultern.

Ich rede mir ein, dass es wichtig für meine Arbeit ist, einen Sinn für die Details zu haben. Natürlich muss ich auf sein Äußeres achten. So was sollte im Artikel stehen.

Doch diese Ausrede kann ich mir nicht einmal selbst verkaufen. Ich weiß, dass es nichts mit meiner Recherche zu tun hat, dass ich meinen Blick nur schwer von ihm lösen kann. Und das macht mir Angst.

»Komm rein«, sagt er endlich, löst sich vom Türrahmen und macht rückwärts einen Schritt in die Wohnung hinein.

Ich straffe meine Schultern, dann folge ich ihm durch die Tür. Er schließt sie hinter mir. Weil der Flur so eng ist, berührt sein Arm meinen, als er an mir vorbei zur Klinke greift. Und auch die Präsenz seines restlichen Körpers kann ich deutlich spüren.

Okay, ich muss dringend aus diesem Flur raus. Bilde ich es mir nur ein oder ist es furchtbar stickig hier?

»Das muss Alice Gold sein«, vernehme ich eine andere Stimme, mit der ich hätte rechnen müssen, die mich aber trotzdem zusammenzucken lässt. Ein Mann in meinem Alter tritt aus der Küche. Er hat dunkle Haare, extrem helle Augen und trägt eine Jogginghose und ein Shirt, auf dem *Arctic Monkeys* steht. Mit vor der

Brust verschränkten Armen baut er sich im Flur auf, der auch ohne seine Anwesenheit schon zu eng war. Sein Blick ist prüfend. Er will mir wohl zu verstehen geben, dass er mir nicht über den Weg traut, was ich ihm nach meinem Telefonat mit Elijah wirklich nicht verübeln kann.

»Ich weiß ja nicht, ob du dir das Interview verdient hast, wenn du deine Zielperson nur durch Zufall gefunden hast«, meint er, und sein prüfender Blick verliert nicht an Intensität.

Obwohl ich sein Misstrauen verstehen kann, kann ich diese Behauptung doch nicht auf mir sitzen lassen. »Ich hätte ihn auch ohne den Zufall gefunden.«

Der Typ schnauft. »Red dir das nur ein.«

»Du bist Levi Nyberg, richtig?«, frage ich und genieße die Verblüffung, die sich in seinem Gesicht abzeichnet, vielleicht ein bisschen zu sehr.

»Woher weißt du das?«, fragt er und sieht dann zu Hadrian Carter. »Hast du ihr das verraten?«

»Nein«, gibt dieser zurück. Dann sieht er mich an. »Ich habe dir gar nicht gesagt, wo du klingeln musst. Du wusstest es trotzdem.«

»Ich habe auf dem Campus bei den Filmstudenten rumgefragt, wen sie kennen, der mal bei *Catching up with the Carters* gearbeitet hat. Einer hat mir den Namen Levi Nyberg, eine Handynummer und diese Adresse genannt. Wenn ich nicht zufällig bei der Party gewesen wäre, hätte ich einen Tag später sowieso hier geklingelt.«

Die beiden wechseln einen Blick.

»Okay, ich nehme meine Aussage hiermit zurück«, meint Levi, sein Blick bleibt jedoch misstrauisch. »Und ich werde mit meinen Kommilitonen darüber sprechen müssen, dass sie nicht einfach ungefragt meine Kontaktdaten rausgeben dürfen.«

»Das solltest du«, gebe ich ihm recht.

Levi schnauft zur Antwort und wendet sich dann wieder seinem Freund zu. »Ich werde mich jetzt umziehen und zur Uni fahren. Ich habe ein paar Stunden Vorlesungen. Danach komme ich wieder.« Er wirft einen kurzen Seitenblick in meine Richtung, der mir nicht gerade das Gefühl gibt, willkommen zu sein. Aber da ich weiß, dass er gleich die Wohnung verlassen wird und ich das Interview nicht in seinem Beisein werde führen müssen, kann ich die Dinge, die er mir mit seinen stechenden Augen unmissverständlich sagen will, besser ertragen.

Er dreht sich um, verschwindet in einem anderen Zimmer und knallt die Tür ein bisschen zu laut hinter sich zu.

»Wir werden bestimmt richtig gute Freunde«, stelle ich sarkastisch fest.

Hadrian Carter lacht auf, nickt und läuft voraus in ein kleines Wohnzimmer. Ich folge ihm. Er setzt sich auf eine Ledercouch, auf der noch eine Bettdecke liegt, die er notdürftig zur Seite schiebt, und ich nehme ihm gegenüber in einem Sessel Platz. Neben dem Sofa steht noch ein großer Rucksack, aus dem einige Klamotten quellen. Aber das scheint alles zu sein, das er dabei hat. Hadrian Carter schläft bei einem Kumpel auf der Couch. Das sollte mich nach dem Motelzimmer, das ich in Santa Clarita gefunden habe, vielleicht nicht mehr überraschen. Aber wenn man das Image der Familie Carter im Hinterkopf hat, ist es schwer, sich ein Mitglied des Reality-TV-Clans in solchen Unterkünften vorzustellen. Luxushotels passen so viel besser zu meiner Vorstellung. Als ich ihn jedoch betrachte, während er entspannt vor mir sitzt, das Baseballcap falsch rum auf dem Kopf, muss ich mir eingestehen, dass ich schon länger eine andere Vorstellung von ihm habe, die nichts mit seiner Familie zu tun hat.

»Woran denkst du gerade?«, fragt er. Er neigt den Kopf zur Seite und grinst.

Ich habe ihn zu lange gemustert, und es ist ihm offensichtlich aufgefallen. »Dass es seltsam ist, sich vorzustellen, dass Hadrian Carter auf einer Couch schläft«, sage ich. Diese Antwort ist wesentlich ungefährlicher als die Gedanken, die ich mir zuletzt über ihn gemacht habe.

Sein Blick wird ernster. »Zumindest, wenn man von dem Hadrian Carter ausgeht, den man im Fernseher sieht.«

»Und du bist anders als dieser Hadrian Carter?«, hake ich sofort nach und hole unauffällig meinen kleinen Notizblock sowie einen Stift aus meiner Tasche.

Er bemerkt die Bewegung trotzdem und folgt meiner Hand mit dem Blick. »Hat das Interview schon angefangen?«, fragt er.

»Warum nicht?«, gebe ich zurück und lasse den Kuli klicken.

»Müsste man das nicht besser ankündigen?« Seine Miene ist nicht mehr ganz so ernst, aber ein Schatten davon ist zurückgeblieben. Irgendein Teil meiner Aussage über ihn und das Schlafen auf dem Sofa scheint ihm nicht gefallen zu haben.

»Das kann ich machen, wenn dir das lieber ist.«

»Ist es«, meint er. »Wie würdest du unter normaleren Umständen ein Interview beginnen?« Kleine Falten bilden sich um seine Mundwinkel. Das tun sie auch, wenn sein Lächeln nur sehr klein, sehr sanft ist. Dadurch wirkt aber auch ein unauffälliges Lächeln aufrichtig.

»Ich würde mich mit einem Händeschütteln vorstellen und mich bei dem Interviewpartner dafür bedanken, dass er oder sie sich dazu bereit erklärt hat, mit mir zu sprechen«, erkläre ich und komme mir dabei ein bisschen albern vor.

»Okay, dann machen wir das so«, sagt er und hält mir auffordernd seine Hand entgegen.

»Ernsthaft?«, frage ich, und mir entfährt ein leises Lachen.

»Ernsthaft«, sagt er schlicht. »Wenn ich schon interviewt werde, dann richtig.«

Ich starre seine Hand einen Moment zu lange an. Aber ich kann nicht anders. Ich werde ihn gleich berühren, und das lässt meine Handinnenfläche voller Erwartung kribbeln. Ein Händedruck ist doch eigentlich die harmloseste Berührung, die zwei Menschen miteinander teilen können. Wieso macht mein wild schlagendes Herz dann so eine große Sache daraus? Liegt es daran, dass die Erinnerung daran, wie er meine Hand gehalten hat, um mich zu trösten, noch so präsent in meinem Kopf ist?

Nach einem kurzen Zögern ergreife ich seine Hand, und muss mich zwingen, nicht sofort wieder zurückzuzucken. Meine Hand ist bestimmt schwitzig. Aber seine ist warm und der Druck, den er auf meine ausübt, ist fest, allerdings nicht zu fest. Ich schlucke schwer, als ich ihm dann auch noch in seine Augen sehe. Sie sind braun. Mit einem Kreis aus goldenen Sprenkeln um die Iris.

»Mein Name ist Alice Gold«, kriege ich mit rauer Stimme hervor. »Und ich bedanke mich, dass Sie sich bereit erklärt haben, sich Zeit für dieses Gespräch zu nehmen.«

Sein Grinsen wird breiter. Er lässt meine Hand immer noch nicht los. Und eigentlich will ich das auch gar nicht.

»Freut mich sehr, Sie kennenzulernen, Alice Gold«, erwidert er. Die Wirkung seiner rauchigen Stimme scheint sich zu vervielfachen, wenn ich ihn berühre. Als könnte ich sie dann nicht nur hören, sondern sie dort, wo meine Haut an seiner liegt, auch fühlen. »Mein Name ist Hadrian Carter. Aber es wäre mir lieber, wenn Sie mich Adrian nennen.«

Adrian … In meinem Kopf habe ich ihn immer noch Hadrian Carter genannt, um mich vor der Intimität zu schützen, die wir durch unsere Nachrichten aufgebaut haben und die nun auch die Luft im Raum vibrieren lässt. Adrian … Die Distanz ist fort, aber vielleicht will ich sie gar nicht zurück.

Adrian … Dieser Name passt gut zu ihm.

Ich stocke. Steht mir überhaupt zu, so etwas zu denken, wenn ich ihn doch eigentlich gar nicht kenne?

Ein Räuspern beendet den Moment schlagartig. Wir lassen uns los und lehnen uns wieder zurück. Mir war bis eben gar nicht aufgefallen, dass ich mich ihm über den Couchtisch entgegengebeugt hatte.

Ich schaue zum Flur. Dort steht Levi. Jetzt in Jeans und mit einem Rucksack auf dem Rücken. Sein Blick ist nicht mehr nur misstrauisch, sondern auch missbilligend. Und gilt nicht mehr nur mir.

»Ich bin in ein paar Stunden wieder da«, sagt er erneut. Diesmal klingt es wie eine Drohung, wie eine Ermahnung, sich bis dahin zu benehmen. Ich warte schon darauf, dass er uns auffordert, brav zu sein. Doch das scheint er sich verkneifen zu können. Er zieht noch einmal kritisch die Augenbrauen zusammen, dann läuft er mit zügigen Schritten durch den Flur. Einen Moment später höre ich die Tür ins Schloss fallen.

»Er ist mein größter Fan, so viel steht fest«, sage ich, weil eine Spannung in der Luft hängt, die es mir schwer macht zu atmen.

»O ja«, meint Adrian. Es soll locker und belustigt klingen, aber auch ihm gelingt es nicht so ganz, die Spannung loszuwerden. Sie ist hartnäckig. Und an seinen hektisch umherzuckenden Augen erkenne ich, dass er sie genauso deutlich spüren kann wie ich.

Ich räuspere mich und tue so, als würde ich in meinem Notizbuch nach einer freien Seite suchen. Das ist die perfekte Entschuldigung, um ihn nicht anschauen zu müssen.

»Dann können wir wohl mit dem Interview loslegen, *Adrian*«, sage ich, als ich aufsehe. Ich konnte es mir nicht verkneifen, seinen Namen auszusprechen. Ich wollte wissen, wie er auf meiner Zunge schmeckt. Viel zu gut.

Er lächelt. Vielleicht gefällt ihm der Klang seines Namens aus meinem Mund genauso wie mir der Geschmack. Das macht die Spannung nicht gerade erträglicher, sondern lässt sie noch anwachsen.

»Das können wir, *Alice*«, gibt er zurück und betont meinen Namen, lässt ihn lange nachklingen.

Ich mag es, wie er ihn ausspricht. O verdammt. Wo ist meine Professionalität, wenn ich sie mal brauche? Mit einem Interviewpartner zu flirten, ist auf jeden Fall nicht das Verhalten einer seriösen Journalistin, und es ist beunruhigend, dass ich mir diesen Fakt auch noch vor Augen führen muss. Er sollte selbstverständlich sein. Aber irgendwie scheint, seit ich diese Reise angetreten habe, nichts mehr selbstverständlich zu sein. Nicht, wenn es um ihn geht.

Ich räuspere mich erneut, obwohl ich meinen Hals damit eigentlich nur noch rauer mache, aber ich muss mir noch diese paar Sekunden Aufschub gönnen. Damit ich es wieder schaffe, ihn anzusehen.

»Warum du abgehauen bist, muss ich dich wohl nicht mehr fragen«, stelle ich fest und halte den Stift ein bisschen zu verkrampft, sobald mein Blick wieder seinem begegnet.

»Das stimmt«, sagt er und beugt sich mir entgegen. Seine Arme stützt er auf seinen Beinen ab. Mir wäre es lieber, er würde sich so weit zurücklehnen, wie es geht. Je größer die Distanz zwischen uns ist, desto klarer kann ich denken. Zumindest versuche ich mir das einzureden.

»Weißt du schon, wie viel davon ich schreiben darf?« Nach meinem Gespräch mit Elijah sollte diese Frage überflüssig sein, allerdings kann ich nicht anders. Ich muss sie stellen. Weil vielleicht ein kleiner Teil von mir noch hofft, dass es eine Lösung für das Dilemma gibt, in das Elijah mich gebracht hat.

Adrian antwortet nicht sofort. Er sieht mich einfach an. Wieso verstärkt Stille die Intensität eines Blickes um ein Hundertfaches?

»Noch nicht«, gibt er schließlich zu. »Aber ich werde es dir sagen, wenn ich es weiß.«

»Gut«, meine ich und nicke. Meine Hand ist so verkrampft, mein Arm so angespannt, dass ich mir nicht sicher bin, ob ich in der Lage sein werde, auch nur ein Wort in mein Notizbuch zu schreiben. »Weißt du bei anderen Themen, was du mir anvertrauen willst und was nicht?«

»Nicht so ganz«, entgegnet er. »Doch du kannst mir ja einfach Fragen stellen und dann überlege ich mir, was ich darauf antworten werde. Und wenn ich es mir mit irgendwas anders überlege, musst du die Sache am Ende aus deinem Artikel streichen. Das war schließlich der Deal.«

Eigentlich will ich mir schon wieder Sorgen wegen meines Gesprächs mit Elijah machen, doch Adrian lenkt mich von meinen panischen Gedanken ab. Seine Mundwickel zucken und formen schließlich ein breites Grinsen. Dieser Anblick überfordert mich. Das Baseballcap auf dem Kopf, die Arme auf den Beinen abgestützt, das Grinsen, das sein ganzes Gesicht aufleuchten lässt, diese goldenen Sprenkel in seinen Augen. All das überfordert mich. Und dass er nah genug ist, dass ich sein frisches Duschgel riechen kann, macht es mir auch nicht gerade leichter, mir sinnvolle Fragen auszudenken.

Ich habe stundenlang in Stacys Gästezimmer gesessen und mir überlegt, wie dieses Interview ablaufen soll. Doch jetzt, da der Moment gekommen ist, ist mein Gehirn wie leer gefegt. Das Erste, was ich mir unwillkürlich aufschreiben will, ist ausgerechnet, dass er gut riecht.

»Wie sah dein Alltag bei deiner Familie aus, und warum hattest du darauf keine Lust mehr?«, presse ich hervor, bevor ich ihn wieder zu lange anstarre.

»Alles dreht sich um die Show«, beginnt er und wringt dabei seine Hände. »Wir drehen mehrere Monate im Jahr die Show, aber auch wenn wir nicht drehen, werden Vorbereitungen getroffen und besprochen.«

»Kannst du viel selbst mitbestimmen?«

Ihm entfährt ein Lachen, das trotz seiner angenehm rauchigen Stimme bitter klingt. »Nicht wirklich. Meine Mutter trifft die wichtigen Entscheidungen, und in ihren Augen sind das eigentlich alle.«

Endlich schaffe ich es mitzuschreiben, und sobald ich das tue, fühle ich mich wieder ein bisschen mehr wie ich selbst. Immer wenn ich höre, wie die Mine eines Kulis über Papier kratzt, fokussiere ich mich automatisch. Die Welt scheint auf einmal gestochen scharf zu werden, unnötige Hintergrundgeräusche verblassen. Da sind nur noch die Dinge, auf die es ankommt. Und es beruhigt mich, dass das auch dann noch funktioniert, wenn mir Adrians Geruch in der Nase hängt. »Also kannst du nicht steuern, wie du in der Show dargestellt wirst?«

»Nicht wirklich.«

»Wie viel haben Hadrian Carter und Adrian gemeinsam?«

Sein Blick wird wieder intensiver. Er scheint mich auf einmal noch genauer wahrzunehmen. »Nicht viel.«

»Kannst du ein bisschen konkreter werden?«

»Antworten bestehend aus zwei Worten reichen dir wohl nicht?«

»Nicht wirklich«, sage ich. »Das würde es mir schwer machen, diesen Artikel auch zu schreiben.«

Er lacht auf. »Vielleicht will ich genau das.«

»Aber dann wirst du mich auch erst viel später wieder los.«

»Vielleicht will ich auch das.«

Ich schlucke schwer. Mein Körper reagiert sofort auf seinen flirtenden Tonfall. Meine Wangen werden heiß und meine Hände schwitzig. Ich kann die Landkarte aus roten Flecken, die sich auf meinem Hals und Ausschnitt ausbreitet, deutlich spüren. Was zur Hölle soll ich denn auf so einen Satz erwidern? Mir will nichts einfallen.

Doch überraschenderweise spricht Adrian weiter, ohne auf eine Antwort von mir zu warten. Er grinst dennoch zufrieden in sich hinein. Sein Ziel war es wohl, mich aus dem Konzept zu bringen, und das ist ihm ohne Probleme gelungen.

»Hadrian Carter und Adrian haben wenig gemeinsam«, setzt er an und wird zum Glück auch wieder ernster, bevor sein schiefes Grinsen mein Herz in einen Infarkt treiben kann. »Hadrian Carter hat sich meine Mutter ausgedacht. Er ist die Summe aus gut verkäuflichen Attributen, die auf irgendwelchen Daten irgendeiner Marktforschung basieren und die man gut einsetzen kann, um lukrative Werbedeals für fragwürdige Produkte an Land zu ziehen. Hadrian Carter ist eine Rolle, die ich spiele.«

Meine Brust wird enger, als er seinen Blick auf den Boden senkt. Er wirkt auf einmal geradezu geschlagen.

»Klingt deine Stimme deswegen in der Serie anders als in echt?«, frage ich.

Er hebt den Kopf wieder. »Das ist dir aufgefallen?«

»Natürlich ist mir das aufgefallen.«

»Mich hat noch nie jemand darauf angesprochen. Es sind nur Nuancen.«

»Mir fallen Nuancen auf.«

Sein Lächeln lässt meine Brust zwar wieder weiter werden, gleichzeitig beginnt mein Herz aber zu rasen. Dass es ständig abrupt den Rhythmus ändert, kann auf Dauer definitiv nicht gesund sein.

»Ich muss meine Stimme ein bisschen tiefer machen. Das soll angeblich attraktiver sein.«

Ich kann es mir gerade so verkneifen, laut auszusprechen, dass ich seine echte Stimme wesentlich attraktiver finde.

Ich finde ihn tatsächlich attraktiv, und ich frage mich, warum mich diese Erkenntnis so überraschen konnte. Ich habe mehrere Staffeln *Catching up with the Carters* geguckt. Dabei ist mir schon aufgefallen, dass er objektiv betrachtet gut aussieht. Ich habe es gewusst, aber ich habe es nicht gefühlt. Und jetzt tue ich es. Aber das liegt nicht daran, dass er sich den Vollbart abrasiert hat, auf die ich in der Regel nicht so stehe. Es liegt einfach an ihm. Seinen Worten, seinem eindringlichen Blick, seiner Wärme. Nicht nur die körperliche, sondern auch die emotionale.

Er ist ein Mensch voller Wärme. Das habe ich deutlich wahrgenommen, als er mich nach dem Gespräch mit meiner Familie getröstet hat. Und er sieht mich an, als würde er mich erkennen, wirklich erkennen, nicht nur meinen Körper, nicht nur die Hülle, in der ich stecke, sondern auch, was sich dahinter verbirgt.

Und diese Erkenntnis ist es, die meine Haut kribbeln und mein Bein unruhig auf und ab hüpfen lässt.

»Was unterscheidet dich noch von Hadrian Carter?«, frage ich mit belegter Stimme.

Er nimmt kurz die Kappe ab, fährt sich durch die Haare, die mal wieder einen richtigen Haarschnitt vertragen könnten, und setzt sie dann wieder auf. »Er ist ein Frauenheld.«

»Und du bist es nicht?«, frage ich und kann es mir nicht verkneifen, die Augenbrauen zusammenzuziehen.

»Nein«, antwortet er entschlossen. »Überrascht dich das?«

Ein bisschen vielleicht, denke ich. Flirten scheint ihm viel zu leichtzufallen, um nicht auf jahrlangem Training zu beruhen. Dieses schiefe Grinsen und dieses Funkeln in den Augen müssen doch an vielen Frauen erprobt worden sein, um so eine Wirkung zu entfalten.

Ich bin mir nicht ganz sicher, ob mich die Tatsache, dass ich in diesem Punkt falschlag, beruhigt oder eher beunruhigt. Die Dinge, die in meinem Inneren vor sich gehen, scheine ich schon seit langer Zeit nicht mehr richtig deuten zu können.

»Und ich habe andere Interessen«, redet Adrian weiter, dem meine Verwirrung gar nicht aufgefallen zu sein scheint. Oder er tut mir den Gefallen, es sich nicht anmerken zu lassen.

»Und die wären?«

»Als Kind fand ich Superhelden ganz toll«, stellt er fest, halb im Scherz, halb ernst.

»Darauf wäre ich nie gekommen, PeterParker321.«

Mein Herz scheint im gleichen Takt zu hüpfen, in dem seine Mundwinkel zucken. »Aber meine Mutter war der Meinung, dass es zwar okay war, Fan von den Filmen zu sein. Aber Comics zu lesen, war ihr schon wieder zu viel Nerd und zu wenig Frauenschwarm. Also durfte ich keine lesen, als ich aufgewachsen bin.«

»Das ist traurig«, entfährt es mir.

»Findest du?«, hakt er nach.

»Ja, ist es«, sage ich. »Es ist immer traurig, wenn Eltern ihren Kindern das verbieten, was ihnen Freude machen könnte.«

»Sprichst du aus Erfahrung?«

Ich schlucke wieder schwer und weiche seinen Augen aus, die gefährlich schön sind. »Tue ich«, gebe ich zu. Doch dann blicke ich wieder konzentriert auf meinen Block, bevor er auf die Idee kommt nachzufragen.

»Hast du dir als Erwachsener dann nie Comics gekauft?«

»Nein«, antwortet er und sieht dabei so aus, als wäre ihm das tatsächlich jetzt erst aufgefallen. »Irgendwann muss ich das wohl aufgegeben haben.«

Das ist auch traurig. Aber diesmal kann ich verhindern, dass ich das auch ausspreche.

»Welches Leben willst du jetzt führen, da du deine Familie hinter dir gelassen hast?«, frage ich, weil ich den traurigen Ausdruck in seinen Augen nur schwer ertragen kann und ihn von den Gedanken ablenken will, die seine Pupillen stumpfer aussehen lassen.

»Ich bin mir noch nicht ganz sicher«, setzt Adrian an. Sein Blick klart wieder auf. Ich scheine es tatsächlich geschafft zu haben, ihn abzulenken. »Ich will sehr viele Orte erkunden, die ich zwar schon mal besucht habe, aber nie richtig. Ich will nicht nur das Innere von Hotels sehen oder nur das, was man im Vorbeifahren wahrnimmt. Ich will die Orte wirklich sehen.«

»Wie den Grand Canyon und das Monument Valley?«

»Genau«, meint er. »Aber was danach kommt, weiß ich nicht so genau. Ich habe nicht wirklich darüber nachgedacht.«

»Und das willst du in den nächsten Wochen und Monaten herausfinden?«

»Ich hoffe zumindest, dass ich dahinterkomme. Noch bin ich mir nicht so sicher, ob es mir auch gelingen wird.«

»Wieso zweifelst du daran?«

Auf meine letzten Fragen hat er mir immer schnell geantwortet. Nun zögert er. Und das lässt mich unwillkürlich aufhorchen. Ich scheine einen Punkt gefunden zu haben, über den er nicht gern redet. Und das sind natürlich immer die interessantesten.

»Ich glaube, ich habe nie gelernt, selbstständig Entscheidungen zu treffen. Das muss man nicht, wenn das ein anderer Mensch für einen tut. Also muss ich das jetzt erst mal lernen.«

»Geht es deinen Geschwistern auch so?«

»Ich denke, schon. Wir reden nicht oft über so was.«

»Weißt du, was bei dir zu Hause los ist, seitdem du gegangen bist?«

»Nicht so richtig.« Seine Haltung verändert sich.

Ich bin mir nicht ganz sicher, ob ich es mir nur einbilde, aber seine Schultern wirken auf einmal verkrampfter. »Weißt du, wie es deiner Schwester Athena geht, seitdem du weg bist?« Jetzt bin ich mir sicher, dass ich mir die Veränderung seiner Haltung und Mimik nicht nur einbilde. Diese Frage scheint ihm nicht zu gefallen. Aus welchem Grund auch immer.

»Das will ich nicht beantworten«, entgegnet er, und seine Stimme klingt härter als vorher.

»Okay«, sage ich schlicht und halte seinem Blick stand.

Adrian kneift die Augen zusammen und mustert mich überrascht. Als hätte er mit einer ganz anderen Reaktion gerechnet. »Okay?«, fragt er kritisch.

Ich nicke nur.

»Du gibst einfach so auf und bohrst nicht nach?« Seine Haltung wird wieder entspannter, während er mich weiterhin überrascht mustert, als säße auf einmal ein ganz anderer Mensch vor ihm.

»Soll ich denn?«, frage ich zurück. Jetzt bin ich ebenfalls irritiert. Wieso schaut er mich so fassungslos an?

»Nein, aber ich hätte dich anders eingeschätzt.«

»Wie denn?«

»Dass ein Interview mit dir unangenehmer wird als ein Termin beim Zahnarzt.«

Ich kann ein Auflachen nicht unterdrücken. Dann schnaube ich, schüttle den Kopf und verdrehe gleichzeitig die Augen. »Was ein Kompliment«, sage ich lächelnd. »Nein, ich bin wesentlich subtiler.«

»Das klingt wie eine Drohung.«

»So war es nicht gemeint.«

»Sicher?« Das Grinsen hört man nun auch deutlich in seiner Stimme, und es scheint sie noch dunkler und rauchiger zu machen.

Ich erschauere. »Ganz sicher«, sage ich nur und blicke wieder auf meinen Block, weil das meine einzige Zuflucht vor seinen Augen ist. »Um auf deine nicht vorhandenen Zukunftspläne zurückzukommen«, setze ich an, bevor er wieder diesen flirtenden Unterton anschlagen kann. »Hast du wenigstens ein paar Ideen? Irgendeine Richtung, in die es dich zieht?«

Der Blick, den er mir zuwirft, ist ziemlich eindeutig. »Mir würde schon was einfallen, in dessen Richtung es mich zieht.«

Okay, offensichtlicher mit mir flirten könnte er nicht. Und mein Körper könnte auch nicht offensichtlicher darauf reagieren. Mir wird schon wieder so furchtbar warm. Im Gesicht, aber auch an jeder anderen Stelle meines Körpers.

Doch ich habe nicht vor, mich darauf einzulassen. Denn wo auch immer das hinführen könnte, es würde sicherlich kein gutes Ende nehmen. Wie soll ich dazu fähig sein, das zu tun, was nötig ist, um meinen Job zu retten, wenn ich nicht mehr bereit bin, ihn zu verletzen?

»Gibt es irgendein Studium oder einen Beruf, den du dir vorstellen könntest?«, frage ich also und tue so, als hätte ich gar nicht verstanden, worauf er mit seiner letzten Aussage hinauswollte.

Er grinst. Er weiß, dass ich ihn sehr wohl verstanden habe. Und er weiß, dass ich ihm jetzt ausweiche.

»Ich bin mir nicht sicher«, antwortet er ehrlich, und sein Tonfall ist wieder neutral.

Aber das lässt meine Nervosität auch nicht verschwinden. Wer sagt, dass er in wenigen Sekunden nicht den nächsten Satz raushaut, der mich wieder vollkommen aus dem Gleichgewicht bringt, das ich, während seine Augen auf mich gerichtet sind, nur schwer wiederfinden kann.

»Ich interessiere mich für Kunst, aber ich kann nicht mal Strichmännchen malen. Selbst meine Schrift ist so krakelig, dass man sie kaum entziffern kann.«

Er interessiert sich für Kunst? Diese Aussage hätte mich vor ein paar Wochen, als ich ohne Anhaltspunkte in meinem Zimmer saß und mehrere Staffeln *Catching up with the Carters* am Stück geguckt habe, noch sehr überrascht. Jetzt nicht im Geringsten.

»Aber es gibt so viele andere Möglichkeiten. Es gibt so viele Dinge, die ich tun könnte«, redet er weiter. »Freiheit ist nicht einfach. Sie kann auch überfordern.« Seine Miene wird von einer Sekunde auf die andere ganz ernst, und er betrachtet mich auf einmal so, als wäre ich diejenige, die er interviewt und nicht andersherum. »Warum sind für dich viele Möglichkeiten nicht gleichbedeutend mit Freiheit?«

Ich lasse meinen Stift sinken. »Wie kommst du darauf?«

»Freiheit bedeutet nicht, endlose Möglichkeiten zu haben. Freiheit bedeutet, den Mut aufzubringen, einen Weg einzuschlagen und ihn zu gehen, ohne zurückzublicken«, sagt er und lässt mich nicht aus den Augen. »Das hast du in einem deiner Artikel geschrieben, die du in der Uni verfasst hast.«

Er zitiert einen meiner Texte? Da ist ja schon der nächste Moment, der mich kalt erwischt.

»Du hast meine Artikel gelesen?«, kriege ich hervor. »Wieso?«

»Ich musste doch herausfinden, wer mich verfolgt.«

Ich starre ihn an und kann nicht sofort antworten. Er hat meine Artikel gelesen. Und zwar so gründlich, dass er jetzt eine Passage zitieren kann. Meine Worte. Er hat sie sich gemerkt. Warum? »Und?«, setze ich an. »Hast du es herausgefunden?«

»Ich bin mir nicht sicher.«

Wir schweigen einen Moment, und diesmal verspüre ich nicht einmal den Impuls, die Stille direkt wieder zu unterbrechen. Sie ist angespannt. Dennoch will ich sie nicht beenden. Ich befürchte, dass mir dann etwas, irgendwas, was ich zwar nicht benennen kann, was mir aber doch wichtig ist, unwiederbringlich abhandenkommen wird.

»Und?«, fragt Adrian. Obwohl ich den Klang seiner Stimme mag, hätte ich gehofft, er hätte uns noch einen Moment länger in der Stille verweilen lassen.

»Was *und*?«

»Warum bedeuten viele Möglichkeiten nicht Freiheit?«

Dass er mir diese Frage gestellt hat, habe ich fast wieder vergessen. Aber ich muss über eine Antwort nicht lange nachdenken. »Weil ich nie viele hatte. Ich konnte es mir nicht leisten, zu zögern oder mich umzuentscheiden. Für mich gab es nur eine Chance, endlich frei zu sein. Ich musste erfolgreich werden, um nicht das gleiche Leben wie meine Familie führen zu müssen. Mein Ziel hat mir Freiheit gegeben. Doch ich musste sie mir auch hart erarbeiten.«

Adrian nickt langsam und scheint eine Weile über die Worte nachzudenken. Dann legt sich wieder ein leichtes Lächeln auf seine Lippen. »Und wie riecht Freiheit für dich?«

»Wie Freiheit für mich riecht?«, frage ich ein bisschen überfordert nach. »Hat Freiheit einen Geruch?«

»Ja, oder?«, gibt er zurück. »Es wäre traurig, wenn nicht.« Er schaut aus dem Fenster. »Seitdem ich aufgebrochen bin, denke ich darüber nach, wie Freiheit für mich riecht. Ich hatte ein paar Ideen. Aber ich glaube, die richtige war noch nicht dabei. Ich habe noch keine eindeutige Antwort auf die Frage gefunden.«

Er überrascht mich immer wieder. Adrian hat wirklich wenig mit dem Hadrian Carter zu tun, den ich bei *Catching up with the Carters* gesehen habe. Er denkt darüber nach, wie seine Freiheit riecht … Ich glaube, das muss ich erst mal verarbeiten. »Dann hoffe ich, dass du sie noch findest«, sage ich.

Sofort ruckt sein Kopf wieder zu mir, seine Augen nehmen mich gefangen. Für einen kurzen Moment existieren nur seine braunen Iriden mit den goldenen Sprenkeln. Nichts sonst. Nicht einmal wir.

»Ich auch«, sagt er schließlich.

Ich kann nicht anders, ich muss ihn anlächeln. Und er erwidert es. Doch ich lasse nicht zu, dass ich schon wieder in seinem Gesichtsausdruck versinke. Ich schaue wieder entschlossen auf meinen Notizblock.

»Okay, lass uns mit dem Interview weitermachen.«

29. KAPITEL

Hadrian

Irgendwann hört Alice auf mitzuschreiben, legt den Block beiseite, und wir unterhalten uns einfach.

Der Klang ihres Lachens macht mich süchtig, und ich ertappe mich immer wieder dabei, dass ich versuche, lustig zu sein, nur um sie wenigstens noch einmal lachen zu hören.

Irgendwann zieht sie auch ihre Beine an ihren Körper und stellt ihre Füße auf dem Sessel ab. In dem Moment wirkt sie so viel entspannter, als sie es sonst tut. Irgendwas fällt von ihr ab. Erst als die Wohnungstür wieder aufgeht, wird mir klar, dass wir nicht erst seit Minuten hier sitzen, sondern seit Stunden. Levi war bei seinen Vorlesungen und ist schon wieder zurückgekehrt. Sobald die Tür ins Schloss fällt, spüre ich, dass mein Magen knurrt. Keine Ahnung, wann ich das letzte Mal was gegessen habe. Während ich mit Alice geredet habe, habe ich alles andere vergessen.

»Du bist ja noch hier«, begrüßt Levi Alice, und ich werfe ihm einen strengen Blick zu. Wir führen seit Tagen immer wieder das gleiche Gespräch. Er hat versucht, mir klarzumachen, dass es schon eine beschissene Idee war, nach der Party mit ihr zu reden, aber ihr den Deal mit dem Interview anzubieten, mit Abstand die allergrößte Scheißidee ist, die ich jemals hatte. Und er meinte, wenn es um mich geht, heiße das schon was.

Aber ich habe meine Entscheidung getroffen, und ich will nicht, dass er die Wut, die er auf mich hat, an ihr auslässt.

»Bin ich«, meint Alice ungerührt. »Wie war es in der Uni?«

Levi hält inne und bleibt in der Tür zum Wohnzimmer stehen. Mit so einer freundlichen, alltäglichen Frage scheint er nicht gerechnet zu haben.

»Gut«, antwortet er, und die Verwirrung hört man ihm deutlich an.

»Irgendwas Interessantes gelernt?«, hakt Alice nach. Es ist kein Hauch Sarkasmus in ihrer Stimme zu hören, und sie sieht ihn tatsächlich interessiert an.

»Äh«, macht Levi, lässt seinen Rucksack zu Boden gleiten und setzt sich neben mich auf die Couch. Alice lässt er bei all dem nicht aus den Augen. »Bestimmt. Aber mir fällt gerade auf Anhieb nichts ein.«

»Ich beneide dich«, gesteht sie, und schon wieder klingt sie völlig aufrichtig.

»Wieso?«, stößt Levi aus, der sich noch immer zu fragen scheint, welches Spiel mit ihm gespielt wird.

»Ich vermisse es zu studieren. Ich bin super gern zur Uni gegangen.«

»Das verstehe ich«, sagt er, immer noch mit Misstrauen in der Stimme, aber nicht mehr mit so viel Verwirrung zwischen den zusammengezogenen Augenbrauen. »Ich studiere auch gern.«

»Es gibt keine bessere Zeit«, sagt Alice, und dann entfährt ihr wieder so ein Lachen, das so einen ganz besonderen hellen Klang hat, den ich sofort wieder vermisse, sobald er verklungen ist. »Okay, ich höre mich an, als wäre ich schon mindestens achtzig Jahre alt und würde meinen Enkeln klarmachen, dass sie ihre Zeit an der Uni genießen sollen.«

»Ein bisschen«, erwidert Levi. »Aber ich verstehe, was du meinst. Wo hast du studiert?«

»Stanford.«

Levi will es wohl nicht so deutlich zeigen, aber ich sehe ihm seine Bewunderung an. Und Alice vermutlich auch. Ihr schüchternes Lächeln verrät sie.

»Ich habe Hunger«, schalte ich mich ein. »Wollen wir Pizza bestellen?«

»Gute Idee«, stimmt Levi zu und sieht erst mich und dann Alice an. Er seufzt kurz. Ich kenne ihn gut genug, um zu wissen, was das bedeutet. Er ergibt sich geschlagen in sein Schicksal, weil er weiß, dass er eh nichts mehr ausrichten kann. »Was isst du auf deiner Pizza, Alice?«

Sie zieht die Augenbrauen zusammen. Vermutlich hat sie eher

damit gerechnet, dass Levi sie rausschmeißt. Sicher nicht damit, dass er ihr indirekt vorschlägt, zum Essen zu bleiben.

»Mit Salami«, sagt sie nach kurzem Zögern.

Levi nickt, öffnet eine Lieferdienstapp und bestellt für uns. Mich muss er nicht fragen, wie ich meine Pizza esse. Das weiß er längst.

Während wir auf unser Essen warten, reden wir über alles Mögliche. Alice und Levi unterhalten sich über ihre Lieblingsserien und kommen erstaunlich gut miteinander aus, wenn man bedenkt, wie abschätzig Levi in den letzten Tagen über sie geredet hat.

»Wie geht es eigentlich jetzt für dich weiter?«, fragt mich Alice, nachdem unsere Pizzen angekommen sind und sich jeder von uns mit seinem Karton vor dem Couchtisch auf den Boden gehockt hat.

»Wie meinst du das?«, gebe ich zurück und beiße ein großes Stück von meiner Pizza mit Parmaschinken und Rucola ab.

»Ich weiß, dass du noch keinen Plan für deine Zukunft hast. Aber was ist dein nächster Schritt? Du willst ja vermutlich nicht für immer auf Levis Couch schlafen.«

»Ich hoffe, nicht«, stößt dieser aus. Ich verpasse ihm einen Hieb in die Seite, und Alice lacht auf. »Gute Frage«, redet Levi ungerührt weiter und tut so, als hätte er meinen Ellbogen gar nicht gespürt. »Ich hätte sie auch stellen sollen, wollte dir aber nicht das Gefühl geben, dass ich dich rauswerfen will.«

»Was du aber früher oder später getan hättest?«

»Du siehst selbst, wie klein meine Wohnung ist. Die ist nicht für zwei Menschen ausgelegt.«

Ich grinse. »Ich weiß.« Dann schaue ich wieder Alice an. »Ich bin mir nicht ganz sicher. Ich kenne eigentlich keine anderen Menschen, die ich noch besuchen könnte. Außer Aphrodite.« Sobald ich ihren Namen ausgesprochen habe, kommt mir ein Einfall. »Das wäre eine Idee.«

»Was wäre eine Idee?«, hakt Alice nach.

»Ja, Adrian. So kurze Sätze reichen uns nicht, um dich zu verstehen. Erkläre dich«, pflichtet Levi ihr bei.

»Aphrodite hat bald Geburtstag«, spreche ich meine Gedanken laut aus. »Sie hatte Athena und mich zu ihrer Party eingeladen, doch wir haben beide abgesagt, weil die Feier mitten in die Dreharbeiten von der Show gefallen ist. Aber da ich sowieso kein Teil mehr davon bin, könnte ich hingehen.«

Jetzt, da ich es laut gesagt habe, gefällt mir die Vorstellung, meine Schwester wiederzusehen, sehr gut. Wir hatten jahrelang kein besonders gutes oder enges Verhältnis, und als es sich verbessert hatte, ist sie aus der Show ausgestiegen und verschwunden. Es wäre schön, sie auch mal weit ab von dem Drama unserer Familie zu erleben und zu erfahren, wie es ihr und Garett geht.

»Sie ist gerade am Set von irgendeinem Film, oder?«, fragt Alice.

Ich nicke. »Das weißt du wahrscheinlich, weil alle Klatschreporter dieses Landes ihr einen Besuch abgestattet haben, als ich abgehauen bin.«

»Genau«, meint sie. Bilde ich es mir ein oder sieht sie sogar ein bisschen reumütig aus?

»Aber ich denke, inzwischen sollte es wieder möglich sein, zu ihr zu fahren. Die Klatschreporter werden ja nicht einen ganzen Monat bei ihr darauf warten können, bis ich auftauche.« Das hoffe ich zumindest.

»Habe ich dich richtig verstanden? Du willst zu Aphrodites Geburtstagsparty fahren, am Set eines Films, mit ihren ganzen Freunden, die Kontakte in der Filmbranche haben?«, fragt Levi und fängt an, unruhig hin und her zu wippen. »Ich komme auf jeden Fall mit.«

»Also gehe ich davon aus, dass es hiermit entschieden ist, dass ich das mache?«

»Ja!«, stößt Levi aus. »Das ist eine Chance für mich, so richtig zu netzwerken. Da du seit Tagen auf meiner Couch schläfst, schuldest du mir diesen Gefallen.«

»Ist ja okay«, sage ich, als Levi wieder Luft holt, zweifellos, um mir noch weitere Gründe aufzuzählen, warum ich in seiner Schuld stehe. Aber er braucht mir gar keinen Vortrag zu halten. Ich finde die Idee auch so gut. »Wir fahren.«

Levi hat ein Pizzastück im Mund, also kann er nicht aufjubeln, allerdings stößt er seine Faust triumphierend in die Luft.

Alice lächelt, aber ich bemerke, dass ihre Augen immer wieder unruhig in meine Richtung zucken. Ich glaube zu wissen, welche

Frage ihr gerade durch den Kopf schießt: Wenn wir gehen, kommt sie mit?

Wir haben nicht darüber geredet, wie unsere Abmachung im Detail aussehen würde, jedoch habe ich einfach angenommen, dass wir mehrere Interviews führen würden. Ich habe es gehofft. Also beantworte ich ihre stumme Frage, bevor ich selbst oder Levi mir Zweifel einreden können.

»Bis wann kannst du deine Sachen gepackt haben?«

☆

Levi verzieht das Gesicht, während er meinen Kopf mustert. »Es steht fest. Deine Frisur sieht scheiße aus.«

»Danke«, entgegne ich und fahre mir durch die Strähnen, die unten schwarz, oben blond sind. Zunächst war der Ansatz noch unauffällig. Nun kann man ihn nicht mehr ignorieren. Die Spitzen müssten ab. Aber als ich mir das letzte Mal die Haare geschnitten habe, war meine Frisur auch schon ziemlich furchtbar. Und jetzt würde ich es vermutlich nicht viel besser machen. Eigentlich hatte ich Levi nur gefragt, wie es aussieht, damit er mir versichert, dass es nicht so schlimm ist, wie es mir vorkommt. Aber den Gefallen hat er mir natürlich nicht getan.

»Ich bin nur ehrlich. Das weißt du doch«, meint er schulterzuckend und läuft zur Tür, da es klingelt. Ich bleibe in seinem Minibad vor dem Spiegel stehen. Aphrodite wird sich nicht mehr einkriegen, wenn sie mich so erblickt. Den Rest meines Lebens wird sie sich darüber lustig machen.

»Seid ihr noch nicht bereit?«, höre ich Alice' Stimme, als sie die Wohnungstür erreicht. Mein Herz setzt einen Schlag aus und scheint damit meinen ganzen Körper für die Dauer einiger Atemzüge außer Gefecht zu setzen. Ich vernehme, wie die Wohnungstür wieder geschlossen wird, zwei Sekunden später steht sie im Flur und dreht sich zu mir um.

»Wir sind noch nicht bereit, weil Adrian über seine furchtbare Frisur nachdenkt«, erklärt Levi, während ich nichts anderes tun kann, als Alice anzusehen. Heute sind ihre Augen mehr grün als blau. Es scheint tatsächlich am Licht zu liegen. Und die sanften Sonnenstrahlen am Morgen locken das Grün hervor.

»Er sieht aus, als wäre er das lang verschollene Mitglied von NSYNC«, stellt Levi nüchtern fest, dem gar nicht aufzufallen scheint, dass Alice und ich uns einfach nur schweigend anschauen.

Sie kann ihren Blick schneller von mir lösen als ich meinen von ihr. Dann entfährt ihr ein Lachen, mit dem sie verzögert auf Levis Spruch reagiert. Ich bilde mir ein, dass es ein bisschen gezwungen klingt, um ihre Befangenheit damit zu überspielen.

»Die Assoziation hatte ich auch, als ich die Frisur das erste Mal gesehen habe«, gesteht sie und wendet sich Levi zu, während sich auf ihrem Hals wieder rötliche Flecken verteilen, die mich an das Fell von Dalmatinern denken lassen. »Ist zum Glück seit Ende der 90er nicht mehr modern.«

»Danke für deinen Zuspruch«, sage ich sarkastisch und betrachte wieder mein Gesicht im Spiegel, weil dieser Anblick trotz schrecklicher Haare einfacher zu ertragen ist als Alice' Augen. Ich will mich ihnen eigentlich nicht entziehen. Und gleichzeitig macht mir ihre Intensität auf eine ganz seltsame Weise Angst.

»Und so wirst du auf die berühmten Freunde deiner Schwester treffen«, feixt Levi weiter. »Jetzt ist mir klar, warum du diese Kappe seit Tagen nicht mehr absetzt.«

Ich zeige ihm den Mittelfinger. »Es hilft alles nichts. Ich kann unmöglich zu einem Friseur gehen.«

»Ich könnte sie dir schneiden.«

Ich blicke mich zu Alice um. Sie sieht ein bisschen so aus, als hätte sie etwas gesagt, was sie gar nicht sagen wollte.

»Du kannst Haare schneiden?«, frage ich.

»Ich schneide mir meine selbst, seit ich denken kann.« Sie fährt mit ihren Händen durch ihre schulterlangen, dunkelblonden Haare, die sich bestimmt sehr samtig anfühlen.

Ich stocke. Samtig? Wo kam denn dieser unnötige und definitiv nicht hilfreiche Gedanke auf einmal her? Ich sollte mir nicht vorstellen, wie sich ihre Haare unter meinen Fingerspitzen anfühlen würden. Aber eigentlich muss ich jetzt auch nicht so unschuldig tun. Wenn man so schamlos flirtet, wie ich es bei meinem Interview mit Alice getan habe, muss man wohl damit rechnen, dass sich solche Gedanken im Kopf festsetzen. Ich habe sie quasi heraufbeschworen.

»Okay, die sehen gut aus«, meint Levi sachlich. »Also ich würde dich einstellen.«

»Würdest du das machen?«, frage ich Alice. Keine Ahnung, warum mein Herz gerade so schnell schlägt. Haare schneiden ist doch nun wirklich kein heikles Thema. Aber vielleicht gibt es Menschen, die jedes Thema heikel machen können, nur durch ihre Anwesenheit. Alice ist definitiv so ein Mensch. Aber vermutlich nur für mich.

»Klar, wenn du willst.« Sie wirkt unsicher. Bin ich für sie vielleicht auch ein Mensch, der alles, auch die alltäglichen Dinge, auf einmal heikel erscheinen lässt? Und würde es mir gefallen, wenn es so wäre?

»Perfekt«, sagt Levi, der die seltsame Spannung gar nicht zu bemerken scheint. »Macht es am besten in meinem Schlafzimmer, da ist am meisten Platz. Wir stellen einfach einen Hocker aus der Küche rein und einen Müllbeutel drunter.«

Levi macht sich schon ans Werk, da haben Alice und ich uns noch nicht einmal in Bewegung gesetzt.

»Du willst das nur so schnell wie möglich erledigt haben, damit wir so schnell wie möglich bei Aphrodite ankommen, oder?«, rufe ich ihm zu, während ich Alice durch den Flur in Levis Schlafzimmer folge.

»Richtig erkannt. Und während ihr euch um deine schreckliche Frisur kümmert, lade ich schon mal unser Gepäck in deinen Jeep. Ich überlasse heute nichts dem Zufall.« Er hält mir auffordernd die Hand unter die Nase, bis ich meinen Autoschlüssel reinlege. Dann grinst er zufrieden und verschwindet mit seinen Sachen aus seiner Wohnung.

Dann sind Alice und ich allein. Und stehen in Levis Schlafzimmer herum. Es ist ein extrem kleiner Raum. Das ist mir bestimmt vorher auch schon klar gewesen, aber wie klein ein Zimmer ist, spürt man vermutlich erst so richtig, wenn man sich die Luft darin mit einer Person teilt, die einem das Atmen schwer macht.

»Willst du dich nicht setzen?«, fragt Alice und deutet mit einer umständlichen Geste auf den Stuhl. Sie wartet nicht ab, bis ich ihrer Bitte nachkomme. Sie stellt ihren Rucksack auf Levis Bett und kramt darin herum. Ich setze mich und beobachte sie dabei. Warum kann ich selbst dann nicht meine Augen von ihr abwenden, wenn sie etwas vollkommen Alltägliches, quasi Langweiliges tut?

»Hab's«, sagt sie schließlich und dreht sich mit einer Schere in der Hand zu mir um.

»Du hast immer eine Schere zum Haareschneiden dabei?«, frage ich.

»Natürlich. Ich wusste ja nicht, wie lange diese Reise dauert, und ich mag es nicht, wenn meine Haare länger sind als jetzt«, erklärt sie, zuckt mit den Schultern und tritt näher an mich heran. »Kannst du dich umdrehen?«

»Mh«, mache ich und wende ihr den Rücken zu. Mein Nacken scheint vor Aufregung zu kribbeln, ich kann ihre Nähe sehr genau spüren.

»Ich mache einfach die hellen Spitzen weg und gucke, dass die Frisur nicht mehr so unförmig ist«, sagt sie. Noch hat sie nicht angefangen. Sie scheint auf irgendwas zu warten. Aber keine Ahnung worauf.

»Danke für das Kompliment«, entgegne ich, eigentlich nur, um was zu sagen.

»Du weißt selbst, dass deine Frisur nicht gerade gut aussieht«, entgegnet Alice schlicht.

Sie atmet noch einmal durch. Dann fühle ich das erste Mal ihre Finger. Sie berührt meinen Kopf und zieht dann ein paar Strähnen zwischen ihren Fingern gerade. Ein Schauer will durch meinen Körper fahren, und ich versuche, ihn zu unterdrücken. Zum einen, weil ich nicht will, dass sie weiß, was so eine winzige Berührung von ihr in mir auslöst, zum anderen, weil ich nicht will, dass mein Zucken dazu führt, dass sie neben meinen Haaren auch noch ihren Finger abschneidet.

»Ja, das weiß ich. Aber es ging ja nicht darum, dass es gut aussieht, sondern dass ich nicht so schnell erkannt werde.«

»Hat leider keinen Unterschied gemacht«, murmelt sie.

»Was ich dir und deiner Twitteraktion zu verdanken hatte«, entgegne ich. Ich würde jetzt sehr gern ihr Gesicht sehen. Aber dass ihre Hände kurz innehalten, verrät mir schon, was diese Aussage in ihr ausgelöst hat.

»Dafür sollte ich mich wohl entschuldigen«, sagt sie nach einer kurzen Pause und greift nach den nächsten Haarsträhnen, deren hässlichen Spitzen dran glauben müssen.

»Vielleicht«, gebe ich zurück. »Aber vermutlich wäre ich auch ohne dein Zutun schnell aufgeflogen. Sich den Bart abzurasieren und die Haare zu färben, reicht nicht, um anders auszusehen. Dass Leute einen nicht mehr erkennen, nur weil man eine Brille trägt, funktioniert nur bei Superman.«

Alice lacht auf. »Das stimmt. Doch möglicherweise wolltest du nicht nur anders aussehen, sondern dich auch anders fühlen.«

Ich kann nicht sofort antworten. Ich muss mir ihre Worte erst mal durch den Kopf gehen lassen. Als ich mir die Haare gebleicht habe, dachte ich noch, dass ich nicht verstehe, warum manche Leute Färbemittel benutzen, um einen Neuanfang einzuläuten. Bleichmittel mag scheiße riechen, aber vielleicht habe ich doch gehofft, dass es einen Teil meiner Identität, den ich mir nie ausgesucht hatte, fortbrennen könnte.

Ich weiß nicht, was genau ich davon Alice sagen soll. Bevor ich zu einer Antwort ansetzen kann, entfährt ihr ein kleines, leises Lachen.

»Warum lachst du?«, frage ich irritiert, weil ich noch mehr in meinen Gedanken als in der Realität stecke.

»Diese Pause, die du gerade gemacht hast, hat mich daran erinnert, wie es manchmal war, mit dir zu schreiben. Du hast immer sehr schnell zurückgeschrieben, aber wenn du kurz gezögert hast, wusste ich immer, dass du erst über deine Antwort nachdenken musstest.«

Ein breites Lächeln legt sich auf mein Gesicht. Ich bin allerdings froh, dass sie hinter mir steht und es nicht sehen kann. Es hätte ihr zu viel verraten. »So viele Gedanken hast du dir über meine Nachrichten gemacht.«

»Ich mache mir über alles viele Gedanken.« Obwohl sie versucht, locker zu klingen, meine ich rauszuhören, dass in ihrer Stimme etwas mitschwingt. Unsicherheit? Verlegenheit? Beides? Vielleicht entspringt das aber auch nur meinem Wunschdenken, wie so vieles, was ich hoffe, an ihrem Verhalten ablesen zu können.

»Ich habe das Gefühl, dass du gerade wirklich weißt, was du tust«, sage ich, nachdem Alice von einer Kopfhälfte zur nächsten gewechselt ist. »Aber ist deine Frisur zu schneiden nicht ein bisschen anders als meine?«

»Du bist nicht der erste Mann, dem ich die Haare schneide«, antwortet sie.

Im ersten Moment löst diese Aussage Eifersucht in mir aus. Beißend, stechend fühle ich sie in meiner Brust, obwohl sie da gar nicht hingehört und mir diese Emotion definitiv nicht zusteht. Doch bevor ich darüber nachdenken kann, warum mir die Vorstellung von Alice mit einem anderen Mann nicht gefällt, verblasst meine Eifersucht. Denn ich erkenne, dass Bitterkeit in ihrer Stimme mitgeschwungen ist. Mir geht auf, wen sie gemeint hat.

»Deinem Vater und Bruder?«

»Ja«, antwortet sie. »Ich habe alles gemacht.«

»Was meinst du mit *alles*?« Ich traue mich kaum, diese Frage zu stellen, deswegen spreche ich so leise, dass ich fast flüstere.

»Alles«, gibt sie zurück. »Eingekauft, aufgeräumt, Geld verdient, Haare geschnitten.«

»Obwohl du noch ein Kind warst?«

»Ja.« Dieses Wort hört sich wie ein Ausrufezeichen an. Wie eine harte Erklärung, dass das alles ist, was sie zu diesem Thema sagen wird. Ich verstehe es. Also bleibe ich einfach still.

»Dreh dich bitte zu mir um.« Ihre Stimme ist rau und als ich mich langsam wieder ihr zuwende, wird auch mein Rachen rau.

Nun sind wir einander direkt zugewandt. Ich spüre ihre Atemzüge auf meiner Stirn. Sie hält die Schere noch in der Hand, macht allerdings nicht gleich weiter, sondern erwidert meinen Blick einfach. Wieso tun wir das immer wieder? Wieso ist ihr Gesicht ein Gemälde, das ich stundenlang betrachten könnte?

»Senk den Kopf bitte ein bisschen«, sagt sie, die Stimme immer noch rau.

Ich komme der Bitte nach, und sie schneidet mir weiter die Haare. Wir schweigen. Man hört nur das metallische Schaben, wenn die Scherenblätter übereinanderfahren. Dann geht die Wohnungstür auf und Levi kommt zurück.

Alice läuft einmal um mich herum und setzt die letzten Schnitte. Ihre Finger streichen über meinen Nacken, und schon wieder kostet es mich all meine Kraft, nicht zu erschauern. Aber auf meinen nackten Armen breitet sich Gänsehaut aus.

»Seid ihr endlich fertig?«, meldet sich Levi zu Wort und kommt ins Zimmer. »Das sieht super aus. Ganze Arbeit.«

Alice lächelt nur.

»Ja, wir sind fertig«, sage ich an ihrer Stelle, und meine Worte klingen so rau, wie sich mein Hals angefühlt hat.

Alice wirft mir einen Seitenblick zu. Ihre Augen sind ein bisschen blauer als bei ihrer Ankunft. Das ist eine Farbnuance, die ich noch nicht gesehen habe. Wie viele verschiedene Farben können ihre Augen annehmen? Und werde ich sie alle sehen können, bis sie ihre Recherche beendet hat?

Die Vorstellung, dass mir auch nur eine Schattierung entgehen könnte, fühlt sich in diesem Moment unerträglich an.

30. KAPITEL

Alice

Ich folge Adrian und Levi die Treppe hinunter und versuche, meine Atmung zu beruhigen. Doch mein Herz hüpft immer noch aufgeregt in meiner Brust auf und ab. Und wieso?

Weil ich ihm die Haare geschnitten habe? Das kann nicht mein Ernst sein. Ich schüttle den Kopf und schiebe meine spontane hormonelle Verwirrung und das verräterische Kribbeln meiner Fingerspitzen auf diesen seltsamen Tag. Der Abschied von Stacy hängt mir noch nach. Er war befangen. Als wir uns heute Morgen in den Arm genommen haben, kam es mir so vor, als könnte sich keine von uns so richtig auf die Umarmung einlassen. Zu viele Dinge hingen noch ungesagt zwischen uns. Ich bin mir sicher, dass ihr irgendjemand von meiner Auseinandersetzung mit meiner Familie erzählt hat. Ich konnte es in ihren verspannten Gesichtszügen erkennen. Doch sie hat nichts gesagt. Wie früher hat sie darauf gewartet, dass ich es anspreche. Aber das habe ich diesmal nicht gemacht. Also haben wir uns einfach angeschwiegen und mit leeren Phrasen voneinander verabschiedet. Ich fühle mich tatsächlich schwer, obwohl ich weiß, dass ich Seattle gleich endlich hinter mir lassen werde. Ich hatte damit gerechnet, Erleichterung zu fühlen. Aber die bleibt aus.

Ich trete auf die Straße. Adrian und Levi laufen zielstrebig voraus, einmal um die Ecke und dann auf einen alten olivgrünen Jeep zu.

Sobald ich dieses Auto erblicke, bleibe ich wie versteinert stehen. Mir ist bewusst, dass ich darin bereits gefahren bin. Aber als Adrian mich zur Wohnwagensiedlung und zurückgefahren hat, stand ich so unter Schock, dass ich seinen Wagen gar nicht wahrgenommen habe. Ich habe ihn bestimmt angesehen, aber nicht wirklich *gesehen*. Das mache ich jetzt. Und erkenne ihn sofort wieder.

»Das ist dein Auto?«, entfährt es mir, als ich von Adrian zu seinem Jeep und wieder zurücksehe. Mir entfährt ein kleiner Auflacher, der einen leichten hysterischen Ton hat.

Den müssen auch Adrian und Levi gehört haben, denn sie sehen mich verwirrt an, statt einzusteigen.

»Ja, ist es«, sagt Adrian perplex.

»Mit dem bist du von Anfang an gefahren?«

»Ja.«

Wieder lache ich auf und schüttle den Kopf. »Ich sitze definitiv vorn«, stelle ich fest.

»Ganz sicher nicht«, hält Levi dagegen. »Du fährst hinten mit.«

»Da ich fast an der Motorhaube geklebt habe, gebührt mir der Beifahrersitz.«

»Wovon redest du?«, fragt Adrian.

»Du hast mich vor dem Motel in Santa Clarita fast über den Haufen gefahren.«

Seine Augen weiten sich. Ich sehe ihm deutlich an, dass er sich an den Moment erinnern kann. »Das warst du?«

»Und ob ich das war.« Immer noch schüttle ich den Kopf. Ich kann einfach nicht aufhören.

So knapp habe ich ihn damals verpasst. Wie wäre diese Geschichte wohl ausgegangen, wenn ich zehn Minuten vorher beim Motel gewesen wäre?

Vermutlich ganz anders. Ich würde sicherlich nicht hier stehen. Schon gar nicht ihm gegenüber. Damals haben wir noch nicht miteinander geschrieben. Damals kannte ich die Adrian-Seite von Hadrian Carter noch nicht. Und ich kann nicht anders, als froh darüber zu sein, dass alles genau so gekommen ist. Denn hätte ich ihn nicht auf diese Weise kennengelernt, hätte ich definitiv was verpasst.

Adrian scheint seine Überraschung langsam abzulegen. Denn nun legt sich ein schiefes Grinsen auf seine Lippen, das meine Fingerspitzen wieder deutlicher kribbeln lässt. Sie haben ihn berührt. Und sie wollen es noch einmal tun.

»Vielleicht hätte ich doch nicht ausweichen sollen. Das hätte mir viel Ärger erspart«, sagt er, und ich erkenne sehr deutlich die Herausforderung, die zwischen den Zeilen mitschwingt.

»Richtig, ein Mordverfahren und der Medienrummel um den Prozess wären bestimmt angenehmer als meine Anwesenheit gewesen«, gebe ich zurück.

»Mh. Vielleicht.«

Ich beiße mir auf die Unterlippe, um mir ein Lächeln zu verkneifen. Dann zeige ich ihm den Mittelfinger, während ich auf sein Auto zulaufe, mich an den beiden vorbeischiebe und die Beifahrertür öffne. Levi will sich beschweren, aber da sitze ich schon vorn und schlage die Tür wieder zu. Er kneift böse die Augen zusammen, gibt sich aber geschlagen, seufzt und lässt sich auf die Rückbank fallen.

Adrian steigt ebenfalls ein und startet den Motor. Bevor er anfährt, schaut er aber noch einmal zu mir herüber.

»Außerdem wäre es kein Mord gewesen. Ich hätte dich ja nur aus Versehen überfahren.«

»Klar, wenn du das Gaspedal voll durchdrückst.« Ich halte seinen warmen Augen stand, obwohl das mit jedem Blickkontakt, den wir aufbauen, schwieriger zu werden scheint. »Viel Spaß dabei, das einer Jury zu verkaufen, Mr. Carter.«

»Keine Sorge, Miss Gold«, gibt er zurück. »Ich kann mich gut verkaufen.«

Fuck, geht es mir durch den Kopf, und wie er das kann.

☆

Wir fahren über den Highway. Ich starre aus dem Fenster und beobachte, was alles an mir vorbeirast, ohne es wirklich wahrzunehmen. Im Auto sind nur das Rauschen des Motors und Levis Schnarchen zu hören. Komischerweise übt beides eine beruhigende Wirkung auf mich aus.

Adrian kann ich aus dem Augenwinkel sehen, doch ich drehe mich nicht zu ihm um. Ich weiß, dass, wenn ich mich das wagen würde, die Stimmung zwischen uns wieder viel zu angespannt, zu seltsam, zu *alles* werden würde. Und um dafür wieder bereit zu sein, muss ich kurz zu mir kommen.

»Bist du froh, aus Seattle raus zu sein?« Seine Frage durchbricht die Stille so plötzlich, dass ich leicht zusammenzucke.

»Schon«, murmle ich und sehe weiterhin aus dem Fenster, statt mich ihm zuzuwenden.

»Schon?«, will er wissen. »Das klingt nicht überzeugt.«

Wieso kann er das hören? Wieso erkennt er meine Unsicherheit? Jetzt drehe ich mich doch langsam zu ihm herum und mustere ihn von der Seite. Er schaut geradeaus auf die Straße. Das Basecap trägt er wieder falsch herum. Es scheint genauso ein fester Teil seines Kopfes zu sein wie seine Nase. Auf seinen Lippen liegt ein leichtes, gelassenes Lächeln. Was es wohl hervorruft? »Freust du dich darauf, deine Schwester zu sehen?«

Sein rechter Mundwinkel zuckt. »Schon.«

»Das klingt nicht überzeugt«, ahme ich ihn nun auch nach.

Er lacht kurz auf. Der rauchige Klang legt sich als Gänsehaut auf meine Oberarme.

»Soll ich jetzt einer Antwort mit einer neuen Frage und einem Themenwechsel entgehen, so wie du es gerade getan hast?«, fragt er. »Wenn wir das immer weiter so machen, werden wir wohl nie ein richtiges Gespräch führen.«

»Ich stelle Fragen, du antwortest. Das war doch der Deal«, entgegne ich.

»War er das?«, gibt Adrian zurück. »Mir war nicht bewusst, dass wir gerade ein Interview führen.«

»Mir war nicht bewusst, dass wir damit jemals aufgehört haben.«

Jetzt wirft er einen kurzen Blick zu mir herüber. Wirklich nur ein paar Sekunden, nicht viel länger, und doch reicht es, um mich wieder aus dem Konzept zu bringen. Nicht, dass ich jemals ein Konzept gehabt hätte, das man durcheinanderbringen könnte.

»Dir fällt es nicht leicht, entspannt zu sein, oder?«, meint er, da hat er sich wieder der Straße zugewandt.

»Weiß gar nicht, wie du auf so was kommst.« Ich verschränke reflexartig die Arme vor der Brust. Das hilft leider auch nicht dagegen, dass meine Stimme mal wieder ein bisschen zu schrill wurde, um noch als gelassen durchzugehen.

»Ja, hast recht. Diese Feststellung basiert auf keinen Tatsachen und ist frei erfunden.« Er versucht ernst zu klingen, aber ich höre die Belustigung, die er nicht ganz überspielen kann.

»Gut, dass du das einsiehst.«

Erneut schweigen wir. Doch diesmal nicht so lange. Ich spüre richtig, dass Adrian unruhig ist, weil er noch irgendwas sagen will, bevor er sich überhaupt geräuspert hat.

»Um auf deine Frage zurückzukommen. Ich freue mich auf meine Schwester. Aber ich war so lange inkognito unterwegs, dass es seltsam sein wird, wieder offen und ohne Verkleidung unter Menschen zu sein.«

Ich kann nicht anders, ich muss ihn beneiden. Ich wünschte, es würde mir auch so leichtfallen, eine ehrliche Antwort auf eine Frage zu geben. Aber die Wahrheit hatte für mich immer schon ein Gewicht, das ich kaum tragen konnte. Verglichen damit wiegen Lügen eigentlich nichts. Die Wahrheit kann ein Stein sein, der einen in die Tiefe reißt, wenn man sie der falschen Person anvertraut. Das musste ich in meiner Familie schon früh lernen. Meine Schwächen sind Wahrheiten, die ich schon seit sehr langer Zeit mit niemandem mehr teile.

»Ist das denn nicht auch eine Erleichterung? Dich nicht mehr verstecken zu müssen?«, hake ich nach.

»Mich zu verstecken, hat gutgetan. Es hat mich befreit.«

»Doch würde das auch auf Dauer so bleiben?« Ich starre hinaus, sehe nur farbige Umrisse an mir vorbeiziehen, nichts Konkretes. Entweder wir bewegen uns zu schnell oder mein Geist zu langsam. »Wenn du immer Angst davor hast, erkannt zu werden, wird dir das vielleicht irgendwann keine Freiheit mehr geben, sondern dich einsperren.« Die Worte sind raus, bevor ich sie zurückhalten kann. Mir ist bewusst, dass ich sie gleichzeitig zu ihm und zu mir selbst sage.

Meine Schwächen nie zu zeigen, mag mir Sicherheit gegeben haben. Aber die Situation mit Stacy lässt mich einfach nicht los und zeigt mir deutlich auf, welche negativen Folgen es haben kann, die eigene Wahrheit nicht auszusprechen. Ein Stein türmt sich auf den anderen, bis man so schwer ist, dass man sich gar nicht mehr bewegen kann. Und diese Last loszulassen, wenn auch nur für einen kurzen Moment, kann so verdammt guttun. Als Adrian mich nach der Auseinandersetzung mit meiner Familie getröstet hat, war es nicht unangenehm, seine Nähe zuzulassen. Ganz im Gegenteil.

»Ist alles okay?« Seine Stimme ist so sanft, dass ich mir einbilde, sie auf meiner Haut zu spüren.

»Natürlich.«

Er schnaubt.

Ich drehe mich zu ihm um. »Was willst du mit diesem Schnauben ausdrücken?«

»Dass ich dir nicht glaube.«

»Das ist dein Problem.« Ich starre erneut aus dem Fenster und versuche, ihn zu ignorieren. Doch seiner Präsenz kann man sich nur schwer entziehen. Es bleibt still. Ich bin mir sicher, dass er mich nicht noch einmal darauf ansprechen wird. Aber irgendwie bringt mich genau das dazu, doch wieder das Wort zu ergreifen.

»Der Abschied von meiner Freundin, bei der ich die letzten Tage verbracht habe, war seltsam.«

»Inwiefern seltsam?«

Wir sehen uns nicht an, während wir reden, und irgendwie hilft das. »Es stand noch viel Ungesagtes zwischen uns«, erkläre ich.

»Dann ruf sie an«, meint er leichthin. Obwohl ich ihn nicht sehen kann, bin ich mir sicher, dass er mit den Schultern zuckt.

»Jetzt? Einfach so?«

»Einfach so«, gibt er zurück. »Wenn es noch Dinge zu sagen gibt, sprich mit ihr.«

Ich antworte nicht. Aber ich hole mein Handy hervor. Ich starre es eine Weile einfach an, als wüsste ich nicht, wozu es gut ist. Noch einmal atme ich tief durch. Dann entsperre ich es tatsächlich und tippe auf Stacys Kontakt.

Kurz sehe ich zu Adrian herüber, während ich das Smartphone an mein Ohr drücke. Ein zufriedenes Lächeln liegt auf seinen Lippen, er schweigt jedoch. Als er meinen Blick bemerkt, erwidert er ihn. Da ist die Wärme wieder, die von ihm ausgeht.

»Hallo, A?«, fragt Stacy, sobald sie rangeht.

»Hallo, S«, sage ich, lasse Adrian aber noch nicht aus den Augen. Er schaltet das Radio an, macht es lauter und schaut so stur geradeaus, als wollte er mir klarmachen, dass ich Privatsphäre habe, obwohl wir im gleichen Wagen sitzen. Das rührt mich irgendwie.

»Hallo, S«, wiederhole ich, um mich auf meine Freundin zu konzentrieren und sehe wieder aus dem Fenster auf der Beifahrerseite. »Ich wollte dich noch mal anrufen, weil ich es nicht so schön fand, wie wir auseinandergegangen sind.«

Sie seufzt ins Handy. »Oh, Gott sei Dank. Ich habe auch die ganze Zeit überlegt, ob ich dich anrufen soll. Ich weiß, dass es unsere unausgesprochene Regel ist, uns nicht auf unsere Familien anzusprechen. Aber diesmal kam es mir einfach falsch vor. Es tut mir so leid, dass meine Mutter sich bei einer Freundin verquatscht hat, dass du in Seattle bist. Sonst hätten dein Dad und Liam nie erfahren, dass du da bist. Das ist meine Schuld. Ich hätte ihr klarmachen sollen, dass sie nichts sagen darf.«

»Sei nicht albern«, unterbreche ich sie. »Das war nicht deine Schuld!«

»Wenn sie nicht gewusst hätten, dass du dort bist, hätten sie dich nicht angerufen, und dir wäre diese Auseinandersetzung erspart geblieben.«

»Die hat wohl die ganze Wohnwagensiedlung gehört.«

»Ja, mir wurde davon erzählt«, meint Stacy und klingt schon wieder so schuldbewusst, als könnte sie irgendwas dafür.

»Hör mir zu, S«, setze ich entschlossen an. »Nichts davon war deine Schuld. So sind die beiden. Dafür können nur sie selbst was. Niemand sonst. Bitte sag auch deiner Mom, dass sie sich keine Vorwürfe machen darf.«

»Okay«, sagt Stacy. Sie seufzt wieder tief und dann schnieft sie. Meine Brust zieht sich zusammen. Sie war schon immer nah am Wasser gebaut. Aber das hat es trotzdem nie angenehmer gemacht, sie weinen zu sehen oder zu hören. »Ich weiß, dass du vermutlich nicht so bald zurückkommen wirst, und das verstehe ich. Aber ich wollte dir dennoch sagen, dass es sehr gutgetan hat, dich zu sehen. Ich hatte dich sehr vermisst. Wirklich sehr.«

Ich spüre heiße Tränen, die mir über die Wangen rinnen. »Ich habe dich auch vermisst. Und du kannst mich ja gern mal besuchen. Dann zeigen wir Maddy L. A.«

»Das würde ihr gefallen.« Die Tränen höre ich jetzt deutlich in ihrer Stimme, sofort laufen auch mir mehr über die Wangen. »Und mir natürlich auch.« Ihre Stimme bricht. »Es darf nicht wieder fünf Jahre dauern, bis wir uns wiedersehen. Versprich mir das. Auf das Grab von Dr. Paxton.«

Mir entfährt trotz der Tränen ein Lachen. Dr. Paxton war ein

Eichhörnchen, das wir jeden Tag in der Wohnwagensiedlung gesehen haben. Wir haben uns eine ganze Backstory für ihn ausgedacht. Und als wir ihn eines Tages tot auf dem Boden fanden, haben wir ihn beerdigt.

»Ich schwöre auf das Grab von Dr. Paxton«, gebe ich zurück.

»Jetzt kannst du es nicht mehr zurücknehmen«, meint Stacy. Und jetzt höre ich neben den Tränen auch ihr Lächeln.

»Hatte ich auch niemals vor.«

31. KAPITEL

Hadrian

Als ich den Jeep schließlich am Straßenrand abstelle, schwitzen meine Hände, die ich einfach nicht vom Lenkrad lösen kann. Wir sind tatsächlich angekommen. In einer winzigen Stadt irgendwo im Bundesstaat Washington, sehr nah an der kanadischen Grenze. Der Film, an dessen Dreh Aphrodite und Garett beteiligt sind, soll wohl das tragische Leben in amerikanischen Kleinstädten zeigen. Wir sind vorhin am Set vorbeigefahren, wo es aber bei Nacht kaum was zu sehen gab. Trotzdem hat Levi quasi mit der platten Nase an der Fensterscheibe geklebt.

Das Haus, in dem Aphrodite feiert, haben wir schnell gefunden, obwohl ich die genaue Adresse nicht mehr im Kopf hatte. Nachgucken konnte ich auch nicht. Die Einladung war nämlich genauso wie Aphrodites Nummer auf meinem Handy, als ich es bei meinem Aufbruch zertrümmert habe. Doch in einem Ort mit drei Straßen findet sich eine Party schnell.

Direkt vor uns befindet sich ein Haus mit hell erleuchteten Fenstern. Leise wird Musik zu uns herübergetragen. Im Vorgarten stehen keine Leute, ich höre niemanden grölen. Aphrodite scheint ihren Geburtstag in eher kleiner Runde zu feiern. Und das erleichtert mich. Dann sind dort vielleicht nicht so viele Menschen, denen ich mich ungeschützt entgegenstellen muss.

Alice mag nicht unrecht mit ihrer Aussage gehabt haben. Sich immer zu verstecken, kann auch zur Last werden. Das, was einen zuvor hat fliegen lassen, kettet einen irgendwann am Boden fest.

Ich schaue zu ihr herüber. Sie trägt das gleiche rote Kleid, das sie auch an Halloween anhatte. Nur steht es ihr noch wesentlich besser, wenn ihr Gesicht nicht hinter weißer und schwarzer

Schminke versteckt ist. Auf ihrem Schoß ruht ihr Notizbuch, und sie starrt vertieft auf die Seiten, während sie etwas hineinschreibt.

»Warum schreibst du dir was auf, obwohl ich gar nichts gesagt habe?«, frage ich unvermittelt. Vielleicht auch, um mich von meiner Aufregung abzulenken.

Alice braucht einen Moment, bis sie den Kopf hebt. Sie scheint ihren Gedanken erst zu Ende zu führen. Dann lässt sie den Stift sinken. »Es kommt ja nicht nur auf das an, was du mir erzählst, sondern auch auf das, was du tust.«

Levi rutscht unruhig auf der Rückbank herum. Er scheint darauf zu brennen, endlich dieses Haus zu betreten, in dem es vor Leuten aus der Filmbranche nur so wimmeln wird. Aber ich lasse mich von ihm nicht drängen.

»Was hast du dir denn dann aufgeschrieben?«

Alice beißt sich auf die Unterlippe, bevor sie antwortet. »Ich habe aufgeschrieben, dass du angespannt wirkst, irgendwie aufgeregt.«

Ich schlucke. »Wie kommst du darauf?«

»Deine Bewegungen sind hektischer, du hast auf dem Lenkrad getrommelt, dich immer wieder umgesehen. Und wir stehen jetzt schon einen Moment hier und könnten ins Haus gehen. Doch wir tun es nicht. Irgendwas hält dich davon ab.«

Ihre Stimme ist ganz sachlich, aber das macht die Dinge, die sie aufzählt, nicht weniger intim.

»Liege ich mit meiner Einschätzung richtig?«, fragt sie und lässt mich nicht aus den Augen.

»Vielleicht«, gebe ich zu und nehme endlich genug Mut zusammen, um die Tür zu öffnen und aus dem Wagen zu steigen. Alice und Levi tun es mir gleich, und schon laufen wir auf das Gebäude zu. Mein Herz überholt meine Schritte, schlägt viel schneller, als ich jemals laufen könnte, als wollte es die Tür lange vor uns erreichen. Vielleicht ist es genauso ungeduldig wie Levi.

Bevor ich es mir anders überlegen kann, öffne ich die Haustür und betrete den Eingangsbereich. Mein Blick schweift sofort über meine Umgebung. Hier sind einige Leute, allerdings nicht so viele, dass man sich bedrängt fühlen müsste. Viele schauen in unsere Richtung, aber ihre Blicke sind nicht aufdringlich, eher beiläufig. Und sobald mir das klar wird, kann ich auch gleich viel leichter atmen.

Noch entdecke ich Aphrodite nicht, und doch legt sich schon ein kleines Lächeln auf meine Lippen. Die Geburtstage einer Carter sehen normalerweise ganz anders als diese gemütliche Feier aus. Champagner muss in Strömen fließen, es muss jeder eingeladen werden, der Rang und Namen hat, und alles muss von Kameras aufgezeichnet werden. Ob wir das nun wollen oder nicht. Doch dieser Geburtstag ist anders. Aphrodite kann ihn das erste Mal in ihrem Leben so feiern, wie sie möchte. Und diese Erkenntnis reicht schon, um meine Anspannung schrumpfen zu lassen, bis kaum noch etwas von ihr übrig ist.

»Habt ihr sie schon entdeckt?«, frage ich Alice und Levi, die beide einen Schritt hinter mir stehen und mich zu flankieren scheinen.

Die beiden antworten nicht sofort, doch dann sagt Levi: »Da!« und deutet nach vorn. Ich folge seinem ausgestreckten Finger und sehe sie tatsächlich. Ihre langen schwarzen Haare, das Markenzeichen unserer Familie, sind nur schwer zu übersehen. Sie steht vor alten, aber doch gemütlich aussehenden Sofas in einem weitläufigen Wohnbereich, der direkt an den Eingang anschließt, und unterhält sich ausgelassen mit ein paar Freunden. Dabei wirft sie, wenn sie lacht, immer wieder leicht den Kopf in den Nacken.

»Redet sie gerade wirklich mit Henry Lloyd und Katherine O'Connell?«, entfährt es Alice.

»Die Carters leben in einer ganz anderen Welt als wir Normalsterblichen«, kommentiert Levi. »Gewöhn dich an dieses Gefühl der Unbedeutsamkeit.«

»Werd nicht dramatisch«, sage ich zu ihm.

»Ich sage nur die Wahrheit«, entgegnet Levi schulterzuckend. »Für dich ist die Anwesenheit von weltbekannten Promis ganz normal. Menschen wie Alice und mir stockt dann erst mal der Atem.«

Ich kann nicht anders. Ich schaue mich zu ihr um. Ihre Augen sind weit aufgerissen. Gerade sind sie blau, was sie ein bisschen so aussehen lässt wie zwei Ozeane. Ich weiß, dass mein Leben ganz anders ist als das von ihr und Levi. Aber vielleicht will ich das gar nicht.

»Adrian?«

Die Stimme meiner Schwester bringt mich dazu, den Blick von Alice abzuwenden. Aphrodite hat mich erspäht und starrt mich erstaunt an, bis sich ein breites Lächeln auf ihre Lippen legt.

»Ich fasse es nicht«, ruft sie aus. Dann läuft sie auch schon auf mich zu. Sobald sie bei mir angekommen ist, umarmt sie mich stürmisch, und ich erwidere die Geste. So habe ich sie selten erlebt. Aphrodite ist eigentlich nicht stürmisch, übermütig, einfach nur glücklich. Aber die Monate fort von unserer Familie scheinen ihr gutgetan zu haben.

»Du bist tatsächlich gekommen«, stellt sie fest, löst sich von mir und mustert mich so eindringlich, als hätten wir uns seit Jahren nicht gesehen. »Der Bart fehlt. Steht dir aber.«

Ich grinse. »Danke. Dein neues Leben steht dir.«

Sie lacht auf und drückt noch mal meine Schulter. »Deines dir auch.«

Ich grinse immer noch, allerdings spüre ich auch einen Stich in meiner Brust. Es tut so gut, sie wiederzusehen. Doch wenn wir beide zusammen sind, fühle ich noch viel deutlicher, dass Athena fehlt. Sie sollte auch hier sein und gemeinsam mit uns Aphrodites ersten unabhängigen Geburtstag feiern. Wir sollten zu dritt sein. Niemand von uns auf sich allein gestellt. Doch genau das sind wir.

»Wie ich sehe, kommst du in Begleitung.« Aphrodite wendet sich an Levi. »Dich habe ich schon mal gesehen. Du hast mal bei unserer Familie am Set gearbeitet, richtig?«

»Genau, Levi«, meint er und ergreift ihre ausgestreckte Hand. »Alles Gute zum Geburtstag.«

»Ach ja stimmt«, entfährt es mir. »Ganz vergessen. Alles Gute zum zweiundzwanzigsten. Ich habe gar kein Geschenk dabei. Dass ich gekommen bin, war eine spontane Entscheidung.«

»Kein Stress. Ich bin einfach froh, dass du hier bist. Es gibt so viel, was ich dich fragen will«, winkt Aphrodite ab. Dann sieht sie Alice an. Ihre Augen verengen sich und dann verschränkt sie die Arme vor der Brust, anstatt ihr eine Hand zum Schütteln anzubieten. »Du bist Alice Gold, oder?«

Alice starrt meine Schwester einen Moment an, bevor sie es schafft zu antworten. »Bin ich.«

»Als ich euer Selfie auf der Seite von *Day-to-Day-Gossip* gesehen hatte, habe ich direkt Athena angerufen. Wir haben uns gefragt, wie unser Bruder auf die naive Idee kam, sich von dir interviewen zu lassen.« Sie wirft mir einen kritischen Blick zu. »Wir haben uns beide sehr darüber geärgert, dass wir nicht deine neue Nummer haben, um dich anzurufen und dir den Kopf zu waschen.«

Levi unterdrückt ein Lachen. Ich kann seinen Körper quasi hinter mir vibrieren spüren.

»Dieses Interview zu geben war meine Entscheidung, und ich habe nicht vor, diesen Abend damit zu verbringen, mit dir darüber zu diskutieren. Du hast doch an deinem Geburtstag sicherlich auch Besseres zu tun.«

Aphrodite kneift noch mal die Augen zusammen. Aber all die bissigen Kommentare, die ihr zweifellos schon auf der Zunge gelegen haben, schluckt sie tatsächlich ungesagt wieder herunter.

»Ich habe zu gute Laune, um sie mir verderben zu lassen. Du hast recht«, meint sie und bringt es tatsächlich über sich, Alice die Hand zu geben.

»Alles Gute zum Geburtstag«, sagt diese kleinlaut.

»Danke«, gibt Aphrodite zurück und beißt die Zähne nicht mehr ganz so verkrampft aufeinander, wie sie es vorhin noch getan hat.

Bevor diese Situation noch seltsamer werden kann, tritt zum Glück Garett an uns heran. Wir umarmen uns, und auch Levi und Alice begrüßt er herzlich. Sobald er seinen Arm um Aphrodites Taille schlingt, weicht auch der letzte Rest Härte aus ihrem Gesicht. Dass mir so viele Jahre nicht aufgefallen ist, dass die beiden sich geliebt haben, erstaunt mich noch immer. Es hätte doch für jeden offensichtlich sein müssen.

»Kommt«, meint er und dirigiert uns ins Wohnzimmer. »Setzt euch zu uns.«

Wir lassen uns auf den Sofas nieder, die in einem großen Kreis angeordnet wurden. Garett erklärt, dass in diesem Haus alle Crewmitglieder untergebracht sind und es sich deswegen perfekt als Partylocation angeboten hat. Die meisten Gäste sind an diesem Dreh beteiligt. Nur ein paar enge Freunde der beiden sind extra für die Feier hergeflogen.

Henry Lloyd sitzt uns gegenüber und stellt uns seinen Freund Thomas Amissah vor. Katherine O'Connell bittet mich direkt, sie

Kat zu nennen. Levi ist die Begeisterung deutlich anzumerken, die er in dieser Runde spürt. Aber die Person, mit der er sich sofort in ein hitziges Gespräch verwickelt, ist Lin. Sie war Kamerafrau bei *Celebrities in Love*, wie Aphrodite erklärt, doch inzwischen arbeitet sie nicht mehr im Reality-TV, sondern dreht Tierdokumentationen. Auch zwei ehemalige Kandidatinnen der Show sind hier. Sie heißen Chloe und Esme und waren die Finalistinnen der letzten Staffel.

Schon nach wenigen Minuten vergesse ich, warum ich überhaupt so aufgeregt war, bevor ich hierhergekommen bin. Niemand schert sich darum, dass ich Hadrian Carter bin. Es sind wesentlich interessantere Prominente anwesend. Henry und Kat haben so viel Charisma, dass sie damit eine ganze Stadt ausfüllen könnten.

Um mich herum werden viele Gespräche geführt, aber kurz folge ich keinem. Ich betrachte einfach nur meine Schwester, die inmitten ihrer Freunde sitzt, neben sich Garett, der ihre Hand hält, und so entspannt ist, wie ich sie noch nie erlebt habe. Früher hat sie immer so ausgesehen, als würde sie sich nie ganz auf einen Moment einlassen können. Sie schien immer in Alarmbereitschaft zu sein. Als rechne sie jede Sekunde mit einer unschönen Überraschung.

All das ist von ihr abgefallen, und das erfüllt mich mit Wärme. Wenn der Abstand von unserer Familie das mit einem machen kann, habe ich wohl die richtige Entscheidung getroffen, als ich meine Sachen gepackt habe und verschwunden bin.

Aphrodites Freunde tauschen viele Geschichten über die Zeit am Set von *Celebrities in Love* aus, und ich freue mich über jede Anekdote, durch die ich eine neue Seite von meiner Schwester kennenlernen kann. Vor allem über den Executive Producer Logan West und einen Producer namens Steve packen alle Anwesenden Geschichten aus, und obwohl ich die zwei nicht kenne, kann ich doch darüber lachen.

Alice sitzt neben mir und ist die meiste Zeit still. Sie hört aufmerksam zu. Das sehe ich ihr deutlich an. Sie folgt den Gesprächen, und ihr Blick liegt immer konzentriert auf der Person, die gerade spricht. Ihren Notizblock holt sie nicht heraus, aber ich bin mir ziemlich sicher, dass sie sich auch ohne die Hilfe von Stift und Papier alles merken kann, was gesagt wird.

Aber ist das der einzige Grund, warum sie sich nicht aktiv am Gespräch beteiligt? Ist so eine Situation wirklich einschüchternd für sie? Hat Aphrodites Begrüßung sie aus dem Konzept gebracht? Ich weiß es nicht. Und eigentlich sollte ich mir darüber auch keine Gedanken machen. Ich bin hier, um meine Schwester zu besuchen und den Abend zu genießen. Nicht, um mir Sorgen um Alice zu machen. Aber ich kann einfach nicht anders.

»Alles gut?«, flüstere ich ihr zu. Garett verteilt Bierflaschen an die Anwesenden, und ich reiche Alice eine. Sie nimmt sie zögerlich entgegen, trinkt jedoch nicht daraus.

»Ja, wieso nicht?«, fragt sie genauso leise zurück. Wir sitzen so nah nebeneinander, dass ich die Wärme ihres Körpers auf meinem spüren kann, aber doch so weit auseinander, dass wir uns knapp nicht berühren. Schade eigentlich.

»Du bist so still.«

»Bin ich oft in großen Gruppen«, erklärt sie mit einem Schulterzucken. »Da finde ich es entspannter, zuzuhören, statt zu versuchen, einen Satz dazwischen zu bekommen.«

»Okay«, meine ich nur und spüre, wie meine Mundwinkel zucken. »Solange es dir gutgeht.«

Sie kneift ein bisschen die Augen zusammen. »Ich bin mir nicht sicher, ob du dich über mich lustig machst.«

»Würde ich doch niemals wagen«, entgegne ich scherzhaft, werde dann allerdings ernster. »Nein, ich habe mich nicht über dich lustig gemacht. Wollte nur wissen, ob alles gut bei dir ist.«

»Okay«, murmelt sie, immer noch ein bisschen skeptisch, aber sie scheint einzusehen, dass ich sie nicht immer aus der Reserve locken will.

»Gut«, gebe ich zurück und wende mich wieder von ihr ab und dem Gespräch zu. Sofort begegnet mein Blick dem meiner Schwester. Aphrodite scheint uns die ganze Zeit beobachtet zu haben, und nun zieht sie kritisch die Augenbraue hoch.

Ich bin mir ziemlich sicher, dass ich weiß, was sie mir mit diesem Gesichtsausdruck sagen will, aber ich habe keine Lust, mich auf so eine Diskussion einzulassen. Also halte ich ihrem Blick stand und ahme ihre Mimik nach. Sie schnaubt nur und dreht sich wieder zu Garett um. Doch bevor sie ihm wieder ihre volle Aufmerksamkeit schenkt, mustert sie mich und Alice noch einmal.

Sie scheint dort, zwischen uns, etwas zu sehen, und ich sollte es ihr vehement ausreden, bevor sie falsche Schlüsse zieht. Aber das kann ich nicht. Denn inzwischen kann ich nicht mehr leugnen, dass da etwas – was immer es auch sein mag – zwischen uns ist.

☆

»Es war nicht immer leicht«, gibt Henry zu und schlägt das erste Mal während dieses Gesprächs einen ernsten Ton an. Er und Kat reden über ihre Erfahrungen mit ihrem öffentlichen Outing. Ihre Agenten hatten ihnen lange davon abgeraten, aber Kat und Henry haben sie gefeuert, weil sie diese Entscheidung selbst treffen wollten.

»Meine Eltern waren am Anfang nicht gerade verständnisvoll«, setzt Kat an, und ihre Stimmlage legt nahe, dass das eine abgeschwächte Umschreibung ist. »Aber wir nähern uns langsam wieder an. Sie wollen für mich da sein und damit hätte ich wirklich nicht gerechnet.«

Garett nimmt ihre Hand in seine und drückt sie kurz. Sie grinst ihn an und wuschelt ihm dann durch die Haare. Aphrodite lacht.

»Das freut mich riesig«, sagt Henry. »Unterstützung kann man gut gebrauchen. Die Medienberichterstattung ist nicht immer freundlich.«

»Definitiv nicht«, entfährt es Kat. Ihre Worte unterstreicht sie mit einem bitteren Lachen. »Doch irgendwann hatten sie wieder ein neues Ziel und haben sich darauf gestürzt.« Sie sieht zu mir. »Auf dich zum Beispiel.«

»Freut mich, dass ich als Ablenkungsmanöver dienen konnte«, entgegne ich und deute eine Verbeugung an.

»Ich muss zugeben, dass ich, bevor ich es selbst erfahren habe, nicht richtig verstanden habe, wie sehr diese gehässigen Artikel wehtun können«, gesteht Thomas. Henry hat seinen Arm um ihn gelegt und schenkt ihm ein kleines, fast schon entschuldigendes Lächeln.

»Es tut mir leid, dass du da mit reingezogen wurdest«, sagt er.

»Hör auf, dich zu entschuldigen. Das hatten wir doch schon. Du kannst nichts dafür. Also will ich es nicht mehr hören«, erwidert Thomas vehement. Man merkt deutlich, dass sie diese Diskussion wirklich nicht zum ersten Mal führen. »Wir können zusammen sein. Du weißt, dass es mir das wert war.«

Als die beiden sich küssen, jubeln Kat und Aphrodite.

»Ihr seid unmöglich«, tadelt Thomas die beiden und boxt Aphrodite leicht gegen den Oberarm. Sie schlägt seine Hand weg.

»Das macht Henry auch ständig, wenn Garett und ich uns küssen. Also gebe ich das Vergnügen nur zurück«, rechtfertigt sie sich und wirft ihm einen vorwurfsvollen Blick zu, der wohl nur halb ernst gemeint ist.

»Aber das war es wirklich wert. Alles«, sagt Henry, der das kindische Verhalten seiner Freunde gar nicht bemerkt zu haben scheint. Ausnahmsweise ist er mal der ernste, während alle anderen scherzen. »Und irgendwie wusste ich das schon, als wir uns kennengelernt haben.«

Aphrodite und Thomas hören auf, sich aufzuziehen, und hören Henry aufmerksam zu.

»Weißt du noch, was ich damals zu dir gesagt habe, Aphrodite? Vorm Dreh des Finales?«, fragt Henry.

Aphrodites Lächeln wird breit und gleichzeitig melancholisch. »Ich erinnere mich. Sehr gut sogar. Deine Worte habe ich nie ganz vergessen«, bestätigt sie. »Du hast gesagt, dass es Menschen gibt, in deren Nähe man sich so fühlt, als würde man sie schon ewig kennen. Man liebt sie zwar noch nicht, aber man kann schon deutlich ahnen, dass man es eines Tages tun wird. Es fühlt sich an, als könnte man einen kurzen Blick in die eigene Zukunft werfen. Man sieht einer Person in die Augen und denkt: Du könntest irgendwann der wichtigste Mensch in meinem Leben sein.«

Thomas sieht zu Henry, ein bisschen fassungslos. »Das hast du damals über mich gesagt?«

»Mh«, macht Henry und grinst, auf so eine spitzbübische Weise, die einen erahnen lässt, dass er jemand ist, mit dem man Pferde stehlen kann.

»Das ist wunderschön«, sagt Kat und wirkt ergriffen. »Und sehr kitschig.« Das setzt sie wohl nur hinterher, um zu überspielen, dass diese Worte ihr nahegegangen sind. Aber die anderen gehen darauf ein. Sie ziehen Henry liebevoll für seine romantische Ader auf und lachen.

Doch ich stimme nicht mit ein. Denn diese Worte arbeiten immer noch in meinem Kopf. Weil ich glaube, dieses Gefühl vielleicht auch zu kennen.

Unwillkürlich schaue ich mich um. Alice ist aufgestanden, weil sie sich kurz ein Bier holen wollte. Aber sie ist schon einige Zeit verschwunden. Und vor mir auf dem Couchtisch steht ihr Bier, das sie kaum angerührt hat. Wenn sie sich nichts zu trinken holt und das nur ein Vorwand war, wieso ist sie dann gegangen? Und wieso ist sie nicht wiedergekommen?

Ich erhebe mich, bevor ich darüber nachdenken kann, was ich tue. Die anderen fragen nicht, wohin ich will. Sie sind zu sehr in ihr Gespräch vertieft, und dafür bin ich dankbar.

Im Wohnzimmer und in der Küche finde ich sie nicht. Im Eingangsbereich tanzen inzwischen ein paar Gäste. Auch unter ihnen ist sie nicht. Also laufe ich die Treppe hoch. Im ersten Stock ist niemand. Nur geschlossene Türen erwarten mich. Ich versuche ein paar zu öffnen, doch sie sind verschlossen. Also gehe ich noch weiter hinauf. Dort das gleiche Spiel. Obwohl mich im dritten Stock vermutlich nichts anderes erwarten wird, erklimme ich diese Stufen trotzdem.

Die meisten Türen sind auch hier verschlossen, eine ist allerdings angelehnt, und ich laufe sofort auf sie zu. Erst werfe ich einen Blick durch den kleinen Spalt, der offen steht. Ich erkenne nicht viel, aber genug, um mir sicher zu sein, dass Alice dort drin ist. Also öffne ich die Tür und lehne mich in den Rahmen.

Alice sitzt auf einem Bett. Der Raum sieht wie ein frisch hergerichtetes Hotelzimmer aus. Nirgendwo steht ein Koffer. Es liegen keine persönlichen Gegenstände herum. Hier schläft wohl kein Crewmitglied. Das dürfte auch erklären, warum diese Tür im Gegensatz zu den anderen nicht abgeschlossen war.

»Warum bist du hier oben?«, frage ich.

Erst jetzt scheint Alice mich zu bemerken. Bis eben hat sie in ihr Notizbuch gestarrt, sich ein paar Notizen gemacht, aber vor allem darin gelesen. Nun blickt sie langsam auf und legt den Block neben sich auf die Bettdecke. Ich kann ihren Ausdruck nicht deuten. Sie lässt mich nicht aus den Augen, scheint aber über etwas nachzudenken. Und noch kann ich nicht einschätzen, ob es was Positives oder Negatives ist, und sie vielleicht auch nicht.

»Brauchte ein bisschen Ruhe«, antwortet sie verspätet. »Wollte meine Gedanken sortieren.«

»Was musstest du denn sortieren?«

Sie ist angespannt. Das spüre ich körperlich. Haben diese Gedanken, die sie sortieren muss, vielleicht mit mir zu tun?

»Nichts Besonderes«, antwortet sie ausweichend.

Ich schließe die Tür, weil ich die Geräusche, die von unten zu uns hochdringen, aussperren will. Genauso wie jeden, der uns stören könnte.

»Ich hoffe, Aphrodites nicht so herzliche Begrüßung hat dich nicht aus dem Konzept gebracht. Sie wollte vermutlich einfach mal die Rolle der älteren Schwester raushängen lassen«, sage ich.

»Ich verstehe ja, warum sie so auf mich reagiert hat«, entgegnet Alice. »Sehr gut sogar. Und deswegen habe ich nachgedacht.«

»Okay«, setze ich an. Meine Hände werden schwitzig. Normalerweise würde ich jetzt meine Kappe richten, um sie zu beschäftigen. Aber ich habe sie im Jeep gelassen. Also fahre ich mir durch die Haare. Doch das reicht nicht, um meine Hände zur Ruhe zu bringen. Inzwischen zittern sie auch leicht. »Und zu welchem Schluss bist du gekommen?«

Alice geht nicht direkt auf meine Frage ein. Sie mustert mich wieder schweigend, noch genauer als zuvor, und scheint mit ihren Augen etwas zu suchen. Eine Anleitung, wie sie ihre Gedanken entwirren kann? Ich bin mir ziemlich sicher, dass man so was bei mir nicht finden kann. Meine Gedanken fühlen sich die meiste Zeit wie miteinander verknotete Kabel an. Niemand weiß mehr, wozu ein Kabel eigentlich gehört, wo es anfängt und wo es endet und was mal sein Job war.

»Ich verstehe dich nicht«, entfährt es Alice nach langer Stille.

»Was?«, frage ich verwirrt. Diese Erklärung, die keine war, hat mich noch mehr verwirrt, als ich ohnehin schon war. Ihr intensiver Blick macht mich nervös, gleichzeitig will ich nicht, dass sie aufhört, mich anzuschauen.

»Ich verstehe dich nicht«, wiederholt sie mit Nachdruck, als würde ich diesen Satz auf einmal kapieren, wenn sie ihre Worte nur anders betont.

»Kannst du mir diese Aussage erklären?«

»Ich verstehe nicht, warum du mich mitgenommen hast«, sagt sie und räuspert sich direkt. Ihre Stimme hat einen schrillen Tonfall angenommen. Als sie weiterspricht, ist er wieder fort. »Seit Aphrodite diese Sachen gesagt hat, kann ich irgendwie nicht mehr aufhören, darüber zu grübeln. Dass deine Schwestern dir den Kopf waschen wollten, nachdem sie unser Selfie gesehen haben, begreife ich vollkommen. Und du müsstest genauso skeptisch sein wie sie. Dein Verhalten am Morgen nach der Halloween-Party kann ich nachvollziehen. Aber nicht das danach.« Sie hält kurz inne, doch sie lässt mir keine Zeit, mir eine Antwort zu überlegen, da redet sie auch schon weiter.

»Du hast mir von Rachel Hanson erzählt und dass es dich so geschockt hat, was aus ihr geworden ist, dass du abgehauen bist. Sie wollte dich für deinen Ruhm benutzen. Das konntest du nicht ertragen. Aber ich will einen Artikel über dich schreiben, um meine Karriere zu retten, bevor sie richtig begonnen hat. Ist das nicht eigentlich das Gleiche?«

Ich atme tief durch. Vielleicht ist es das Gleiche. Aber es fühlt sich anders an. »Ich kann deine Gründe vielleicht besser nachvollziehen«, entgegne ich. Dieser Satz klingt nicht wirklich überzeugend. Man kann mir deutlich anhören, dass ich selbst nur über meine eigenen Gefühle spekuliere.

»Aber ändert das wirklich was?«, fragt Alice. Noch immer sitzt sie unbeweglich auf der Bettkante, noch immer stehe ich unbeweglich vor der Tür. »Du solltest mich nicht um dich haben wollen.«

»Sollte ich nicht«, gebe ich ihr recht. Meine Stimme wird ganz von allein rauer.

»Wieso bin ich dann hier?«

»Weil ich dich in meiner Nähe haben will«, sage ich geradeheraus, ohne zu zögern. Mit so viel Direktheit habe ich selbst nicht gerechnet. Alice wohl auch nicht, denn sie zuckt leicht zusammen. Als hätte meine Antwort sie erschreckt.

»Warum?«, fragt sie zögerlich.

»Keine Ahnung. Weil ich dich attraktiv finde.« Ich klinge schon wieder so, als würde ich über mein eigenes Verhalten rätseln. Aber eigentlich bin ich mir der Dinge, die ich tue, wesentlich bewusster, als ich zugeben will. In meinem Kopf mögen manche Bilder verschwommen sein. Doch wenn ich ehrlich bin, sind die meisten klar, nur will ich nicht wahrhaben, was mir diese Bilder zeigen.

»Du hast dem Interview zugestimmt, weil du mich attraktiv findest?« Alice zieht die Augenbrauen noch dichter zusammen, als sie es sonst tut. Die Furche ist so tief, dass es mich nicht wundern würde, wenn sie sich nie wieder glätten würde.

»Kling nicht so fassungslos. Es gibt definitiv schlimmere Gründe.« Ich versuche, locker zu klingen, aber ich sollte wohl einsehen, dass es dafür längst zu spät ist. Meine Worte sind mir zwar vorausgelaufen, bevor ich wirklich über sie nachdenken konnte, aber sie haben einen Weg eingeschlagen, der mir gar nicht mal so schlecht gefällt.

»Aber auch bessere«, meint Alice und verschränkt die Arme vor der Brust.

»Es ist ja nicht so, dass ich dich nur ins Bett kriegen will.«

»Nicht nur?« Ihre Stimme bricht, und ihre Wangen färben sich ganz leicht rosig. Der Anblick gefällt mir viel besser, als gut für mich sein kann.

»Ich mag dich. Ich habe gern mir dir geschrieben, und ich unterhalte mich gern mit dir. Ich bin einfach gern in deiner Nähe«, entgegne ich ungerührt, obwohl ich gerade noch dachte, dass ich meine Gefühle nicht aussprechen will. Jetzt fällt es mir auf einmal erstaunlich leicht. Als würde ein ehrliches Wort die Tür für alle weiteren öffnen. Man muss den Mut nur einmal zusammennehmen. Nach dem ersten Schritt folgen alle weiteren wie von selbst.

»Ich weiß nicht, was ich von deiner Ehrlichkeit halten soll«, murmelt Alice und folgt mir aufmerksam mit dem Blick, während ich mich auf sie zubewege.

»Ich auch nicht.«

Ich hocke mich neben sie auf die Bettkante, unsere Beine liegen nebeneinander, aber sie berühren sich nur federleicht. Meinen Arm stütze ich hinter mir auf der Matratze ab, um sie direkt anschauen zu können. Fuck. Wir sind uns jetzt sehr nah. Aber noch lange nicht nah genug.

Ihre Augen sind blau, aber dunkler als vorhin noch, weil ihre Pupillen, während sie mich anstarrt, so groß sind.

»Was machst du da?«, haucht sie.

»Keine Ahnung«, entgegne ich und lehne mich ihr entgegen. »Soll ich das nicht tun?«, frage ich. So rau klang meine Stimme wohl noch nie. Ich habe zwar selbst keine Ahnung, was *das* eigentlich ist. Trotzdem schüttelt Alice den Kopf.

Diese kleine, eigentlich unbedeutende Geste lässt mein Herz mehrere Schläge aussetzen und dann haltlos in die Tiefe stürzen. Es wird niemals aufhören zu fallen. So fühlt es sich gerade zumindest an.

Und diese Emotion verstärkt sich, als ich mich ihr noch weiter entgegenbeuge, mit meinen Lippen nur wenige Zentimeter vor ihren verweile und ihren Atem auf meinem Gesicht spüren kann. Fuck, vermutlich sollten wir das nicht machen.

Mein Verstand meldet sich und will mich dazu bringen, wieder Abstand zwischen Alice und mich zu bringen.

Doch in dieser Sekunde überwindet sie die letzten Zentimeter zwischen uns und legt ihre Lippen auf meine.

32. KAPITEL

Alice

Ich habe wirklich nicht über das nachgedacht, was ich tue. Aber sobald meine Lippen seine berühren, kann ich das auch gar nicht mehr.

Sein Mund ist weich. So verdammt weich. Wir küssen uns zögerlich. Der Kuss schockt uns wohl beide. Doch nach wenigen Sekunden verändert sich etwas.

Adrian schlingt seinen Arm um meine Taille und zieht mich näher an sich heran. Meine Brust berührt seine, eine Hand streichelt meinen Rücken, die andere vergräbt sich in meinen Haaren.

Mir entfährt ein Stöhnen, und sofort umfassen mich seine Hände noch fester. Der Kuss wird fordernder, tiefer. Ich lege meine Arme um seinen Hals und streiche mit meinen Fingern über seinen Nacken. Ich spüre, wie er an mir erschauert, und ich grinse, während meine Lippen noch immer auf seinen liegen.

Mein Herz rast, meine Haut vibriert, meine Lippen kribbeln. In diesem Gefühl könnte ich ertrinken.

Als Adrian mich noch näher an sich drückt, sinken wir beide nach hinten, bis wir nebeneinander auf dem Bett liegen.

Seine Haare fühlen sich so gut unter meinen Fingerspitzen an. Es ist dicht und fest. Also vergrabe ich meine Hände in ihnen und ziehe ein bisschen. Er keucht, seine Finger krallen sich in meine Taille und auch ich muss stöhnen, weil es sich so gut anfühlt, dass sein Körper direkt an meinem liegt.

Wir küssen uns weiter, ich kriege kaum noch Luft, aber das ist mir völlig egal. Denn seine Lippen will ich mehr als meinen nächsten Atemzug. Seine Hand wandert von meiner Taille langsam weiter hinunter, meine Seite entlang. Eine Gänsehaut folgt ihr auf ihrem Weg.

»Ist das in Ordnung?«, kriegt er zwischen zwei Küssen hervor, als seine Hand den unteren Rand meines Kleides erreicht hat und seine Fingerspitzen mit dem Saum spielen, sich jedoch noch nicht darunter wagen.

»Ja«, bringe ich stöhnend hervor, und behutsam schiebt er seine Hand weiter, immer weiter unter den Stoff.

Als seine etwas rauen Finger die empfindliche Innenseite meiner Oberschenkel berühren, drücke ich unwillkürlich den Rücken durch. Wieder stöhne ich. Wenn ich noch denken könnte, wäre mir das vielleicht peinlich. Zum Glück kann ich das nicht mehr.

»Sag, wenn ich aufhören soll«, haucht er, als er seine Lippen kurz von meinen löst und sie eine Sekunde später auf mein Schlüsselbein presst.

»Nicht aufhören«, entfährt es mir, während er meinen Hals küsst und seine Hand gleichzeitig meine Oberschenkel streichelt. Sie ist schon sehr weit oben, aber noch immer will ich nicht, dass er aufhört.

Er küsst mich wieder, da erreichen seine Finger das Ende meiner Oberschenkel. Das Stöhnen, das mir jetzt entgleitet, ist wesentlich heiserer als das davor, und man kann es deutlich hören, obwohl sein Mund auf meinem ruht.

»Soll ich weitermachen?«, fragt er und löst sich so weit von mir, dass er mir ins Gesicht schauen kann. Wir atmen beide viel zu schnell. Bei jedem Atemzug drücken sich unsere Oberkörper aneinander. Seine Lippen sind leicht gerötet, seine Pupillen riesig und sein Blick verhangen. Fuck, er sieht gerade viel zu gut aus.

»Ja, mach weiter«, sage ich, während ich ihm in die Augen blicke. Ein schiefes Grinsen legt sich auf seine Lippen, doch bevor auch das meinen Herzrhythmus durcheinanderbringen kann, küsst er mich wieder.

Als seine Hand noch weiter nach oben wandert, kralle ich mich unwillkürlich in seinen Haaren fest.

»Du trägst keine Unterwäsche?« Er wollte wohl belustigt klingen, aber die Heiserkeit ist lauter.

»Hatte vorm Aufbruch keine Zeit mehr, Wäsche zu waschen«, gebe ich zurück.

»Muss ich wohl sichergehen, dass du auch in Zukunft keine Zeit haben wirst.«

Ich will irgendwas entgegnen. Am besten etwas Schlagfertiges. Doch dann berührt er meine empfindlichste Stelle, und ich stöhne laut auf. Er bewegt die Finger, und ich recke ihm meine Hüften entgegen.

»Küss mich«, fordere ich, und er kommt meiner Bitte, ohne zu zögern, nach. Seine Lippen bedecken meine, und als ich meinen Mund zu einem weiteren unterdrückten Stöhnen öffne, spüre ich auch seine Zunge. Ich halte mich noch vehementer an seinem Nacken fest, während sich seine Finger mal schneller, mal langsamer bewegen. In meiner Mitte zieht sich alles zusammen, mir wird heiß, meine Wangen glühen. Meine Beine zittern ein bisschen. Ein Druck baut sich in meinem Inneren auf, und ich komme Adrians Finger weiter entgegen.

»Fühlt sich das gut an?«, fragt er heiser. Der Klang seiner Stimme lässt mein Herz noch schneller schlagen. Die Haare auf meinen Armen stellen sich auf. Ihm so nah zu sein, berauscht mich. Auch wenn es nicht leicht ist, das zuzugeben.

»Ja«, sage ich.

»Und das?« Er wird etwas schneller, und der Druck fester.

»Ja«, entfährt es mir.

Erst als ich die Augen wieder öffne, wird mir klar, dass ich sie überhaupt geschlossen hatte. Adrian schaut mich direkt an, so intensiv, fast ohne zu blinzeln, als hätte er sonst Angst, irgendwas Wichtiges zu verpassen.

»Ich komme gleich«, presse ich seufzend hervor und ziehe ihn zu mir runter, weil ich ihn wieder küssen will.

Meine Haut fühlt sich empfindlicher an als eben noch. Meine Nippel reiben von innen gegen den Stoff meines BHs. Ich spüre seine Bartstoppeln an meiner Wange. Das Tempo seiner Finger ist noch ein bisschen schneller geworden. Seine freie Hand gleitet über meinen Nacken, meinen Hals entlang. Dann vertieft er den Kuss wieder, beißt mir leicht in die Unterlippe.

Als ich endlich komme, verkrampfen sich meine Hände, die in seinem Nacken liegen, und halten sich dort fast schon verzweifelt fest. Als würde ich sonst fallen. Wohin weiß ich nicht. Ich stöhne laut, und mein Rücken biegt sich durch. Dann sacke ich wieder komplett auf die Matratze, ich lasse Adrian los und schließe viel zu schnell atmend die Augen.

»Fuck«, entfährt es mir zwischen zwei abrupten Atemzügen. Meine Arme und Beine zittern ein bisschen, aber ich fühle mich trotzdem gut. Und als Adrian die Arme um meinen Körper schließt, fühle ich mich noch besser. Obwohl ich das auch unter Eid leugnen würde.

»Du siehst gerade verdammt schön aus«, meint er und streicht mir zwei Strähnen aus dem Gesicht. Seine Stimme klingt so aufrichtig, dass sich etwas in meinem Inneren zusammenzieht. Mit Adjektiven wie *sexy* und *heiß* wäre ich vermutlich besser klargekommen. Sie sind weniger emotional, weniger bedeutungsvoll. Auch jemand, dem man egal ist, sobald man ihm einen Orgasmus beschert hat, kann sie sagen. Für *schön* gelten andere Regeln. Zumindest wenn man es so intim betont, wie Adrian es getan hat.

Sein Gesicht ist ganz nah an meinem. Ich kann wieder die Sprenkel in seiner Iris erkennen und könnte jeden einzelnen zählen. Doch das wäre vermutlich so, als würde ich versuchen, alle Sterne zu zählen. Man würde nie fertig werden. Aber vielleicht will ich das auch gar nicht.

Wir schweigen beide und betrachten uns einfach. Adrian wirkt gedankenverloren. Seine eine Hand streichelt träge meinen Rücken, die andere ruht an meiner Wange. Eigentlich will ich ihn fragen, worüber er nachdenkt, gleichzeitig habe ich Angst vor dem, was er mir dann anvertrauen könnte.

Ich will nichts sagen oder tun, was diesen Moment beenden könnte. Also schweige ich weiter und schaue ihn einfach an. Ein kleines, und doch sehr tiefes Lächeln liegt auf seinen Lippen, und die Vorstellung, dass es nur mir gilt, lässt mich wieder erschauern.

Mein Blick bleibt an seinen Lippen hängen. Ich will sie noch einmal auf meinen spüren. Als könnte Adrian meine Gedanken lesen, kommt er mir langsam entgegen. Mein ganzer Körper kribbelt vor Erwartung.

Da klopft es an der Tür, und ich zucke unwillkürlich zurück.

»Adrian, bist du da drin?«, ruft Levi durch die geschlossene Tür.

Dieser ruhige Augenblick platzt wie eine Seifenblase. Levi hat seine instabile Oberfläche berührt. Nichts bleibt von ihm übrig. Man kann ihn auch nicht wieder zusammensetzen.

Reflexartig komme ich auf die Beine, obwohl sie sich immer

noch wackelig anfühlen, und mache zwei Schritte vom Bett weg. Mein Kleid ziehe ich mir hektisch wieder runter. Dann fahre ich über den Stoff und streiche meine Haare glatt. Adrian kann ich nicht mehr ansehen.

Was genau ist hier eigentlich gerade passiert? Mein Herz beginnt zu rasen. Schon wieder. Doch diesmal aus einem ganz anderen Grund. Gerade war mir noch warm. Jetzt schlagartig eiskalt.

»Bin ich«, antwortet Adrian verspätet. Ich drehe mich nicht zu ihm um, aber ich höre, dass die Bettdecke raschelt. Er hat sich vermutlich aufgesetzt.

»Aphrodite sucht dich«, meint Levi, während er die Tür öffnet. Erst betrachtet er Adrian, dann mich. Er erkennt sofort, was hier passiert ist. Ich sehe es in seinen kritisch zusammengekniffenen Augen. Ich warte auf einen abfälligen Kommentar. Doch der bleibt aus.

»Ihr solltet wieder runterkommen«, sagt er nur und macht die Tür hinter sich zu.

Ich atme geräuschvoll aus. Seit Jahren will ich investigative Journalistin werden. Und dann folge ich einer Story, die meine Karriere retten könnte, und was tue ich?

Was hier gerade geschehen ist, hätte niemals passieren dürfen. Vor ihm zurückzuweichen, als er mir entgegenkam, wäre die richtige Entscheidung gewesen. Aber ich habe das Gegenteil gemacht. Ich bin auf ihn zugekommen, als er innegehalten hat. Ich kann mir also nicht einreden, dass ich diesen Kuss und was auf ihn folgte, nicht gewollt hätte.

Ich wollte es, doch das ändert nichts an der Tatsache, dass ich es nicht hätte machen sollen. Meine berufliche Zukunft hängt davon ab, dass ich einen Artikel über ihn schreibe. Elijah hat eine saftige Story gefordert und mir mitgeteilt, dass ich Adrians Vertrauen missbrauchen soll, wenn ich so die schlüpfrigen Details beschaffen kann, die er unbedingt haben will. Und wenn ich mich widersetze, verliere ich meinen Job. Ich will meine Karriere nicht aufgeben, aber noch viel weniger will ich arbeitslos auf der Straße landen. Der Streit mit meiner Familie hat mir gezeigt, dass es für mich auch dann kein Zurück mehr gibt, wenn es eigentlich meine letzte Möglichkeit wäre. Meine Familie verabscheut meinen Beruf sogar noch mehr, als ich es in diesem Moment tue. Ich kann mir nicht für den Rest meines Lebens anhören, dass mir mein Scheitern nur recht geschieht und dass mein Traum, investigative Journalistin zu werden, sowieso eine beschissene Idee war.

Und wenn ich nicht zurückkehren kann, bleibt mir doch eigentlich nichts anderes übrig, als voranzuschreiten? Meine Freiheit bedeutet immer noch, dass ich einen Weg, ohne zurückzublicken und ohne zu zögern, beschreite. Es gibt zwar auch andere Wege hinaus aus meiner Kindheit. Stacy hat einen gefunden. Aber ich kann nie wieder von anderen Menschen abhängig sein. Allein der Gedanke daran droht mich zu ersticken. Ein ruckartiger Atemzug schießt durch meinen Körper. Ich muss Distanz zu Adrian wahren, egal, wie schwer es mir auch fällt.

Doch wie soll ich es jemals schaffen, ihn zu verraten, wenn ich weiß, wie seine Lippen schmecken?

»Wir können das darauf schieben, dass wir betrunken sind«, sage ich. Immer noch bin ich der Wand zugewandt, weil ich mir ziemlich sicher bin, dass er mich anschaut und ich nicht weiß, was mit mir passieren wird, wenn ich dem Blick aus seinen warmen Augen begegne.

»Ich habe zwei Bier getrunken und du auch nicht mehr. Das weiß ich«, erwidert er ungerührt.

Ich seufze und schaffe es endlich, mich zu ihm umzudrehen. Ich werde ihn früher oder später wieder ansehen müssen. Besser ich bringe es schnell hinter mich. Doch sein Anblick überfordert mich. Er sitzt auf der Bettkante und hat sich leicht zurückgelehnt, die Arme hinter sich auf der Matratze abgestützt. Er schaut zu mir hoch. Noch immer liegt ein Lächeln auf seinen Lippen, denen ich ansehen kann, dass ich sie gerade geküsst habe. Seine Haare sind leicht verwuschelt. Seine Augen blitzen.

Wenn Levi nicht an der Tür geklopft hätte, wäre ich noch weitergegangen als ohnehin schon. Dessen bin ich mir bewusst, als ich ihn jetzt anblicke und die Anziehung spüre, die er auf mich ausübt. Er streckt nicht die Arme nach mir aus. Aber so kommt es mir vor. Mein Körper will wieder auf ihn zugehen. Ich zwinge mich allerdings, stehen zu bleiben, wo ich bin. Meine Arme verschränke ich vorsorglich vor meiner Brust, damit meine Hände nicht auf die Idee kommen, ihn zu berühren. Das ist ihnen von nun an verboten.

»Ich bleibe bei meiner Aussage«, sage ich stur. »So eine Ausrede, auch wenn beide wissen, dass es eine ist, macht vieles leichter.«

»Denkst du?«, fragt er und zieht skeptisch die Augenbrauen nach oben. »Mir wäre es lieber, wenn wir keine Ausrede bräuchten.«

»Darauf kann ich keine Rücksicht nehmen«, entgegne ich. »Das, was gerade geschehen ist, hätte nie passieren dürfen.«

»Warum nicht?«

Okay, er ist wirklich nicht bereit, es mir leichter zu machen.

»Ich bin eine professionelle Journalistin. Ich schlafe nicht mit Interviewpartnern.«

»Ist das eine Regel?« Seine Mundwinkel zucken verräterisch. Er lässt seinen Blick über meinen ganzen Körper wandern und bleibt an meinen Lippen hängen. Sofort kribbelt meine Haut, überall dort, wo er mich angesehen hat, als hätte er mich tatsächlich berührt. Er würde gern dort weitermachen, wo wir aufgehört haben. Und ein großer Teil von mir würde das auch am liebsten machen. Aber die Vernunft muss wenigstens einmal das letzte Wort haben.

»Sie wurde mir von niemandem gesagt, aber ich denke mal, sie wird vorausgesetzt«, erwidere ich schnippisch.

Jetzt versucht er nicht mehr, sein Grinsen zu unterdrücken, und mein Herz legt sich sofort wieder ins Zeug und springt mit so viel Enthusiasmus durch meinen Körper, als hätte es sich zum Ziel gesetzt, Leistungsturner zu werden.

»Das darf nicht noch mal passieren«, sage ich mit fester Stimme.

»Ich werde dich ganz sicher zu nichts zwingen, was du nicht willst«, meint Adrian ernst. Dann grinst er wieder. »Aber wenn du mich wieder küssen solltest, würde ich dich auch nicht wegschubsen.«

Ich schnaube, drehe mich um und verlasse das Zimmer. Ich rede mir ein, dass ich das mache, um meinen Standpunkt zu verdeutlichen. Aber eigentlich tue ich das, weil ich seinem Blick, seinem Lächeln, seinem ganzen Körper entfliehen muss, bevor ich meine Meinung doch noch ändere.

Ich verschwinde schnell im Bad, um sicherzustellen, dass niemand sehen kann, wo Adrian mich berührt hat. Meine Haare streiche ich noch ein bisschen glatter. Sonst sehe ich so aus wie vorher. Von den leicht geröteten Wangen abgesehen, aber gegen die kann ich nichts machen.

Mein letztes Gespräch mit Elijah hallt mit einem beeindruckenden Echo durch meinen Kopf. Mache ich mir eigentlich selbst was vor? Macht es überhaupt einen Unterschied, dass ich das Zimmer gerade verlassen habe? Bin ich nicht ohnehin schon viel zu nah dran, um das zu tun, was ich tun muss? Kann ich Adrian tatsächlich verraten? Bin ich so kalt?

Ich bin mir in diesem Moment nicht ganz sicher, was schlimmer wäre. Wenn ich es nicht schaffe, einen abschätzigen Artikel zu schreiben, und meinen Job verliere. Oder wenn ich es schaffe und mir damit selbst beweise, was für ein Mensch ich wirklich bin.

Energisch schiebe ich diese Gedanken zur Seite. Mein Gehirn ist definitiv noch zu stark von Hormonen benebelt und kann solche weitreichenden Fragen nicht beantworten. Ich gehe aus dem Bad, laufe zügig die Treppe hinunter und komme zurück in den Eingangsbereich. Inzwischen tanzen noch mehr Leute. Die Stimmung ist ausgelassen. Ich höre neben der Musik auch das Lachen vieler durch den Raum schallen.

Ich laufe weiter zum Wohnbereich und lehne mich kurz gegen eine Wand, damit ich durchatmen kann. Mein Herz schlägt immer noch viel zu schnell, aber ich glaube, dass es noch eine Weile dauern wird, bis es sich einkriegt.

»Da bist du ja wieder«, meint Levi, als er sich neben mich stellt und von der Seite mustert.

»Da bin ich ja wieder«, sage ich trocken und ziehe es vor, weiter geradeaus zu blicken, ohne irgendwas richtig zu sehen. Ich will gar nicht wissen, wie missbilligend der Blick ist, den er mir gerade zuwirft.

»Soll ich was zu dem sagen, was ich gerade unterbrochen habe?«

»Bitte nicht«, antworte ich sofort. »Bitte nicht.«

»Okay, deinem Tonfall entnehme ich, dass ich dir gar keinen Vortrag halten muss. Das machen deine Gedanken auch allein.«

»O ja«, entfährt es mir. So vehement wollte ich gar nicht klingen. Schon gar nicht vor Levi. Doch überraschenderweise lacht er einfach nur. Das bringt mich dazu, mich ihm doch zuzuwenden. Sein Blick ist nicht missbilligend. Er grinst sogar.

»Wolltest du diese Party nicht dafür nutzen zu netzwerken und nicht, um mich auszulachen?«, frage ich.

»Ich kann beides tun«, entgegnet er. »Ich bin multitaskingfähig.«

»Aber gerade sehe ich dich nicht gerade Kontakte knüpfen.« Ich blicke wieder in den Wohnbereich hinein. Nur wenige Schritte von uns entfernt stehen Garett Edwards und Katherine O'Connell, die zwar wollte, dass wir sie Kat nennen, aber das kriege ich in meinem Gehirn noch nicht ganz sortiert. Sie ist ein weltweit bekannter Star. Der Spitzname Kat wird dem einfach nicht gerecht.

»Ich sammle meinen Mut zusammen«, gesteht Levi. »Die sind alle sehr einschüchternd.«

Ich lächle. »Es tut gut, das aus deinem Mund zu hören. Dann bin ich wenigstens nicht die einzige Eingeschüchterte auf dieser Party.«

»Wirklich nicht. Mir geht der Arsch auf Grundeis.« Levi verzieht gequält das Gesicht, und diesmal bin ich diejenige, die auflacht.

»Okay, ich habe einen Vorschlag für dich«, setze ich an. Er wendet sich mir zu, mal wieder diese unverkennbare Skepsis im Gesicht, die sich deutlich in den Falten auf seiner Stirn und seinen leicht zusammengekniffenen Augen abzeichnet. »Meine beste Freundin ist Schauspielerin, und sie würde mich umbringen, wenn ich diese Chance nicht nutzen würde, um ihr Kontakte zu verschaffen. Also netzwerken wir einfach zusammen. Geteilte Angst ist halbe Angst?«

Levis Skepsis braucht einen Moment, bevor sie aus seiner Miene verschwindet. »Klingt nach einem Plan.«

Wir nicken uns aufmunternd zu, dann gehen wir zu Garett und *Kat* hinüber und bringen es über uns, sie anzusprechen. Schon nach wenigen Sekunden wird mir klar, dass unsere Furcht ungerechtfertigt war. Die beiden sind extrem locker, Garett gibt Levi sofort seine Handynummer und fragt mich nach Hiens Portfolio. Ich öffne es auf meinem Smartphone, und Kat meint, dass Hien eine tolle Ausstrahlung hat. Wenn ich ihr das erzähle, wird sie direkt in Ohnmacht fallen. Auch ihr darf ich Garetts Nummer schicken. Noch sind er und Aphrodite Produktionsassistenten, sie nutzen allerdings ihre eigene Bekanntheit und die ihrer

Freunde bereits, um das Geld und die Infrastruktur für ein eigenes Filmprojekt zusammenzubekommen. Garett verspricht, an Hien zu denken, und irgendwie glaube ich ihm tatsächlich, dass das nicht nur so dahergesagt ist. Er hat etwas extrem Ehrliches an sich.

Während Levi und Garett über Levis Drehbuchvorlesung reden und Garett ihm Tipps für sein Skript gibt, wandert mein Blick zur Treppe. Ich muss gespürt haben, dass Adrian mich angesehen hat. Denn sobald ich den Kopf drehe, blicke ich in seine Augen. Er steht am Treppenabsatz neben seiner Schwester, die auf ihn einzureden scheint. Doch er beachtet sie gar nicht. Seine ganze Aufmerksamkeit liegt auf mir.

Ein Schauer rast durch meinen Körper. Denn er erinnert sich sofort an Adrians Berührungen – und sehnt sich nach ihnen.

Ich muss dem Impuls widerstehen, auf ihn zuzugehen. Und mich dann zwingen, wieder wegzusehen.

Doch der kühlere Kopf bleibt aus, obwohl ich nun wieder Levi fixiere, und versuche, mich auf das zu konzentrieren, was er erzählt. Denn ich weiß, dass Adrian nicht wegschaut. Ich bin mir dessen so furchtbar sicher. Und das lässt meine Haut kribbeln. Ich habe keine Ahnung, wie es so weit kommen konnte. Ich habe keine Ahnung, warum ich ihn so sehr wollte. Ich habe keine Ahnung, wie ich es in den nächsten Tagen schaffen soll, ein seriöses Interview mit ihm zu führen, ohne mich ihm spontan in die Arme zu werfen. Und ich habe vor allem keine verdammte Ahnung, was ich tun soll, wenn es an der Zeit ist, den Artikel, für den ich recherchiere, auch zu schreiben.

Fuck, ich habe echt ein Problem.

33. KAPITEL

Hadrian

»Alice, könntest du mal wenigstens für eine Sekunde stehen bleiben?«

»Nein, ich bin spät dran«, antwortet sie nur und scheint ihr Tempo sogar noch anzuziehen, sowie sie bemerkt, dass ich nicht einfach aufgebe, sondern ihr nachlaufe.

»Wofür denn?«, stoße ich aus. Alice sieht vielleicht nicht so aus, doch sie ist tatsächlich erstaunlich schnell. Das Filmset kommt schon in mein Blickfeld. Der Weg vom Haus, in dem die Crew und in den letzten Tagen auch wir gelebt haben, ist wirklich kurz. Und wenn man dabei auch noch eine aufgescheuchte Alice verfolgt, die einem ziemlich offensichtlich aus dem Weg geht, ist man sogar noch schneller da.

Seit Aphrodites Party habe ich Alice nicht oft zu Gesicht bekommen. Zusammen mit Levi hat sie sich gestern von Garett das Set zeigen lassen. Dann hat sie noch Aphrodite interviewt, die sich nur widerwillig dazu hat breitschlagen lassen. Angeblich muss sie nicht nur mit mir sprechen, um ein Porträt über mich zu schreiben. Sie will auch erfahren, was Menschen, die mich gut kennen, über mich denken. Deswegen hat sie sich gestern Abend zu Levi gesetzt und ihn ausgefragt. Und gemeint, ich dürfte nicht dabei sein, weil Levi dann nicht so offen über mich reden würde.

Da sie in diesem Moment nicht mehr nur im übertragenen Sinne, sondern wortwörtlich vor mir wegrennt, bin ich mir inzwischen sehr sicher, dass das alles nur Vorwände sind, um nicht im gleichen Raum mit mir sein zu müssen.

Während sie meine Anwesenheit nicht ertragen zu können scheint, sehne ich mich nach ihrer. Und sobald ich sie sehe, schlägt mein Herz automatisch schneller.

So ging es mir auch vor ein paar Minuten, als ich meinen Jeep am Straßenrand geparkt und beim Aussteigen bemerkt habe, wie sie aus dem Haus kam. Ich hatte Levi nur kurz zum nächsten Bahnhof gefahren, weil er schon heute nach Seattle zurückkehren musste, damit er nicht zu viele Vorlesungen verpasst. Obwohl ich nicht lange weg war, hat mein Körper so getan, als wäre ich ewig von Alice getrennt gewesen. Ich weiß inzwischen, wie sie aussieht und welche Geräusche sie von sich gibt, wenn sie kommt. Und dieses Wissen erschwert es, an irgendwas anderes zu denken.

»Wofür bist du zu spät?«, frage ich erneut, weil sie meine Frage immer noch nicht beantwortet hat. Wie auch? Sie ist viel zu sehr damit beschäftigt, mich abzuhängen. Sprechen könnte sie die Luft kosten, die sie doch zum Sprinten braucht.

»Ich bin mit Garett verabredet.«

»Du bist mit Garett verabredet?«, frage ich fassungslos. Genauso wie gestern Abend, als Alice den Abend mit Levi verbracht hat, spüre ich Eifersucht, dabei ist mir klar, dass es weder gestern noch heute einen Anlass dafür gibt. Garett ist der Freund meiner Schwester, und ich bin mir ziemlich sicher, dass er andere Frauen nicht einmal richtig wahrnimmt. Aber dass mir das bewusst ist, ändert nichts an diesem brennenden Gefühl, das sich auf meinen Brustkorb legt.

»Ja, ich interviewe ihn.«

»Ihn brauchst du auch noch, um einen Artikel über mich zu schreiben?«

»Schaden kann es nicht«, entgegnet sie. »Ihr kennt euch doch schon seit frühster Kindheit durch die Cross-over-Folgen. Außerdem ist es definitiv nicht schlecht, Garett Edwards zitieren zu können.«

Wir erreichen das Set, und Alice steuert zielstrebig auf den Container zu, in dem der Controlroom des Drehs ist. Gerade scheint nicht gedreht zu werden. Neben dem Container steht ein Zelt, in dem Essen ausgeteilt wird und vor dem sich schon eine lange Schlange mit Crewmitgliedern gebildet hat.

Garett lehnt am Container und begrüßt Alice mit einer Umarmung, als sie ihn erreicht hat. Dann bedeutet er ihr, ihm zu folgen, und die beiden laufen übers Set. Ein paar Sekunden später kann ich sie schon nicht mehr sehen.

Sie hat sich nicht einmal zu mir umgedreht, bevor sie verschwunden ist. Mir entfährt ein genervtes Schnauben.

»Was ist denn los, Adrian? Bist du etwa eifersüchtig, dass jemand anderes Zeit mit deiner Journalistin verbringt?«

Ich zucke zusammen, als Aphrodite neben mich tritt. Ich war so damit beschäftigt, Alice nachzustarren, dass ich gar nicht gemerkt habe, dass meine Schwester sich angeschlichen hat.

»Ich bin nicht eifersüchtig«, entgegne ich reflexartig, obwohl uns beiden klar ist, dass das eine Lüge ist.

Aphrodite hebt wissend die Augenbrauen. »Ich muss zugeben, dass sie netter ist, als ich erwartet habe. Das Interview mit ihr hat sogar Spaß gemacht«, meint sie und grinst mich dann süffisant von der Seite an. »Aber ich schätze, niemandem macht ein Interview mit ihr so viel Spaß wie dir.«

»Was willst du mir damit sagen, Aphrodite?«, frage ich und weiß schon eine Sekunde, nachdem ich das ausgesprochen habe, dass ich es bereuen werde, diese Frage gestellt zu haben.

»Ich will sehr vieles damit sagen«, setzt sie an, hakt sich bei mir unter und manövriert mich von der langen Schlange Crewmitglieder weg, bis wir eine abgelegene Ecke mit ein paar Stühlen gefunden haben, in der wir relativ ungestört sind.

Sobald wir allein sind, wird Aphrodites Blick noch bohrender. Ich kann ihr ansehen, dass sie vorhat, all die Dinge zu sagen, die ihr bestimmt schon seit Tagen auf der Zunge brennen, die ich jedoch auf keinen Fall hören will.

»Du spielst mit dem Feuer«, erklärt sie, und ihr Tonfall wird mit einem Schlag ganz ernst. »Was du da tust, könnte echt nach hinten losgehen.«

»Was tue ich denn?«

Genervt verdreht Aphrodite die Augen. »Wenn du dich nicht kooperativ zeigen möchtest, wird dieses Gespräch ewig dauern. Das willst du doch nicht, oder?«

Ich seufze gequält, lasse mich auf einen der Stühle fallen und stütze dann meine Arme auf meinen Beinen ab. Aphrodite setzt sich mir gegenüber.

»Dann lass mal alles raus, was du mir sagen willst. Dann habe ich es schneller hinter mir.«

»Oh, es rührt mich, wie gern du Zeit mit mir verbringst«, erwidert sie sarkastisch.

»Ich verbringe gern Zeit mit dir. Aber nicht, wenn du mir Vorträge hältst, als wärst du unsere Mutter.«

»Nimm das zurück«, fordert sie.

»Nur, wenn du mich nicht behandelst wie ein kleines Kind.«

»Ich sehe schon, ich komme hier allein nicht weit.« Ohne weiter auszuführen, was sie vorhat, holt sie ihr Handy aus der Hosentasche, tippt darauf herum und stellt es, während ein Anruf läuft, auf laut. Sie hält das Smartphone zwischen uns. Sobald ich den Namen auf dem Bildschirm entziffern kann, sackt mein Herz nach unten. Doch zu einer weiteren Reaktion komme ich nicht mehr. Da ist Athena schon rangegangen.

»Aphrodite?«, fragt sie. »Was gibt's?«

»Dreimal darfst du raten, wer mir gegenübersitzt.«

»Adrian!«, dringt ihr Aufschrei aus Aphrodites Handy.

»Hey, Athena«, meine ich zaghaft. »Wie geht's?«

»Wie es mir geht? Das fragst du mich ernsthaft? Um mich geht es nicht. Wie geht es dir? Ich habe das Selfie von dir und Alice Golddigger gesehen. Was ist nur in dich gefahren?«

Aphrodite lässt mir nicht einmal Zeit, mich zu rechtfertigen. »Und es wird noch besser«, sagt sie, bevor ich überhaupt dazu komme, Luft zu holen. »Rate mal, mit wem er hier aufgetaucht ist.«

»Nein!«, entfährt es Athena. Ihre Stimme ist ein bisschen verzerrt. Trotzdem fühlt es sich gerade ein bisschen so an, als wäre sie auch hier. Ich hatte meine Schuldgefühle erfolgreich in die hinterste Ecke meines Gehirns gesperrt. Aber wenn ich ihre Stimme höre, funktioniert das nicht mehr. Wieder spüre ich körperlich, dass ich sie zurückgelassen habe. Ich bin hier, frei. Sie ist noch dort, in der Villa, eingesperrt.

»Du hast sie mitgenommen? Du hilfst ihr nicht ernsthaft dabei, einen Artikel über dich zu schreiben?«

»Doch, das tue ich. Aber ich muss mich nicht rechtfertigen. Das ist meine Sache.«

Wütend schnaubt Athena. Aphrodite grinst breit. Das macht ihr definitiv zu viel Spaß.

»Schläfst du mit ihr?«, fragt Athena unvermittelt. Sofort fixiert Aphrodite mich noch entschlossener.

»Nein«, sage ich, aber es klingt ein bisschen zögerlich, fast wie eine Frage. Ich habe ihr schließlich einen Orgasmus beschert. Eigentlich kann ich diese Frage nicht so entschlossen verneinen, wie ich es im Beisein meiner kritischen Schwestern gern würde.

»Nein?«, bohrt Aphrodite nach und mustert mich aufmerksam. »Das klang nicht überzeugt.«

»Ganz und gar nicht«, pflichtet Athena ihr bei. »Vielleicht hast du noch nicht mit ihr geschlafen. Aber du willst es. Deswegen lässt du dich auf dieses waghalsige Unterfangen ein. Dir ist schon klar, dass dein Penis nicht der beste Berater ist, wenn es darum geht, gute Entscheidungen zu treffen.«

»Danke für diesen wertvollen Tipp, Athena. Ich werde ihn mir zu Herzen nehmen«, erwidere ich sarkastisch.

»Die beiden sind während meiner Party auffällig lange nicht auffindbar gewesen«, überlegt Aphrodite laut. »Verdächtig.«

»Deine Party?«, fragt Athena. Und auf einmal klingt sie nicht mehr wie meine Schwester, die mir Vorträge hält und so tut, als wäre sie die ältere von uns beiden. Auf einmal klingt sie wie meine kleinere Schwester, ein bisschen verloren.

»Meine Geburtstagsfeier«, erklärt Aphrodite zögerlich. »Adrian, Levi und Alice Golddigger haben sie gecrasht.«

Athena bleibt einen Moment still. Dann höre ich, wie sie sich räuspert. »Stimmt, das war ja erst vor ein paar Tagen. Dein erster Geburtstag ohne die Carter-Regeln. Und ihr habt zusammen gefeiert.« Ohne mich. Die letzten zwei Worte spricht sie nicht aus, aber sie sind dennoch laut und deutlich zu verstehen.

»Athena«, setze ich an, doch sie redet weiter, bevor ich etwas Aufmunterndes sagen kann.

»Ich muss los. Wir drehen weiter. Habt noch Spaß.« Dann hat sie aufgelegt.

Aphrodite starrt ihr Handy einen Moment lang an, bevor sie es wieder in die Hose schiebt. Wir schweigen. Ihr Gesichtsausdruck ist ein Spiegel meiner Gefühle.

»Sie ist allein in diesem Haus«, stellt Aphrodite mit schwerer Stimme fest.

»Sie ist technisch gesehen nicht allein«, sage ich, obwohl ich genau weiß, wie sie das gemeint hat.

»Aber ohne uns. Auf sich gestellt.«

Ich nicke mechanisch, verschränke meine Finger miteinander und starre auf sie hinab. Erneut höre ich die Worte in meinem Kopf, die ich vermutlich nie ganz loswerden kann: Ich bin ohne sie gegangen, dabei hätte sie mich nie zurückgelassen.

»Sie sollte gerade auch hier sein«, meint Aphrodite. Wieder nicke ich und fühle mich bei dieser Bewegung wie ein Roboter mit schlecht geölten Scharnieren.

»Wir haben sie zurückgelassen«, flüstere ich, obwohl es mir schwerfällt, diese Worte auszusprechen. Als ich Aphrodite in die Augen schaue, erkenne ich aber auch, dass es genauso schwer ist, sie zu hören.

»Haben wir«, gibt sie mir recht. »Gehen war trotzdem die richtige Entscheidung.«

»War es«, murmle ich. »Es war trotzdem egoistisch.«

»Ich würde dennoch nicht zurückgehen«, entgegnet Aphrodite. »Ich kriege schon Platzangst, wenn ich nur an die Villa denke.«

»Geht mir auch so.«

Wir lächeln uns müde an. Wir sind zwei Gefangene, die dem Gefängnis entkommen sind, doch etwas von sich zurücklassen mussten, um den Sprung in die Freiheit schaffen zu können.

»Aber zurück zum eigentlichen Thema«, sagt Aphrodite.

Ich seufze. »Können wir es bitte ruhen lassen?«

»Können wir nicht. Du stehst auf Alice«, stellt sie fast schon nüchtern fest.

»Wenn du das sagst, muss es ja wohl stimmen.«

»Richtig.« Sie wird wieder ernst. »Aber denkst du, dass es dieses Risiko, das du eingehst, wert ist, nur um sie ins Bett zu bekommen?«

Ich schnaube. »Wenn du so redest, könnte man meinen, du kennst mich gar nicht. Du weißt genau, dass Frauenheld Hadrian Carter, der alles tut, um Frauen aufzureißen, nur eine Erfindung ist.«

»Frauenheld«, wiederholt Aphrodite und schüttelt sich. »Ich hasse dieses Wort. Schon immer. Es klingt wie ein Kompliment. Aber für Frauen gibt es kein Äquivalent. Nur die schmeichelhaften Umschreibungen, die sich die Klatschreporter dieses Landes für mich überlegt haben.«

Ich drücke Aphrodites Hand, da sie ihr Gesicht verzieht.

»Wie wäre es mit Männerheldin?«, schlage ich vor.

Laut lacht Aphrodite auf. »Das gefällt mir.«

Sie wirft einen Blick auf ihre Armbanduhr, seufzt und steht auf. »Ich muss gleich weiterarbeiten.«

Ich erhebe mich ebenfalls, grinse sie kurz an und lasse mich dann in eine feste Umarmung ziehen. Ich erwidere sie und gestatte es mir kurz, mich an meiner großen Schwester festzuklammern. Wir verweilen lange in dieser Position. Obwohl wir von zu Hause fortgelaufen sind, haben wir beide das hier vermutlich doch gebraucht. Ein bisschen Familie, um sich nicht mehr so heimatlos in dieser riesigen Welt zu fühlen.

Behutsam zieht Aphrodite ihre Arme wieder zurück, doch bevor sie mich komplett loslässt, flüstert sie mir noch einen Satz ins Ohr. »Sei einfach vorsichtig.«

34. KAPITEL

Alice

Meine Schritte werden langsamer. Wenn ich mich nicht ermahnt hätte, weiterzulaufen, wäre ich vermutlich früher oder später einfach stehen geblieben. Und irgendwann rückwärts wieder weggelaufen.

Die letzten Tage konnte ich einen Bogen um Adrian machen, und das war die einzige Lösung, die mir für meine Lage eingefallen ist. Aber jetzt muss ich mir wohl eine neue überlegen. Denn ich werde gleich in seinen Jeep steigen, und dann vermutlich mehrere Stunden neben ihm sitzen. Also muss mir schnell eine andere Taktik einfallen, als panisch wegzulaufen, sobald ich ihn von Weitem entdecke, sonst springe ich am Ende noch mitten auf dem Highway aus seinem Auto. Nur, weil ich seine Nähe nicht ertragen kann. Nur, weil mein Blick immer sofort auf seine Lippen fällt. Nur, weil ich daran denken muss, wie gut sie sich auf meiner Haut angefühlt haben. Nur, weil ich weiß, dass er mich nie wieder so anschauen wird, wie er es jetzt tut, wenn ich das getan habe, was Elijah von mir gefordert hat.

Ich straffe die Schultern, als sein Jeep in mein Blickfeld kommt. Adrian lehnt gegen die Fahrertür und guckt auf sein Handy. Er hat mich noch nicht bemerkt. Und es wäre am besten, wenn es so bleiben würde, was es natürlich nicht kann.

Uns trennen nur noch wenige Schritte, als er aufblickt. Ein Grinsen legt sich auf sein Gesicht, und er steckt sein Smartphone sofort in seine Hosentasche.

»Hast du alles gepackt?«, fragt er. Ich nicke nur und gebe ihm meinen Koffer und meinen Rucksack, als er mir seine Arme entgegenstreckt. Er verstaut beides in seinem Kofferraum.

»Hast du dich schon von deiner Schwester verabschiedet?«, frage ich, einfach um irgendwas zu sagen und mir zu beweisen, dass meine Stimme nicht immer belegt ist, sobald er in der Nähe ist. Leider beweist mir meine Stimme das Gegenteil. Ich muss mich räuspern, damit sie nicht mehr so rau klingt.

»Ja, ich war eben am Set. Sie konnte leider nicht weg. Aber wir konnten uns trotzdem kurz verabschieden.«

»Gut«, murmle ich. »Und wohin fahren wir jetzt?«

»Ich bin mir nicht sicher«, gibt Adrian zu und lehnt sich wieder mit vor der Brust verschränkten Armen gegen sein Auto. Natürlich lenkt das meine Aufmerksamkeit auf seine Hände. Ganz schlechte Idee. Das könnte meine Hormone auf gefährliche Gedanken bringen.

»Gut, dass unsere Sachen schon im Kofferraum sind, wir aber nicht wissen, wohin«, kommentiere ich trocken. »Es muss doch noch irgendwelche Orte geben, die du sehen willst.«

»Natürlich gibt es die.« Adrian nimmt sein Basecap ab, um es sich dann wieder falsch herum aufzusetzen. »Aber es sind viele. All die Orte, die ich zwar schon besucht habe, von denen ich aber nur irgendwelche austauschbaren Hotelzimmer und den Flughafen gesehen habe.«

»Okay«, meine ich. »Aber gibt es nicht irgendeinen Ort, der dir als Erstes in den Kopf kommt? Du denkst an viele Orte. Aber an diesen immer zuerst.«

Er zögert.

»Denk nicht drüber nach. Nenn den ersten, der dir in den Kopf kommt.«

»San Francisco«, entfährt es ihm.

»Gut, wieder ein Ort, der Tausende Meilen entfernt ist«, sage ich, halb genervt, halb amüsiert.

»Wie ich merke, findest du immer etwas an mir auszusetzen. Wenn mir kein Ort einfällt. Wenn mir ein Ort einfällt.«

»Das ist meine Gabe.«

Er lacht, und es tut gut, den Klang endlich wieder zu hören. Ihn zu meiden war leichter, als in seiner Nähe zu sein. Aber in einer anderen Hinsicht war es auch so viel schwerer. Ich wollte mit ihm reden, mit ihm scherzen. Das hat mir gefehlt.

Doch ich habe keine Ahnung, ob mir solche Gefühle überhaupt zustehen. Wir sind keine Freunde und dürfen es eigentlich auch niemals sein.

»Aber wie soll ich mir die Stadt anschauen, ohne direkt erkannt zu werden?«, fragt er. »Nationalparks sind weitläufig. Da war es möglich, unerkannt zu bleiben. In einer Großstadt sieht das definitiv anders aus.«

»Dann erlebst du die Stadt eben anders als alle anderen.«

»Wie?«, fragt er und grinst.

Sein schiefes Grinsen wird eines Tages meinen Tod bedeuten. So viel steht fest. »Nachts. Dann kannst du in den Schatten verschwinden.«

»Das gefällt mir«, sagt er und schiebt sich auf den Fahrersitz. »Dann mal los.«

Ich lächle, während ich um den Wagen herumlaufe und auf der Beifahrerseite einsteige. Und ich lächle noch ein bisschen breiter, als Adrian mir einen Blick von der Seite zuwirft, bevor er den Motor startet. Es ist ein Blick, der Abenteuer verspricht, genauso wie Chaos und schlechte Entscheidungen, die dann doch die besten sind, die man jemals hätte treffen können. Mein Herz pocht viel zu fest in meiner Brust. Ich weiß nicht, ob ich für all das, was sein Blick mir verspricht, schon bereit bin – oder für den Moment, wenn ich all das wieder aufgeben muss.

☆

Ein Lied von David Bowie schallt aus dem Autoradio. Adrian trommelt mit den Fingern im Takt auf das Lenkrad. Der Fahrtwind, der durch mein zur Hälfte offenes Fenster weht, rauscht in meinen Ohren. Immer wieder muss ich mir eine Strähne aus dem Gesicht streichen. Es riecht noch nach den Burgern, die wir uns bei einem Drive Through geholt haben. Die Verpackungen liegen in meinem Fußraum. Auf meiner Zunge schmecke ich noch die Cola, die ich getrunken habe. Meine Beine habe ich angewinkelt, mein Notizbuch in meinem Schoß. So muss sich ein Roadtrip wohl anfühlen.

»Darf ich dich was fragen?« Eigentlich stört meine Stimme diesen perfekten, ruhigen Moment nur. Aber eine Frage geht mir schon seit unserem Aufbruch durch den Kopf.

»Klar. Du machst doch seit Tagen nichts anderes«, gibt Adrian zurück. Die wenigen Strähnen, die unter seinem Basecap hervorschauen, werden auch vom Wind durcheinandergebracht.

»Denkst du, dass du wirklich für immer vor dir selbst weglaufen kannst?«

Das lässige Lächeln, das gerade noch entspannt auf seinen Lippen saß, verschwindet schlagartig. »Wie meinst du das?« Er sieht mich nicht an. Er starrt stur nach vorn, als müsste er sich zu sehr auf den Verkehr konzentrieren, um einen Blick in meine Richtung zu riskieren. Dabei sind wir fast allein auf dem Highway.

»Eine Stadt nachts zu erleben, wie ich vorgeschlagen habe, ist bestimmt eine gute Idee. Aber man wird ja trotzdem immer was verpassen, wenn man sich tagsüber nicht auf die Straße traut. Und natürlich ist von den ganzen Leuten erkannt zu werden nicht das Angenehmste. Aber ist es nicht besser, entdeckt zu werden und einfach einen Scheiß darauf zu geben, als deswegen am Leben nicht richtig teilhaben zu können?«

»So einfach ist das nicht«, erwidert er. Sein Kiefer sieht verkrampft aus. Ich kann seine Muskeln in seiner Wange arbeiten sehen. Das sollte mir eigentlich ein Zeichen sein, dass es besser wäre, die Klappe zu halten. So schlau war ich allerdings noch nie.

»Wieso?«, hake ich also nach. »Wieso könnte es nicht so einfach sein?«

Ich warte auf eine Antwort. Irgendeine Reaktion. Aber er bleibt still, und sein Blick ist weiterhin stur geradeaus gerichtet.

Ich seufze. »Ich stelle ja nur infrage, ob es auf Dauer so gut ist, vor sich selbst wegzulaufen.«

Verächtlich schnaubt Adrian. »Sagt die Richtige.«

Seine Worte lassen mich zusammenzucken. Das war vermutlich nicht seine Absicht, dennoch spüre ich einen Stich in meiner Brust.

»So meinte ich das nicht«, setzt er hinterher. Ihm scheint meine Reaktion nicht entgangen zu sein. Doch jetzt bin ich diejenige, die ihn nicht mehr anschauen kann. Ich blicke aus dem Beifahrerfenster.

»Doch, du hast es genauso gemeint. Aber das ist schon in Ordnung. Du hast nicht unbedingt unrecht.«

»Aber es stand mir nicht zu, das zu sagen.« Seine Stimme ist schon wieder so furchtbar sanft. Dieser Klang lockt mich quasi an, will mich dazu bringen, ihn wieder anzusehen. Doch ich bewege mich nicht. Die Wahrheit, die tief in seinen Worten steckt, hat mich erstarren lassen.

»Mag sein«, murmle ich. »Aber mir stand es auch nicht zu, etwas zu sagen.« Ich war diejenige, die dieses Gespräch begonnen hat. Ich war diejenige, die Adrian dazu gedrängt hat, sein eigenes Verhalten infrage zu stellen. Und jetzt bin ich aber auch diejenige, die allein bei dem Gedanken daran, dass sie sich vielleicht auch mal selbst hinterfragen sollte, erstarrt.

Adrian ist definitiv nicht der einzige Passagier in diesem Auto, der vor sich selbst davonläuft. Und er droht zumindest nur sich selbst zu verletzen, ich aber auch die Menschen, die den Fehler machen, sich in meine Nähe zu wagen.

Ich spüre alle meine Ängste gleichzeitig in mir hochbrodeln. Sie treiben mich dazu, Dinge zu tun, die ich eigentlich gar nicht machen will. Ich wollte niemals nach Hause zurückkehren müssen, also habe ich mich auf einen Job beworben, den ich eigentlich nicht wollte, weil ich so große Angst davor hatte, keinen anderen zu finden. Ich habe all die furchtbaren Artikel, die gegen alles gehen, wofür ich eigentlich mal stehen wollte, geschrieben, weil ich Angst davor hatte, einen Job, den ich eigentlich hasse, wieder zu verlieren. Nun droht meine Furcht mich dazu zu bringen, diesen Fehler zu wiederholen, obwohl ich weiß, wie falsch es wäre, Adrian zu verraten, dessen Nähe etwas in mir auslöst, von dem ich nicht einmal wusste, dass ich es fühlen kann. Ich hasse mich dafür, dass ich überhaupt in Erwägung ziehe, Elijahs Befehl Folge zu leisten. Trotzdem fühlt sich mein Körper so an, als könnte er sich dagegen gar nicht wehren, weil ich so große Angst vor meinem eigenen Scheitern habe.

Ich spüre Adrians Blick auf meiner Haut, bleibe aber wie versteinert sitzen und starre in den Rückspiegel. Diese Haltung passt sowieso am besten zu mir. Von meiner eigenen Panik gelähmt und mit dem Blick auf das gerichtet, was hinter mir liegt und was ich doch nie ganz hinter mir lassen kann.

Ob ich mich für immer so fühlen werde? Wie eine Verbrecherin, auf der Flucht vor meiner eigenen Vergangenheit, die mich genauso wenig vergessen kann wie ich sie?

Vermutlich.

35. KAPITEL

Hadrian

Es ist offiziell. Ich habe verlernt, wie man Türen öffnet. Nur so kann ich mir erklären, dass ich schon seit mindestens einer Viertelstunde vor der Tür zu Alice' Zimmer rumlungere und doch nichts tue, außer das Holz anzustarren. Ich bin die Maserung mit meinen Blicken nachgefahren. Ich habe sie mir so gut eingeprägt, dass ich sie vermutlich sogar aus dem Gedächtnis malen könnte. So lange stehe ich schon hier.

Ich sollte endlich etwas machen. Entweder klopfen oder gehen. Aber beides scheint einfach zu viel für mich zu sein. Um zu klopfen, müsste ich den Mut haben, mich Alice zu stellen. Um zu gehen, müsste ich mich mit dem Gedanken abfinden, dass wir heute kein Wort mehr miteinander wechseln werden. Seit meinem unüberlegten Kommentar haben wir nicht mehr als das Nötigste zueinander gesagt. Wir haben nur abgesprochen, dass wir die Nacht nicht durchfahren wollten. Da wir erst so spät aufgebrochen sind und, als wir an Seattle vorbeigekommen sind, im Stau gesteckt haben, haben wir heute nur sehr wenig von der Strecke geschafft und haben morgen noch über zehn Stunden Fahrt vor uns. Dennoch waren wir uns einig, dass wir in diesem Motel am Highway einchecken sollten.

Alice ist vor Stunden in ihrem Zimmer verschwunden und nicht mehr aufgetaucht. Aber ich bin mir ziemlich sicher, dass ich es nicht schaffen werde zu schlafen, wenn ich nicht noch mal ihre Stimme gehört habe.

In meinen Händen halte ich immer noch die Schokoriegel, die ich ihr eigentlich mitbringen wollte. Wenn ich das noch länger tue, werden sie bestimmt ganz matschig, weil ich sie mit meiner Körperwärme zum Schmelzen bringe. Also sollte ich endlich meinen Mut zusammenkratzen.

Ich seufze. »Du schaffst das«, spreche ich laut aus. Es zu hören, hilft tatsächlich. Dann zwinge ich mich eine Faust zu heben und an die Tür zu klopfen. Mein Herz ist definitiv lauter als das Geräusch, das ich damit erzeuge. Aber war das Klopfen jetzt zu leise oder mein Herz zu laut?

»Ja?«, höre ich Alice' Stimme von drinnen.

Also ist wohl mein Herz zu laut. Das überrascht mich nicht. »Ich bin es. Adrian.« Ich muss kurz warten und denke schon, dass sie mir nicht mehr aufmachen wird, als die Tür endlich aufgeht. Alice öffnet sie nur einen Spaltbreit, danach dreht sie sich wieder um und geht zum Bett zurück.

Ich atme noch einmal tief durch, dann mache ich einen unsicheren Schritt hinein in den Raum.

Alice hockt inzwischen wieder im Schneidersitz auf der Matratze, mit dem Rücken an die Wand gelehnt. Sie trägt eine Jogginghose, auf der Farbflecken prangen, ihre Haare hat sie zurückgebunden und vor ihr steht ein aufgeklappter Laptop. Aus dem dringen noch Stimmen. Doch sowie ich die Tür hinter mir schließe, drückt sie eine Taste und der Laptop verstummt.

Sie scheint überrascht darüber zu sein, dass ich jetzt hier bin. Aber noch kann ich ihr nicht ansehen, dass sie vorhat, mich in der nächsten Sekunde wieder rauszuschmeißen. Und das nehme ich mal als gutes Zeichen.

»Ich habe Abendessen dabei«, meine ich, weil sie schweigt. Meine Stimme klingt ungefähr so ungelenk, wie meine Arme jetzt wohl aussehen müssen, während sie die Schokoriegel in die Luft recken. »Welchen willst du? Snickers oder Mars?«

Ich öffne die Fäuste und halte ihr beide hin.

»Snickers«, antwortet Alice. Erst dann traue ich mich, weitere Schritte ins Zimmer hineinzumachen. Ich bewege mich so langsam, als würden auf dem Weg zu ihrem Bett Stolperfallen auf mich warten. Am Fußende komme ich zum Stehen und reiche ihr den Riegel, den sie zögerlich entgegennimmt.

»Gute Wahl«, kommentiere ich. Alice lächelt, während sie die Verpackung abmacht und reinbeißt. Wieder ist das Lächeln distanziert, wie von ihr zu erwarten war, aber inzwischen bilde ich mir ein, dass die Entfernung, die sie mit der Krümmung ihrer Mundwinkel zwischen uns schafft, nicht mehr so groß ist wie am

Anfang. Jetzt liegen keine Ozeane mehr zwischen uns. Nur noch ein Bundesstaat. Zwar ein großer wie Texas. Aber es ist ein Fortschritt.

»Was guckst du?«, frage ich, während ich einen kurzen Blick auf den Bildschirm ihres Computers werfe.

»*The Newsroom*«, meint sie mit vollem Mund.

»Kenne ich gar nicht.« Ich kann einen Moderator sehen, der in einem Fernsehstudio sitzt. Mehr gibt mir der Bildschirm nicht über die Handlung der Serie preis.

»Ist nicht so bekannt«, entgegnet Alice schulterzuckend.

Bevor ich meine nächste Frage stelle, zögere ich. Sie ist heikel. Wenn ich es allerdings schon geschafft habe, an die Tür zu klopfen, werde ich auch imstande sein, sie auszusprechen. »Darf ich mitgucken?«

Diesmal ist es Alice, die zögert. Während sie von ihrem Snickers abbeißt, mustert sie mich. Erneut bildet sich diese Falte zwischen ihren Augenbrauen, die mir inzwischen sehr vertraut ist.

»Das ist kein lahmer Anmachversuch«, sage ich, bevor Alice genug Zeit hat, sich in Gedanken all die Gründe aufzuzählen, die dafürsprechen, mich aus ihrem Zimmer zu schmeißen. »Wenn ich mitschauen darf, wird das ein ganz platonischer Filmabend.«

Alice scheint nicht ganz überzeugt zu sein. Aber ich meine das tatsächlich ernst. Ich würde lügen, würde ich behaupten, dass ich in den letzten Tagen nicht ständig daran gedacht habe, wie es wäre, sie wieder zu küssen, sie wieder stöhnen zu hören, mit ihr zu schlafen. Doch auf keinen Fall will ich, dass sie sich in meiner Nähe unwohlfühlt. Sie nie wieder berühren zu dürfen, ist eine furchtbare Vorstellung. Aber noch schlimmer wäre es, wenn ich keine Zeit mehr mit ihr verbringen könnte. Also gebe ich mich mit der Nähe zufrieden, die Alice bereit ist zuzulassen.

Sie zögert noch einen Moment, bis sie langsam nickt. »Okay«, sagt sie und rückt zur Seite, um mir Platz auf ihrem Bett zu machen. »Wer bin ich, dir diese Serie vorzuenthalten?«

»Eben. Du willst mir doch helfen, diese riesige Wissenslücke zu füllen.« Ich lasse mich auf die Matratze sinken und lehne mich an die Wand. Ich sitze neben ihr, aber weit genug weg, dass ich sie nicht berühre, um mich nicht aufzudrängen.

Alice schließt die Szene, die sie gerade angesehen hat, und wählt die erste Folge aus.

»Du musst meinetwegen nicht wieder von vorn anfangen. Ich finde schon in die Geschichte rein.«

»Unsinn«, entgegnet sie. »Ich habe die Serie schon öfter geguckt, als ich zählen kann. Ich schaue sie gern noch mal von vorn. Und ich will, dass du nichts verpasst.«

Ihr Ton ist so bestimmend, dass er mich unwillkürlich zum Grinsen bringt. Ich beiße das erste Mal von meinem Mars ab und blicke zum Bildschirm, als es anfängt. Wenn auch nur halb so begeistert wie Alice. Sie starrt so hypnotisiert darauf, dass ich mir nicht sicher sein kann, ob sie überhaupt noch irgendetwas wahrnimmt, was um sie herum passiert. Ihr Geist scheint in diese Welt, die auf ihrem Display existiert, eingetaucht zu sein. Nur ihren Körper hat sie zurückgelassen.

Ich zwinge mich, nicht nur sie zu beobachten, sondern mich auf die Geschichte einzulassen. Schnell checke ich, worum es geht. Der Protagonist ist ein Nachrichtenmoderator, der die Liebe zu seinem Job verloren hat und sie durch eine neue motivierte Producerin langsam zurückgewinnt. Ah, und ich glaube, die zwei hatten mal was miteinander.

Irgendwann kann ich der Versuchung nicht mehr widerstehen. Ich schaue zu Alice rüber. Ihre Lippen bewegen sich. Sie spricht den Text mit. Ich grinse. Sie hat nicht gelogen, als sie meinte, dass sie es schon oft geguckt hat.

»Ist es das, wovon du träumst?«, frage ich unvermittelt. Ich kann die Worte einfach nicht herunterschlucken.

Alice braucht einen Augenblick, um aus der Geschichte zu mir zurückzukehren. Dann wendet sie sich mir zu, die Furche in der Stirn, ihre Unterlippe zwischen ihren Zähnen. »Was meinst du?«

»Träumst du von so einem Job?« Ich deute auf den Bildschirm, auf dem ich noch immer motivierte, idealistische Journalisten sehen kann, die ihren Beruf voller Inbrunst ausüben.

Alice lächelt, und ich bin mir sicher, dass ich, seit ich ihr begegnet bin, noch nie so ein aufrichtiges Lächeln in ihrem Gesicht sehen durfte. »Jede Nacht. Das ist das Einzige, von dem ich träume.«

Komischerweise hoffe ich, dass das nur die halbe Wahrheit ist.

»Aber ich weiß nicht, ob ich einer Illusion nachrenne«, fügt sie hinzu, und ihr Lächeln verliert an Glanz.

»Wie meinst du das?«

»Die Charaktere in dieser Serie sind Idealisten. Sie wollen die Nachrichten mit Integrität berichten, ohne Spektakel, ohne Übertreibungen, ohne den skandalbehafteten Unsinn, den man gar nicht wissen muss und nur sendet, weil er Einschaltquoten bringt. Und am Ende geht ihr Plan auch noch auf.« Sie seufzt schwer und blickt auf das Display. Doch dieses Mal scheint sie nicht in der Geschichte zu versinken, ihre Augen haben keinen Fokus. Vielleicht nimmt sie nun weder die Serie noch mich wahr. Nur noch ihre eigenen Gedanken.

»Ich will Idealistin sein, aber ich weiß nicht, ob man sich diesen Luxus in der Realität überhaupt leisten kann.« Ich kann ihrer Stimme deutlich anhören, dass diese Worte für sie Gewicht haben, weil sie schon oft über sie nachgedacht hat. Je öfter wir an gewisse Dinge denken, desto größer, desto schwerer werden sie. Bis wir nur noch sie sehen können. »Vielleicht kann diese Art von Idealismus nur in einer Serie existieren, die die Realität so darstellt, wie der Drehbuchautor sie sich wünscht.« Ihr entfährt ein Seufzen. »Es kommt mir lächerlich vor, meinen ganzen Berufswunsch auf einer Serie aufgebaut zu haben, deren Charaktere und Handlungen sich irgendein Mensch nur ausgedacht hat.«

»Jetzt klingst du aber pessimistisch.«

»Das bin ich auch«, sagt sie mit Nachdruck und schaut mich wieder an. »Ist das nicht letztlich das Schicksal eines jeden Idealisten? Nur wenn man Ideale hatte, an die man mit seiner ganzen Seele geglaubt hat und die dann enttäuscht wurden, kann man wirklich ein Pessimist sein. Nichts macht zynischer als enttäuschte Hoffnungen und die Gewissheit, dass sich nicht alles zum Guten wendet, auch wenn man alles dafür gegeben hat.«

Nun kann auch ich das Gewicht ihrer Worte spüren. Und vor allem das Gewicht, das sie jeden Tag mit sich herumträgt. Ich will sie in den Arm nehmen. Doch ich unterdrücke den Impuls.

»Wieso guckst du mich so an?«, fragt Alice. Ihre Augen sind jetzt eine perfekte Mischung aus Grün und Blau.

»Ich habe dich einfach am Anfang sehr falsch eingeschätzt«, erkläre ich. Meine Stimme hört sich gar nicht mehr an wie meine

Stimme. Sie ist leise, rau, belegt, eine Reaktion auf Alice. Nur auf sie. »Und ich bin froh, dass ich eines Besseren belehrt wurde.«

Alice grinst. »Es gibt nichts, was ich lieber tue, als anderen zu zeigen, dass sie falschliegen.«

»Glaube ich gerne.« Ich erwidere das Grinsen.

Ich will diesen Blickkontakt nie wieder unterbrechen. Denn was soll ich tun, wenn ich nicht in Alice' Augen schaue? Alle Alternativen klingen im Vergleich dazu einfach so unbedeutend.

Doch Alice scheint es anders zu gehen. Als ein Charakter besonders laut schreit, wendet sie sich wieder dem Laptop zu. Ich habe gar nicht mitbekommen, dass die Serie die ganze Zeit weiterlief.

»Oh, jetzt wird's spannend! Guck hin!«, ruft sie aus. Und weil ich die Begeisterung in ihrer Stimme hören kann, lächle ich leicht und wende mich brav wieder der Serie zu, obwohl sie nicht mal ansatzweise so viel zu bieten hat wie ihre Augen.

»Schreien diese Charaktere sich öfter mal an? Und geht es dabei oft um Don Quijote?«, frage ich, während ich versuche zu verstehen, was auf dem Bildschirm passiert, obwohl meine Gedanken sich viel lieber mit Alice beschäftigen.

»Ja und ja«, antwortet sie.

»Wieso Don Quijote?«

»Das wissen die Charaktere auch nicht immer so genau.« Ich mag den sanften Klang, den ihre Stimme annimmt, wenn sie über etwas spricht, was ihr viel bedeutet. »Aber ich glaube, es geht darum, dass sie lieber gegen Windmühlen kämpfen, als aufzugeben.«

Wir gucken die Folge und die nächste und die nächste. Ich stelle immer wieder Fragen, und Alice gibt immer wieder ihre Kommentare zur Serie ab, erklärt mir, wer ihr Lieblingscharakter ist und warum sie einen Dialog so bewegend findet. Ich höre ihr gern zu. Diese Seite von ihr kannte ich noch gar nicht. Sie wirkt meistens angespannt, ein bisschen verbissen, als könnte sie nie ganz die Dinge loslassen, die sie treiben. Aber in diesem Moment ist sie entspannt, lacht laut auf, spricht den Text mit und freut sich über ihre Lieblingsmomente. Es tut gut, sie so zu sehen. Das Lächeln will nicht mehr von meinen Lippen schwinden. Auch nach Stunden nicht.

Es wird immer später. Alice gähnt immer wieder. Und irgendwann spüre ich, wie ihr Kopf auf meine Schulter sinkt. Ich blicke zur Seite. Sie ist eingeschlafen. Ich schließe vorsichtig den Laptop, darauf bedacht, sie nicht aufzuwecken. Dann lösche ich das Licht. So bleibe ich eine Weile sitzen. In der Dunkelheit, Alice' Kopf an meiner Schulter, lausche ihren Atemzügen.

Gleich werde ich in mein Zimmer zurückgehen.

Aber erst gleich.

36. KAPITEL

Alice

»Was ist dein Lieblingsessen?«, frage ich.

»Mein Lieblingsessen? Das brauchst du für deinen Artikel?«

»Stellst du meinen Arbeitsprozess infrage?«

»Das würde ich mich niemals trauen.«

»Gut so«, meine ich und unterdrücke das Grinsen, das erbarmungslos an meinen Mundwinkeln zieht. »Und ich frage dich das, weil ich noch nie jemanden so ungesund habe essen sehen wie dich.«

»Ich sehe das als Kompliment«, entgegnet Adrian unbeeindruckt und schnappt sich eine Pommes. Er hat eine Packung in einem Getränkehalter zwischen unseren Sitzen abgestellt, damit er während der Fahrt weiteressen kann.

»Natürlich tust du das.«

Wir fahren wieder über den Highway. Heute sind wir wieder viel zu spät losgekommen. Wenn wir San Francisco erreichen, wird es schon mitten in der Nacht sein. Aber vielleicht kommt uns das sogar entgegen. Dann kann Adrian besser unerkannt in ein Hotel einchecken.

Ich blicke auf meinen Notizblock, der in meinem Schoß liegt. Es ist schon sehr voll. Nur noch wenige Seiten sind frei. Und eigentlich, wenn ich ehrlich bin, habe ich schon lange genug Informationen. Ich habe genug, um mehrere Artikel zu schreiben. Und ich habe ihm viele Fragen gestellt, deren Antwort ich gar nicht brauche. Zum Beispiel nach seinem Lieblingsessen. Anstatt jedoch endlich anzufangen, den Artikel zu schreiben, überlege ich mir immer wieder neue Fragen, nur damit meine Recherche nicht enden muss. Damit ich nicht gehen und keine Entscheidung treffen muss.

Ich schiebe den Gedanken zur Seite, weil ich mich kaum traue, ihn zu Ende zu denken. Und solange das so ist, werde ich Adrian eben weiter überflüssige Sachen fragen und hoffen, dass er einfach antwortet und nicht misstrauisch wird. Oder verkündet, dass unser Deal langsam zum Ende kommt. Darauf warte ich und fürchte mich davor. Denn wenn er mich wegschickt, würde es auch nichts mehr bringen, wenn ich mir immer wieder neue Ausreden zurechtlege.

»Ich kann nicht sagen, was mein Lieblingsessen ist«, meint Adrian, und ich bin ihm dankbar, dass er sich einfach auf die Frage einlässt. »Aber ich habe mein ganzes Leben extrem auf meine Ernährung achten müssen. Wir alle. Auch meine Geschwister. Wir sollten schließlich einem gewissen Ideal entsprechen. Je schlanker und trainierter wir sind, desto mehr Werbedeals für Fitnessgeräte oder Diätshakes können wir abschließen und somit mehr Geld machen. Aber ich will diesem Ideal gar nicht entsprechen. Also sehe ich es nicht ein, mich weiterhin an all diese komischen Regeln zu halten. Deswegen esse ich jetzt all die Dinge, die ich früher nicht essen durfte, und kriege einfach nicht genug davon. Ich habe einiges nachzuholen.«

Diese Antwort schreibe ich sogar mit. Die Frage war also doch gar nicht so überflüssig. Sie hat quasi journalistischen Wert, weil sie einen Blick in sein Innenleben und seine Kindheit ermöglicht. Ich bin sehr zufrieden mit mir selbst. Und solange ich nützliche Dinge über ihn lerne, kann ich auch die Wahrheit über mein Verhalten ignorieren. Perfekt.

»Was ist denn dein Lieblingsessen?«, fragt Adrian zurück und wirft einen kurzen Blick in meine Richtung, bevor er wieder auf die Straße guckt. Die Dämmerung hat bereits eingesetzt, und die Scheinwerfer seines Autos zeichnen einen leuchtenden Weg auf die Straße vor uns.

»Ich bin hier die Interviewerin«, gebe ich zurück.

Adrian schüttelt den Kopf. »Warum können wir nicht mal die Rollen tauschen?«

»Weil ich mich in meiner Rolle wesentlich wohler fühle.«

Breit grinst er. »Du willst also alles über andere Leute wissen, aber nichts preisgeben?«

»Richtig.« Ich verschränke die Arme vor meiner Brust.

»Dann hast du wohl den perfekten Beruf gewählt.«

»Finde ich auch.«

Erneut schüttelt Adrian den Kopf über mich. Diese Geste hat fast schon etwas Liebevolles. Aber ich habe keine Ahnung, wie ich damit umgehen soll. Das gilt für viele Dinge, die Adrian tut. Er schüttelt den Kopf, er grinst, er justiert sein Basecap, er fährt sich durch seine dunklen Haare, er lacht laut auf – und schon vergisst mein Gehirn wichtige Funktionen, die es eigentlich erfüllen muss.

»Ach komm schon«, sagt er irgendwann, nachdem wir eine Weile geschwiegen haben, wie wir es ständig machen. Schweigen mit Adrian ist beruhigend und aufregend zugleich. Es ist leicht, mit ihm zusammen zu sein, auch wenn man die Stille nicht mit Worten füllt. Und trotzdem bleibt da immer eine gewisse Anspannung, die mich nie loslässt, wenn ich ihn sehen kann. »So schlimm ist es doch nicht, wenn du mir auch mal was über dich verrätst. Ich schreibe deine Antworten nicht mal mit.«

Ich reagiere nicht, und Adrian schnaubt belustigt. »Verrate mir irgendwas über dich.«

»Du hast gesehen, woher ich komme«, entgegne ich. »Also weißt du schon mehr als die meisten Leute.« Und komischerweise versetzt mich dieses Wissen nicht in Alarmbereitschaft. Ich bin mir sicher, dass ich ihm trauen kann. Und er denkt, er könnte mir trauen …

»Ist es übergriffig, wenn ich mehr wissen will?«, fragt Adrian, und sein Grinsen wird noch ein bisschen schiefer. Das macht mal wieder was mit meinem Herzschlag. »Irgendwas, was du noch nie zu jemandem gesagt hast?«

»Ja, das ist übergriffig«, erwidere ich schlicht und blicke wieder aus dem Beifahrerfenster, weil mir erneut Elijahs drohende Worte durch den Kopf schießen. Sie verfolgen mich hartnäckig. Und solange sie mich nicht loslassen, kann ich Adrians Blick nicht begegnen.

Er bleibt still, während ich in die anbrechende Nacht hinausstarre, hakt nicht nach und drängt mich nicht. Aber seltsamerweise muss er das auch gar nicht.

»Ich will keine Kinder«, sage ich unwillkürlich in die Dämmerung und die Stille zwischen uns hinein.

Adrian wendet sich mir zu, das Grinsen ist verschwunden. Es hat einem ernsteren Ausdruck Platz gemacht. »Und das hast du noch nie laut ausgesprochen?«

»Nein.«

»Wieso?«

»Weil dieses Thema mit einem Stigma verbunden ist. Welche Frau will schon nicht Mutter werden? Fühlt man sich dann vielleicht leer?« Ich bin überrascht, dass ich die Worte so schnell finde, obwohl ich sie noch nie suchen musste. Das erste Mal über ein Thema zu sprechen, sollte mir schwerer fallen. Aber in Adrians Nähe scheinen manche Regeln, die früher mein Leben bestimmt haben, nicht mehr zu gelten.

»Fühlst du dich leer?« Ich höre ihm deutlich an, wie ernst er mich nimmt. Wie aufmerksam er mir zuhört und wie wichtig es ihm ist, mich vollkommen zu verstehen.

»Ja, aber aus anderen Gründen.«

Er sieht mich nur fragend an.

»Ich will was Bedeutsames mit meinem Leben machen, etwas verändern. Ich will eine gute Journalistin sein. Doch manchmal fühle ich mich so leer, als hätte ich nichts Wichtiges zu sagen.« Obwohl er nur eine Sache über mich wissen wollte, die niemand weiß, habe ich ihm gleich eine zweite verraten. Das sollte mich aus dem Gleichgewicht bringen. Schließlich bilde ich mir seit Jahren ein, dass ich nur verhindern kann zu fallen, wenn ich mich an Regeln festhalte, die ich mir selbst auferlegt habe. Nicht zu viel preisgeben, das Menschen gegen mich verwenden könnten. Meine Vergangenheit nie erwähnen. Nur mein Ziel im Auge haben. Den Rest der Welt ausblenden. Allerdings zeigt mir Adrian, dass ich mein Gleichgewicht halten kann, auch wenn ich mich mal traue loszulassen.

»Ich kenne dich vielleicht noch nicht so lange, aber ich glaube, du hast sehr viel zu sagen.« Die Sanftheit in seiner Stimme streicht einmal über meinen Körper und hinterlässt überall eine Gänsehaut. Meine aufgestellten Haare beweisen, dass die Worte da gewesen sind, mich berührt haben, wie Fußspuren im Sand beweisen, dass wir diese Wege gegangen sind.

»Willst du damit andeuten, dass ich zu viel rede?«, scherze ich, weil ich die Ernsthaftigkeit dieses Moments ein bisschen aufbrechen will, bevor sie sich zu eng um mich zieht und vielleicht noch mehr Wahrheiten aus mir herauspresst, die ich so feinsäuberlich in meinem Inneren verstaut und versteckt habe. Wie viel kann Adrian mir noch entlocken? Vermutlich alles. Und dafür braucht er nicht mehr als seine sanfte, lockende Stimme und sein aufrichtiges Lächeln.

»Auch.« Er grinst.

Wenn ich in seine Augen schaue, glaube ich tatsächlich, dass es für jedes Problem eine Lösung gibt, sogar für mein Dilemma. Dann wendet er sich wieder der Straße zu. Wir schweigen wieder, sein Grinsen jedoch will nicht weichen. Freut es ihn, dass ich ihm so viel anvertraut habe?

Irgendwann löse ich meinen Blick von ihm und schaue ebenfalls nach vorn. Inzwischen müssen die Scheinwerfer des Autos mit der Dunkelheit kämpfen, um noch gegen sie bestehen zu können. Umarmt von dieser Schwärze kommt es mir so vor, als wären wir die einzigen Menschen auf der ganzen Welt. Und in genau diesem Moment missfällt mir diese Vorstellung nicht.

»Ich will auch keine Kinder«, sagt Adrian irgendwann. Mein Notizbuch habe ich längst in den Fußraum sinken lassen. Diese Worte werde ich nicht aufschreiben. Denn die hat er keiner Journalistin verraten. Sondern nur mir. Und es gibt Seiten von Adrian, die ich mit niemandem teilen will.

☆

Mein Handy vibriert, und ich ziehe es gähnend aus meiner Hosentasche. Schon bevor ich einen Blick darauf geworfen habe, weiß ich, wer mir geschrieben hat. Um drei Uhr morgens sind nicht viele Menschen wach, aber Hien, die gerade von ihrer Schicht in der Bar kommt.

> Ich höre gerade deine Sprachmemo und falle fast in Ohnmacht. Du hast Garett Edwards mein Portfolio gezeigt und meine Nummer gegeben?!? Und Katherine O'Connell mag meine Ausstrahlung?!? Und ihre Freunde nennen sie Kat!?!

Sie schickt ständig eine neue Nachricht, quasi ihre Live-Reaktionen zu den Sachen, die sie in der Sprachnachricht hört. Ich spanne mich leicht an, weil ich nicht weiß, wie sie auf das reagieren wird, was ich ihr als Letztes erzählt habe. Ich hatte überlegt, es ihr zu verheimlichen. Aber ich konnte Hien schon immer vertrauen. Und ich will nicht, dass sich unsere Freundschaft jemals verändert.

Du hast was?!?

Okay, sie hat die Stelle erreicht, vor der ich mich ein bisschen gefürchtet habe. Ich werfe einen Blick zur Seite, um sicherzugehen, dass Adrian nicht zu mir herübersieht und die Nachrichten lesen kann, die nun in erhöhter Geschwindigkeit auf meinem Display auftauchen.

Er schaut gerade nicht einmal in meine Richtung. Er reibt sich nur übers Gesicht und fixiert die Straße vor uns. Die Müdigkeit ist ihm inzwischen deutlich anzusehen. Aber wir wollten keine Pause mehr einlegen. Wenn wir durchfahren, werden wir San Francisco in zwei Stunden erreichen.

Ich blicke erneut auf mein Handy, auf dem sich sehr viele Nachrichten gesammelt haben, seitdem ich das letzte Mal hingesehen habe.

Ihr habt rumgemacht?

Du hattest einen Orgasmus?

Also war's gut?

Natürlich war's gut!

Ich brauche mehr Details!!

Dein genuschelter Satz am Ende reicht mir nicht. Bei Weitem nicht.

Alice?

Ich brauche Antworten! Viele!

Wird es wieder passieren? Bitte sag mir, dass es wieder passiert ist oder passieren wird!

Vielleicht bereue ich es in diesem Moment ein bisschen, ihr das erzählt zu haben. Diese Nachrichten erinnern mich an den Moment bei der Party zurück, und meine Haut fängt sofort an zu kribbeln.

Ich überlege, was ich antworten soll. Und ich sollte schnell antworten. Denn Hien bombardiert mich weiter mit Nachrichten und wird damit vermutlich erst aufhören, wenn sie alle noch so kleinen Einzelheiten erfahren hat.

Ich stoße ein Seufzen aus und tippe den ersten Buchstaben. Da gibt der Motor ein seltsames Geräusch von sich. Ich blicke irritiert auf und verstaue das Smartphone in meiner grünen Jacke.

»Was war das?«, frage ich alarmiert und sehe mich zu Adrian um.

Der hat gequält das Gesicht verzogen, was eigentlich noch beunruhigender ist als der Motor, der seltsame Geräusche macht. Er antwortet mir nicht sofort. Er konzentriert sich aufs Fahren und lenkt den Jeep auf einen Seitenstreifen neben dem Highway. Das Auto wird immer langsamer, bis es zum Stehen kommt. Adrian zieht den Zündschlüssel. Sofort ist es stockdunkel und unnatürlich still, denn der Motor und die Scheinwerfer sind aus.

»Was ist gerade passiert?«, frage ich mit leicht zitternder Stimme. Ich höre nicht einmal vorbeifahrende Autos. Wir scheinen vollkommen allein auf diesem Highway zu sein.

Adrian seufzt. Ich kann ihn kaum noch erkennen. Aber ich höre, dass er sich hektisch bewegt und schließlich wieder stillsitzt.

»Bitte raste nicht aus.«

»Wieso sollte ich ausrasten?« Meine Stimme ist schon wieder zu schrill, und ich räuspere mich umständlich. »Wieso sollte ich ausrasten?«, wiederhole ich in einer neutraleren Tonlage, um mir und Adrian zu beweisen, dass ich sehr wohl in der Lage bin, ruhig zu bleiben. Auch um drei Uhr morgens auf einem verlassenen Highway in einem Wagen, dessen Motor streikt.

»Der Tank ist leer.«

»Der Tank ist leer?« Meine Stimme schrillt in meinen Ohren. »Wird einem das nicht vorher angezeigt? Das Auto warnt einen doch. So nach dem Motto: *Hey, ich brauche mehr Benzin, sonst gebe ich den Geist auf.* Dafür gibt es eine rote Leuchte!«

»Ich hab es übersehen.«

Ich kann Adrian zwar nicht gut genug sehen, um seinen Gesichtsausdruck auszumachen. Aber seine Stimme lässt erahnen, wie er mich anschaut. Er klingt wie ein gescholtener Schuljunge, der zum Rektor geschickt wurde, weil er seine Lehrerin mit Sekundenkleber an ihrem Stuhl festgeklebt hat.

»Du hast es übersehen?«, entfährt es mir, und ich reibe mir übers Gesicht. Meine Hände zittern. Am liebsten würde ich Adrian noch ein bisschen anschreien, um meine Anspannung loszuwerden und mich nicht mehr so zu fühlen, als wäre ich auf einer einsamen Insel gestrandet. Aber selbst in meinem aufgebrachten Zustand ist mir klar, dass uns das nicht weiterhilft. »Und was machen wir jetzt?«

»Ich gucke, wo die nächste Tankstelle ist«, meint Adrian, und in der nächsten Sekunde leuchtet sein Handybildschirm auf. Der Schein erhellt sein Gesicht, sodass ich ihn wieder erkennen kann. Das beruhigt mich zumindest ein bisschen. Wir hocken nicht mehr ganz im Dunkeln.

»Und wo ist sie?«

»Zehn Meilen den Highway runter.«

»Zehn Meilen?«

»Und ich glaube nicht, dass es eine gute Idee ist, nachts, wenn es stockdunkel ist, am Highway entlangzulaufen.«

»Stimmt«, murmle ich. Mein Herz schlägt schon wieder viel zu schnell.

»Und die haben sowieso geschlossen.«

»Wann machen sie wieder auf?« Ich versuche gar nicht mehr, den schrillen Ton in meiner Stimme wegzuräuspern. Er würde sowieso eine Sekunde später wieder zurückkommen.

»Um sechs Uhr morgens. In ungefähr drei Stunden.«

Ich seufze laut.

»Aber das werden wir schon überleben. Wir müssen nur drei Stunden hier warten. Es gibt Schlimmeres.«

»Aber auch Besseres«, entgegne ich, öffne die Beifahrertür und springe raus. Im Jeep habe ich mich plötzlich ein bisschen eingesperrt gefühlt. Ich beuge mich vornüber, stütze mich mit den

Händen über meinen Knien ab und versuche ruhiger zu atmen. Ich höre wieder eine Tür knallen. Dann spüre ich Adrians Hand auf meinem Rücken. Aber er berührt mich kaum. Als wisse er nicht, ob er das überhaupt darf.

»Hey, alles wird gut. Drei Stunden kriegen wir auch noch rum«, meint er. »Kein Grund zur Panik.«

Ich schnaube verächtlich, kann aber nicht antworten.

»Du kommst nicht so gut damit klar, wenn Sachen nicht wie geplant laufen, oder?« Adrians Worte wagen sich genauso vorsichtig vor wie seine Hand auf meinem Rücken. Auch sie scheinen mich kaum berühren zu wollen.

»Was soll das denn heißen?« Ich richte mich auf und mache einen Schritt vor, damit seine Hand nicht mehr auf meinem Rücken liegt. Von ihr ging ein Kribbeln aus, und ich musste verhindern, dass es sich in meinem ganzen Körper ausbreitet.

»Dass du jemand bist, der sich einen Plan zurechtlegt und nicht damit klarkommt, wenn sich die Umstände ändern und eigentlich verlangen, dass man den Plan anpasst oder sich einen neuen überlegt.« Auf einmal klingt seine Stimme so ernst. So bedeutungsvoll. Mich beschleicht die Ahnung, dass sich seine Aussage nicht mehr nur auf diese Situation bezieht.

Mein Magen zieht sich zusammen. Wenn er so redet, könnte ich fast denken, er wüsste von meinem Gespräch mit Elijah. Was natürlich unmöglich ist. Trotzdem macht allein dieser Gedanke meine Anspannung nur noch schlimmer.

»Was willst du mir damit sagen, Adrian?«, entfährt es mir ungehalten. Ich wollte nicht so mit ihm reden. Aber irgendwie ist es leichter, patzig zu sein, statt ängstlich. Dann kann ich alles leichter ertragen. Die Dunkelheit, den verlassenen Highway, den leeren Tank. Ihn.

Ich verschränke die Arme vor der Brust und schiebe trotzig das Kinn vor, obwohl er das gar nicht sehen kann. Es ist so dunkel, dass ich nicht weiß, wie er mich gerade anschaut. Ich weiß nur, dass er es tut, weil ich es deutlich auf meiner Haut spüren kann.

»Wie ich es sage.«

Ich schnaube. »Du wolltest mir mit deinem kryptischen Kommentar irgendwas sagen. Also sprich es auch aus. Komm, trau dich! Wir haben drei Stunden, bis wir hier wegkommen. Also genug Zeit, mir das ein bisschen besser zu erklären.« Ich klinge verächtlicher als beabsichtigt. Aber das liegt nicht mehr nur daran, dass mich diese Situation aus dem Gleichgewicht bringt. Auch Adrian tut es in diesem Moment. In seiner Stimme hat so viel mitgeschwungen, das mich straucheln lässt. Warum habe ich überhaupt nachgefragt? Egal, was er mir jetzt erzählen wird, es wird mir vermutlich nicht helfen, mein Gleichgewicht wiederzufinden.

»Was machen wir hier eigentlich?«, platzt es auf einmal aus ihm heraus.

»Was meinst du?«, frage ich verwirrt zurück. Jetzt fühle ich mich nicht mehr nur orientierungslos, weil ich nachts auf einem Highway gestrandet bin.

»Ich meine, was wir hier eigentlich machen.«

»Nur weil du die gleiche Frage leicht umformulierst, werde ich sie nicht plötzlich doch verstehen«, blaffe ich ihn an. Wir haben beide die Stimmen erhoben, ohne dass ich den Grund dafür kenne.

Adrian entfährt ein Seufzen. »Schon seit Tagen schreibst du kaum noch etwas auf. Wenn wir beide ehrlich wären, müssten wir zugeben, dass es keinen Anlass mehr gibt, dass wir noch Zeit miteinander verbringen. Du hättest den Artikel schon längst schreiben können.«

Mein Herz setzt einen Schlag aus. Dann zieht es sich schmerzhaft zusammen. Mit diesen Worten habe ich wirklich nicht gerechnet. Sie bringen mich weiter aus dem Gleichgewicht. Ich schwanke bereits bedrohlich. Gleich falle ich.

Genau diese Gedanken habe ich mir in den letzten Tagen auch schon gemacht, aber ich habe mich bewusst dazu entschieden, diese Wahrheit zu ignorieren. Ich dachte, er würde das Gleiche tun. Weil ein, wie es aussieht, sehr törichter Teil von mir tatsächlich geglaubt hat, dass er genauso wenig wie ich wollte, dass ich gehe. Offensichtlich habe ich mich geirrt.

»Du hast recht.« Wenn ich es nicht besser wüsste, würde ich die Gleichgültigkeit in meiner Stimme für echt halten. »Ich sollte endlich den Artikel schreiben. Ich habe alles, was ich dafür brauche. Danke für deine Kooperation. Ich werde ihn dir per Mail schicken, wenn ich fertig bin.« Ich laufe zum Auto zurück, obwohl ich keine Ahnung habe, was ich damit erreichen will. Ich kann hier nicht weg. Meine Hände zittern wieder. Wie soll ich die nächsten Stunden in seiner Nähe ertragen, wenn ich weiß, dass er mich gar nicht mehr um sich haben will? »Du wirst mich los sein, sobald dieses Auto wieder fährt und wir in der nächsten Stadt ankommen, die einen Bahnhof oder eine Bushaltestelle hat.«

Ich hatte mir schon fast gestattet zu glauben, dass es einen Weg gibt, einen Artikel zu schreiben, der Elijah zufriedenstellt und Adrian nicht verletzt. Und dass ich, wenn ich diesen Weg endlich gefunden habe, bei ihm bleiben könnte, ihn nicht mehr auf Abstand halten müsste, die Nähe zulassen dürfte, nach der ich mich sehne. Aber wie es scheint, habe ich mir umsonst darüber den Kopf zerbrochen.

»So habe ich das gar nicht gemeint!«, ruft er aus, und ich höre, dass er mir folgt.

Ich zucke zusammen, als sich seine Hand auf meinen Arm legt und mich am Weitergehen hindert. Ich schüttle sie ab. »Ich weiß, wie du das gemeint hast. Du willst, dass ich verschwinde, also werde ich das tun.«

»Nein, das meine ich nicht!« Er klingt fast schon verzweifelt, und das bewegt mich dazu, mich wieder zu ihm umzudrehen. Obwohl ich ihn in dieser Dunkelheit kaum erkenne, versetzt mir sein Anblick doch einen Stich in die Brust.

»Dann kannst du dich nicht besonders gut ausdrücken«, sage ich trotzig.

Er schnaubt. »Da hast du recht. Das kann ich nicht. Vor allem nicht, wenn du klingst, als würdest du lieber mitten in der Nacht allein loslaufen, statt hier bei mir am Auto zu bleiben. Als würdest du gehen wollen und nicht zurückkommen.« Er seufzt. »Und das will ich nicht.«

»Das willst du nicht?« Auf einmal bin ich furchtbar leise. Ich kann die Worte nur hauchen.

»Nein, das will ich nicht.« Er seufzt erneut. »Was ich mit meiner Frage eigentlich erreichen wollte, war, dass wir endlich offen miteinander reden. Wir führen kein Interview mehr, tun aber so, weil wir nicht zugeben wollen, warum wir noch hier sind.«

Mein Herz pocht viel zu heftig, diesmal aber aus einem ganz anderen Grund. »Und warum sind wir noch hier?«

Sein Lachen dringt in die Nacht, scheint sie ein bisschen aufzureißen. Auf einmal wirkt meine Umgebung heller als noch vor einer Sekunde, obwohl ich weiß, dass das Unsinn ist.

»Weil …« Adrian bricht ab. Warte ich auf Worte, die doch niemals kommen werden?

»Ja?« Mein Herz zieht das Tempo noch einmal an, als er einen Schritt auf mich zu macht. Er berührt mich nicht, aber seine Wärme streckt sich schon nach mir aus. Und die Haare auf meinen Armen reagieren. Sie stellen sich auf und scheinen seiner Wärme entgegenkommen zu wollen.

»Weil …« Erneut bricht er ab. »Fuck.«

»Ich hoffe *Fuck* war nicht deine große Botschaft«, sage ich und versuche, all meine körperlichen Reaktionen mit einem lockeren Tonfall zu überspielen. »Das wäre eine ziemlich enttäuschende Auflösung.«

Leise lacht er. Ein Schauer rast meinen Rücken hinab. Er ist so nah, und doch lange nicht nah genug.

»Wir sind noch hier«, beginnt Adrian. Er berührt mich zwar immer noch nicht, aber sein Atem tut es. »Weil wir es wollen. Wir sind noch hier, weil du nicht gehen willst und ich nicht will, dass du gehst.«

Mein Herz schlägt inzwischen so laut, als wollte es seine Worte übertönen, dabei will es eigentlich keine Silbe verpassen.

»Habe ich recht?«, fragt er. Ich weiß, dass er nicht näher kommen wird. Er wartet darauf, dass ich es tue. Und ich will es. Wirklich. Aber er unterschätzt, wie schwer es mir fallen kann, einfach loszulassen.

Ich atme zittrig ein und aus, nehme mir einen Moment, um mich zu sammeln. Ich kratze meinen Mut zusammen. All die kläglichen Reste, die übrig sind. Es ist nicht viel. Allerdings hoffe, wünsche, bete ich, dass es reicht. Dann hebe ich langsam meine Hand und strecke sie aus, bis sie auf seiner Brust liegt. Diese Berührung scheint etwas in mir auszulösen. Mut muss man selbst finden. Das kann einem niemand abnehmen. Aber vielleicht fällt einem die Suche danach in der Nähe einer bestimmten Person einfach leichter.

»Ja, du hast recht«, kriege ich hervor.

Adrian seufzt erleichtert und schlingt die Arme um mich. Ich tue das Gleiche, verschränke meine Hände in seinem Nacken. Wir kommen uns entgegen. Dann küssen wir uns endlich.

Jetzt entfährt mir ein erleichtertes Seufzen, als ich mich in die Umarmung fallen lasse. Und doch stürze ich nicht ab.

Der Kuss wird sofort fordernder. Ich kralle mich fester an ihn, beiße ihm leicht in die Unterlippe.

Wir stolpern kurz rückwärts, bis ich mit dem Rücken am Jeep lehne. Adrian drückt mich dagegen. Erneut ist ein Seufzer zu hören, aber ich bin mir nicht sicher, von wem er stammt. Vielleicht von uns beiden.

In diesem Moment ist es mir egal, dass ich noch einen Artikel schreiben muss und dass Elijah mir im Nacken sitzt und dass ich noch keine richtige Lösung gefunden habe. In diesem Moment fühlt sich alles möglich an. Ich werde einen Artikel schreiben können, der Elijah zufriedenstellt und Adrian nicht verletzt. Ich kann das schaffen. Wenn ich nicht immer vom schlimmstmöglichen Ergebnis jeder Situation ausgehe, kann sich auch mal etwas zum Guten wenden.

Ich hebe ein Bein an, lege es um Adrians Hüfte und ziehe ihn so noch enger an mich. Sein Basecap schiebe ich ihm vom Kopf und vergrabe meine Hände in seinen Haaren. Nach der Party habe ich einen Rückzieher gemacht. Aber ich weiß, dass es nach diesem Kuss kein Zurück mehr gibt. Und komischerweise beunruhigt mich das nicht, sondern das genaue Gegenteil ist der Fall.

Ich lasse meine Hände über seine Brust und immer weiter nach unten wandern. Ich spüre seine Muskeln leicht zucken, wenn ich über sie streiche. Schließlich erreiche ich den Bund seiner Jeans und öffne seinen Gürtel.

Da löst Adrian seine Lippen von meinen und macht einen Schritt zurück. »Wir stehen direkt am Highway. Dir ist klar, dass man uns sehen könnte.« Er klingt atemlos.

»Das ist mir egal«, erwidere ich und merke in dem Moment, dass ich das wirklich so meine. »Dir?«

Ich kann ihn immer noch nicht gut genug sehen, aber ich bilde mir ein, dass er grinst.

»Mir auch.« Dann ist er auch schon wieder bei mir und drückt seinen Körper noch fester gegen meinen. Er schiebt meine Jacke von meinen Schultern und küsst dann die Haut, die er von dem

Stoff befreit hat. Ich ziehe ihm auch seine Jacke und dann sein T-Shirt aus. Ich berühre seine nackte Haut. Sie ist genauso warm, wie ich sie mir vorgestellt habe.

»Ich wünschte, ich könnte dich besser sehen«, flüstert er mir ins Ohr, bevor er meinen Hals küsst.

»Ich auch«, gebe ich zurück, während ich meinen Kopf in den Nacken fallen lasse. »Das können wir ja nachholen, wenn wir in San Francisco sind.«

»Das klingt nach einem sehr guten Plan«, murmelt er und presst seine Lippen wieder auf meine. Seine Hände fahren unter mein T-Shirt. Ich erschauere und halte mich am Bund seiner Hose fest, weil meine Knie auf einmal so weich sind.

»Hast du ein Kondom?«, kriege ich noch hervor. Ich bin gerade noch geistesgegenwärtig genug, um daran zu denken.

»Im Portemonnaie«, antwortet er und hält mir seine Geldbörse einen Moment später entgegen. Zum Glück hatte er sie in der Hosentasche. Jetzt seinen Rucksack zu durchsuchen, hätte mich mehr Geduld gekostet, als mir zur Verfügung steht.

Obwohl es dunkel ist, kriege ich es irgendwie hin, ein Kondom in dem Portemonnaie zu finden, das ich dann einfach achtlos auf den Boden fallen lasse. Wir ziehen uns gegenseitig aus, bis wir nackt voreinander stehen. Mir müsste kalt sein, ist es aber nicht.

Kurz halten wir inne, lassen unsere Hände langsam über den Körper des anderen gleiten. Wir können uns nicht deutlich sehen, aber wir können uns fühlen. Ich stöhne laut auf, als er meine Brüste berührt.

»Setz dich auf den Beifahrersitz«, fordere ich mit rauer Stimme. Adrian steigt ein, und ich gebe ihm das Kondom.

»Mach du das lieber. Bei den Lichtverhältnissen ziehe ich es dir am Ende noch über den Fuß.«

Er lacht schallend auf, und auch ich stimme in das Gelächter ein. »Ich habe keine Ahnung, warum ich das gerade gesagt habe. Nicht gerade romantisch«, sage ich und spüre, wie heiß meine Wangen werden.

»Ich finde, es ist besser, als wenn du etwas Romantisches gesagt hättest«, kommentiert er nur. Sein Körper vibriert immer noch vor unterdrücktem Lachen. »Ich mag es, dass ich auch in so einer Situation mit dir lachen kann.«

Ich grinse in mich hinein. Plastik reißt. Kurz höre ich gar nichts. Als Nächstes spüre ich seine Hand an meinem Arm.

Er umschließt meine Finger und zieht mich langsam zum Wagen. Die andere Hand legt er auf meinen Kopf, um sicherzugehen, dass ich ihn mir beim Einsteigen nicht am Autodach stoße. Diese kleine Geste reicht schon aus, um mein Herz noch schneller schlagen zu lassen.

Sobald ich im Jeep bin, setze ich mich auf Adrians Schoß und sinke dann langsam hinunter. Als er in mich eindringt, seufzen wir beide auf.

Er legt seine Hände an meinen Oberschenkeln ab und stützt mich, während ich mich auf ihm bewege. Tausend Gefühle rauschen auf einmal durch meinen Körper. Ich fühle mich, als stünde ich unter Strom. Ich hoffe, dass dieser Moment niemals enden muss.

»Fuck«, stoße ich aus und ernte ein ersticktes Lachen von Adrian, das halb in einem Stöhnen untergeht.

»Ich hoffe, das war ein positives *Fuck.*« Er klingt so atemlos, wie ich mich fühle.

»Ein sehr positives«, erwidere ich und kralle mich mit einer Hand an seiner Schulter fest. Mit der anderen stütze ich mich am Autodach ab. Ich brauche Halt, aber das reicht nicht. Meine Gefühle spülen mich dennoch mit sich fort. Und vielleicht habe ich auch keine Angst mehr davor, in ihnen zu ertrinken.

»Gut«, kriegt Adrian noch hervor. Er lässt eine Hand über meinen Körper wandern, massiert meine Brüste, fährt durch meine Haare. Meine Haut kribbelt. Mir ist warm. Ich kann kaum noch denken. Alles ist undeutlich, nur er ist klar. Es ist vielleicht stockdunkel um uns herum, aber das ändert nichts daran, dass ich ihn erkenne. Ihn wirklich erkenne. Nicht sein Gesicht, sondern alles, was dahinter liegt.

Er küsst meinen Hals, und der Druck in meinem Inneren wird stärker. Trotzdem weiß ich, dass ich so nicht den Höhepunkt erreichen kann. Nicht einmal mit ihm.

»Wenn du nur in mir bist, kann ich nicht kommen«, flüstere ich, während nun ich seinen Hals und dann seine Wange küsse. Ich spüre seinen Bartschatten unter meinen Lippen. Und den finde ich im Gegensatz zu einem Vollbart sehr sexy. Er kratzt leicht über meine Haut, während Adrian meinen Mund wieder mit seinem bedeckt. Ich mag das Gefühl. Meine Nervenenden scheinen sofort noch mehr gereizt zu werden.

»Okay«, gibt er atemlos zurück, löst eine Hand aus meinen Haaren und lässt sie zwischen uns gleiten, genau dorthin, wo wir miteinander verbunden sind.

Ich stöhne auf, da seine Finger meine empfindlichste Stelle berühren. Meine Bewegungen werden unkoordinierter. Adrian hält mich mit der anderen Hand noch fester und dirigiert mich ein bisschen. Sein Stöhnen wird genauso wie meines lauter.

Ich glaube, ich stoße mir meinen Kopf am Dach des Autos, aber nehme es kaum wahr und halte nicht inne. Ich kann gar nicht mehr.

»Fuck«, stößt diesmal Adrian aus. Mir entfährt ein ersticktes Lachen. Ich will ihn aufziehen, doch ich kann gerade nicht reden.

»Bist du fast so weit?«, fragt er und verstärkt den Druck seiner Finger, was mich fast den Rest meiner Körperspannung verlieren lässt.

»Mh«, bringe ich noch hervor, aber mehr braucht er nicht, um mich zu verstehen. Er lässt seine Finger schneller kreisen, und ich passe meine Bewegungen an sein Tempo an.

Die Spannung in meinem Inneren wird fast unerträglich und dann entlädt sie sich schlagartig. Mein Kopf fällt in den Nacken, und ich stöhne seinen Namen. Er bewegt mich noch ein paarmal auf sich, dann erschauert auch er. Ich spüre, wie er in mir kommt, meinen Namen auf seinen Lippen.

Erschöpft lasse ich mich auf ihn sinken. Er schließt seine Arme um meinen Körper und zieht mich noch näher an sich. So verharren wir eine halbe Ewigkeit. Und obwohl es eine halbe Ewigkeit ist, ist es doch nicht lang genug.

»Fuck«, murmle ich. Als er lacht, spüre ich es in meinem ganzen Körper.

»Ich kann dir nur recht geben«, sagt er und streichelt sanft meinen Rücken. Mit seinen Fingern malt er Muster auf meine Haut. Vielleicht sind es versteckte Botschaften. Aber mein Körper kribbelt noch zu stark, um sie entziffern zu können.

»Wollen wir uns auf die Rückbank legen. Ich glaube, das ist bequemer«, schlägt er vor.

»Ich weiß nicht, ob ich mich schon wieder bewegen kann.«

Erneut lacht er. Ich werde mich an diesem rauchigen Ton nie satthören. Mir wird in diesem Moment vieles klar, aber das ist das Erste, das ich bereit bin, mir einzugestehen.

»Dann bleiben wir noch einen Moment so sitzen. Ich beschwere mich sicher nicht.«

Ich grinse und streiche ihm durch die Haare. Wieder finde ich eine Sache, von der ich nicht genug kriegen kann: Das Gefühl, wie er unter mir erschauert, wenn ich mit meinen Fingern über seinen Nacken gleite. Ich grinse noch breiter und lasse es zu, weil es nur die Dunkelheit sehen kann.

»Okay, ich glaube, meine Beine funktionieren langsam wieder«, kündige ich an und rutsche von seinem Schoß. Er hilft mir auf die Rückbank zu klettern und springt dann aus dem Auto. Ein paar Sekunden später ist er mit unseren Klamotten zurück und setzt sich neben mich. Das Kondom ist er in der Zwischenzeit auch losgeworden.

Bevor ich überlegen muss, was ich jetzt tun soll, zieht er mich an sich. Ich lege meinen Kopf auf seine Brust und lasse mich von dem Heben und Senken seines Oberkörpers schläfrig machen.

»Ich bin sehr froh, dich kennengelernt zu haben«, flüstert er.

»Ich auch«, gebe ich zu und schlafe mit einer meiner versteckten Wahrheiten auf meinen Lippen ein.

37. KAPITEL

Hadrian

Der Fahrtwind legt sich wie ein Rauschen über meine Ohren. Er zerrt an meiner Jacke, an meiner Baseballkappe, meinen Haaren. Er droht, mich einfach davonzutragen. Doch das Gefühl ist nicht unangenehm. Ganz im Gegenteil. Ich würde am liebsten die Arme ausbreiten, um es noch deutlicher zu fühlen.

Doch das lasse ich lieber bleiben, da ich keine Unfälle bauen möchte. Ich sitze auf einem Fahrrad und versuche, Alice wieder einzuholen, die vorausgefahren und nicht mehr zu stoppen ist.

Die Nacht hat sich über San Francisco gelegt. Und wir sind in ihr verschwunden. Dunkelheit kann einem so viel Geborgenheit schenken.

Wir haben uns Räder geliehen und fahren jetzt mit ihnen über die Golden Gate Bridge. Vermutlich würde ich bei Tageslicht mehr sehen, aber bestimmt würde mir auch mehr verborgen bleiben. In der Nacht wirkt alles anders. Städte werden auf eine ganz andere Art lebendig. Tagsüber vibrieren sie, während sie nachts pulsieren. Jetzt sind kaum noch Leute unterwegs, die schnell irgendwohin müssen, die gestresst zum Job rennen. Die Straßen gehören nicht mehr dem Alltag. Die Menschen haben sie zurückerobert.

Alice' Haare wehen im Wind. Ihre grüne Jacke flattert und lässt sie wirken wie einen Vogel, der sich für den Absprung über eine Klippe bereit macht. Fühlt sie sich gerade auch so frei wie ich?

Ich würde sie gern fragen, ich würde gern ihr Gesicht sehen. Mit dem Fahrrad über diese Brücke zu fahren, erscheint mir so richtig. Aber ich will sie wieder berühren können.

Sie wird ein bisschen langsamer, und ich kann sie einholen. Wir sind auf der gleichen Höhe, und die Laternen und Autoscheinwerfer tauchen ihr Gesicht in gesprenkeltes Licht.

Unwillkürlich muss ich an das Van-Gogh-Gemälde denken, das seit dem Beginn dieser Reise mein Sperrbildschirm ist. Diese Nacht scheint genau die gleiche zu sein, die für die Ewigkeit auf dieser Leinwand festgehalten wurde. Und nun wird mir klar, dass ich den Moment, den ich damals, als mich dieses Bild so berührt hat, gesucht habe, endlich gefunden habe.

Alice und ich fahren weiter, bis wir das Ende der Brücke erreichen. Dort steigen wir von den Fahrrädern. Alice lehnt sich rücklings ans Geländer und schaut mich direkt an. Das Lächeln, das sich auf ihre Lippen legt, lässt mich einen Augenblick innehalten. Es scheint die Zeit zum Stillstand zu bringen. Die Welt hört auf, sich zu drehen, weil sie diesen Anblick ebenfalls in sich aufnehmen will. Die Distanz, die zwischen ihren Mundwinkeln lag, ist verschwunden. Auf einmal spricht ihr Lächeln nicht mehr von Trauer, harten Erinnerungen und zu schweren Verantwortungen. Da ist nur dieses Lächeln, das ihr ganzes Gesicht erhellt – und die Erkenntnis, dass sie es nur mir schenkt.

Mit wenigen Schritten bin ich bei ihr, lege beide Hände an ihre Wangen und küsse sie. Das Lächeln kann ich auf meinen Lippen spüren. Ich will mir für immer merken, wie es sich angefühlt hat.

»Wofür war dieser Kuss?«, fragt sie, sowie ich mich wieder von ihr löse. Ich stütze mich zu beiden Seiten von ihr am Geländer ab und lehne meine Stirn an ihre. Sie schließt kurz die Augen, und ich tue es ihr gleich. So kann ich sie und diese Nacht besser einatmen.

»Für alles«, sage ich verspätet. »Für diese gute Idee. Dafür, dass du hier bist.«

Sie beugt sich mir noch weiter entgegen, bis sich unsere Oberkörper berühren.

»Ich bin sehr gern hier«, sagt sie, und obwohl ich die Augen noch geschlossen habe, kann ich ihr Lächeln direkt vor mir sehen. So viel Kraft hat es.

Sie nimmt kurz mein Basecap ab, streicht durch meine Haare und setzt es mir wieder auf. Ich öffne langsam die Augen, löse mich von ihr und stütze mich neben ihr ans Geländer. Meine Hand liegt auf ihrer. Dass ich diese Geste so selbstverständlich machen kann, bringt mich zum Grinsen.

»Du warst schon mal hier, oder?«, frage ich sie.

»Klar. Stanford ist ja nicht weit weg von hier«, antwortet sie, und ein melancholischer Zug legt sich über ihr Gesicht. »Es ist schon seltsam.«

»Was?«

»Ich habe mein Studium sehr genossen. Es war die unbeschwerteste Zeit in meinem Leben. Doch ich habe dort keine wahren Freunde gefunden. Nur davor und danach. In den schwierigeren Zeiten. Funktioniert das so? Finden wir die Menschen, die uns viel bedeuten, immer nur dann, wenn wir sie auch wirklich brauchen? Wenn es drauf ankommt?«

»Ich habe keine Ahnung, ob das so funktioniert«, entgegne ich. »Aber es gibt ja niemanden, der uns beobachtet und sich dann denkt: *Sie hat echt viel Scheiße durchgemacht. Geben wir einen guten Freund als Entschädigung.*«

Alice lacht auf. »Vielleicht nicht. Aber das würde einiges erklären.«

»Die Freundin, bei der du in Seattle gewohnt hast, ist so eine wichtige Freundin für dich?«, frage ich vorsichtig.

»Ja«, entgegnet Alice. »Ich weiß nicht, wie ich die ersten achtzehn Jahre meines Lebens ohne sie überlebt hätte.« Ihr Blick wird ganz ernst. Sie scheint nicht länger San Francisco vor sich zu sehen, sondern irgendwas anderes, an dem sie mich nicht teilhaben lässt.

»Willst du darüber reden?«, frage ich, diesmal noch vorsichtiger.

»Worüber?«

»Die ersten achtzehn Jahre deines Lebens.«

Obwohl ich ihr die schlechten Erinnerungen in den Gesichtszügen und vor allem an der Furche zwischen ihren Augenbrauen ablesen kann, liegt doch ein sanftes Lächeln auf ihren Lippen, während sie mich betrachtet.

»Du hast schon einiges mitbekommen«, murmelt sie.

»Nicht viel«, erwidere ich. »Ich habe euch von Weitem gesehen und ein paar Gesprächsfetzen aufgeschnappt.«

»Und daraus konntest du Schlüsse ziehen.«

»Konnte ich. Aber ich frage dich ja auch nicht, ob du darüber reden willst, weil ich neugierig bin, sondern weil du vielleicht etwas loswerden willst.«

Sie runzelt die Stirn. »Fühlt man sich wirklich besser, wenn man über seine Probleme redet?«

»Zumindest behaupten das die Therapeuten.«

Sie lehnt sich mir wieder entgegen und legt den Kopf an meine Schulter. Ich schlinge einen Arm um ihre Taille.

»Willst du denn auch über deine Familie reden?«, fragt sie leise.

»Ich habe dir doch eigentlich schon von meiner Familie erzählt.«

»Aber nicht, welche Gefühle das alles in dir auslöst«, entgegnet sie und bringt mich zum Lächeln.

»Okay«, setze ich an. »Du kannst mir ja von deiner furchtbaren Familie erzählen, und ich erzähle dir von meiner.«

»Klingt nach einem guten Vorschlag.« Sie seufzt und zögert noch einen Moment. Ich warte ab und nutze den Augenblick einfach, um mit der anderen Hand über ihre Haare zu streichen.

»Unsere Umstände waren beschissen, und ich kann den Frust verstehen, der meinen Vater und Liam aufgefressen hat. Aber Stacys Familie hatte es auch nicht leicht, und dort habe ich mich trotz all der Probleme immer geborgen gefühlt. Man kann überall eine liebevolle Familie sein. Wenn man es auch will.« Sie räuspert sich, bevor sie weiterspricht. »Ich kann mich an keine Zeit erinnern, in der ich mich nicht um meinen Vater und meinen Bruder kümmern musste. Meine Mom ist gestorben, als ich noch sehr klein war. Viel zu klein, um mich an die Zeit mit meiner Mutter zu erinnern.« Ihre Stimme bricht kurz. »Ich glaube, dass mein Dad mal glücklich war. Vor einer sehr langen Zeit. Als er noch meine Mutter und seinen gut bezahlten Job hatte. Er hatte ein mittelständisches Unternehmen für Nägel oder so was. Aber dann haben sie ihn für Steuerhinterziehung drangekriegt, er hat alles verloren und ist in der Wohnwagensiedlung gelandet. Und er hat es nie geschafft, einzusehen, dass er daran schuld war. Die hat er jedem gegeben. Der Polizei, dem Angestellten, der ihn gemeldet hat. Nur nicht sich selbst. Selbst mich hat er seinen Frust spüren lassen, als ich meinen Wunsch, Journalistin zu werden, geäußert habe. Er kam einfach nicht klar.« Sie räuspert sich. »Er ist Alkoholiker.«

Damals, als wir in meinem Jeep saßen und sie nach ihrer Begegnung mit ihrer Familie geweint hat, war sie noch nicht bereit, sich mir anzuvertrauen. Jetzt ist sie es, und am liebsten würde ich sie deswegen noch enger in meine Arme schließen.

»Ich habe mir so oft gewünscht, dass er einen Entzug machen würde, dass er für uns kämpfen würde. Für Liam und mich. Doch das hat er nicht. Er hat es nicht einmal versucht. Und das konnte ich ihm irgendwie nicht verzeihen.«

Es scheint ihr leichter zu fallen, all das zu sagen, während ihr Kopf an meiner Schulter ruht und ich ihr Gesicht nicht sehen kann. Das verstehe ich. Und das Einzige, was ich tun kann, ist, sie festzuhalten und ihr zuzuhören.

»Liam und ich sind unterschiedlich mit dieser Belastung umgegangen. Ich habe versucht, all das aufzufangen, was mein Vater hätte machen müssen. Liam ist Dad immer ähnlicher geworden. Er ist nicht süchtig. Doch er hat seine schlechte Laune immer an mir ausgelassen, und das habe ich irgendwann nicht mehr ausgehalten. Ich konnte sie nicht retten. Ich musste mich selbst retten. Aber um das zu schaffen, musste ich sie zurücklassen. Gehen war die einzige Option, die mir noch geblieben ist.« Sie löst sich von mir, um sich vor mich zu stellen und mich wieder direkt anzuschauen. »Aber das kennst du ja.« Sie nimmt meine Hände in ihre. Dabei ist sie so behutsam, als hätte sie Angst, irgendwas kaputt zu machen. Aber was genau? Das, was sich zwischen uns entwickelt? Diesen Moment?

»Jetzt bist du dran mit erzählen«, sagt sie. Ich kann ihr deutlich ansehen, dass sie nicht möchte, dass ich das kommentiere, was sie mir anvertraut hat. Also werde ich das nicht tun. Dass es mir leidtut, dass sie all das erleben musste, weiß sie hoffentlich auch so.

»Mein Vater ist in Ordnung«, beginne ich. »Er tut nie irgendwas Schlimmes. Er wirkt nur manchmal teilnahmslos. Als wäre er nur ein Statist in seinem eigenen Leben.« Ich drücke sanft ihre Hände, ebenfalls nur vorsichtig. Vielleicht habe ich auch Angst, irgendwas kaputt zu machen. »Meine Mom ist das Gegenteil. Sie ist nicht unbedingt ein schlechter Mensch. Sie so darzustellen, wäre zu einfach. Aber sie nimmt nicht viel Rücksicht auf andere. Auch nicht auf ihre Kinder. Manchmal glaube ich, dass ihr die Show wichtiger ist als wir.«

Immer wenn ich an meine Familie denke, wird meine Brust eng. Doch jetzt bleibt dieser Druck aus. Wenn ich in Alice' Augen schaue, ist auf einmal alles leichter als zuvor.

»Sie verlangt Dinge, ohne darüber nachzudenken, was das bei uns auslösen könnte. Sie hat mir eine Rolle, ein ganzes Leben aufgedrängt, das gar nicht zu mir passt. Und das nehme ich ihr übel.«

Sanft lächele ich Alice an. »Wollen wir weiterfahren?«

Auch ich will nicht, dass sie das, was ich gesagt habe, kommentiert. Ich will einfach nur, dass sie alles über mich weiß.

»Gern«, antwortet sie und stellt sich auf die Zehenspitzen. Mit ihrem Kuss sagt sie mir all die Dinge, die sie nicht laut ausspricht, und ich tue das Gleiche mit meiner Erwiderung.

»Wer am schnellsten wieder auf der anderen Seite ist«, ruft sie aus, sobald sie sich von mir gelöst hat. Schon sitzt sie wieder auf ihrem Rad, bevor ich überhaupt realisiert habe, was los ist.

»Schummler!«, schreie ich ihr hinterher, springe auf mein Bike und fahre ihr so schnell ich kann hinterher. Ich werde sie nicht einholen. Aber darauf kommt es auch gar nicht an.

☆

Ich wache nur sehr langsam auf. Die Sonne ist aufgegangen, als wir zurück in unser Hotelzimmer gekommen sind. Jetzt steht sie hoch am Himmel. Die Gardinen habe ich nur halb zugezogen, deswegen fallen die Strahlen durch den Spalt auf mich.

Ich taste die Matratze neben mir ab. Aber meine Hand findet nichts. Ich liege allein in diesem Bett.

Ich öffne die Augen und schaue mich um. Alice ist nicht im Hotelzimmer, doch ihr Koffer ist noch da. Also ist sie nur kurz gegangen. Mir entfährt ein erleichterter Seufzer.

Es ist nicht so, dass ich jede Sekunde damit rechne, dass sie einfach verschwinden wird. Aber dennoch habe ich irgendwie Angst davor, dass ich eines Tages aufwache und sie fort ist. So, als wäre sie nie hier gewesen.

Als ich höre, wie sich die Tür öffnet, will ich am liebsten erneut erleichtert seufzen. Sie ist zurückgekommen. Sofort richte ich mich im Bett auf und lehne mich an die Wand hinter mir. Ich bin mir ziemlich sicher, dass ich viel zu breit grinse. Ich verhalte mich wirklich albern. Doch ich kann nicht anders.

»Hey«, sage ich, sobald Alice in mein Blickfeld tritt. Sie trägt

Jeans, T-Shirt und ihre grüne Jacke. Ihr Haar ist vom Wind leicht zerzaust. Sie lächelt mich an. Sie sieht wunderschön aus. »Seit wann bist du denn schon wach?«

»Noch nicht so lange«, gibt sie zurück. Erst jetzt fällt mir die Tüte ins Auge, die sie in der Hand hält. »Ich wollte dich nicht wecken.«

»Hättest du ruhig tun können.«

»Ich wollte sowieso ein paar Sachen erledigen.«

»Was denn?«, frage ich und mustere immer noch die Tüte, die sie im Gegensatz zu ihrem Rucksack nicht abgestellt hat.

Fast schon schüchtern schaut sie mich an. »Ich habe mich in ein Café gesetzt und den Artikel geschrieben.«

»Weil du mich dann endlich loswirst?« Ich wollte es wie einen Scherz klingen lassen, aber in meiner Stimme schwingen zu viele meiner Unsicherheiten mit.

»Nein«, entgegnet Alice direkt. Sie steht am Fußende des Bettes. Ich wünschte, sie würde endlich näher kommen. Ich will sie berühren. Sie ist zwar in meinen Armen eingeschlafen, aber ihre Nähe fehlt mir schon jetzt wieder. »Ich will dich nicht loswerden.«

»Gut«, kriege ich hervor. »Dass du ihn geschrieben hast, bedeutet also nicht, dass du deine Sachen jetzt packst und gehst?«

Alice grinst leicht. »Sag bloß, du willst, dass ich bleibe.«

»Du weißt, dass ich will, dass du bleibst«, gebe ich zurück. Ihre Wangen färben sich leicht rosa, und Flecken in der gleichen Farbe verteilen sich auf ihrem Hals.

»Das weiß ich.« Ihre Augen, deren Farbe mich heute an frisch gemähtes Gras erinnert, fixieren mich. »Und du weißt, dass ich bleiben will.«

Mein Herz vollzieht einen kleinen Freudentanz in meiner Brust.

»Ich musste den Artikel trotzdem schreiben. Mein Boss wurde ungeduldig. Ich wollte das hinter mir haben.«

»Damit du dich auf andere Dinge konzentrieren kannst.« Während ich das sage, lasse ich meinen Blick ganz langsam über ihren Körper wandern.

»Vielleicht«, meint sie, ihre Wangen sind wieder rosig, aber ihr Lächeln aufrichtig.

»Bevor du den Artikel abschickst, darf ich ihn aber lesen.«

»Ja, wie abgemacht«, sagt sie. »Ich habe ein bisschen Angst davor, ihn dir zu geben. Ich hoffe, er gefällt dir.«

»Bestimmt«, erwidere ich voller Zuversicht. »Ich lese ihn, sobald ich meinen ersten Kaffee getrunken habe.« Dann deute ich auf die Tüte, die sie immer noch umklammert hält. »Was ist da drin?«

Alice blickt an sich herab und sieht kurz verwirrt aus, als wisse sie selbst nicht, wie die Tüte in ihre Hand gekommen ist. Sobald sie wieder in mein Gesicht schaut, wirkt sie verlegen.

»Ich habe was für dich gekauft, aber vielleicht magst du es auch nicht.«

»Du hast mir was gekauft?«, frage ich und bin gleichzeitig überrascht, durcheinander und irgendwie gerührt.

»Ja«, sagt Alice und reibt sich über die Nase.

»Willst du es mir nicht zeigen?«

Sie seufzt. »Doch.« Trotzdem reicht sie mir die Tüte nur zögerlich und bleibt weiterhin so ungelenk neben dem Bett stehen, als hätte sie darin nicht letzte Nacht mit mir geschlafen.

Ich weiß nicht, womit ich rechnen soll, während ich in die Tüte greife. Ihre Anspannung hat nahegelegt, dass mich gleich eine gefährliche Schlange anspringen könnte. Doch das ist nicht der Fall. Ich ziehe einige Hefte hervor, drehe sie um und spüre im nächsten Moment mein Herz in meinem Hals schlagen. Es sind Comics. Mehrere. Alle drehen sich um Spider-Man.

Langsam hebe ich den Kopf. Alice ist dazu übergegangen, ihr Gewicht von einem Fuß auf den anderen zu verlagern.

»Du hast gesagt, du durftest sie als Kind nicht haben. Und ich habe mich im Laden beraten lassen, welche Comics ein Spider-Man-Fan auf jeden Fall gelesen haben muss.« Sie redet viel zu schnell und scheint es selbst zu bemerken. Denn sie hält abrupt inne. »Ist das albern?«

»Albern? Das ist das schönste Geschenk, das ich jemals bekommen habe«, erwidere ich. Meine Stimme ist belegt. Ich würde gern mehr sagen, aber ich schlucke die Worte lieber runter, bis ich mir sicher bin, dass Alice auch bereit ist, sie zu hören.

Ich strecke ihr meine Hände entgegen, und sie ergreift sie. Mit einem Ruck ziehe ich sie zu mir aufs Bett. Ihr entfährt ein kleiner, überraschter Aufschrei, dann ein Lachen.

»Du freust dich also?«, fragt sie und grinst mich breit an, während ich sie auf meinen Schoß hebe.

»Sehr«, gebe ich zurück und umfasse ihr Gesicht mit beiden Händen. Einen Moment sehe ich sie einfach nur an. Als wir in meinem Auto Sex hatten, konnte ich sie nicht richtig erkennen. Seit wir in San Francisco sind, scheine ich das nachholen zu wollen. Immer halte ich inne, wenigstens für einige Augenblicke, um mir alles, was sie ausmacht, einzuprägen. Auch jetzt lasse ich mir Zeit, ihre Augen, ihr Lächeln, die Falte zwischen ihren Brauen zu betrachten. Und dann küsse ich sie. Sie schlingt die Arme um meinen Hals und seufzt gegen meinen Mund. Ich ziehe ihr die Jacke und das Shirt aus. Als ihre nackte Haut meine berührt, seufze auch ich. Unsere Bewegungen werden hektischer. Auch die restliche Kleidung landet auf dem Boden des Hotelzimmers. Wir küssen uns, berühren uns, betrachten uns. Dann versinken wir wieder ineinander, verlieren uns. Und genau in dieser Sekunde, in diesem Moment, wird mir klar, dass ich nie wieder gefunden werden will.

38. KAPITEL

Alice

»Sicher, dass das eine gute Idee war?«, frage ich und schaue mich hektisch um.

»Du hast selbst gesagt, dass ich nichts verpassen sollte, nur weil ich denke, mich immer verstecken zu müssen«, entgegnet er schulterzuckend.

»Da wusste ich noch nicht, wie stressig das ist. Ich kann gar nicht aufhören, ständig über meine Schulter zu gucken. Entspanntes Sightseeing sieht definitiv anders aus.«

Meine Anspannung scheint ihn offenbar zu amüsieren.

Es ist mitten am Tag. Wir laufen durch Haight Ashbury, an uns kommen Tausende Menschen vorbei. Und jedem von ihnen starre ich direkt ins Gesicht, um festzustellen, ob sie Adrian erkannt haben. Er trägt wieder seine Kappe und eine dunkle Sonnenbrille. Aber er sieht immer noch so offensichtlich wie er selbst aus, dass ich jede Sekunde damit rechne aufzufliegen.

Ich habe gewusst, dass er Angst davor hat, erkannt zu werden. Aber ich konnte nicht wirklich einschätzen, was das mit einem Menschen macht, weil ich es noch nicht gespürt hatte. Nun spüre ich es. Sehr deutlich. Das Einzige, was von mir übrig geblieben zu sein scheint, sind lose Nervenenden.

»Wie kommt man mit dieser Anspannung klar?«, frage ich ihn. »Ich habe ja nicht mal Angst davor, selbst erkannt zu werden, und trotzdem spüre ich die Paranoia quasi meinen Nacken kitzeln.«

»Dabei dachte ich, dass nur ich das darf«, gibt er wieder viel zu ruhig zurück und legt tatsächlich seine Hand in meinen Nacken. Sofort läuft ein Schauer meinen Rücken hinunter.

»Lass das. Ich muss mich konzentrieren.«

»Auf was?« Er unterdrückt ein Lachen.

»Auf unsere Umgebung.«

»Du bist kein Agent vom Secret Service und ich nicht der Präsident. Du wirst dich heute nicht mehr vor mich werfen müssen, wenn auf mich geschossen wird.«

Ich verenge die Augen und blicke streng zu ihm auf, damit er erkennt, dass seine Witze weder erwünscht noch angebracht sind.

»Das ist neu für mich, okay? Tut mir leid, dass ich das nicht gewohnt bin und super locker damit umgehen kann«, sage ich ein bisschen patziger als beabsichtigt.

Adrian nimmt meine Hand und zwingt mich so dazu, stehen zu bleiben. Wir sind uns so nah, dass ich mir einbilde, dass sein Basecap jetzt nicht mehr nur über sein Gesicht, sondern auch über meines einen Schatten wirft.

»Tut mir leid. Ich wollte dir nicht das Gefühl geben, dass ich dich nicht ernst nehme«, meint er und greift auch nach meiner anderen Hand. »Ich habe versucht, dir mit den Witzen die Anspannung zu nehmen. Ich war auch immer verkrampft in solchen Situationen. Aber du hattest wirklich recht. Ich kann mich nicht für immer verstecken, wenn das bedeutet, dass ich Dinge verpasse.« Er grinst auf diese Weise, die ich auf meiner Haut spüre. »Wie dieser Ort. Die ehemalige Hippie-Hochburg. Wäre doch furchtbar, wenn ich das nie gesehen hätte, nur weil ich mich vor ein paar Kameras fürchte.«

»Mag sein«, erwidere ich und lasse mich zu einem Lächeln hinreißen. »Ich weiß nicht einmal, wovor ich überhaupt Angst habe.«

»Das Gefühl kenne ich.« Er sagt das mit so viel Nachdruck, dass kein Zweifel an der Aufrichtigkeit seiner Worte bleibt. »Aber es ist doch alles gut. Ich fand deinen Artikel über mich richtig toll. Dein Boss wird auch begeistert sein. Wir sind zusammen hier. Das klingt für mich alles ziemlich perfekt.«

Ich erwidere sein Lächeln, allerdings spüre ich in der gleichen Sekunde einen Knoten in meiner Magengrube. Habe ich all meine Nervosität auf meine Furcht vor neugierigen Blicken und aufblitzenden Kameras gelenkt, damit ich ihre wahre Quelle nicht mehr erkennen konnte? Bin ich gar nicht angespannt, weil Adrian sich tagsüber unter Menschen traut, sondern weil ich seit einem Tag auf eine Antwort von Elijah warte und mir sein Schweigen den kalten Schweiß auf den Rücken treibt? Ich hätte schon längst mit einer Reaktion gerechnet. Was hat es zu bedeuten, dass ich noch keine erhalten habe? Ist es doch nicht möglich, einen Artikel zu schreiben, der Adrian nicht verletzt und gleichzeitig Elijah zufriedenstellt? Habe ich mich verschätzt? Bitte nicht. Denn ich habe keine Ahnung, was ich dann tun soll.

Und ich scheine es noch weniger zu wissen, als Adrian eine Hand an meine Wange legt, wie er es ständig tut, mich angrinst und mich eine Sekunde später küsst, das Lächeln noch immer auf seinen Lippen. Sein Kuss und die Gefühle, die er mit sich bringt, lassen all meine Sorgen verblassen. Da sind kurz nur sein Mund und meiner.

Doch sobald er sich von mir löst, sehe ich all meine beunruhigenden Gedanken wieder klar und deutlich vor mir.

Wir schlendern weiter, Adrian schaut sich mit blitzenden Augen um. Ich kann seine Aufregung deutlich spüren, und doch will sie nicht auf mich überspringen.

Wir sind beide hier, weil wir noch nicht bereit sind, diese Reise, *unsere* Reise, für beendet zu erklären. Aber nur, weil wir die Realität ignorieren, heißt das noch lange nicht, dass sie auch uns ignoriert. Irgendwann werde ich in meine WG zurückkehren und wieder regulär arbeiten müssen. Und wenn es so weit ist, was passiert dann mit … *uns*? Gibt es ein *uns* überhaupt? Ist das hier nur ein kurzes Abenteuer, das vorbei ist, sobald wir aus dem Hotel ausgecheckt haben? Wie würde ich mich fühlen, wenn es so wäre?

Adrian wird ein bisschen langsamer und sieht sich zu mir um. »Alles okay?«, fragt er. Auf einmal klingt er besorgt.

Nein, ich glaube nicht, dass das hier nur ein Abenteuer ist. Weder für mich noch für ihn. Aber das ändert nichts an den Tatsachen. Irgendwann werde ich in die Realität zurückkehren müssen. Und ich weiß nicht, ob ich ihn dorthin mitnehmen kann.

»Ja, alles okay«, antworte ich und klinge so unsicher, dass ich nicht einmal mich selbst überzeugen kann. Ich tue so, als würde ich mir interessiert die Häuser ansehen, an denen wir vorbeilaufen, damit er meine dunklen Gedanken nicht in meinem Gesicht ablesen kann. Aber ich weiß selbst, dass er mich längst durchschaut hat.

»Rede mit mir. Was ist los?«

Ich beneide Adrian ein bisschen. Er empfindet viel mehr Zuversicht bezüglich des Artikels, als angebracht ist. Er kann sich in alles hineinstürzen, den Moment genießen und nicht an Morgen denken. Und meistens gelingt mir das in seiner Nähe auch. Aber ein Schatten bleibt immer, und ich bin ratlos, wie ich ihn loswerden soll.

Ich setze an, weil ich ihm all das sagen will. Doch nicht ein Wort kommt über meine Lippen. Denn in dem Moment entdecke ich die gezückten Handys.

»Du wurdest erkannt«, presse ich hervor und mache reflexartig einen Schritt von ihm weg. Mehrere Leute starren in unsere Richtung, es wird getuschelt. Sofort fühlt sich meine Haut anders an als sonst. Irgendwie rauer. Als würde sie versuchen, sich vor den neugierigen Blicken zu schützen. Obwohl sie natürlich kläglich scheitert.

»Fuck«, stößt Adrian aus, bleibt allerdings erstaunlich ruhig. Er senkt den Blick, greift unauffällig nach meiner Hand und dirigiert mich bestimmt hinter sich her. Manche Kameras folgen uns, aber nicht schnell genug. Sobald wir die nächste Gasse betreten haben und kurz außer Reichweite der Smartphones sind, rennt er los und zieht mich mit sich. Ich habe Mühe, mit ihm mitzuhalten, weswegen mir nicht einmal Zeit bleibt, panische Blicke über meine Schulter zu werfen. Wir rennen immer weiter, bis meine Lunge brennt und meine Beine leicht zittern.

In der nächsten dunklen, verlassenen Gasse bleibt Adrian endlich stehen. Ich stütze mich an der nächsten Wand ab und atme viel zu heftig.

»Sorry«, sagt er, obwohl er für all das nichts kann.

Ich fühle mich immer noch ertappt, als hätte ich irgendwas Verbotenes getan und nicht nur unbeteiligt auf der Straße rumgestanden wie jeder andere Mensch auch.

»Geht's dir gut?« Adrian kommt näher und hebt sanft mein Kinn an, um mir ins Gesicht schauen zu können.

»Alles gut. Nur ein bisschen überfordert«, antworte ich, was keine Lüge ist, aber auch nur die halbe Wahrheit. Mein Herz pocht immer noch viel zu schnell, und es ist kein angenehmes Gefühl.

Die Wahrheit scheint in diesem Moment genauso stark wie der dringend benötigte Sauerstoff in meinen Lungen zu brennen.

Vielleicht lautet die alles entscheidende Frage nicht, ob Adrian in meine Realität passt. Vielleicht muss ich mich fragen, ob ich bereit wäre, ihm in seine zu folgen. Obwohl sie mir so viel Angst macht, dass ich kaum noch atmen kann.

☆

Ich kann nicht schlafen. Ich lag so lange wach, dass ich es irgendwann einfach nicht mehr ertragen habe, bewegungslos im Bett zu bleiben und an die Decke zu starren. Deswegen habe ich das Hotelzimmer verlassen. Mit meinem aufgeklappten Laptop sitze ich draußen vor einem Café und starre auf den Bildschirm, ohne zu wissen, was ich eigentlich tun wollte.

Es ist gerade mal früher Vormittag. Da wir wieder die ganze Nacht unterwegs waren, sind wir erst vor wenigen Stunden ins Bett gegangen. Ich fühle mich, als hätte ich einen Jetlag. Doch ich weiß, dass mein verdrehter Tag-Nacht-Rhythmus nicht der Grund für meine Schlaflosigkeit ist. Nicht der entscheidende zumindest.

Noch immer habe ich nichts von Elijah gehört, und sein Schweigen drückt vehementer auf mein Trommelfell als jede Beleidigung, die er mir im vergangenen Jahr entgegengeschrien hat. Ich kann kaum ruhig sitzen, und meine Hände schwitzen. Mein ganzer Körper ist so angespannt, als würde er sich darauf vorbereiten, auszuweichen. Obwohl ich nicht einmal weiß, was oder wem ich überhaupt ausweichen muss.

Endlich klingt mein Handy. Es ist Verdammung und Erlösung zugleich. Ich nehme den Anruf an, ohne nachzugucken, wer der Anrufer ist. Was sich ziemlich schnell als Fehler entpuppt.

»Pumpkin.« Die Stimme meines Vaters lässt mich zusammenzucken. »Wie geht es dir?«

Ich will direkt auflegen, aber ich kann es nicht. Irgendein verzweifelter Teil in mir kann die Hoffnung, dass er mich wirklich nur anruft, um zu erfahren, wie es mir geht, einfach nicht loslassen. Selbst nach unserer letzten Begegnung nicht. Wie erbärmlich.

»Rufst du mich wirklich deswegen an? Oder willst du was von mir?«, frage ich direkt, weil ich mich dieser Hoffnung nicht länger als nötig hingeben darf. Mit jedem Atemzug, den ich tue, ohne sie zu zerquetschen, wird sie größer, und der Schmerz, den ich fühlen werde, sollte sie sich als trügerisch herausstellen, wird viel schlimmer sein, wenn ich zugelassen habe, dass sie in mir wächst.

»Kann ein Vater seine Tochter nicht einfach nur anrufen, weil er von ihr hören will?«

»Kann er. Aber du machst das eher selten.«

Die Hoffnung wird größer, sie bläht sich auf wie ein Ballon.

»Meine Tochter ist mir immer einen Schritt voraus.« Er hustet und braucht einen Moment, um weiterzusprechen. »Ich bedauere es, wie unser letztes Gespräch abgelaufen ist. Und da sich die Umstände ja geändert haben, dachte ich mir, ich rufe noch mal an.«

»Die Umstände haben sich geändert?«, hake ich misstrauisch nach. Die Hoffnung wächst trotzdem weiter und will einfach nicht platzen. Sie ist robuster, als ich dachte.

»Ja, du hast den Star, den du gesucht hast, doch gefunden. Das heißt, du hast jetzt richtig gute Kontakte.«

»Und diese Kontakte bedeuten Geld?« Meine Stimme zittert. Aber der Ballon platzt nicht. Wieso platzt er nicht endlich? Ich will den Schmerz hinter mich bringen.

»Ja, dachte ich mir.«

»Du hast falsch gedacht. Ich habe kein Geld für dich.«

»Pumpkin, bitte …«

»Ich habe kein Geld, Dad. Und selbst, wenn ich welches hätte, würde ich es dir nicht geben.« Ich sage das, weil ich es muss, um dieses Gespräch, das ich schon seit Jahren führe und doch nie abschließen kann, endlich ein für alle Mal zu beenden. Dabei bin ich mir nicht mal sicher, ob meine Worte stimmen. Wäre ich wirklich bereit, mir die Chance, endlich eine richtige Familie zu haben, entgehen zu lassen, selbst wenn ich sie mir kaufen müsste?

»So weit ist es also gekommen«, meint mein Vater und klingt enttäuscht. Es steht ihm nicht zu, so mit mir zu sprechen. Doch obwohl ich das weiß, ändert das nichts an der Wirkung, die seine Worte auf mich haben. »Ich dachte, dein furchtbarer Beruf wäre endlich zu etwas gut, doch ich habe mich wohl getäuscht. Wenn du mal Hilfe brauchst, komm ja nicht angekrochen. Du bist bei uns nicht mehr willkommen.« Und dann legt er einfach auf. Die Leitung ist tot.

Als der Ballon endlich platzt, spüre ich es kaum, weil der Schmerz, den Dads Worte in mir ausgelöst haben, so groß ist, dass er mich für jeden weiteren betäubt hat. Bewegungslos sitze ich auf meinem Stuhl. Keine Ahnung, wie lange. Ich realisiere nicht, wie viele Kunden kommen und gehen. Die Zeit verläuft auf einmal ganz anders.

Erst als mein Smartphone erneut klingelt, kann ich mich wieder rühren. Diesmal gucke ich nach, wer anruft, bevor ich abnehme. Aber das hilft mir auch nicht. Es ist Elijah. Der Anruf, auf den ich gewartet habe. Und trotzdem bin ich nicht bereit für das, was er mir zu sagen hat.

»Hallo?«, frage ich und klinge schon geschlagen, bevor sein erster Schrei meine Ohrmuschel erreicht.

»Das ist also das, was du unter einer saftigen Story verstehst? Du bist eine Klatschreporterin, Alice, nicht der Hofschreiber der Carters. Ich hoffe, dir ist der Unterschied bekannt.«

Keine Ahnung, was ich antworte, aber es scheint ihn nur noch wütender zu machen.

»Ich habe doch gesagt, dass es egal ist, welche Vereinbarung ihr zwei getroffen habt. Er muss den Artikel nicht vorher absegnen. Die Anwälte sind vorbereitet.«

Wieder gebe ich eine Antwort, die in der Bedeutungslosigkeit versinkt, sobald ich sie ausgesprochen habe. Auch sie gefällt Elijah nicht.

»Du wirst jetzt den Artikel schreiben, den ich haben will. Und tu nicht so, als wüsstest du nicht, wie so ein Artikel aussieht. Das hast du im vergangenen Jahr gelernt, wenn auch nicht viel anderes. Den Artikel will ich zum Anfang der nächsten Woche. Schick ihn mir oder bring ihn mir persönlich vorbei. Wenn du ihn mir nicht lieferst, brauchst du nicht wiederzukommen. Und ein Empfehlungsschreiben kannst du auch vergessen.«

Vielleicht sage ich noch was, bevor er auflegt, vielleicht auch nicht. Es ist eigentlich auch egal. Ein genuscheltes *Auf Wiedersehen* wird auch nichts mehr an meiner Situation ändern.

Ich stecke fest. Es gibt kein Vor und kein Zurück. Stehen bleiben kann ich allerdings auch nicht. Jeder Schritt, den ich mache, wird falsch sein, aber auch, gar keinen Schritt zu machen. Ich kann nicht in meine Vergangenheit zurückkehren, und meine Zukunft hat mir den Weg versperrt. Wenn man ein Mensch ohne Vergangenheit und ohne Zukunft ist, hat man dann überhaupt noch eine Gegenwart? Gerade fühlt es sich nicht so an.

Meine Finger sind taub, als ich meinen Laptop wieder starte und ein neues Dokument öffne. Ich beginne zu schreiben, bevor ich überhaupt eine bewusste Entscheidung getroffen habe. Aber was bleibt mir auch anderes übrig? Wer bin ich noch, wenn ich alles, wofür ich mein ganzes Leben gearbeitet habe, aufgebe? Würde ich dann überhaupt noch existieren?

Ich mache mir keinen Plan, keine Notizen, überlege mir nicht, wie ich den Artikel aufbauen will. Ich schreibe einfach. Den Artikel, den Elijah sich wünscht, und habe währenddessen das Gefühl, als würde er mich fernsteuern, als hingen meine Finger an Fäden, die er zieht. Vielleicht denke ich das auch nur, weil dieser Gedanke tröstlicher ist, als mir einzugestehen, dass ich diejenige bin, die all das tut, für das ich mich selbst hasse.

Mit jedem Wort, das ich tippe, sammelt sich mehr Galle in meinem Mund. Die Bitterkeit, die sie hinterlässt, werde ich niemals loswerden, und das habe ich auch gar nicht verdient.

Ich enthülle Adrians Geheimnisse. Dinge, die er mir anvertraut hat und nicht einer Journalistin. Ich schreibe Schreckliches, Gehässiges über ihn, obwohl ich nur Gutes in ihm sehe. Tränen sammeln sich in meinen Augenwinkeln. Sie wollen um das trauern, was ich gerade zerstöre, doch sie können sich nicht lösen.

Ich bin der Bösewicht in seiner Geschichte. Er weiß es nur noch nicht.

39. KAPITEL

Hadrian

Wieder liege ich allein im Bett, als ich aufwache. Diesmal hat mich das leise Rauschen der Dusche geweckt, das durch die geschlossene Badezimmertür dringt.

Hat Alice überhaupt geschlafen? Die Seite ihres Bettes ist kalt.

Ich runzle die Stirn, während ich mich aufsetze. Mein Kopf brummt ein bisschen, weil ich in den letzten Tagen viel zu wenig geschlafen habe. Wie muss Alice sich erst fühlen, wenn sie immer schon lange vor mir wach ist?

Ein Gähnen entfährt mir, während ich aufstehe und zum Tisch hinüberlaufe, auf dem Alice' Laptop steht. In den letzten Tagen haben wir immer wieder ihre Lieblingsserie *The Newsroom* geguckt, und inzwischen bin ich so tief in die Geschichte eingetaucht, dass ich wissen will, wie es weitergeht. Alice wird es mir bestimmt nicht übelnehmen, wenn ich eine Folge ohne sie schaue.

Mit dem Laptop laufe ich zurück zum Bett, lege mich hin und klappe ihn auf. Der Bildschirm leuchtet sofort auf. Alice muss ihn erst vor Kurzem geschlossen haben, denn ich muss ihn nicht entsperren.

Ein Dokument ist noch geöffnet, und ich will es schon schließen, weil ich ihren Artikel über mich längst gelesen habe, als mein Blick an der ersten Zeile hängenbleibt.

Hadrian Carter ist ein gebrochener Mensch.

In meinem Inneren zieht sich etwas zusammen. Es ist nicht nur ein Organ. Es sind gleich mehrere.

Eigentlich will ich den Computer sofort wieder schließen, den Satz und alles, was er bedeuten könnte, einfach vergessen. Wenn ich nicht weiterlese, kann ich vielleicht so tun, als existierten diese Worte nicht. Ich will einfach so weitermachen, als hätte ich nie einen Blick auf dieses Dokument geworfen. Ich will glücklich sein, in dem Wissen, dass ich vielleicht endlich herausgefunden habe, was Freiheit wirklich bedeutet.

Doch die zahlreichen Knoten in meinem Inneren geben mir ziemlich deutlich zu verstehen, dass es nun kein Zurück mehr gibt. Die Worte existieren nicht mehr nur auf Alice' Laptop, sondern auch in meinem Kopf. Und ich werde sie nicht mehr los.

Meine Hände zittern, während ich den Laptop näher heranziehe und weiterlese. Schließlich zittert mein ganzer Körper. Mir wird übel. Ihre Worte scheinen über meine Augen in mich hineinzukriechen und sich in meinem Hals festzusetzen. Dort bilden sie einen Kloß. Manche legen sich um mein Herz und drücken es fest zusammen. Und die restlichen sammeln sich in meinem Magen, der auf einmal so hart und schwer ist wie ein riesiger Stein.

»Adrian?«

Ihre Stimme lässt mich heftig zusammenzucken, dabei bin ich mir ziemlich sicher, dass sie nur geflüstert hat. Aber genau wissen tue ich es nicht, weil ein Rauschen meine Ohren erfüllt, das es mir unmöglich macht, einzuschätzen, wie laut oder leise die Geräusche um mich herum wirklich sind. In diesem Moment scheint mein rasselnder Atem ohrenbetäubend laut zu sein. Ich würde mir am liebsten die Hände auf die Ohren pressen, aber das würde auch nichts ändern.

»Adrian?« Beim zweiten Mal klingt sie noch unsicherer, als sie meinen Namen ausspricht. Wenn man sich mit dem, was man sagen will, schon so unsicher ist, dass man hinter einen Namen, den man kennt, ein Fragezeichen setzt, sollte man vermutlich besser gar nichts sagen. Aber das kann ich ihr gerade nicht mitteilen, weil der Kloß in meinem Hals einfach zu dick ist. Es fühlt sich an, als würde ich ersticken. Ersticke ich an der Tatsache, dass die letzten Tage eine Illusion gewesen sind, die ich mir erbaut habe, weil ich zu naiv war, um die Wahrheit zu erkennen? Ersticke ich an der Erkenntnis, dass sie mich von Anfang an nur benutzt hat?

Als Alice einen Schritt in meine Richtung macht, löse ich mich endlich aus meiner Schockstarre. Ich springe aus dem Bett, damit sie weit genug entfernt ist, dass ich ihren Geruch nicht einatmen muss. Diese besondere Mischung aus ihrem Lavendelshampoo und einfach nur ihr. Damit ich nicht sehen kann, ob ihre Augen heute mehr grün oder blau sind. Damit ich mich nicht fragen kann, ob es am Licht oder ihren eigenen Gefühlen liegt. Damit ich nicht dem Impuls erliege, sie einfach an mich zu ziehen, meinen Kopf in ihren Haaren zu vergraben und dort Zuflucht vor der Realität zu finden.

»Hadrian Carter ist ein gebrochener Mensch«, lese ich laut vor, während ich den Laptop auf einer Hand balanciere. »Er hat kein Ziel, keine Perspektive und keine Familie, zu der er zurückkehren kann. Er ist heimatlos und wird es vermutlich auch immer bleiben.«

Ich hatte gehofft, dass es mir guttun würde, all das laut vorzulesen. Als könnten die Worte über meinen Mund wieder meinen Körper verlassen. Doch so funktioniert es leider nicht. Ganz im Gegenteil. Jetzt kreisen sie nicht mehr nur in meinen Gedanken, sondern dröhnen auch noch in meinen Ohren.

»Er wird getrieben von dem Wissen, dass ihm niemand ehrliche Gefühle entgegenbringt. Seine Mutter will ihn gewinnbringend inszenieren. Seine angebliche Freundin Rachel Hanson erhofft sich Ruhm von ihrer Fake-Beziehung mit ihm.«

Meine Stimme klingt mehr gehässig als verletzt, und ich glaube, das ist es, was mich noch aufrecht stehen lässt. Wenn sie mir anhören könnte, dass ihre Worte mein Innerstes verbrennen und nur Ödland zurücklassen, würde ich vermutlich zusammenbrechen.

»Soll ich weiterlesen? Eigentlich nicht, oder? Du hast den Text schließlich selbst geschrieben.«

Erst jetzt wird mir klar, dass Alice noch nichts gesagt hat. Getan hat sie auch noch nichts. Sie steht einfach dort. In Jeans und T-Shirt. Heute prangt das Logo von *Sex and the City* auf dem Stoff. Eine der vielen Serien, deren Schriftzug sie trägt, ohne sie je gesehen zu haben. Sie ist barfuß, von den Spitzen ihrer Haare, die inzwischen wieder lang genug sind, dass sie ihre Schultern berühren können, tropft noch das Wasser. Durch die offene Badezimmertür dringt Dampf in den Raum.

Ihr Gesichtsdruck ist genauso starr wie ihr Körper. Ist ihr wirklich vollkommen egal, was sie in mir anrichtet? Ist ihr egal, dass sie alles, was ich ihr anvertraut habe, gegen mich gerichtet hat? Ist ihr egal, dass ihretwegen von meinem Neuanfang und allem, was er hätte sein sollen, nur noch Trümmer bleiben?

»Du hast nichts dazu zu sagen?«, frage ich. Ich glaube, meine Stimme ist laut. Aber das Rauschen macht es mir immer noch schwer, richtig zu hören.

Wann wird dieser Artikel erscheinen? Wann hat sie ihn an ihren Boss geschickt?

Dort steht nicht nur, dass meine Beziehung zu Rachel fake ist. Dort kann auch jeder lesen, dass ich gegangen bin, weil Rachel bereit war, ihren Freund mit mir zu betrügen. Ich bin nicht der einzige Mensch, der leiden wird, wenn diese Worte online gehen.

»Unser erstes Gespräch war also *off the record*?«, spucke ich aus. »Ich hätte wissen müssen, dass das Bullshit war.«

In diesem Moment bin ich mir ziemlich sicher, dass es keinen Menschen auf der ganzen Welt gibt, der sich jemals so naiv und bloßgestellt gefühlt hat wie ich mich in diesem Moment.

»Ich hätte dir niemals trauen dürfen!«, schreie ich. Und was noch viel viel schlimmer ist: Ich hätte mich nicht in dich verlieben dürfen! Aber das spreche ich nicht laut aus. Ich halte es ja kaum aus, wenn ich es nur denke. Es zu sagen, würde mich alles kosten, was noch von mir übrig geblieben ist. Und da es nicht viel ist, muss ich mich entschieden an den kläglichen Rest festklammern, der noch da ist.

Mein Blick fällt auf ihre Hände. Sie kratzt sich mit ihrem Nagel schon wieder die Haut vom Daumen. Ich sehe Blut. Unwillkürlich will ich ihre Daumen mit meinen Händen umschließen. Allerdings komme ich mir wegen dieses Impulses nur noch erbärmlicher vor.

»Adrian«, setzt sie an, ihre Stimme zittert heftig, ihre Unterlippe bebt, sie ist so weiß im Gesicht, als würde sie gleich umfallen. Aber darauf kann ich keine Rücksicht nehmen. Das hat sie schließlich auch nicht getan.

»Ja?«, frage ich gehässig. Ich weiß nicht genau, woher ich die Kraft nehme, die ich gerade ausstrahle.

»Ich verliere meinen Job, wenn ich es nicht tue.«

Ich lache auf. Es klingt so bitter, dass es mich nicht wundern würde, wenn ich den Geschmack dieses Lachens nie wieder von meiner Zunge gekratzt bekommen würde.

»Na und? Soll ich deswegen Verständnis haben?« Erst jetzt wird mir klar, dass ich nur in Boxershorts vor ihr stehe und den Laptop immer noch in der Hand halte. Ich werfe ihn aufs Bett und schnappe mir meine Jeans und mein Shirt, die neben mir auf dem Boden liegen. Alice hat sie gestern wahllos weggeworfen, nachdem sie sie mir ausgezogen hatte. Bevor wir …

Sobald ich daran denke, kann ich es nicht länger ertragen, halb nackt mit ihr zu sprechen. Mit ihrem Artikel hat sie mich entblößt, mir all meine Schutzbarrieren ausgezogen, bis meine schlimmsten Ängste und Erinnerungen offenliegen, sodass sie jeder begaffen kann. Und selbst als ich angezogen bin, komme ich mir immer noch nackt und schutzlos vor. Ich glaube, ich habe mich in meinem ganzen Leben noch nie so verdammt klein und besiegt gefühlt.

»Warum hast du überhaupt was mit mir angefangen?«, frage ich und spüre, dass nun auch meine Schein-Kraft droht mich zu verlassen. Ich kann darüber nicht reden. Ich kann ihr all meine Fragen nicht stellen, und die Antworten kann ich noch viel weniger hören. Dann wird wirklich nichts von mir übrig bleiben. Nicht mal der klägliche Rest.

»Weißt du was? Das ist mir scheißegal. Ich will deine Erklärungen und Rechtfertigungen gar nicht hören. Mir ist scheißegal, warum du gemacht hast, was du getan hast. Es ist unverzeihlich. Mehr muss ich darüber nicht wissen.«

Langsam verändert sich etwas in Alice' Miene. Trotz macht sich in ihren Zügen breit. Ihre Lippen werden zu einem schmalen Strich, und sie verschränkt die Arme vor der Brust.

»Es ist dir egal? Es spielt für dich gar keine Rolle, warum ich diesen Artikel geschrieben habe?«

Ich scheine nicht mehr die einzige Person in diesem Raum zu sein, die furchtbar wütend ist. Und das verwirrt mich so sehr, dass ich sie kurz einfach nur irritiert anstarren kann.

»Ja, es ist mir egal«, sage ich schließlich. »Deine Gründe ändern nichts an den Tatsachen.«

Alice' Unterlippe zittert zwar immer noch, aber ihre Stimme tut es nicht, als sie anfängt zu sprechen. »Du weißt, woher ich komme und wohin ich nicht zurückkehren kann. Du weißt, dass ich diesen Job auf keinen Fall verlieren darf.«

»Keine Entschuldigung«, meine ich. So hart hat sich mein Tonfall in meinem ganzen Leben noch nicht angehört. Der Klang meiner eigenen Stimme erschreckt mich.

»Du bist mit so vielen Privilegien aufgewachsen und siehst sie nicht einmal. Du verurteilst mich, dabei hast du keine Ahnung, wie richtige Probleme überhaupt aussehen.«

Ich kann nicht hierbleiben.

Der Gedanke ist übermächtig. Er ist lauter als meine Stimme, als Alice' Stimme, als das Rauschen in meinem Kopf.

Ich kann nicht hierbleiben.

Ich habe diesen Gedanken schon einmal so deutlich gehört, als würden ihn mir mehrere Menschen gleichzeitig in die Ohren schreien. Das letzte Mal habe ich meine Sachen gepackt und bin verschwunden.

Und das Gleiche werde ich jetzt auch tun.

Ich laufe einfach an Alice vorbei, ohne sie noch eines weiteren Blickes zu würdigen. Ich klaube meine wenigen Sachen vom Fußboden und mache mir nicht einmal die Mühe, mein Zeug aus dem Bad zu holen. All das kann man ersetzen. All die Gefühle, die in mir absterben, je länger ich in diesem Zimmer bleibe, nicht.

Ich schnappe mir mein Portemonnaie, Handy und Autoschlüssel, ziehe meine Schuhe und Jacke an und werfe mir den Rucksack über die Schulter.

»Check-out ist um zwölf Uhr. Bis dahin kannst du bleiben. Das Hotelzimmer ist schon bezahlt.«

Das sind die letzten drei Sätze, die ich noch über die Lippen bringe. Ich sage sie zum Fußboden, auf den mein Blick gerichtet ist. Ich bringe es einfach nicht über mich, in ihr Gesicht zu sehen. Und ich schaffe es auch nicht, mich mit irgendeiner bedeutungslosen Floskel zu verabschieden.

Dann wende ich mich einfach ab, verlasse den Raum und ziehe die Tür hinter mir zu. Ich knalle sie nicht zu, da ich kein Klischee sein möchte. Trotzdem fühlt sich das Klicken, das erklingt, als die Tür wieder ins Schloss fällt, sehr endgültig an.

Das ist das Ende meines Neuanfangs. Er endet nicht mit einem Knall. Er endet mit einem müden Klicken.

Wie passend.

40. KAPITEL

Alice

Die letzten Stunden sind an mir vorbeigezogen wie ein Stummfilm ohne Farbe. Und den hat man auch noch in doppelter Geschwindigkeit abgespielt.

Irgendwie habe ich es geschafft, mein Zeug zu packen, mit den öffentlichen Verkehrsmitteln zum Bahnhof zu fahren, den richtigen Zug zu finden und dreimal umzusteigen. Zehn Stunden hat die ganze Fahrt gedauert, aber das habe ich kaum gemerkt. Ich habe nichts getrunken, nichts gegessen und nicht geschlafen. Aber auch das spüre ich nicht.

Erst als das Wohnhaus vor mir auftaucht, in dessen drittem Stock Hien und ich leben, werden meine Schritte langsamer. Je näher ich unserem Apartment komme, desto deutlicher fühle ich die Erschöpfung, die auf mir lastet. Irgendwie schleppe ich mich bis zu unserer Wohnungstür und schließe sie auf. Hien eilt in den Flur. Ich habe jetzt schon wieder vergessen, ob es draußen gerade dunkel oder hell war. Und ich kann nicht erkennen, ob Hien ihren Pyjama oder ein Kleid trägt. Die ganze Welt verschwimmt hinter einem Schleier aus Wasser. Ich trete über die Schwelle, und sofort breche ich zusammen. Meine Knie geben unter mir nach, mein Koffer und Rucksack schlagen genauso dumpf auf dem Boden auf wie ich. Auch meinen Oberkörper kann ich nicht mehr gerade halten. Ich kippe nach vorn und kann mich gerade noch so mit den Händen abfangen, bevor ich mit dem Gesicht auf den Boden schlage.

»Alice!«, höre ich Hien rufen, dann spüre ich ihre warmen Hände auf meiner eiskalten Haut. »Hey, ist alles okay? Alice, was ist los?«

Ich höre ihre Panik, und ich würde sie ihr sehr gern nehmen. Doch ich kann nicht mehr sprechen. Die falschen Worte haben alle richtigen aus meinem Kopf verdrängt. Tausend Gefühle überfallen mich auf einmal. Es sind zu viele, um mit ihnen fertig zu werden.

Also weine ich und zittere, während Hien mich in die Arme nimmt und gegen sich drückt. Mir ist kalt, obwohl ich schwitze. Ich weine, obwohl ich schreien will. Und meine Augen sind weit aufgerissen, obwohl ich sie viel lieber schließen würde.

Gerade fühlt sich einfach alles falsch an. Selbst Hiens Umarmung. Und ich weiß nicht, ob sich das jemals wieder ändern wird.

41. KAPITEL

Hadrian

Ich kann selbst nicht so richtig erklären, warum mich mein Weg ausgerechnet wieder genau an diesen Punkt gebracht hat. Dorthin, wo alles begonnen hat. Aber wenn man sich eingestehen muss, dass ein Neuanfang nicht möglich ist, wo kann der Weg sonst enden?

Mit verkrampften Fingern klammere ich mich an dem Lenkrad meines Jeeps fest und starre das Tor an, hinter dem die Villa meiner Familie liegt. Sobald es in meinem Blickfeld aufgetaucht ist, habe ich mich sofort noch beschissener gefühlt. Aber vielleicht war mein Ziel, als ich den Weg Richtung Beverly Hills eingeschlagen habe, gar nicht, mich besser zu fühlen. Verzweiflung liebt Gesellschaft. Und wo könnte ich mehr Verzweiflung finden als in dem Haus, in dem ich aufgewachsen bin?

Wenn ich mich nur genug über meine Mutter aufrege, mich ausgenutzt und nicht wie ich selbst fühle, schaffe ich es vielleicht, Alice zu vergessen. Dann verstummt vielleicht endlich die unerträgliche Stimme in meinem Kopf, die mir alles aufzählt, was ich über sie weiß.

Ich weiß, dass sie ihren Kaffee lieber schwarz trinkt als mit Milch. Ich weiß, dass sie selten durchschläft. Ich weiß, dass sie das Gefühl, wenn die Spitzen ihrer Haare über ihre Schultern streifen, nicht ertragen kann und sie sie diese deswegen ständig nachschneidet. Ich weiß, dass sie den Geruch von Frittiertem nicht mag, weil es schlechte Kindheitserinnerungen mit sich bringt.

Aber anscheinend ist mir, während ich genau auf all diese Details geachtet habe, das Wichtigste entgangen: dass sie nur mit mir gespielt hat.

Sie wollte einem Leben entfliehen, in das sie nie gepasst hat, und um das zu erreichen, war sie bereit, mich in meines zurückzudrängen.

Endlich schaffe ich es, meine Hände vom Lenkrad zu lösen, die Tür zu öffnen und auszusteigen. Wie in Trance gebe ich den Code am Tor ein und laufe durch, als es aufgeht. Den Jeep lasse ich einfach in der Einfahrt stehen. Ich weiß nicht, ob ich noch mal die Kraft aufbringen würde, auszusteigen, wenn ich mich jetzt noch mal ins Auto setze, um es umzuparken.

Schon als ich den Platz vor der Villa betrete, wird mir klar, dass die Dreharbeiten wohl noch im Gang sind. Trotzdem bleibe ich nicht stehen. Ich habe meinen Neuanfang offiziell für gescheitert erklärt, weil sich die Dinge nie zu ändern scheinen, ob ich nun in dieser Villa lebe oder mich in den Nächten fremder Städte verstecke. Wenn ich meine Niederlage schon eingestehe, kann ich das auch vor laufender Kamera tun und direkt wieder dort weitermachen, wo ich aufgehört habe. So würde es doch früher oder später eh enden. Ich vor einer laufenden Kamera. Nicht mehr Adrian, sondern Hadrian Carter. Am besten bringe ich es direkt hinter mich.

Ich klopfe nicht, sondern stoße die Tür einfach auf. Im Gang halten sich viele fremde Menschen auf, die mich kurz irritiert mustern und dann überrascht die Augen aufreißen. Sie gehen mir wortlos aus dem Weg, während ich durch ein Haus marschiere, das mir nach meiner Abwesenheit noch fremder vorkommt.

Meine Familie sitzt im Wohnzimmer. Meine Geschwister mit ihren Partnern und Kindern. Die versammelte Mannschaft. Und ich platze mitten rein in die Familienversammlung. Besser hätte es meine Mom nicht planen können.

Athena entdeckt mich als Erstes und irgendwie bringt mich ausgerechnet ihr geschockter Blick kurz aus dem Gleichgewicht. Ich konnte mir einreden, dass mir egal ist, dass all meine Träume in Flammen aufgegangen sind. Aber das kann ich nicht mehr, wenn ich meine Enttäuschung in ihren Augen, die meinen so ähnlich sind, gespiegelt sehe.

Dann dreht meine Mutter ihren Kopf herum, und auf einmal passiert alles superschnell. Ich werde vor die Kameras gezerrt, von jedem obligatorisch in den Arm genommen, meine Mom spielt die liebende Mutter in Perfektion, Krokodilstränen inklusive. Ich werde wieder in der Familie willkommen geheißen, und irgendwie schaffe ich es auch, auf all die Fragen zu antworten, die mir gestellt werden, und dabei wieder die tiefere Stimme zu benutzen, die genauso wenig mir gehört wie das falsche Lächeln, das ich aufsetze.

Athenas Umarmung dauert länger als alle anderen. Sie klammert sich an mir fest und bringt meine fein säuberlich zusammengebaute Fassade ins Schwanken. Ich habe das Gefühl, in ihren Armen zu zerbröckeln. Also löse ich mich wieder von ihr. Sie lässt es geschehen, doch ihr Blick ruht den restlichen Abend auf mir. Ich spüre ihn auch dann, wenn ich nicht in ihre Richtung sehe. Und wenn ich es tue, entdecke ich das »A«, das sie mit ihren Fingern formt. Jedes Mal muss ich schwer schlucken. Warum kann ich die falsche Freude meiner Familie besser ertragen als ihre echte Sorge?

Vermutlich, weil man in dieser unechten Welt nicht lernt, wie man mit echten Gefühlen umgeht. Ich habe das mal für was Schlechtes gehalten. Aber nun, da ich wahre Gefühle empfunden habe, wünschte ich mir, ich hätte sie nie kennengelernt.

☆

Ich habe lange darüber nachgedacht, ob ich mich wirklich hierher trauen sollte. Athenas Umarmung war schon fast mehr, als ich ertragen konnte. Was würde es mit mir machen, wieder an unserem Platz zu sitzen und ihren Blicken und Worten vollkommen ausgeliefert zu sein?

Aber letztlich konnte ich mich einfach nicht davon abhalten. Dieses Dach vor Athenas Fenster, das hinter den hohen Bäumen verborgen liegt, ist der einzige Ort in diesem Haus, an dem ich mich wirklich immer geborgen gefühlt habe. Und das brauche ich gerade, selbst wenn es mich zerreißen wird.

Ihre Zimmertür ist nicht abgeschlossen. Ist sie nie. Ich mache sie hinter mir zu und entdecke sie sofort. Sie hat mir den Rücken zugewandt, sitzt direkt an der Kante und starrt in die Nacht hinaus. Einzelne Strähnen haben sich aus ihrem Dutt gelöst und wehen im Wind. Sie trägt einen ihrer Seidenpyjamas. Es wirkt, als hätte sich gar nichts verändert, als wäre ich nie gegangen, als hätte meine Reise nie stattgefunden. Und bei dem Gedanken überrollen mich so viele Dinge auf einmal, dass ich gar nicht sagen kann, ob er tröstlich ist oder mich nur noch trauriger macht.

»Hey«, murmle ich, während ich durchs Fenster klettere und mich neben sie auf die Dachschräge setze. Ganz unwillkürlich umfasse ich ihre Arme und ziehe sie wieder einen halben Meter von der Kante weg. Das mache ich schon, seitdem wir kleine Kinder sind, und ich werde vermutlich niemals damit aufhören können.

»Du bist zurück«, meint sie und wendet langsam den Blick in meine Richtung. Neben ihr liegt wie immer eine Gummibärchen-Packung, aber sie macht keine Anstalten, auch nur eins zu essen. Ihr Gesichtsausdruck ist nur schwer zu ertragen. Sie sieht so aus, als würde sie um Adrian trauern, weil Hadrian Carter letztlich derjenige war, der überlebt hat, obwohl wir doch eigentlich so lange gegen ihn gewettet hatten.

»Bin ich«, sage ich monoton.

Bevor sie antworten kann, rede ich weiter. Ich will verhindern, dass sie etwas sagt, dessen Bedeutung ich zu deutlich in meinem Inneren spüren kann. »Kannst du dich noch an das Spiel erinnern, das wir gespielt haben, als wir noch Kinder waren? Wir haben versucht, in jeder beschissenen Situation etwas Positives zu finden.«

»Ich erinnere mich«, antwortet Athena schlicht.

»Dir hat dieses Spiel immer mehr gelegen als mir«, fahre ich fort. »Ich könnte deine Hilfe dabei gebrauchen.«

»Du willst in dieser Situation das Positive finden?«, fragt sie, und wie sanft und bedächtig sie spricht, ist schon fast zu viel für mich. Am liebsten würde ich mir einreden, dass ich zittere, weil der Herbst auch langsam in Los Angeles einzieht. Doch ich glaube mir nicht einmal selbst. Ich zittere, weil ich, seitdem ich nicht mehr in Bewegung bin, seitdem es nicht mehr laut und hektisch um mich herum ist, all die Gefühle wieder spüren kann, vor denen ich eigentlich flüchten wollte. Und diese Emotionen lassen meinen ganzen Körper zittern, weil sie so unglaublich tief in ihn eingedrungen waren, ihn komplett eingenommen haben und nun nicht mehr wissen, wo sie hinsollen, nun, da ich sie nicht mehr spüren will.

»Genau, das will ich«, antworte ich verspätet.

»Einfach«, sagt Athena und schlägt einen lockeren Tonfall an. Er ist nicht gerade überzeugend, aber ich war ihr trotzdem noch nie so dankbar. »Wir sind wieder zusammen.«

Ich lächle tatsächlich. Wenn auch nur schwach. »Stimmt. Das hätte mir auch einfallen können.«

»Levi kommt für die nächste Staffel wieder ans Set. Er hat mir vor ein paar Tagen Bescheid gegeben. Diesmal wird er sogar als Kameramann arbeiten. Darauf können wir uns freuen«, fährt Athena fort.

Ich nicke. Doch mein Lächeln schwindet wieder, weil die Ablenkung mich nicht lange genug über Wasser halten konnte. Nun drohe ich wieder zu ertrinken, zu versinken, zu verschwinden. »Fällt dir noch was ein?« Das Zittern meines Körpers weitet sich auf meine Stimme aus.

Athena schweigt sehr lange. Viel zu lange. Schließlich entfährt ihr ein Seufzen. »Nein, tut es nicht.«

Ich zittere noch heftiger. »Dann erzähl mir, was dich beschäftigt. Auch all die negativen Dinge. Einfach irgendwas.« Bitte gib mir irgendetwas, das mich ablenkt, irgendwas, an dem ich mich festhalten kann, denn alles scheint mir zu entgleiten.

»Mom ist mal wieder ausgerastet und hat einen abschätzigen Kommentar über meine Figur gemacht. Subtil, wie sie halt immer ist. Trotzdem trifft sie wunde Punkte mit der Treffsicherheit eines Scharfschützen. Und Demeter hat mich ihre Worte nicht vergessen lassen. Tage später hat sie sich noch darüber lustig gemacht.«

Ich wende mich meiner Schwester zu und erkenne, dass ich nicht die einzige Person auf diesem Dach bin, die mit einem bebenden Körper kämpft. Bei ihr beschränkt es sich noch auf die Unterlippe, aber ich bin mir sicher, dass es sich ebenfalls ausbreiten kann.

»O Athena«, bringe ich hervor, aber sie hebt nur abwehrend die Hand, als ich sie in den Arm nehmen will.

»Es ist ja nichts Neues«, sagt sie kühl und schüttelt den Kopf. Sie starrt die dunklen Bäume so vehement an, als wollte sie mit ihnen verschmelzen. Ich kann den Gedanken gut verstehen. Dunkelheit hat etwas sehr Tröstliches. Es kann so eine Erleichterung sein, denn wenn einem einiges verborgen bleibt, bleibt einem auch einiges erspart.

»Adrian«, setzt Athena an und dreht sich nun doch wieder zu mir um. Ihrer Haltung kann ich ansehen, dass nun wohl doch all die Worte kommen werden, von denen ich bisher verschont geblieben bin. »Warum bist du wieder da?«

Die Frage ist berechtigt. Sie ist so offensichtlich die erste, die einem durch den Kopf gehen muss. Und doch kann ich sie einfach nicht beantworten. Ich kann Athena nicht von dem Artikel erzählen, nicht von meinem letzten Streit mit Alice oder davon, dass sie die einzige Frau ist, die ich jemals geliebt habe.

Ich versuche, mir eine harmlose Ausrede zu überlegen, nur um gleich darauf zu erkennen, dass es die nicht gibt. Ich öffne den Mund, doch kein Wort verlässt meine Lippen. Und dann spüre ich sie. Die Tränen, die ungehindert über meine Wangen rinnen. Athena beginnt ebenfalls zu weinen, und nun lässt sie sich von mir umarmen. Wir weinen still, keinem von uns entfährt ein Laut, wir sagen nichts zueinander. Wir bleiben einfach so nebeneinander sitzen, starren geradeaus und halten uns fest. Vielleicht ist das der einzige Weg, um in der Strömung unseres Lebens nicht zu ertrinken.

42. KAPITEL

Alice

Ich stehe vor einer Fensterfront und starre vermutlich so sehnsüchtig durch die Scheibe, als wäre ich ein kleines Kind, das auf der anderen Seite das Spielzeug sieht, das es sich seit Jahren zu Weihnachten wünscht.

Ein bisschen fühle ich mich auch so. Wie ein kleines Kind, dessen Wünsche nie in Erfüllung gehen.

Obwohl der Anblick den Druck, der seit Tagen auf meiner Brust liegt und einfach nicht weichen will, immer unerträglicher macht, kann ich mich doch nicht abwenden. Ich blicke meinem Traum entgegen und all den Menschen, die ihn leben dürfen. Statt mit dem Fahrstuhl direkt zu Elijah und den Räumen von *Day-to-Day-Gossip* zu fahren, bin ich ganz automatisch im falschen Stockwerk ausgestiegen. Obwohl – dieses Stockwerk fühlt sich wesentlich weniger falsch an als das, wohin ich gehen muss. Hier arbeiten richtige Journalisten, für eine seriöse Zeitung, schreiben über die wirklich wichtigen Themen. Ich stehe im Gang. Ihr Großraumbüro, in dem gut ein Dutzend Menschen vor Computern sitzen oder ein Telefon gegen ihre Ohren pressen, während sie sich Notizen machen, ist nur durch Glas von mir getrennt. Trotzdem fühlt sich diese Barriere unüberwindbar an. Elijah könnte mir helfen, sie zu überwinden. Ich könnte dann auch eine dieser Personen sein, die die Tür zu diesem Büro einfach öffnet, ohne sich Gedanken darüber machen zu müssen, ob sie ein Eindringling ist, der dort gar nicht hingehört. Aber damit Elijah das tut, müsste ich ihm den USB-Stick übergeben, der in meiner Hosentasche ruht und sich so heiß anfühlt, als würde er gleich ein Loch durch meine Jeans brennen.

Ich konnte es einfach nicht über mich bringen, den Artikel per

E-Mail zu schicken. Ich dachte, wenn ich ihn auf einem USB-Stick mitnehme und mir noch mal vor Augen führe, warum ich all das tue, würde es mir leichter fallen, ihn in Elijahs Hände zu legen. Aber ich glaube, ich habe es nur noch verschlimmert.

In diesem Moment spüre ich die Anwesenheit all der schrecklichen Worte, die ich über Adrian geschrieben habe, überdeutlich. Seinen Blick, den letzten, den er mir zugeworfen hat, bevor er gegangen ist, werde ich niemals vergessen können. Und das habe ich auch nicht verdient.

Meine Augen fühlen sich immer noch seltsam an, weil ich in den letzten Tagen so viel geweint habe. Ich habe getrauert. Um all das, was ich zerstört habe, bevor es wirklich etwas werden konnte. Adrian hätte meine Gegenwart sein können. Aber was bedeutet eine Gegenwart, wenn sie keine Zukunft hat?

Noch einmal schaue ich mir das Großraumbüro an, dann zwinge ich mich, endlich den Weg zu Elijahs Büro einzuschlagen. Er wollte den Artikel bis heute haben und wenn ich ihn ihm nicht gebe, werde ich alles verlieren, für das ich kämpfe, seitdem ich denken kann.

Meine Schritte werden langsamer, doch ich darf nicht stehen bleiben. Ich versuche gar nicht mehr, meine Hände daran zu hindern zu knibbeln. Mein rechter Daumen blutet bereits. Die Haut um den linken Daumennagel ist auch schon sehr dünn. Aber ich kann nicht aufhören. Wenn ich meiner Nervosität nicht gestatten würde, sich auf diese Weise zu entladen, weiß ich nicht genau, was mit mir geschehen würde. Nichts Gutes. So viel steht fest.

Als ich das Stockwerk von *Day-to-Day-Gossip* erreiche und Elijahs Bürotür am Ende des Korridors entdecken kann, schlägt mein Herz so fest in meiner Brust, dass es schmerzt.

Wie viel schlimmer werde ich Adrians Schmerz machen, wenn ich den Artikel nicht nur geschrieben, sondern auch veröffentlicht habe? Was wird von seinem offenen Lächeln und der Wärme in seinen Augen dann noch übrig bleiben?

Ich will wieder weinen. Ich spüre die Tränen bereits in meinen Augen brennen. Doch ich blinzle sie energisch weg, während ich an Elijahs Tür klopfe. Ein dumpfes »Herein« dringt an meine Ohren, dann betrete ich sein Büro.

»Alice«, begrüßt mich Elijah enthusiastisch. Er sitzt entspannt in seinem Schreibtischstuhl und sieht mich selbstsicher an. Er wusste, dass ich auftauchen würde. Das erkenne ich an seinem Grinsen. Ihm war klar, dass mich meine Verzweiflung zu ihm zurücktreiben würde. »Ich war schon gespannt, ob du heute auftauchen würdest. Bringst du mir den Artikel, den ich haben will, oder bist du nur hier, um deinen Tisch auszuräumen?«

Noch nie kamen mir all die Bilder an den Wänden, von denen er mir entgegengrinst, so bedrohlich vor. Gerade fühle ich mich, als würde mir nicht nur der reale Elijah, sondern auch all seine Versionen auf den unzähligen Fotos die Luft wegatmen.

»Ersteres«, bringe ich hervor, schaffe es allerdings nicht, den Stick aus meiner Jeans zu ziehen.

»Sehr gut«, meint Elijah. »Ich bin froh, dass du mich nicht enttäuschst. Wenn wir den Artikel jetzt rausbringen, gerade, wo es neue Entwicklungen gibt, wird er besonders viel Wirkung zeigen.«

»Neue Entwicklungen?« Ich bin mir ziemlich sicher, dass meine Stimme noch nie schriller klang als in diesem Moment.

»Das hast du nicht mitbekommen? Du bist doch jetzt quasi die Expertin für Hadrian Carter.« Das hört sich falsch an, so furchtbar falsch. »Irgendjemand, der am Set arbeitet, hat geleakt, dass Hadrian vor ein paar Tagen wieder nach Hause zurückgekehrt und anscheinend wieder ein Teil der Show seiner Familie ist.«

Ich will wieder weinen. Nicht nur für das, was ich verloren habe, sondern auch für das, was ich ihm genommen habe. Als ich zu meiner Reise aufgebrochen bin, hätte ich niemals geahnt, dass am Ende alle Beteiligten Verlierer sein würden. Ich habe meine journalistische Integrität und mein Mitgefühl aufgegeben und Adrian damit seinen Neuanfang und seinen Glauben an eine bessere Zukunft zerstört.

»Ich hoffe, dein Artikel bringt Antworten für all die Fragen, die sich unsere Leserschaft stellt. Also her damit.«

Elijah lehnt sich mir über seinen Schreibtisch entgegen und breitet abwartend die Handfläche auf.

Der USB-Stick in meiner Tasche wird noch heißer. Aber wird er heißer, weil er mich dazu drängt, dass ich ihn Elijah übergebe oder will er mich vom Gegenteil überzeugen?

Er will dir gar nichts sagen, es ist ein lebloser Gegenstand, ermahne ich mich. Was ich als Nächstes tue, hat nichts mit einem Stick zu tun, dessen Temperatur ich mir nur einbilde. Was ich als Nächstes tue, liegt nur an mir.

Dieser Augenblick ist ein Schlüsselmoment, der mein ganzes Leben bestimmen wird. Das wird mir gerade mit einer so großen Heftigkeit klar, dass ich fast dem Impuls nachgebe, einen Schritt zurück zu stolpern.

Meine Entscheidung wird sehr viel über den Menschen aussagen, der ich bin und auch in Zukunft sein werde.

Meine Hände zittern, aber sie hängen weiter bewegungslos neben meinem Körper, ohne sich zu rühren.

Komischerweise denke ich in diesem Augenblick nicht nur an Adrian, obwohl er wie immer meine Gedanken zu beherrschen scheint. In diesem Augenblick sehe ich Will McAvoy und MacKenzie McHale vor mir, die Protagonisten von *The Newsroom.* Ich habe diese Serie schon so oft gesehen, dass ich mir einbilde, ich kenne die beiden gut genug, um zu wissen, was sie mir jetzt sagen würden. Dass sie erfunden und nicht real sind, spielt keine Rolle. Denn das, was sie mir in all den Jahren beigebracht haben, ist Teil von mir geworden. Sie sind die Journalisten, denen ich nachgeeifert habe. Sie sind das, was ich immer sein wollte.

Ich habe mir eingeredet, dass ich endlich so eine Journalistin wie sie sein könnte, wenn ich diesen Artikel schreibe und mir Elijahs Unterstützung sichere. Aber das ist kompletter Unsinn. Wenn ich diesen Artikel jetzt an meinen Aasgeier von einem Boss übergebe, werde ich viel weiter von dem Ideal, das ich anstrebe, entfernt sein, als ich es jemals war.

Was zur Hölle tue ich hier eigentlich? Was zur Hölle ist aus mir geworden?

»Und? Heute noch?«, fragt Elijah und beugt sich mir noch ein bisschen weiter entgegen, bis er mir seine Handfläche quasi unter die Nase hält. Anstatt den Stick hineinzulegen, ergreife ich seine Hand zu einem letzten förmlichen Händedruck.

»Danke für das letzte Jahr und die Erfahrungen der letzten Wochen. Ich habe viel gelernt, das ich niemals vergessen werde. Nämlich, dass ich es anders machen will.«

Elijahs Augen weiten sich, und er starrt mich verwirrt an. »Was soll das, Alice?«

Das wird hoffentlich das letzte Mal sein, dass ich höre, wie er meinen Namen auf diese seltsame, übergriffige Weise ausspricht. »Ich kündige«, sage ich, und meine Stimme ist tatsächlich fest, obwohl diese zwei Worte so viel Angst in mir auslösen, dass ich am liebsten vor ihnen davonrennen würde.

»Du kündigst?«

Ich lasse seine Hand los und nicke. »Ich kündige.«

Ich habe Elijah noch nie so gesehen. Das erste Mal in seinem Leben scheint er wirklich überrascht zu sein. »Was ist mit dir los?«, entfährt es ihm.

»Ich glaube, ich bin endlich wieder zur Vernunft gekommen«, entgegne ich. Obwohl der Druck auf meiner Brust noch da ist, scheint er ein bisschen leichter zu werden. Der USB-Stick ist auch nicht mehr so heiß. Ich habe die richtige Entscheidung getroffen, obwohl ich noch keine Ahnung habe, wie ich mit den Konsequenzen umgehen soll.

Ich gehe zur Tür, ohne noch etwas zu Elijah zu sagen.

»Du bist gefeuert«, schreit er mir nach, als ich vor sein Büro trete. Ein paar andere Angestellte drehen sich zu mir um, doch ich ignoriere sie.

Elijahs Blick gibt mir das Gefühl, klein und unbedeutend zu sein. Ich spüre förmlich, dass ich um einige Zentimeter schrumpfe. Aber obwohl ich leicht zittere und Tränen in meiner Nase brennen, schaue ich ihn weiterhin an.

»Du kannst mich nicht feuern. Ich habe bereits gekündigt«, sage ich nur, wende mich endgültig von ihm ab und laufe weiter zielstrebig auf den Aufzug zu. Ich mache keinen Umweg zu meinem Schreibtisch. Alles, was dort steht, ist mir egal. Ich will nur endlich dieses verfluchte Gebäude hinter mir lassen.

Endlich betrete ich den Lift, und seine Türen schließen sich hinter mir. Sobald ich allein bin, lehne ich mich erschöpft an die Wand. Immer deutlicher spüre ich meine Angst. All die Ungewissheiten, die meine Kündigung mit sich bringt, legen sich vor meine Sicht. Vielleicht wird sie nie wieder aufklaren. Auch wenn ich immer noch zittere, weiß ich, dass ich die richtige Entscheidung getroffen habe. Ich habe sie nicht nur wegen Adrian getroffen, sondern auch meinetwegen. Könnte ich mich noch über das Erreichen meiner Ziele freuen, wenn ich sie auf diesem Weg erreicht hätte?

Ich seufze, während ich in den Bus steige. Ich werde das schon hinkriegen. Ich werde das schon hinkriegen. Dieses Mantra wiederhole ich immer und immer wieder. Ich wiederhole es so oft, dass die Worte irgendwann kaum noch Sinn ergeben, und trotzdem höre ich nicht auf. Ich darf nicht. Diese fünf Worte halten mich noch aufrecht. Doch als ich endlich an meiner Station aussteige und mein Wohnhaus in Sicht kommt, können mir auch diese Worte nicht mehr helfen. Meine Schritte werden automatisch langsamer, mein Herz hingegen schneller.

Mehrere Vans mit den Logos irgendwelcher Klatschsender sind direkt vor dem Haus geparkt. Die Straße ist so vollgestellt, dass andere Wagen kaum noch vorbeikommen. Die Menschen mit den Kameras, die sich zwischen den Vans tummeln, scheint das nicht zu interessieren. Ich sollte wegrennen, aber ich schaffe es nicht, mich umzudrehen. Wohin sollte ich auch rennen? Mein Apartment ist mein Rückzugsort, und den Weg dorthin versperren sie mir. Wenn ich mich verstecken will, muss ich erst an ihnen vorbei. Doch wie soll ich das unerkannt anstellen? Bevor ich mich entscheiden kann, wie ich am besten vorgehen soll, haben sie mich auch schon entdeckt. Eine Person dreht sich mit ihrer Kamera in meine Richtung, und alle anderen tun es ihr gleich. Das Tempo meines Herzens ist inzwischen mehr als beunruhigend. Und als mir all diese Fremden entgegenrennen, wird es noch schlimmer. Erneut will mein Fluchtinstinkt einsetzen, aber trotz der Panik, die droht, mein Gehirn zu überfluten, ist mir klar, dass ich in meine Wohnung gelangen muss, wenn ich wirklich vor den Kameras sicher sein will.

Also zwinge ich mich weiterzulaufen. Ich werde geschluckt von einer Horde Menschen, von Kameras und Fragen, die mir laut entgegengeschrien werden. Alle drängen ohne Rücksicht auf mich zu. Eine Person schubst mich gegen die nächste und so scheint es ewig weiterzugehen. Nur langsam komme ich voran. Mein Gesicht versuche ich auf den Boden gerichtet zu halten. Die Blitze, die direkt vor meinen Augen explodieren, legen sich danach als weißer Schleier vor mein Sichtfeld. Ich wusste nicht, dass eine Reizüberflutung einen so viel auf einmal wahrnehmen lässt, dass man letztlich gar nichts mehr wahrnehmen kann. Ich wäre auch ohne dieses Wissen ausgekommen.

Die Panik flutet nicht mehr nur meinen Kopf, sie legt sich auch auf meine Haut. So viele fremde Hände berühren mich. Ich fühle mich wie ein in die Ecke gedrängtes Tier. Tränen pressen von innen gegen meine Augen, aber ich darf jetzt auf keinen Fall weinen. Nicht solange all diese Kameras jede Träne einfangen können.

Ich habe die Tür fast erreicht. Noch immer verstehe ich nicht, was mir all diese Menschen sagen. So viele schreien durcheinander, dass keine Worte, sondern nur unverständliche Wortklumpen übrig bleiben.

Aber als ich es schließlich doch verstehe, wünschte ich mir, ich hätte gar nicht hingehört.

Eine Frau hält mir erbarmungslos ein Mikro direkt unter die Nase, während mich schon wieder der Blitz einer weiteren Kamera blendet, und fragt mich: »Stimmt es, dass Sie eine Affäre mit Hadrian Carter hatten?«

43. KAPITEL

Hadrian

Es war so leicht, mich wieder in mein altes Leben einzugliedern, als wäre ich nie gegangen. Mit jedem Tag, den ich mit einem falschen Lächeln und meiner verstellten Stimme vor der Kamera verbringe, erscheint mir meine Reise unwirklicher. Wie ein Wunsch, von dem ich zwar geträumt, den ich aber nie gelebt habe. Und vielleicht ist das ja wirklich so.

Ich kann nicht sagen, ob mich die Vorstellung, dass ich mir Alice und alles, was zwischen uns passiert ist, nur eingebildet habe, erleichtert oder traurig macht. Seit ich in die Villa zurückgekehrt bin, kann ich meine eigenen Gefühle nicht mehr entschlüsseln. Sie sind für mich selbst ein Rätsel geworden, das ich nicht lösen kann. Es fühlt sich so an, als hätte ich den Zugang zu mir selbst verloren. Als hätten wir alle einen Schlüssel, der es uns ermöglicht, unser Innerstes aufzuschließen. Und genau diesen Schlüssel habe ich verloren, oder sie hat ihn mir genommen. Ich weiß nicht, ob es so leicht ist, wieder Hadrian Carter zu spielen, weil ich schon immer er war, auch wenn ich es möglicherweise nicht wahrhaben wollte, oder weil ich es genieße, nicht mehr Adrian zu sein, dessen Probleme so viel realer und schmerzhafter sind.

In der Villa in Beverly Hills hat sich nichts verändert. Keine Ahnung, warum ich mit etwas anderem gerechnet habe. Meine Familie tut so, als wäre ich nie abgehauen. Niemand hat mich gefragt, warum ich überhaupt gegangen bin. Vermutlich, weil sie die Antwort gar nicht hören wollen. Meine Mutter will sich ganz sicher nicht mit ihren eigenen Fehlern auseinandersetzen, die ein Grund dafür sind, dass ihre Kinder vor ihr flüchten.

Ihre mangelnde Einsicht überrascht mich nicht. Was mich erstaunt hat, war ihre entspannte Miene, als ich ihr von dem Artikel erzählt habe, der in den nächsten Tagen erscheinen könnte. Sie hat nur genickt und gemeint, dass wir das schon geregelt bekommen. Ich habe sie gebeten, mir die Reaktionen, die es sicherlich auf allen Social-Media-Plattformen geben wird, nicht zu zeigen. Sie hat eingewilligt, und ich habe seitdem wirklich nicht eine Bemerkung aufgeschnappt, die mit der Welt außerhalb der Mauern der Villa zu tun hat. Sie scheint meinen Wunsch tatsächlich ernst zu nehmen. Mir ist schon klar, dass sie es nicht aus der Güte ihres Herzens tut, sondern weil sie sicherlich denkt, dass sie das Risiko, dass ich wieder abhaue, so minimiert. Aber soll mir recht sein, solange ich nicht weitere schreckliche Worte über mich lesen muss. Doch bevor ich mich tatsächlich dauerhaft in der Villa verschanzen kann, mit dem Vorsatz, erst in einem Jahr wieder herauszukommen, muss ich noch eine Sache erledigen. Ich kann es nicht noch einen Tag aufschieben. Der Artikel wird bald erscheinen. Sehr bald. Und bevor er das tut, muss ich eine Person warnen, auf die ein genauso heftiger Shitstorm zukommen könnte wie auf mich.

»Jetzt mach endlich«, sage ich zu mir selbst. Laut mit mir zu sprechen, ist eine Angewohnheit, die ich auch nach Ende meiner Reise nicht ablegen konnte. Alles, was ich mit meinen Wochen in meinem Jeep verbinde, tut weh. Aber vielleicht, ganz vielleicht, hat es auch etwas Tröstliches, zu wissen, dass meine neuen Erfahrungen doch einen Abdruck in mir hinterlassen haben.

Kurz halte ich inne, meine Faust schwebt schon direkt vor der Tür, allerdings klopfe ich noch nicht.

Das erste Mal, seitdem ich San Francisco verlassen habe, liegt nicht nur Bitterkeit auf meiner Zunge, wenn ich an die letzten Wochen denke. Es war leichter, die ganze Reise als Katastrophe abzustempeln als zuzugeben, dass ich sie trotz ihres jähen Endes genossen habe, weil ich mir dann nicht eingestehen musste, dass ich etwas aufgegeben habe, sowie ich an den Ort zurückgekehrt bin, den ich doch eigentlich hinter mir lassen wollte.

Ich erinnere mich an mein Gespräch mit Aphrodite. Wir waren uns in diesem Moment beide so sicher, dass es richtig war, unsere Familie hinter uns gelassen zu haben. Hat sich all das, was ich damals geglaubt habe, wirklich so grundlegend verändert? War Alice' Verhalten wirklich der Beweis dafür, dass ein Neuanfang nicht möglich ist, weil meine Vergangenheit immer Schatten über meine Zukunft werfen wird? Kann ich wirklich niemals etwas Wahres, Reales, Ehrliches erleben, nur weil ich mit dem Nachnamen Carter zur Welt gekommen bin? Ich schüttle den Kopf. Mit meinem Fatalismus und der Gewissheit, dass die Welt scheiße und mein Leben unveränderbar und vorherbestimmt ist, habe ich mich wesentlich wohler gefühlt als mit diesen Zweifeln, die jetzt langsam durch meinen Körper kriechen, heraufbeschworen von so etwas Banalem wie dem Fetzen eines Selbstgesprächs.

Ich bin nicht hier, um mein ganzes Leben zu hinterfragen. Ich räuspere mich lautstark, hebe wieder die Faust und klopfe endlich.

Die Tür öffnet sich fast sofort, als hätte sie direkt auf der anderen Seite gestanden und nur auf mich gewartet.

Dass ihr hoffnungsvolles Lächeln direkt in sich zusammenfällt, sobald sie mich erblickt, lässt wohl darauf schließen, dass dies nicht der Fall ist.

»Du bist es nur«, begrüßt mich Rachel, und ihre Schultern scheinen um einige Zentimeter nach unten zu sacken.

»Ich freue mich auch, dich zu sehen. Danke. Natürlich komme ich gern rein«, scherze ich, während sie sich einfach umdreht, ohne etwas zu sagen. Zögerlich trete ich in ihre Wohnung und mache die Tür hinter mir zu.

»Mein Portier hat mich angerufen, dass jemand gekommen wäre. Ich dachte …« Sie bricht ab. »Es ist egal, was ich dachte.«

Ihr Tonfall lässt mich stutzen. Rachel und ich sind vielleicht nicht die engsten Freunde, aber wenn man ein Paar spielt, lernt man sich doch unweigerlich kennen. Sie ist meistens gut gelaunt, auch wenn die Kameras aus sind und sie nicht mehr spielen muss. Sie ist voller Energie und eine Perfektionistin. Doch von all dem ist in diesem Moment nichts zu spüren. Ihre Haare hat sie zu einem unordentlichen Dutt auf ihrem Kopf befestigt, ihre Mundwinkel hängen genauso schlapp nach unten wie ihre Schultern, und sie trägt eine Jogginghose. Ich war mir ziemlich sicher, dass sie so ein Kleidungsstück nicht einmal besitzt. So habe ich sie noch nie erlebt. »Ist der Artikel schon erschienen?«, frage ich und ziehe mein Handy aus meiner hinteren Hosentasche. »Fuck. Es tut mir leid. Ich wollte dich eigentlich rechtzeitig warnen, aber ich war in den letzten Tagen ein bisschen antriebslos und …«

»Wovon zur Hölle sprichst du?«, unterbricht sie mich in einem ruppigen Tonfall, der auch so gar nicht zu ihrer elfenhaften Erscheinung passen will.

Ich hebe meinen Blick von meinem Smartphone, das ich eben entsperren wollte, um die Website von *Day-to-Day-to-Gossip* aufzurufen.

»Ich …«, setze ich an, stocke jedoch wieder. »Du weißt nicht, wovon ich gerade gesprochen habe?«

»Ich habe keine Ahnung. Du hast nur zusammenhangsloses Zeug von dir gegeben«, meint sie trocken und lässt sich auf ihre schicke weiße Ledercouch plumpsen. Sie lässt sich *plumpsen.* Rachel Hanson. Irgendwas läuft hier definitiv schief. Nicht, dass sie kein Recht darauf hätte, sich auch mal eine Jogginghose anzuziehen, die Haare nicht zu waschen und schwungvoll auf ihr Sofa zu schmeißen. Es geht darum, dass sie solche Dinge nie machen wollte. Sie hat mir mal erklärt, dass sie so was nicht entspannt, sondern nur noch mehr stresst, weil sie nun mal ungern die Kontrolle verliert. Aber alles, von dem ich immer dachte, dass es ihr wichtig ist, scheint ihr in diesem Moment scheißegal zu sein.

»Ich wollte eigentlich herkommen, um dich zu warnen«, erkläre ich. »In den nächsten Tagen wird ein ziemlich beschissener Artikel über mich erscheinen, in dem unsere Fake-Beziehung auch eine Rolle spielt. Ich wollte nur, dass du es weißt, bevor das Chaos über dich hereinbricht. Sorry, dass mein naives Verhalten negative Folgen für dein Leben hat. Es tut mir ehrlich leid.«

Rachel reagiert sehr lange nicht auf meine Aussage. Sie starrt mich einfach nur mit ausdruckslosen Augen an. Sie scheint nicht mal zu blinzeln. Langsam macht sie mir wirklich Angst.

»Alice Gold hat dich also gefunden«, stellt sie nüchtern fest. Ich hatte mit vielen Reaktionen gerechnet. Mit Vorwürfen. Mit einem Wutausbruch. Ganz sicher nicht mit so einem ruhigen, fast schon unbeteiligten Ton.

»Das hat sie«, entgegne ich und merke, dass mein Herz schneller schlägt. Es reicht, dass jemand ihren Namen ausspricht, und schon reagiert mein ganzer Körper darauf.

»Und du hast ihr all deine Geheimnisse verraten?«, fragt Rachel. Immer noch klingt sie so unbeteiligt, als würde sie das alles gar nichts angehen.

»Das habe ich«, gebe ich zu und halte Rachels starrem Blick stand.

Langsam zieht sie die Augenbrauen hoch. Sie scheint etwas in meinen Gesichtszügen zu erkennen. Ich bin mir nicht sicher, was es ist, aber vermutlich ist es etwas, das ich eigentlich gar nicht mit ihr teilen wollte.

»Ich kann mich gut an mein Gespräch mit ihr erinnern«, sagt sie unvermittelt. »Man kann sich gut mit ihr unterhalten.«

Mein Hals wird auf einmal ganz rau. Ich möchte nicht über Alice reden. Es schmerzt zu sehr. Gleichzeitig kann ich mich nicht daran hindern, etwas zu sagen.

»Das kann man.« Ich klinge atemlos, dabei stehe ich noch immer unbeweglich an der gleichen Stelle und sehe zu Rachel herüber.

»Nur lächeln kann sie nicht, oder? Sie sieht dabei so furchtbar traurig aus.«

Rachels neutraler Ton will so gar nicht zu der Reaktion passen, die ihre Worte in meinem Inneren auslösen. Ich habe in den letzten Tagen versucht, nicht an Alice zu denken. Natürlich ist es mir nicht gelungen. Aber ich konnte einige Gedanken aus meinem Kopf vertreiben. Die besonders unerträglichen. Die wechselnden Farben ihrer Augen. Ihr distanziertes und ihr ehrliches Lächeln. Doch jetzt denke ich daran. Und der Schmerz ist mehr, als ich ertragen kann.

»Doch, kann sie«, kriege ich trotzdem irgendwie hervor. Ich weiß auch nicht, warum ich das überhaupt sage, warum es mir so wichtig ist, ihre Aussage zu korrigieren. Es könnte mir egal sein, was Rachel über Alice denkt, aber die Vorstellung, dass jemand meinen könnte, sie wäre nicht in der Lage, richtig zu lächeln, fühlt sich unerträglich an. »Sie lächelt selten richtig. Aber wenn sie es tut …« Ich halte mich auf, bevor noch mehr Worte über meine Lippen kommen. Aber in Rachels Augen erkenne ich, dass ich schon mehr als genug gesagt habe.

Schwach lächelt sie. »Die Frauen wollen wohl immer aus den falschen Gründen mit Hadrian Carter schlafen.«

Dieser Kommentar ist eigentlich alles andere als lustig, dennoch lache ich auf. »Kann man so sagen«, meine ich, bewege mich endlich wieder und setze mich neben Rachel auf ihre Couch.

Sie dreht sich zur Seite, um mich mustern zu können. Ihr Blick scheint mich nicht nur anzusehen, sondern richtig zu scannen. »Ich muss mich bei dir entschuldigen«, sagt sie schließlich.

»Wieso? Ich muss mich entschuldigen, weil ich einer Klatschreporterin zu viel über dich verraten habe.« Wenn ich *Klatschreporterin* sage, kann ich mir kurz vormachen, dass ich gar nicht über Alice spreche. Und dann tut alles ein bisschen weniger weh.

»Das hast du hiermit getan«, sagt Rachel. Immer noch suche ich vergeblich nach einem Anzeichen von Wut in ihren Zügen oder in ihrer Stimme. »Aber ich habe sie erst wieder auf deine Fährte geführt. Ich habe ihr von einem Freund in Seattle erzählt. Hätte sie dich ohne diese Information überhaupt gefunden?«

Ich brauche einen Moment, um zu antworten. »Vermutlich hätte sie mich irgendwann so oder so gefunden. Aber das war die Information, mit der sie mich aufgespürt hat.«

Rachel nickt. »Es tut mir leid, dass ich ihr das verraten habe.« Sie atmet zittrig ein und aus. Das ist die erste emotionale Regung, die sie zeigt, seitdem ich ihr Loft betreten habe. Ihre Augen werden glasig. Doch dann blinzelt sie energisch, und die Tränen, denen sie nicht gestattet hat, geweint zu werden, ziehen sich unverrichteter Dinge wieder zurück. »Ich war bereit, alles zu tun, um meine Ziele zu erreichen. Dir muss ich das ja nicht erklären.«

Kurz schauen wir uns einfach schweigend an. Erst jetzt wird mir bewusst, dass sie, als ich sie das letzte Mal gesehen habe, komplett nackt vor mir stand.

»Musst du nicht«, entgegne ich.

Rachel grinst. »Nicht einer meiner besten Momente, das muss ich zugeben.« Sie schüttelt den Kopf. »Du bist auf jeden Fall der einzige Typ, der mich so angesehen hat, als wäre ich ein Alien, weil ich ihm angeboten habe, mit mir zu schlafen.«

»Du machst so was also öfter?«, scherze ich, und es tut gut, Rachel lachen zu hören. Ihre Emotionslosigkeit hatte schon angefangen, mir Angst zu machen.

Doch so schnell, wie ihr Lachen ertönt ist, so schnell ist es auch wieder verklungen, und ein ernster Zug um ihre Lippen hindert diese daran, sich wieder nach oben zu biegen.

»Ich hätte das niemals tun dürfen«, sagt sie. »Ich war tatsächlich bereit, Christopher das anzutun.« Ihre Stimme bricht, als sie den Namen ihres Freundes ausspricht.

»Ich mache dir keine Vorwürfe.« Rachel schaut mich an, als könnte sie mir diese Aussage nicht glauben. »Mache ich wirklich nicht.«

»Du hast einen Tag später dein Zeug gepackt und bist abgehauen. Es fällt mir schwer, zu glauben, dass zwischen diesen beiden Ereignissen kein Zusammenhang besteht«, entgegnet sie.

»Ich behaupte nicht, dass es keinen Zusammenhang gab. Den gab es. Ich mache dir aber dennoch keine Vorwürfe.« Erst jetzt wird mir bewusst, dass ich das Rachel schon vor Wochen hätte erklären sollen. »Es tut mir leid, dass du die ganze Zeit dachtest, ich bin deinetwegen gegangen. Ich bin abgehauen, weil ich gesehen habe, was meine Welt aus Menschen machen kann. Aus guten Menschen.«

Sie reißt die Augen so weit auf, als wäre das Letzte, wofür sie sich hält, ein guter Mensch.

»Meine Mutter kann Leute dazu bringen, alles zu tun, was sie will. Und zu erleben, was sie mit dir gemacht hat, hat mir gezeigt, wie toxisch meine Familie, die ganze Welt ist, in der ich aufgewachsen bin. Ich wollte kein Teil mehr davon sein.«

Bis ich glaubte, erkannt zu haben, dass auch die Welt da draußen, auch die, die nicht professionell ausgeleuchtet und von Kameras umgeben ist, toxisch und falsch ist. Aber glaube ich das tatsächlich? Oder bin ich schon wieder weggelaufen, als es gerade schwierig wurde?

Zum Glück unterbricht Rachel diesen Gedanken, bevor ich ihn zu Ende denken kann. Ich weiß nicht, ob ich schon bereit gewesen wäre, das zu hören, was meine Selbstreflexion mir zu sagen hatte.

»Deine Mutter ist keine einfache Frau. Das bestreitet niemand. Aber ich bin für meine eigenen Fehler verantwortlich«, meint sie. »Genauso wie du für deine. Wir sind erwachsene Menschen. Wir können uns nicht mehr hinter anderen verstecken, um zu entschuldigen, welchen Mist wir gebaut haben.«

»Rachel, das war eigentlich das Letzte, was ich in diesem Moment hören wollte«, entgegne ich, und sie lacht erneut. Zum Glück. Denn jedes Mal, wenn sie mich aus diesen leeren Augen ansieht, glaube ich, dass sie die Fähigkeit zu lachen für immer verloren hat.

»Ich war bereit, Christopher zu betrügen«, sagt sie, und ihre Stimme bricht unter der Bedeutung dieser Worte. »Ich hätte es getan, wenn du mich nicht daran gehindert hättest. Ich hätte es getan, weil ich in dem Moment geglaubt habe, dass ich es machen muss. Ich dachte, meine Träume wären mir so wichtig, dass es in Ordnung wäre, dafür jede Grenze zu überschreiten.«

»Und du hast deine Ziele erreicht. Du hast meine Freundin gespielt, und jetzt wirst du in einer berühmten Serie mitspielen.«

»Aber zu welchem Preis?«

Ich erstarre. Ich hoffe, dass meine Vermutung nicht stimmt. Aber ich glaube, erkannt zu haben, warum ihren Augen der Glanz fehlt. Trotzdem traue ich mich nicht zu fragen.

»Ich habe Alice geholfen, weil ich dachte, dass ich sowieso schon alles verloren hätte, was mir wichtig ist. Ich habe geglaubt, dass der Medienrummel um dich und somit auch um mich noch größer werden würde, wenn sie dich findet und über dich berichtet. Und das hätte mir schließlich geholfen. Also habe ich es getan. Ich hatte sowieso schon alle Grenzen, die ich mir jemals gesetzt hatte, überschritten. Warum nicht auch noch diese?« Sie seufzt. »Aber es war falsch. So viele Dinge, die ich in letzter Zeit gemacht habe, waren falsch.« Wieder werden ihre Augen glasig. Wieder weint sie nicht. »Als ich Christopher erzählt habe, was zwischen uns passiert ist, beziehungsweise fast passiert ist, hat er mich verlassen.«

Ich hatte damit gerechnet, dass sie das sagen würde. Dennoch tut es weh, sie so zu sehen. Mit so viel Bedauern in den Augen. Vollkommen der Energie beraubt, die sie einmal ausgemacht hat. Sie hat so oft von Christopher erzählt und davon, wie sie sich ihre gemeinsame Zukunft vorstellt. »Es tut mir leid, Rachel«, sage ich und nehme ihre Hand in meine. »Es tut mir ehrlich leid.«

»Muss es nicht«, gibt sie zurück und erwidert den Druck meiner Finger. »Ich habe das nur mir selbst zuzuschreiben. Ich habe kein Anrecht auf Selbstmitleid. Ich habe Christopher und mich zerstört. Ich will nicht behaupten, dass deine Familie nicht toxisch ist. Wir wissen beide, dass sie das sehr wohl ist.«

Ich lache trocken auf.

»Aber ich habe die Entscheidung getroffen, mich darauf einzulassen. Ich habe mich dazu entschlossen, auf deine Mutter zu hören, obwohl ich es besser hätte wissen müssen. Ich habe Christopher und mich auseinandergebracht, nicht deine Familie, nicht deine Mom.«

Kurz schweigen wir. Ihre Hand lasse ich nicht los, weil sie vielleicht nicht der einzige Mensch in diesem Loft ist, der körperlichen Kontakt gerade braucht, irgendwas, an dem er sich festhalten kann, um nicht in seinen eigenen Gefühlen zu ertrinken.

»Vermisst du ihn?« Ich realisiere erst, dass ich diese Frage stellen will, da habe ich sie schon ausgesprochen.

»Sehr«, gesteht Rachel ohne Zögern. »Vermisst du sie?«

Im Gegensatz zu ihr zögere ich. Sehr lange sogar. Mehrere ruckende Atemzüge gehen durch meinen Körper, bevor ich es über mich bringe, endlich zu antworten.

»Sehr«, flüstere ich, und der Druck ihrer Hand wird fester. »Das kann ich nicht ändern. Aber es gibt etwas anderes, was ich ändern kann.« Wieder war meine Zunge schneller als mein Kopf. Dass ich einen Plan habe, wird mir erst klar, als mich auf einmal mein Tatendrang mit sich reißt. Ich will nicht mehr auf dieser Couch sitzen und mich damit abfinden, dass die Welt ungerecht und beschissen ist. Meine ist es vielleicht. Aber Rachels muss es nicht sein. Und das werde ich ihr, mir und jedem anderen beweisen.

»Wovon redest du?«, fragt sie irritiert.

»Wo wohnt Christopher?«

Rachel springt alarmiert auf, als ich es auch tue. »Wieso willst du seine Adresse wissen?«

»Weil wir jetzt zu ihm fahren. Ich kann die Vorstellung nicht ertragen, dass jemand mit meiner Familie in Kontakt kommt und dann deswegen sein ganzes Leben zerfällt. Und jaja, du meinst, es ist deine Schuld und das stelle ich nicht infrage. Aber du kannst auch nicht leugnen, dass das alles nicht passiert wäre, wenn du die Carters nie kennengelernt hättest.«

Rachel öffnet den Mund, vermutlich um mir zu widersprechen. Doch dann schließt sie ihn wieder.

»Siehst du. Du kannst es nicht leugnen.«

»Vielleicht nicht. Aber das bedeutet nicht, dass wir jetzt einfach zu Christopher fahren können. Er will mich nicht sehen und dich ganz sicher auch nicht.«

»Ich habe seine Freundin nackt gesehen. Natürlich will er mich nicht sehen«, entgegne ich. Rachel wirft mir einen bösen Blick zu, den ich einfach ignoriere. »Aber ihn wird interessieren, was ich zu sagen habe. Ich werde ihm erklären, wie die Welt der Carters funktioniert. Und vielleicht macht das keinen Unterschied. Aber willst du nicht auch herausfinden, ob es einen Unterschied machen könnte?«

Rachel zögert so lange, dass ich schon glaube, dass sie zu Stein erstarrt ist und nie wieder antworten wird. Aber dann nickt sie schließlich. »Ich will es herausfinden.«

☆

Der Boden wird langsam unbequem. Ich rutsche hin und her und muss dann doch einsehen, dass es in einem Treppenhaus wohl keine Position gibt, in der man bequem sitzen kann.

Ich lehne mich wieder an die Wand neben der Tür zu Christophers Wohnung und seufze.

Er war nicht gerade froh, uns zu sehen. Dass wir unangekündigt bei ihm aufgekreuzt sind, war vielleicht auch nicht die beste Idee. Aber er hat uns tatsächlich reingelassen. Was er von mir hält, war mir nach einem Blick von ihm klar. Ich stehe für alles, was er hasst, für alles, an das er seine Freundin verloren hat. Ich kann ihm definitiv nicht verübeln, dass er mich nicht leiden kann.

Rachel hatte keine Ahnung, was sie sagen sollte. Sie hat Christopher einfach nur aus glasigen Augen angesehen. Also habe ich als Erster gesprochen, und ich habe nichts zurückgehalten. Ich habe Christopher von meiner verkorksten Familie erzählt, kein noch so unvorteilhaftes Detail habe ich zurückgehalten. Ich habe ihm klargemacht, wie meine Mutter tickt und wie sie es schafft, jeden zu kontrollieren, manchmal, ohne dass es einem wirklich klar ist.

Als ich fertig war, habe ich die Wohnung wieder verlassen und die beiden allein gelassen. Seitdem sitze ich hier und zähle alles, was sich hier zählen lässt. Einundzwanzig Stäbe hat das Geländer von diesem Stockwerk bis zur nächsten Zwischenetage. Fünf Spinnen sind schon an mir vorbeigekrabbelt. Ich korrigiere, eben sehe ich die sechste. Auf der Fußmatte vor Christophers Apartment kreisen fünfunddreißig kleine Blumen das Wort »Welcome«

ein. Ich tue alles, um meinen Geist zu beschäftigen, damit er nicht in irgendwelche Richtungen driftet, von denen er schwer den Weg zurückfinden wird.

Ich seufze wieder. Das mache ich alle paar Minuten, damit man in diesem Treppenhaus wenigstens irgendwas hören kann. Bisher ist auch noch kein Nachbar an mir vorbeigelaufen. Dafür bin ich sehr dankbar. Das Letzte, was ich gerade gebrauchen kann, ist, erkannt zu werden.

Ich überlege, was ich als Nächstes zählen könnte, doch die Wände sind weiß und ohne Muster, der Teppich einfarbig. Ich habe schon alles gezählt, was es zu zählen gibt. Und sobald ich damit aufhöre, muss ich wieder an sie denken.

Alice. Immer wenn ich nicht aufpasse, ist sie auf einmal da. Und schon der Gedanke an sie reicht aus, um mir alle Luft aus der Lunge zu drücken. Ich habe mein Handy in der Hand, bevor ich mir überlegen kann, dass das eine beschissene Idee ist. Ich hatte einen guten Grund, als ich meine Mutter gebeten habe, Social Media und die Klatschmedien von mir fernzuhalten. Doch dieser Grund scheint meinen Fingern egal zu sein, als ich »Hadrian Carter« in die Suchleiste bei Google eingebe. Ich will nur wissen, ob sie es wirklich getan hat und der Artikel veröffentlicht wurde.

Doch ich erhalte nur Antworten auf Fragen, die ich nie gestellt habe. Mein Handy fällt mir vor Schock fast aus der Hand, als ich sehe, wie viele neue Artikel ich über mich finde. Und wovon sie handeln.

Sofort sitze ich gerader da und lehne mich nicht mehr hinter mir an die Wand, sondern über mein Handy.

HADRIAN CARTERS AFFÄRE MIT DER KLATSCHREPORTERIN ALICE GOLD

»Fuck«, entfährt es mir laut. Ich scrolle weiter und finde ein Bild von uns. Mein Herz zieht sich schmerzhaft zusammen.

Wir küssen uns, in Haight Ashbury, mitten in San Francisco.

Als noch alles gut war, als alles noch möglich schien, als ich noch an meinen Neuanfang und so viele andere Dinge geglaubt habe. In dem Moment waren wir einfach glücklich. Kurz darauf wurden wir erkannt und sind geflüchtet. Aber keiner von uns beiden kam auf die Idee, dass uns schon vorher jemand entdeckt haben könnte.

Es sollte mich nicht schocken, dass die ganze Welt einen Augenblick sehen kann, der nur für uns zwei bestimmt war. Aber irgendwie tut es das. Wenn ich Alice geküsst habe, war ich Adrian und nicht Hadrian Carter. Doch das heißt nicht, dass andere nicht immer noch den Menschen in mir gesehen haben, für den sie mich halten.

Obwohl mir jetzt schon Galle auf der Zunge liegt, öffne ich die Artikel. Sofort wird mir noch übler. Sie ziehen über Alice her, finden die furchtbarsten Worte, um sie zu beschreiben, und vielleicht sollte mich das mit Genugtuung erfüllen, weil sie auch so viele furchtbare Worte gefunden hat, um mich zu beschreiben. Doch alles, was ich fühle, ist dumpfer Schmerz, der sich ausgehend von meinem Herz immer weiter in meinem ganzen Körper ausbreitet, bis ich kaum noch atmen kann.

Gerade ist mir egal, dass sie mich verletzt hat. Genau jetzt, in dieser Sekunde, spielt das keine Rolle. Denn in mir ist nur Platz für Wut. Über die Welt, in der ich lebe. Und Mitgefühl. Weil ich mir vorstellen kann, wie es ihr gehen muss. Sie ist mit diesem ganzen Mist nicht aufgewachsen. Sie ist es nicht gewohnt, öffentlich von fremden Leuten verurteilt zu werden, die doch gar keine Ahnung haben, wer sie wirklich ist.

Ich finde ein Foto, das sie umringt von Paparazzi zeigt, während sie versucht, an ihnen vorbeizukommen. Ihr Blick ist starr auf den Boden gerichtet und doch kann ich das Glänzen in ihren Augen sehen, ihre verkrampften Schultern und dass ihre Daumen bluten.

»Fuck«, entfährt es mir wieder. Obwohl sie mich verraten hat, ist die Liebe, die ich für sie empfunden habe, immer noch da. Viel stärker, als ich mir in den letzten Tagen gestattet habe zu realisieren.

Der dumpfe Schmerz wird noch schlimmer, ich kann noch schlechter atmen.

»Hadrian?« Rachels Stimme holt mich ins Hier und Jetzt zurück. Ich brauche einen Moment, um mein Handy wegzustecken und sie anzuschauen. Sie steht in der angelehnten Tür zu Christophers Wohnung. Ich kann ihr ansehen, dass sie geweint hat, aber das Lächeln, das auf ihren Lippen liegt, ist echt und aufrichtig.

»Alles gut?«, frage ich, während ich ungelenk wieder auf die Füße komme.

»Es ist vielleicht nicht alles gut«, antwortet Christopher, den ich nun, da ich stehe, hinter Rachel entdecken kann. Dass sie sich an ihn lehnt, nehme ich jetzt mal als gutes Zeichen. »Aber wir sind wieder zusammen.«

Obwohl der Schock, den diese Artikel ausgelöst haben, noch tief sitzt, muss ich grinsen. »Das freut mich sehr. Wirklich«, sage ich mit Nachdruck. »Ich bin froh, dass auch der Schaden, den meine Familie anrichtet, behoben werden kann. Das ist ermutigend.«

Ich sehe Rachel an, dass sie mir schon wieder erklären will, dass sie für ihr Verhalten selbst verantwortlich ist, aber wir wissen das beide. Sie muss es nicht noch einmal sagen und ich nicht noch mal hören. Also komme ich ihr zuvor. »Dann ist meine Arbeit hier ja getan. Ich breche dann mal auf und lasse euch allein.«

Christopher nickt mir nur zu, und ich erwidere die Geste. Er ist bestimmt froh, mich auf Dauer los zu sein, und das kann ich gut verstehen.

»Danke dir«, meint Rachel zu mir. Vielleicht hätten wir uns jetzt umarmt, aber solange ihr Freund direkt hinter ihr steht und ihre Beziehung noch ein bisschen instabil ist, ist das vermutlich nicht die beste Idee. »Aber darf ich noch etwas sagen?«

Kritisch ziehe ich die Augenbrauen zusammen. »Wirst du doch sowieso.«

Rachels Augen leuchten wieder. Die Emotionslosigkeit hat sich vollständig aus ihren Gesichtszügen zurückgezogen, und ich hoffe, dass sie nicht zurückkehren wird. Sie hält die Hand ihres Freundes und lehnt so selbstverständlich an seiner Brust, dass meine eigene bei diesem Anblick ein bisschen eng wird. Unwillkürlich muss ich wieder an eine Person denken, die ich niemals vergessen werde. »Vielleicht wolltest du meine Beziehung reparieren, weil das leichter für dich war, als zu versuchen, dich mit deiner eigenen auseinanderzusetzen.«

Ich muss ein paarmal trocken schlucken, bevor ich es schaffe, darauf zu reagieren. »Du bist mir dankbar. Hätten wir es nicht dabei belassen können?« Mein Tonfall ist nicht so scherzhaft, wie er klingen sollte.

Rachel sieht mich wissend an. »Pass auf dich auf«, sagt sie. Sie und Christopher wenden sich ab. Ich denke schon, dass das alles gewesen ist, da dreht sich Rachel noch einmal zu mir um. »Und überleg dir, ob du bereit bist, dir ihre Seite der Geschichte anzuhören. Mir hast du diesen Gefallen auch getan.« Mit diesen Worten schließt sie die Tür und lässt mich mit einer Unruhe zurück, von der ich überzeugt bin, dass sie nie wieder verschwinden wird.

44. KAPITEL

Alice

»Ich habe viel Arbeitserfahrung. Ich habe ein Jahr bei …«

»Wir haben Ihren Lebenslauf angeguckt«, unterbricht mich die Frau auf meinem Laptopbildschirm. Ich würde mir nichts dabei denken, hätte ich die gleiche Situation in den letzten Tagen nicht schon mehrmals erlebt.

»Okay«, entgegne ich, weil mir nichts einfällt, was ich sonst sagen soll. Man dürfte meinen, dass mir inzwischen eine bessere Entgegnung eingefallen wäre. Aber leider nein.

In der letzten Woche habe ich fast täglich Bewerbungsgespräche geführt. Einige Zeitungen haben auf meine Bewerbung reagiert, der Ausgang war aber immer der gleiche. Ich habe mir eingeredet, dass irgendwann ja wohl eine Ausnahme dabei sein müsste. Aber wenn ich nun den Gesichtsausdruck der Frau deute, bleibt nicht viel Raum für Hoffnung.

»Wir haben eigentlich nicht nur wegen der offenen Stelle auf Ihre Bewerbung reagiert.«

Ich warte darauf, dass sie weiterredet, damit ich das endlich hinter mich bringen kann.

»Wir berichten ja auch über das Leben der Stars und hatten gehofft, dass Sie uns ein Exklusivinterview über Ihre Affäre mit Hadrian Carter geben würden.«

Das Schlucken fällt mir schwer. Das Einzige, was mich als Mensch noch für andere interessant zu machen scheint, ist der Mann, mit dem ich als Letztes geschlafen habe. Der Rest fällt einfach weg. Meine Persönlichkeit besteht nur noch aus Bruchstücken, die eigentlich im Weg sind und die jeder einfach zur Seite schieben kann. Ohne viel Mühe. Was übrig bleibt, erschreckt mich jedes Mal aufs Neue, wenn ich doch wieder so leichtsinnig bin, meinen Namen in eine Internetsuchmaschine einzugeben.

»Ich suche einen Job. Ich möchte kein Interview geben«, kriege ich irgendwie zwischen zusammengebissenen Zähnen hervor, ohne zu schreien.

Die Frau seufzt. Sie seufzt tatsächlich. Als wäre ich ein störrisches Kind, das sich nur querstellt, um besonders viele Schwierigkeiten zu machen.

»Ich werde ehrlich mit Ihnen sein, Miss Gold. Wir wollen Ihnen keinen Job geben.«

Kurz schließe ich die Augen, um mich zu sammeln. »Es ist nicht gerade die feine Art, einen Menschen unter Vorspiegelung falscher Tatsachen zu einem Call zu bringen«, stelle ich trocken fest. Die Frau setzt an. Zweifellos zu einer Ausrede, aber die will ich nicht hören. »Oder wollen Sie behaupten, dass im Betreff der Mail, die Sie mir geschickt haben, nicht das Wort *Bewerbungsgespräch* steht, obwohl Sie nie wirklich vorhatten, mich einzustellen?«

Sie antwortet nicht sofort. Ich mache sie sprachlos. Das ist auch nicht das erste Gespräch, in dem das passiert. Die Menschen auf der anderen Seite des Computers scheinen nicht damit zu rechnen, dass eine junge Frau, die mit einem Reality-TV-Star schläft und sich auch noch dabei erwischen lässt, genug Gehirnzellen hat, um ihre nicht gerade gut versteckten Agenden zu durchschauen. Dass ich sie eines Besseren belehren kann, ist nur ein kleiner Trost, wenn ich auf mein leeres Bankkonto sehe.

»Sie sind nicht die Erste, die ausnutzt, dass ich verzweifelt einen Job suche, und Sie werden sicherlich nicht die Letzte sein. Aber ich habe keine Zeit für weitere Fake-Bewerbungsgespräche, die mir keine neue Arbeitsstelle, sondern nur mehr Frust bringen. Ich habe nicht vor, über mein Privatleben zu reden, weil das niemanden etwas angeht. Ich möchte einfach als Journalistin arbeiten, wie ich es schon mein ganzes Leben geplant habe.«

Die Frau räuspert sich. Die Situation ist ihr offensichtlich mehr als unangenehm, allerdings habe ich schon vor Tagen das Interesse an den Emotionen von Menschen verloren, die auch kein Interesse daran haben, meine zu schonen.

»Das verstehe ich, Miss Gold«, setzt sie an. »Aber ich weiß

nicht, wie ergiebig Ihre Jobsuche sein wird. Mein Chef würde Sie nicht einstellen wollen, weil er eine Frau, die mit dem Mann, den sie interviewt, schläft, für unprofessionell hält. Ich meine es nicht böse. Aber vielleicht denken Sie mal über eine Karriereveränderung nach.«

Mein Hals zieht sich so fest zusammen, dass es sich so anfühlt, als könnte ich nie wieder sprechen. Deswegen beende ich den Videocall einfach, ohne noch etwas zu sagen. Was kann ich denn noch verlieren? Den Job hätte ich eh nicht bekommen.

Ich klappe meinen Laptop mit zitternden Fingern zu und lege dann meinen Kopf auf dem Küchentisch ab. Meine Augen schließe ich, ohne den Wunsch, sie so bald wieder zu öffnen. Jedes Mal, wenn ich sie aufmache, sehe ich nur wieder eine neue Katastrophe. Vielleicht hört es ja auf, wenn ich einfach mit geschlossenen Augen hier liegen bleibe.

Das ist Wunschdenken, das weiß ich. Aber mir ist nun mal nichts anderes mehr geblieben, an dem ich mich festhalten kann. Tagelang habe ich meine Wohnung nicht mehr verlassen. Einmal habe ich es versucht und wurde so penetrant von Reportern und Paparazzi belagert, dass ich fast in Tränen ausgebrochen bin. Seitdem traue ich mich nicht mehr raus.

Hien kämpft sich jeden Tag an der Meute vorbei, kauft für uns ein oder geht arbeiten. Es tut mir so leid, dass sie meinetwegen belästigt wird, wenn auch wesentlich weniger aggressiv als ich. Sie will meine Entschuldigungen nicht mehr hören, und ich glaube tatsächlich, dass sie mir keine Vorwürfe macht. Aber das verschlimmert den Druck, den ich überall auf meinem Körper spüre, nur noch.

Vor zwei Tagen hat Hien mir gestanden, dass sie es sogar besser findet, wenn ich im Haus bleibe. Seit die Hölle losgebrochen ist, erhalte ich auch Todesdrohungen. Hien meinte, dass sie sich ständig Sorgen um mich macht, wenn sie nicht bei mir ist. Nur das Wissen, dass ich nicht rausgehe, kann sie ein bisschen beruhigen. Und das Letzte, was ich gerade will, ist, dass Hien ihren Job verliert, weil sie sich meinetwegen auf die Arbeit nicht konzentrieren kann. Also bleibe ich zu Hause, ihr und mir selbst zuliebe.

Aber ich habe keine Ahnung, wie das alles weitergehen soll. Irgendwann werde ich das Haus wieder verlassen müssen.

Irgendwann werde ich wieder arbeiten müssen. Liebeskummer ist schon ätzend genug, wenn man nicht gleichzeitig noch um seine ganze Existenz bangen muss. All meine Ängste und meine Trauer sind so eng miteinander verknüpft, dass ich manchmal gar nicht so genau sagen kann, welche Emotion dafür verantwortlich ist, dass ich mal nicht gut Luft bekomme, mein Herz schmerzt oder mir Tränen in die Augen steigen.

Der Schlüssel wird im Schloss gedreht. Ich höre das Geräusch überdeutlich, weil ich immer darauf zu warten scheine. Ich rede nicht viel, aber ich will auch nicht allein sein.

»Hey«, ruft Hien mir entgegen. Obwohl ich die Augen immer noch geschlossen habe, weiß ich genau, in welcher Sekunde sie die Küche betritt.

»Hey«, sagt sie diesmal ganz sanft. Ich lausche, wie sie die Einkäufe auf dem Boden abstellt, und ein paar Sekunden später spüre ich ihre Hand auf meinem Kopf. »Wie lief das Bewerbungsgespräch?«

»Wie die anderen auch.«

Wütend schnaubt Hien. »Ich würde denen gerne mal meine Meinung sagen.«

»Das würde auch nichts ändern. Die Frau hat zu mir gemeint, dass sie niemanden einstellen, der mit Interviewpartnern schläft.«

Wieder schnaubt Hien wütend. Ich bin ihr aber dankbar, dass sie nicht mehr dazu sagt. Wir haben dieses Gespräch öfter geführt, als ich eigentlich ertragen kann.

»Heute Morgen hat dich Garett Edwards angerufen. Was hat er gesagt?«, frage ich und fühle deutlich, wie sich Hiens Hand, die immer noch auf meinem Kopf ruht, verkrampft.

»Das hast du mitbekommen?«

»Wir saßen zusammen am Küchentisch. Ich habe seinen Namen auf dem Display gesehen, bevor du hektisch aufgesprungen und davongerannt bist, als würdest du verfolgt werden.«

Hien räuspert sich umständlich.

»Momentan läuft es bei mir vielleicht nicht gerade gut. Aber das heißt nicht, dass ich es nicht hören möchte, wenn bei dir mal was Gutes passiert.« Jetzt öffne ich die Augen und richte mich langsam auf. »Du schützt mich schon vor der ganzen Welt. Vor deinen Erfolgen musst du mich niemals schützen.«

Wir sehen uns einen Moment einfach nur an, und Hien ergreift meine Hand und drückt sie ein bisschen zu fest, aber ich beschwere mich nicht.

»Er hat Kontakte hergestellt. Ich kann nächste Woche zu einem Casting gehen. Kein Massencasting.«

»Das sind tolle Neuigkeiten«, meine ich, und die Freude, die kurz durch meine schwache Stimme durchscheint, ist nicht gespielt.

»Ich weiß«, erwidert Hien, lächelt allerdings nur vorsichtig, als hätte sie Angst, dass mir der Anblick von ehrlicher Freude wehtun könnte.

»So was musst du mir immer erzählen. Es ist tröstlich zu wissen, dass aus der ganzen Geschichte wenigstens eine gute Sache entstanden ist.«

Hien drückt meine Finger noch ein bisschen fester. »Und ich habe dir einen Job in der Bar besorgt. Ich weiß, dass Barkeeperin nicht gerade die Berufsbeschreibung ist, die du haben willst. Aber so gehen wir sicher, dass du hierbleiben kannst. Ich war also auch sehr eigennützig, als ich dir die Arbeit organisiert habe. Ich will nicht, dass du gehen musst.«

Ich kann Hien deutlich anhören, dass ihr Hals eng wird, und sofort wird es meiner auch.

»Danke dir«, sage ich. »Doch eigentlich musst du dir keine Sorgen machen, dass ich zurück nach Seattle gehe. Früher dachte ich immer, dass ich dorthin zurückmuss, wenn ich scheitere. Aber inzwischen ist mir klar, dass das gar keine Option mehr ist.« Sofort spüre ich Tränen hinter meinen Augen brennen.

»Sie sind es nicht wert, dass du auch nur eine Träne über sie vergießt«, sagt Hien mit Nachdruck. »Sie haben nicht einmal deine Wut oder Enttäuschung verdient. Gar nichts.«

»Sie wollten immer Geld von mir. Obwohl ich ihnen nie welches gegeben habe, haben sie dank mir jetzt doch einiges verdient. Ironie des Schicksals.« Ich wollte es wie einen Witz klingen lassen, aber mein Unterton ist alles andere als scherzend. Alles, was man hört, ist Bitterkeit.

Nur wenige Stunden, nachdem das Bild von Adrian und mir viral gegangen ist, hatten die Medien schon alles, was es über mich zu wissen gibt, herausgefunden. Als ich die ersten Artikel über mich gelesen habe, kam ich mir so vor, als hätte mich jemand auf einen OP-Tisch gelegt, mich aufgeschnitten und in meinem Inneren herumgewühlt.

Zunächst habe ich mich gefragt, woher sie all das wissen konnten. Bis ich das Interview gesehen habe, das mein Vater und Bruder gegeben haben. In dem Wohnwagen, in dem ich aufgewachsen bin, wurde es gefilmt. Sie haben nichts zurückgehalten. Jede Frage, die über mich gestellt wurde, haben sie detailliert beantwortet. Manchmal mit der Wahrheit, manchmal mit Lügen. Auch andere Bewohner der Wohnwagensiedlung wurden interviewt. Stacys Mutter hat nur in den höchsten Tönen von mir gesprochen, aber so was will niemand hören. Ihr Interview ist einfach untergegangen. In der Versenkung verschwunden, gemeinsam mit allem, was ich erreicht habe.

Wenn über mich berichtet wird, bin ich nicht die Stipendiatin, die Standford-Absolventin, ich bin das arme berechnende Mädchen aus der Wohnwagensiedlung. Die Worte »Golddigger« und »White Trash« sind wohl am häufigsten gefallen.

Was inzwischen über mich geredet wird, weiß ich schon gar nicht mehr. Ich traue mich nicht mehr auf Social-Media-Plattformen. Ich weiß nicht, wie viele verächtliche, hasserfüllte und gehässige Worte ich noch hören kann, bis sie alles sind, was ich wahrnehme.

»Alice.« Hien holt mich mit ihrer sanften Stimme zurück in die Realität. Die ist zwar im Moment auch nicht besonders rosig, aber immer noch ein schönerer Ort als meine eigenen Gedanken. »Ich weiß, dass es schwer ist, die positiven Dinge zu sehen. Aber es gibt sie, und mir ist es wichtig, dass du sie nicht vergisst. Stacy hat dir einfach ungefragt Geld überwiesen, sobald sie mitbekommen hat, was abgeht und dass du keinen Job mehr hast. Sie war sofort da. Ohne Zögern. Das ist sehr viel wert.«

Schwach lächle ich. »Das stimmt.« Ich spüre wieder Tränen in mir aufsteigen und versuche schon gar nicht mehr, gegen sie anzukommen. Ich weine fast jeden Tag. Aber ich bin mir sicher, dass es mir noch wesentlich schlechter gehen würde, wenn ich es nicht zulassen würde. »Ich dachte immer, dass ich kein Sicherheitsnetz habe, sollte ich fallen. Doch das stimmt nicht. Ich habe vielleicht nicht viele Freunde. Aber ich habe zwei sehr gute Freunde. Stacy war sofort für mich da. Auch nach all den Jahren. Und auch du warst da. Ich will nicht melodramatisch klingen, aber ich weiß, dass ich all das ohne dich nicht durchstehen könnte. Danke. Für alles.«

»Es ist doch selbstverständlich«, sagt Hien reflexartig. Eine Träne läuft über ihre Wange.

»Sag das nicht. Es ist nicht selbstverständlich, und das weißt du auch.«

Hien drückt nur wieder meine Hand. Und während wir schweigend, Hand in Hand, in unserer winzigen Küche sitzen, gemeinsam, fühle ich mich ein bisschen besser. Dieser Albtraum wird irgendwann enden, auch wenn es sich in diesem Moment so anfühlt, als würde er niemals vorbei sein. Und solange Hien da ist, kann ich es ertragen.

Wir bleiben so sitzen, bis Hien zur Arbeit aufbrechen muss. Ich kann ihr deutlich ansehen, dass sie mich nicht allein lassen will. Und sie kann mir vermutlich ansehen, dass ich nicht allein sein will. Doch sie geht, wir kommentieren es nicht, und das ist auch besser so.

Dann sitze ich wieder allein in der Küche. Es wird langsam dunkel, es fällt nicht mehr viel Tageslicht durchs Fenster, doch ich schaffe es nicht aufzustehen, um den Lichtschalter zu betätigen. Irgendwann ist die Sonne komplett untergegangen, und ich habe mich immer noch nicht bewegt. Ich weiß einfach nicht, in welche Richtung.

Mein Handybildschirm leuchtet auf. Ich saß so lange in der Dunkelheit, dass mich das plötzlich auftauchende Licht zusammenfahren lässt. Langsam greife ich nach meinem Smartphone, das ich hinter meinem Laptop liegen hatte, und rechne mit einer Nachricht von Hien. Doch sie hat mir nicht geschrieben.

Mein Herz bleibt stehen. Abrupt. Weil es genauso überrascht ist wie ich. Ich kann nicht mehr atmen, mich nicht bewegen, nicht reagieren. Und schon gar nicht die Nachricht öffnen und antworten.

Kurz denke ich, dass ich mir das nur einbilde. Was ich da auf meinem Bildschirm sehe, muss meinem Wunschdenken entspringen. Doch nachdem das Display erloschen ist und ich es wieder angemacht habe, steht da immer noch das Gleiche.

Eine neue Nachricht auf Twitter. Von PeterParker321.

Ich hatte überlegt, ihm zu schreiben. Wenn ich ehrlich bin, habe ich ständig darüber nachgedacht. Aber letztlich habe ich mich nicht getraut. Ich hätte keine Ahnung gehabt, was ich schreiben sollte. Eine Entschuldigung wäre angebracht gewesen, doch die kam mir viel zu klein, geradezu unbedeutend vor. Außerdem bin ich davon ausgegangen, dass er mich sowieso blockiert hat. Aber jetzt schreibt er mir.

Ich versuche, mich zu sammeln, um für das bereit zu sein, was auch immer er mir geschrieben hat. Doch auch nach ein paar sehr tiefen Atemzügen muss ich einsehen, dass ich, egal, was er mir geschrieben hat, wohl nie wirklich darauf vorbereitet sein werde. Also zwinge ich mich, mein Handy zu entsperren, und öffne Twitter.

Er hat nichts geschrieben. Er hat nur ein Bild geschickt. Diesmal liegt keine DVD auf einer Bettdecke. Diesmal ist es einfach der Screenshot eines Albumcovers mit dem Titel eines Songs darunter. Aber es ist wohl die Idee, die zählt.

Hello von Adele.

Ich habe keine Ahnung, was ich erwartet habe, aber das ganz sicher nicht. So viel steht fest.

Schlucken ist mir noch nie so schwergefallen.

Alice Gold: Du hast wohl keinen passenden Filmtitel gefunden.

Das schreibe ich, weil mir nichts anderes einfällt. Ich weiß ja nicht einmal, was ich gerade fühle. Wie sollte ich es in Worte fassen?

Peter Parker: Habe ich nicht. Aber ich wollte diese Tradition nicht aufbrechen lassen.

Es ist wirklich er. Er schreibt mir. Nachdem mein Herz mehrmals ausprobiert hat, wie es sich anfühlt, abrupt stehen zu bleiben, geht es jetzt dazu über zu rasen.

Alice Gold: Wenigstens bist du ehrlich.

Er zögert einen Moment. Er sucht nach Worten. Es ist wie früher. Wie damals. Bevor wir uns richtig kannten. Bevor ich irgendwas kaputt gemacht habe.

Peter Parker: Ich habe die Artikel und das Interview mit deiner Familie gesehen. Ich wollte dir nur sagen, dass es mir leidtut. Wie geht es dir?

Alles in mir zieht sich zusammen. Nach allem, was ich getan habe, will er sich bei mir entschuldigen, für etwas, für das er gar nichts kann, und wissen, wie es mir geht. Das ist wirklich der Adrian, den ich kennenlernen durfte.

Doch obwohl ich diese Nachrichten gar nicht verdient habe, spüre ich Enttäuschung. Ich wollte von ihm hören. Aber er schreibt mir nur, weil er Mitleid mit mir hat. Und Mitleid ist nicht das, was ich von ihm will. Es tut weh, auch wenn ich das Recht verloren habe, überhaupt irgendwas von ihm zu wollen. Schnell schreibe ich zurück, bevor ich noch mehr Gefühle spüren kann, die mir gar nicht zustehen.

Alice Gold: Du solltest dich nicht für Dinge entschuldigen, die gar nicht deine Schuld sind. Und schon gar nicht bei jemandem, der es nicht verdient hat.

Jetzt zögert er so lange, dass ich schon denke, dass er gar nicht mehr reagieren wird. Und vielleicht wäre es tatsächlich besser so. Wie soll ich mit all den Dingen abschließen, die er in mir ausgelöst hat, wenn es nur eine Nachricht von ihm braucht, um sie alle wieder an die Oberfläche zu reißen?

Aber dann kriege ich die nächste Mitteilung und Erleichterung durchströmt mich, weil der Moment, in dem ich ihn endgültig loslassen muss, noch nicht da ist. Dafür war ich noch nicht bereit – und werde es vermutlich niemals sein.

Peter Parker: Können wir kurz so tun, als wäre das hier unser Anfang? Wir kennen uns noch nicht. Was zwischen uns passiert ist, ist noch egal, und wir können einfach schreiben.

Mein Herz hat noch nie so sehr wehgetan, dabei hat es in den letzten Tagen oft geschmerzt. Aber in diesem Augenblick erkenne ich, dass ein Herz wohl nicht am heftigsten schmerzt, wenn man nur negative Gefühle fühlt, sondern wenn auch sehr positive mit diesen verwoben sind, von denen man doch weiß, dass sie nur enttäuscht werden können.

Aber ich kann nicht anders. Also tippe ich nur ein Wort.

Alice Gold: Okay.

☆

Als es dämmert, sitze ich immer noch in der Küche. Meinen Hintern kann ich inzwischen gar nicht mehr spüren. Vor ein paar Stunden hat er noch wehgetan, aber diesen Moment habe ich lange überschritten. Wir haben die ganze Nacht geschrieben. Wie früher. Er war nicht Hadrian Carter. Er war nicht einmal Adrian. Er war nur Spider-Man. Und das hat gutgetan. Denn er ist die einzige seiner Persönlichkeiten, die ich nie verraten habe.

Meine Augen schmerzen, weil ich viel zu vehement auf mein helles Display gestarrt habe. Irgendwann habe ich keine Antwort mehr von ihm bekommen. Vermutlich ist er einfach eingeschlafen. Aber ich konnte das nicht. Ich bin extrem erschöpft und doch nicht müde. Denn ich habe das Gefühl, da gibt es noch etwas, das ich tun muss. Irgendwas, was ich noch nicht erledigt habe und nicht genau benennen kann, hält mich vom Schlafen ab. Und so lange ich es nicht getan habe, werde ich keine Ruhe finden.

Als ich meinen Laptop aufklappe, zittern meine Hände genauso stark, wie sie es getan haben, als ich ihn vor Stunden zugeklappt habe. Ich bin mir nicht ganz sicher, was ich vorhabe, bis ich ein neues Dokument geöffnet habe. Eine leere Seite. Noch konnten schwarze Buchstaben, meine Worte sie nicht beschmutzen.

Meine Hände zittern immer noch, als ich meine Finger behutsam auf die Tastatur lege, ohne fest genug runterzudrücken, um einen Abdruck auf der immer noch schneeweißen Seite zu hinterlassen.

Was tue ich hier?

Ich tippe das erste Wort. Seit Tagen führe ich Fake-Bewerbungsgespräche mit Menschen, die mich verurteilt haben, bevor ich einen Satz gesagt habe. Ich lese Artikel über mich, geschrieben von Leuten, die so tun, als würden sie mich kennen. Ich höre tausend Stimmen, und nicht eine davon ist meine. Niemand hört mir zu. Aber das können sie auch nicht, wenn ich nichts sage.

In dem Moment merke ich, dass ich endgültig genug davon habe zu schweigen. Also schreibe ich.

45. KAPITEL

Hadrian

Irgendjemand, den ich nicht kenne, tupft mir mein Gesicht ab und verteilt Make-up auf meiner Stirn, damit ich beim nächsten Dreh auch ja perfekt aussehe. Der Stylist steht direkt vor mir, manchmal spüre ich sogar seinen Atem auf meiner Haut. Trotzdem weiß ich nicht, wie er aussieht.

Ich habe auch keine Ahnung, welcher Dreh heute ansteht, und es ist mir ehrlich gesagt egal. Seitdem ich mich auf diesen ungewöhnlich unbequemen Stuhl vor einem viel zu hell ausgeleuchteten Spiegel gesetzt habe, halte ich mein Handy in meiner Hand, ohne es zu entsperren.

Ich will Alice wieder schreiben, gleichzeitig will ich es nicht. So zu tun, als wäre nie irgendwas passiert, war genau das, was ich gebraucht habe. Und doch nicht genug.

Ich habe sie nicht gefragt, ob der Artikel noch erscheint. Sie hat mir nicht gesagt, ob sie den Artikel schon ihrem Chef gegeben hat. Wir haben also über alles geredet, nur nicht über das, auf das es wirklich ankommt. Und solange wir das nicht tun, spielen irgendwelche Worte, die wir uns sagen, überhaupt eine Rolle? Ich sehne mich nach Kontakt zu ihr, aber ich sehne mich nach mehr als bedeutungslosen Phrasen und lockeren Sprüchen. Aber die Frage bleibt, ob wir nach allem, was zwischen uns passiert ist, zu mehr noch in der Lage sind.

Die Tür wird viel zu energisch aufgerissen. Auch der Stylist zuckt zusammen und drückt ein bisschen zu fest gegen meine Wange, aber weil er mir nicht aus Versehen das Auge ausgestochen hat, beschwere ich mich nicht.

Athena stürmt in die Maske. Früher habe ich es nie hinterfragt, aber die meisten Familien haben wohl keinen Raum in ihrem

Haus, der nur dazu genutzt wird, sich von professionellen Stylisten schminken zu lassen.

Meine Schwester hat ihre Augen viel zu weit aufgerissen, sie atmet hektisch und streckt mir energisch ihr Smartphone entgegen, obwohl sie sich noch im Türrahmen festhält und deswegen viel zu weit weg ist.

»Aus dieser Entfernung kann ich nicht lesen, was da steht«, teile ich ihr mit.

»Könnten Sie uns kurz allein lassen?« Sie wendet sich an den Stylisten und tut so, als hätte ich gar nichts gesagt.

Dieser runzelt die Stirn, legt aber alle Utensilien zurück auf das Tischchen unter dem überbelichteten Spiegel und verlässt das Zimmer. Hinter sich zieht er die Tür zu.

»Was ist los?«, frage ich, weil mich Athenas viel zu breites Grinsen verunsichert. »Wieso guckst du mich so an?«

»Sie hat einen Artikel veröffentlicht.«

Mein Herz stürzt ungehindert in die Tiefen meines Körpers.

»Wieso grinst du dann?« Als sie näher kommt und mir ihr Handy unter die Nase hält, wende ich den Blick ab. »Ich habe den Artikel schon gelesen. Einmal hat definitiv gereicht.«

»Den Artikel hast du ganz sicher nicht gelesen«, sagt Athena, und das Grinsen will einfach nicht von ihrem Gesicht weichen. »Denkst du wirklich, ich würde darauf bestehen, dass du einen Artikel liest, der über dich herzieht? Kennst du mich so schlecht?«

»Okay, guter Punkt«, gebe ich zu und drehe mich ihr langsam wieder zu. »Aber bist du dir sicher, dass ich lesen will, was sie geschrieben hat?«

»Ich bin mir sehr sicher. Ich war mir vermutlich in noch keiner Sache so sicher wie in dieser.«

Ich runzle die Stirn. »Das ist ein mutiges Statement.«

»Ich meine es so«, sagt sie nur und hält mir ihr Smartphone noch energischer entgegen. Es fehlt nicht mehr viel und sie drückt es mir gegen die Nasenspitze. »Du *musst* das lesen.«

Ich zweifle immer noch daran, ob es eine gute Idee ist, die Worte zu lesen, die auf dem Bildschirm ihres Handys aufleuchten. Aber ich vertraue Athena. Ich habe ihr schon immer vertraut. Ohne Einschränkungen. Und ich weiß, dass sie jeden Artikel, von dem sie denkt, dass er mich verletzen könnte, von mir fernhalten würde. Also nehme ich ihr Smartphone schließlich mit leicht zitternden Händen entgegen.

> Mein Name ist Alice Gold. Aber vermutlich kennt ihr mich eher unter dem Titel Golddigger oder als die Schlampe, die mit Hadrian Carter geschlafen hat.

Ich sehe kurz auf.

»Lies weiter, du Feigling«, fordert Athena mich heraus. Sie lehnt sich hinten an die Lehne meines Stuhls und guckt mir über die Schulter.

Noch einmal atme ich tief durch, dann richte ich meinen Blick wieder auf den Bildschirm, obwohl ich sofort Alice' Stimme in meinem Kopf hören kann, sobald ich ihre Worte lese.

> In den letzten Tagen habt ihr meinen Namen bestimmt öfter gehört. Vielleicht habt ihr das Interview mit meinem Vater geschaut und euch die Bilder von dem Wohnwagen, in dem ich aufgewachsen bin, angesehen.
>
> Vielleicht verfolgt ihr meine Suche nach Hadrian Carter schon, seitdem ich den ersten Tweet über ihn gepostet habe. Dieser Text soll ein Abschluss für den Hashtag catchhadriancarter werden. Aber nicht ganz so, wie es sich vermutlich sehr viele von euch erhoffen.
>
> Ich kann mir vorstellen, warum die meisten diesen Artikel öffnen werden. Ihr hofft, noch mehr Informationen über Hadrian Carter und seine Familie zu erhalten, wollt dunkle Geheimnisse erfahren. Wenn ihr das erwartet, muss ich euch leider enttäuschen. Denn darum wird es in diesem Artikel nicht gehen.
>
> Ich werde nichts bestätigen und auch nichts abstreiten. Das Foto habt ihr alle gesehen. Über dessen Inhalt zu lügen, wird mir nichts bringen und euch ganz sicher auch nicht.
>
> Doch ich will euch nicht die Geschichte von

Hadrian Carter erzählen, sondern meine. So selbstbezogen werde ich jetzt einfach mal sein.

Ich wollte schon immer als Journalistin arbeiten. Aber erst in den letzten Wochen habe ich gelernt, welche Zerstörungskraft Worte wirklich haben. Ich habe mit meinen eigenen Worten Schaden angerichtet, aber auch ich selbst habe wegen den Worten anderer Schaden genommen.

Früher habe ich Artikel so oft überarbeitet, bis ich über jeden einzelnen Buchstaben zehn Mal nachgedacht hatte. Diesen Text werde ich nicht überarbeiten. Denn ich weiß, wenn ich das tue, werde ich niemals den Mut finden, ihn zu veröffentlichen. Meine Gedanken sind unsortiert, ich komme nicht auf den Punkt und springe von Thema zu Thema. Dennoch glaube ich, dass ich diesen Artikel genau so schreiben muss, wie ich es tue. Ich habe keine Ahnung, wie viele Menschen dies hier lesen werden. Aber vielleicht kommt es auch gar nicht darauf an, sondern nur auf die Tatsache, dass ich ihn geschrieben habe.

In den letzten Wochen habe ich erfahren, wie viel Schaden Worte anrichten können. Es wurden viele Artikel über mich geschrieben. Menschen, die mich nicht kennen, haben sich ein Urteil über mich erlaubt. Überall konnte ich nachlesen, dass ich eine manipulative Schlampe bin. Ein Golddigger. White Trash. Auf einmal war ich in den Augen der Öffentlichkeit gar kein richtiger Mensch mehr. Auf einmal war es in Ordnung, mir keinen Respekt mehr entgegenzubringen. Ich hatte ihn quasi nicht mehr verdient.

Paparazzi lauern mir vor meinem Haus auf, das ich nicht mehr verlassen kann, ohne sofort bedrängt und fotografiert zu werden. Seit Tagen werde ich zu Bewerbungsgesprächen eingeladen, die eigentlich gar keine sind, nur weil Zeitungen unbedingt ein Statement von mir haben wollen. Einstellen will mich jedoch keiner.

Doch es reicht jetzt mit dem Selbstmitleid. Denn ich weiß selbst, dass ich in dieser Angelegenheit nicht nur Opfer, sondern auch Täterin bin. Ich habe ein Jahr lang bei einer Klatschzeitschrift gearbeitet. In meinen Artikeln habe ich die gleichen Worte verwendet, um andere Menschen zu beschreiben, die jetzt gegen mich gerichtet werden. Erst vor einer Woche habe ich den schlimmsten Artikel geschrieben, den ich jemals zu Papier gebracht habe. Und ich werde ihn mein ganzes Leben lang bereuen. Obwohl ich ihn nie veröffentlichen werde.

Aber vielleicht musste ich auch mal auf der anderen Seite stehen, um wirklich begreifen zu können, wie es sich anfühlt, Sätze zu lesen, die einen eigentlich gar nicht beschreiben und doch genau die größten Unsicherheiten treffen.

Seit wann ist es in Ordnung, dass wir so miteinander und übereinander reden? Seit wann ist es in Ordnung, Menschen so zu behandeln, nur weil sie in der Öffentlichkeit stehen?

Der Shitstorm, den ich gerade erlebe, tut weh. Trotzdem kann ich mir nicht vorstellen, wie es ist, im Auge der Öffentlichkeit aufzuwachsen und mit solchen verletzenden Worten groß zu werden. Es wird mich vermutlich immer faszinieren, dass man trotz solcher Erlebnisse ein guter Mensch werden kann. Und ich habe in den letzten Wochen jemanden kennengelernt, der beweist, dass das tatsächlich möglich ist.

Ich weiß, dass ich keiner bin. Ich musste erst den schlimmsten Artikel meines Lebens schreiben, um zu erkennen, wie weit ich mich von all den Idealen entfernt hatte, die ich schon seit meiner Kindheit erreichen wollte. Ich will als Journalistin arbeiten, allerdings nicht auf die Weise, wie ich es im letzten Jahr und vor allem in den letzten Wochen getan habe. Ich möchte meine Erfolge nicht auf dem Unglück anderer aufbauen. Das kann kein gutes Fundament sein.

Ich dachte, dass ich meinen Idealismus verloren habe. Aber inzwischen glaube ich nicht mehr, dass mir irgendjemand meinen Idealismus entreißen kann. Man kann ihn selbst loslassen. Doch man kann ihn auch wiederfinden. Und das habe ich mir für die nächsten Wochen vorgenommen. Denn ich bin lieber wie Don Quijote und kämpfe gegen Windmühlen, anstatt aufzugeben.

An alle, die diesen Artikel wirklich zu Ende gelesen haben: Danke, ich weiß es sehr zu schätzen, dass ihr euch Zeit für meine Worte genommen habt. Ich hoffe, ihr kämpft auch täglich gegen Windmühlen.

Ich lasse das Handy langsam sinken und lege es bedächtig auf den Tisch vor dem Spiegel, dessen Beleuchtung mich so stark blendet, dass weiße Punkte durch mein Sichtfeld tanzen. Sie gehen nicht einmal weg, wenn ich mehrmals blinzle. Aber das ist mir in diesem Moment auch egal.

»Krasser Artikel, oder?«, fragt Athena, und ich höre das Grinsen in ihrer Stimme, ohne sie ansehen zu müssen. »Nur das Ende mit Don Quijote habe ich nicht ganz verstanden.«

»Das bezieht sich auf ihre Lieblingsserie«, erkläre ich. Meine Stimme hört sich belegt und ganz weit weg an, während ich blicklos nach vorn starre. »Da geht es um Journalisten, die dafür kämpfen, die Nachrichten so zu berichten, wie sie es für richtig halten. Auch wenn sie das zu Don Quijote macht, der nur gegen Windmühlen kämpft. Lieber sind sie Träumer, als von gar nichts mehr zu träumen.«

Langsam schaffe ich es, Athena wieder anzuschauen. Ihr Grinsen ist noch breiter als vorhin. »Ich bin auf jeden Fall lieber ein Träumer, als meine Träume für tot zu erklären. Du doch auch, oder?«, fragt sie.

Ich erwidere ihr Lächeln. Das erste Mal seit Tagen scheinen sich meine Lippen ohne Mühe einfach von allein nach oben zu biegen.

Ich habe meinen Neuanfang nach meinem Streit mit Alice für gescheitert erklärt, meine Hoffnung auf ein selbstbestimmtes Leben als Hirngespinst abgetan. Ich habe mich gefragt, wozu

Freiheit überhaupt gut ist, wenn sie einen doch wieder enttäuscht. Aber Alice hat recht. Niemand kann einem seinen Idealismus einfach so wegnehmen. Man lässt zu, dass er einem genommen wird.

Wieder brennt sich ein Zitat aus einem ihrer Texte in meinen Kopf. Die Worte werden auf meine Seele tätowiert. Man wird sie nie wieder wegbekommen. Und das will ich auch gar nicht.

»Fuck«, stoße ich aus. »Ich muss gehen.«

»Ich weiß«, meint Athena. Ihr Grinsen verschwindet, und obwohl ich Trauer in ihren Augen entdecken kann, sehe ich doch auch die Entschlossenheit in ihren Iriden gespiegelt, die ich selbst fühle. »Du musst gehen.«

Ich merke erst, dass ich aufgestanden bin, als ich schon vor meiner Schwester stehe und sie fest in meine Arme schließe.

»Danke dir«, flüstere ich. »Danke für alles.«

Sie lässt die Umarmung einen Moment zu. Dann schiebt sie mich entschlossen von sich. »Nichts zu danken«, sagt sie mit Nachdruck. »Geh jetzt. Bevor du es dir anders überlegen kannst.« Sie drückt meine Hand. »Dass du gehst, kann ich dir vergeben. Aber ich könnte dir niemals vergeben, wenn du jetzt bleibst.«

Fuck, ich will weinen. Und zwar nicht auf diese stoische Weise, wie es Western-Helden in Filmen tun, wenn ihnen eine einzelne stumme Träne über die staubige Wange rinnt. Nein, ich möchte schluchzen wie ein kleines Kind. Aber wenn ich das jetzt tue, werde ich nicht gehen. Und dann wird mir nicht nur Athena, sondern ich mir selbst nicht vergeben können.

»Bis bald«, sage ich noch. Dann lassen wir einander los.

Ich verlasse die Maske als Erster, Athena folgt mir. Wir betreten das Wohnzimmer, in dem bereits die Kameras stehen und die Crew darauf wartet, dass wir anfangen können. Unsere Mutter dreht sich zu uns um und das falsche Lächeln auf ihren Lippen lässt meinen Entschluss nur noch stärker werden.

Im Gegensatz zu Aphrodite habe ich unsere Mom eigentlich immer so gesehen, wie sie wirklich ist. Ich glaube nur, dass ich länger gebraucht habe, um die Tragweite dieser Erkenntnis, und was sie für unsere ganze Familie bedeutet, zu erkennen. Wir haben schon vor Jahren aufgehört, eine richtige Familie zu sein. Falls wir jemals eine richtige waren. Wir haben Wärme, Zuneigung und Mitgefühl für unseren Ruhm geopfert. Und ich bin nicht bereit, noch eine Sekunde länger ein Teil davon zu sein.

Das Lächeln meiner Mutter verblasst langsam. Kann man mir all meine Gedanken so deutlich an meinem Gesichtsausdruck ablesen? Ich hoffe, dass man es kann. Ich habe nämlich nicht vor, jemals wieder etwas zurückzuhalten.

»Seid ihr so weit?«, fragt unsere Mutter kritisch.

»Ihr könnt loslegen. Aber ohne mich.« Aphrodite wollte damals eine öffentliche Szene vermeiden, als sie mit unserer Mom gebrochen hat. Sie hat dieses Gespräch allein mit ihr in ihrem Büro geführt. Mir ist es scheißegal, wer mich hören kann.

»Wovon redest du?« Obwohl sie diese Frage stellt, kann ich ihr ansehen, dass sie die Antwort bereits kennt.

»Ich glaube nicht, dass ich dir das erklären muss. Du kennst das doch inzwischen schon.« Ich begreife selbst nicht, warum ich auf einmal so gelassen bin. Vermutlich liegt es an Alice' Worten. Sie scheinen mich aus dieser Villa und auf sie zuzuziehen. Ich kann kaum abwarten, was ich als Nächstes tun werde, sobald ich dieses Grundstück hinter mir gelassen habe.

»Sei nicht albern«, meint meine Mutter. Hinter ihr sitzen mein Vater und meine großen Geschwister mit ihren Ehepartnern und Kindern. Doch ich erkenne sie kaum. Und ich glaube, sie haben auch mich nie richtig erkannt. »Dein kleiner Roadtrip war ja ganz lustig. Aber jetzt reicht es auch. Du machst dich lächerlich.«

Ich lache nur. Ihre Worte können mich nicht mehr erreichen. »Denkst du nicht, dass es langsam mal an der Zeit wäre, dein eigenes Verhalten zu hinterfragen? Wenn ein Kind vor einem flüchtet, kann man es ja noch als Einzelfall abtun, aber gleich zwei? Da müsste man doch mal ein Muster erkennen und sich fragen, ob die Schuld auch bei einem selbst liegen könnte, oder?«

Ich warte ihre Antwort nicht ab. Es interessiert mich nicht, wie sie sich rausreden würde. Ich weiß, dass sie nicht einsehen wird, dass sie etwas falsch macht. Ich weiß aber auch, dass es egal ist, was sie als Nächstes sagen wird, weil es nichts an meinem Entschluss ändern wird.

»Viel Spaß beim Dreh«, sage ich und wende mich noch einmal Athena zu. Wie früher liegen ihre Hände auf ihrem Oberschenkel und ihre Finger formen ein »A«. Ich grinse. Egal, wie weh es ihr auch tut, mich gehen zu sehen, sie weiß trotzdem, dass ich das hier tun muss. Und das ist der letzte Schubs, den ich noch brauche, um mich umzudrehen und meiner Familie den Rücken zuzukehren.

Diesmal ist es endgültig.

46. KAPITEL

Alice

Ich sitze mal wieder in meiner viel zu kleinen Küche und starre auf meinen Laptop. In den letzten Tagen scheine ich nichts anderes als das gemacht zu haben.

Ich hatte den Artikel eigentlich nur geschrieben, weil ich meine Gedanken loswerden musste. Mit derartigen Reaktionen hatte ich nicht gerechnet.

Mehrere Klatschwebsites haben meinen Artikel aufgegriffen. Vermutlich nur, weil ich nicht bereit war, ein anderes Statement abzugeben und sie lieber irgendwas von mir veröffentlichen als gar nichts. *Day-to-Day-Gossip* hat es nicht getan. Aber damit habe ich auch nicht gerechnet. Elijah Bishop ist nicht gerade dafür bekannt, dass er über den Dingen steht. Ihn brauche ich auch gar nicht. Denn meine Worte werden auch auf den Social-Media-Plattformen überall geteilt. Natürlich hat nicht die ganze Öffentlichkeit einfach über Nacht ihre Meinung über mich geändert. Ich kann noch immer überall Artikel über mich lesen, die mich zusammenzucken lassen. Aber nun höre ich eben auch positive Stimmen, und wenn ich in den letzten Tagen eines gelernt habe, dann, dass es genau auf diese Stimmen ankommt.

»O mein Gott«, schreit Hien durch die Wohnung, sobald sie sie betreten hat. Die Einkaufstüten lässt sie einfach im Eingang zur Küche stehen, während sie auf ihr Handy starrt. Sie kann ihren Blick nicht einmal davon lösen, als sie auf mich zukommt. »Hast du das Video schon gesehen?«

»Welches Video?«

»Wenn du das fragen musst, hast du es definitiv noch nicht gesehen«, sagt Hien nur und hält mir ihr Smartphone hin. Bevor ich auf »Play« drücken kann, hat sie sich noch schnell den zweiten Küchenstuhl geschnappt und schiebt ihn neben meinen, damit wir das mysteriöse Video, das sie anscheinend so in Aufruhr versetzt, gemeinsam gucken können.

»Bereit?«, frage ich und ziehe die Augenbrauen zusammen, als ich Hien von der Seite beobachte. Ihre Augen leuchten richtig. Ihre Hände reibt sie sich immer wieder an der Hose ab.

»Ich habe es schon geschaut. Aber ich wollte unbedingt deine Reaktion sehen, wenn du es das erste Mal guckst.«

»Okay, du machst mich nervös«, entgegne ich, doch sie schenkt mir nur ein breites Grinsen.

Obwohl ich nicht einmal weiß, was mich erwarten wird, wenn ich auf »Play« gedrückt habe, zittert mein Finger leicht, während ich ihn auf den Touchscreen zubewege.

Ich lese den Titel: APHRODITE CARTER MELDET SICH ZU WORT #MÄNNERHELDINNEN. Dann starte ich das Video endlich.

Weil der Bildschirm ein bisschen zittert, wenn ich das Handy halte, nimmt Hien es mir ab, als Adrians Schwester auf dem Display erscheint.

Sie sitzt direkt vor der Kamera. Man kann den Hintergrund kaum erkennen. Sie fährt sich einmal durch die langen schwarzen Haare. Ihr Gesicht ist dezent geschminkt, nur ihre Lippen sind knallrot. Sie räuspert sich einmal, verschränkt die Arme auf dem Tisch, vor dem sie sitzt, und beginnt zu sprechen.

»Ich habe so das Gefühl, dass ich es im Nachhinein sehr bereuen werde, dieses Video aufgenommen zu haben. Aber scheiß drauf.« Sie streicht sich wieder durch die Haare, dann blickt sie direkt in die Kamera. »Ich habe, wie die meisten von euch vermutlich auch, Alice Golds Artikel gelesen. Und sie hat mich inspiriert. Auf einmal hatte ich das Bedürfnis, in Worte zu fassen, was mich schon lange beschäftigt. Also werde ich das jetzt tun, obwohl ich seit dem Ausstieg aus der Show meiner Familie gar nichts mehr öffentlich gesagt habe, weil ich keine Angriffsfläche bieten wollte. Aber ich werde mich nicht mehr totstellen, denn ich habe etwas mitzuteilen. Und ich muss all die seit Jahren angestaute Wut endlich mal rauslassen. Und warum nicht auf Instagram?« Sie räuspert sich noch einmal. Aber ich habe so im Gefühl, dass es das letzte Mal in diesem Video sein wird. Ihr Gesichtsausdruck nimmt eine Entschlossenheit an, die es mir unmöglich macht, den Blick vom Handy abzuwenden.

»Seit ich ein junges Mädchen war, hatten sehr viele Menschen etwas zu meinem Aussehen und meinem Sexleben zu sagen. Ich glaube, ich habe ein bisschen Abstand zu meinem alten Leben gebraucht, um mir bewusst zu werden, wie extrem meine Situation teilweise war. Ich meine, es gab zahlreiche Countdowns auf irgendwelchen Websites, die runtergezählt haben, wann mein achtzehnter Geburtstag war, weil man mich dann noch ungenierter sexualisieren konnte. Manchmal frage ich mich, warum ich so lange gebraucht habe, um zu erkennen, wie krank das eigentlich ist.« Sie atmet einmal durch, dann redet sie direkt weiter. »Obwohl ich erst so richtig zum Sexobjekt erklärt wurde, sobald ich achtzehn Jahre alt war, hat es da nicht angefangen. Mein Aussehen, mein Körper wurde schon bewertet und begafft, da war ich wesentlich jünger. Mich zu sexualisieren, war sehr früh erlaubt. Aber gleichzeitig wurde ich dafür kritisiert, dass ich meine Sexualität ausgelebt habe. Das ist ein Gegensatz, den ich nicht so ganz zusammenbringen oder verstehen kann. Aber vermutlich geht das auch gar nicht. Andere durften mich sexualisieren, ich aber nicht sexuell aktiv sein, ohne gleich als Schlampe bezeichnet zu werden. Der Titel wird schnell ausgeteilt. Die Erfahrung hat in den letzten Tagen auch Alice gemacht, und ich wünschte sehr, ihr wäre das alles erspart geblieben. Meine Familie kann mit Schlagzeilen schließlich noch ordentlich Geld verdienen. Was bekommt Alice davon?«

Ich kann nicht fassen, dass sie das tatsächlich sagt. Sprachlos starre ich Hiens Handy an.

»Weil ich ein aktives Sexleben hatte – für das ich mich niemals entschuldigen werde, falls da jetzt irgendwer drauf wartet –, wurde ich kritisiert und zu einem Sexobjekt erklärt, das man nicht mehr wie einen richtigen Menschen behandeln musste. Aber ich bin definitiv nicht die einzige Frau, die so was erlebt hat. Man bräuchte keinen feststehenden Begriff wie slutshaming, wenn es nur eine Ausnahme wäre oder ein seltenes Phänomen.«

Sie schüttelt kurz den Kopf. »Frauen, die als Schlampen abgestempelt werden, gelten als wertlos, nicht Mensch genug, um Respekt verdient zu haben.« Es folgt eine kurze Pause, doch ihre

Augen sind immer noch direkt auf die Kamera gerichtet. »Ich weiß, dass ich mit einem Instagram-Video die Welt nicht ändern werde. Vermutlich wird es überhaupt keinen Unterschied machen, dass ich all diese Worte gesagt habe. Aber vielleicht sind ja unter euch ein paar Leute, die ihre eigenen Geschichten teilen wollen. Erst vor ein paar Wochen habe ich mit meinem Bruder gesprochen und mich darüber beschwert, dass es keinen Gegenbegriff zu *Frauenheld* gibt. Er hat mir *Männerheldinnen* vorgeschlagen, und ich muss sagen, dass ich das Wort immer mehr mag. Der Hashtag catchhadriancarter hat seinen Dienst getan. Wie wäre es mit einem neuen?«

Ein breites Lächeln formt sich auf ihren Lippen. »Da ich keine Ahnung habe, wie ich dieses Video mit einem schönen letzten Satz beenden soll, beende ich es jetzt einfach. Danke fürs Zuschauen.« Und mit diesen Worten endet ihre Aufnahme.

»Es gibt schon unzählige Videos auf allen sozialen Medien, die den Hashtag benutzen«, sagt Hien, da ist Aphrodites Stimme noch nicht einmal in unserer Küche verklungen. »Und das Video ist gerade mal eine Stunde online.«

»Krass«, entfährt es mir, weil mir keine bessere Erwiderung einfallen will. »Wann ist mein Leben so seltsam geworden?«

»Es hat alles mit der Suche nach einem gewissen Reality-TV-Star begonnen«, setzt Hien mit einer ominösen Stimmlage an, die jeden Erzähler von True-Crime-Dokus neidisch gemacht hätte.

»Stimmt, da war ja was«, murmle ich und merke, wie ich mich beim Gedanken an ihn wieder verkrampfe. Da ich ständig an ihn denke, bin ich sowieso immer verkrampft. Nur die Intensität variiert.

»Ihr schreibt wieder. Das ist doch schon mal ein Anfang«, meint Hien und drückt meine Hand.

Ich habe da früher nie drüber nachgedacht, aber ich glaube, dass wir die Hand des anderen immer ergreifen, wenn Worte einfach nicht ausreichen, um auszudrücken, wie tief unsere Freundschaft reicht.

»Und seine Schwester verteidigt dich öffentlich«, fährt Hien fort. »Wenn sie dich gar nicht leiden könnte, würde sie das definitiv nicht machen.«

Ich nicke nur. Das mag ein Anfang sein. Auch, dass mein Artikel so oft geteilt wird, ist ein Anfang. Aber Anfänge reichen nun mal nicht. Weder was Adrian betrifft noch meine Karriere.

Mein Smartphone vibriert. Eine Nummer, die ich nicht kenne, wird angezeigt. Das kenne ich inzwischen schon. Irgendwie sind alle Klatschreporter dieses Landes an meine Handynummer gekommen und lassen mich seitdem nicht mehr in Ruhe.

»Drück den Anruf einfach weg«, sagt Hien und will das schon für mich erledigen, doch ich greife nach ihrer Hand, um sie davon abzuhalten.

»Ich bin gerade in der Stimmung, jemandem meine Meinung zu sagen.«

Hien grinst. »Dann lass all deine Aggressionen an dieser Person raus.«

»Werde ich«, sage ich und nehme den Anruf an. »Hallo?«

»Hallo, hier ist Erin Adams von *Basic Message*. Ich rufe an, weil ich …«

»Ich werde kein Statement abgeben. Sie können so oft nach meiner Sicht der Dinge fragen, wie Sie wollen. Ich werde nichts sagen. Genauso wie ich auch all den anderen Reportern, die mich einfach so angerufen haben, nichts erzählt habe. Ich …«

»Sie verstehen mich falsch«, unterbricht Erin Adams mich mindestens so entschlossen, wie ich sie gerade unterbrochen habe.

»Tue ich das?«, frage ich skeptisch.

»Ja, das tun Sie.« Ihre Stimme klingt tatsächlich sympathisch. Aber das will ich nicht denken. Keiner der hundert Reporter, die mich in den letzten Tagen bedrängt haben, dürfen auch nur ansatzweise sympathisch sein. »Ich rufe nicht an, weil ich ein Statement will. Meine Website berichtet nicht über Promiskandale.«

Das macht mich hellhörig. »Okay, dann verstehe ich aber nicht so ganz, warum Sie mich anrufen.«

Sie lacht auf. »Ich kann Ihre Skepsis verstehen. Ich will mir gar nicht ausmalen, welche Erfahrungen Sie in den letzten Tagen schon mit sogenannten Journalisten machen durften. Aber ich rufe wegen Ihres Artikels an. Wegen Ihres Satzes über Don Quijote.«

Okay, jetzt verstehe ich offiziell gar nichts mehr.

»Sie beziehen sich damit auf die Serie *The Newsroom*, oder?«

»Tue ich«, bestätige ich.

»Entsprechen die Ideale der Charaktere aus dieser Serie Ihren eigenen?«

»Ich habe zwar immer noch keine Ahnung, warum Sie mich angerufen haben, aber ja. Das sind meine Ideale.«

»Sie haben in dem Artikel geschrieben, dass Sie Ihre Ideale wiederfinden wollen. Ist Ihnen das schon gelungen?«

Das ist offiziell das seltsamste Gespräch, das ich jemals geführt habe, doch ich will es auch nicht unterbrechen.

»Ich dachte immer, dass mein ehemaliger Boss meine Ideale im Meer ersäuft hat. Aber ich glaube schon, dass ich sie zurückbekommen kann. Ich müsste sie aus dem Ozean fischen. Sie werden vermutlich mit Algen verklebt sein und Wasser aushusten. Aber es sind immer noch meine Ideale. Selbst wenn sie angeschlagen sind, sind sie echt.« Ich stocke kurz. »Ich glaube, ich habe in meinem ganzen Leben noch nie so eine seltsame Antwort auf eine Frage gegeben.«

Erneut lacht Erin Adams, und der Klang ihres Lachens ist mindestens genauso sympathisch wie der Klang ihrer Stimme. »Das ist die Antwort, auf die ich gehofft habe«, sagt sie. »Ihr Artikel hat mir sehr gut gefallen. Und das nicht nur wegen der Referenz auf *The Newsroom*. Wenn Sie zu allem stehen, was sie geschrieben haben, würde ich Ihnen gerne einen Job anbieten.«

Ich schnappe so hektisch nach Luft, als wäre ich gerade tatsächlich durch den Ozean gewatet, um nach meinen fast ertrunkenen Idealen zu suchen.

»Bei *Basic Message* berichten wir nur über die Nachrichten, die man wirklich wissen muss. Wir haben auch eine Abteilung für investigativen Journalismus. Natürlich sind wir noch klein. Wir haben nicht die größte Leserschaft, finanziell ist es für uns nicht leicht, uns über Wasser zu halten. Die meisten aufstrebenden Journalisten träumen davon, für die bekannten, großen Namen zu arbeiten. Aber wir sind ein eingespieltes Team.«

»Sie wissen nicht wirklich, wie man sich gut verkauft, oder?«, entfährt es mir, bevor ich mir überlegen kann, dass dieser Spruch vielleicht nicht angebracht ist. Aber Erin Adams reagiert nur wieder mit einem herzlichen Lachen.

»Dem kann ich nicht widersprechen«, gibt sie zu. »Ich will Ihnen auf jeden Fall einen Job anbieten. Ich bin fest davon überzeugt, dass Sie zu uns passen würden. Überlegen Sie es sich. Meine Nummer haben Sie ja jetzt. Sie können mich jederzeit anrufen. Ich hoffe sehr, dass ich bald wieder von Ihnen hören werde.«

Eigentlich will ich noch etwas sagen, aber da hat sie schon aufgelegt. Mein Herz rast, mein Mund steht offen, mein Handy drücke ich immer noch gegen mein Ohr, obwohl die Leitung tot ist.

Ist das gerade wirklich passiert?

47. KAPITEL

Hadrian

Wieso stehe ich eigentlich in letzter Zeit immer vor verschlossenen Türen und scheine nicht in der Lage zu sein, sie auch zu öffnen? Wann habe ich verlernt, die Hand zu heben, um eine Klinke runterzudrücken? Es sieht doch so einfach aus. Es sollte mir nicht so schwerfallen.

»Kann man dir helfen?«, fragt Thomas ehrlich besorgt, während Henrys unterdrücktes Lachen aus der Küche dringt.

»Ihm ist nicht mehr zu helfen«, antwortet Henry für mich. Eine Sekunde später kommt er mit zwei Tassen Kaffee zu uns in den Flur und drückt eine davon Thomas in die Hand, bevor er ihn kurz auf den Mund küsst. Ich kann nicht genau sagen, wieso diese kleine Geste so viele Gefühle in mir auslöst. Vermutlich liegt es an der Selbstverständlichkeit, mit der Henry sich seinem Freund entgegenlehnt und ihn einfach küsst. Als würde es nichts mehr geben, was noch zwischen ihnen stehen könnte. So sollte es vermutlich sein. Eine Tür sollte nicht schon ein unüberwindbares Hindernis sein.

»Gut erkannt«, gebe ich Henry recht. »Danke noch mal, dass ich so spontan bei dir unterkommen konnte.«

Henry macht eine wegwerfende Handbewegung. »Du bist nicht der erste Carter, der bei mir Unterschlupf gefunden hat. Garett und Aphrodite haben früher so viel Zeit hier verbracht, dass man sie schon für meine inoffiziellen Mitbewohner halten konnte.«

Ich grinse leicht, obwohl meine Nervosität meine Mundwinkel schwer macht.

»Du hast ihre Adresse, oder?«, fragt Thomas, der so viel ernster guckt, als Henry es jemals könnte. Trotzdem weiß ich, dass sie mir beide gleich viel Mitgefühl entgegenbringen. Nur auf unterschiedliche Weise.

»Ja, Garett hat sie mir geschickt. Sie stand auf dem Portfolio von Hien Nguyen, Alice' Mitbewohnerin«, sage ich, obwohl es unwichtig ist, woher ich diese Information habe. Das Einzige, was eine Rolle spielt, ist, was ich mit dieser Info machen werde, nun, da ich sie habe.

»Worauf wartest du denn noch?«, fragt Thomas.

»Ich bin mir nicht ganz sicher«, gebe ich zu. »Vermutlich warte ich darauf, dass mir einfällt, was ich ihr sagen soll, wenn ich sie sehe. Aber mein Kopf ist irgendwie leer und viel zu voll zugleich.«

Henrys spitzbübisches Boyband-Grinsen weicht einem sanfteren, während er einen Schritt auf mich zu macht und eine Hand auf meine Schulter legt. Ich warte auf eine pathetische Aussage, die mir Hoffnung und Zuversicht schenkt. Aber Henry scheint sich für einen ganz anderen Weg entschieden zu haben. Er greift an mir vorbei zur Klinke, öffnet die Tür und schiebt mich dann kurzentschlossen aus seiner Wohnung.

»Die perfekten Worte werden dir nicht einfallen«, meint er, als er mich loslässt. »Hier rumzustehen, wird dir nicht helfen. Hör endlich auf, Ausreden zu finden und geh los.«

Und dann schließt er einfach die Tür vor meiner Nase. Mir entfährt ein Lachen, das mit einem Lachen von der anderen Seite der Tür beantwortet wird. Kopfschüttelnd drehe ich mich um und laufe los. Henry hat recht. Wenn ich auf die perfekten Worte warte, werde ich nie aufbrechen.

Ich steige in meinen alten Jeep und streiche über das Armaturenbrett, als wäre er ein alter Freund, den ich in die Arme schließe. Mit fahrigen Fingern ziehe ich mein Handy aus der Hosentasche und schreibe eine kurze Nachricht.

Peter Parker: Kann ich vorbeikommen?

Ich warte nicht auf die Antwort, sondern starte direkt den Motor. Wenn ich jetzt wieder warte, könnte ich wieder erstarren. Und jetzt habe ich Henry nicht mehr dabei, der mir einen entschiedenen Schubs geben kann.

Wie in Trance fahre ich durch L. A. Der Weg erscheint mir ewig und doch bin ich nach nur wenigen Augenblicken da.

Meine Hände beben noch mehr, als ich mein Handy wieder hervorhole.

Alice Gold: Das kannst du machen. Aber du musst an den Paparazzi vorbei.

Ich habe eine Querstraße von ihrem Haus entfernt geparkt. Von hier kann ich die Reporter noch nicht sehen. Aber obwohl das Bild von uns schon vor einigen Tagen veröffentlicht wurde, kann ich mir vorstellen, dass sich die Meute noch nicht vollständig zurückgezogen und auf ein neues Thema gestürzt hat.

Peter Parker: Würde es dich stören, wenn sie mich dabei fotografieren, wie ich deine Wohnung betrete?

Alice braucht einen Moment, um zu antworten, und mit jeder Sekunde, die verstreicht, werde ich nervöser.

Alice Gold: Es stört mich nicht, wenn es dich nicht stört.

Schwach lächele ich. **Peter Parker:** Dann bis gleich.

Der Sprung aus meinem Jeep wirkt wesentlich entschlossener, als ich mich tatsächlich fühle. Ich bin vielleicht mit einer Paparazzimeute im Vorgarten aufgewachsen, doch an ihre Anwesenheit werde ich mich wohl nie wirklich gewöhnen. Und eigentlich will ich das auch gar nicht. Ich will niemals so stark desensibilisiert sein, dass mir die rücksichtslosen Eingriffe in meine Privatsphäre egal sind.

Meine schwitzigen Hände reibe ich mir an der Hose ab, nachdem ich mein Handy wieder eingesteckt habe. Dann setze ich mich in Bewegung. Schon bevor ich um die Ecke komme, höre ich aufgeregte Gespräche und das Klicken von Kameras. Noch einmal gestatte ich es mir, kurz stehen zu bleiben und tief durchzuatmen. Dann laufe ich weiter und biege in Alice' Straße ein. Es dauert nur wenige Sekunde, da haben mich die ersten Reporter schon entdeckt. Auf einmal sind sie überall und umschwirren mich von allen Seiten. Jeder schreit lauter auf mich ein als die Person, die neben ihm steht.

»Führen Sie eine Beziehung zu Alice Gold?«

»Wieso besuchen Sie sie?«

»Werden Sie sich öffentlich zu den Spekulationen äußern?«

»Was halten Sie von dem Artikel und dem Video Ihrer Schwester?«

Ich ignoriere alle Fragen, laufe entschlossen weiter und als ich die Haustür erreiche, summt der Türöffner bereits, und ich kann direkt in den kühlen und wesentlich ruhigeren Hausflur treten. Auch hier höre ich die Meute noch, doch ihr Lärm wird von der massiven Eingangstür gedämpft. Sie haben vielleicht keinen Respekt für die Privatsphäre anderer Menschen, aber das Haus betreten würden sie auch nicht, weil man sie dann verklagen könnte.

Ich erklimme die Treppe, ohne zu wissen, in welches Stockwerk ich überhaupt muss. Doch in der dritten Etage begrüßt mich bereits eine offene Tür, durch die ein Streifen Licht in das düstere Treppenhaus fällt. Alice lehnt im Türrahmen und blickt mir aus aufgerissenen Augen entgegen.

Sobald ich sie wiedersehe, scheinen die Erinnerungen daran, wie wir auseinandergegangen sind, sofort zu verblassen. Unser Streit liegt in diesem Moment genauso undeutlich vor mir wie der unbeleuchtete Flur. Alles andere sehe ich dafür sehr klar. Nicht nur sie wird in diesem Moment von dem sanften Licht, das aus ihrem Apartment dringt, angestrahlt, sondern auch all die Dinge, die wir erlebt haben. Ich sehe wieder ihr ehrliches Lächeln vor mir, das ich mir erst verdienen musste. Ich sehe all die Farbnuancen, die ihre Augen annehmen können. Ich sehe sie. Deutlicher als je zuvor.

»Anscheinend bist du in einem Stück an ihnen vorbeigekommen«, stellt Alice fest. Ich kann ihre Unsicherheit genauso deutlich spüren wie meine eigene, was mich seltsamerweise beruhigt.

»Gerade so«, erwidere ich. Erst jetzt fällt mir auf, dass ich mitten auf der Treppe stehen geblieben bin, um sie anzuschauen. Nun nehme ich auch noch die letzten Stufen und bin dann ganz nah bei ihr.

Die Zeit scheint sich auszudehnen, während wir uns ansehen. Sie hüllt uns in eine ganz andere Zeitebene, zu der der Rest der Welt keinen Zutritt hat.

»Willst du reinkommen?«, fragt Alice und räuspert sich dann umständlich. Ihre Stimme hat sich noch nie rauer angehört.

»Gern«, erwidere ich. »Es ist vielleicht besser, wenn ich mich nicht im Treppenhaus aufhalte, wo mich deine Nachbarn fotografieren könnten.«

Sie nickt und wendet sich ab. Aber ich hätte schwören können, dass ich ein schüchternes Lächeln bemerkt habe, das kurz über ihr Gesicht gehuscht ist.

Alice läuft zügig durch ihre Wohnung und auf ein Zimmer zu, deswegen bleibt mir kaum Zeit, meine Umgebung genauer zu betrachten. Ich folge ihr durch eine Tür und schließe sie hinter mir, sobald ich hindurchgetreten bin.

Es ist ihr Zimmer, das nur mit dem nötigsten eingerichtet ist. Ein schmales Bett, ein großer Tisch, ein Bücherregal und ein Schrank stehen hier. Zwischen den Möbeln bleibt nicht viel Platz. Der Raum ist eigentlich zu klein für ein ganzes Leben. Und definitiv zu winzig für uns beide.

Ich kann Alice ansehen, dass sie nicht weiß, wo sie sich hinstellen oder hinsetzen soll. Fast schon orientierungslos schaut sie sich in ihrem Zimmer um.

»Willst du dich setzen?«, fragt sie.

»Ich glaube, ich stehe lieber.«

Ein bisschen zu hektisch nickt sie. »Ich glaube, ich auch.«

Je länger wir uns dann einfach schweigend betrachten, desto kleiner scheint ihr ohnehin schon viel zu kleines Zimmer zu werden.

»Es tut mir leid, dass du das alles erleben musst«, sage ich, weil mir die perfekten Worte leider noch immer fehlen und mir auch sinnvolle nicht einfallen wollen.

»Ich habe dir doch schon geschrieben, dass du dich nicht für Dinge entschuldigen sollst, für die du nichts kannst, und schon gar nicht bei mir«, entgegnet sie. Ich glaube, dass sie ihre Worte auch so meint. Aber trotzdem steht sie in ihrem Zimmer vor einem Fenster, dessen Rollläden sie auch am helllichten Tage runtergelassen hat, weil sie sonst fürchten muss, dass Paparazzi sie dabei filmen, wie sie sich umzieht.

»Denkst du, du hast meine Entschuldigung nicht verdient?«

»Ja«, antwortet sie, ohne zu zögern. »Das musst du doch auch denken.«

»Tue ich aber nicht.« Ich betone jedes Wort mit Nachdruck, weil ich will, dass sie sie mir auch glaubt. Ihre Augen sind heute weder eindeutig grün noch eindeutig blau. Im Dämmerlicht ihrer schwachen Deckenlampe sehen ihre Iriden aus wie die perfekte Mischung aus beiden Farben.

Mein Blick fällt auf ihre Hände. Schon wieder kratzt sie mit ihren Nägeln über ihre Daumen. Die Tage voller Stress kann ich ihr deutlich ansehen. Die Haut ist an vielen Stellen stark aufgerissen.

Ich treffe keine bewusste Entscheidung, aber zwei Sekunden später bin ich direkt vor ihr und umfasse ihre Daumen mit meinen Händen, damit sie sich nicht mehr wehtun kann.

Alice zuckt leicht zusammen. Erst sieht sie auf ihre Hände, die jetzt in meinen liegen, dann wandert sie mit ihrem Blick meinen Körper hinauf, bis sie mir in die Augen schaut.

»Ich weiß, dass ich die Paparazzi, die dein Haus belagern, nicht darum gebeten habe, hier zu sein. Aber sie sind hier, weil du etwas mit mir zu tun hast. Also ist es irgendwie schon in gewisser Weise meine Schuld, und deswegen will ich mich dafür entschuldigen«, erkläre ich mich und mache nicht einmal Anstalten, sie wieder loszulassen oder einen Schritt zurückzumachen, wie es in dieser Situation vermutlich angebracht wäre.

»Es ist nicht einmal in gewisser Weise deine Schuld«, widerspricht mir Alice auf einmal heftig. Bisher klang ihre Stimme so viel dünner, als sie es normalerweise tut. Aber jetzt hört sie sich wieder mehr wie sie selbst an. Und am liebsten würde ich deswegen grinsen. Doch das kommt mir nicht richtig vor, wenn sie mich so entschlossen ansieht. »Du kannst nichts dafür, dass du von Paparazzi verfolgt wirst. Also kannst du auch nichts dafür, dass sie jetzt mich verfolgen.«

»Also nimmst du meine Entschuldigung nicht an?«, frage ich und kann mich kaum noch gegen das Grinsen wehren, das an meinen Mundwinkeln zerrt.

»Nein«, erwidert sie entschieden.

»Auch nicht, wenn es mir wichtig ist?«

Alice runzelt die Stirn, und die Furche, die mich wohl immer an einen Canyon erinnern wird, erscheint zwischen ihren Augenbrauen. Wenn ich ihre Hände nicht noch immer in meinen halten würde, hätte ich dem Impuls, ihr die Falte glattzustreichen, wohl nicht widerstehen können.

»Ich bin diejenige, die sich entschuldigen muss. Das wissen wir beide«, setzt sie an. Ihre Stimme wird wieder dünner, als würde sie unter dem Gewicht ihrer Worte zerbröseln. »Diesen Artikel …« Ihre Stimme bricht weg, aber sie lässt sich nicht lange Zeit, sich zu sammeln. Sie redet direkt weiter. »Ich hätte ihn niemals schreiben dürfen.«

»Du hast ihn nicht veröffentlicht.« Mein Daumen zieht langsame Kreise über ihren Handrücken. »Hast du deswegen deinen Job verloren?«

»Ich habe gekündigt«, entgegnet sie. »Mein Boss hat den Artikel nicht bekommen. Ich habe ihn gelöscht. Doch das ändert nichts an der Tatsache, dass es ein riesiger Fehler war, ihn überhaupt zu schreiben.« Sie schluckt schwer, während sie mir jetzt direkt in die Augen schaut. »Ich habe nicht ein Wort so gemeint. Ich halte dich nicht für einen gebrochenen Menschen. Du bist genau das Gegenteil. Vermutlich wirst du mir das niemals glauben können. Aber ich wollte trotzdem, dass du es weißt.«

»Ich glaube dir«, erwidere ich.

Die Furche zwischen Alice' Augenbrauen vertieft sich. »Wieso glaubst du mir? Wieso stehst du hier? Wieso hältst du meine Hände, nach allem, was passiert ist?«

Auf diese Fragen hätte ich wohl vorbereitet sein sollen. Ich bin doch eigentlich auch hergekommen, weil ich sie beantworten wollte. Ich weiß, was ich fühle. Trotzdem kann ich es nicht einfach sagen.

Warum müssen Worte sich in den wichtigsten Momenten nur so klebrig anfühlen? Wie Karamellbonbons verklumpen sie in meinem Mund zu einer Masse, die es mir unmöglich macht, einen sinnvollen Satz über die Lippen zu bekommen.

»Wieso hast du den Artikel nicht veröffentlicht?«, stelle ich eine Gegenfrage, weil es das Einzige zu sein scheint, was ich jetzt noch herausbekomme. Wir stehen immer noch so nah voreinander. Ich kann ihre Wärme auf meiner Haut spüren.

»Es gab mehrere Gründe.« Alice lässt sich nicht anmerken, dass ich ihre Fragen einfach ignoriert habe. »Natürlich warst du einer davon. Aber ich habe das auch für mich selbst getan. Ich wollte kein Mensch sein, der zu so was fähig ist. Der Journalismus, den ich machen will, ist ein anderer.«

Jetzt verliere ich den Kampf gegen mein Grinsen und lasse es einfach zu. »Das freut mich sehr. Ich habe auch eine Entscheidung für mich getroffen.«

»Und die wäre?«

»Ich habe die Show meiner Familie endgültig verlassen und meiner Mutter gesagt, was ich von ihr halte.«

Nun lächelt auch Alice. Doch es ist kein distanziertes, das mich von ihr wegschiebt. Im Gegenteil. Dieses scheint mich noch näher an sie heranzuziehen. Keiner von uns hat sich gerührt und doch scheint sie sich auf mich zubewegt zu haben.

»Das freut mich auch sehr«, sagt sie. »Was wirst du jetzt tun?«

»Ich weiß es nicht so genau. Ich liebe Gemälde, aber kann nicht malen. Ich liebe Essen, aber ich kann nicht kochen. Reality-TV-Star war vielleicht doch der beste Job für mich. Da musste ich nichts können.« Ich sehe ihr an, dass sie schon ansetzt, um mir zu widersprechen, aber ich rede weiter, bevor sie etwas sagen kann. »Doch ich weiß, was ich will. Studieren. Und neue Hobbys ausprobieren. Ich habe mich in letzter Zeit viel mit Lichtverhältnissen beschäftigt. Vielleicht sollte ich es mal mit Fotografie probieren.«

Ob sie ahnen kann, dass ihre Augen der Grund sind, warum ich das erste Mal über den Lichteinfall nachgedacht habe?

»Mein ganzes Leben lang wurde alles für mich entschieden. Ich bin gegangen, weil ich keine Ahnung hatte, was ich mag oder was ich von meinem Leben wollte. Die Reise sollte mir helfen, das herauszufinden. Und vielleicht weiß ich noch nicht alles, was ich über mich selbst erfahren wollte. Ich habe keine Ahnung, was ich mal arbeiten will. Ich bin mir nicht einmal sicher, ob mir klar geworden ist, wer ich wirklich bin. Aber ich habe doch was sehr Wichtiges erkannt.«

»Und das wäre?«, fragt Alice. Sie klingt atemlos. Und erst in dem Moment realisiere ich, dass auch meine Brust sich viel zu schnell hebt und senkt. Kann sie schon spüren, dass das, was ich als Nächstes sagen werde, wichtig für uns beide sein wird?

»Dass ich zu echten Gefühlen fähig bin, obwohl ich mein ganzes Leben von falschen umgeben war.«

Alice starrt mich einfach an. Ich kann ihren Blick nicht entschlüsseln. Währenddessen wummert mein Herz weiter und scheint meinen ganzen Körper zum Vibrieren zu bringen.

Ich habe meinen letzten Satz genau so gemeint, wie ich ihn gesagt habe. Trotzdem habe ich jetzt keine Ahnung mehr, was ich noch sagen oder tun soll. Und Alice scheint es genauso zu gehen.

»Ich ziehe nach San Francisco«, platzt es auf einmal aus ihr heraus.

»Darf ich mitkommen?«

»Was?« Sie reißt ihre Augen auf und starrt mich an.

»Was?« Okay, ich hätte definitiv erst mal andere Fragen stellen sollen, die wesentlich unverfänglicher sind. Aber es ist mir einfach so herausgerutscht.

»Wieso ziehst du nach San Francisco?« Das ist wohl das, was ich als Erstes hätte sagen sollen.

»Mir wurde ein Job bei einer Website angeboten, und ich habe ihn angenommen. Es ist nur ein kleines Team, aber sie machen genau den Journalismus, den ich immer machen wollte. Ich weiß zwar nicht, wie ich es über mich bringen soll, aus dieser Wohnung auszuziehen und in einer anderen Stadt als Hien zu leben. Aber das ist mein Traumjob, und sie hat mir gesagt, dass ich gehen muss. Außerdem können wir uns immer besuchen und wir werden regelmäßig telefonieren, und wenn sie Zeit hat, kann sie vielleicht mit auf Rechercher eise.« Alice' Worte überschlagen sich, als würde meine unangebrachte Frage sie vor sich hertreiben. »Du willst mitkommen?« Ihre Stimme hat einen schrillen Unterton angenommen, der mich zum Lachen bringt.

»Ja«, entgegne ich, obwohl ich meine Idee wohl eher hätte runterspielen sollen, als sie auch noch zu bestätigen.

»Wieso?«

»Deinetwegen«, antworte ich ernst.

»Ich verstehe nicht einmal, warum du noch mit mir reden willst, nachdem ich dich so verletzt habe.« Noch immer ist ihre Stimme schrill, aber ein kleines Lächeln legt sich auf ihre Lippen. »Aber jetzt willst du mit mir nach San Francisco kommen. Das verstehe ich noch viel weniger.«

Ich mache noch einen kleinen Schritt auf sie zu. Ich schaue ihr direkt in die Augen, als ich die nächsten Worte sage. Und auf einmal ist es überhaupt nicht mehr schwer.

»Du hast mich gefragt, warum ich dir glaube, hier stehe, deine Hände halte. Ich hätte dir die Antwort sofort geben sollen. Dann würde dieser Vorschlag vielleicht nicht so überraschend kommen«, setze ich an und lasse eine ihrer Hände los, um endlich mit dem Daumen über die Falte zwischen ihren Brauen zu streichen. Sobald meine Haut ihre Stirn berührt, wird ihr Blick ganz weich. All die Härte, die ihre Züge nie ganz zu verlassen scheint, schmilzt einfach. Mein Herz hat in ihrer Gegenwart schon oft sehr schnell geschlagen. Aber wohl noch nie so schnell wie in diesem Moment. »Dein Artikel hat mich sehr verletzt. Ich werde nicht lügen und sagen, dass es nicht schmerzhaft war, diese Worte zu lesen. Aber ich habe darüber nachgedacht und ich weiß, dass du es getan hast, weil du Angst hattest. Das entschuldigt es vielleicht nicht, doch du hast ihn nicht veröffentlicht. Du hast deswegen deinen Job aufgeben müssen, obwohl das für dich ein riesiges existenzielles Risiko ist. Du hattest mit deinem Vorwurf auch nicht ganz unrecht, dass ich diese Geldsorgen nicht kenne. Und ich glaube dir, dass du diese Worte nicht so gemeint hast. Ich habe zuerst gedacht, ich hätte mich in dir getäuscht. Aber ich habe mir das nur eingeredet, weil ich dann leichter damit umgehen konnte. Ich denke schon, dass ich weiß, wer du bist.«

Meine Hand liegt inzwischen an Alice' Wange, und sie legt ihre darauf. Kurz rechne ich damit, dass sie meine wegziehen wird. Doch das tut sie nicht. Sie lässt ihre nur auf meiner ruhen. Und das gibt mir den letzten Stoß, den ich noch gebraucht habe, um das zu Ende zu sagen, was ich begonnen hatte.

»Ich liebe dich.«

Ihre Finger zittern leicht, als Alice meine Hand, die an ihrer Wange ruht, langsam von ihrem Gesicht zieht. Mein Herz schlägt zu vehement, zu heftig. Atmen ist zu schwerfällig, zu anstrengend. Alles ist zu viel.

Doch dann überwindet Alice den letzten halben Schritt, der uns noch voneinander getrennt hat. Ihr Oberkörper berührt jetzt meinen. Sie stellt sich auf die Zehenspitzen, bis ihr Gesicht ganz dicht vor meinem ist.

»Ich liebe dich auch«, haucht sie direkt vor meinen Lippen, als wollte sie, dass ich die Worte nicht nur hören, sondern auch als Atemzug spüren und auf der Zunge schmecken kann.

Mein Körper wird von einer Welle Erleichterung, Freude, Euphorie und allen anderen Gefühlen erfasst, die meine Knie instabil werden lassen. Doch bevor ich darüber nachdenken kann, dass ich mich noch nie so stark und schwach zugleich gefühlt habe, küsst Alice mich auch schon.

Sofort schlinge ich beide Arme um ihren Körper und ziehe sie noch energischer an mich. Sie stößt ein Geräusch aus, das halb Seufzen, halb erleichtertes Lachen ist. Dann küsst sie mich wieder. Und ich sie. Und ich hoffe, dass wir niemals wieder damit aufhören müssen.

EPILOG

Hadrian

»Wo ist mein verdammter Thermobecher?«

Alice' frustrierter Schrei schallt durch unsere Wohnung und entlockt mir ein unterdrücktes Lachen.

Eine Sekunde später taucht sie in der Küchentür auf und wirft mir einen vernichtenden Blick zu. »Was findest du so lustig?«

»Gar nichts«, sage ich und grinse in meine Kaffeetasse, damit sie es nicht so deutlich sehen kann. Natürlich war das kein gutes Ablenkungsmanöver, und das erkenne ich daran, dass ihr Blick gleich noch finsterer wird.

»Das ist nicht lustig. Heute ist mein erster Tag. Und ich bin spät dran. Ich kann an meinem ersten Tag nicht unpünktlich sein. Ich will doch einen guten ersten Eindruck machen.« Sie klingt so verzweifelt, als würde die Welt gleich untergehen, und vermutlich tut sie das in ihrem Kopf gerade auch. Schon das ganze Wochenende war sie ein Nervenbündel. Aber ich weiß, dass sie nur so große Angst vor ihrem ersten Tag hat, weil ihr dieser neue Job so wichtig ist. Er könnte die Erfüllung all ihrer Träume sein. Und das ist eben nicht nur schön, sondern auch beängstigend.

Ich stehe vom Küchenstuhl auf und klettere über die Boxen, die uns momentan in jedem Raum den Weg versperren. Dennoch schaffe ich es irgendwie, Alice zu erreichen, ohne zu fallen und mir den Hals zu brechen, und lege beide Hände an ihre Taille.

»Ich habe keine Zeit mehr«, beschwert sie sich, schmiegt sich aber trotzdem an meine Brust. Ich grinse. Sie sieht es zwar nicht, weil mein Kinn auf ihrem Kopf ruht, aber ich bin mir sicher, dass sie es spüren kann.

»Du hast Zeit, einmal kurz durchzuatmen«, erwidere ich und grinse noch breiter, als sie ihre Arme um meinen Körper schlingt und ihr Gesicht an meinem Hals vergräbt. »Du wirst das richtig gut machen, und dein Team wird dich lieben. Auch wenn du zwei Minuten zu spät bist und deinen verdammten Thermobecher nicht dabeihast.«

Sie brummt etwas, das ich nicht verstehen kann, klammert sich aber noch enger an mich. Langsam streiche ich ihr durch die Haare.

»Bin ich wirklich eine richtige Journalistin?«, murmelt sie, ihre Stimme gedämpft von meinem Körper, gegen den sie sich presst.

»Natürlich bist du das. Wieso stellst du das infrage?«, gebe ich fast schon ungläubig von mir. So habe ich Alice noch nie erlebt.

»Weißt du noch, als wir gerade angefangen haben zu schreiben?«

»Natürlich.«

»Da hast du mich mal gefragt, was Freiheit für mich bedeutet, und ich habe irgendwas Langweiliges, Pragmatisches geantwortet, und du meintest, dass du von einer Journalistin eine bessere Antwort erwartet hast.«

Behutsam schiebe ich sie von mir, um ihr in die Augen schauen zu können, die ich immer für die schönsten auf der ganzen Welt halten werde.

»Und diese scherzhafte Aussage verwendest du jetzt gegen mich?«, frage ich und streiche ihr über die Furche, die sich gerade mal wieder besonders tief zwischen ihre Augenbrauen bohrt.

»Ich verwende gerade jedes Wort, das jemals jemand zu mir gesagt hat, gegen mich selbst«, erwidert sie. Zwar klingt ihre Stimme noch immer ein bisschen schrill, aber ein kleines, fast schon vorsichtiges Lächeln legt sich auf ihre Lippen, als ich meine Hand an ihrer Wange ruhen lasse. Wie ich es immer tue, nachdem ich ihre Stirnfalte glattgestrichen habe. Ich weiß, dass ich mit dieser Geste ihre Ängste nicht vertreiben kann, aber ich hoffe, dass ich sie wenigstens ein bisschen erträglicher machen kann. »Du wirst das super machen«, beharre ich. »Das habe ich in den letzten Tagen bestimmt schon hundert Mal gesagt. Doch ich sage es gern noch hundert Mal.«

Sie lächelt schon ein bisschen weniger vorsichtig.

»Oder soll ich dich lieber kurz ablenken? In einer Minute kannst du diese Wohnung verlassen und dir auf dem Weg zur Arbeit Sorgen machen. Doch in dieser einen Minute bringe ich dich auf einen ganz anderen Gedanken.«

»Du kannst es ja versuchen«, sagt sie und lächelt inzwischen richtig. Ein unruhiger Atemzug geht einmal durch ihren Körper. »Okay, für eine Minute lasse ich mich auf ein ganz anderes Thema ein.«

»Sehr gut«, meine ich grinsend. »Da du unsere Gespräche über Freiheit schon angesprochen hast, mache ich da einfach weiter.«

Die Anspannung weicht langsam aus Alice' Schultern, als sie mich auf diese ganz besondere Weise anschaut, von der ich nie genug bekommen kann. Sie sieht mich an, als würde sie nicht nur unsere Gegenwart, sondern auch unsere ganze Zukunft in meinen Augen erkennen.

»Bei unserem ersten Interview habe ich dir gesagt, dass ich die ganze Zeit darüber nachdenke, wie Freiheit für mich riecht und dass ich doch nie eine richtige Antwort gefunden habe. Erinnerst du dich?«

»Natürlich«, meint sie und lächelt. Ihre Sorgen scheinen sie kurz losgelassen zu haben.

»Ich glaube, jetzt weiß ich es endlich.«

Sie sieht mich fragend an und schnaubt ungeduldig, da ich nicht direkt weiterspreche. »Wie riecht deine Freiheit denn?«

Ich beuge mich ihr entgegen, bis meine Lippen direkt vor ihren sind, die sich zu einem noch breiteren Lächeln verziehen. Erst dann antworte ich, weil ich dank ihr weiß, dass sich Worte noch viel besser anhören, wenn man sie auch mit allen anderen Sinnen wahrnehmen kann.

»Nach dir.«

DANKSAGUNG

Das ist nicht die erste Danksagung, die ich für diese Reihe schreibe, aber sie fühlt sich surrealer an. Denn mit Alice und Adrian hat alles begonnen. Ihre Geschichte war meine erste Idee, die ich für die Carters hatte. Die ersten Kapitel sind im Oktober 2020 entstanden und jetzt ist ihre Geschichte einfach fertig.

Es gibt wieder sehr viele Menschen, denen ich dafür danken will, dass sie mich auf meinem Weg unterstützt haben.

Allen voran meiner Agentin Luisa, die die ersten zwei Kapitel dieser Geschichte gelesen und sich dann entschlossen hat, mich unter Vertrag zu nehmen.

Und natürlich will ich auch meiner Lektorin Mareike danken, die den Anfang dieser Geschichte gelesen hat und fand, dass die Carters eine Trilogie verdient haben.

Ohne euch hätte ich diese Reihe nie geschrieben. Also vielen Dank!

Danken will ich natürlich auch wieder meinen Schreibfreundinnen, mit denen ich einige Schreibtage verbracht habe, um dieses Buch zu vollenden: Marie, Merit, Anne, Marlene und Freddy – Danke für eure Freundschaft und eure Hilfe!

Meine Testleserinnen haben mir auch bei diesem Buch sehr geholfen, Fehler auszubessern und mich sicherer mit dem Roman zu fühlen. Vielen Dank an Jenny, Roxy, Franny, Lena, Marie, Laura, Thorina! Und auch einen großen Dank an mein unglaublich tolles Bloggerteam, das mich so lieb unterstützt hat! Laura, Jenny, Roxy, Thorina und Franny werden jetzt doppelt genannt, aber ich danke auch Marie, Steffi und Alexandra, die neu dazu gekommen sind und mir mit ihren Ideen so gute Laune gemacht haben!

Auch all meinen anderen Freundinnen und Freunden habe ich es zu verdanken, dass ich beim Schreiben nicht in Selbstzweifeln versinke.

Nora und Lea, ohne euch geht gar nichts. Das habe ich mal wieder sehr deutlich gespürt. Danke, dass ihr immer für mich da seid.

Danke auch an meine Familie für all die Unterstützung. Meine Eltern, die mein Buch schon lesen wollen, bevor es gedruckt wurde, und meine Oma, die viel mehr Bücher kauft, als sie braucht. Ich habe euch alle sehr lieb!